MIRA®

Der Preis dieses Bandes versteht sich einschließlich
der gesetzlichen Mehrwertsteuer.

Umwelthinweis:
Dieses Buch wurde auf chlor- und säurefreiem Papier gedruckt.

Frühlingszauber

MIRA®

MIRA® TASCHENBUCH
Band 20031
1. Auflage: März 2012

MIRA® TASCHENBÜCHER
erscheinen in der Harlequin Enterprises GmbH,
Valentinskamp 24, 20354 Hamburg
Geschäftsführer: Thomas Beckmann

Titel der nordamerikanischen Originalausgaben:

erschienen bei: Silhouette Books
Published by arrangement with
HARLEQUIN ENTERPRISES II B.V./S.àr.l.

Konzeption/Reihengestaltung: fredebold&partner gmbh, Köln
Umschlaggestaltung: pecher und soiron, Köln
Redaktion: Bettina Steinhage
Titelabbildung: Thinkstock / Getty Images, München
Satz: Buch-Werkstatt GmbH, Bad Aibling
Druck und Bindearbeiten: CPI – Ebner & Spiegel, Ulm
Printed in Germany
Dieses Buch wurde auf FSC®-zertifiziertem Papier gedruckt.
ISBN 978-3-89941-986-3

www.mira-taschenbuch.de

Nora Roberts

Bist du verliebt, Mami?

Roman

Aus dem Amerikanischen von
Eva von der Gönna

MIRA®

1. KAPITEL

Niemand machte die Tür auf. Cooper blickte auf den Zettel in seiner Hand, um sich zu vergewissern, dass die Adresse stimmte. Doch, es war die richtige Anschrift. Und da das hübsche zweistöckige Haus im Tudor-Stil in der ruhigen, baumbestandenen Straße genau das war, was er suchte, klopfte er noch einmal – lauter diesmal.

In der Einfahrt stand ein Wagen, ein nicht mehr ganz neuer Kombi, der eine Wäsche und einige Ausbesserungsarbeiten an der Karosserie vertragen konnte. Es ist jemand da, dachte er und blickte stirnrunzelnd zum Fenster im ersten Stock, aus dem Musik drang – lauter Rock mit voll aufgedrehten Bässen. Er steckte den Zettel in die Tasche und begann, die Umgebung zu studieren.

Eine sauber geschnittene Hecke aus Lorbeerbäumen schirmte das schmucke Haus von der Straße ab. Der Garten, in dem bereits die ersten bunten Frühlingsblumen blühten, wirkte ein klein wenig verwildert und gerade deshalb besonders anziehend.

Nicht, dass Cooper besonders viel von Pflanzen verstand, aber er hatte Sinn für alles Schöne.

Neben dem Auto stand ein glänzendes rotes Dreirad, und das verursachte ihm ein unbehagliches Gefühl. Er hatte zwar nichts gegen Kinder, doch ihm fehlte jeder Bezug zu ihnen. Für ihn waren sie wie Wesen von einem anderen Stern. Sie hatten eine andere Sprache und lebten in ihrer ganz eigenen Welt. Außerdem waren sie winzig und fühlten sich meistens klebrig an.

Cooper rieb sich unschlüssig das Kinn. In der Anzeige war die Rede von einer ruhigen, gepflegten Wohnung in nicht allzu großer Entfernung von Baltimore gewesen – genau das, was er suchte.

Er klopfte ein drittes Mal. Neuerliches Dröhnen der Rockmusik war die einzige Antwort, die er erhielt. Die Musik störte ihn nicht. Wenigstens verstand er sie. Allerdings war er nicht der Typ Mann, der sich vor einer geschlossenen Tür die Beine in den Bauch stand, und so drückte er versuchshalber die Klinke.

Zu seiner Überraschung ging die Tür auf. Aus Gewohnheit strich er sich das dunkle Haar aus der Stirn und betrachtete das nicht besonders ordentliche Wohnzimmer, das vor ihm lag.

Das Durcheinander erstaunte ihn, den zweiunddreißigjährigen Junggesellen, der schon seit Jahren allein lebte. Wie Cooper sich selbst oft versicherte, war er weder besonders penibel noch ein Sauberkeitsfanatiker. Bei ihm hatte nur jedes Ding seinen Platz und ließ sich deshalb schneller wiederfinden, wenn er es brauchte. Sein zukünftiger Vermieter war offenbar anderer Meinung.

In der Ecke lagen Spielsachen, daneben stapelten sich Zeitungen und Illustrierte, auf denen eine winzige Baseball-Kappe mit dem Emblem der Baltimore Orioles thronte.

Wenigstens hat der Kleine einen guten Geschmack, dachte Cooper und ging langsam weiter.

Im Gang stand eine Tür offen. Dahinter lag ein kleiner Waschraum, der in der erstaunlichen Farbkombination von Lila und Grün dekoriert war. Ein Stück weiter befand sich ein provisorisches Büro mit einem von Papieren übersäten Schreibtisch. In der Küche daneben türmte sich schmutziges Geschirr in der Spüle. An der Kühlschranktür klebten grellbunte Zeichnungen eines Kindes, das offenbar mit lebhafter Fantasie ausgestattet war.

Vielleicht ist es ganz gut, sagte sich Cooper, dass niemand aufgemacht hat. Er überlegte, ob er auch den ersten Stock inspizieren solle, solange er hier war, doch das könnte im ungünstigsten Fall als Hausfriedensbruch ausgelegt werden. Stattdessen trat er wieder ins Freie, um sich dort umzusehen. An der Rückseite des Hauses fiel ihm eine Holztreppe auf, die zu einer Terrasse führte. Offenbar der Privateingang, von dem in der Anzeige die Rede gewesen war.

Die Glastür stand offen. Mit jedem Schritt, den Cooper näher trat, wurde die Musik lauter. Er schnupperte. Es roch nach frischer Farbe – ein Geruch, den er immer schon gemocht hatte. Kurz entschlossen trat er ein.

Vor ihm lag ein großer Wohnraum, von dem im hinteren Teil eine Küchenzeile durch eine Theke abgeteilt war. Die Geräte waren nicht neu, jedoch blank poliert. Der Kachelboden glänzte.

Etwas hoffnungsvoller ging er in die Richtung, aus der die Musik kam. Dabei nutzte er die Gelegenheit, sich ein wenig umzusehen. Das Bad war genauso blitzsauber wie die Küche und glücklicherweise kein Experiment in Farben, sondern rein weiß. Neben dem Waschbecken lag ein Buch mit dem Titel „Selbst ist der Mann". Misstrauisch drehte Cooper den Hahn auf. Zu seiner Erleichterung kam ein kräftiger Strahl glasklares Wasser heraus.

Auf der anderen Seite des Ganges lag ein kleiner Raum, von dem aus man in den Garten blickte. Hier könnte man gut ein Arbeitszimmer einrichten, überlegte Cooper.

In der Anzeige war die Rede von zwei Schlafzimmern gewesen. Die laute Musik führte ihn zu dem zweiten Raum an der Vorderseite des Hauses. Cooper blickte hinein. Platz für sein großes kalifornisches Bett wäre jedenfalls vorhanden. Der Boden, der den Rändern nach zu urteilen aus Eichendielen bestand, war mit farbbekleckster Tüchern bedeckt. In einer Ecke standen Farbeimer und Abstreifgitter. Daneben lagen Pinsel und Walzen in verschiedenen Größen.

Eine Gestalt im weiten Overall, die auf einer Trittleiter stand, vollendete das Bild. Trotz der Mütze, die das Haar verbarg, und des unförmigen Kleidungsstücks sah Cooper sofort, dass er eine große, schlanke Frau vor sich hatte.

Die nackten Füße mit gepflegten, rosa lackierten Nägeln waren mit Farbklecksen bedeckt. Sie sang laut und ziemlich falsch.

Cooper klopfte an den Türrahmen. „Entschuldigen Sie."

Die Frau strich seelenruhig weiter. Ihre Hüften bewegten sich rhythmisch, als sie mit der Deckenkante begann. Cooper trat auf sie zu und tippte ihr auf den Rücken.

Sie schrie auf und fuhr herum. Obwohl er zu Recht auf seine Reaktionsschnelligkeit stolz war, traf ihn der mit Farbe getränkte Pinsel mitten ins Gesicht.

Er stieß einen Fluch aus und machte einen Satz zurück. Gleich darauf sprang er wieder vor, um zu verhindern, dass sie von der Leiter fiel. Obwohl alles ganz schnell ging, prägte sich ihm der Eindruck eines schlanken Körpers, eines blassen, dreieckigen Gesichts mit großen, von langen Wimpern umrahmten braunen Augen und der Duft nach Geißblatt ein.

Im nächsten Moment hielt Cooper sich keuchend die Magengegend, in die sie den Ellbogen gerammt hatte. Während er noch nach Luft rang, schrie sie etwas, das er nicht verstand.

„Sind Sie verrückt?", keuchte er und umklammerte ihr Handgelenk, ehe sie ihn mit der Farbdose attackieren konnte. „Hören Sie, wenn Sie damit nach mir werfen, werden Sie es bereuen!"

„Was?"

„Ich habe gesagt, Sie sollen nicht mit der Dose werfen. Ich bin wegen der Anzeige hier."

„Was?", schrie sie wieder. In ihren Augen stand immer noch Panik, und sie sah aus, als sei sie zu allem fähig.

„Die Anzeige, verflixt noch mal!" Cooper lief zu dem tragbaren Kassettenrecorder und schaltete ihn aus. „Ich bin wegen der Anzeige hier", wiederholte er. In der plötzlichen Stille klang seine Stimme unnatürlich laut.

Sie kniff misstrauisch die Augen zusammen. „Welche Anzeige?"

„Wegen der Wohnung." Er wischte sich über die Wange, studierte die weiße Schmierspur auf dem Handrücken und unterdrückte einen Fluch. „Verstehen Sie? Ich komme auf Ihre Anzeige wegen der Wohnung."

„Tatsächlich?" Sie musterte ihn. Er sah ziemlich beunruhigend aus mit seinen breiten Schultern, dem sportlich durchtrainierten Körper und den langen Beinen. Seine Augen waren von einem hellen, beinahe durchscheinenden Grün und blickten alles andere als freundlich. Das verblichene Sweatshirt mit dem Emblem der Baltimore Orioles und die zerfransten Jeans trugen auch nicht dazu bei, ihn seriöser erscheinen zu lassen. Wenn sie Glück hatte, konnte sie zumindest über eine kurze Strecke schneller laufen als er. Im Schreien war sie ihm auf alle Fälle überlegen. „Die Anzeige erscheint erst morgen."

„Morgen?" Verblüfft griff Cooper in die Tasche und zog den zerknitterten Zettel heraus. „Das ist doch die richtige Adresse. In der Anzeige wurde hier eine Wohnung angeboten."

Die junge Frau ließ sich nicht beirren. „Die Anzeige erscheint erst morgen", wiederholte sie. „Wieso wissen Sie also davon?"

„Ich arbeite bei der Zeitung." Ganz vorsichtig streckte Cooper ihr den Zettel hin. „Da ich schon eine ganze Weile nach einer Wohnung suche, habe ich die Kollegin aus der Anzeigenabteilung gebeten, die Augen offen zu halten." Laut las er vor, was er sich aufgeschrieben hatte. „Zweizimmerwohnung, eigener Eingang, ruhige Wohngegend nahe Baltimore."

„Das ist richtig."

Cooper machte ein zerknirschtes Gesicht. „Vielleicht hat meine Kollegin etwas zu viel des Guten getan. Ich habe ihr Karten für ein Baseball-Spiel geschenkt, und deshalb wollte sie mir wohl einen Gefallen tun und hat mir die Information etwas früher gegeben." Als er sah, dass sie den Griff um die Farbdose etwas gelockert hatte, versuchte er es mit Charme. „Ich habe geklopft und bin dann ums Haus herumgegangen." Dass er sich zuerst innen umgesehen hatte, erwähnte er lieber nicht.

„Die Adresse war aber in der Anzeige nicht angegeben." Sie sah ihn nach wie vor argwöhnisch an.

„Ich arbeite bei der Zeitung", wiederholte er. Inzwischen hatte er Zeit gehabt, die Frau genauer zu betrachten. Irgendetwas an ihrem Gesicht kam ihm vertraut vor. Wirklich ein faszinierendes Gesicht mit hohen Wangenknochen, ausdrucksvollen Augen und dem zarten Porzellanteint, den Anzeigen für Gesichtscreme den Verwenderinnen versprachen. Der Mund war groß und hatte eine verführerisch volle Unterlippe.

„In der Redaktion hatte man Ihre Adresse wegen der Rechnung", fuhr Cooper fort. „Da ich einige Stunden frei habe, dachte ich, ich schaue einfach mal vorbei. Wenn es Ihnen lieber ist, komme ich gern morgen oder an einem anderen Tag wieder. Aber nachdem ich schon hier bin …" Er zückte seinen Presseausweis. „Damit Sie sich überzeugen können, dass ich die Wahrheit sage."

Zu seiner Erleichterung kniff sie die Augen zusammen und studierte das Dokument.

„Ich schreibe eine Kolumne", erklärte er lächelnd. „J. Cooper McKinnon über Sport. ‚Voll im Spiel'."

„Aha." Der Titel sagte ihr gar nichts. Die Sportseite legte sie meistens ungelesen zur Seite. Allerdings hatte das Lächeln sie etwas beruhigt. Wenn er lächelte, sah er nicht mehr so gefährlich aus. Und die Farbspur in seinem schmalen gebräunten Gesicht verlieh ihm etwas Spitzbübisches. „Also gut", gab sie nach. „Eigentlich wollte ich die Wohnung erst zeigen, wenn sie fertig ist. Ich bin immer noch beim Anstreichen."

„Das ist mir aufgefallen."

Sie lachte – ein warmes, leicht raues Lachen, das zu ihrer Stimme passte. „Ich glaube, ich muss mich bei Ihnen entschuldigen. Übrigens, ich heiße Zoe Fleming“, fügte sie hinzu, während sie etwas Verdünner auf ein Tuch träufelte. „Damit können Sie sich abwischen.“

„Vielen Dank.“ Cooper rieb sich über die Wange. „In der Anzeige steht, dass die Wohnung sofort bezogen werden kann.“

„Ich hatte geplant, bis morgen, wenn die Anzeige erscheint, mit der Arbeit fertig zu sein. Sind Sie aus dieser Gegend?“

„Im Moment wohne ich in einem Apartment in der Stadtmitte, aber ich suche etwas Geräumigeres im Grünen.“

„Die Wohnung bietet viel Platz. Sie wurde vor ungefähr acht Jahren vom Rest des Hauses abgetrennt. Der Besitzer hatte sie für seinen Sohn ausgebaut. Als er starb, verkaufte der Sohn das Haus und zog nach Kalifornien. Er schreibt dort Komödien fürs Fernsehen.“

Cooper ging zum Fenster und blickte hinaus. Er bewegt sich sehr behände, dachte Zoe, wie ein Mann, der schnell und leicht auf den Füßen ist. Als sie gegen ihn getaumelt war, hatte sie seinen zugleich kräftigen und drahtigen Körper gespürt. Und starke Hände, die zupacken konnten. Zoe überlegte. Es wäre vielleicht ganz praktisch, einen Mann im Haus zu haben.

„Mit wie viel Personen würden Sie einziehen, Mr McKinnon?“ Es wäre schön, wenn er auch ein Kind hätte, dachte sie. Dann hätte Keenan einen Spielgefährten.

„Ich bin allein.“ Die Wohnung gefiel Cooper. Es würde ihm gut tun, aus dem kleinen Apartment herauszukommen, in dem er sich kaum umdrehen konnte, ohne irgendwo anzustoßen.

Er freute sich schon darauf, frisch gemähtes Gras und gelegentlich den Rauch von Grillfeuer zu riechen. „Wenn Sie nichts dagegen haben, könnte ich am Wochenende einziehen.“

Dass es so einfach sein würde, hatte Zoe nicht erwartet. Nachdenklich kaute sie auf der Unterlippe. Vermieterin war sie bisher nicht gewesen. Doch sie hatte lange genug in gemieteten Räumen gelebt, um sich auszukennen. „Ich muss Sie um eine Kaution in Höhe von zwei Monatsmieten bitten.“

„Selbstverständlich.“

„Außerdem brauche ich Referenzen.“

„Ich gebe Ihnen die Nummer der Hausverwaltung, die mein jetziges Apartment betreut. Sie können auch gern den Personalchef der Zeitung anrufen. Haben Sie einen Mietvertrag, den ich unterschreiben könnte?“

„Den kann ich Ihnen erst morgen vorlegen.“ Zoe hatte sich eigens ein Buch mit Musterverträgen aus der Bücherei geholt und vorgehabt, eine vereinfachte Version abzuschreiben. „Möchten Sie auch den Rest der Wohnung besichtigen, oder haben Sie Fragen?“ Seit Tagen übte sie bereits ihre Rolle als Dame des Hauses.

„Ich habe alles Wichtige gesehen und keine Einwände.“

„Aha.“ Das nahm ihr etwas den Wind aus den Segeln. „Dann kann ich die Anzeige ja stornieren.“

Von draußen drang ein Geräusch herein, das Cooper an eine Elefantenherde erinnerte. Zoe blickte zur Tür und ging in die Hocke, um das anfliegende Geschoss aufzufangen.

Es handelte sich um einen kleinen Jungen, wie Cooper feststellte, als Zoe das Kind lachend hochhob. Der Junge hatte glänzendes goldblondes Haar, trug rote Turnschuhe und Jeans, die mit einer schwer zu identifizierenden klebrigen Substanz verschmiert waren. In der Hand hielt er eine Lunchbox aus Plastik mit einem Aufkleber, auf dem eine intergalaktische Schlacht tobte, und ein Blatt Zeichenpapier, das an den Rändern schon ziemlich schmuddelig war.

„Ich habe den Ozean gezeichnet“, verkündete der Kleine. „Und dazu eine Million Leute, die alle von Haien gefressen werden.“

„Schrecklich.“ Zoe schauderte pflichtschuldig und ließ sich einen Kuss geben. „Das sind aber große Haie“, meinte sie bewundernd. Offenbar konnte sie genau unterscheiden, welche der Kleckse Haie und welche ihre Opfer darstellten.

„Das sind ja auch Monsterhaie. Mutierte Monsterhaie. Mit ganz scharfen Zähnen.“

„Das sehe ich. Keenan, das ist Mr McKinnon, unser neuer Mieter.“

Keenan hielt sich vorsichtshalber am Bein seiner Mutter fest, während er den Fremden studierte. Als er das Emblem auf Coopers Sweatshirt entdeckte, leuchteten seine Augen auf. „Das ist Baseball. Ich werde es demnächst lernen. Mama besorgt sich ein Buch und bringt es mir bei.“

Ein Buch. Cooper hätte beinahe verächtlich geschnaubt. Als ob man das faszinierendste Spiel, das der Mensch je erfunden hatte, aus einem Buch lernen könnte. Was für eine Niete hatte der Junge eigentlich zum Vater?

„Das ist ja toll." Mehr beabsichtigte Cooper nicht zu sagen. Er hatte es schon immer für klüger gehalten, sich nicht auf Diskussionen mit irgendjemandem unter sechzehn einzulassen.

Keenan sah das offenbar anders. „Wenn Sie hier wohnen wollen, müssen Sie Miete bezahlen. Dann haben wir nicht nur Geld für die Hypothek, sondern können sogar einen Ausflug zu Disney World in Florida machen."

Wofür hielt sich der Junge eigentlich? Für einen Buchhalter? fragte sich Cooper spöttisch.

„Schon gut, Sportsfreund." Zoe lachte und zerzauste ihrem Sohn das Haar. „Jetzt mache ich weiter. Geh du schon einmal runter und räum deine Sachen weg."

„Kommt Beth heute Abend zum Spielen zu mir?"

„Ja, sie wird gegen sechs da sein. Nun verschwinde. Ich komme gleich nach."

„Okay." Er war bereits halb zur Tür hinaus, als seine Mutter mahnend seinen Namen rief. Ein Blick genügte, um ihn an seine Manieren zu erinnern. Keenan drehte sich zu Cooper um und grinste spitzbübisch. „Wiedersehn, Mister."

Erneut war die Elefantenherde auf der Holztreppe zu vernehmen, dann knallte eine Tür. „Keenan liebt große Auftritte und Abgänge", erklärte Zoe zu Cooper gewandt. „Das hat er von meiner Mutter. Sie ist Schauspielerin in einem experimentellen Theater in einer Seitenstraße des Broadway." Einen Fuß bereits wieder auf der Leiter, sah sie Cooper abschätzend an. „Sie sehen aus, als wollten Sie es sich noch einmal überlegen. Haben Sie etwas gegen Kinder?"

„Ganz und gar nicht", versicherte Cooper hastig. Schließlich stand nicht zu erwarten, dass der Junge ein regelmäßiger Besucher wurde. Falls doch, würde er ihm eben verständlich machen müssen, dass er seine Ruhe haben wollte. „Ein netter kleiner Bursche."

„Das ist er. Ich will nicht behaupten, dass er ein Engel ist, aber er wird Ihnen nicht lästig fallen. Wenn er Sie stört, brauchen Sie es mir nur zu sagen."

„Selbstverständlich. Wissen Sie was, ich komme morgen wieder vorbei, um den Mietvertrag zu unterschreiben und Ihnen einen Scheck für die Kaution und die erste Monatsmiete zu bringen. Bei der Gelegenheit können Sie mir dann auch die Schlüssel geben."

„Das ist mir recht."

„Um wie viel Uhr soll ich da sein?"

Zoe überlegte. „Was ist morgen denn für ein Tag?"

„Freitag."

„Freitag." Sie schloss die Augen und ging im Geist ihren Terminkalender durch. „Da arbeite ich von zehn bis zwei – glaube ich jedenfalls. Doch, ich bin mir ziemlich sicher. Ab halb drei bin ich auf alle Fälle hier."

„Sehr schön. Es hat mich gefreut, Mrs Fleming."

Sie nahm die ausgestreckte Hand. „Miss Fleming", stellte sie richtig. „Ich bin nicht verheiratet. Und da wir sozusagen zusammenleben werden, können Sie ruhig Zoe zu mir sagen."

2. KAPITEL

Schon wieder machte niemand die Tür auf. Cooper blickte auf die Uhr und stellte fest, dass es Viertel vor drei war. Er hielt sich nicht für einen Fanatiker in Bezug auf Pünktlichkeit, doch da sein Leben sich vorwiegend um Abgabetermine drehte, hatte er Respekt davor. Diesmal stand kein rostiger Kombi in der Einfahrt. Hoffnungsvoll ging Cooper trotzdem zur Rückseite des Hauses. Ehe er die Treppe hochsteigen konnte, rief ihn vom Nachbargarten aus jemand an.

„Junger Mann! Hallo, Sie, junger Mann!“ Er drehte sich um und sah eine unförmige Gestalt in geblümtem Kaftan auf den Zaun zulaufen. Über einem breiten Gesicht ringelte sich hennarotes Haar. Als sie näher kam, stellte Cooper fest, dass die Frau einen knallroten Lippenstift, pinkfarbenes Rouge und lavendelblauen Lidschatten trug.

Als sie schließlich den Zaun erreicht hatte, presste sie eine beringte Hand gegen ihren wogenden Busen. „Ich bin nicht mehr so jung, wie ich einmal war. Ach, ehe ich es vergesse – ich bin Mrs Finkleman.“

„Guten Tag.“

„Sie sind der junge Mann, der bei Zoe in den ersten Stock einzieht.“ Mrs Finkleman zupfte kokett ihre Locken zurecht. „Zoe hat gar nicht erzählt, dass Sie so gut aussehen. Sind Sie verheiratet?“

„Nein“, antwortete Cooper vorsichtig. „Miss Fleming und ich wollten uns eigentlich um halb drei treffen. Offenbar ist sie nicht zu Hause.“

„Typisch Zoe – mal hier, mal da.“ Mrs Finkleman stützte die Ellbogen auf den Zaun. Offenbar richtete sie sich auf einen gemütlichen Plausch ein. „Dieses Mädchen macht immer ein Dutzend verschiedene Dinge gleichzeitig und zieht dabei diesen süßen kleinen Jungen allein auf. Ich hätte nicht gewusst, wie ich ohne meinen Harry zurechtkommen soll, als unsere Kinder klein waren.“

Cooper war nicht umsonst Reporter. Da er außerdem gern Näheres über die Lebensumstände seiner Vermieterin erfahren wollte, verlegte er sich auf die Interviewtaktik. „Hilft der Vater des Jungen ihr denn nicht?“

Mrs Finkleman schnaubte verächtlich. „Der lässt sich nicht blicken. Nach allem, was man so hört, hat er sich abgesetzt, als er erfuhr, dass Zoe ein Baby erwartet. Einfach sitzen lassen hat er sie. Dabei war sie damals selbst fast noch ein Kind. So viel ich weiß, hat er den Jungen nie zu Gesicht bekommen. Dabei ist er wirklich ein süßer Bengel."

Cooper nahm an, dass sie von Keenan sprach. „Wirklich ein netter Junge. Wie alt ist er eigentlich? Fünf? Sechs?"

„Nein, erst vier. Heutzutage sind die Kinder einfach intelligenter. Man bringt ihnen auch eher etwas bei. Keenan geht schon in die Vorschule. Jede Minute wird er heimkommen."

„Dann holt ihn seine Mutter also gerade ab?"

„Nein, sie ist nicht mit dem Chauffieren dran. Alice Miller – sie wohnt in dem weißen Haus mit den blauen Zierleisten an der nächsten Ecke – bringt diese Woche die Kinder zur Schule und holt sie wieder ab. Sie hat einen Jungen und ein Mädchen. Richtige Wildfänge. Die Jüngere, Steffie, ist so alt wie Keenan. Brad, der Ältere, ist kaum zu bändigen."

Als Mrs Finkleman begann, sich in Einzelheiten über Brads Streiche auszulassen, hielt Cooper es für klüger, das Interview zu beenden. „Könnten Sie Miss Fleming vielleicht ausrichten, dass ich hier war? Ich lasse Ihnen eine Nummer da, wo sie mich erreichen kann."

„Ach du meine Güte …" Mrs Finkleman wedelte mit der Hand. „Mein Gedächtnis ist auch nicht mehr das Beste. Jetzt hätte ich beinahe vergessen, Ihnen zu sagen, dass Zoe mich angerufen und gebeten hat, nach Ihnen Ausschau zu halten. Sie ist im Blumenladen aufgehalten worden. Dort arbeitet sie drei Tage in der Woche. ‚Floral Bouquet' in Elicott City. Ein schönes Geschäft, aber sündhaft teuer. Dort bekommen Sie unter einem Dollar nicht einmal ein Gänseblümchen."

„Sie ist aufgehalten worden", erinnerte Cooper.

„Ach ja. Ihre Ablösung hatte eine Autopanne – deshalb kam Zoe nicht pünktlich weg. Sie lässt Ihnen ausrichten, dass Sie direkt in die Küche gehen können. Der Mietvertrag und die Schlüssel liegen auf dem Tisch."

„Vielen Dank."

„Das ist doch gar nicht der Rede wert. Hier in dieser Gegend helfen die Nachbarn sich gegenseitig. Ich glaube nicht, dass Zoe mir erzählt hat, was Sie von Beruf sind."

„Ich bin Sportreporter für den ‚Dispatch'."

„Tatsächlich? Mein Harry ist ganz versessen auf Sport. Wenn ein Spiel übertragen wird, ist er nicht vom Fernseher wegzubringen."

„Deshalb ist Amerika ja auch ein so großartiges Land."

Mrs Finkleman lachte und versetzte Coopers Arm einen Stoß, der einen weniger kräftigen Mann umgeworfen hätte. „Ihr Männer seid doch alle gleich. Sie können jederzeit bei uns hereinschauen und mit Harry über Sport fachsimpeln. Ich verstehe höchstens ein bisschen was von Baseball."

Cooper, der sich eigentlich taktvoll hatte verabschieden wollen, hielt inne. „Sie mögen Baseball?"

„Mein Sohn, ich bin in Baltimore geboren und aufgewachsen." Damit war für Mrs Finkleman offenbar alles gesagt. „Denken Sie an meine Worte – dieses Jahr werden unsere Jungs es bis an die Spitze schaffen."

„Das glaube ich auch. Seit sie diesen neuen Trainer haben …"

Ein lautes Hupen unterbrach Cooper. Als er sich umschaute, sah er Keenan aus einem roten Auto springen und auf ihn zurennen.

„Tag, Mister. Hi, Mrs Finkleman. Carly Meyers ist hingefallen, und alles war voller Blut." Seine großen braunen Augen leuchteten. „Eine Menge Blut, und sie hat ganz furchtbar geschrien." Um zu zeigen, was er meinte, stieß er ein Geheul aus, das Cooper durch Mark und Bein ging. „Dann hat sie ein Pflaster mit lauter Sternen bekommen." Offenbar war Keenan der Ansicht, dass man für solch eine Auszeichnung schon ein bisschen Blut opfern konnte. „Wo ist Mama?"

Mrs Finkleman lehnte sich über den Zaun und zwickte ihn liebevoll in die Wange. „Deine Mama muss heute ein bisschen länger arbeiten, Schätzchen. Sie hat erlaubt, dass du mit zu mir kommst, bis sie eintrifft."

„Okay." Keenan besuchte die Nachbarin gern, denn da gab es immer Kekse und andere Süßigkeiten. „Zuerst muss ich meine Lunchbox wegräumen."

„Bist du aber ein braver Junge! Nimmst du inzwischen diesen netten Mann mit hinein und zeigst ihm, wo er auf deine Mutter warten kann?"

„Klar."

Ehe Cooper sich eine Ausrede zurechtlegen konnte, hatte Keenan ihn bei der Hand gefasst. Ich hatte recht, dachte er ergeben. Kinderhände kleben.

„Wir haben auch Kekse", teilte ihm Keenan mit wichtiger Miene mit. Offenbar hoffte er auf eine doppelte Portion, wenn er seine Karten nur geschickt ausspielte.

„Sehr schön."

„Wir haben sie an unserem freien Abend selbst gebacken." Er blickte Cooper flehentlich an. „Sie sind wirklich gut."

„Das glaube ich gern." Cooper fing die Hintertür gerade noch ab, ehe sie zuknallte.

„Dort." Keenan deutete auf ein Keramikgefäß in Form eines großen gelben Vogels auf der Anrichte. „Da sind sie drin."

„Schon gut." Um den Jungen zufriedenzustellen, langte Cooper hinein, holte eine Hand voll Kekse heraus und legte sie auf den Tisch. Keenan machte große Augen. Mit solch einem Glücksfall hatte er nicht gerechnet.

„Sie können auch welche nehmen", erklärte der Kleine großzügig und schob sich ein Plätzchen mit Schokoladensplittern in den Mund.

„Sind sie wirklich so gut?" Schulterzuckend kostete Cooper. Nicht schlecht, gab er nach dem ersten Bissen zu. Der Junge verstand etwas von Keksen. „Jetzt gehst du aber lieber nach nebenan."

Keenan nahm sich schnell noch ein Plätzchen. „Zuerst muss ich meine Thermoskanne auswaschen, sonst riecht sie schlecht."

„Das ist richtig." Während der Junge einen Schemel zur Spüle trug, setzte sich Cooper an den Tisch, um den Mietvertrag durchzulesen.

Keenan spritzte etwas Spülmittel in die Kanne, und als er merkte, dass Cooper nicht hinsah, noch etwas hinterher. Und noch ein bisschen. Dann drehte er den Wasserhahn voll auf und kicherte, als der Schaum zu fliegen begann. Die Zunge zwischen den Zähnen, steckte er den Stöpsel in den Ausguss und begann, Geschirrspülmaschine zu spielen.

Cooper war vollauf mit dem Mietvertrag beschäftigt und achtete nicht auf ihn. Die einzelnen Klauseln entsprachen dem üblichen Standard. Zoe hatte bereits beide Ausfertigungen unterschrieben. Er zeichnete ein Exemplar gegen, faltete seine Kopie zusammen und legte den Scheck auf den Tisch. Als er aufstand und die Schlüssel an sich nahm, bemerkte er Keenan.

„Ach, du meine Güte."

Der Junge war von Kopf bis Fuß durchnässt. Auf Gesicht und Haar saßen Seifenblasen. Auf dem Kachelboden unter dem Schemel hatte sich eine ansehnliche Pfütze gebildet.

„Was machst du denn da?"

Keenan blickte über die Schulter und lächelte unschuldig. „Gar nichts."

„Schau mal, hier ist alles patschnass." Cooper blickte sich suchend nach einem Lappen um.

„Alles", bestätigte Keenan und schlug mit beiden Händen ins Wasser, als wolle er seinen Gegner auf die Probe stellen. Eine Schaumfontäne spritzte auf.

„Himmel noch mal, lass das! Solltest du nicht längst bei Mrs Finkleman sein?" Endlich fand Cooper ein Küchentuch und lief zur Spüle. Der nächste Schwall traf ihn mitten ins Gesicht. Er kniff die Augen zusammen. „Jetzt pass mal auf …"

Die Vordertür ging auf und fiel krachend ins Schloss. Mutter und Sohn hatten offenbar einiges gemeinsam.

„Keenan?", hörte Cooper Zoe rufen. „Ich hoffe, du warst nicht an der Keksdose."

Cooper betrachtete die Krümel auf Tisch und Fußboden und den Seifenschaum in der Spüle. „Verdammt!"

„Verdammt", wiederholte Keenan strahlend und tanzte kichernd auf dem Schemel herum. „Verdammt. Tag, Mom."

Zoe, die einen Strauß Iris im Arm hielt, erfasste die Situation mit einem Blick. Ihr Sohn sah aus wie ein begossener Pudel, die Küche wirkte, als sei ein mittlerer Hurrikan durchgezogen, und ihr neuer Mieter stand mit ziemlich betretenem Gesicht da.

Wie ein Junge, den man beim Plündern der Keksdose erwischt hat, dachte sie und betrachtete die verräterischen Krümel.

„Du hast wohl wieder Geschirrspülmaschine gespielt", meinte Zoe mit einer Gelassenheit, die Cooper verblüffte, und legte die Blumen weg. „Ich bin nicht sicher, ob du mit diesem Beruf auf Dauer glücklich wirst."

Keenan warf seiner Mutter einen seelenvollen Blick unter feuchten Wimpern zu. „Er wollte unbedingt Kekse, Mom."

Cooper war im Begriff, sich zu verteidigen, beließ es dann aber bei einem finsteren Blick.

„Darauf wette ich. Geh schon mal in den Wäschekeller und zieh diese nassen Sachen aus."

„Okay." Keenan sprang vom Schemel, gab seiner Mutter einen Kuss und rannte hinaus.

„Tut mir leid, dass ich zu spät komme", erklärte Zoe heiter, zog den Stöpsel aus dem Spülbecken und ging dann zur Anrichte, um eine Vase zu holen.

Cooper wollte erklären, was sich in den vergangenen zehn Minuten ereignet hatte, aber dann wurde ihm bewusst, dass er selbst nicht ganz sicher war. „Ich habe den Mietvertrag unterschrieben."

„Das sehe ich." Sie hielt ihm die Vase hin. „Würden Sie die bitte schon einmal mit Wasser füllen? Ich muss einen Mopp holen."

„Natürlich."

Wahrscheinlich vertrimmt sie ihren Sohn damit, dachte Cooper schuldbewusst. Doch die Geräusche aus dem Wäschekeller klangen nicht nach körperlicher Züchtigung. Im Gegenteil, er hörte den Jungen kichern und das herzliche Lachen einer Frau. Mit der Vase in der Hand stand Cooper da und staunte.

„Sie stehen mitten in der Pfütze", bemerkte Zoe, als sie mit Eimer und Mopp zurückkam.

„Oh ..." Cooper blickte auf seine nassen Schuhe und trat rasch zur Seite. „Hier ist Ihre Vase."

„Danke." Zuerst kümmerte Zoe sich um die Blumen. „Wie es scheint, haben Sie Mrs Finkleman kennengelernt."

„Neuigkeiten verbreiten sich offenbar schnell."

„In dieser Gegend schon." Als sie ihm ein Tuch reichte, damit er sein Gesicht abtrocknen konnte, nahm er ihren Duft wahr, frisch und intensiv. Zoe trug Jeans und ein weites T-Shirt mit der Aufschrift „Floral Bouquet". Ihr Haar, das sie zum Pferdeschwanz gebunden hatte, war von einem schimmernden Hellbraun.

Erst als Zoe die Augenbrauen hochzog, wurde Cooper bewusst, dass er sie angestarrt hatte. „Entschuldigung – ich meine, wegen des Durcheinanders."

„Haben Sie auch Geschirrspülmaschine gespielt?"

„Nicht direkt." Ihr Lächeln war einfach unwiderstehlich, und plötzlich fühlte er sich stark zu ihr hingezogen.

Es würde schön sein, eine hübsche Vermieterin zu haben, die im gleichen Haus wohnte. Vielleicht konnten sie gelegentlich zusammen essen oder …

„Mama!" Keenan stand splitternackt in der Tür. „Ich kann meine Hose nicht finden."

„Sie ist im Korb neben der Waschmaschine", antwortete Zoe, ohne den Blick von Cooper zu wenden.

Er hatte den Jungen ganz vergessen und sich Tagträumen hingegeben, ohne daran zu denken, dass Zoe nicht einzeln zu haben war. Im Geiste trat er einen großen Schritt zurück und klimperte mit seinen Schlüsseln.

„Ich habe einige Kartons im Auto, die ich gern heute schon einräumen würde."

„Natürlich." Es ist albern, jetzt enttäuscht zu sein, redete sich Zoe ein. Albern, sich weiblichen Gefühlen hinzugeben, nur weil ich Interesse in seinem Blick gesehen habe. Interesse, das allerdings sehr schnell verschwand, als mein Sohn nach mir rief. „Brauchen Sie Hilfe?"

„Nein, vielen Dank. Ich komme schon allein zurecht. Heute Abend muss ich über ein Spiel berichten. Deswegen bringe ich den Rest meiner Sachen morgen. Also dann …" Rückwärts ging Cooper zur Tür.

„Willkommen an Bord, Mr McKinnon."

„Cooper", berichtigte er, als er bereits auf der Schwelle stand. „Ich heiße Cooper."

Cooper, dachte Zoe und stützte sich auf den Mopp. Es war ihr wie eine wirklich gute Idee vorgekommen, die obere Wohnung zu vermieten.

Das zusätzliche Einkommen würde den Druck, der auf ihr lastete, etwas mildern. Vielleicht blieb sogar noch etwas übrig für den Besuch von Disney World, den Keenan sich so sehr wünschte.

Es war ein Risiko gewesen, das Haus zu kaufen. Doch sie wollte unbedingt, dass ihr Sohn in einer schönen Umgebung aufwuchs mit einem Garten und, wenn er etwas älter war, vielleicht einem Hund.

Die Mieteinnahmen würden dieses Risiko ein bisschen mindern. Allerdings war ihr erst jetzt bewusst geworden, wie gefährlich es sein konnte, einen Mieter im Haus zu haben, der männlich, ungebunden und einfach unwiderstehlich war.

Wach auf aus deinem Traum, Zoe, sagte sie sich energisch. J. Cooper McKinnon ist genauso wie alle anderen, die die Flucht ergreifen, sobald sie das Getrappel kleiner Füße hören.

Im Wäschekeller fiel irgendetwas um. Zoe schüttelte nur den Kopf. „Komm, Seemann!“, rief sie. „Zeit, das Deck zu schrubben.“

3. KAPITEL

„Hübsche Bude, Cooper. Alle Achtung." Ben Robbins, ein Reporter aus der „Dispatch"-Redaktion, trank einen Schluck von seinem kalten Bier und blickte sich in Coopers Wohnung um. „Solange wir alles hochschleppen mussten, war ich nicht besonders angetan davon, aber jetzt muss ich sagen, wirklich nicht übel."

Die Wohnung war mehr als nur „nicht übel", und Cooper wusste es. Alles stand genau dort, wo er es haben wollte. Das Wohnzimmer wurde von seiner langen niedrigen Couch aus burgunderrotem Leder und dem Fernsehgerät mit dem übergroßen Bildschirm beherrscht, an dem man Sportübertragungen wirklich mitverfolgen konnte. Einige hübsche Lampen, die warmes Licht gaben, ein Couchtisch mit verkratzter Platte und ein bequemer Sessel vervollständigten die Einrichtung im formellen Teil des Raums.

An der Wand der gegenüberliegenden Seite hatte er einen kleinen Basketballring zum Üben befestigt. Außerdem konnte er besser denken, wenn er Ball spielte. Ein gebrauchtes Flippergerät, ein Ständer mit zwei Baseballschlägern, seinem Tennis- und einem Hockeyschläger, ein Paar alte Boxhandschuhe an der Wand und ein bejahrter Billardtisch bildeten den sogenannten Erholungsteil.

Cooper hätte diese Gegenstände niemals Spielzeug genannt. Für ihn waren sie Arbeitsmittel.

Für die Fenster hatte er statt Vorhängen Jalousien ausgesucht. Mit Jalousien, dachte er, kann man einen Raum besser abdunkeln, wenn man sich tagsüber mal zu einem Nickerchen hinlegen möchte.

Die Einrichtung des Schlafzimmers bestand nur aus seinem Bett, einem Nachttisch und einem zweiten Fernsehgerät. Dieser Raum war zum Schlafen da oder, wenn er Glück hatte, eine andere Art von Sport.

Am besten gefiel ihm jedoch sein Arbeitszimmer. Schon jetzt konnte er sich vorstellen, wie er Stunde um Stunde an seinem Computer verbringen würde, während im tragbaren Fernseher auf dem Schreibtisch ein wichtiges Spiel übertragen wurde. In einem Anfall von Extravaganz hatte er sich einen Lederdrehsessel geleistet. Der

Schreibtisch war groß und wies zahlreiche Kratzer und Brandstellen auf. Ein Telefondoppelanschluss, ein Faxgerät und ein Videorekorder, auf dem er sich kritische Szenen mehrmals anschauen konnte, vervollständigten die Einrichtung. Seit seine diversen Urkunden, Fotos und Souvenirs an der Wand hingen, fühlte er sich richtig zu Hause.

„Hier sieht's aus wie in einer Sportlerkneipe“, stellte Ben fest und streckte die kurzen behaarten Beine aus. „Wo die Jungs nach dem Spiel entweder feiern oder ihren Kummer ertränken.“

Cooper fasste die Bemerkung als großes Kompliment auf. „Solch eine Umgebung passt zu mir.“

„Das kannst du laut sagen“, stimmte Ben zu und prostete ihm mit der Bierflasche zu. „Welcher Mann sehnt sich nicht nach einem Ort, wo er sich entspannen und ganz er selbst sein kann? Seit ich mit Sheila zusammengezogen bin, finde ich überall kleine Porzellanfiguren und Unterwäsche im Bad. Neulich hat sie eine neue Bettdecke mitgebracht. Sie ist voller Blumen. Rosa Blumen.“ Ben verzog schmerzlich das Gesicht. „Ich komme mir vor, als würde ich in einer Wiese schlafen.“

„Selbst schuld“, entgegnete Cooper ungerührt und legte die Füße auf den Couchtisch. Er war erfüllt von der Selbstgerechtigkeit der Ungebundenen. „Du hast es dir schließlich so ausgesucht.“

„Schon gut. Ich bin eben ganz verrückt nach ihr. Dabei ist sie ein Oakland-Fan.“

„Solche Menschen muss es auch geben. Wie man hört, wollen die Angels Remirez verkaufen.“

Ben winkte verächtlich ab. „Das kannst du mir nicht weismachen.“

„So geht jedenfalls das Gerücht.“ Cooper trank einen Schluck von seinem Bier. „Er soll nach Kansas City gehen. An seiner Stelle kommen Dunbar und der Nachwuchsspieler Jackson.“

„Die Mannschaftsführung muss den Verstand verloren haben. Remirez hat in der letzten Saison 0,280 erzielt.“

„0,285“, verbesserte Cooper. „Außerdem hat er vierundzwanzig Treffer einkassiert. Er war übrigens auch an der Spitze des Teams, was Fehler angeht.“

„Schon, aber mit solch einem Schlag … Was hat Dunbar denn für eine Schlagzahl? 0,220?"

„0,218, aber an der zweiten Position ist er wie ein Staubsauger. An ihm kommt nichts vorbei. Außerdem ist er noch entwicklungsfähig – ein kräftiger Bauernbursche mit einem Schlag, dass dir Hören und Sehen vergeht. Die Mannschaft braucht dringend frisches Blut. Die meisten der Stars sind über dreißig."

In vollkommener männlicher Harmonie tranken die beiden ihr Bier und debattierten dabei weiter über Baseball.

„Ich muss gleich los und über ein Spiel berichten", erklärte Cooper schließlich nach einem Blick auf die Uhr.

„Heute? Ich dachte, die Orioles wären noch bis morgen in Chicago."

„Sind sie auch." Cooper steckte seinen Kassettenrekorder, Block und Bleistift ein. „Ich gehe zu einem College-Spiel. Die Studenten haben einen Verteidiger, hinter dem sämtliche Talentsucher her sind. Den möchte ich mir mal anschauen. Vielleicht springt sogar ein Interview dabei raus."

„Was für ein Traumjob." Ben rappelte sich hoch. „Du kommst umsonst in jedes Stadion rein."

„Wirklich ein hartes Leben", bestätigte Cooper schmunzelnd und legte seinem Freund den Arm um die Schultern. „Wie kommst du mit deinem Artikel über die Sterilisation von Haustieren voran?", erkundigte sich Cooper und trat auf die Terrasse. Tief sog er die Luft ein. Was für ein herrlicher Abend – mild bei klarem Himmel. Er konnte die gerösteten Erdnüsse und die Hotdogs beinahe schon riechen.

„Erinnere mich bloß nicht daran", entgegnete Ben seufzend. Dann hellte sich seine Miene auf. „Aber tauschen möchte ich trotzdem nicht mit dir. Während du dich in übel riechenden Umkleideräumen herumtreibst, werde ich behaglich an Sheila gekuschelt im Bett liegen."

„Unter einer geblümten Decke."

„Und wenn schon? Sie sagt, dass sie seitdem viel mehr Spaß am Sex hat, und ich kann dir versichern … Donnerwetter!"

Als Ben tellergroße Augen bekam, drehte sich Cooper um.

Zoe kam auf sie zu. Sie trug den kürzesten Rock, der diesen Namen noch verdiente. Darunter waren endlos lange Beine in schwarzen Netzstrümpfen zu sehen. Bei jedem Schritt wiegte sie sich in den Hüften. Wie auch nicht, wenn ihre Füße in Pumps mit mindestens zehn Zentimeter hohen Absätzen steckten?

Eine knappe weiße Weste ließ sehr viel Ausschnitt sehen. Um den Hals trug sie eine glänzende schwarze Fliege – ein Anblick, der Coopers Blut in Wallung brachte.

Ihr Haar fiel gerade auf die Schultern. Im warmen Abendlicht erinnerte ihn der Anblick an ein Reh im sonnenüberfluteten Wald.

Sie blieb stehen, lächelte und sagte etwas, doch Coopers Verstand hatte sich abgeschaltet, als er ihre Beine sah.

„ … eingewöhnt haben."

„Äh …" Er schüttelte benommen den Kopf wie ein Mann, der aus dem Koma erwacht. „Wie bitte?"

„Ich sagte, ich hatte noch keine Gelegenheit nachzufragen, ob Sie sich schon ein bisschen eingewöhnt haben."

„O ja", versicherte er. „Sehr gut sogar."

„Das freut mich. Keenan hatte eine starke Erkältung, deswegen war es ziemlich hektisch in den vergangenen Tagen. Neulich habe ich gesehen, wie Sie Möbel nach oben getragen haben."

„Ja", entgegnete Cooper, weil ihm sonst nichts einfiel. „Ach, übrigens", fügte er rasch hinzu, als sein Freund ihn mit dem Ellbogen anstieß, „das ist Ben. Er hat mir beim Umzug geholfen."

„Tag, Ben. Ich bin Zoe."

„Tag, Zoe", entgegnete Ben. „Ich bin Ben", setzte er überflüssigerweise hinzu.

Sie lächelte nur. Sosehr sie das Kostüm hasste, manchmal war es höchst erheiternd, wie manche Vertreter des anderen Geschlechts darauf reagierten. „Arbeiten Sie auch bei der Zeitung?"

„Ja. Ich … äh … Ich schreibe gerade an einem Artikel über die Sterilisation von Haustieren."

„Tatsächlich?" Sein Adamsapfel hüpfte so heftig auf und ab, dass Ben ihr beinahe leidtat. „Ich werde danach Ausschau halten." Zu Cooper gewandt, fuhr Zoe fort. „Schön, dass Sie sich hier wohlfühlen. Jetzt muss ich zur Arbeit."

„Sie gehen aus?", platzte Cooper heraus. „In diesem Aufzug?"

Ihre Lippen zuckten. „Normalerweise bin ich so angezogen, wenn ich die Kinder zur Schule fahre, aber ich dachte, heute trage ich es zur Abwechslung einmal zur Arbeit. Sie kennen das Restaurant vielleicht: ‚Shadows'. Ich bin dort Bedienung. Schönen Abend noch. War nett, Sie kennenzulernen, Ben."

Sie ging weiter zu ihrem Auto. Nein, verbesserte Cooper, „gehen" war viel zu profan für diesen beunruhigend wiegenden Gang. Beide Männer starrten ihr noch nach, als sie schon längst rückwärts aus der Einfahrt rangiert war.

„Deine Vermieterin?" Ben flüsterte beinahe vor Ehrfurcht. „Das war deine Vermieterin?"

„Ich glaube schon." So hatte sie nicht ausgesehen, als er hier gewesen war, um den Mietvertrag zu unterschreiben. Dass sie schön war, war ihm von Anfang an aufgefallen. Doch die ersten beiden Male hatte sie weniger beunruhigend gewirkt. Heute war sie so ... so ... Cooper fand das passende Wort nicht. Verflixt, sie war Mutter. Mütter durften nicht so aussehen. „Sie hat ein Kind."

„Tatsächlich. Was für eins?"

„Ich glaube, es handelt sich um ein menschliches Wesen."

„Sehr komisch."

„Einen Jungen", fügte Cooper abwesend hinzu. „Ungefähr so hoch." Er hielt die ausgestreckte Hand etwa einen Meter über den Boden.

„Sie hat nicht nur ein Kind, sondern auch atemberaubende Beine. So hoch." Ben deutete mit der Hand auf seinen Hals. „Cooper, du bist wirklich ein Glückspilz. Meine Vermieterin hat Arme wie ein Sumo-Ringer mit einer tätowierten Eidechse drauf. Deine könnte für eine Sonderausgabe des ‚Playboy' posieren."

„Sie ist Mutter", wiederholte Cooper halblaut.

„Ich hätte jedenfalls nichts dagegen, zu ihr nach Hause zu kommen und mich mit Milch und Keksen verwöhnen zu lassen. Bis morgen in der Redaktion."

„Ja, natürlich." Noch lange stand Cooper stirnrunzelnd vor dem Haus. Mütter dürften nicht so aussehen, dachte er wieder. Ihr Äußeres sollte Vertrauen und Geborgenheit vermitteln – Mütterlichkeit eben. Er atmete tief aus und hoffte, das eigenartige Gefühl in seiner Magengegend würde schnell weggehen.

Schließlich war Zoe nicht seine Mutter.

Um Mitternacht brannten Zoes Füße wie Feuer. Der Rücken tat ihr weh, und in den Armen hatte sie ein Gefühl, als habe sie Mühlsteine geschleppt statt Tabletts mit Getränken. Sie hatte sechs unsittliche Anträge abgewehrt. Zwei waren so komisch gewesen, dass sie mit einem Scherz darüber hinweggegangen war, einer so beleidigend, dass sie dem Kerl ihren Pfennigabsatz in den Fuß gebohrt hatte, und die anderen hatte sie wie üblich einfach ignoriert. So etwas gehörte zu ihrem Job, und sie regte sich nicht mehr darüber auf.

Die Bar hatte ihren Namen von den Schatteneffekten der Neonbeleuchtung. Das Dekor erinnerte an die fünfziger Jahre, und die Kellnerinnen waren entsprechend geschmacklos aufgeputzt. Dafür waren die Trinkgelder großzügig und die Gäste – jedenfalls größtenteils – harmlos.

„Zweimal Hauswein weiß, ein Schwarzer Russe und einmal koffeinfreier Kaffee." Nachdem Zoe dem Barkeeper ihre Bestellung gegeben hatte, rollte sie die schmerzenden Schultern.

Hoffentlich hatte sich Keenan ohne allzu großes Theater ins Bett bringen lassen. Den ganzen Tag über war er quengelig gewesen, was bedeutete, dass er seine Erkältung fast überwunden hatte. Am Morgen war er direkt wütend geworden, als sie ihm erklärte, er könne noch nicht wieder zur Schule gehen.

Von mir hat er das nicht, dachte Zoe. Ich habe jede Gelegenheit wahrgenommen, den Unterricht zu schwänzen. Jetzt, mit fünfundzwanzig, bereute sie, dass sie ihre Schulbildung so vernachlässigt hatte. Wenn sie sich Mühe gegeben und die Aufnahmeprüfung fürs College abgelegt hätte, würde sie sich heute nicht mit Gelegenheitsjobs durchschlagen müssen.

Stattdessen besaß sie einen Oberschulabschluss, den sie nicht wirklich verdient hatte, und servierte Männern, die ihr in den Ausschnitt starrten, Drinks.

Doch Zoe war nicht der Typ, der verpassten Gelegenheiten nachtrauerte. Was auch immer sie falsch gemacht hatte – der größte Preis gehörte ihr. Keenan. In ein oder zwei Jahren würde sie genug gespart haben, um Weste und Fliege für immer an den Nagel zu hängen und sich für Abendkurse einzuschreiben. Wenn sie einmal die Grundlagen der Betriebswirtschaft beherrschte, konnte sie ihr eigenes Blumengeschäft eröffnen. Dann würde sie Keenan abends nicht mehr von Babysittern betreuen lassen müssen.

Zoe servierte eine Runde Getränke, nahm eine neue Bestellung auf und war dankbar, dass sie in fünf Minuten Pause hatte.

Als sie Cooper hereinkommen sah, galt ihr erster Gedanke Keenan. Doch die Panik verging so schnell, wie sie gekommen war. Cooper wirkte völlig entspannt. Offenbar wollte er nur etwas trinken. Als ihre Blicke sich trafen, nickte er freundlich und kam auf sie zu.

„Ich habe Durst."

„Dann sind Sie hier richtig. Möchten Sie sich an die Bar setzen oder lieber an einen Tisch?"

„An einen Tisch. Haben Sie eine Minute Zeit?"

„Ich habe bald eine Viertelstunde Pause. Warum?"

„Ich möchte mit Ihnen reden."

„Von mir aus. Was wollen Sie trinken?"

„Einen schwarzen Kaffee."

„Kommt sofort. Nehmen Sie schon einmal Platz."

Cooper blickte ihr nach, wie sie zur Bar ging. Er versuchte, nicht daran zu denken, wie attraktiv sie aussah. An und für sich machte er sich nichts aus Bars wie dieser, doch seit er Zoe vorhin gesehen hatte, gingen ihm einige Fragen im Kopf herum, die nur sie beantworten konnte. Deshalb war er entschlossen, die ganze Geschichte aus ihr herauszubekommen. Darin war er gut – ebenso wie er die Kunst beherrschte, ein Spiel genau zu analysieren und den Finger auf alle kleinen Triumphe und Niederlagen zu legen, die das Ergebnis beeinflussten.

„Heute war hier unglaublich viel los." Zoe stellte zwei Tassen Kaffee auf den Tisch und setzte sich Cooper gegenüber. Sie seufzte tief und dehnte sich leicht. „Seit Stunden bin ich ununterbrochen auf den Beinen."

„Ich dachte, Sie arbeiten in einem Blumenladen."

„Dort bin ich drei Tage in der Woche." Verstohlen streifte sie die Schuhe ab. „Vor so wichtigen Festen wie Weihnachten, Ostern oder Muttertag auch öfter." Sie trank einen Schluck Kaffee, den sie kräftig gesüßt hatte. „Es ist nur ein kleiner Laden. Deswegen arbeitet Fred, der Besitzer, nur mit Aushilfskräften. Für die braucht er keine Sozialabgaben zu entrichten. Lohnfortzahlung bei Krankheit fällt natürlich auch weg."

„Das ist ziemlich verantwortungslos."

Zoe zuckte die Schultern. „Dafür macht mir die Arbeit Freude. Seit ich dort bin, habe ich sehr viel über Blumen und Pflanzen gelernt."

Irgendjemand warf eine Münze in die Musikbox, und gleich darauf wurde es laut. Cooper lehnte sich vor, damit Zoe ihn hören konnte. Einen Moment verlor er sich in ihren großen braunen Augen.

„Sind wir uns vielleicht schon einmal begegnet?", fragte er lächelnd.

„In der Wohnung."

„Nein, das meine ich nicht." Er schüttelte den Kopf. Jetzt war nicht der richtige Zeitpunkt, das Thema weiterzuverfolgen. „Warum hier?"

„Wie bitte?" Verständnislos schaute Zoe ihn an.

„Warum arbeiten Sie hier?"

„Weil ich gut dafür bezahlt werde."

„Irgendwie finde ich, Sie gehören nicht in eine Bar."

„Wieso?" Zoe wusste nicht, ob sie erheitert oder beleidigt sein sollte. Sie entschied sich für Ersteres, weil das ihrer Natur entsprach. „Haben Sie etwas gegen Bardamen?"

„Nein, natürlich nicht. Aber Sie sind Mutter."

„Allerdings. Ich habe einen Sohn, der das beweist." Sie lachte und stützte das Kinn auf die Hände. „Würden Sie es für passender halten, wenn ich zu Hause bliebe und strickte?"

„Nein." Das war gelogen, denn genau das dachte er. „Es ist dieser Aufzug", platzte Cooper heraus. „Wie diese Männer Sie alle ansehen …"

„Wenn eine Frau sich so anzieht, sehen Männer natürlich hin. Mehr passiert aber nicht. Wenn es Sie beruhigt, zu Elternabenden gehe ich nicht so."

Cooper kam sich von Sekunde zu Sekunde lächerlicher vor. „Schauen Sie, es geht mich ja nichts an. Fragen zu stellen ist einfach eine Gewohnheit von mir. Ich finde nur, Sie könnten etwas Besseres erreichen. Sie haben den Job im Blumenladen, die Miete …"

„Darüber hinaus eine hohe Hypothek", unterbrach Zoe, „einen Sohn, der laufend aus Kleidung und Schuhen herauswächst, Ratenzahlungen für den Wagen – von den Ausgaben fürs Essen und den Arzt ganz abgesehen."

„Arzt? Ist der Junge krank?", fragte Cooper leise.

Zoe schloss einen Moment die Augen. Gerade als sie anfing, wütend zu werden, hatte er ihr mit dieser Bemerkung den Wind aus den Segeln genommen. „Nein, aber Kinder in Keenans Alter bringen häufig irgendwelche Infektionen aus der Schule mit nach Hause. Deswegen muss er regelmäßig vom Kinderarzt untersucht werden. Dazu kommen Besuche beim Zahnarzt. Das alles kostet viel Geld."

„Denken Sie, das weiß ich nicht? Für so etwas gibt es aber doch Zuschüsse und …"

Er verstummte, als ihre Augen plötzlich zu blitzen begannen. „Ich bin durchaus imstande, den Lebensunterhalt für mich und mein Kind zu verdienen."

„Das habe ich nicht gemeint …"

Zoe ließ ihn nicht ausreden. „Ich habe zwar keinen Collegeabschluss oder eine tolle Berufsausbildung, aber ich kann für uns beide sorgen. Meinem Sohn fehlt nichts." Sie schlüpfte wieder in ihre Schuhe und stand auf. „Keenan und ich sind bisher sehr gut allein zurechtgekommen. Auf einen neugierigen Reporter, der mir Vorschriften machen will, wie ich mich als Mutter zu verhalten habe, kann ich verzichten. Der Kaffee geht auf meine Rechnung."

Seufzend sah Cooper Zoe nach, wie sie mit hocherhobenem Kopf davonging. Das hatte er gründlich verpatzt. Ob sie ihm am nächsten Morgen die Kündigung präsentieren würde?

4. KAPITEL

Zoe warf Cooper nicht hinaus. Sie hatte den Gedanken zwar erwogen, war aber dann zu dem Schluss gekommen, dass die Genugtuung den Verlust der Miete nicht aufwog. Außerdem hatte sie ähnliche Argumente schon mehrfach gehört.

Einer der Gründe, warum sie von New York nach Baltimore gezogen war, lag darin, dass sie es leid war, von Freunden und Verwandten zu hören, wie sie ihr Leben führen und ihren Sohn erziehen sollte.

Hier in einem anderen Staat hatte sie ganz neu angefangen. Sie hatte genug Geld gespart, um sich eine hübsche Dreizimmerwohnung leisten zu können und den Rest anzulegen. Da sie bereit war, jede Arbeit anzunehmen, fand sie rasch eine Anstellung und dann bald eine zweite. Keenan tagsüber in den Kindergarten zu geben war ihr nicht leicht gefallen, doch sie hatte sich umsonst Sorgen gemacht. Er blühte geradezu auf, denn er hatte die Kontaktfreudigkeit seiner Mutter geerbt.

Heute, zwei Jahre später, besaß sie ein Haus mit Garten in einer Gegend, wie sie es sich für ihren Sohn gewünscht hatte. Das alles hatte sie ohne Hilfe geschafft.

Zu viele Leute hatten ihr gesagt, sie sei verrückt oder zu jung. Sie werfe ihr Leben und die Aussicht auf eine Zukunft weg.

Mit Schwung wuchtete Zoe den Rasenmäher herum und nahm die nächste Bahn in Angriff. Das ist mein Gras, dachte sie mit zusammengebissenen Zähnen. Ich habe es allen gezeigt. Ohne jegliche Unterstützung habe ich mein Kind bekommen, für es gesorgt und ihm ein gemütliches Zuhause geschaffen. Keenan und ich sind keine Statistik, sondern eine richtige Familie.

Auf Mitleid oder Wohltätigkeit konnte sie verzichten. Auch wenn es vielleicht länger dauerte als bei anderen, hatte sie bisher noch alles erreicht, was sie sich in den Kopf gesetzt hatte. Und sie hatte Pläne, solide, gut durchdachte Pläne.

Eine Berührung an der Schulter ließ sie zusammenzucken. Als sie sich umdrehte und Cooper entdeckte, fasste sie den Griff des Rasenmähers fester. „Was ist?“

„Ich möchte mich entschuldigen!“, schrie er. Als sie ihn nur wortlos ansah, bückte er sich und schaltete den Motor aus. „Ich möchte mich entschuldigen“, wiederholte er. „Es war falsch von mir, mich in Ihr Leben einzumischen.“

„Tatsächlich?“

„Leider ist es eine schlechte Angewohnheit von mir, meine Nase in die Angelegenheiten anderer Leute zu stecken.“

„Sie sollten versuchen, sie abzulegen.“ Zoe wollte das Startkabel ziehen, doch Cooper hielt ihre Hand fest. Einen Moment lang hielt sie ganz still. Er hatte eine große Hand mit einer leicht rauen Innenfläche. Sie erinnerte sich, wie sie bei der ersten Berührung unwillkürlich an Kraft und Energie gedacht hatte. Diesmal war sein Griff sanft und ganz behutsam.

Es war schon sehr lange her, seit sie die Hand eines Mannes gefühlt hatte. Bisher hatte sie auch nichts vermisst.

„Manchmal rede ich, ohne vorher nachzudenken“, erklärte Cooper. Auch er betrachtete ihre Hände und dachte, wie klein sich ihre Hand unter seiner anfühlte. Wie klein und weich. „Ein oder zwei Mal habe ich mir dadurch ein blaues Auge eingehandelt.“ Als sie zu ihm aufblickte, lächelte er.

„Das überrascht mich nicht.“

Sie lächelte zwar nicht zurück, doch er spürte, dass sie nachgiebiger wurde. Das Aufheulen des Rasenmähers hatte ihn aus dem Nachmittagsschlaf geweckt. Eigentlich hätte er sich am liebsten auf die andere Seite gedreht und sich ein Kissen über den Kopf gezogen, doch als er sich aufrichtete und Zoe in weiten Shorts, einem T-Shirt und mit einem großen Strohhut auf dem Kopf im Garten sah, verspürte er den Wunsch, mit ihr zu reden.

Nur um Waffenstillstand zu schließen, rechtfertigte er sich. Schließlich muss ich mit ihr leben – mehr oder weniger.

„Bitte denken Sie nicht, dass ich Sie kritisieren wollte. Ich war nur neugierig. Ich wollte etwas erfahren über Sie. Sie und den Jungen“, setzte er rasch hinzu. „Als ich Sie dann gestern Nacht in Ihrem Kostüm sah, habe ich wohl die falschen Schlüsse gezogen.“

Zoe brauchte nicht lange zu überlegen. Die Entschuldigung klang ehrlich. „Schon gut. Ich bin Ihnen nicht mehr böse.“

Das war einfacher gewesen als erwartet. Cooper beschloss, die Gunst der Stunde zu nutzen. „Ich gehe nachher ins Stadion, um über ein Spiel zu berichten. Hätten Sie nicht Lust, mit mir hinzugehen? Es ist ein herrlicher Tag für Baseball."

Zoe nickte. Die Sonne schien, und es wehte eine laue Brise. Es würde bestimmt Spaß machen, sich zusammen mit einem attraktiven Mann ein Spiel anzusehen, vor allem, wenn dieser Mann sich große Mühe gab, einen Fehler wiedergutzumachen.

„Wenn ich nicht arbeiten müsste, würde ich gern mitkommen. Aber Keenan wäre bestimmt begeistert." Sie sah seinen bestürzten Gesichtsausdruck und unterdrückte ein Lächeln.

„Keenan? Sie möchten, dass ich ihn mitnehme?"

„Baseball ist seine große Leidenschaft. Manchmal lassen die größeren Kinder ihn mitspielen, wenn sie zu Hause im Garten trainieren. Solch ein richtiges Spiel hat er bisher nur am Fernseher erlebt." Zoe lächelte unschuldig. Sie konnte sich sehr gut vorstellen, was jetzt in Cooper vorging.

„Ich verstehe nicht besonders viel von Kindern", sagte er vorsichtig.

„Dafür umso mehr von Sport. Es wäre ein ganz besonderes Erlebnis für Keenan, sein erstes Spiel zusammen mit einem Fachmann anzusehen. Wann brechen Sie denn auf?"

„In … in ungefähr zwei Stunden."

„Ich werde dafür sorgen, dass er rechtzeitig fertig ist. Wirklich lieb von Ihnen, dass Sie ihm diese Freude machen wollen." Als Cooper nicht reagierte, lehnte Zoe sich vor und küsste ihn auf die Wange. Dann bückte sie sich und startete den Rasenmäher.

Cooper stand wie vom Donner gerührt da und sah ihr nach. Was, um alles in der Welt, sollte er den ganzen Nachmittag mit einem Vierjährigen anfangen?

Nach der Ankunft im Stadion kaufte Cooper als erstes Popcorn, Hotdogs und zwei große Becher Saft. Wenn der Junge genug zu essen und zu trinken hatte, würde er hoffentlich ruhig sein. Die ganze Fahrt über war Keenan auf dem Rücksitz auf und ab gehopst und hatte ihn mit Fragen bestürmt.

Nach einer Weile hatte Cooper aufgegeben zu zählen, wie oft er „Was ist das?" oder „Warum?" gehört hatte.

„Du kannst das Spiel von da drüben durchs Fenster anschauen", sagte er zu Keenan, als sie die Pressetribüne erreicht hatten. „Aber sei ganz leise und stör niemanden. Die Leute sind alle nicht zum Vergnügen hier, sondern um zu arbeiten."

„Ist klar." Ganz rot im Gesicht vor Aufregung umklammerte Keenan seinen Hotdog.

Auf der Pressetribüne saßen viele Männer. Einige hatten tragbare Computer wie Cooper, andere trugen Kopfhörer. Einige von ihnen hatten ihm zugelächelt, als sie Cooper begrüßten. Keenan wusste, dass Cooper ein wichtiger Mann war. Wie seine Mutter ihm eingeschärft hatte, hielt er sich dicht an Coopers Seite und drängelte nicht, dass dieser ihm etwas kaufte. Dabei gab es tolle Sachen an den verschiedenen Ständen. Zoe hatte ihm fünf Dollar gegeben und ihm gesagt, er dürfe sich dafür ein Andenken aussuchen. Bei der großen Auswahl fiel ihm jedoch die Entscheidung schwer, und Cooper war so schnell gegangen, dass Keenan keine Zeit geblieben war, sich alles richtig anzuschauen.

Wichtig war nur, dass er zum ersten Mal bei einem Baseballspiel zusehen durfte.

Mit großen Augen musterte Keenan das Spielfeld. Dass es so groß sein würde, hatte er nicht erwartet. Er wusste, wo der Werfer stand und erkannte auch das Ziel, aber alles andere war ihm ein Rätsel.

Auf der elektronischen Anzeigetafel erschienen plötzlich Bilder und viele Worte, die er nicht entziffern konnte. Auf den Rängen rundherum saßen mehr Leute, als er jemals gesehen hatte.

Als die Spieler einzeln vorgestellt wurden, betrachtete er sie voll Bewunderung. Dann erklangen aus dem Lautsprecher die ersten Takte der Nationalhymne, und wie seine Mutter ihm beigebracht hatte, stand er auf.

Cooper sah den kleinen Jungen ehrfürchtig dastehen, in der Hand den Hotdog. Plötzlich musste er daran denken, wie er selbst zum ersten Mal im Stadion gewesen war. Ohne die Hand seines Vaters loszulassen, hatte er versucht, alles gleichzeitig aufzunehmen, und vor lauter Aufregung vom Spiel selbst ziemlich wenig mitbekommen.

Als die Spieler sich aufstellten, lehnte Cooper sich vor und zupfte Keenan am Haar. „Ganz schön beeindruckend, was?"

„Einfach Klasse." Keenan flüsterte beinahe. „Die in Grün sind unsere, nicht wahr?"

„Genau. Pass auf, gleich geht's los."

Cooper, der erwartet hatte, dass der Junge unruhig werden oder quengeln würde, sah sich angenehm getäuscht. Da er daran gewöhnt war, inmitten von Lärm und Durcheinander zu arbeiten, störten ihn Keenans Fragen kaum. Wenigstens war der Junge wissbegierig und merkte sich, was man ihm erklärte.

Während der Pausen zwischen den einzelnen Spieldurchgängen guckte Keenan Cooper über die Schulter und versuchte, die Wörter zu buchstabieren, die auf dem Bildschirm von dessen Computer erschienen. Dabei geriet etwas Senf auf Coopers Hemd, doch insgesamt war der gemeinsame Ausflug keineswegs die befürchtete Katastrophe.

Als der Stadionsprecher Keenan einlud, sich eine Runde lang auf seinen Schoß zu setzen, verspürte Cooper sogar Stolz. Die meisten Kinder hätten sich überwiegend für die Buden mit Süßigkeiten interessiert. Keenan dagegen war hier, um das Spiel anzuschauen.

„Warum ist er nicht die ganze Strecke gelaufen? Er hätte es doch locker geschafft." Keenan trat von einem Fuß auf den anderen. Nach zwei großen Gläsern Saft war ein Besuch auf der Toilette eigentlich überfällig, doch er wollte keine Minute verpassen.

„Der Wurf wurde der anderen Mannschaft gutgeschrieben. Deshalb hätte es gar nichts genützt, wenn er bis zum Ziel gerannt wäre."

„Liegen wir trotzdem noch in Führung?", wollte Keenan wissen.

„Das schon, aber nur mit einem Punkt. Der nächste Durchgang wird das Spiel entscheiden. Ich schätze, dass sie gleich einen Linkshänder als Fänger einwechseln. Vermutlich Scully." Aus dem Augenwinkel sah Cooper, dass Keenan die Knie überkreuzte. „Musst du mal?"

„Schon, aber nicht so dringend", log der Kleine tapfer.

„Komm, wir haben genug Zeit, ehe der nächste Durchgang anfängt." Cooper nahm Keenan bei der Hand. Hoffentlich war es noch nicht zu spät. Als sie die Tribüne verließen, wurde gerade durchgesagt, dass Scully Miller ablösen würde.

„Genau, wie Sie gesagt haben." Bewundernd blickte Keenan zu Cooper auf. „Sie sind gescheiter als alle anderen Leute, die ich kenne."

Cooper unterdrückte ein Lächeln. „Sagen wir einfach, ich verstehe etwas von Baseball."

Als die beiden zu Hause eintrafen, trug Keenan ein Trikot der Orioles und hielt einen Baseball mit Autogrammen in einem Fanghandschuh von Kindergröße. In der anderen Hand schwenkte er eine Fahne.

„Mama! Schau, was ich von Cooper gekriegt habe." Er rannte auf seine Mutter zu. „Wir sind in die Umkleideräume der echten Orioles gegangen. Dort haben mir alle Spieler ihren Namen auf den Ball geschrieben. Ist das nicht super?"

„Zeig mal her." Zoe nahm den Ball und betrachtete ihn eingehend. „Da hast du wirklich etwas Besonderes, Keenan."

„Den behalte ich in alle Ewigkeit! Guck mal, ich habe auch das gleiche Hemd an wie sie. Und einen Handschuh. Der passt wie angegossen."

Auf einmal hatte Zoe einen Kloß im Hals. „Ich sehe es. Jetzt bist du wirklich richtig ausstaffiert, um selbst zu spielen."

„Ich gehe an die dritte Position, denn das ist … das ist …" Hilfe suchend blickte sich Keenan zu Cooper um.

„Die heiße Ecke", half dieser nach.

„Genau. Die heiße Ecke. Kann ich schnell zu Mr Finkleman? Ich muss ihm unbedingt meinen Baseball zeigen."

„Geh nur, Schatz."

„Der wird vielleicht Augen machen." Keenan drehte sich um und umschlang Coopers Beine. „Vielen Dank, dass Sie mich mitgenommen haben. Ich werde diesen Tag nie vergessen. Können wir mal wieder hin? Vielleicht hat Mama dann auch Zeit."

„Äh … Ja, natürlich." Verlegen tätschelte Cooper dem Kleinen den Kopf.

„Okay." Keenan umarmte ihn noch einmal und stürmte dann hinaus, um seine Schätze vorzuzeigen.

„Sie hätten ihm die Sachen wirklich nicht zu kaufen brauchen", meinte Zoe. „Es war schon genug, dass Sie ihn überhaupt mitgenommen haben."

„Es hat mir Freude gemacht. Und ich kann Ihnen versichern, dass Keenan nicht darum gebeten hat.“ Cooper steckte die Hände in die Taschen. „Er war außer sich vor Begeisterung, als ich ihn mit in die Spielerkabine genommen habe. Und irgendwie kam eins zum anderen.“

„Das kenne ich. Wie ich höre, hat unser Team gewonnen.“

„Ja, allerdings nur ganz knapp. Auf dem Rückweg musste ich noch an der Redaktion anhalten und meinen Artikel abgeben. Sonst wären wir bestimmt schon eher hier gewesen.“

„Ich bin selbst gerade erst nach Hause gekommen.“ Aus einem Impuls heraus ging Zoe auf Cooper zu und umarmte ihn. Er blieb stocksteif stehen. „Dafür haben Sie etwas bei mir gut. Keenan wird diesen Tag nie vergessen.“ Sie trat zurück. „Ich auch nicht.“

„Eigentlich habe ich ja gar nichts getan“, wehrte Cooper ab. „Er hat sich einfach auf der Pressetribüne vergnügt, während ich gearbeitet habe.“

„Sie haben sehr wohl etwas getan“, verbesserte Zoe. „Vor allem, da ich Ihnen praktisch keine andere Wahl gelassen habe.“ Lachend strich sie sich das Haar aus dem Gesicht. „Sie hätten heute Mittag Ihr Gesicht sehen sollen. Der Gedanke, einen Vierjährigen mitzunehmen, hat Sie zu Tode erschreckt. Jedenfalls …“ Zoe verstummte, als das Telefon klingelte. „Entschuldigung. Hallo? Tag, Stan. Heute? Ich bin doch heute Abend gar nicht dran.“ Sie atmete hörbar aus und setzte sich auf die Stuhllehne. „Darf ich Ihnen noch Bescheid geben? Nein, Stan, ich kann mich jetzt noch nicht festlegen. Erst muss ich sehen, ob ich so kurzfristig einen Babysitter bekomme. In Ordnung, in einer Stunde. Ja, natürlich. Ich verstehe, dass Sie in der Klemme stecken. Sie können sich darauf verlassen, dass ich so schnell wie möglich zurückrufe.“

„Gibt's ein Problem?“, erkundigte sich Cooper.

„Hmmm … Zwei Kellnerinnen aus dem ‚Shadows‘ haben sich krankgemeldet, und Stan hat Schwierigkeiten, Ersatz zu finden.“ Zoe wählte bereits eine Nummer. „Hallo, Mrs Finkleman. Ja, ich weiß. Er wird tagelang von nichts anderem reden. Hmmm …“ Zoe warf Cooper einen Blick zu, während Mrs Finkleman sich wortreich darüber ausließ, wie wichtig es für einen Jungen war, eine männliche Bezugsperson zu haben. „Sicher, da bin ich ganz Ihrer Meinung. Sagen Sie, haben Sie heute Abend schon etwas vor? Ach so, das hatte ich ganz vergessen. Nein, nichts Wichtiges. Ich wünsche Ihnen viel Spaß."

Sie hängte ein und biss sich auf die Lippen. „Mittwoch ist Bingo-Abend. Beth hat mir letzte Woche schon gesagt, dass sie heute verabredet ist. Vielleicht kann Alice einspringen." Dann schüttelte sie den Kopf. „Nein, die erwartet ihre Schwiegereltern zum Essen." Abschätzend betrachtete sie Cooper. „Sie sind doch heute ganz gut mit ihm zurechtgekommen."

„Sagen wir, es gab keine großen Probleme." Cooper, der wieder eine Falle witterte, blieb zurückhaltend.

„Stan braucht mich erst um neun. Keenan geht um acht ins Bett. Er schläft immer gleich ein. Sie müssten also gar nichts tun, außer im Haus zu sein. Sie könnten fernsehen oder lesen ..."

„Soll ich das so verstehen, dass ich hierbleibe, während Sie arbeiten?" Cooper trat einen Schritt zurück. „Ich wäre mit Keenan allein – wie ein Babysitter? Hören Sie ..."

„Selbstverständlich würde ich Sie bezahlen. Beth bekommt zwei Dollar die Stunde, aber ich gebe Ihnen gern mehr."

„Ich will Ihr Geld nicht, Zoe."

„Sie sind lieb." Lächelnd ergriff sie seine Hand. „Wirklich. Könnten Sie also gegen halb neun da sein?"

„Moment mal, ich habe doch gar nicht ..."

„Sie können sich zu essen nehmen, was Sie wollen. Wenn ich Zeit habe, backe ich noch ein Blech Plätzchen. Jetzt will ich rasch Stan zurückrufen, ehe er sich die letzten Haare ausrauft." Sie lächelte Cooper dankbar an. „Jetzt stehe ich doppelt in Ihrer Schuld."

„Schon gut." Cooper ergriff die Flucht, ehe sie einen Weg fand, ihr Schuldkonto auf drei zu erhöhen.

5. KAPITEL

Die nächsten Stunden vertiefte sich Cooper in seine wöchentliche Kolumne „Voll im Spiel“, die nicht nur in Baltimore, sondern in Lokalzeitungen in ganz Amerika veröffentlicht wurde. Keenan hatte ihn auf die Idee gebracht, über den ersten Besuch im Stadion, die Weitergabe von Traditionen und die zwischenmenschlichen Kontakte zu schreiben, die in einer Atmosphäre von Jubelrufen, krachenden Schlägen und Unmengen vertilgter Erdnüsse zwischen ganz unterschiedlichen Menschen entstanden.

Der Artikel ging Cooper leicht von der Hand, und er spürte, dass er sich genauso flüssig lesen würde. Da die Anregung dazu von Keenan gekommen war, konnte er sich ruhig dadurch revanchieren, dass er den Abend im Erdgeschoss verbrachte und Zoes selbst gebackene Plätzchen aß, während der Kleine schlief.

Als Cooper an die Tür klopfte, kam Zoe gerade aus der Küche.

Sie war sich nicht sicher gewesen, ob er überhaupt kommen würde. Ihr war sehr wohl bewusst, dass sie ihn schamlos ausgetrickst hatte. Nachdem der erste Triumph verklungen war, schlug ihr Gewissen. Doch nun stand er – pünktlich auf die Minute – vor ihr.

„Ich habe Sie heute Nachmittag ziemlich überrumpelt“, begann sie.

„Das stimmt.“ Sie wirkte so zerknirscht, dass er sich das Lachen verbeißen musste. „Dafür scheinen Sie ein besonderes Talent zu haben.“

Zoe zuckte die Schultern und lächelte. „Manchmal muss man Druck machen, wenn man etwas erreichen will. Aber im Nachhinein habe ich immer Schuldgefühle. Jedenfalls habe ich Ihnen die versprochenen Plätzchen gebacken.“

„Der Duft zog durchs ganze Haus.“ Als sie sich nicht rührte, neigte Cooper den Kopf zur Seite. Eigentümlich, heute wirkte Zoe nicht so provozierend, obwohl sie bereits in „Arbeitskleidung“ war. Was sein Blut jedoch nach wie vor in Wallung brachte, war die schwarze Fliege um ihren schlanken weißen Hals.

„Lassen Sie mich herein, oder soll ich lieber draußen stehen bleiben?“, erkundigte er sich, als sie keine Anstalten machte, beiseitezugehen.

„Ich habe immer ein schlechtes Gewissen“, erklärte sie, „wenn ich andere Leute um einen Gefallen bitten muss. Es war wirklich lieb von Ihnen, dass Sie Keenan mit zu dem Baseballspiel genommen haben, besonders wenn man bedenkt ...“

„Dass ich eigentlich Sie eingeladen hatte?“

Sie senkte den Kopf. Er sah sie wieder auf diese ganz besondere Weise an, und irgendetwas in ihr reagierte instinktiv darauf. Es war das Beste, von Anfang an einige Regeln festzulegen. „Ich gehe nicht mit Männern aus. Das hätte ich Ihnen schon heute Nachmittag sagen müssen.“

Cooper musste an sich halten, nicht die Hand auszustrecken und an der Fliege zu zupfen. „Überhaupt nicht?“

„Damit erspare ich mir viele Komplikationen. Die meisten Männer interessieren sich nicht für Keenan. Manche tun so als ob, weil sie denken, dass ich dann schneller mit ihnen ins Bett gehe.“ Als Cooper sich verlegen räusperte, lachte sie auf. „Diese Männer ahnen nicht, wie leicht sie zu durchschauen sind. Sehen Sie, Keenan und ich sind ein Team. Als Sportreporter wissen Sie sicher, was das ist.“

„Natürlich. Ich verstehe.“

„Jedenfalls haben Sie ihm den schönsten Tag seines Lebens beschert. Bitte denken Sie nicht, dass ich Sie jetzt obendrein noch ausnutzen will.“

Nach einigen Augenblicken kam Cooper zu dem Schluss, dass Zoe ihn nicht einwickeln wollte, sondern es ehrlich meinte. Wenn er selbst Schuldgefühle verspürte, weil er tatsächlich daran gedacht hatte, wie er sie am besten verführen könnte, war das sein Problem.

„Keenan schläft doch schon, oder?“

„Wie ein Murmeltier. Die Aufregungen des Tages haben ihn geschafft.“

„Dann werde ich den Abend damit verbringen, Ihre Kekse zu essen und hier statt oben fernzusehen. Das ist wirklich keine Zumutung.“

Zoe lächelte ihn auf eine Art und Weise an, dass sich sein Herzschlag beschleunigte „Ich habe für alle Fälle die Nummer des Clubs neben das Telefon gelegt. Die Finklemans kommen meistens gegen elf vom Bingo zurück. Wenn es Ihnen zu viel werden sollte, würde Mrs

Finkleman Sie danach bestimmt ablösen."

„Jetzt sehen wir doch erst einmal, wie es läuft."

„Noch einmal herzlichen Dank." Zoe machte einen Schritt zur Seite, um ihn einzulassen. „Meine Schicht endet um zwei, wenn die Bar schließt."

„Das ist aber auch ein langer Tag für Sie."

„Dafür habe ich morgen frei." Zoe griff nach ihrer Handtasche und schaute sich noch einmal prüfend um. „Fühlen Sie sich ganz wie zu Hause, ja?"

„Das werde ich. Bis später."

Als sie hinauseilte, klapperten ihre hohen Absätze auf dem Steinboden. Cooper atmete langsam aus und ermahnte sich, Ruhe zu bewahren. Erst vor wenigen Minuten hatte die Dame des Hauses ihm die Spielregeln dargelegt. Ein Abenteuer war ausgeschlossen.

Sie hatte das Gesicht einer schönen Verführerin, den Körper einer Göttin und Beine, die den stärksten Mann schwach werden ließen. In ihrem Herzen war sie jedoch Hausfrau und Mutter.

Cooper schnupperte und beschloss, sich mit einer Platte Karamellplätzchen zu bescheiden.

Das Gewitter brach kurz vor Mitternacht los. Cooper hatte Zoe beim Wort genommen und es sich bequem gemacht. Er lag ausgestreckt auf der Couch, die Füße auf dem Tisch, und döste bei einem alten Kriegsfilm vor sich hin. Nur schade, dass er nicht daran gedacht hatte, ein oder zwei Flaschen Bier mit herunterzubringen.

Zoes Getränkevorrat beschränkte sich auf Milch, Saft und eine Flasche mit undefinierbarem grünem Inhalt.

Er hatte ein wenig herumgeschnüffelt – das lag ganz einfach in seiner Natur. Das Durcheinander erstreckte sich übers ganze Haus, doch allmählich erkannte er eine gewisse Methode darin. Zoe war ganz offensichtlich keine Frau, die Wert auf penible Ordnung legte, doch das Haus wirkte trotzdem einladend und behaglich. Cooper war nicht sicher, ob das Ergebnis gewollt oder nur das Ergebnis der Tatsache war, dass sie an zwei Stellen gleichzeitig arbeitete und nebenbei einen kleinen Jungen großzog.

Nach den Büchern aus der Bibliothek zu schließen, die sich überall stapelten, verbrachte sie ihre Freizeit damit, ihr Wissen über Blumenzucht, Autoreparaturen, Steuergesetzgebung und Zeitmanagement zu erweitern.

Unwillkürlich musste er daran denken, was für ein Jammer es war, dass das Leben solch einer Frau auf Bücher und Aushilfsjobs beschränkt war, die sie nicht weiterbringen würden. Doch das war nicht sein Problem.

Das Krachen des Donners draußen klang wie ein Echo des Geschützfeuers aus dem Fernseher. Cooper war gerade zu dem Schluss gekommen, dass Babysitter wirklich ein leichtes Dasein hatten, als er klägliches Weinen hörte.

Marinesoldaten weinen nicht, dachte er benommen, vor allem nicht, wenn sie gerade den Kampf gegen die bösen Feinde gewinnen. Er streckte sich und bog den Kopf zurück, bis es knackte. Plötzlich entdeckte er Keenan.

Der Junge stand in einem Batman-Schlafanzug am Fuß der Treppe. Im Arm hielt er einen Plüschhund. Sein Gesicht war tränenüberströmt.

„Mama!“, jammerte er. „Wo ist meine Mama?“

„Bei der Arbeit.“ Cooper setzte sich gerade hin und betrachtete den Kleinen ratlos. „Stimmt irgendetwas nicht?“

Ein Blitz tauchte das Zimmer in grelles Licht. Als gleich darauf ein gewaltiger Donnerschlag folgte, schrie Keenan auf und sprang auf Coopers Schoß. „Ich habe Angst. Da draußen sind Ungeheuer, die mich holen wollen.“

„Heh …“ Ungeschickt tätschelte Cooper den blonden Kopf. „Das ist doch nur ein Gewitter.“

„Ungeheuer“, schluchzte Keenan. „Ich will zu meiner Mama.“

„Die ist aber …“ Cooper verstummte abrupt. Der Junge zitterte wie Espenlaub. Getrieben von einem Instinkt, von dem er bisher nichts geahnt hatte, zog Cooper Keenan an sich. „Du magst keine Gewitter, wie?“ Keenan schüttelte wortlos den Kopf und drängte sich enger an ihn. „Die sind eigentlich nur so etwas Ähnliches wie ein Feuerwerk. Du hast doch bestimmt schon einmal eins gesehen, zum Beispiel am vierten Juli oder wenn unser Team die Meisterschaft gewonnen hat. Vermutlich ist oben im Himmel gerade ein wichtiges

Spiel zu Ende gegangen, und jetzt wird gefeiert."

„Ungeheuer", beharrte Keenan, aber er hatte sich wieder so weit gefangen, dass er den Kopf hob und Cooper ansah. „Große schwarze Ungeheuer mit scharfen Zähnen." Als es gleich darauf wieder donnerte, flossen die Tränen von Neuem. „Die wollen mich fressen."

„Das dürfte ihnen schwerfallen." Fachmännisch befühlte er den Bizeps des Kleinen. „Dafür bist du zu stark."

„Wirklich?"

„Und ob. Jedes Ungeheuer, das durchs Fenster hereinschaut und dich sieht, würde sich sehr gut überlegen, ob es einen Angriff wagen soll. Mit uns beiden würde es erst recht keins aufnehmen."

Keenan wischte sich die Augen. „Ehrlich nicht?"

„Ganz ehrlich." Cooper sah, wie die Unterlippe des Jungen beim nächsten Donnergrollen zitterte. „Jetzt hat die heimische Mannschaft einen Punkt gemacht."

Keenan lächelte zaghaft. „Kann ich hier bei dir bleiben?" Solange Gefahr drohte, war die korrekte Anrede von Erwachsenen, die seine Mutter ihm beigebracht hatte, wirklich nebensächlich.

„Von mir aus. Wenn du willst."

Keenan, der in dieser Hinsicht über mehr Erfahrung verfügte als sein neuer Freund, machte es sich auf Coopers Schoß bequem, bettete den Kopf an seine Brust und seufzte zufrieden.

Zoe schwankte vor Müdigkeit, als sie nach Hause kam. Ihre Uhr zeigte kurz vor drei. Das hieß, sie war jetzt seit zwanzig Stunden praktisch ununterbrochen auf den Füßen. Sie hatte nur einen Wunsch, sich ins Bett fallen zu lassen und zu schlafen.

Das Rauschen des Fernsehers ließ sie stutzen. Im grauen Licht des leeren Bildschirms entdeckte sie schließlich die beiden Gestalten, die eng aneinander gekuschelt auf der Couch lagen. Der Anblick von Keenans zerzaustem blonden Kopf unter Coopers kräftiger gebräunter Hand rührte ihr ans Herz.

Ohne den Blick von den beiden zu wenden, legte sie Tasche und Schlüssel weg.

Wie klein ihr Sohn aussah. Und wie geborgen.

Zoe streifte die Schuhe ab und ging auf Strümpfen zur Couch. In einer ganz natürlichen Geste strich sie Cooper übers Haar, ehe sie

Keenan behutsam aus seinen Armen hob.

Der Kleine rührte sich und machte die Augen auf. „Mama."

„Ja, mein Schatz." Sie küsste ihn aufs Haar, das auf einmal nicht mehr nur nach kleinem Jungen, sondern auch nach Mann roch.

„Die Ungeheuer waren da, aber wir haben sie verjagt."

„Das glaube ich gern."

„Cooper sagt, der Donner ist genau wie Feuerwerk. Feuerwerk mag ich."

„Ich weiß." Zoe brachte Keenan ins Bett, deckte ihn gut zu und gab ihm einen Kuss auf die Wange. „Nun schlaf weiter."

Die Aufforderung war überflüssig, denn der Kleine hatte sich bereits zusammengerollt. Einen Moment lang betrachtete sie ihn noch im schwachen Schein des Nachtlichts, ehe sie wieder nach unten ging.

Cooper war ebenfalls erwacht und hatte sich aufgesetzt. Mit dem Handrücken rieb er sich die Augen. Zoe schaltete den Fernseher aus und setzte sich auf die Lehne der Couch. Ein Mann, der so selig mit einem Kind im Arm schlief, besaß in ihren Augen ungeahnte Möglichkeiten. Einen Moment lang fragte sie sich, wie es wohl sein würde, neben ihm zu schlafen.

„Hat das Gewitter Keenan aufgeweckt?"

„Ja." Seine Stimme klang belegt, und er räusperte sich. „Anfangs hatte er ziemliche Angst."

„Er hat mir erzählt, dass Sie die Ungeheuer verjagt haben."

„Jedenfalls glaubt er das." Cooper wandte sich um und betrachtete Zoe. In ihren großen braunen Augen stand ein Lächeln. Wieder spürte er, dass sein Herz schneller schlug, ein Warnzeichen, dass er lieber gehen sollte. Doch er konnte sich nicht dazu überwinden. „Hat er sich jetzt wieder beruhigt?"

„Ganz und gar. Sie würden einen guten Vater abgeben."

Alarmglocken schrillten. Cooper stand auf und streckte sich. „Für die Rolle bin ich nicht geschaffen. Dass ich Keenan während des Gewitters Mut gemacht habe, war doch ganz selbstverständlich."

„Für mich nicht." Zoe merkte, dass sie ihn in Verlegenheit gebracht hatte. Das war wirklich nicht ihre Absicht gewesen. „Wie wäre es, wenn ich Sie zum Dank morgen früh zum Frühstück einlade?"

„Wie bitte?"

„Ich könnte Ihnen Pfannkuchen machen. Mrs Finkleman hat mir erzählt, dass Sie häufig Pizza und Essenspakete vom Chinesen mit nach Hause bringen. Daraus schließe ich, dass Sie nicht selbst kochen. Mögen Sie Pfannkuchen?"

„Wer mag die nicht?"

„Dann klopfen Sie einfach dreimal auf den Boden, wenn Sie morgen früh wach sind." Zoe hob die Hand und strich Cooper das Haar aus dem Gesicht. „Vielen Dank, dass Sie heute eingesprungen sind."

„Das habe ich gern getan." Er hatte sich bereits zum Gehen gewandt, doch plötzlich hörte sie ihn leise fluchen. „Hören Sie, ich muss das einfach tun."

Ehe sie reagieren konnte, hatte er ihr die Hände ums Gesicht gelegt und sie geküsst.

Es war nur ein leichter, flüchtiger Kuss. Trotzdem begann es überall in ihrem Körper zu prickeln.

Als Zoe sich nicht rührte, hob Cooper den Kopf. Sie sah ihn unverwandt an. Er glaubte, in ihren Augen die gleiche Überraschung zu entdecken, die ihn selbst gefangen hielt. Zoe öffnete die Lippen, als wolle sie etwas sagen, doch er schüttelte den Kopf und küsste sie von Neuem. Länger und intensiver diesmal, bis er spürte, wie ihr Körper ganz weich wurde.

Zoe stöhnte leise auf. Sie ließ die Hände über seine Arme gleiten und vergrub sie dann in seinem Haar. Lange standen sie eng umschlungen da.

Ein Zittern durchlief beide. Cooper hatte das Gefühl, dass der Geruch und der Geschmack dieser hinreißenden Frau ihn betäubte. Er kam sich vor wie in einem Traum, der ihn nicht loslassen wollte. Ein Traum, in dem man die Wirklichkeit vergaß.

Zoe hatte sie vergessen. Zum ersten Mal seit unendlich langer Zeit hielt ein Mann sie in den Armen und ließ sie spüren, wie sehr er sie begehrte. Wünsche und Sehnsüchte, die tief verschüttet gewesen waren, regten sich.

Berühr mich. Sie fragte sich, ob sie die Worte ausgesprochen oder nur gedacht hatte. Doch gleich darauf konnte sie seine Hand auf ihrem Körper fühlen. Die Liebkosung entfachte ein Feuer in ihr.

Sie erinnerte sich noch daran, wie es war, vor Leidenschaft zu brennen. Auch die Verzweiflung danach, als die Flammen erloschen waren und sie allein zurückblieb, hatte sie nicht vergessen.

„Cooper …" Zoe wünschte sich sehnsüchtig, es einfach geschehen zu lassen. Doch diesmal war sie kein junges Mädchen mehr, das jede Vorsicht in den Wind schlug. Diesmal gab es noch jemanden, an den sie denken musste. „Cooper … Nicht."

Einen Moment lang küsste er sie weiter, dann ließ er sie sanft los. Er atmete genauso heftig wie sie, während er sie leidenschaftlich ansah.

„Jetzt soll ich wohl sagen, dass es mir leidtut."

Zoe schüttelte den Kopf. „Nein. Mir tut es ja auch nicht leid."

„Gut." Cooper drückte ihre Schultern noch einmal, ehe er zurücktrat. „Das habe ich tun wollen, seit ich zum ersten Mal deine Füße gesehen habe."

Sie glaubte, sich verhört zu haben. „Wie bitte?"

„Deine Füße. Du hast barfuß auf der Leiter gestanden und die Decke gestrichen. Weißt du, dass deine Füße unglaublich sexy sind?"

„Tatsächlich?" Zoe staunte, dass er sie erst völlig aus dem Gleichgewicht und im nächsten Moment zum Lachen bringen konnte. „Dann sollte ich mich wohl bedanken."

„Ich glaube, jetzt gehe ich besser."

„Das halte ich auch für klug."

Er nickte und trat einen Schritt zurück. „Ich werde nicht versuchen, dich mit schönen Worten ins Bett zu locken. Trotzdem solltest du wissen, dass ich schrecklich gern mit dir schlafen würde."

„Ich weiß deine Offenheit zu schätzen." Ihre Stimme war nicht ganz fest.

Als Cooper die Tür hinter sich geschlossen hatte, ließ Zoe sich auf die Couch sinken. Wie sollte es jetzt nur weitergehen?

6. *KAPITEL*

Als Cooper endlich aus dem Bett fand, war es beinahe Mittag. Er tastete sich zur Dusche und stellte sich unter den eiskalten Strahl, bis er beide Augen offen hatte. Er rubbelte sich trocken, überlegte kurz, ob er sich rasieren sollte, und verwarf den Gedanken.

Zuerst brauche ich einen starken Kaffee, dachte er, während er Shorts und T-Shirt anzog. Er füllte die Maschine und stellte sie an. Dann öffnete er die Fenster, damit das Sonnenlicht hereinströmen konnte. Vielleicht würde ihm das helfen, richtig aufzuwachen.

Zoe und Keenan waren im Garten. Die Mutter warf dem Sohn einen großen Gummiball zu, den dieser mit einem Plastikschläger zu treffen versuchte. Viel Glück hatte er nicht, aber dem fröhlichen Gelächter nach zu urteilen waren beide mit Begeisterung bei der Sache.

Cooper wollte sich eigentlich wieder zurückziehen, doch die angeborene Neugier ließ ihn verharren.

„So wird das nie etwas!", rief er, nachdem er eine Weile zugesehen hatte. Im nächsten Moment waren zwei große braune Augenpaare fragend auf ihn gerichtet.

„Tag, Cooper. Siehst du, wie ich Baseball spiele?" Geschmeichelt, dass er Publikum hatte, wedelte Keenan mit dem Schläger hin und her und hätte seine Mutter beinahe am Kinn getroffen.

„Vorsicht, Champion", mahnte sie und trat ein Stück zurück. „Guten Morgen!", rief sie Cooper zu. „Möchten Sie frühstücken?"

„Gern."

Keenan startete einen weiteren Fehlversuch. Cooper schüttelte den Kopf. Der Junge schwingt den Schläger wie ein Mädchen, dachte er. Jemand sollte ihm zeigen, wie man es richtig macht. Ehe er den Gedanken richtig zu Ende gedacht hatte, war er bereits auf der Treppe.

„Du darfst ihn nicht so nah am Körper halten!", sagte er zu Keenan.

Zoe runzelte die Stirn. „In dem Buch, das ich gelesen habe, heißt es …"

„Buch!" Cooper entfuhr ein unfeiner Ausdruck, den Keenan sofort wiederholte. „Tut mir leid", entschuldigte er sich hastig, als Zoe ihn strafend ansah. „Hören Sie, aus Büchern lernt man vielleicht Rechnen oder Fremdsprachen, aber nicht Baseball.“ Er ging neben Keenan in die Knie und fasste ihn am Handgelenk. „Ganz locker lassen. Jetzt hältst du ihn noch wie ein Mädchen.“

Zoe, die drauf und dran gewesen war, dem Fachmann das Feld zu überlassen, reagierte empört. „Wie bitte? Wollen Sie damit andeuten, dass Frauen unsportlich sind?“

„Das habe ich nicht gesagt. Du musst aus der Schulter schwingen“, rief er Keenan zu, ehe er zu Zoe gewandt fortfuhr: „Es gibt viele ausgezeichnete Sportlerinnen. Immer den Ball ansehen, Keenan“, mahnte er. Er umfasste leicht die Hand des Jungen und warf mit der anderen den Ball in die Luft. Mit einem hohlen Klatschen traf der Schläger auf.

„Getroffen!“, jubelte Keenan. „Hast du gesehen, wie fest ich geschlagen habe?“

„Wenn du so weitermachst, wirst du bald in die erste Liga vorstoßen“, meinte Cooper. „Wollten Sie nicht Pfannkuchen machen?“, erkundigte er sich bei Zoe.

„Ich ... Ja, natürlich.“ Langsam atmete sie aus. „Wie es aussieht, bin ich hier überflüssig.“

„Na ja, ich habe keine Ahnung von Pfannkuchen, und Sie verstehen nicht besonders viel von Baseball. Warum konzentrieren wir uns also nicht alle beide darauf, was wir gut beherrschen?“

„Ist es vielleicht etwas Besonderes, einen albernen Ball mit einem albernen Schläger zu treffen?“, murmelte sie halblaut, bereits auf dem Weg zur Tür.

Cooper hatte ihre Worte gehört. „Sie können es zum Beispiel nicht.“

Zoe blieb wie angewurzelt stehen. „Und ob ich es kann.“

„Komm, Keenan“, meinte Cooper, als habe Zoe nichts gesagt. „Probieren wir's noch mal.“

„Jetzt bin ich dran.“ Mit herausfordernder Miene nahm Zoe ihrem Sohn den Schläger aus der Hand.

„Glaubst du, du triffst ihn, Mama?“, fragte der Kleine aufgeregt.

„Das werden wir gleich sehen.“ Sie ließ sich von Cooper den Ball geben, warf ihn in die Luft und schlug ihn direkt in den Zaun zum Nachbargrundstück.

„Treffer!“, schrie Keenan und rannte los, um ihn zurückzuholen.

Cooper schmunzelte. „Für ein Mädchen war das gar nicht schlecht. Aber solch einen Ball – der Fachausdruck heißt Fungo – kann jeder schlagen.“

„Keenan ist noch zu klein für Lederbälle.“

„Das habe ich auch nicht gemeint. Mit Fungo bezeichnet man einen Ball, den man selbst geworfen hat.“

„Oh ...“

„Jetzt werfe ich, Cooper“, entschied Keenan, „und du fängst.“

„Dann mal los.“

Drei Versuche mit einer immer kleiner werdenden Entfernung waren nötig, bis Keenan den Ball auch nur in Coopers Nähe brachte.

„Sie glauben wohl, ich würde nicht treffen, wenn Sie mir den Ball zuwerfen“, meinte Zoe.

„Das habe ich nicht behauptet.“

„Dann lassen wir es doch einfach darauf ankommen.“

„Es wäre besser, wenn Sie sich ein Stück zur Seite drehen“, empfahl Cooper. „So ist es richtig.“ Er trat einige Schritte zurück. „Zoe, Sie halten den Schläger, als wollten Sie einen Nagel in die Wand hämmern. Aufgepasst, jetzt kommt er.“

Er warf den Ball ganz weich. Trotzdem musste sie sich zwingen, nicht zurückzuzucken.

Weil ihr Stolz und der Respekt ihres Sohnes vor dem weiblichen Geschlecht auf dem Spiel standen, legte Zoe ihre ganze Kraft in den Schwung. Niemand war überraschter als sie, als sie den Ball traf. Cooper fing ihn auf, ehe er auf seiner Nase landete.

„Na also.“ Zoe reichte den Schläger ihrem Sohn und wischte sich die Hände ab. „Jetzt backe ich Pfannkuchen.“

„Sie hat ganz fest zugeschlagen“, meinte Keenan bewundernd.

„Allerdings.“ Cooper blickte ihr nach. „Deine Mutter ist wirklich etwas ganz Besonderes.“

„Wirfst du mir den Ball zu, Cooper? Bitte!“ Während Zoe nach dem leidenschaftlichen Intermezzo in der Nacht zuvor zum förmlichen Sie zurückgekehrt war, war für Keenan die Freundschaft endgültig besiegelt.

„Na klar. Aber du musst immer schön auf deine Haltung achten, abgemacht? Wir wollen doch, dass du wie ein richtiger Baseballspieler aussiehst."

Als Zoe den letzten Pfannkuchen wendete, blickte sie aus dem Fenster und sah ihren Sohn den Schläger schwingen. Weit flog der Ball nicht, doch Cooper hechtete sehr überzeugend danach ... und vorbei.

„Daneben!", schrie Keenan und sprang ihn an.

„Du wirst mir allmählich zu gefährlich", erklärte Cooper. „Heh, beim Baseball gibt es kein Gerangel, und die Football-Saison ist schon vorbei." Er packte den zappelnden kleinen Kerl und hielt ihn mit dem Kopf nach unten ausgestreckt von sich weg. Überrascht stellte er fest, dass seine schlechte Laune wie weggeblasen war.

Allmählich wurde es für Cooper zur Gewohnheit, sich mit Keenan zu beschäftigen. Es wurde zwar nichts geplant, doch immer wieder einmal ergab es sich, dass sie im Garten herumtobten oder er dem Jungen die Grundbegriffe von Baseball beibrachte. Nicht, dass ich besonders an dem Kleinen hänge, dachte Cooper, aber warum soll ich nicht mit ihm spielen, wenn ich nichts anderes zu tun habe?

Irgendwie war es rührend, wie bewundernd ihn Keenan manchmal anblickte. Außerdem tat es gut, ihn so herzlich lachen zu hören.

Betrachtete man es genauer, hatte Cooper seit der Gewitternacht wesentlich mehr Zeit mit Keenan als mit Zoe verbracht. Wenn sie sich trafen, war sie immer freundlich, doch Cooper hatte den Eindruck, dass sie es sorgfältig vermied, mit ihm allein zu sein.

Das werden wir ändern, beschloss er und schaltete seinen Computer aus.

Dann sammelte er diverse Spielzeugautos und anderen Krimskrams ein, den Keenan in seiner Wohnung liegen gelassen hatte. Inzwischen glaubte er, Zoe gut genug zu kennen, um zu vermuten, dass sie sich über die Spielsachen mehr freuen würde als über einen Strauß langstieliger Rosen.

Zoe war im Waschkeller, als er an die Tür klopfte. „Wer ist da?", rief sie laut.

„Cooper."

„Kommen Sie rein", rief sie nach kurzem Zögern. „Ich bin gleich so weit.“ Sie schaltete die Waschmaschine ein und packte einen Korb mit frischer Wäsche. Eigentlich konnte der genauso gut im Keller bleiben, doch sie fühlte sich sicherer, wenn etwas Cooper auf Abstand hielt.

Wie attraktiv er war! Sie hatte sich wirklich Mühe gegeben, nicht daran zu denken, wie gut er aussah. Wie männlich mit seinem schlanken, durchtrainierten Körper, dem ständig zerzausten Haar und diesen faszinierenden grünen Augen. Wenn ihr Herz nur nicht immer aus dem Rhythmus geraten würde, wenn er sie anlächelte.

„Hallo.“ Mehr als einen flüchtigen Blick schenkte sie ihm nicht, ehe sie den Korb auf den Tisch stellte und damit begann, die Wäschestücke zu falten.

„Hallo.“ In der Küche herrschte das gewohnte Durcheinander. Sie braucht wirklich jemand, der ihr hilft, ihr Leben besser zu organisieren, dachte Cooper. Wie gut sie riecht! „Keenan hat seine Autos oben bei mir vergessen.“ Er stellte sie auf den Tisch. „Ich wollte sie vorbeibringen, ehe er sie vermisst.“

„Danke.“

„Wo ist er denn?“

„In der Schule.“

„Ach so.“ Dabei kannte er Keenans Stundenplan genauso gut wie die Ergebnisse der Erstligaspiele. „Sind Sie gerade erst aus dem Blumenladen nach Hause gekommen?“

„Hmmm ... Wir haben ziemlich viel zu tun, weil wir für mehrere Hochzeiten die Sträuße binden und die Tischdekoration vorbereiten sollen. Fred hat mich gefragt, ob ich die nächsten drei Wochen ganztags arbeiten kann.“

„Das ist doch sehr schön.“ Ganz selbstverständlich nahm Cooper ein Hemd aus dem Korb und faltete es zusammen.

„Wäre sehr schön“, verbesserte Zoe. „Leider lässt es sich mit Keenans Stundenplan nicht vereinbaren. Die Vorschule, in die er geht, schließt um drei. Außerdem bin ich nächste Woche sowieso an der Reihe, ihn und drei andere Kinder hinzufahren und wieder abzuholen. Nicht zu vergessen, dass ich versprochen habe, mit ihm und einigen Freunden am Freitag ins Hallenbad zu fahren. Darauf freut er sich schon lange.“

„Er hat es erwähnt." Mindestens zwanzig Mal, setzte Cooper im Stillen hinzu.

„Ich möchte ihn ungern enttäuschen."

„Dann springe ich eben ein."

Zoe blickte auf, eine blaue Kindersocke in der Hand. „Wie bitte?"

Cooper konnte selbst nicht fassen, was er da gesagt hatte. Einen Moment lang blickte er sie stumm an, dann zuckte er die Schultern. „Ich passe auf Keenan auf. Wenn er nach Hause kommt, kann er bei mir bleiben."

„Müssen Sie denn nicht arbeiten?"

„Doch, aber den Großteil meiner Artikel schreibe ich hier. Wenn ich wirklich einmal in die Redaktion oder zu einem Interview muss, nehme ich ihn eben mit. Vermutlich wird es ihm großen Spaß machen."

„Dessen bin ich sicher." Abschätzend betrachtete Zoe ihn. Dieser J. Cooper McKinnon besaß wirklich die Gabe, sie zu verblüffen. „Aber warum sollten Sie das tun?"

Darauf wusste er eigentlich selbst keine richtige Antwort. „Was ist denn schon dabei? So schlimm ist Keenan wirklich nicht."

Lachend wandte sich Zoe wieder ihrer Wäsche zu. „Das mag sein, aber Sie haben offenbar den Fahrdienst vergessen."

„Fahren kann ich auch. Was macht es schon aus, wenn ich außer ihm noch einige Kinder im Auto habe?"

Dazu hätte Zoe ihm einiges erzählen können, aber sie verzichtete darauf. Manche Erfahrungen musste jeder Mensch selbst machen. „Und der Ausflug zum Schwimmen?"

„Im College habe ich das Team der Schwimmer angeführt. Ich bin sogar zum Lebensretter ausgebildet."

Sie blickte auf. „Ich dachte, Sie hätten Baseball gespielt. Jedenfalls hat Keenan so etwas erwähnt."

„Das stimmt auch. Während meiner letzten Saisons habe ich zweihundertzwölf Punkte gemacht. Beim Basketball lag meine durchschnittliche Quote pro Spiel bei zweiundvierzig." Cooper merkte, dass er genauso angab wie ein Teenager, der seine heimliche Flamme beeindrucken wollte. Verlegen begann er, Keenans Autos auf dem Tisch hin und her zu schieben.

„Keenan sagt, dass Sie täuschend echt Motorengeräusche nachahmen können“, meinte Zoe lächelnd.

„Jedenfalls klingt es schön laut“, wehrte er ab.

Er geniert sich, dachte sie und hätte ihn am liebsten umarmt. „Wissen Sie was?“, schlug sie vor. „Wir fangen mit einem Probetag an. Wenn es Ihnen zu viel wird ...“

Seine Augen blitzten. „Ich bin sicher, dass ich mit einer Hand voll kleiner Jungen zurechtkomme.“

„Dann will ich es anders ausdrücken. Wenn Sie keine Lust mehr haben, brauchen Sie es nur zu sagen. Ich werde Ihnen bestimmt nicht böse sein.“

„Abgemacht. Wann wollen wir anfangen?“

„Von mir aus am liebsten gleich morgen.“

„Ist mir recht.“ Dies wäre geklärt. Nun zu seinem eigentlichen Anliegen. „Wie wäre es mit Abendessen?“

Überrascht blickte Zoe auf. „Wenn Sie wollen ... Es gibt Hühnchen. Ich weiß noch nicht, ob ich es brate oder mit Nudelsuppe serviere.“

„Nein.“ Cooper machte einen Schritt auf sie zu. Instinktiv wich sie zurück. „Ich wollte Sie eigentlich fragen, ob Sie mit mir essen gehen wollen.“

„Ich ... Also ...“ Wirklich eine präzise Antwort, dachte sie und vergrößerte die Entfernung zwischen ihnen. „Ich muss heute Abend arbeiten.“

„Dann morgen.“

„Eigentlich gehe ich überhaupt nicht aus.“

„Das ist mir bereits aufgefallen. Wovor haben Sie Angst, Zoe?“

„Vor Ihnen“, gestand sie und hob die Hand. Warum diese plötzlich auf seiner Brust lag, konnte sie sich freilich nicht erklären. „Ich will keine neue Beziehung eingehen. Dafür habe ich triftige Gründe.“

„Die würde ich gern einmal hören.“ Cooper fasste ihr sanft ins Haar und löste das Band, mit dem sie es zusammengebunden hatte.

„Sie wollen mich doch nicht wieder küssen!“, rief sie alarmiert.

„Doch.“ Cooper zog Zoe fest an sich. Ohne die Augen zu schließen, begann er, mit Zunge und Zähnen ihre Unterlippe zu liebkosen. „Du hast einen unglaublichen Mund.“

Zoes Herz klopfte wie wild. Ihr wurde schwindlig. Trotzdem dachte sie nicht daran, sich loszumachen. Das ist nicht fair, sagte sie sich, als sie sich ganz dem seligen Gefühl überließ. Wahrscheinlich reagiere ich nur deshalb so intensiv, weil es schon so lange her ist.

Sie glaubte zu zerschmelzen. Cooper hatte nicht erwartet, dass es so erotisch sein würde, wenn dieser schlanke Körper weich wurde. Eigentlich hatte er nur vorgehabt, Zoe zu küssen, um sie beide auf die Probe zu stellen, doch jetzt begann er instinktiv, sie zu streicheln.

Die Berührung seiner Hände auf ihrer bloßen Haut war unglaublich erregend.

„Cooper", flüsterte sie. „Ich muss nachdenken."

„Das kannst du später auch."

Wie herrlich es war, vor Leidenschaft zu glühen! Doch Zoe wusste nur zu gut, was folgte, wenn diese Leidenschaft einmal gestillt war. „Cooper, das können wir nicht ..."

„Doch. Ich werde es dir zeigen."

Halb lachend, halb stöhnend drehte Zoe den Kopf weg. „Mir dreht sich alles. Du musst aufhören. Weißt du eigentlich, was du mir antust?"

„Ich habe noch gar nicht richtig angefangen. Komm mit hoch zu mir, Zoe. Ich möchte dich unter mir spüren, ganz mit dir eins werden."

„Das wünsche ich mir auch", gestand sie. „Aber ich muss zuerst nachdenken, Cooper. Es ist fünf Jahre her, seit ich mit einem Mann zusammen war."

Cooper, der dabei war, eine Spur von Küssen über ihren Hals zu ziehen, blickte auf. Zoes Augen waren verschleiert und der Mund leicht geschwollen. „Es hat niemanden gegeben?"

„Nein." Lieber Gott, betete sie stumm, lass mich wieder zur Vernunft kommen, ehe ich dem Drang nachgebe, mit diesem Mann zu schlafen. „Keenans Vater und ich haben uns schon lange vor seiner Geburt getrennt. Ich hatte das Gefühl, als wären alle meine Bedürfnisse vertrocknet wie Laub. Du hast ein Zündholz darangehalten, und nun weiß ich nicht, wie ich damit umgehen soll."

„Liebst du Keenans Vater noch?", fragte Cooper vorsichtig.

„Nein." Wenn sie nicht so durcheinander gewesen wäre, hätte

diese Frage Zoe zum Lachen gebracht. „Er hat nichts damit zu tun. Das heißt, in gewisser Weise natürlich schon, aber … Ich muss mich setzen.“ Sie ließ sich auf einen Stuhl sinken. „Dass so etwas passieren würde, habe ich geahnt, als ich dich zum ersten Mal sah. Es hat viele Jahre keinen Mann in meinem Leben gegeben, weil ich keinen wollte. Mir war nur mein Kind wichtig. Außerdem habe ich Pläne für die Zukunft.“ Es klang wie ein Vorwurf. „Ich will eine richtige Ausbildung absolvieren und eines Tages meinen eigenen Blumenladen eröffnen.“ Ihre Stimme schwankte, was Cooper alarmierte.

„Zoe …“

Doch sie ließ ihn nicht weiterreden. „Alles lief so, wie ich es mir vorgestellt hatte. Ich habe das Haus gekauft, weil ich wollte, dass Keenan im Grünen und umgeben von netten Familien aufwächst. Jeder hat mich gewarnt, dass ich es allein nie schaffen würde. Dass ich verrückt sei, alles aufzugeben, um ein Kind ohne Vater großzuziehen. Doch ich bedaure nichts. Keenan hat mir mehr gegeben als ich ihm. Und ich bin eine gute Mutter. Mein Sohn ist fröhlich, gesund und intelligent. Wir haben ein schönes Leben, und es wird noch schöner werden. Ich habe all die Jahre niemanden gebraucht. Und nun … Ich glaube, ich liebe dich.“

Cooper erstarrte. „Wie bitte?“

„Was für ein Durcheinander.“ Zoe fischte eine bunte Kindersocke aus dem Korb und wischte sich über die Augen. „Vielleicht spielen nur meine Hormone verrückt. So etwas ist immerhin möglich. Doch als ich neulich nachts nach Hause kam und euch schlafend auf der Couch fand, ist irgendetwas mit mir passiert. Noch in dieser Nacht hast du mich geküsst, doch verliebt habe ich mich in dich, als du zum ersten Mal mit Keenan Baseball gespielt hast. Wenig später hast du mir hier gegenübergesessen und mich angesehen. Weißt du, dass ich kaum atmen kann, wenn du mich ansiehst?“

Cooper war völlig irritiert. „Irgendwie habe ich den Faden verloren.“

„Kein Wunder. Meine Gedankensprünge sind wohl für niemanden nachvollziehbar.“ Zoe putzte sich die Nase. „Es ist alles meine Schuld. Du warst nett zu Keenan und ehrlich zu mir. Glaub mir, meine Gefühle sind allein mein Problem.“ Er sah sie immer noch an wie ein Mann, der plötzlich von einem bisher für harmlos gehaltenen Hund angesprungen worden war. „Es tut mir leid, Cooper, dass ich dich mit diesen Dingen belastet habe. Ich wusste selbst nicht, was sich in mir alles angestaut hatte."

Diesmal war er es, der einen Schritt zurücktrat. „Zoe, ich mag den Jungen wirklich. Wer würde das nicht tun? Und zu dir fühle ich mich hingezogen. Aber ..."

„Du brauchst mir nichts zu erklären." Sie hatte sich wieder unter Kontrolle und stand auf. „Wirklich nicht. Ich verlange nichts von dir, und wenn ich dich in Verlegenheit gebracht habe, bitte ich dich um Verzeihung. Aber ich fühle mich jetzt viel besser." Eigenartigerweise stimmte das wirklich. „Wenn wir miteinander ins Bett gehen, weiß jeder, was er vom anderen erwarten kann."

Cooper traute seinen Ohren nicht. „Wenn wir ..."

„Wir wissen doch beide, dass es passieren wird", sagte Zoe ruhig. „Du willst es genauso wie ich. Ist es nicht klüger, die Tatsache zu akzeptieren, als die Spannung ins Unerträgliche steigen zu lassen? Keenan drängelt schon lange, dass er bei einem Freund übernachten will. Ich werde etwas ausmachen." Als sie Coopers fassungslose Miene sah, musste sie lachen. „Mit einem Vierjährigen im Haus ist es nahezu unmöglich, spontan zu sein. Oder stört es dich, eine Nacht zu zweit vorauszuplanen?"

„Nein ... Ich meine, natürlich nicht. Lieber Himmel, Zoe ..."

„Wenn du es lieber lassen oder noch in Ruhe darüber nachdenken willst, nehme ich es dir nicht übel."

Er betrachtete ihr Gesicht und verspürte wieder das schon vertraute Begehren. Begehren und noch ein anderes, bisher nie gekanntes Gefühl. „Ich will dich", erklärte er. „Wann immer es dir recht ist."

„Wie wäre es mit Montag?"

„Da ist es ungünstig, weil ich über ein Doppelspiel berichten muss." Kaum zu fassen, dachte er. Hier stehe ich und vereinbare eine wilde Liebesnacht wie einen Termin beim Zahnarzt.

„Mittwoch?"

Er nickte. „Mittwoch passt mir gut. Möchtest du, dass wir irgendwohin fahren?"

„Lieb, dass du mich fragst, aber das ist nicht notwendig." Zoe legte ihm die Hand an die Wange. „Ich brauche weder Blumen noch Kerzenlicht. Wenn Keenan sich bei seinem Freund eingewöhnt hat, komme ich nach oben."

„Ist gut ... Also dann ... Ich muss wieder an die Arbeit."

„Willst du morgen immer noch auf Keenan aufpassen?"

„Selbstverständlich. Sag ihm, er soll einfach heraufkommen." Cooper ging rückwärts auf die Tür zu, während Zoe gelassen weiter Wäsche faltete. „Also dann ..."

Sie lauschte seinen Schritten auf der Treppe. Sich mit ihm einzulassen war mit Sicherheit ein Fehler. Doch es wäre nicht der erste. Schließlich war das Leben ziemlich eintönig, wenn man jeden falschen Schritt vermied.

7. KAPITEL

„Schuss uuuund Treffer!“, schrie Cooper, als Keenan den Ball im Korb versenkte.

„Ich schaff’s noch mal, wetten?“ Von seinem luftigen Sitz auf Coopers Schultern aus ließ Keenan die Füße baumeln.

„Ich halte dagegen.“ Cooper hob den kleinen Ball auf und reichte ihn Keenan. „Du hast zehn Sekunden Zeit, den Wurf zu machen. Wenn du triffst, hast du das Match gewonnen. Wenn nicht, Pech. Alles klar?“

„Alles klar“, bestätigte Keenan.

„Atemloses Schweigen herrscht im Stadion, als Fleming jetzt an die Linie tritt. Er hat heute das Spiel seines Lebens geboten, doch von seinem nächsten Wurf hängt alles ab. Er fixiert den Korb. Fixierst du den Korb?“

„Und wie!“ Vor Aufregung biss sich Keenan auf die Zunge.

„Er zielt … und wirft.“ Cooper zuckte zusammen, als der kleine Gummiball genau den Rand traf, ein Stück daran entlangrollte und schließlich doch durchs Netz fiel.

„Die Menge tobt vor Begeisterung!“ Cooper vollführte einen Tanz ums Sofa, während Keenan ihm mit Triumphgeheul auf die Schultern trommelte. Als er den Jungen in die Kissen plumpsen ließ, gab Keenan das glucksende Lachen von sich, das Cooper so liebte. „Du bist ein Naturtalent.“

„Jetzt bist du dran mit Werfen“, forderte Keenan.

Gehorsam vollführte Cooper eine Pirouette und warf dann aus der Drehung heraus. Eigentlich genau das Richtige für einen verregneten Nachmittag, dachte er. Wenigstens dachte er dann nicht unentwegt daran, wie er die Nacht verbringen würde. Heute war Mittwoch.

„Schluss jetzt!“, rief er. „Ich muss noch meinen Artikel über die Leichtathletikmeisterschaften schreiben.“

„Fahren wir wieder in die Redaktion? Ich find’s toll dort.“

„Heute nicht. Ich werde den Artikel durchfaxen, sobald er fertig ist. Wenn du willst, kannst du ein bisschen fernsehen.“

„Krieg ich was zu trinken?“

„Im Kühlschrank steht ein Krug Saft, den mir deine Mutter für dich gegeben hat. Stell nichts an, verstanden?“

„Verstanden.“

Als Cooper in seinem Arbeitszimmer verschwunden war, rappelte sich Keenan hoch. Er verbrachte die Nachmittage gern bei seinem großen Freund. Bei Cooper lernte er nicht nur jede Menge interessante Dinge über Sport, sondern dieser fragte auch nie, ob er sich die Hände gewaschen hatte, oder hielt Vorträge darüber, dass zu viele Kekse ungesund waren.

Am meisten liebte es Keenan, wenn Cooper ihn hochhob. Das war so ganz anders als bei seiner Mutter. Die rubbelte ihn nach dem Baden liebevoll trocken oder kuschelte mit ihm, wenn er schlecht geträumt hatte. Aber Cooper roch anders und fühlte sich auch anders an.

Keenan wusste auch warum. Cooper war keine Mama, sondern ein Papa.

Er tat gern so, als sei Cooper sein Papa. Wenn er sich Mühe gab und ganz brav war, würde Cooper vielleicht für immer bleiben.

Mit dem dritten Anlauf gelang es Keenan, die Kühlschranktür zu öffnen. Dass Cooper seine Zeichnungen daran geheftet hatte, machte ihn stolz. Er spähte hinein und entdeckte den Krug mit dem Saft, den seine Mutter für ihn gekauft hatte. Daneben standen die grünen Flaschen, aus denen Cooper so gern trank.

„B-I-E-R“, buchstabierte Keenan. Er hatte Cooper einmal gefragt, ob er kosten dürfe, doch dieser hatte gesagt, damit müsse er sich gedulden, bis er groß sei. Aber Cooper hatte ihn schnuppern lassen, und Keenan war froh gewesen, dass er noch nicht erwachsen war.

Heute stand eine neue Flasche im Kühlschrank. Keenan runzelte die Stirn und versuchte, die Aufschrift zu entziffern. C-H-A-R-D-O-N … Das waren zu viele Buchstaben für ihn, und er gab es auf.

Mit beiden Händen nahm er den Krug heraus und stellte ihn auf den Boden. Dann zog er einen Schemel zum Küchenschrank, wo Cooper die Becher aufbewahrte. Eines Tages würde er so groß sein wie Cooper und nirgendwo mehr draufsteigen müssen, wenn er etwas brauchte. Er stellte sich auf die Zehenspitzen und lehnte sich vor.

Ein Krachen gefolgt von lautem Geheul ließ Cooper so abrupt

hochschrecken, dass er mit dem Knie gegen die Schreibtischkante stieß. Papier stob nach allen Seiten, als er in die Küche rannte.

Keenan schrie immer noch. Neben ihm lag ein umgekippter Schemel. Die Kühlschranktür stand weit offen, und auf dem Boden breitete sich ein See aus Saft aus.

Cooper watete mitten hindurch und hob Keenan hoch. „Was ist denn passiert? Hast du dir wehgetan?“ Als er nur Schluchzen zur Antwort erhielt, stellte er den Kleinen auf den Küchentisch und suchte ihn nach offenen Wunden oder Knochenbrüchen ab. Wer so laut brüllte, musste sich ernsthaft verletzt haben.

„Ich bin runtergefallen.“ Keenan drängte sich an Cooper.

„Das habe ich gehört. Hast du dir den Kopf gestoßen?“

„Nein, den Po.“ Keenan wartete auf die Küsse, mit denen Mama ihn immer tröstete. Aber offenbar musste er Cooper auf die Sprünge helfen. „Du musst einen Kuss drauf geben.“

„Ich soll deinen ... Das ist doch wohl ein Witz!“

Keenans Unterlippe zitterte. „Man muss genau die Stelle küssen, wo es wehtut. Sonst wird es nicht besser.“

„Ach, du meine Güte.“ Ratlos fuhr sich Cooper mit der Hand durchs Haar. Er war unendlich erleichtert, dass Keenan sich nicht schlimmer verletzt hatte. Doch wenn jemals ein Mensch erfuhr, was gleich tun würde, war sein Ruf als zäher Bursche für immer ruiniert. Er drehte Keenan um und küsste ihn schnell aufs Hinterteil. „Hilft es?“

„Na klar.“ Keenan wischte sich über die Augen und streckte Cooper die Arme entgegen. „Nimmst du mich hoch?“

„Wenn du möchtest.“ Es fühlte sich nicht so lächerlich an wie befürchtet, als Keenan ihm die Arme um den Hals schlang. „Geht's wieder besser?“

„Hmmm ...“ Keenan bettete den Kopf an Coopers Schulter. „Ich hab's nicht mit Absicht gemacht. Jetzt ist der ganze Saft verschüttet.“

„Das ist nicht so schlimm.“ Ohne sich richtig bewusst zu werden, was er tat, küsste Cooper Keenan aufs Haar. Dabei ging etwas mit ihm vor, für das er keine Worte fand.

„Bist du nicht sauer? Du gehst auch nicht fort?“

„Natürlich nicht.“ Was geht wohl in dem Kleinen vor? fragte sich

Cooper. Dabei war er vollauf damit beschäftigt, sich über seine eigenen Gefühle klar zu werden. „Ich gehe nirgendwo hin."

„Ich hab dich lieb", erklärte Keenan mit der Kindern eigenen Selbstverständlichkeit.

Cooper schloss die Augen und fragte sich, wie ein erwachsener Mann damit fertig werden sollte, dass er sein Herz an einen Vierjährigen verloren hatte ...

Da wäre ich, dachte Zoe, als sie am Fuß der Treppe zu Coopers Wohnung stand. Ich brauche nur nach oben zu gehen, die Tür öffnen und eine Affäre beginnen. Ihr Magen krampfte sich zusammen.

Es ist doch albern, so nervös zu sein, versuchte sie sich zu beruhigen, als sie die ersten Stufen erklommen hatte. Sie war eine ganz normale Frau mit normalen Bedürfnissen. Irgendwie würde es ihr schon gelingen, nicht zu viel Gefühl ins Spiel kommen zu lassen.

Wenn man nichts erwartete, konnte man nicht so leicht verletzt werden.

Erwartungen hatte sie früher einmal gehabt. Jetzt war sie klüger. Was sie und Cooper verband, war einfach die körperliche Anziehung zweier gesunder, alleinstehender Menschen.

Trotzdem musste Zoe sich zwingen, den nächsten Schritt zu tun. Alle notwendigen Vorkehrungen waren getroffen. Wie sie sich eben noch telefonisch vergewissert hatte, lag ihr Sohn bereits im Bett und alberte mit seinem Freund herum. Auch an Verhütung hatte sie gedacht. Solch ein Versäumnis würde ihr nicht noch einmal passieren.

Was auch immer passiert, nahm sie sich vor, als sie an die Tür klopfte, ich werde es nicht bedauern.

Cooper machte so schnell auf, dass Zoe zusammenzuckte. Eine ganze Weile standen sich beide reglos gegenüber.

Zum ersten Mal, seit er sie kannte, trug sie ein Kleid, eines jener leichten Sonnenkleider, die einen Mann mit Dankbarkeit erfüllten, dass der Winter vorbei war. Das Haar fiel ihr lose auf die Schultern. In ihren Augen stand Nervosität.

„Hallo." Er deutete auf das schnurlose Telefon, das sie in der Hand hielt. „Erwartest du einen Anruf?"

„Nein, natürlich nicht." Sie lachte verlegen. „Ich möchte nur erreichbar sein, wenn Keenan nicht da ist."

„Ist er bei seinem Freund gut untergebracht?"

„Ja." Zoe trat ein und legte das Telefon auf die Anrichte. „Er war so aufgeregt, dass er …" Sie verstummte, als ein Schuh am Boden festklebte.

Cooper verzog das Gesicht. „Offenbar habe ich doch nicht alles erwischt. Wir hatten heute Nachmittag eine kleine Überschwemmung."

„So?"

„Keenan ist vom Schemel gefallen und hat mir einen fürchterlichen Schreck eingejagt. Allerdings ist kein Blut geflossen, sondern nur zwei Liter Orangensaft." Als Zoe nur lächelnd nickte, ging er zum Kühlschrank. Besonders geistreich war seine Konversation nicht. „Möchtest du ein Glas Wein?"

„Ja, gern." Zoe merkte, dass er genauso unsicher war wie sie, und ihre Zuneigung zu ihm wuchs. „Keenan kann es kaum erwarten, nachmittags aus der Schule nach Hause zu kommen und zu dir zu gehen. Seit Neuestem muss ich den Sportteil der Zeitung genau lesen, um mitreden zu können, wenn er mir etwas erzählt."

„Er lernt unglaublich schnell."

„Ich auch." Zoe nahm das Glas Wein entgegen. „Frag mich doch mal nach den neuesten Statistiken. Ich weiß alles über RBIs und ERAs." Sie trank einen Schluck. „Die Orioles hätten das zweite Spiel der Doppelpartie neulich Abend bestimmt gewonnen, wenn sie im zweiten Durchgang den Pitcher ausgewechselt hätten."

Coopers Mundwinkel zuckten. „Glaubst du?"

„Na ja, dem ersten war jedenfalls sichtbar die Puste ausgegangen. Das hat der Stadionsprecher auch gesagt."

„Dann hast du dir das Spiel also im Fernsehen angeschaut?"

„Ich schaue mir auch die ‚Sesamstraße' an, damit ich mit Keenans Interessen mithalten …" Sie verstummte, als Cooper sich eine ihrer Locken um den Finger wand.

„Zurzeit redet er mit Vorliebe über Dinosaurier."

„Ich weiß. Bei uns unten liegen mehrere Bildbände aus der Bücherei. Wir …" Coopers Hand lag jetzt auf ihrer Schulter. „Wir waren auch schon zwei Mal im Naturkundemuseum."

Zoe stellte das Glas ab und warf sich in seine Arme.

Er küsste sie leidenschaftlich. Diesmal verlor er keine Zeit mit Spielereien, sondern presste sie ganz fest an sich. Zoe seufzte leise.

„Ich war nicht sicher, ob du kommen würdest", gestand er.

„Das war ich auch nicht. Aber ..."

„Ich kann an nichts anderes mehr denken als an dich." Cooper hob sie hoch. „Eigentlich wollte ich ganz langsam vorgehen."

„Dafür haben wir später noch Zeit", flüsterte sie und küsste seinen Hals, als er sie nach nebenan trug.

Nur flüchtig nahm Zoe wahr, dass das Schlafzimmer peinlich aufgeräumt und in gedeckten Farben eingerichtet war, ehe sie aufs Bett fielen.

Geduld hatten sie beide nicht. Ihre Hände flogen, als sie einander entdeckten. Das Gefühl, Haut an Haut, Mund an Mund zu liegen, machte Zoe schwindlig. Erst jetzt wurde ihr bewusst, wie sehr sie sich danach gesehnt hatte, berührt zu werden, sich nach so langer Zeit endlich wieder als Frau zu fühlen.

Sie ließ sich fallen. Alle Nervosität und Ängste waren vergessen. Wenn man liebte, war die körperliche Vereinigung umso erfüllender.

Solch eine Frau hat bisher nur in meiner Fantasie existiert, dachte Cooper – leidenschaftlich, manchmal fast aggressiv. Und wunderschön. Wie sie jetzt vor ihm lag, konnte er kaum glauben, dass in diesem schlanken Körper ein Kind herangewachsen war. Im goldenen Abendlicht leuchteten Zoes Augen. Wann und wo immer er sie berührte, er sah in ihrem Blick, was sie empfand.

Er beobachtete, wie sich diese zauberhaften braunen Augen verschleierten, spürte, wie ihr Körper sich anspannte, und hörte sie im Moment der Erfüllung aufschreien. Dass er ihr solche Lust bereiten konnte, gab Cooper ein Gefühl der Macht.

Es dauerte nicht lange, bis sie von Neuem übers Bett rollten, die Lippen in einem leidenschaftlichen Kuss vereint. Diesmal war es Zoe, die die Initiative ergriff. Als er in sie eindrang, glaubte sie zu vergehen. Einen Moment lang hielten beide ganz still, denn sie wussten, dass sie bei der kleinsten Bewegung den Punkt überschreiten würden, an dem es kein Zurück mehr gab. Bald jedoch trieb sie die Ungeduld zu einem überwältigenden Höhepunkt.

Etwas anders hatte ich mir das schon vorgestellt, dachte Cooper.

Sie lagen aneinander gekuschelt auf seinem Bett. Draußen dämmerte es, und das Zimmer war von Schatten erfüllt.

Er hatte geplant, sich langsam voranzuarbeiten. Sie waren beide erwachsen und hatten gewusst, wie der Abend enden würde, doch eigentlich hatte er sich mehr Zeit lassen wollen.

Aber als Zoe ihn vorhin angelächelt hatte, wusste er, dass er nicht mehr warten konnte. Noch nie hatte er eine Frau so begehrt wie sie.

Ein wenig schämte er sich auch. Zoe verdiente mehr als einen rasch vollzogenen Liebesakt, so schön er gewesen war. Doch die Nacht hatte gerade erst angefangen. Sie hatten noch viel Zeit.

Er zog sie an sich und küsste sie auf die Schläfe. „Alles in Ordnung?"

„Ja." Zoe hatte das Gefühl, ihr Körper sei aus Gold. An und für sich müsste er im Dunklen leuchten, überlegte sie träumerisch.

„Ich bin ein bisschen überstürzt vorgegangen."

„Du? Ich dachte, das sei ich gewesen."

Zärtlich streichelte Cooper ihren Arm und spürte, dass er sie schon wieder begehrte. Nimm dich zusammen, Cooper, befahl er sich streng. „Bleibst du?"

Sie öffnete die Augen und sah ihn an. „Ja."

„Dann hole ich den Wein."

„Das ist eine gute Idee." Als er aufstand, seufzte Zoe. Sie hatte vergessen, wie man sich danach verhielt. Nein, das war falsch. Auch von dem, was vor und während des Liebesaktes vor sich ging, war ihr nicht viel im Gedächtnis geblieben. Angesichts dessen hatte sie sich eigentlich ganz gut gehalten.

Erst jetzt war ihr bewusst geworden, welche Gefühle sie jahrelang in sich verschlossen hatte. Wie groß ihre Sehnsucht gewesen war, wieder in den Armen eines Mannes zu liegen. Allerdings hatte sie auch nicht geahnt, dass sie noch fähig war zu lieben.

Als Cooper mit den Gläsern kam, zog sie automatisch das Laken über die Brust.

Bei ihrem Anblick wurde er erneut von Verlangen erfasst, doch dieses Gefühl war nicht nur in den Lenden, sondern auch in der Herzgegend zu spüren. Er sagte nichts, sondern reichte ihr nur das Glas und legte sich wieder zu ihr.

„Warum hat es all die Jahre niemanden gegeben?" Sobald die Frage heraus war, hätte Cooper sich am liebsten die Zunge abgebissen. „Tut mir leid, das geht mich nichts an."

„Schon gut." Weil niemand da war, den ich lieben konnte, beantwortete Zoe seine Frage im Stillen. Aber sie wusste, dass er das nicht hören wollte. Ihm ging es um etwas ganz anderes. „Du möchtest etwas über Keenans Vater erfahren, nicht wahr?"

„Bitte halte mich nicht für neugierig. Manchmal geht einfach der Reporter mit mir durch."

„Es macht mir nichts aus, darüber zu reden. All das liegt schon so lange zurück. Ich bin in New York aufgewachsen. Dass meine Mutter Schauspielerin ist, habe ich, glaube ich, schon erwähnt. Ich stamme aus ihrer zweiten Ehe. Inzwischen ist sie zum fünften Mal verheiratet."

„Fünf Mal?"

Zoe lachte und trank einen Schluck Wein. „Clarice wechselt die Ehemänner mit der gleichen Selbstverständlichkeit wie andere ihre Frisur oder ihre Kleidung. Mit meinem Vater war sie ungefähr vier Jahre zusammen, ehe sie sich in aller Freundschaft trennten. Clarice hat sich immer im besten Einvernehmen scheiden lassen. Ich habe Dad selten gesehen, weil er nach Hollywood zog. Dort arbeitet er als Sprecher beim Film und im Werbefernsehen. Jedenfalls war Mutter gerade zum vierten Mal verheiratet, als ich mit der High School fertig wurde. Ihr Mann hatte Verbindungen zur Towers Modelagentur."

„Von der habe ich gehört."

„Jedenfalls brachte er mich dort unter, und ich war ziemlich schnell erfolgreich."

„Jetzt fällt es mir wieder ein", unterbrach Cooper. „Ich wusste, dass ich dein Gesicht schon einmal irgendwo gesehen hatte."

„Vor fünf oder sechs Jahren war das auch kaum zu vermeiden. Einmal war ich in einem Monat auf zwanzig Titelblättern zu sehen."

„Zum Beispiel im Sonderheft über Badeanzüge von ‚Sports Magazine'."

Zoe lächelte. „Du hast ein gutes Gedächtnis. Das ist jetzt sechs Jahre her."

Cooper konnte sich noch genau an die Aufnahme erinnern – die langen, mit Sand bestäubten Beine, den knappen Badeanzug, das lachende, verführerische Gesicht. Er trank einen großen Schluck Wein.

„Das war eine tolle Aufnahme."

„Es hat Stunden gedauert, bis der Fotograf endlich zufrieden war. Jedenfalls habe ich damals viel Geld verdient, wurde häufig in der Presse erwähnt und ging auf viele Partys. Bei einer davon traf ich Roberto."

„Roberto." Cooper verzog das Gesicht.

„Nachname Lorenzi. Ein Tennisspieler. Vielleicht hast du schon von ihm gehört."

„Lorenzi? Natürlich. Er hat drei Jahre hintereinander die French Open gewonnen und ist dann in Wimbledon im Halbfinale untergegangen. Er legt sich mit Schiedsrichtern an, fährt nebenbei Autorennen und kann an keiner schönen Frau vorbeigehen. Wenn ich mich recht erinnere, ist er in den letzten beiden Jahren nicht mehr über Platz fünfundzwanzig der Weltrangliste hinausgekommen. Irgendwann hat es auch einen Skandal gegeben, als er nach einigen Gläsern Wein zu viel einen Fotografen verprügelte. Das ist Keenans Vater? Aber er ist ..."

„Ein Schürzenjäger? Ein reicher, verwöhnter Egoist? All das stimmt", bestätigte Zoe. „Damals habe ich jedoch nur einen charmanten Mann gesehen, der mir Rosen schickte und mich zu einem romantischen Abendessen zu zweit nach Monte Carlo entführte. Ich war geblendet. Er schwor, er würde mich anbeten und könnte ohne mich nicht leben. Ich glaubte ihm und wurde seine Geliebte. Naiv wie ich war, ging ich davon aus, dass er mein erster und einziger Mann sein würde. Jedenfalls merkte ich nicht, dass er meiner bereits überdrüssig zu werden begann, als ich schwanger wurde. Als ich es ihm sagte, tobte er zuerst. Dann wurde er ganz ruhig. Er ging davon aus, ich würde das Kind abtreiben lassen, und bot an, alles zu arrangieren und sämtliche Kosten zu übernehmen."

„Wirklich ein Gentleman, dieser Roberto", meinte Cooper sarkastisch.

„Es war nicht überraschend, dass er so dachte", fuhr Zoe gelassen fort. „Ich machte gerade Karriere in einer Branche, wo man bestimmt nicht auf mich gewartet hätte, bis ich nach der Schwangerschaft meine

Figur wieder hatte. Er dachte natürlich nicht daran, mich zu heiraten, und war überzeugt, ich wäre mit den Spielregeln vertraut. Das stimmte, doch als mir der Arzt sagte, ich sei schwanger, veränderte sich etwas. Nachdem die erste Panik, die Ungläubigkeit, der Zorn vorbei waren, freute ich mich. Ich wollte das Baby. Also gab ich meinen Job auf, ging von New York weg und las alles, was ich über Mutterschaft auftreiben konnte."

„Einfach so?"

„Es gab natürlich einige Szenen. Die Trennung zwischen Roberto und mir verlief nicht so herzlich wie die Scheidungen meiner Mutter. Schließlich einigten wir uns darauf, dass ich aus seinem Leben verschwinden würde und er aus meinem."

„Was hast du Keenan denn gesagt?", fragte Cooper leise.

„Das war schwer." Noch heute hatte Zoe jedes Mal ein schlechtes Gewissen, wenn sie daran dachte. „Ich habe ihm erzählt, dass sein Vater fort musste und nicht zurückkommen wird. Zum Glück ist er ein fröhliches Kind und fragt nicht oft danach."

„Und du? Bist du glücklich?"

„Ja." Zoe lächelte und berührte Cooper zärtlich. „Mein ganzes Leben lang habe ich mir ein richtiges Zuhause, eine Familie und Geborgenheit gewünscht. Ehe Keenan zur Welt kam, kannte ich das alles nicht. Er hat mein Leben von Grund auf verändert."

„Dann drängt dich nichts, wieder für viel Geld in die Kamera zu lächeln?"

„Absolut nichts."

Cooper legte ihr die Hand in den Nacken und betrachtete Zoe. „Was für ein wunderschönes Gesicht", sagte er lächelnd. Im Moment gefiel ihm der Gedanke, dieses Gesicht für sich allein zu haben, sehr gut.

8. KAPITEL

Die Idee, dass die Mütter von Schulkindern abwechselnd den Fahrdienst übernehmen sollten, war offenbar von einem Menschen mit einem recht verdrehten Sinn für Humor entwickelt worden. Cooper, der den Großteil seines Lebens in Städten verbracht hatte, wo man entweder mit öffentlichen Verkehrsmitteln oder sogar zu Fuß von zu Hause zur Arbeit kam, verfügte über keine Erfahrung mit Fahrgemeinschaften. Allerdings waren ihm Gerüchte zu Ohren gekommen über Auseinandersetzungen, kleinliches Hickhack, qualvolle Enge und verschütteten Kaffee.

Nach einer Woche als ehrenamtlicher Chauffeur kam er zu dem Schluss, dass die Kinderversion viel schlimmer war als alles, was Erwachsene sich ausdenken konnten.

„Brad hat mich schon wieder gezwickt, Mr McKinnon. Aua!"

„Lass das, Brad."

„Carly starrt mich die ganze Zeit an. Ich habe ihr gesagt, dass ich das nicht mag."

„Schau woanders hin, Carly."

„Mir ist schlecht, Mr McKinnon. Ich muss mich bestimmt gleich übergeben."

„Atme tief und gleichmäßig."

Obwohl Matthew Finney Würgegeräusche von sich gab, die die anderen Kinder kreischend zur Seite rücken ließen, biss Cooper die Zähne zusammen und fuhr weiter. Matt drohte mindestens zwei Mal am Tag mit Erbrechen, wenn er nicht vorn sitzen durfte. Nach fünf anstrengenden Tagen kannte Cooper seine Pappenheimer allmählich. Trotzdem waren seine Nerven zum Zerreißen gespannt.

Keenan, der als Letzter den begehrten Platz neben dem Fahrer hatte einnehmen dürfen, richtete sich auf, drehte sich um und schnitt Matt fürchterliche Grimassen, was prompt zu Püffen, Beschimpfungen und Geschubse führte.

„Keenan, dreh dich wieder um!", befahl Cooper. „Und ihr auf dem Rücksitz setzt euch ganz gerade hin. Wenn ich euretwegen anhalten muss ..." Cooper verstummte. Jetzt klang er schon wie seine Mutter. Allmählich wurde ihm selbst übel. „Erster Halt. Matt, raus mit dir."

Eine Viertelstunde später war der Rücksitz endlich leer. Cooper bog in die Einfahrt und legte seinen schmerzenden Kopf aufs Lenkrad. „Jetzt brauche ich einen Drink."

„Wir haben Zitronenlimonade", teilte Keenan ihm mit.

„Fantastisch." Vorausgesetzt, fuhr Cooper im Stillen fort, ich kann sie im Verhältnis eins zu eins mit Wodka versetzen.

„Fahren wir bald wieder mal zum Schwimmen?"

Der Gedanke, in absehbarer Zeit noch einmal eine Horde kreischender Kinder ins Hallenbad zu begleiten, erfüllte Cooper mit Grauen. „Da musst du deine Mutter fragen."

Als er einen Blick auf den Rücksitz warf, verdrehte er die Augen. Irgendwie würde er Zoe dazu bringen, Nein zu sagen. Bereits Anfang der Woche hatte er Kaugummi an der Türverkleidung, Krümel auf den Fußmatten und eine geheimnisvolle grüne Substanz auf dem Sitz entdeckt. In seinem jetzigen geschwächten Zustand konnte bereits ein Bonbonpapier eine Kurzschlussreaktion auslösen.

„Huhu!" Mrs Finkleman streifte ihre geblümten Gartenhandschuhe ab und watschelte auf den Zaun zu. Sie trug ein zeltartiges Kleid mit grafischen Mustern in Orange und Braun und grellblaue Sandalen. „Wie war's beim Schwimmen, junger Mann?"

„Wir sind ein Rennen geschwommen, und Brad hat Carly untergetaucht, bis sie weinte, obwohl Cooper es ihm verboten hat", erzählte Keenan begeistert. „Ich kann unter Wasser zwölf Sekunden die Luft anhalten."

„Das ist ja fantastisch!" Lachend zerzauste Mrs Finkleman dem Jungen das Haar. „Dann wird es nicht mehr lange dauern, bis du in die Olympiamannschaft aufgenommen wirst." Mit einem wissenden Blick betrachtete sie Coopers blasses Gesicht. „Sie sehen etwas mitgenommen aus. Keenan, lauf mal ins Haus und sag Mr Finkleman, er soll dir ein Stück von dem Kirschkuchen geben, den er heute gebacken hat."

„Okay." Keenan ergriff Coopers Hand. „Kommst du mit? Du willst doch sicher auch welchen."

„Im Moment nicht. Geh nur."

Mrs Finkleman blickte ihm schmunzelnd nach. „Wir werden ihn einige Stunden bei uns behalten. Sie sehen aus, als würde Ihnen ein Stündchen in einem stillen Zimmer guttun."

„Manchmal befürchte ich schon, reif fürs Irrenhaus zu sein", murmelte Cooper. „Wie schaffen es nur manche Leute, im Umgang mit Kindern die Nerven zu behalten?"

„Es ist einfacher, wenn man alle Phasen mit ihnen durchmacht. Wenn Sie einmal eine Nacht mit einem von Bauchkrämpfen geplagten Baby auf dem Arm auf und ab gewandert sind, bringt Sie nicht so schnell mehr etwas aus der Ruhe." Sie seufzte. „Abgesehen von Hausaufgaben in den naturwissenschaftlichen Fächern. Da hätte ich manchmal beinahe die Waffen gestreckt. Und bei der ersten Fahrstunde." Mrs Finkleman schüttelte den Kopf. „Das hat mich mehr mitgenommen als die Kinder. Aber bis dahin vergehen noch Jahre", meinte sie und tätschelte Cooper beruhigend den Arm. „Sie machen Ihre Sache wirklich ganz prima. Erst neulich haben Harry und ich darüber gesprochen, wie schön es ist, dass Zoe und Keenan einen Mann in ihrem Leben haben. Sie hat zwar bisher alles ohne Hilfe bewältigt – allein ein Kind aufgezogen, auf zwei verschiedenen Stellen gleichzeitig gearbeitet und das Haus versorgt –, aber mir tut es in der Seele wohl zu sehen, wie Sie mit Keenan im Garten herumtoben oder wie Zoes Augen aufleuchten, wenn Sie in der Nähe sind. Ihr drei gebt eine reizende kleine Familie ab. Nun gehen Sie hinauf und legen Sie sich ein bisschen hin. Wir passen inzwischen auf Ihren Jungen auf."

„Ich bin nicht … Er ist nicht …" Ehe Cooper die richtigen Worte gefunden hatte, hatte Mrs Finkleman sich bereits abgewandt.

Familie? überlegte er. Sie waren doch keine Familie. Natürlich hatte er den Jungen gern, und nach der Mutter war er ganz verrückt. Das machte sie aber nicht zu einer Familie. Auch wenn er sich freiwillig dazu bereit erklärt hatte, hin und wieder auf Keenan aufzupassen, und ihm Baseball beibrachte, war er deshalb nicht in die Vaterrolle geschlüpft.

Cooper marschierte sofort zum Kühlschrank, holte eine Flasche Bier heraus und trank sie in einem Zug zur Hälfte leer.

Es stimmte schon, dass er gern mit dem Jungen zusammen war, von Zoe ganz zu schweigen. Er war sogar geschmeichelt gewesen, als eine Frau im Schwimmbad Keenan irrtümlich für seinen Sohn gehalten und gemeint hatte, was für einen reizenden Jungen er habe. Das hieß jedoch nicht, dass er nun anfangen würde, an Familientarife bei der Krankenversicherung oder ein Sparkonto für Keenans Collegestudium zu denken.

Er war Junggeselle – ein Zustand, der ihm sehr behagte. Er konnte kommen und gehen, wie es ihm passte, die ganze Nacht Poker spielen oder tagsüber im Fernsehen Sport anschauen, ohne jemand darüber Rechenschaft schuldig zu sein.

Es gefiel ihm auch, in seinen eigenen vier Wänden zu arbeiten. Deshalb schrieb er die meisten Artikel nicht in der Redaktion, sondern zu Hause, weil hier niemand an seine Sachen ging oder über seine Zeit verfügte.

Mit Schaudern erinnerte Cooper sich noch an die erzwungenen Ausflüge mit Eltern und Geschwistern in seiner Kindheit. Auf keinen Fall würde er sein behagliches Leben aufgeben und sich an die Bedürfnisse einer Familie anpassen.

Es war wohl ein Fehler, dachte Cooper, als er mit seinem Bier ausgestreckt auf der Couch lag, so viel Zeit mit dem Jungen und Zoe zu verbringen. Was er gab, hatte er zwar freiwillig gegeben. Doch inzwischen war ihm bewusst geworden, dass diese Geste auch falsch ausgelegt werden konnte.

Vor allem, da Zoe das Wort Liebe bereits ausgesprochen hatte, allerdings nur ein einziges Mal. Er hatte sich damit getröstet, dass Frauen von Natur aus gefühlsbetonter waren und man ihre Äußerungen nicht ganz ernst nehmen musste.

Dennoch war damit zu rechnen, dass Mutter und Sohn zunehmend von ihm abhängig werden würden, wenn er nicht auf Distanz ging. Cooper richtete sich abrupt auf, als ihm plötzlich bewusst wurde, dass auch er von den beiden abhängig werden könnte.

Es war Zeit, das Verhältnis wieder auf die Basis Hauswirtin und Mieter zu stellen.

Keenan hörte seine Mutter vorfahren und rannte ihr entgegen.

„Mama, Mama! Ich habe unter Wasser zwölf Sekunden die Luft angehalten."

Zoe fing ihn auf und wirbelte ihn zwei Mal herum. „Dann hast du hier wohl irgendwo Kiemen versteckt", meinte sie und kitzelte ihn zwischen den Rippen. „Guten Tag, Mrs Finkleman."

„Hallo, Zoe. Wir haben gerade eine Stunde wunderbar zusammen gespielt. Cooper sah so erschöpft aus, als er heimkam, dass ich ihn ins Bett geschickt habe. Es scheint ein anstrengender Tag für ihn gewesen zu sein."

„Vielen Dank." Zoe gab Keenan einen Kuss. „Hmm ... Du schmeckst nach Kirschen."

„Mr Finkleman hat Kirschkuchen gebacken, der schmeckt ganz toll."

„Das glaube ich gern. Hoffentlich hast du dich bedankt."

„Klar. Matt hätte fast in Coopers Auto gekotzt."

„Das ist ein hässliches Wort. Richtig heißt es ‚sich übergeben'."

„Jedenfalls hat er behauptet, ihm sei schlecht, nur weil heute nicht er, sondern ich vorn sitzen durfte. Mama, stell dir vor, ich bin sogar ein Stück ohne Schwimmflügel geschwommen. Cooper sagt, ich habe das Zeug zum Champion."

„Dessen bin ich sicher." Zoe ließ sich auf einen Stuhl sinken. Der Gedanke, dass sie Abendessen machen, ihre Uniform anlegen und dann sechs Stunden auf hohen Absätzen Drinks servieren sollte, war alles andere als verlockend. „Drück mich mal ganz fest", bat sie Keenan, der der Aufforderung sofort nachkam. „Auch im Drücken bist du ein Champion. Wie wäre es, wenn du mit in die Küche kommst und mir erzählst, was du heute sonst noch erlebt hast, während ich koche?"

Zoe war dabei, die Spaghettisoße zu würzen, als sie Coopers Schritte auf der Treppe hörte. Sofort schlug ihr Herz schneller. Diese ganz normale Reaktion erheiterte sie. Wie hatte sie nur glauben können, sie sei immun gegen Männer?

Sie stellte die Flamme unter dem Topf klein und ging zur Hintertür, als er gerade unten ankam. „Hallo. Schön, dich zu sehen."

„Wie geht's?" Cooper klimperte mit den Schlüsseln in der Hosentasche. Täuschte er sich, oder leuchtete sie wirklich von innen heraus? Trotz der Schatten der Müdigkeit unter den Augen tanzten Lichter darin.

„Ich wollte dich gerade rufen. Nach einem anstrengenden Tag im Schwimmbad hast du vielleicht Lust, dich an einen gedeckten Tisch zu setzen." Zoe lehnte sich vor, um ihm einen Kuss zu geben. Als er zurückwich, erlosch ihr Lächeln. „Allerdings kann ich dir nur Spaghetti mit Tomatensoße anbieten."

Das Essen duftete fast so gut wie sie. Cooper warf einen Blick in die Küche – die dampfenden Töpfe auf dem Herd, frische Blumen auf der Anrichte, der kleine Junge, der ausgestreckt am Boden lag und mit Wachsstiften malte, die schöne Frau, die ihn mit einer Mahlzeit und Küssen verlockte.

Ganz eindeutig eine Falle.

„Vielen Dank, aber ich bin schon auf dem Sprung. Ich habe es ziemlich eilig."

„Ach so. Ich dachte, du hättest noch einige Stunden Zeit, ehe das Spiel beginnt." Als Zoe ihn die Augenbrauen hochziehen sah, lachte sie. „Ich habe in letzter Zeit die Sportszene etwas genauer verfolgt. Heute findet die erste von drei Begegnungen Baltimore gegen Toronto statt."

„Stimmt." Wenn eine Frau sich die Interessen eines Mannes zu eigen macht, herrscht wirklich höchste Alarmstufe. „Aber ich muss vorher noch etwas erledigen."

„Kann ich mitkommen?" Keenan war aufgesprungen und zupfte Cooper an der Hose. „Nimmst du mich mit zu dem Spiel? Mit dir macht es am meisten Spaß."

Cooper konnte beinahe hören, wie sich der Schlüssel zu seinem Gefängnis umdrehte. „Tut mir leid. Ich habe zu viel zu tun."

Einen so schroffen Ton hatte Keenan noch nie von ihm gehört, und seine Unterlippe begann zu zittern.

„Schau, das ist nicht nur ein Spiel, sondern ich muss arbeiten", fügte er etwas sanfter hinzu.

„Du hast gesagt, dass ich dir Glück bringe."

„Keenan." Zoe legte ihrem Sohn die Hand auf die Schulter, doch ihr Blick ruhte auf Cooper. „Hast du vergessen, dass Beth heute Abend zu dir kommt? Bald wird sie da sein, und dann könnt ihr eine Videoaufnahme von deinem Lieblingsfilm anschauen."

„Ich möchte lieber ..."

„Jetzt lauf schnell ins Bad und wasch dir die Hände vor dem Essen."

„Aber …"

„Marsch."

Keenans klägliche Miene hätte einen Eisklotz zum Schmelzen gebracht. Mit gesenktem Kopf verließ er die Küche.

„Ich kann ihn nicht überallhin mitnehmen", verteidigte sich Cooper schuldbewusst.

„Natürlich nicht. Er ist einfach übermüdet. Ich hätte ihm sowieso nicht erlaubt, mit zu dem Spiel zu gehen." Forschend betrachtete Zoe ihn. Hoffentlich trog ihr Instinkt. „Ist alles in Ordnung?"

„Bestens." Cooper wusste selbst nicht, weshalb er beinahe schrie. Er fühlte sich scheußlich. „Weißt du, ich habe ein eigenes Leben. Auf ein Kind, das an mir herumklettert, oder ständige Einladungen zum Abendessen kann ich verzichten. Vor allem aber bin ich niemandem Rechenschaft schuldig."

Zoes Blick wurde kühl. „Selbstverständlich nicht. Ich bin dir sehr dankbar, dass du mir in den letzten beiden Wochen aus der Klemme geholfen hast. Lass mich wissen, wie ich es wiedergutmachen kann."

„Zoe …"

„Entschuldige, aber ich muss jetzt das Essen auf den Tisch bringen, sonst komme ich zu spät zur Arbeit. Viel Spaß bei dem Spiel."

Zoe wusste genau, wie lange er noch vor der Tür stand, während sie sich am Herd zu schaffen machte. Auch wann er sich umdrehte und ging, spürte sie.

Sein Verhalten kam nicht unerwartet. Dieser Rückzug war typisch, in gewisser Weise sogar verständlich. Vielleicht hatte Cooper einige Wochen gebraucht, um sich dessen bewusst zu werden, dass sie nicht einzeln, sondern nur als Teil eines Zweiergespanns zu haben war. Dass sie Verantwortung trug und sich an eine gewisse Routine halten musste.

Nun hatte er begriffen, worauf er sich einließ, und ging auf Distanz. Auch wenn er es möglicherweise noch nicht wusste, hatte er den ersten Schritt zur endgültigen Trennung getan.

Plötzlich verschwamm Zoe alles vor den Augen, doch sie wischte entschlossen die Tränen weg. Weinen würde sie später. Jetzt musste sie zuerst ihren kleinen Jungen beruhigen.

Als Keenan aus dem Bad kam, ging sie neben ihm in die Hocke.

„Du hast doch heute einen schönen Tag mit Cooper verbracht, nicht wahr?“

Keenan nickte schniefend.

„Du hast viel Spaß gehabt und eine Menge neue Dinge gelernt.“

„Ich weiß.“

„Dafür solltest du dankbar sein, mein Schatz, anstatt zu schmollen, weil du nicht noch mehr haben kannst.“

Zoe richtete sich auf und hoffte, sie würde es fertigbringen, ihren eigenen Rat zu beherzigen.

9. KAPITEL

Du verbringst in letzter Zeit verdächtig viel Zeit hier." Ben setzte sich auf eine Ecke von Coopers Schreibtisch. An den vielen, nur durch Stellwände abgeteilten Arbeitsplätzen rundherum klingelten Telefone, klapperten Schreibmaschinen.

„Was willst du damit sagen?" Ohne seinen Freund anzusehen, hämmerte Cooper auf die Tasten seines Computers.

„Eigentlich hatte ich gedacht, du würdest von jetzt an überwiegend zu Hause arbeiten. Dort hast du deine Ruhe." Ben dachte an Zoe. „Die Aussicht ist auch viel schöner. Als du noch in der Stadt gewohnt hast, warst du nicht so oft hier."

„Ich brauche eben hin und wieder Tapetenwechsel."

„So, so." Ben lächelte vielsagend und nahm einen Baseball von Coopers Schreibtisch. „Gibt's Ärger im Paradies?"

„Ich weiß nicht, wovon du redest. Übrigens muss ich in einer halben Stunde einen Artikel abliefern."

Ben ignorierte die unausgesprochene Aufforderung, ihn in Ruhe zu lassen. „In den letzten Wochen war nicht zu übersehen, dass du in deine Vermieterin verschossen warst." Er warf den Ball von einer Hand in die andere. „Wenn ein Mann auf Schritt und Tritt einen kleinen Jungen mitnimmt und ihm Baseballhemden kauft, liegt der Verdacht nahe, dass er bei der Mutter Eindruck machen will."

Coopers Augen blitzten. „Ich mag den Kleinen, verstanden? Um eine Frau zu erobern, brauche ich keinen Vierjährigen als Unterstützung. Keenan ist ein prima Junge."

„Heh, ich hab' doch nichts gegen Kinder. Eines Tages werde ich wahrscheinlich selbst welche haben. Ich will auf etwas ganz anderes hinaus. Wenn die Angebetete eines Mannes bereits Mutter ist, muss der in die Vaterrolle schlüpfen, wenn er eine Chance haben will."

„Denk bloß nicht, dass ich mich verbiegen muss, um eine Frau zu erobern."

„Aber letzte Woche konntest du nicht am Basketball-Training teilnehmen, weil du mit der Familie im Zoo warst." Ben grinste verschmitzt und legte den Ball weg. „Trotzdem wette ich, dass du mehr Punkte gemacht hast als ich." Er wich zurück, als sein Freund Anstalten machte, sich auf ihn zu stürzen.

„So ist das nicht", entgegnete Cooper mit zusammengebissenen Zähnen.

„Heh, heh. Merkst du nicht, dass ich dich nur provozieren will? Wenn ich gewusst hätte, dass du es ernst meinst, hätte ich bestimmt nicht so alberne Witze gemacht."

Cooper atmete tief durch. „Ich habe nicht gesagt, dass ich ernste Absichten habe."

„Wie du meinst."

Wütend auf sich selbst, ließ Cooper sich wieder auf seinen Stuhl sinken. Seit über fünf Jahren zogen er und Ben einander über ihre Erfolge beziehungsweise Misserfolge beim weiblichen Geschlecht auf. Es gab also wirklich keinen Grund, so übertrieben zu reagieren und sich zum Narren zu machen.

„Tut mir leid. Mir geht nur im Moment viel im Kopf herum."

„Schon vergessen. Du brauchst Ablenkung, mein Junge. Kommst du heute Abend mit zum Pokern?"

„Klar."

„Wenn du erst einmal ein hübsches Sümmchen verloren hast, wirst du vermutlich wieder normal."

Jetzt merken also schon andere, dass mit mir etwas nicht stimmt, sagte sich Cooper nachdenklich und starrte seinen Bildschirm an.

In den letzten drei Tagen hatte er kaum geschlafen, fast nichts gegessen und sich mit jedem angelegt, der in die Nähe kam.

Vermutlich gab es nur eine Möglichkeit, sein Leben wieder in den Griff zu bekommen. Er musste sich dem Problem stellen.

Das Schönste an einem freien Nachmittag für Zoe war das Alleinsein. Keine Kunden, mit denen sie sich unterhalten musste, keine ungeduldigen Gäste, kein Sohn, der ständig ihre Aufmerksamkeit forderte. Während dieser wenigen kostbaren Stunden war sie weder Verkäuferin, Kellnerin noch Mutter, sondern einfach Zoe.

Im Augenblick saß sie auf den Stufen zur Veranda und versuchte, aus der Anleitung für die Montage eines Gartengrills schlau zu werden. Wenn das gelang, würde sie Keenan am Abend mit Hamburgern überraschen.

Zoe wusste, dass niemand in der oberen Wohnung war. Sie versuchte, nicht an Cooper zu denken und daran, dass er in den letzten Tagen nur zum Schlafen nach Hause gekommen war.

Es war dumm von ihr gewesen zu glauben, dass er anders sein würde als andere Männer. Er hatte sie begehrt, erobert und das Interesse an ihr wieder verloren. Begehrt hatte sie ihn auch. In dieser Hinsicht hatte keiner dem anderen etwas vorzuwerfen. Der Schmerz in der Herzgegend würde wieder vergehen. Sie und Keenan würden allein zurechtkommen. Schließlich hatten sie Übung darin.

Der Schraubenzieher rutschte ab und schürfte ihr die Fingerknöchel auf. „Verdammt!"

„Was, zum Teufel, machst du da?", fragte Cooper plötzlich neben ihr.

Mit blitzenden Augen blickte sie zu ihm auf. „Ich backe einen Kuchen. Wonach sieht es sonst aus?"

„Du kannst nichts zusammenbauen, wenn du die Einzelteile über den ganzen Garten verstreust." Automatisch bückte er sich, um Ordnung in das Chaos zu bringen. Zoe schob seine Hand mit dem Schraubenzieher weg.

„Auf die Dienste eines Hobbyhandwerkers kann ich verzichten. Ich bin kein hilfloses Frauchen, das ohne die Unterstützung eines Mannes nichts zustande bringt."

Beleidigt steckte er die Hände in die Taschen. „Wie du willst. Dann mach es eben selbst."

„Das tue ich ja auch. Es macht mir Spaß, mich mit technischen Dingen zu beschäftigen."

„Fantastisch. Wenn das Ding dann auseinanderfällt, ist niemand anders da, dem du die Schuld zuschieben kannst."

„Genau." Zoe blies eine Haarsträhne aus dem Gesicht. „Ich bin durchaus imstande, Fehler zuzugeben." Sie nahm einen Schraubenschlüssel und zog eine Mutter fest. „Willst du den ganzen Nachmittag hier stehen bleiben?"

„Ich möchte mit dir reden."

„Bitte sehr."

Cooper hatte sich seine Rede sorgfältig zurechtgelegt. Schließlich war er Journalist. „Mir ist bewusst geworden, dass du vielleicht die falschen Schlüsse gezogen hast, weil ich so viel Zeit mit dir und dem Jungen ..."

„Er heißt Keenan", erklärte Zoe mit zusammengebissenen Zähnen."

„Das weiß ich auch. Jedenfalls könnte ein unzutreffender Eindruck entstanden sein."

„Ach ja?" Zoe klopfte sich mit dem Schraubenzieher auf die Handfläche.

„Keenan ist wirklich ein reizendes Kind. Es hat mir viel Spaß gemacht, mit ihm zusammen zu sein."

Das ist ja das Problem, dachte Zoe. Sie wusste, dass Cooper Keenan ehrlich gern hatte. Dadurch wurde die Situation noch schwieriger. „Es hat ihm gutgetan, dass du dich so um ihn gekümmert hast."

„Einerseits ist das richtig. Andererseits besteht natürlich die Gefahr, dass er ... dass du ... also, dass ihr beide meine Motive missversteht. Keenan soll nicht denken, dass es von nun an immer so weitergeht, nur weil ich gelegentlich mit ihm Ball spiele oder ihn mit ins Stadion nehme."

„Ich verstehe." Zoe war ganz ruhig. „Du hast Angst, er könnte dich als Vaterfigur sehen."

„So ungefähr."

„Das ist ganz natürlich. Allerdings verbringt er auch sehr viel Zeit bei Mr Finkleman und Billy Bowers am anderen Ende der Straße."

„Harry Finkleman könnte sein Großvater sein, und Billy Bowers ist selbst erst achtzehn." Cooper merkte, dass seine Verteidigungsrede nicht frei von Eifersucht war. „Außerdem ist das Verhältnis dieser beiden zu dir anders."

„Verhältnis?" Zoe zog die Augenbrauen hoch.

„Beziehung. Nenn es, wie du willst. Verflixt, wir haben schließlich nur einmal miteinander geschlafen."

„Dessen bin ich mir sehr wohl bewusst." Sorgfältig legte Zoe den Schraubenschlüssel weg. Die Versuchung, Cooper damit auf den Kopf zu schlagen, war zwar groß, doch die Genugtuung würde nur von kurzer Dauer sein.

Cooper war wütend auf sich. „So habe ich das nicht gemeint", erklärte er hastig. „Es klang, als hätte unsere gemeinsame Nacht nichts bedeutet. Und das stimmt nicht, Zoe.“ Sie bedeutete ihm sogar sehr viel. „Es ist nur …“

„Du hast Angst, dass Keenan und ich dich in die Familienfalle locken. Dass du eines Morgens aufwachst und Vater bist, mit einer Frau, einer Hypothek und einem kleinen Jungen, der viel Zuwendung braucht.“

„Ja. Nein. So ungefähr.“ Dieses Gespräch verlief nicht so, wie er es geplant hatte. „Ich wollte mich nur deutlich ausdrücken.“

„Das hast du. Überdeutlich.“ Zoe schaute ihn fest an. „Du brauchst keine Angst zu haben, Cooper. Ich habe nach einem Mieter inseriert, nicht nach einem Vater für mein Kind oder einem Ehemann für mich. Mit dir geschlafen habe ich, weil ich es wollte, nicht weil ich hoffte, dich damit zum Altar zu locken.“

„Mir geht es um etwas anderes.“ Nervös strich sich Cooper durchs Haar. „Ich wollte dich haben – will dich immer noch –, aber ich weiß, dass du bereits eine große Enttäuschung erlebt hast. Ich will weder dir noch Keenan wehtun. Du sollst nur nicht denken, dass ich die Lücke ausfüllen würde.“

Von Neuem flackerte Zorn in ihr auf. Sie sprang auf. „Bei Keenan und mir gibt es keine Lücke. Wir sind eine richtige Familie.“ Um ihren Worten Nachdruck zu verleihen, stieß Zoe mit dem Schraubenzieher gegen seine Brust. „Auch ohne Vater sind wir glücklich und zufrieden.“

„Ich wollte nicht …“

„Ich werde dir sagen, was du gemeint hast. Du siehst eine alleinstehende Frau mit einem kleinen Jungen und denkst, dass sie sich nach einem starken Mann verzehren, der ihrem Dasein Sinn gibt. Das ist Unsinn. Wenn ich einen Mann wollte, würde ich einen haben. Wenn ich denken würde, dass Keenan einen Vater braucht, damit er glücklich aufwächst, würde ich einen für ihn suchen. Falls du denkst“, erneut versetzte Zoe Cooper einen Stoß, „falls du denkst, dass du ganz oben auf einer Fantasieliste stehst, irrst du dich. Mag sein, dass ich mich in dich verliebt habe, doch das reicht nicht. Es geht hier nicht nur um mich oder um dich, sondern an erster Stelle steht Keenan. Sollte ich jemals einen Vater für Keenan auswählen, wird es ein Mann mit Nachsicht und Geduld sein, der bereit ist, sein Leben zu ändern, um Platz für mich und meinen Sohn zu machen. Du kannst also ganz beruhigt sein, Cooper. Dir droht keine Gefahr."

„Ich bin nicht hierhergekommen, um mich mit dir zu streiten."

„Das ist schön, weil ich nämlich fertig bin."

Er packte sie am Arm, ehe sie sich abwenden konnte. „Aber ich nicht. Ich versuche, ganz ehrlich zu sein, Zoe. Du bedeutest mir viel, verstanden? Ihr beide bedeutet mir viel. Ich möchte nur nicht, dass die Situation außer Kontrolle gerät."

„Wessen Kontrolle? Deiner? Dann gibt es gar kein Problem. Du bist ein Meister darin, dich unter Kontrolle zu halten. Wegen Keenan und mir brauchst du dir keine Sorgen zu machen. Wir kommen sehr gut allein zurecht." Zoe machte sich los, setzte sich wieder hin und nahm sich erneut die Bedienungsanleitung vor.

Warum fühle ich mich auf einmal wie ein verschmähter Liebhaber? fragte sich Cooper. Kopfschüttelnd trat er einen Schritt zurück.

„Hauptsache, es bestehen keine Missverständnisse."

„Absolut keine."

„Ich … Ich habe noch etwas Zeit. Soll ich dir helfen, den Grill zusammenzubauen?"

„Nein danke, das schaffe ich schon." Zoe sah kurz zu ihm auf. „Heute Abend werde ich Hamburger grillen. Du bist herzlich dazu eingeladen. Es sei denn, du hast Angst, dass du dich damit zu irgendetwas verpflichtest."

Wenn sie wirft, dann trifft sie auch, dachte er. „Vielen Dank, aber ich habe schon etwas vor. Vielleicht ein andermal."

„Gern. Du weißt ja, wo du uns findest."

Cooper betrank sich, und zwar nicht aus Versehen, sondern mit Absicht und sehr gründlich. Als er lange nach Mitternacht aus dem Taxi stolperte und aufs Haus zuwankte, wusste er bereits, dass er die Zechtour am nächsten Tag bitter bereuen würde. Doch bis morgen war noch lange hin.

Er lehnte sich an Zoes Haustür und wartete, dass der Boden unter seinen Füßen aufhörte zu schwanken. Wenn sie dachte, dass sie miteinander fertig waren, hatte sie sich gründlich getäuscht.

Ihm waren mindestens ein Dutzend Dinge eingefallen, die er ihr noch sagen wollte, und Wichtiges sollte man nicht aufschieben.

Mit der Faust hieb er gegen die Tür. „Komm schon, Zoe. Ich weiß, dass du da bist." Auch als drinnen Licht anging, klopfte er weiter. „Zoe, mach auf!"

„Cooper?" Zoe band den Gürtel ihres Bademantels zu. Sie war erst vor zwanzig Minuten aus der Bar nach Hause gekommen und hatte sich gerade hingelegt. „Es ist nach zwei Uhr! Was willst du?"

„Mit dir reden. Lass mich rein."

„Wir reden morgen früh."

„Du hast eben selbst gesagt, dass schon morgen ist."

Als er wieder zu klopfen anfing, schob sie den Riegel zurück. „Hör auf, sonst weckst du noch Keenan." Wütend öffnete sie und hätte beinahe das Gleichgewicht verloren, als fünfundsiebzig Kilo Lebendgewicht gegen sie taumelten. „Was ist los? Bist du verletzt?" Doch als Zoe seine Bierfahne roch, legte sich ihre Panik rasch. „Du bist betrunken."

„Ein bisschen", gab Cooper zu. Er machte Anstalten, sich aufzurichten, doch ihr Duft war zu verführerisch. „Lieber Himmel, wie gut du dich anfühlst. Womit wäschst du dein Haar?" Er rieb die Wange daran. „Es riecht wie … wie Mondschein."

„Sturzbetrunken", verbesserte sie sich. „Setz dich. Ich mache dir einen Kaffee."

„Ich will keinen. Kaffee macht einen nicht nüchtern, sondern nur wach. Wach bin ich schon. Ich habe dir etwas zu sagen." Er versuchte, sich ganz gerade hinzustellen, doch die Wände neigten sich eigentümlich. „Vielleicht setze ich mich doch hin." Er ließ sich in einen Sessel fallen. „So viel getrunken habe ich seit Jahren nicht mehr. Nicht, seit ich zum ersten Mal in der Zweiten Liga gespielt habe. Habe ich dir eigentlich erzählt, dass ich in der Zweiten Liga war?"

„Nein." Zoe war verblüfft, blieb aber wachsam.

„Gleich nach der High School. Zwei Jahre. Eine Zeit lang dachte ich, ich würde es bis ganz an die Spitze schaffen, aber dazu reichte es nicht. Also ging ich aufs College und schreibe heute über die Leute, die mehr Talent haben als ich."

„Das tut mir leid."

Cooper machte eine wegwerfende Handbewegung. „Braucht es

nicht. Schreiben macht mir Spaß – immer schon. Ich kann die Spiele viel besser genießen, als wenn ich mittendrin bin. Wenn ich Berufsspieler geworden wäre, hätte ich jetzt die beste Zeit schon hinter mir. Ich bin fast dreiunddreißig – beim Baseball ist das alt.“ Er kniff die Augen zusammen, weil Zoes Gesicht ganz verschwommen war. „Du bist die schönste Frau, die mir je begegnet ist. Weißt du, dass der Junge genauso aussieht wie du? Wenn ich ihn betrachte, glaube ich, dich vor mir zu haben. Es ist richtig unheimlich. Unentwegt sehe ich dich. Auch wenn ich mit etwas ganz anderem beschäftigt bin, ist dein Gesicht plötzlich da. Was sagst du dazu?“

„Ich weiß nicht.“ Zoe wünschte sich, sie könnte böse auf ihn sein, aber in diesem Zustand war er geradezu rührend. „Weißt du was, Cooper? Am besten bringe ich dich nach oben ins Bett.“

„Ich will dich in meinem Bett haben, Zoe. Ich will dich in den Armen halten und mit dir schlafen. Dich berühren.“

Das wünschte sie sich auch, doch seit heute Nachmittag hatten sich die Voraussetzungen grundlegend geändert. „Du sagtest, du willst mit mir reden.“

„Weißt du, wie sich deine Haut anfühlt? Genau beschreiben kann ich sie schlecht, aber sie ist weich und glatt und warm. Während ich heute Abend Poker gespielt und mich dabei betrunken habe, musste ich unentwegt an deine Haut denken. Dabei habe ich gewonnen – über hundertfünfzig Dollar, und das bloß mit ein paar Sechsen.“

„Herzlichen Glückwunsch.“

„Trotzdem habe ich immer an dich gedacht. Du hast hier ein Grübchen.“ Cooper stach sich beinahe mit dem Finger ins Auge, ehe er sich bis zur richtigen Stelle am Mundwinkel vortastete. „Den ganzen Abend habe ich mir dieses Grübchen, deine Haut und deine fantastischen Beine vorgestellt. Wusstest du, dass ich dich manchmal heimlich beobachte, wenn du mit Keenan im Garten spielst?“

„Nein, das wusste ich nicht“, erwiderte Zoe ruhig.

„Also ...“ Cooper gestikulierte wild. „Du hast eine ganz bestimmte Art, dir durchs Haar zu streichen. Das macht mich völlig verrückt. Keenan hat mich lieb. Das hat er mir selbst gesagt. Du übrigens auch.“

„Das habe ich nicht vergessen.“

„Aber ich habe alles, was ich heute Nachmittag gesagt habe, so gemeint."

„Ich weiß." Seufzend ging sie auf ihn zu und band seine Schnürsenkel auf.

„Jedes Wort, Zoe. Mein Leben ist genauso, wie ich es mir gewünscht habe, und so soll es bleiben."

„Es versucht ja niemand, etwas daran zu ändern." Sie zog ihm die Schuhe aus und hob seine Beine auf die Couch.

„Du kannst also aufhören, vor meinem inneren Auge zu erscheinen, weil das überhaupt nichts ändern würde."

„Daran werde ich denken."

Noch ehe Zoe sich vorgebeugt und ihn auf die Wange geküsst hatte, war Cooper eingeschlafen.

10. KAPITEL

Cooper brauchte gar nicht erst die Augen zu öffnen, um festzustellen, dass er einen entsetzlichen Kater hatte. Sein Kopf hämmerte, und ihm war verdächtig flau im Magen.

Er wusste nicht mehr, wie er nach Hause und ins Bett gekommen war. Abgesehen von den ersten Stunden, war der gestrige Abend nur verschwommene Erinnerung.

Vorsichtig öffnete er die Augen. Als er mitten in ein vertrautes Gesicht blickte, zuckte er zurück. Im nächsten Moment stöhnte er vor Schmerz.

„Guten Morgen!", rief Keenan fröhlich. „Hast du verschlafen?"

„Ich weiß nicht." Cooper presste die Hände gegen die Schläfen. „Wo ist deine Mutter?"

„Mama macht mir gerade das Pausenbrot zurecht. Sie hat erlaubt, dass ich dich ansehen darf, solange ich dich nicht wecke. Aber ich habe dich nicht geweckt, nicht wahr? Ich war ganz leise."

„Ganz leise", wiederholte Cooper mechanisch. Nie wieder würde er Alkohol anrühren.

„Bist du krank? Hast du Fieber?" Keenan legte die Hand auf Coopers schmerzende Stirn. „Mama kann dich bestimmt wieder gesund machen. Bei mir funktioniert das immer." Behutsam küsste er die Stelle zwischen den Augenbrauen. „Wird's schon besser?"

Gegen diesen Kleinen hat auch ein ausgewachsener Kater keine Chance, dachte Cooper. „Ja, vielen Dank. Wie spät ist es denn überhaupt?"

„Der große Zeiger ist auf der Zehn und der kleine auf der Acht. Wenn du willst, kannst du in meinem Bett liegen und mit meinen Sachen spielen, bis du wieder gesund bist."

„Danke." Cooper rappelte sich hoch. Dabei hielt er den Kopf mit beiden Händen fest, weil er so schmerzte. „Keenan, sei ein Schatz und frag deine Mama, ob sie ein Aspirin für mich hat."

„Okay." Keenan stürmte davon. Das Getrappel auf dem Holzboden war eine Qual für Cooper.

„Kopfweh?", erkundigte sich Zoe wenig später.

Cooper hob den Kopf. Sie trug ihren Morgenmantel. An den

konnte er sich vage erinnern. Allmählich kehrten auch andere Ereignisse der vergangenen Nacht in Bruchstücken zurück. „Wenn du vorhast, mich anzuschreien, könntest du es vielleicht auf später verschieben?"

Schweigend reichte sie ihm eine Tablette und ein mit einer rötlichen Flüssigkeit gefülltes Glas.

„Was ist das?", fragte er skeptisch.

„Ein Allheilmittel, das mir Joe, der Barkeeper, verraten hat. Du wirst dich gleich besser fühlen."

„Danke."

Ein Hupen auf der Straße ließ Cooper aufstöhnen. Noch ehe das Echo in seinem Kopf verklungen war, kam Keenan angerannt.

„Tschüss, Mama!", rief er und gab seiner Mutter einen Kuss. „Tschüss, Cooper."

Nachdem die Tür krachend hinter Keenan ins Schloss gefallen war, stürzte Cooper Joes Zaubertrank in einem Zug herunter.

„Willst du Kaffee?" Zoe hatte Mühe, ernst zu bleiben. „Und Frühstück?"

„Wirst du mir denn keine Strafpredigt halten?"

„Dafür, dass du mich mitten in der Nacht aus dem Bett geholt hast und dann auf meiner Couch eingeschlafen bist? Ich glaube, das kann ich mir sparen. Du leidest schon genug."

„Das darfst du mir glauben." Cooper stand auf und folgte ihr in die Küche. „Und zwar nicht nur körperlich. Ich fühle mich wie ein Schuft."

„So hast du dich auch benommen." Zoe schenkte ihm eine Tasse Kaffee ein und stellte sie auf den Tisch. „Der dritte Ehemann meiner Mutter hatte einen Hang zu Bourbon. Er schwor darauf, dass Eier zum Frühstück die Nachwirkungen begrenzen. Wie möchtest du sie?"

„Am liebsten als Rührei." Vorsichtig setzte Cooper sich hin. „Bitte verzeih mir, Zoe."

„Was denn?"

„Dass ich mich gestern Nachmittag und vor allem nachts so unmöglich benommen habe. Es tut mir wirklich sehr leid."

„Ach so. Das war sicher nicht das erste Mal, und es wird auch nicht das letzte Mal gewesen sein."

„Du hast ..." Verlegen rutschte er auf dem Stuhl hin und her. „Keenan weiß hoffentlich nicht, dass ..."

„... du sturzbetrunken nach Hause gekommen bist?" Zoe lächelte. „Ich habe ihm gesagt, dass du dich nicht wohlgefühlt hast und auf der Couch eingeschlafen bist. Das kommt der Wahrheit ziemlich nahe."

„Vielen Dank. Ich möchte nicht, dass er denkt ... Du weißt schon. Normalerweise trinke ich nie so viel."

„Das sagtest du gestern Nacht schon." Sie legte Speckscheiben in die Pfanne und begann, die Eier zu schlagen.

Cooper betrachtete sie. Nur allmählich erholte er sich von der Überraschung, dass sie darauf verzichtete, ihm seine Fehler vorzuhalten. Unwillkürlich musste er an den vergangenen Nachmittag denken, als sie ihm voll Stolz und Zorn die Meinung gesagt hatte. An jene Nacht, als er zum ersten Mal auf ihrer Couch eingeschlafen war, und die Art und Weise, wie sie ihn angesehen hatte, als sie Keenan aus seinen Armen hob.

Dutzende von Bildern gingen ihm durch den Kopf, bis sie schließlich zu einem einzigen verschmolzen – dem, das er jetzt vor sich sah. Zoe, die im Morgenmantel am Herd stand, die Sonne im zerzausten Haar. Um sie herum ein köstlicher Duft nach gebratenem Speck und Eiern.

Wie hatte er nur jemals glauben können, dass er solch ein Leben nicht wollte? Wichtiger noch – was sollte er jetzt machen, da ihm die Wahrheit bewusst geworden war?

„Ein kräftiges Frühstück wird dich wieder auf die Beine bringen." Zoe brachte ihm einen Teller. „Ich muss mich für die Arbeit fertig machen."

„Kannst du ... Hast du einige Minuten Zeit?"

Sie schenkte sich auch einen Kaffee ein. „Eigentlich schon. Ich muss erst um zehn im Geschäft sein."

Cooper begann zu essen und versuchte gleichzeitig, seine Gedanken zu ordnen. „Das schmeckt köstlich. Vielen Dank."

„Gern geschehen." Zoe lehnte sich an die Anrichte. „Möchtest du noch etwas anderes?"

„Ja." Cooper schob sich noch einen kräftigen Bissen in den Mund und legte die Gabel weg. Das war der letzte von neun Durchgängen, und er hatte bereits zwei verpatzt. „Dich. Ich will dich."

Sie lächelte. „Cooper, dafür bist du wohl kaum in der Verfassung. Außerdem muss ich wirklich zur Arbeit."

„Nein, so habe ich das nicht gemeint. Das heißt, irgendwie schon …" Er verstummte und holte tief Luft. „Heirate mich."

„Wie bitte?"

„Ich finde, du solltest mich heiraten. Das ist wirklich eine gute Idee." Staunend stellte er fest, dass ihm der Gedanke bereits sehr vertraut war. „Du kannst deinen Abendjob aufgeben und aufs College gehen. Oder einen Blumenladen aufmachen. Was auch immer. Ja, so sollten wir es machen."

„Tatsächlich." Zoe stellte die Kaffeetasse ab, weil ihre Hand plötzlich zitterte. „Das ist sehr großzügig von dir, Cooper. Aber um zu studieren oder mich selbstständig zu machen, brauche ich nicht zu heiraten. Trotzdem vielen Dank."

Er schaute sie fassungslos an. „Heißt das, du sagst Nein? Aber du liebst mich doch. Das hast du selbst gesagt. Zwei Mal sogar."

„Ich sage es dir auch noch ein drittes Mal. Ja, ich liebe dich. Aber ich werde dich nicht heiraten. Und nun muss ich wirklich gehen." Zoe wandte sich zum Gehen.

„Moment mal." Der Kater war vergessen, als Cooper aufsprang. „Was ist das für ein Spiel? Du liebst mich, dein Sohn liebt mich auch, wir harmonieren fantastisch im Bett. Ich weiß inzwischen sogar, wie der Fahrdienst zur Schule funktioniert – aber du willst mich nicht heiraten?"

„Du bist wirklich naiv, Cooper. Weil ich mit dir ins Bett gegangen bin, ohne mich erst gebührend zu zieren, scheinst du zu glauben, dass du alles haben kannst, was du dir in den Kopf gesetzt hast, und zwar genau dann, wenn es dir gerade passt. Da muss ich dir leider sagen, dass du dich irrst."

Er verzog schmerzlich das Gesicht, als Zoe hinausrannte und die Tür hinter sich zuwarf. Der erste Wurf war gründlich danebengegangen. Dabei hatte er den Ball nicht einmal kommen sehen.

Doch das Spiel war erst beim Abpfiff vorbei.

Zoe kochte immer noch vor Zorn, als sie von der Arbeit nach Hause kam. Von allen arroganten, herablassenden und ichbezogenen Männern, die ihr je begegnet waren, schoss Cooper McKinnon den Vogel ab. Was für eine Frechheit, ihr erst einen Heiratsantrag zu machen und dann aufzuzählen, was sie dabei alles gewinnen konnte.

Offenbar hielt er sich für einen Hauptgewinn.

Erst gestern hatte er ihr gesagt, sie solle sich den Gedanken an eine dauerhafte Beziehung aus dem Kopf schlagen, als habe sie es darauf angelegt, ihn in die Falle zu locken. Und keine vierundzwanzig Stunden später hatte er ihr großzügig die Hand entgegengestreckt.

Ich hätte hineinbeißen sollen, dachte sie erbittert.

Nicht mit einem Wort hatte er gesagt, was sie ihm bedeutete, was er für sie empfand, was er sich wünschte. Auch davon, ob er bereit und fähig war, das Kind eines anderen Mannes als sein eigenes anzunehmen, war keine Rede gewesen.

Zoe riss die Haustür auf und schlug sie heftig hinter sich zu. Cooper konnte sich seinen Heiratsantrag an den Hut stecken.

„Mama, Mama!“ Keenan kam auf sie zugerannt und fasste sie bei der Hand. „Komm schnell! Wir haben eine Überraschung.“

„Was denn für eine Überraschung? Und was machst du hier? Du solltest doch bei den Finklemans sein.“

„Cooper ist da.“ Ungeduldig zerrte Keenan an ihrer Hand. „Wir haben eine Überraschung. Und ein Geheimnis. Nun komm schon.“

„Also gut.“ Zoe atmete tief durch und ließ sich in die Küche ziehen.

Der ganze Raum war voller Blumen – in Vasen, Körben und Gestecken. Aus dem Radio drang leise eine Klaviersonate. Auf dem Tisch entdeckte Zoe Gläser und Geschirr, das sie noch nie gesehen hatte. In der Mitte stand eine Flasche Champagner in einem Eiskübel. Cooper trug zum ersten Mal, seit sie ihn kannte, eine Krawatte.

„Das ist die Überraschung!“, rief Keenan. „Wir haben alles besonders schön gemacht, damit du dich freust. Mrs Finkleman hat uns ihr bestes Geschirr geliehen. Und Mr Finkleman hat Hühnchen mit Pilzen gebraten, weil er sagt, dass das widerstehlich ist.“

„Unwiderstehlich“, verbesserte Cooper, den Blick auf Zoe gerichtet. „Du … du hast einmal gesagt, dass du Blumen und Kerzenlicht nicht brauchst. Aber da ich dich noch nie ausgeführt habe, wollte ich es dir auf diese Weise schön machen."

„Gefällt's dir, Mama?", fragte Keenan. „Nun sag schon!"

„Es ist wirklich sehr hübsch." Sie beugte sich hinunter und gab ihrem Sohn einen Kuss. „Vielen Dank."

„Kann ich jetzt zu den Finklemans, damit ihr es euch richtig romantisch machen könnt?"

Cooper hob ihn hoch. „Komm, junger Mann. Ich bringe dich hinüber. Eigentlich solltest du das mit der Romanze noch nicht verraten", flüsterte er ihm zu.

„Was ist eigentlich Romanze?"

„Das erkläre ich dir später einmal."

„Na gut." Zufrieden schlang Keenan Cooper die Arme um den Nacken. „Wirst du Mama jetzt das Geheimnis anvertrauen, dass wir heiraten?"

„Das habe ich vor."

„Prima. Dann wohnst du immer bei uns und wirst mein Daddy?"

„Genau. Darauf freue ich mich schon." Am Zaun blieb Cooper stehen und gab Keenan einen Kuss. „Ich habe dich lieb."

„Okay." Der Kleine drückte Cooper ganz fest. „Tschüss."

„Tschüss."

Mrs Finkleman wartete bereits an der Tür. Sie zwinkerte Cooper verschwörerisch zu und streckte beide Daumen in die Luft, ehe sie mit Keenan im Haus verschwand.

Zoe stand noch immer an der gleichen Stelle, als Cooper zurückkam. Er war sich nicht sicher, ob das ein gutes Zeichen war oder nicht.

„Wie wäre es mit einem Schluck Champagner?"

„Cooper, das ist sehr nett von dir, aber …"

„Hoffentlich gefallen dir die Blumen." Nervös wie er war, gelang es ihm erst beim dritten Mal, die Flasche zu öffnen.

„Sie sind wunderschön …"

„In dem Laden, wo du arbeitest, konnte ich sie nicht kaufen, weil es sonst keine Überraschung mehr gewesen wäre. Keenan hat mir geholfen, alles vorzubereiten." Cooper reichte Zoe ein Glas und nutzte gleich die Gelegenheit, sie sanft zu küssen.

„Cooper …" Zoe musste eine Weile warten, bis ihr Herzschlag

sich wieder beruhigt hatte. „Du hast dir sehr viel Mühe gegeben und ...“

„Das hätte ich schon längst tun sollen. Ich wusste nur nicht, wie viel mir daran lag.“

„Nein, nein, Cooper.“ Zoe versuchte, ihre Gefühle unter Kontrolle zu bekommen. „Diesmal habe ich dir einen ganz falschen Eindruck vermittelt. Ich brauche keine romantische Umrahmung wie Champagner und ...“, sie deutete auf den Tisch, „... Kerzenlicht.“

„O doch. Ich übrigens auch, solange ich sie mit dir zusammen genießen kann.“

„Du versuchst, mich mit Charme zu betören“, sagte Zoe unsicher. „Das ist neu.“

„Du weißt, was ich für ein Mensch bin. Seit zwei Monaten leben wir praktisch zusammen. Auf diese Weise lernt man einander schneller und besser kennen, als wenn man sich nur gelegentlich am Abend trifft. Du kennst mich also und hast dich trotzdem in mich verliebt.“

Zoe trank einen Schluck. „Darauf brauchst du dir nichts einzubilden. Ich habe dir bereits einmal gesagt, dass ich für meine Gefühle ganz allein verantwortlich bin. Daran ändert auch ein romantisches Abendessen nichts.“

Es sah aus, als würde sich die zweite Niederlage anbahnen, doch Cooper dachte nicht daran, kampflos unterzugehen. „Was ist denn dagegen einzuwenden, wenn ich dich ein bisschen verwöhnen möchte? Ein Heiratsantrag beim Frühstück von einem völlig verkaterten Mann ist nicht unbedingt das, was sich eine Frau wünscht.“ Als Zoe nicht reagierte, wurde er ungeduldig. „Verflixt, kannst du nicht ein bisschen nachsichtig sein? Ich mache so etwas zum ersten Mal. Nein, sag nichts. Lass mich erst ausreden. Du brauchst mich nicht. Jedenfalls nicht, um dich und deinen Sohn zu ernähren, den Rasen zu mähen oder einen albernen Grill zusammenzubauen. Doch was ist damit, was ich brauche? Hast du daran schon mal gedacht?“

Überrascht sah Zoe ihn an. „Verstehst du denn nicht, dass es mir genau darum geht? Du hast mir unmissverständlich klargemacht, dass du keine Bindungen willst. Ich bin aber bereits gebunden.“

„Ich konnte dir schon deshalb nichts klarmachen, denn ich wusste selbst nicht, was mit mir los ist. Ich wollte es gar nicht wissen, weil ich Angst hatte. So, jetzt ist es heraus." Cooper sah sie zornig an. „Mir wurde bewusst, wie sehr ich dich brauche, und das jagte mir Angst ein. Um mich wohlzufühlen, muss ich dein Gesicht sehen, deine Stimme hören und dein Haar riechen. Ich brauche dich in meiner Nähe. Und damit ich spüre, dass du mich auch brauchst, wünsche ich mir, dass du mich dir beim Rasenmähen oder beim Zusammenbauen eines Grills helfen lässt."

„Oh!" Zoe schloss lächelnd die Augen. „Das klingt gut."

„Dann sag Ja." Er nahm sie in die Arme. „Sag, dass du meine Frau wirst."

„Ich …" Wie gern sie nachgegeben hätte! „Es geht aber nicht nur um dich und mich, Cooper."

„Glaubst du etwa, ich will Keenan nicht? Merkst du denn nicht, was ich für ihn empfinde? An ihn hatte ich bereits mein Herz verloren, ehe ich mich in dich verliebte. Ich will euch beide heiraten und mit dir zusammen vielleicht noch ein oder zwei Kinder bekommen, damit ich die ersten Jahre nachholen kann, die mir bei ihm fehlen. Keenan und ich haben das bereits geklärt."

„Wie bitte?" Zoe schaute ihn verdutzt an.

„Ich meine, wir haben darüber gesprochen. Schließlich wollte ich wissen, wie er dazu steht." Als Zoe schwieg, schob Cooper die Hände in die Hosentaschen. „Da ihr beide ein Team seid, steht ihm ein Mitspracherecht zu, wenn es um eine Erweiterung geht. Jedenfalls ist er dafür. Das heißt, es steht zwei zu eins."

„Ich verstehe."

„Natürlich gibt es noch eine ganze Menge, was ich über die Vaterrolle lernen muss, aber ich liebe ihn. Das ist ein guter Anfang, würde ich sagen."

Zoe blickte ihm tief in die Augen, und ihr Herz schlug heftiger. „Darin stimme ich dir voll und ganz zu."

„Ich liebe dich." Cooper lockerte die verkrampften Hände. „Das ist das erste Mal, dass ich so etwas zu einer Frau sage – mal abgesehen von meiner Mutter. Ich liebe dich, Zoe. Also sag, dass du mich heiraten wirst, damit Keenan und ich wieder ruhig schlafen können."

„Wie es aussieht, bin ich überstimmt." Sie berührte zärtlich seine Wange.

„War das ein Ja?"

„Absolut." Glücklich und lachend ließ sie sich von ihm in die Arme nehmen. „Daddy."

„Es gefällt mir, wie das klingt." Cooper küsste Zoe leidenschaftlich. „Es gefällt mir sehr."

– ENDE –

Jodi O'Donnell

Eine Frau wie Mariah

Roman

Aus dem Amerikanischen von
Cecilia Scheller

MIRA®

1. KAPITEL

Wie eindeutig ... unzivilisiert, entschied Mariah Duncan, während sie der Straße folgte, die sie aus Sherman hinausführte und in das von Gestrüpp dicht bewachsene Land um den See Texoma brachte. Wildblumen in allen Farben blühten am Straßenrand und kündeten vom Einzug des Frühlings. Dahinter wucherten dunkelgrüne Farngewächse.

Es hatte Mariah schon immer fasziniert, dass man in Texas eine großstädtische Gegend verlassen und innerhalb von Minuten praktisch mitten in der Wildnis sein konnte. Texoma war eigentlich nicht ungeheuer abgelegen. Und doch kam ihr der Gedanke, dass sie diese eher raue Fahrt regelmäßig unternehmen würde, sollte sie Wiley Albright als Klienten akzeptieren.

Mariah bremste sanft, als sie einen Meilenstein entdeckte. Die Reifen holperten über den ausgebesserten Asphalt. Jetzt fing der heikle Teil an, das Befolgen von der Sorte von Anweisungen, die nur wahre Ortsbewohner einem geben können: „Fahren Sie immer nur weiter zu, bis Sie an einer Picknickstelle zur Rechten vorbeikommen", hatte ihr Mr Albright gesagt. „Von dort geht es weiter auf einer Geröllstraße, aber nehmen Sie die nicht, gehen Sie nur mit dem Tempo ein wenig runter, weil dahinter dann gleich ein Höcker kommt, der Ihnen den Magen ganz schön anhebt, wenn Sie ihn nicht beachten. Dann würde ich sagen, vielleicht eine Meile, anderthalb Meilen weiter sehen Sie ein Aushängeschild für Bubba J.'s ‚Alles zum Fischen und Campen'. Das können Sie nicht übersehen. Nach Bubba fahren Sie links rein, und hinter dem Laden nehmen sie den Weg hügelabwärts. Das Haus dort ... das ist der Wohnsitz."

Und so war es auch. Das Haus, das inmitten von Hickorybäumen stand, war genau genommen ein ausgedientes Modell eines Wohnwagens. Ein wetterfester Metallsaum umgab seinen unteren Teil, der in dem gleichen Beige gestrichen war wie die Verschalung. Auf der angebauten Veranda, deren Boden und Stufen mit grünem künstlichen Rasen bedeckt waren, standen ein Grill, der seine Dienste geleistet hatte, und Gartenstühle mit blau-weißen Bezügen. Der Weg führte am Wohnwagen vorbei bis zum Ufer des Sees, wo es einen privaten

Anlegeplatz, einen kleinen Bootsschuppen und ein u-förmiges Dock gab. Ein Kontrast zum Rest der bescheidenen Umgebung bildete ein schnittiges und teuer wirkendes Boot, das am schmalen Landungssteg gesichert war und sich im Schatten einer Trauerweide träge im schwappenden Wasser auf und ab bewegte.

Das Ganze erweckte den Eindruck von Gelassenheit und Passivität ... eine ganz andere Welt als die, die Mariah gewohnt war. Sie musste noch herausfinden, was genau Mr Albright von ihr verlangte, und sie musste zugeben, dass sie verblüfft war. Die meisten ihrer Klienten lebten das hektische Leben der Großstädter. Deshalb wussten sie die Bereicherung, die ihnen Mariahs Service bot, auch zu würdigen.

Mariah parkte auf der schattigen Seite des Wohnwagens, gleich neben der riesigen Satellitenschüssel ... wohl ein Muss in ländlichen Gebieten, wie Mariah vermutete. Sie nahm ihren umfangreichen Ordner unter den Arm, glitt aus dem Wagen, ging die Treppe hinauf zur Veranda und klopfte an den Rahmen der Fliegengittertür, ohne eine Antwort zu bekommen.

Zum ersten Mal fühlte sie sich beunruhigt und warf einen prüfenden Blick auf ihre Uhr. Mr Albright hatte achtzehn Uhr gesagt. Und das musste die richtige Adresse sein. Sie drückte den Ordner an die Brust und blickte um sich. Wie unkultiviert hier doch wirklich alles ist, dachte Mariah wieder und fröstelte leicht. Es wurde schnell kühl bei Sonnenuntergang, was typisch für das Frühjahr war.

Ein vollkommen anderer Menschenschlag lebt in dieser Umgebung, ging es Mariah durch den Kopf, während sie die Treppe langsam hinunterstieg. Es waren Menschen, die ihre eigene Vorstellung von zivilisiertem Lebensstil hatten.

War sie naiv gewesen, allein wegen eines freundlichen Telefongesprächs hierherzukommen?

Unsinn, sagte Mariah sich fest. Doch sie entschied, dass es wohl besser sei, sich abzusichern. Sie würde den Weg bis zum Laden an der Ecke zurückfahren und dort warten. Obwohl Mr Albright Bubba J.'s nur als einen Anhaltspunkt in seiner Wegbeschreibung erwähnt hatte, zweifelte Mariah nicht daran, dass es zwischen ihm und dem Laden eine Verbindung gab. Erstens lag das Geschäft bequem nahe, und zweitens deutete der viel benutzte Pfad, der von Bubba J.'s zum Wohnwagen führte, eindeutig darauf hin.

Mariah hatte den halben Weg bis zu ihrem Wagen zurückgelegt, als sie ein Geräusch vernahm, das vom Dock herkam. Ah, da war er wohl, ihr Auftraggeber Mr Albright. Sie ging um das Haus herum, genau in dem Moment, als ein hochgewachsener Mann es von der anderen Seite tat.

Sie stießen zusammen. Wie eine unnachgiebige Mauer spürte Mariah eine breite, harte Brust gegen ihre gepresst, bevor schwielige Hände sie an den Oberarmen ergriffen. Ob der Mann es tat, um Mariah zu stützen oder um sie festzuhalten, das war ihr nicht klar. Was ihr dagegen einwandfrei klar war, war die physische Wirkung dieses Mannes, kräftig und real.

Mariah hob den Kopf und wurde von der untergehenden Sonne hinter der Schulter des Mannes geblendet. Seine Gegenwart und die bald aufkommende Dunkelheit, dazu ein bellender Hund, der sich zwischen sie drängte, alles hatte auf einmal eine bedrohliche Wirkung auf sie. Was war sie doch naiv gewesen!

Mariah ließ ihren Ordner fallen, um beide Hände auf die muskulöse Brust zu legen und den Mann von sich zu stoßen. Eine Ameise hätte genauso gut einen Berg bewegen wollen.

Mariah wand sich verzweifelt. „Lassen Sie mich los!"

„Ganz wie Sie wünschen", kam die überraschend milde Antwort. Mariah verlor plötzlich das Gleichgewicht, als er sie losließ, und rutschte mit den Füßen auf dem schlammigen Boden aus. Sie ruderte mit den Armen und wäre fast gefallen, doch im letzten Augenblick gelang es ihr, die Balance zu halten. Dann verlor sie fast wieder den Halt, als der Hund an ihrer Seite sein Fell kräftig schüttelte und sie und den Mann mit Wasser vollspritzte.

„Lucy!" Der Mann schlang einen Finger unter das Halsband des Hundes und trat mit ihm ein paar Schritte zurück. Mariah wusste, warum die Vorsichtsmaßnahme nötig war, als das Tier mit aller Macht zu zerren anfing, bis der Mann es wieder ermahnte. Es war ein weißer Hund mit schwarzen Flecken und von unbestimmter Rasse. Er setzte sich auf seine Hinterläufe und lehnte sich friedlich an das Bein des Mannes.

Und dann ließ er die Zunge weit heraushängen, und Mariah fand, dass der Hund eigentlich eher so wirkte, als ob er sie willkommen hieße. Dieses vermeintlich bösartige Biest hatte sie also fast in Panik gebracht!

„Sie haben mich beinahe zu Tode erschreckt, Mr Albright", erklärte sie verärgert, und das eigentlich nur aus Verlegenheit.

„Hab ich das wirklich?" Er sagte das so lässig und in einem Tonfall, der deutlich ausdrückte, dass es ihm nicht leidtat ... was wiederum Mariahs Befürchtungen zurückbrachte. Wo war die Freundlichkeit des Mannes, mit dem sie am Telefon gesprochen hatte, geblieben?

„Sie sind Mr Albright, nicht wahr?", fragte sie mit einer Beherztheit, die sie nicht fühlte. Aber sie konnte sich nicht davon abhalten, vor lauter Unsicherheit nach ihrer Perlenkette zu tasten und nervös daran zu drehen. Es war, als ob sie sich Mut machen wollte, nach dem Schrecken, den der Mann ihr eingejagt hatte ... und noch immer in ihr weckte, als sie sah, dass er ihre Angst erkannte und sich darüber ärgerte.

Er bückte sich, um ihren Ordner aufzuheben, und wischte ihn an seinen Jeans ab, bevor er ihn Mariah reichte.

„Ja", beantwortete er schließlich ihre Frage. Das Wort kam vorsichtig heraus, was Mariah verdutzte. Schließlich war sie hier diejenige, die sich auf fremdem Gebiet befand. Sie war diejenige, die sich in Acht nehmen musste.

Sie blickte ihm prüfend ins Gesicht, suchte nach Anhaltspunkten. Als Erstes bemerkte sie, dass er jünger war, als sie angenommen hatte. Sie hatte sein Alter nach der Stimme am Telefon geschätzt. Warum es ihn nicht gestört hatte, dass Lucy das Wasser aus dem Fell schüttelte, konnte Mariah jetzt sehen. Dem verschlissenen T-Shirt, das von Schweiß und Schmutz fleckig war und sogar ein oder zwei Löcher hatte, konnten einige Tropfen Nass von dem Hund kaum noch schaden. Sogar sein zerzaustes dunkelbraunes Haar war feucht, so als ob er irgendwann innerhalb der letzten halben Stunde seinen Kopf ins Wasser getaucht hätte, um sich abzukühlen, und sich nicht einmal bemüht hatte, die überschüssige Feuchtigkeit mit den Fingern wegzukämmen.

Ja, er sah wild aus und ... unzivilisiert.

„Sie sagten zwischen achtzehn und achtzehn Uhr dreißig." Mariah ärgerte sich darüber, dass ihre Stimme so klang, als wolle sie sich verteidigen.

Er zog eine Augenbraue hoch. „Sagte ich das?" Wieder eine dieser vorsichtigen Fragen, die nichts preisgaben.

Jetzt hatte sie seine Fragen aber satt! Mariah stimmte zwar durchaus dem Motto zu, dass ein Kunde immer recht habe, aber anzudeuten, dass sie einen Fehler mit dem Datum oder der Zeit gemacht habe, bedeutete, ihre Gewissenhaftigkeit infrage zu stellen. Und gerade diese Gewissenhaftigkeit war eine der Hauptleistungen, die sie ihren Klienten versprach.

„Ich habe meine Notizen hier, die ich mir bei unserem Telefongespräch gemacht habe. Wir haben einen Termin vereinbart, und Sie gaben mir eine Wegbeschreibung", beharrte sie entschieden, während sie den in schwarzes Leder gebundenen Ordner öffnete, um ihren Terminkalender herauszuholen. Die erhobene Hand des Mannes hielt sie von ihrem Vorhaben ab.

„Ich glaube, ich weiß, was geschehen ist", sagte er, und sein Gesichtsausdruck entspannte sich ein wenig. Er wies mit dem Kopf in Richtung Bubba J.'s oben auf dem Hügel. „Sie suchen sicher meinen Onkel."

Mariah biss sich auf die Unterlippe. „Sie sind nicht Wiley Albright?"

„Ich bin Jeb Albright, Wileys Neffe."

„Oh! Ja, er hatte Sie erwähnt." Und sie hatte es vergessen, hauptsächlich weil sie am Telefon den Eindruck bekommen hatte, dass dieses Treffen mit einem Jungen und nicht mit einem Erwachsenen zu tun habe. Mariah musste über die Verwechslung lächeln, auch wenn es ihr immer noch rätselhaft war, warum ihr unerwartetes Erscheinen in diesem Mann eine solche Vorsicht wecken sollte. Es sei denn, das war Jeb Albrights gewöhnliche Haltung Fremden gegenüber. „Und vermute ich richtig, dass Ihr Onkel mich nicht erwähnt hat?", fragte sie.

„Sieht ganz danach aus, nicht wahr?" Er erwiderte ihren amüsierten Blick mit einem schiefen Lächeln, und in seiner Wange erschien ein daumengroßes Grübchen, was seinem Gesicht einen interessanten Zug verlieh.

Es drängte Mariah geradezu, noch ein Lächeln bei ihm auszuprobieren. „Wer weiß, was Ihnen bei meinem plötzlichen Auftauchen durch den Kopf gegangen ist ..."

Er rieb sich das Kinn, während er sie unter halb gesenkten Lidern musterte. „Ich bin mir nicht sicher, was ich gedacht habe, Ma'am", murmelte er in dem angenehmen Tonfall eines Texaners aus dem Hinterland. Doch seine Stimme verriet nicht, ob seine Antwort nachdenklich oder herausfordernd gemeint war. Wie auch immer, es sandte Mariah einen Schauer über den Rücken.

Das kommt wohl von der Kühle des Spätnachmittags, sagte sie sich schnell und versuchte, wieder zum formellen Umgangston zurückzufinden. „Nun, also, dann wäre es wohl angebracht, dass wir uns bekannt machen. Ich bin Mariah Duncan." Sie streckte ihm die Hand zum Gruß hin. „Von ‚Saved by ...'"

Sie unterbrach sich, als sie bemerkte, wie Jeb auf ihre Hand starrte. Seine Hand hielt er dicht an seiner Seite. Was nun, dachte Mariah, als der Hund mit der Schnauze neugierig gegen ihre Finger stupste.

„Lucy, nein", befahl Jeb. „Wir haben bereits genug Schaden angerichtet."

Die Hündin zog sich gehorsam zurück.

„Sie sieht nicht danach aus, als führe sie etwas im Schilde." Mariah hielt ihm immer noch die Hand hin und fügte betont hinzu: „Und ich auch nicht." Sie fand, dass dieser Hinweis nötig war.

Wieder blickte er sie prüfend an. Er zögerte, ehe er etwas ungeschickt erklärte: „Es ist nur so, dass keiner von uns beiden sich im Augenblick in einem appetitlichen Zustand befindet, Ma'am."

„Ah, ja." Nun, da er es erwähnte, nahm Mariah den Geruch wahr ... eine Mischung aus verschlammtem Seewasser, ehrlichem Schweiß und nassem Fell ... ein Geruch, der eigentlich nicht allzu unangenehm war, vor allem nicht hier draußen an der frischen Luft.

Mariah folgte einem Impuls, als sie in die Hocke ging und mit immer noch ausgestreckter Hand leise lockte: „Lucy?"

Nun, da sie direkt angesprochen wurde, konnte sich die Hündin nicht mehr zurückhalten. Der buschige Schwanz peitschte von einer Seite zur anderen wie ein Scheibenwischer. Das Tier schob die Nase in Mariahs Handfläche und schnüffelte kurz, ehe es sich näherdrängte, um einen noch vertraulicheren Kontakt zu suchen ... den mit Mariahs Gesicht. Mariah lehnte sich weit zurück, um Lucys Liebkosungen mit der Zunge zu entgehen, und tätschelte freundlich ihren Nacken.

Lucys Geruch war tatsächlich ein wenig durchdringend, aber Mariah ertrug ihn gern. Aus den Augenwinkeln hatte sie nämlich bemerkt, dass Jebs Züge weicher geworden waren. Darauf hatte sie schon die ganze Zeit gewartet. Sie entdeckte, dass sie ihr Ziel erreicht hatte, als sie sich halb zu ihm drehte. Er lächelte, auch wenn es ein fast widerwilliges Lächeln war ... so als ob er es nicht gewohnt war, ein freundliches Gesicht zu machen. Aber immerhin, das Lächeln schien darauf hinzuweisen, dass er ihre etwas hilflose Geste zu würdigen wusste.

Daraufhin beschleunigte sich ihr Herzschlag. Zum ersten Mal bemerkte sie, wie gut aussehend Jeb Albright war ... oder sein könnte, sobald er die Gelegenheit gehabt hatte, sich zu säubern. Obwohl es erst April war, war sein markantes Gesicht sonnengebräunt. Sein Haar hätte einen guten Schnitt gebrauchen können, auch wenn die Art, wie es ihm in die Stirn fiel, irgendwie reizvoll war. Auf seinen Wangen und dem energischen Kinn zeigte sich der Anflug eines Fünf-Uhr-Bartansatzes. Sein verschlissenes T-Shirt umschmiegte – recht eng – breite Schultern und die muskulöse Brust, an die sie flüchtig gepresst worden war. Von ihrer Hockstellung heraus konnte sie sehen, dass seine Jeans, genau wie sein T-Shirt, abgetragen und schmutzig waren – und ebenfalls ausnehmend gut saßen.

Er wirkte zweifellos ungezähmt. Ein ungezähmter Mensch aus Fleisch und Blut.

Sein Blick, der prüfend auf sie gerichtet war, drückte etwas Derbes, etwas Rücksichtsloses aus. Seltsamerweise stieß das Mariah gar nicht ab, im Gegenteil, es zog sie geradezu an.

Sie kannte zwar den Ausdruck animalischer Anziehungskraft, aber es war das erste Mal, dass sie so etwas unmittelbar an sich selbst erfuhr.

Eine neue Welle von Angst ergriff sie. Der Grund war diesmal mehr die Sorge um ihr emotionales Wohlbefinden und weniger um ihre körperliche Sicherheit. Ja, jetzt wurde ihr bewusst, wie stark ein solches

Verlangen sein konnte, wie es zu einem Bedürfnis werden konnte, es auszuleben. Natürlich, genau das hatte Stephen ihr damals ins Gesicht gesagt. Ehe sie ihn verlassen hatte, hatte er ihr vorgehalten, dass eine Frau wie sie niemals solche Bedürfnisse verstehen könne.

Sie verdrängte den Gedanken und sagte, was ihr als Erstes in den Sinn kam. „Sie müssen das J in Bubba J.'s sein."

Bei ihrer unschuldigen Feststellung verschloss sich sein Gesichtsausdruck wieder. „Nein", entgegnete er kurz angebunden.

„Nun, es war nur eine Annahme." Ihre Finger griffen wieder automatisch nach den Perlen.

„Es gibt keinen Bubba J.", fiel er ihr im gleichen abweisenden Tonfall ins Wort. Dann setzte er hinzu: „Das ist nur irgendein Name, der in der texanischen Provinz häufiger vorkommt. Er soll das Bild vermitteln, dass wir hier zum ‚gemeinen Volk' gehören. Sie wissen schon, das, was die Städter vorfinden wollen, wenn sie hier aufkreuzen …" Ungeduldig unterbrach er seine Erklärung. „Es ist nur ein Name. Das ist alles."

„In Ordnung." Ganz offensichtlich hatte sie einen wunden Punkt getroffen. Eigentlich mehrere. Allmählich wurde Mariah die ganze Angelegenheit zu unangenehm, und so beschloss sie, das Gespräch zu beenden und nach Sherman zurückzukehren, auch wenn sie auf diese Weise nie herausbekäme, warum sie hier hergebeten worden war. So wie alles bis jetzt abgelaufen war, war sie nicht einmal sicher, ob sie es überhaupt herausbekommen wollte.

Doch bevor sie ihre Entscheidung durchführen konnte, hörte sie, wie hinter ihr eine Tür geöffnet und geschlossen wurde. Mariah kam aus der Hocke hoch und sah einen Mann, der wohl der echte Wiley Albright sein musste, von Bubba J.'s auf sie und Jeb zueilen.

„Ich bin zu spät dran, ich bin zu spät dran, ich weiß, dass ich es bin", rief er ihnen zu, und hielt die Hände hoch, als ob er sich ergeben wolle. „Ich hab Robbie gerade beigebracht, wie sie den Laden sauber machen soll, und darüber die Zeit vergessen."

„Ist alles okay?", fragte Jeb den Mann.

„Ja, alles in Ordnung, mein Junge", versicherte ihm Wiley, als er sie erreichte. Lucy hechelte und hatte ganz offensichtlich Probleme damit, weiter stillzusitzen. Ihr Gezappel zeigte an, wie gern sie an ihm hochspringen wollte, um ihn willkommen zu heißen.

„Mr Albright, mein Name ist Mariah Duncan", stellte Mariah sich förmlich vor.

„Freut mich, Sie kennenzulernen, Ma'am", antwortete er, beugte sich zu Lucy herunter und tätschelte beruhigend ihren Hals.

Das war es, was Mariah erwartet hatte: einen Mitsechziger, von dem eine entspannte Freundlichkeit ausging, wie sie es in ihrem Telefongespräch mit ihm erfahren hatte. Wiley Albrights Gestalt war nicht ganz so imposant wie die seines Neffen, aber er hatte die gleichen aquamarinblauen Augen, mit denen er sie genauso kritisch musterte, wie Jeb es vor Sekunden getan hatte. Dann bildeten sich in seinen Augenwinkeln Fältchen, als er sie anlächelte.

„Danke, dass sie den ganzen Weg bis hierher zurückgelegt haben, Ma'am, und das auch noch außerhalb Ihrer regulären Geschäftsstunden", sagte Wiley.

„Es ist mein Job, mich den Bedürfnissen meiner Klienten anzupassen. Aber um die Wahrheit zu sagen, kann ich es mir überhaupt nicht vorstellen, was zwei Männer in diesem Teil der Erde von jemandem wie mir erwarten könnten."

„Ja, nun ..." Wiley räusperte sich und wies mit einer Kopfbewegung auf seinen Neffen. „Ich vermute, Sie und Jeb haben sich bekannt gemacht?"

„Sozusagen auf Umwegen. Zuerst habe ich geglaubt, er sei Sie, und er hatte nicht die blasseste Ahnung, wer ich bin." Sie wandte sich dem jüngeren Mann zu und ertappte ihn dabei, wie er sie mit einer noch größeren Vorsicht als zuvor musterte.

„Ich hoffe, Sie haben ohne Schwierigkeit hier hergefunden", sagte Wiley schnell.

Mariah nickte. „Ihre Anweisungen waren perfekt. Deshalb war ich wohl ein wenig zu früh angekommen. Ich gebe mir gern etwas mehr Zeit, wenn ich einen Klienten zum ersten Mal aufsuche, für den Fall, dass ich mich verfahre." Dann fügte sie mit bedeutungsvoller Miene hinzu: „Es würde wohl eher schwierig sein, einen Klienten davon zu überzeugen, dass ich verlässlich genug bin, um Harmonie in sein unbeständiges Leben zu bringen, wenn mein eigenes Leben nicht in Ordnung wäre."

„Das ist genau, was ich gedacht habe, als ich Sie letzte Woche in der Vormittags-Talkshow darüber reden hörte, was Sie so tun", stimmte Wiley ihr zu und warf einen Seitenblick auf seinen Neffen, dessen Haltung, falls das überhaupt möglich war, noch vorsichtiger geworden war. Außerdem wirkte er eindeutig gereizt.

„Natürlich stellen meine organisatorischen Fähigkeiten nur einen Teil der vielen Leistungen dar, die ich meinen Kunden bieten kann", fuhr Mariah beinahe herausfordernd fort und begegnete Jebs Blick, ohne mit der Wimper zu zucken ... auch wenn sie sich nicht sicher war, warum sie einem Mann ihre Dienste verkaufen wollte, der wenig Verständnis oder Wohlwollen für das zu haben schien, was sie zu tun versuchte. „Ich helfe Menschen auf alle möglichen Arten, die auf die Bedürfnisse eines jeden Einzelnen abgestimmt sind."

Mariah wusste nicht, warum, aber die nächste Feststellung kam nicht wie eine Behauptung, sondern wie eine Offenbarung heraus. „Mir gefällt auch der Gedanke, dass die Menschen mich brauchen. Ich bin in einer Funktion tätig, die an sich einzigartig ist, weil mir wirklich viel daran liegt, die Lebensart meiner Klienten zu verfeinern ... zu kultivieren."

Mariah fühlte sich unendlich verletzt, als Jeb, der sie noch immer durchdringend ansah, keine sichtbare Reaktion auf ihre tief empfundene Enthüllung zeigte. Stattdessen fragte er: „Was geht hier vor sich, Wiley?"

„Die Zeit läuft uns davon, Jeb", antwortete der ältere Mann, und es hörte sich fast aufsässig an. „Ich habe dir doch gesagt, dass du etwas tun müsstest. Und zwar bald."

„So hast du es also auf dich genommen, diese Frau hierherzubringen, um sicher zu sein, dass ich etwas unternehme." Er konzentrierte seine Aufmerksamkeit dann mit einer solchen Intensität auf Mariah, dass es ihr erschien, als ob seine blauen Augen Flammen schössen. Wie um alles in der Welt hatte sie zuvor den Eindruck haben können, dass er sie zu würdigen wüsste? Im Moment konnte sie davon nichts, aber auch wirklich nichts, erkennen.

Mariah fühlte sich herausgefordert.

„Entweder erkennen die Menschen den Wert meiner Dienste an, Mr Albright, oder sie tun es nicht", sagte sie kühl. „Es ist ziemlich offensichtlich, dass Sie es nicht tun."

Und es war ebenso offensichtlich, dass er sich an ihrem kühlen Ton überhaupt nicht störte. Nein, Jeb Albrights Augen waren noch immer auf sie gerichtet, mit dem gleichen prüfenden Blick, der die Wahrheit herauszufinden suchte und vor dem sie sich verstecken oder zumindest abwenden wollte.

„Nur damit es uns allen klar ist", sagte er. „Was genau ist Ihre Tätigkeit, Miss Duncan?"

„Ich bin ... Ich bin ..." Mariah hätte ihr Zögern verwünschen können, aber aus irgendeinem ihr unbekannten Grund hätte sie in diesem Moment alles dafür geben können, ihm ihren Beruf nicht erklären zu müssen. „Ich bin von ‚Saved by the Belle' ... Errettet von der Südstaatenschönheit."

2. KAPITEL

Jeb traute seinen Ohren nicht, und so fragte er ungläubig: „Errettet von was?"

Mariah Duncan hob stolz ihr Kinn, was Jeb sowohl irritierte als auch erregte. „‚Saved by the Belle' – Errettet von der Südstaatenschönheit. Ich bin eine professionelle Organisatorin von südstaatlicher Herkunft. Meine Qualifikationen umfassen einen Universitätsabschluss in den Geisteswissenschaften und sechs Jahre Erfahrung durch Teilnahme an diversen Wohltätigkeitsveranstaltungen in Dallas sowie ehrenamtliche Dienste in mehreren anderen Kapazitäten."

„Das ist ja großartig! Ich habe mich schon immer gefragt, wo ich jemanden finden könnte, der mir bei meinem nächsten Wohltätigkeitsball hilft", erwiderte Jeb schleppend.

„Das war nicht so wortwörtlich gemeint, Mr Albright", entgegnete Mariah. „Ich versichere Ihnen, dass ich in der Lage bin, die verschiedensten Arten von Diensten anzubieten, die ich auf die spezielle Situation eines jeden Klienten abstimme. Man könnte ruhig behaupten, dass ich als eine Kombination von Ehefrau und Sekretärin wirke, also Tätigkeiten übernehme, die beide erledigen könnten. Sie wissen schon, die ganz persönlichen Dinge, die ein jeder hin und wieder für sich getan haben möchte."

Jeb konnte sich nicht mehr zurückhalten, so verärgert war er, und darüber hinaus peinlich berührt. Er hob eine Augenbraue und fragte zweideutig: „Wie persönlich?"

Mariah wurde rot. Oh, ja, seine Frage war berechtigt, wenn sie ehrlich sein wollte. Diese Blicke, mit denen sie ihn betrachtet hatte, waren sehr persönlich gewesen.

„Jeb", warnte Wiley.

Er sah seinen Onkel zornig an. Verdammter Wiley! Er verdiente es, hart bestraft zu werden. Jeb konnte sich vorstellen, mit welchen Worten sein Onkel diese Frau hierhergelockt hatte. Habe einen Neffen hier, der nicht geschniegelt genug ist, um in der vornehmen Gesellschaft als passabel zu gelten ... oder um auf Frauen anziehend zu wirken. Und er braucht eine Frau ... sehr schnell. So dachte ich mir, es ist Zeit, dass ich die Dinge in meine eigenen Hände nehme und jemanden hinzuziehe, der sich damit auskennt.

„Nun gut, Miss Duncan“, sagte Jeb. „Sieht ganz danach aus, dass sie ein nettes kleines Konzept haben, das dort, wo Sie herkommen, sicher Wunder wirkt, aber ich glaube nicht, dass irgendjemand hier den Fehler begehen würde, die Dienste einer in Sachen Charme ausgebildeten Südstaatenschönheit zu gebrauchen.“

Mariah wurde noch röter und drückte ihren kostbaren schwarzen Lederordner eng an die Brust, als wäre es eine Bibel. Dann hob sie ihr Kinn noch ein wenig höher und sagte in dem förmlichen Tonfall, den er bei ihr bereits einige Male vernommen hatte: „Es ist nur ein Name, das ist alles.“

Es war genau die gleiche patzige Zurechtweisung, die er ihr gegeben hatte, als sie ihn nach Bubba J.'s fragte. Nun gut. Eins zu null für die Lady, dachte er mit widerwilligem Respekt, auch wenn ihr hochnäsiger Ton ihn reizte. Obwohl er nachvollziehen konnte, warum sie sich so hochmütig gab. Bei ihren etwa eins vierundsechzig und der zierlichen Statur hatte Mariah Duncan es wahrscheinlich nicht leicht, überzeugend zu wirken. Sie sah so kräftig aus wie eine Kornblume in der Brise. Und fühlte sich auch genauso an, wie er sich erinnerte.

Trotzdem, der leichte Hosenanzug wirkte lässig und doch geschäftsmäßig und verlieh ihr den Anschein von Sachlichkeit, wenn nicht sogar von Kompetenz. Die Art, wie sie ihr streng zurückgekämmtes zimtbraunes Haar in einem dicken Zopf trug, unterstrich noch diese Wirkung. Diese Frisur hob die Klarheit ihrer feinen Züge in dem herzförmigen Gesicht hervor. Die Perlenkette um ihren Hals machte ihre blasse Haut noch durchscheinender.

Ihre Augen spiegelten ihre Furcht wider, obwohl sie es zu verbergen versuchte.

Gewissensbisse plagten Jeb. Hatte er ihr mit seiner harten Manier Furcht eingejagt? Er zweifelte nicht daran, dass er abstoßend auf sie gewirkt haben musste, mit seinem nicht allzu frischen Duft von dem Eintauchen in den See, dank Lucy. Er erinnerte sich, wie herablassend sie ihn gefragt hatte, ob er Bubba J. sei, während ihre Finger mit der kostbaren Perlenkette spielten, die sie zweifellos von ihrem Daddy zum Studienabschluss geschenkt bekommen hatte. So als ob sie den Namen … und ihn … ein wenig hinterwäldlerisch gefunden hätte.

Er hatte diesen Ton bereits vorher gehört, genauso wie er diesen Blick schon einmal gesehen hatte.

„Ich bitte um Verzeihung, Ma'am, wegen der Rücksichtslosigkeit und wegen der Unannehmlichkeiten, die Sie umsonst auf sich genommen haben, um hierherzukommen. Aber mein Onkel muss zweifellos den falschen Eindruck von Ihrem Unternehmen bekommen haben." Er nickte ihr zum Abschied zu. „Ich wünsche Ihnen noch einen schönen Abend."

„Du willst der Lady nicht einmal eine Chance geben?", meldete sich Wiley.

„Da gibt es nichts, was sie für mich tun könnte", antwortete Jeb mit warnender Stimme, während er auf den Laden zuging.

Wiley folgte ihm. „Was ist mit Robbie, Jeb? Du wirst alles, worauf es dir ankommt, verlieren, wenn du nichts unternimmst. Hast du etwa einen besseren Vorschlag?"

Jeb blieb stehen und wandte sich ihm zu. Er liebte seinen Onkel wie einen Vater, aber … „Dies hier ist reichlich abwegig, Wiley."

Mariah blickte von einem zum anderen. „Vielleicht wäre es besser, wenn Sie beide die Situation vertraulich erörtern würden und mich dann hinzuzögen, sollte mein Service immer noch benötigt werden."

„Danke für Ihre Rücksicht, Mariah", sagte Wiley. „Aber Sie sind nun einmal hier, und es wäre zu unhöflich, Sie ohne Erklärung wegzuschicken. Wir sind Ihnen das zumindest schuldig."

„Wirklich, Sie müssen nicht …"

Er legte die Hand auf ihren Arm. „Bleiben Sie, und hören Sie sich an, in welcher Situation mein Neffe steckt. Falls es auch nur die geringste Chance …"

„Nun gut", antwortete Mariah mit offensichtlichem Widerstreben. Und Jeb nahm an, dass sie wegen seines groben Verhaltens so reagierte. Auch wenn sie ihn mit diesem Ausdruck betrachtete … ja, als ob sie willens wäre, einen Weg zu finden, um mit ihm in Verbindung zu kommen, trotz der Zurückweisung.

„In Ordnung, Miss Duncan. Geben Sie uns also Ihre fachmännische Meinung über die Lage." Er warf seinem Onkel einen feindseligen Blick zu, kreuzte die Arme vor der Brust und sagte freiheraus: „Ich bin in der Situation, dass ich in genau acht Wochen vor einem Richter stehen werde und versuchen muss, ihn davon zu überzeugen, dass ein unverheirateter Veranstalter von Angeltouren und Teilhaber eines Ladens für Sportangelgeräte, der mit seinem unverheirateten Onkel in einem Wohnwagen in der finstersten Provinz lebt, ein geeignetes Umfeld schaffen kann, um darin ein Kind aufzuziehen. Es liegt auf der Hand, dass ich meine Lage verbessern könnte, wenn ich mir eine Ehefrau nähme. Das Problem ist nur … auch wenn ich daran interessiert wäre, zu heiraten, was ich aber nicht bin … dass ich mir keine Frau vorstellen kann, die ein Leben in diesem Winkel besonders ansprechend finden würde."

Jeb nahm an, dass sich mit dieser übertrieben kernig gehaltenen Rede wohl kaum beliebt gemacht hatte, und er verfluchte Wiley dafür, dass er ihn in diese teuflische Lage gebracht hatte. Er versuchte zu vermeiden, rot zu werden, nachdem er dieser Frau gegenüber so viele Einzelheiten aus seinem Privatleben preisgegeben hatte. Entschlossen fuhr er fort: „So kann ich mir vorstellen, dass mein Onkel, der immer gern alles durcheinanderbringt, gedacht hat, dass ich dringend eine Ehefrau haben müsse, aber dass sich in absehbarer Zeit keine einfinden würde. Und dass ich ja jemanden einstellen könnte, der mir dabei hilft, eine zu ergattern, indem diese Person mich in einen aussichtsreichen Heiratskandidaten verwandelt. Und das alles in acht Wochen. Ich wäre mächtig überrascht, Ma'am, wenn Wunder dieser Sorte einen Teil der ‚verschiedensten Arten von Diensten' ausmachen würden, die Sie anbieten."

Mariah fing an zu begreifen, wovon er sprach, und Jeb sah es ihr an, wie er auch sehen konnte, dass Wiley empört über ihn war, weil er absichtlich die Situation in einem solch unvorteilhaften Licht dargestellt hatte. Nun, er war über sich selbst ziemlich empört … weil es ihm eigentlich gar nicht so gleichgültig war, was Mariah Duncan von ihm hielt.

Er erwartete, dass sie ihm und Wiley für das Vertrauen danken würde, das sie ihr entgegengebracht hatten, indem sie ihre Dienste in Anspruch nehmen wollten, aber betonen würde, ihnen leider nicht helfen zu können. Und dann wäre sie auf und davon und zurück in ihrer Stadt, bei ihren Wohltätigkeiten und Klienten und weiß der Teufel wem noch alles, die alle ihre Art von Hilfe gebrauchen konnten.

Doch sie machte nicht den Eindruck, als ob sie verschwinden wollte. Zumindest noch nicht.

„Ich verstehe nicht ganz, warum Sie meinen, dass sie sich so dringend verändern oder sich eine Frau nehmen müssen", sagte Mariah nachdenklich. „Vermute ich richtig, dass dieser Robbie, den Sie erwähnten, ihr Neffe ist?"

„Nein. Das ist ja gerade das Problem. Robbie ist ..."

Er wurde von einem Ruf unterbrochen, der vom Hügel herunterklang. „Onkel Jeb!"

Alle drei wandten sich um und sahen ein Mädchen in Jeans und mit fliegendem Haar auf sie zurennen.

Robin ... seine Nichte.

Lucy lief dem Mädchen entgegen, und beide begrüßten einander wie verloren geglaubte Freunde und rannten dann zusammen den Hügel hinunter, mit einer Energie, die nur die ganz Jungen nach einem Tag voller Aktivitäten noch haben.

Beide waren atemlos, als sie vor Jeb stehen blieben. „Ich hab's getan", prahlte Robin, und ihre Augen strahlten ihn an. „Ich meine, Wiley hat das Geld aus der Ladenkasse gezählt, aber ich habe den Boden gewischt und einen Köder in den Tank getan. Ich habe auch die Fingerabdrücke von der Türscheibe abgewaschen und sogar die Angelhaken und die Köderdosen im Schaukasten geordnet."

„Ich wette, dass das nötig war." Jeb musste lächeln. Wiley, der sich die meiste Zeit um den Laden kümmerte, dachte nicht an solche Dinge. Es war ihren normalen Kunden zwar im Grunde schnurzpiepegal, aber es war nett, eine Spur von Ordnung im Laden zu haben.

Er streckte die Hand aus und zerraufte ihr Haar. „Danke, Robbie. Weiß nicht, was wir ohne dich täten."

Sie grinste, und Jeb wurde dabei warm ums Herz. Sie war in den letzten wenigen Monaten dünner geworden, weil sie, wie Jeb annahm, während der Zeit mindestens zwei Zentimeter gewachsen war. Ihre Beine waren länger als der Rest von ihr zusammengenommen. Er hätte sich darum Sorgen gemacht, wenn sie sich nicht mit gesundem Appetit über sämtliche Mahlzeiten hergemacht hätte.

Ja, Robin entwickelte sich schnell, würde in nur wenigen Wochen elf sein. Sie war ein richtiger Teil der Familie geworden. Und es gefiel Jeb, wie sie sich in dem männerorientierten Geschäft zurechtfand.

„Ich habe auch mit dem Wurfnetz geübt", plauderte das Mädchen weiter. „Ich bin aber bei Weitem nicht so gut wie du oder Wiley. Aber vielleicht kann ich morgen nach der Schule noch mal den Seitwurf üben und sehen, was ich fangen kann. Wäre es nicht was, wenn ich wieder so einen großen gestreiften Fisch fangen könnte wie im Winter ..."

Robins Lächeln verblasste, als sie schließlich Mariah bemerkte.

Jeb legte den Arm um Robins Schultern. „Miss Duncan, das ist meine Nichte, Robin. Robbie, das ist Miss Duncan, die hier ist, um ... zu ... zu Besuch." Er schoss Wiley und Mariah einen warnenden Blick zu, der ausdrücken sollte: Erspart uns die Erklärungen.

Er hätte wissen sollen, dass Wiley eine Botschaft nur wahrnehmen würde, wenn sie in riesigen roten Buchstaben auf plakatgroßem Kartonpapier geschrieben stand. „Mariah ist hier, um zu sehen, ob sie mit deinem Onkel Jeb ins Geschäft kommen kann", warf der ältere Mann in bedeutsamem Tonfall ein.

Das brachte ihm einen ärgerlichen Blick von Jeb ein, obwohl Mariah diesen Patzer mit Freundlichkeit ausglich. „Es ist nett, dich kennenzulernen, Robin."

Robin hatte ihre Munterkeit schlagartig verloren. Sie verlagerte ihr Gewicht auf einen der Cowboystiefel, steckte einen Daumen hinter die Gürtelschlaufe ihrer Jeans. Auf einmal wirkte sie sehr schüchtern.

Doch dann entdeckte Jeb, dass Robin keineswegs schüchtern war, sondern eher wachsam. Und er wusste, dass sie über Mariah zu der gleichen Schlussfolgerung gekommen war wie er selbst zu Anfang. Es war auch gar nicht so weit hergeholt. Immerhin, als das letzte Mal eine Frau so geschäftsmäßig gekleidet hier aufgekreuzt war, gehörte sie dem Department of Human Services, dem Sozialamt, an, und sie hatte ihnen die Neuigkeiten gebracht, die das heutige Ereignis ausgelöst hatten.

Verdammt. Jeb wusste, dass seine Nichte seine Sorgen während der letzten Wochen wahrgenommen hatte, sosehr er sich auch bemüht hatte, sie zu verbergen. Nicht, dass er Robin nicht informiert hatte, auf eine einfache Art und Weise. Sie hatte ein Recht darauf, über die Situation Bescheid zu wissen, da es ja sie betraf. Aber es war unvermeidlich, dass sie hinter seinen Erklärungen und Versicherungen Schlimmeres vermutete und die tatsächliche Bedrohung erahnte, die über ihnen hing wie eine sich zusammenbrauende Gewitterwolke.

Ein Kind sollte keine Angst um solche grundlegenden Dinge wie Heim und Familie haben, dachte Jeb, und er gab sich nicht zum ersten Mal das feierliche Versprechen, dass er eine Lösung finden würde ... Eine praktische Lösung.

Bei dem Gedanken wandte er sich Mariah zu und ertappte sie dabei, wie sie Robin beobachtete. Und ihn.

„Es hört sich ganz danach an, als ob du eine tolle Anglerin wärst, Robin", bemerkte Mariah, so als ob das Mädchen ihre Begrüßung freundlich erwidert hätte.

Robin hob kurz den Kopf, um Mariah voll anzublicken, senkte ihn aber gleich wieder. „Ich lerne es noch."

„Nun, ist es nicht so, dass wir nur durch Lernen und ständige Praxis Experten werden können?"

Diesmal hielt Robin die Augen gesenkt, als sie mit leiser Stimme bekannte: „Jaa, aber ... aber ich bin ein Mädchen."

Es versetzte Jeb einen Stich ins Herz. Er fühlte sich besiegt. Oh, verdammt, er hatte sein Möglichstes getan, um ihr das Gefühl zu geben, dass sie hierhergehörte!

Er suchte nach den richtigen Worten, doch Mariah kam ihm zuvor. Sie entschärfte den etwas peinlichen Moment mit ihrer Frage. „Frauen können doch auch geübte Angler werden, oder nicht? Ich meine, gesetzt den Fall, ich würde es versuchen wollen, dann könnte ich doch zweifellos darin auch erfolgreich sein, nicht wahr?"

Robin überlegte kurz. „Ich denke schon."

Jeb zog die Augenbrauen zusammen. Er war sich ziemlich sicher, dass seine Nichte die gleichen Schwierigkeiten wie er hatte, sich Mariah mit ihrem feinen Benehmen und der Perlenkette um den Hals vorzustellen, wie sie ein Wurfnetz geschickt aus dem Wasser in ein Fischerboot zog und mit einem Freudenschrei darin einen zwanzig Pfund schweren Barsch entdeckte. Und doch sah er, wie Mariahs Bemerkung das Mädchen nachdenklich gemacht hatte.

Dann sagte Mariah: „Und wäre es nicht clever, so viele verschiedene Dinge wie möglich zu erlernen?"

Robin war deutlich verwirrt. Doch Jeb hatte mitbekommen, worauf Mariah hinauswollte ... und ihre indirekte Kritik an ihm. Was seinen Ärger wieder anfachte. Wer war sie eigentlich, dass sie glaubte, ein Urteil über ihn fällen zu können? Sie hatte ja keinen blassen Schimmer von der Situation!

Noch bevor er seinen Ärger an ihr auslassen konnte, sagte Robin scheu: „Ich denke, dass ich Ihnen einiges zeigen könnte, was ich von Onkel Jeb gelernt habe, wenn es das war, was Sie sagen wollten. Aber er ist der Experte im Fischen. Und er kann es jedem beibringen. Er ist wirklich geduldig und würde Sie nie als dumm hinstellen, nur weil Sie etwas nicht begreifen können."

Bei Robins Lob wurde ihm warm ums Herz. Als er dann noch sah, wie Mariah seiner Nichte anerkennend und auch so lieb zulächelte, vergaß er fast seinen Unwillen gegen diese Frau.

Verflixt noch mal! Er durfte es auf keinen Fall dazu kommen lassen, dass diese Mariah aus ihnen allen nachgiebige Idioten machte.

„Es stimmt zwar, dass ich Ihnen sofort zur Verfügung stünde, wenn es ums Angeln auf dem Texoma See ginge." Er begegnete Mariahs Blick voll. „Aber ich bezweifle, dass Sie wirklich erst lernen müssen, wie man sich etwas angelt."

„Nennen Sie es professionelle Neugier, wenn Sie wollen", erwiderte Mariah. „Auch wenn wir zu der Entscheidung kommen, dass ich mit Ihnen kein ... Geschäft machen werde, so möchte ich doch gern den Sachverhalt hören. Wie Ihr Onkel bereits bemerkte, ist die Situation es wert, geklärt zu werden, nicht wahr?"

Jeb war drauf und dran, dieses ganze unnütze Gerede mit einer patzigen Zurückweisung zu beenden, als ein Blick in Mariahs Augen ihn davon abhielt. Er hatte es bereits vorher bemerkt, dass sie goldbraun und mandelförmig waren, wie die eines Rehs. Aber was ihm jetzt auffiel, war das aufrichtige Interesse, das aus ihnen sprach.

Sei kein Dummkopf, warnte er sich. In keiner Weise könnte diese seidenstrümpfige Lady aus der feinen Gesellschaft auch nur ansatzweise die Welt hier begreifen ... die bis vor einer Viertelstunde für die

Schöne nicht einmal existiert hatte ... oder die Lebensweise, die sich so sehr von ihrer unterschied. Wie um Himmels willen könnte sie ihnen helfen?

„Geh ins Haus, Rob. Du auch, Wiley." Jeb drückte kurz die Schulter seiner Nichte, gab ihr so zu verstehen, dass seine Strenge nichts mit ihr zu tun hatte. Sie war gegen Wiley gerichtet, damit er ja nicht auf den Gedanken kam zu protestieren. Er warf seinem Onkel zur Sicherheit noch einen scharfen Blick zu, der keinen Widerspruch duldete. „Ich komme nach, sobald ich Miss Duncan zum Wagen begleitet habe."

Und doch schien sein Onkel zufrieden genug ... oder empört genug ... um wegzugehen, ohne noch einen seiner Kommentare von sich zu geben, dem Himmel sei Dank. Nein, es war Robin, die zögerte. Mit ihren großen blauen Augen blickte sie von ihm zu Mariah.

„Ich mag Ihr Haar, Mariah." Robin platzte damit heraus, als ob sie sich zu dieser Feststellung hatte zwingen müssen. Oder sich vielleicht auch nicht hatte zurückhalten können. „Vielleicht ... vielleicht, wenn Sie sich entschließen, das Fischen bei Onkel Jeb zu lernen, könnten Sie mir beibringen, wie ich mein Haar in einen solchen Zopf flechten kann."

„Nichts wäre mir lieber, Robin", antwortete Mariah sanft. „Aber das hängt von deinem Onkel ab."

Seine Nichte nickte, dann tat sie etwas, was er noch nie bei ihr gesehen hatte. In einer mädchenhaften Geste strich sie sich mit dem Handrücken das Haar leicht von der Schulter zurück, ehe sie wie ein Wildfang davonlief.

War Robin so ausgehungert nach weiblichem Kontakt, dass eine Fremde ihre Sehnsucht an die Oberfläche bringen konnte?

Wiley hatte recht. Jeb musste etwas unternehmen. Und er wusste, dass es etwas Entscheidendes sein musste ... und etwas Drastisches.

Doch er wollte nichts mit Mariah Duncan zu tun haben. Trotz ihrer anmaßenden Meinung, dass sie dank ihrer südstaatlichen Vornehmheit die Lebensweise anderer zivilisieren könnte, zweifelte er nicht daran, dass sie rein gar nichts für ihn tun konnte.

Aber wenn es eine Chance für Robins Glück gäbe ...

3. KAPITEL

Ich muss den Verstand verloren haben, dachte Jeb.

Nachdem Robin gegangen war, stand er einige Minuten da, eine Hand hatte er in die Gesäßtasche seiner Jeans gesteckt, mit der anderen Hand rieb er sich die Stirn. Mariah schwieg.

Er blickte zum Himmel hinauf, der durch das schwächer werdende Licht ein fahles Blau angenommen hatte. Schönwetterwolken mit rot glühenden Unterseiten trieben über den Horizont.

„Lassen Sie uns einen Spaziergang machen", erklärte er. Als Nachgedanke fügte er mit einem flüchtigen Blick auf sie hinzu: „Oder vielleicht auch nicht. Da, wo ich hingehen wollte, ist der Boden uneben, und ihre Schuhe sehen mir nicht gerade so aus, als ob sie sich für eine Wanderung am See entlang eignen würden."

„Gehen Sie nur voran", sagte Mariah mutig. „Meine Schuhe werden schon durchhalten."

„Gut." Er würde es ihr nicht ausreden.

Mit Lucy, die ihnen wie ein Schatten folgte, marschierten sie zum See hinunter, dann an seinem steinigen Ufer zu einer Bucht mit einer Art Strand. Dort ging Jeb in die Hocke und nahm einen Stein auf, dessen flache, weiche Oberfläche er mit dem Daumen rieb. Perfekt, um ihn über das Wasser hüpfen zu lassen.

Er hob den Arm zur Seite, und mit einem Schwung des Handgelenks brachte er den Stein zum Fliegen. Der flache Stein hüpfte über das Wasser ... ein ... zwei ... fünf Hüpfer insgesamt.

„Ich bin beeindruckt", sagte Mariah, die drei Schritte hinter ihm stehen geblieben war.

Er warf ihr einen skeptischen Blick über die Schulter zu und fragte sich, ob sie tatsächlich glaubte, dass solche Taktiken bei ihm ankämen. Er konnte ihren Gesichtsausdruck nicht erkennen. Die Abenddämmerung brach schneller herein, als er vermutet hatte. Und ihm wurde auf einmal deutlich bewusst, dass er mit dieser Frau allein war.

„Ich bin schon auf neun Hüpfer gekommen", sagte er zuvorkommend genug, um nicht als unhöflich zu gelten. „Dafür habe ich den Trick schnell herausgehabt. Es hatte Cody schon immer geärgert ..."

Er blickte in die Dämmerung. Die Erklärung würde nicht leicht sein, ganz gleich, wie er es anfangen wollte.

„Wer ist Cody?", fragte Mariah mit ihrer kultivierten Stimme, die er fast hypnotisierend fand.

Ohne sie anzusehen, antwortete Jeb: „Mein älterer Bruder ... Robins Dad. Er war niemals ein Naturfan gewesen wie ich. Oder wie Wiley. Ich habe erst Jahre später erkannt, dass er sich in unserer Gegenwart wie ein Fisch auf dem Trockenen gefühlt haben musste." Er schnaubte ironisch bei dem Vergleich, ehe er sich wieder besann und fortfuhr.

„Aber Cody fand schließlich seine Berufung. Er erhielt ein Stipendium und besuchte die Universität, um Ingenieur zu werden. Jetzt kommt die hässliche Wahrheit heraus." Er machte eine dramatische Pause. „Ja, ich bin der Bruder eines Akademikers."

Mariah lachte leise. „Was ist aus ihm geworden, Jeb?"

Es war das erste Mal, dass sie ihn beim Namen nannte, und wie zuvor verspürte er ein solch heftiges, sehnsüchtiges Verlangen, dass er gewiss war, aus diesem Gespräch konnte nichts Gutes herauskommen. Nun, er durfte das eine nicht vergessen. Er tat es für Robin. Aber er brauchte Mariah ja nicht alles zu erzählen.

„Cody und seine Frau Lisa starben bei einem Autounfall vor knapp vier Monaten." Jeb hatte die Worte herauszwingen müssen. „Ich habe nun die vorläufige Aufsichtspflicht für Robin." Er betonte jedes Wort deutlich. „Ich hoffe jedoch, dass ich sie adoptieren kann. Das soll entschieden werden, nachdem sie sechs Monate bei mir gelebt hat."

Jeb hob einen anderen Stein, prüfte in der Handfläche seine Beschaffenheit und warf ihn weg. „Wie auch immer, mir war klar, dass nach einer Weile des Zusammenlebens mit uns zwei Junggesellen für Robin die Zeit kommen würde, wo sie einen weiblichen Einfluss brauchte. Ein Mädchen sollte eine Mutter haben, denke ich mir."

„Nach Möglichkeit ja. Aber glauben Sie denn, das Gericht würde Ihnen Robin wegnehmen, weil es ihr an einem solchen Einfluss mangelt?"

„Bis vor wenigen Wochen habe ich noch nicht so gedacht. Aber die Situation hat sich geändert." Jeb sagte das widerstrebend. „Wir wurden benachrichtigt, dass Lisas Halbschwester sich in das Verfahren um Robins Vormundschaft und Adoption eingeschaltet hat."

Der Gedanke daran ... und an all das, was hinter diesem Vorgang steckte, hatte noch immer die Macht, Jeb kopfscheu zu machen und Panik in ihm auszulösen. Es kostete ihn Kraft, Mariah die Geschichte weiterzuerzählen.

Aber er würde sie nicht die ganze Geschichte hören lassen.

„Anita Babcock", fuhr er mit eintöniger Stimme fort, „ist Lisas Halbschwester. Ihr Mann ... er ist Ingenieur, wie Cody es war. Er arbeitet für eine Ölgesellschaft, was ihn und die Familie bis vor Kurzem oft außer Landes brachte. Jetzt sind sie wieder zurück in den Staaten. Der Richter bleibt bei Juni, dem bereits festgesetzten Termin für die Adoptionsverhandlung, trotz Babcocks Einschreiten." Er hob einen Zweig auf und stieß ihn mit überraschender Heftigkeit in den Boden. „Nach Meinung meines Anwalts steht das Urteil, so wie die Dinge im Augenblick liegen, offen. Robin könnte mir zugesprochen werden oder Lisas Halbschwester. Ich habe entschieden den Vorteil, da Robin seit Codys und Lisas Tod hier bei mir und Wiley lebt. Aber man hat mich nicht zu Robins Vormund ernannt, was die Sache ein für alle Mal besiegelt hätte. Und Anita und ihr Mann haben zwei eigene Kinder im Schulalter, haben alle möglichen Vorteile zu bieten, die man gegen mich ausspielen kann ... Privatschulen, Unterricht in fast allem, wozu Robin Neigung zeigen könnte, Reisen, viele neue Eindrücke. Vergleicht man diese Art von Familienleben mit dem, was ich ihr ermöglichen kann, wie würden Sie entscheiden, wenn Sie Richterin wären?"

„Ach so ..." Mariah zog die Augenbrauen zusammen und blickte nachdenklich in die Ferne.

Sie hielt noch immer ihren schwarzledernen Ordner an die Brust gedrückt. Jeb fragte sich, ob sie jemals ohne diese Mappe irgendwohin ginge. Ständig Termine einhalten zu müssen war für ihn unvorstellbar. Vielleicht war dies ein Teil seiner Probleme, diese Abneigung, sich wechselnden Umständen anzupassen.

„Aus dem, was Sie vorhin erwähnt haben, dass Sie an einer Ehe nicht interessiert sind, schließe ich", sagte Mariah stotternd, „dass Sie sich auch mit keiner Frau treffen, die Sie möglicherweise ... Ich meine, damit der Richter Vertrauen in Sie gewinnen kann, damit Sie schließlich doch noch …“ Ihre Stimme erstarb, und Mariah schwieg verlegen.

„Ich weiß, was Sie meinen, und Sie haben recht“, sagte Jeb mit einer Ruhe, die er überhaupt nicht fühlte. „Ich kannte einige Frauen, die ich wirklich mochte, und es ist nicht ganz so ausgeschlossen, dass ich eines Tages eine finde, mit der ich mich gern niederlassen möchte, auch wenn meine Arbeit wenig Gelegenheit zum gesellschaftlichen Umgang bietet. Aber die Dinge haben sich geändert …“

Jeb unterbrach sich. Nein, es gab keinen Grund, warum Mariah Duncan diesen Teil seiner misslichen Lage erfahren sollte. Es war der einzige Aspekt dieser ganzen Situation, der wohl kaum zur Sprache gebracht werden würde.

Lucy, die sich abgesondert hatte, um in dem Gestrüpp am Wasserrand herumzuschnüffeln, kam zurückgetrottet, um zu sehen, ob es für sie nicht etwas Interessanteres gäbe. Und Jeb beschäftigte sich damit, nach einem Stöckchen zu suchen, das er für die Hündin werfen könnte … so als ob dies der Grund für die Unterbrechung des Gesprächs wäre.

Und wieder kaufte ihm Mariah dieses Ausweichen nicht ab. „Und wie haben sich die Dinge jetzt geändert?“, fragte sie mit ehrlichem Interesse.

Jeb schleuderte ein Stück Treibholz in das Wasser und sah Lucy nach, wie sie hinterherjagte. Er hob eine Schulter, tat gleichgültig. „Ich denke, falls ich einmal heiraten sollte, wäre es meine Pflicht, eine Frau zu wählen, die meiner Schwägerin ähnelt.“

„Und was würde das bedeuten?“

„Oh, wissen Sie …“ Er machte eine vage Handbewegung. „Eine Frau wie Sie, die dazu erzogen wurde, eine Lady zu sein, die weiß, was sich gehört, die möchte, dass solche Feinheiten an ihre Tochter weitergegeben werden.“

Jeb räusperte sich. Er hatte niemals vorgehabt, so weit in seine eigene Privatsphäre abzuschweifen. Und doch hatte er es irgendwie getan.

„Ich möchte nicht, dass es sich so anhört, als ob Lisa sich niemals hätte gehen lassen“, fuhr er hartnäckig fort. „Sie war … echt nett.

Aber es ist nicht so, dass diese Art von Frau ausgerechnet nach jemandem wie mir Ausschau halten würde."

Oh, wie froh war er über das Dämmerlicht! Was er sagte, hatte einfach aus ihm herausgemusst, er hatte es aussprechen wollen, um Mariah wissen zu lassen, dass er sich nichts vormachte. Aber als sie darauf nicht sofort reagierte und das Schweigen sich ausdehnte, wurde Jeb immer ärgerlicher ... auf sich selbst. Nun, was hatte er erwartet? Dass sie protestieren würde? Dass sie ihm widersprechen würde und behaupten würde, alle Frauen, egal welcher Herkunft, betrachteten einfache Veranstalter von Angeltouren als ganz hervorragende Kandidaten für den Ehebund?

„Natürlich, auch wenn eine solche Frau auftauchte, wäre es nicht richtig, sie nur um des Heiratens willen zu heiraten, ohne Rücksicht auf meine Pflicht Robin gegenüber. Und die Wahrheit ist, ich finde diese Art von Frau im Allgemeinen nicht besonders fesselnd, wenn Sie wissen, was ich meine", setzte er betont hinzu ... und überhaupt nicht wahrheitsgemäß.

Wieder trat eine Gesprächspause ein, als Mariah nichts darauf erwiderte. Jeb schlug nach einer Mücke und entschied, dass er Mariah nichts mehr enthüllen würde.

Endlich, mit deutlich angespannter Stimme, sagte sie: „Zumindest sehe ich jetzt ein, warum Sie den Hilferuf Ihres Onkels nach ‚Saved by the Belle' als ungenügsame Lösung für ihre missliche Lage betrachten."

„Ja, nun, das ist eben Wiley", sagte Jeb. Sie fühlte sich also unangenehm berührt von seiner Meinung über sie, auch wenn er es durch die Blume gesagt hatte.

Und doch konnte er das Gefühl der Niedergeschlagenheit nicht verhindern, das ihn wieder überkam bei dem Gedanken daran, wie seine Nichte auf Mariah reagiert hatte. Sogar bei dieser kurzen Begegnung war zwischen den beiden etwas vor sich gegangen, das er nicht ganz verstehen konnte. Ihm fiel ein, dass Robin nicht immer ein solcher Wildfang gewesen war, dass sie eigentlich erst so geworden war, nachdem sie nach Texoma kam, um mit ihm und Wiley zusammenzuleben.

„Es ist spät", sagte er abrupt. „Sie sollten sich auf den Rückweg machen, ehe die Dunkelheit einbricht. Ich weiß, dass Sie gut hier hergefunden haben, aber die Rückfahrt spät am Abend wird nicht so leicht sein."

Er wartete ihre Zustimmung nicht ab, sondern wandte sich zum Gehen und überließ es ihr, ihm zu folgen. Doch als sie ihren Wagen erreicht hatten, wartete er höflich, bis sie die Autotür aufgeschlossen hatte. Er hielt ihr die Tür mit so viel Anstand auf, wie es ein Mann fertigbringen konnte, der in einem zerschlissenen T-Shirt und nicht mehr ganz sauberen Jeans gekleidet war.

„Nochmals vielen Dank, dass Sie hierhergekommen sind", sagte er förmlich.

„Es war nicht so schwierig", antwortete Mariah mit gedämpfter Stimme, die so klang, als wäre sie Meilen entfernt. Sie wünschte sich wahrscheinlich, ihm und diesem Ort zu entfliehen.

„Ich hoffe, Sie wissen, dass die Absichten meines Onkels gut waren. Und ich entschuldige mich dafür, dass ich mich Ihnen gegenüber zu Anfang so unhöflich benommen habe. Mir war da schon klar, dass Sie uns nicht helfen könnten."

„Ich ... ich verstehe." Mariah hielt den Kopf gesenkt, blickte auf die Erde, wo sie mit der Schuhspitze die herumliegenden kleinen Zweige zur Seite stieß. „Also, was werden Sie denn nun in Ihrer Situation unternehmen?"

„Das ist jetzt die Frage, nicht wahr? Ich werde so weitermachen wie bisher, denke ich, und auf das Beste hoffen. Ich werde Robin weiterhin spüren lassen, dass Wiley und ich ihre Familie sind und dies hier ihr Heim ist, solange sie es braucht." Er senkte auch den Blick, als er an seinen Bruder dachte. „Und dass wir sie lieben, was sich niemals ändern wird. Was kann ich sonst noch tun?"

„Ja, was?", hörte er Mariah nachdenklich murmeln. Oder war es eher skeptisch?

„Ich meine", fuhr er fort, und es klang, als ob er sich verteidigte. „Ich weiß, ich sollte mehr darauf achten, dass Robbie sich wie ein Mädchen statt wie ein Junge benimmt. Ich könnte zumindest damit aufhören, sie Robbie zu nennen", fügte er mit einem trockenen Lächeln hinzu. „Und sie nicht darin unterstützen, dass sie sich ganz auf das Angelgeschäft konzentriert, auch wenn sie sich darin so wohlfühlt wie der Fisch im Wasser …“

Seine Bemerkung brachte Mariah Robins Abschiedsbemerkung in Erinnerung, und sie sagte: „Ach, wegen Robins Bitte. Ich habe ein Buch, in dem beschrieben wird, wie man mit langem Haar alle möglichen Zöpfe und Frisuren machen kann. Dürfte ich es ihr wohl schicken?“

Jeb war wieder einmal überrascht … und erfreut. Sie hatte seine Nichte nicht vergessen. „Robbie … Robin, meine ich, würde sich sehr freuen.“

„Sie könnten ihr die ersten Male dabei helfen. Es ist leichter, wenn jemand hinter einem steht und die einzelnen Haarteile hält. Ich meine, wenn Sie sich vor solchen Dingen nicht scheuen.“

Jeb zuckte die Schultern. „So viel schwieriger, als den Angelhaken mit der Angelschnur zu verbinden, kann es wohl kaum sein?“

Das brachte ein flüchtiges Lächeln auf ihre Lippen, und seine innere Anspannung löste sich ein wenig.

„Nun, das wäre etwas, was ich nicht könnte.“

Er wusste, dass Mariah Robins Vorschlag, ihr das Angeln beizubringen, nicht ernst genommen hatte. Aber auf einmal wünschte Jeb sich, dass er die Gelegenheit dazu bekäme, denn wenn es etwas gab, das er in- und auswendig kannte, dann war es das Angeln.

„Wissen Sie, ich fühle mich fast verpflichtet, den Namen meines Unternehmens zu ändern, wenn ich ehrlich sein will“, sagte Mariah.

„Nun, es ist ja nur ein Name“, erinnerte er sie. „Ich wette, Sie würden bei Bubba J.’s auch nicht alles finden, was man zum Angeln oder Campen braucht.“

Aus irgendeinem Grund erhellte sich ihre Miene bei seiner Antwort. Sie ließ sogar ein leichtes, feminines, silbriges Lachen hören, das seltsamerweise mit den zunehmend deutlicher werdenden Nachtgeräuschen um den See herum im Einklang zu sein schien.

Aber sie gehörte nicht hierher, dies war nicht ihre Welt.

„Ich wünsche Ihnen viel Glück mit ‚Saved by the Belle‘.“ Jeb brachte es nicht fertig, sie beim Vornamen zu nennen. Er betrachtete aber ihr Gesicht, als ob er sich ihre Gesichtszüge einprägen wollte.

„Viel Glück auch Ihnen, Jeb Albright“, sagte sie. Und sie streckte ihm wieder die Hand hin.

Obwohl seine nicht sauberer als vorher war, ließ sein männlicher Stolz es nicht zu, diesmal auszuweichen. Er nahm ihre Hand in seine.

Ihre Hand fühlte sich in seiner schwieligen weich an, klein und zart. Die Berührung einer Frau ... Der Gedanke durchzuckte ihn, entfachte in ihm das Verlangen nach ... er wusste nicht, wonach. Nur dass es bereits jahrelang ungestillt geblieben war, um sich dann zu verlieren.

Mit der anderen Hand bedeckte er ihre Hand ... Er war der Versuchung erlegen. Er hörte, wie Mariah scharf einatmete, als sie mit den Fingern der anderen Hand wieder einmal die Perlen streifte, als berührte sie einen Talisman. Ja, es war die Reaktion, die er erwartet hatte, auf einen Reiz, den sie beide spürten. Dann hob sie den Blick, um seinem zu begegnen. In ihren mandelförmigen Augen erkannte er die Furcht, die er bei ihr gleich beim ersten Mal gesehen hatte.

Jeb ließ sofort Mariahs Hand los und trat zwei Schritte zurück. Mariah sagte nichts. Schweigend stieg sie in den Wagen.

So stand Jeb da, noch lange nachdem die roten Schlusslichter im Nachtdunkel verschwunden waren.

Zum zehnten Mal wälzte Jeb sich in seinem Bett vom Rücken auf den Bauch und vom Bauch auf den Rücken. Das würde wieder einmal eine dieser Nächte sein, von denen er in letzter Zeit des Öfteren geplagt wurde.

Doch diese Nacht unterschied sich dennoch von den anderen, weil er sich nicht nur rastlos fühlte. Er war so gereizt wie ein im Käfig eingesperrter Luchs ohne seine Gefährtin.

„Jeb?", wisperte Wiley von der anderen Seite des verdunkelten Schlafzimmers. Der Wohnwagen hatte nur zwei Schlafzimmer. Also hatte Wiley seinen Raum an Robin abgegeben und schlief in Jebs Zimmer im zweiten Bett, das vor Jahren Cody gehört hatte. Jeb hatte nichts dagegen, den Raum zu teilen, nur schnarchte Wiley manchmal wie ein Bär im Winterschlaf. Und heute Nacht stand Jebs Sinn nicht nach Gesellschaft ... nicht nach der Schlappe, die er an diesem Tag erlebt hatte.

„Ja?"

Sein Onkel seufzte. „Wenn du jetzt sauer auf mich sein willst, dann bringt dir das höchstens ein paar Sekunden lang Genugtuung, aber mehr auch nicht."

Jeb stützte sich auf den Ellbogen und spähte über den Raum hinweg. „Du findest also, dass ich nicht das Recht habe, wegen dieser Aktion, die du heute durchgezogen hast, wütend zu sein?"

„Das habe ich nicht gesagt ..."

„Was hast du dann gesagt?"

„Ich habe ja nur versucht, dir zu helfen, mein Junge."

„Richtig. Ich weiß das, Wiley, und es geht auch nicht darum, dass ‚Saved by the Belle' uns nicht helfen kann. Zumindest nicht so, wie Mariah Duncan es anpreist. Nein, du hast sie in dieser Fernsehshow gesehen und hast gedacht, wenn du sie zu uns herausbestellst und sie mich kennenlernt, würde es zwischen uns gleich knistern, und das wäre dann die Antwort auf all unsere Schwierigkeiten." Letzteres brachte ihn besonders auf. Wiley wusste doch ganz genau, was mit Anita geschehen war, und dennoch hatte er Mariah hierhergeholt.

Das Absurde an dieser ganzen Angelegenheit wurde ihm von Neuem bewusst. „Meine Güte, Wiley, was hat dich nur dazu gebracht?"

„Nun, in den Gelben Seiten gab es keinen Eintrag zu ‚Errettet von dem dämlichen Onkel'!", gab Wiley zurück. „Glaub mir, ich hätte da um unser beider willen sofort angerufen."

Es herrschte einen Moment lang Schweigen, bevor die zwei Männer in heftiges Lachen ausbrachen. Jeb hatte mit Wiley noch nie lange böse sein können.

„Komm schon. Gib es zu. Ist dir nicht der Gedanke gekommen, sie könnte eine passable Ehefrau und Mutter sein, genauso gut wie jede andere?", fragte sein Onkel.

„Miss Elite? Jaa, richtig." Dann verließ ihn sein Humor. „Außerdem, was hätte es schon ausgemacht, wenn ich tatsächlich so gedacht hätte?"

„Weiß ich nicht. Mir schien nur, dass mir jemand erst vor Kurzem gesagt hat, er täte alles, um Robbie zu behalten." Wiley murmelte noch etwas vor sich hin, als er sich auf die Seite drehte, was Jeb verblüffte. Soweit er sich erinnern konnte, war es noch nie vorgekommen, dass sein Onkel ein Gespräch beendet hatte, auch wenn er noch eine Bemerkung hinterhersetzte, die wohl zum Nachdenken anregen sollte: „Weißt du, ich habe dir und Cody beigebracht, dass der Fang immer vom Köder abhängt."

Und wer genau soll in diesem Fall der Köder sein? dachte Jeb, aber er fragte nicht. Welchen Zweck hätte es auch? Es war unwichtig, was er von Mariah Duncan hielt, genauso, wie es unwichtig war, was sie von ihm hielt.

Allerdings musste er sich eingestehen, dass er sich heute auf eine so peinliche Weise unmöglich benommen hatte, weil er sich unglaublich stark zu Mariah Duncan hingezogen fühlte, trotz ihrer unnahbaren Überheblichkeit, die ihn eher an eine Lehrerin denken ließ als an eine begehrenswerte Frau.

Nur hatte dieser viel zu kurze Augenblick, in dem Mariah an ihn gepresst war, ihm deutlich gemacht, dass es ihr nicht an Kurven an all den richtigen Stellen fehlte. Absolut nicht.

Doch es war nicht ihr Äußeres, das ihm den Schlaf raubte. Das konnte er noch einfach so hinnehmen, genauso wie er hinnehmen konnte, dass er selbst auf Mariah einen besonderen Reiz ausübte. O ja, er hatte diesen Blick bereits zuvor gesehen.

Nein, es war Mariahs Auftreten, das ihm zu schaffen machte. Wie um alles in der Welt konnte er sich auch nur ansatzweise von ihrer Vornehmtuerei einfangen lassen, dieser verfeinerten Art einer Südstaatlerin? Schon wieder?

Andererseits ... ihre Anmut ... diese weibliche Anmut, unter der das Feuer schwelte ... und ihre Freundlichkeit Robin gegenüber, auch wenn er selbst sich ihr gegenüber alles andere als höflich verhalten hatte und sein Aufzug auch nicht gerade für ihn gesprochen hatte. Und zog er all dies in Betracht, dann war es doch bemerkenswert, dass sie kein einziges Mal angedeutet hatte, Robin wäre doch wohl am besten bei Lisas Halbschwester Anita aufgehoben.

Ja ... Anita Babcock. Nun, die war wirklich eine Belle, eine Südstaatlerin, wie sie im Buche steht. Bis zu Codys und Lisas Begräbnis hatte er sie vierzehn Jahre nicht gesehen und war ihr auch hier, auf seinem eigenen Grund und Boden, nie gegenübergetreten, bis vor einem Monat. Sie und ihre Familie hatten auf dem Weg von irgendeinem Ort auf der Welt zu ihrem neuen Heim in Houston bei ihm kurz

„vorbeigeschaut", um Robin zu besuchen. Es war auch das erste Mal gewesen, dass die Babcocks gesehen hatten, wie und wo das Mädchen lebte. Das war auch ganz in Ordnung, was Jeb anging. Er hatte nichts zu verbergen, und es gab auch nichts, wofür er sich schämen müsste.

Aber Anita hatte ausgerechnet den Tag gewählt, als er, Wiley und Robin dem Laden und dem Bootshaus einen gründlichen Frühjahrsputz verpasst hatten. Sie drei hatten wahrscheinlich ausgesehen und auch so gerochen, als wären sie wochenlang nicht mehr mit Wasser und Seife in Berührung gekommen.

Und das Ergebnis dieses Besuches war gewesen, dass die Babcocks sich meldeten und sagten, dass sie einfach ihre Pflicht darin sähen, Robin eine angemessenere Umgebung als die, in der sie im Augenblick lebte, zu verschaffen.

Verdammt, warum konnte die Frau nicht alles so lassen, wie es war? Sie hatte doch bekommen, was sie immer vom Leben verlangt hatte! Einen erfolgreichen Mann, zwei Kinder und einen gehobenen Lebensstil. Warum musste sie über seinen Lebensstil ein Urteil fällen?

Aber sie hatte das bereits zuvor getan.

Als seine Gereiztheit den Höhepunkt erreichte, warf Jeb die Decke von sich und stand in den Boxershorts, die er immer zum Schlafen trug, auf. Er schlüpfte in die Jeans, die am Fußende lagen, und ging durch den Flur in die Küche.

Jeb füllte sich ein Glas mit Wasser und trank es gedankenverloren, während er sich daran erinnerte, wie er hier in der Küche zusammen mit Robin am Abend das Geschirr abgewaschen hatte. Sie waren damit fast fertig gewesen, als Robin ihn etwas verlegen bat, den von der Schule mitgebrachten Brief zu unterschreiben. Erst als Jeb gelesen hatte, wofür die Schule sein Einverständnis brauchte, verstand er Robins Verlegenheit. Die Mädchen ihrer Klasse sollten einen Film über die Pubertät sehen, darüber, wie diese Phase sie beeinflusst.

Ganz unten auf dem Schrieb stand: Mütter werden eingeladen, daran teilzunehmen.

Jebs Finger schlossen sich fester um das Glas. Ganz tief in seinem Herzen musste er sich fragen, ob der Richter nicht damit recht hätte, wenn er Robin Anita überließe.

Er selbst war sechs Jahre alt gewesen, als seine Eltern starben und er nach Texoma kam, um bei seinem Onkel Wiley zu leben. Jeb erinnerte sich daran, dass Wiley einmal gesagt hatte, Jeb sei ihm damals wie ein kleiner Hund vorgekommen, der zu früh von seiner Mutter entwöhnt worden war. Sein Bruder Cody war älter gewesen, und der Tod der Mutter und des Vaters hatte auf ihn nicht die gleiche Wirkung wie auf Jeb gehabt.

Vielleicht weil Robin älter war, würde sie sich den Erfordernissen leichter anpassen, so wie Cody es damals getan hatte. Nur waren Cody und er aber Jungen gewesen. Doch Robin war ein Mädchen, und sie war jetzt in einem Alter, in dem sie eine Mutter am meisten brauchte.

Die richtige Mutter für Robin sollte eine Frau sein, die zärtlich war, die Willensstärke mit Liebenswürdigkeit vereinte. Die so liebenswürdig und weich war wie ...

Abrupt trank Jeb das Glas Wasser in drei großen Schlucken aus, als ob er sich von solchen Gedanken abbringen wollte. Verrückte Gedanken waren es, die ihm zeigten, wie verzweifelt er wurde.

Es musste doch einen vernünftigen Auswege geben! Vielleicht würde sich sein Familienstand nicht so bald ändern, aber warum könnte er nicht mit Robin und Wiley in die Stadt ziehen und dort einen Job annehmen? Er hatte zwar keine Ahnung, was für ein Job das sein könnte, aber zumindest könnte Robin angemesseneren Interessen nachgehen, als einen Haken mit Köder zu versehen oder Fische auszunehmen. Aber würde sie dort auch glücklicher sein?

War es denn von Bedeutung, dass etwas in ihm sterben würde ... und in Wiley, wenn sie von hier wegzögen, um in der Stadt zu leben?

Außerdem hätte Jeb es sich niemals träumen lassen, dass er diesen Ort, in den er als unglückliches Waisenkind gekommen war, jemals verlassen könnte. Er nahm an, dass er hier so tief seine Wurzeln geschlagen hatte, weil er als Junge immer von der Furcht geplagt worden war, er könnte nie wieder einen Ort finden, wo er hingehörte ... dass er niemals geliebt oder gebraucht werden würde.

Sicher, im Augenblick sperrte Robin sich gegen die Vorstellung, bei ihrer Tante zu leben. Aber vielleicht war es nur so, weil Robin Anita nicht sehr gut kannte, da sie mit ihrem Mann und den Kindern ständig umhergezogen waren. Vielleicht würde Robin eine andere

Einstellung haben, wenn sie die Möglichkeit bekäme, die ganze Familie kennenzulernen und herauszufinden, wie sie hineinpasste. Vielleicht würde er auch …

Jeb senkte den Kopf und starrte auf seine Hand, die in der Dunkelheit kaum zu sehen war. Ob seine Finger nur in dem schwachen Licht so weiß wirkten oder ob es daran lag, dass er die Kante der Spüle so hart umgriff, wusste er nicht.

Aber das eine wusste er mit der allergrößten Gewissheit: Er konnte das kleine Mädchen auf keinen Fall verlieren.

4. KAPITEL

Fast ganz außer Atem betrat Mariah die überfüllte Bar, in der sie sich mit Jeb Albright verabredet hatte, und ihr war peinlich bewusst, dass sie sich um gut zwanzig Minuten verspätet hatte. So viel zu dem Vorhaben, ihre Klienten mit Pünktlichkeit zu beeindrucken. Natürlich, Jeb war kein Klient. Er hatte sie angerufen und nur gesagt, dass er an diesem Nachmittag in die Stadt komme, und da sie Robin das Buch mit den Frisuren versprochen habe, könnten sie sich ja vielleicht irgendwo treffen, und er könnte das Buch abholen. So war diese Verabredung nur ein praktisches Arrangement für sie beide, und Mariah hatte keinen Grund, auf den Gedanken zu kommen, es könnte womöglich anders sein, obwohl ihr mehrere andere Möglichkeiten durch den Kopf gingen … Möglichkeiten, die ihren Herzschlag beschleunigten.

Dann erblickte sie Jeb. Er trug wieder Jeans, obwohl diese recht neu waren. Sein Jeanshemd, das er am Hals offen trug, war sauber und gebügelt. In diesem Licht wirkte sein Haar nicht dunkelbraun, sondern eher brünett und war von goldenen Glanzlichtern durchzogen, ansonsten genauso zerzaust wie eh und je.

Als ob er ihre Anwesenheit wahrgenommen hätte, sah er hoch und fing ihren Blick auf. Er stand mit dem Rücken gegen die Bartheke gelehnt, seine Hände hatte er in die Vordertaschen seiner Jeans gesteckt, und er straffte sich, als er Mariah erkannte. Er schien erleichtert und besorgt zugleich über ihr Kommen … so als ob er die Bar wieder verlassen hätte, wenn er nur eine Minute länger hätte warten müssen, Verabredung hin oder her. Sie konnte sich nicht vorstellen, warum.

Es sei denn, es steckte ein anderer Grund hinter diesem Treffen.

„Es tut mir leid, dass ich mich verspätet habe", entschuldigte Mariah sich, nachdem sie sich den Weg bis zu ihm gebahnt hatte. Sie fing den Duft von einem würzigen Aftershave auf. Zu viel davon, dachte sie.

„Kein Problem. Ich habe hiernach nichts Dringendes vor."

Trotz dieser Versicherung machte er den Eindruck, als ob er drauf und dran wäre, sich davonzumachen. Ein wenig enttäuscht zog

Mariah die Broschüre aus ihrer Tasche und überreichte sie ihm. „Ich habe einige der einfachen Zopffrisuren gekennzeichnet, die sich für den Anfang eignen."

„Gut ... gut." Jeb nickte fast übertrieben.

„Und, bitte, sagen Sie Robin, dass sie die Broschüre behalten kann."

„In Ordnung, das tue ich. Sie wird sich freuen." Er starrte auf das Büchlein in seinen Händen und verlagerte das Gewicht von einem Fuß auf den anderen. Zweifellos unruhig, dachte Mariah.

„Nun, wenn das alles ist ..."

„Ich ... Möchten Sie sich nicht für einen Augenblick setzen?", fragte Jeb schnell. „Ich meine, einen Drink haben? Obwohl es schwierig werden könnte, einen Sitzplatz zu finden, bei dem Feierabendbetrieb hier."

Sein Vorschlag überraschte Mariah, und sie empfand so etwas wie Freude. Obwohl sie sich nichts anmerken ließ. „Das wäre nett."

Für einen flüchtigen Moment wirkte Jeb erstaunt, als ob er eine andere Antwort erwartet hätte. Dann nickte er, und fast als wäre es ihm nachträglich eingefallen, ließ er mit einer Handbewegung Mariah den Vortritt. „Nach Ihnen."

Mariah musterte die rustikale Umgebung mitsamt der dazu passenden Kundschaft, während sie in dem gerappelt vollen Raum nach einem freien Tisch Ausschau hielt. Sie war noch nie zuvor in diesem Lokal am Rande von Denison gewesen. Es zog offensichtlich Menschen aus einfacheren Verhältnissen an ... oder besser, die mit T-Shirt, Westernstiefeln und Cowboyhut bekleidete Masse, von einigen wenigen Baseballmützen abgesehen. Zapfbier schien das bevorzugte Getränk hier zu sein. Zigarettenrauch und der raue Beat von Countrysongs erfüllten die Luft, wodurch die Bar noch überfüllter wirkte, als sie eigentlich war.

Erdnussschalen knirschten unter den Sohlen ihrer Pumps mit den niedrigen Absätzen, während Jeb und sie sich den Weg durch das Gedränge bahnten. Die meisten starrten offen und ziemlich unverschämt auf ihre nicht hierher passende Kleidung, den Hosenanzug aus pfirsichblütenfarbenem Leinen und der cremefarbenen Bluse aus Naturseide.

Mariah zuckte zusammen, als Jeb sich zu ihrem Ohr herunterbeugte und ihr sagte: „Ich bin nur wenige Male hier gewesen, und ich hätte einen anderen Ort als Treffpunkt vorgeschlagen, aber mir wollte einfach nichts einfallen. Wissen Sie, ich komme nicht so oft in die Stadt." Er zögerte, ehe er hinzusetzte: „Wenn Sie möchten, können wir auch woanders hingehen, in ein Lokal, das mehr ... Sie wissen schon ... Ihrem Stil entspricht."

„Jedes Lokal in der Stadt ist um diese Tageszeit genauso überfüllt wie dieses", erwiderte Mariah.

Schließlich entdeckten sie einen winzigen Tisch weitab in der Ecke. Mariah setzte sich auf den Stuhl an der Wand und warf ihr langes Haar über die Schulter zurück. Erst kürzlich hatte sie damit angefangen, es gelegentlich offen zu tragen. Hastig erklärte sie: „Ich war bei einem Fußballspiel."

„Einem Fußballspiel?" Nur mühsam gelang es Jeb, sich auf den Stuhl neben ihrem zu quetschen. Ellbogen stießen zusammen, Knie berührten einander, Blicke trafen sich in unausgesprochener Entschuldigung, und Mariah wurde sich nur noch mehr der körperlichen Nähe dieses Mannes bewusst.

Das hatte sich also für sie beide nicht geändert. Jeb Albright hatte noch immer diese spürbar erotische Ausstrahlung, die sie bei ihm vom ersten Moment an wahrgenommen hatte. Aber was Mariah jetzt auffiel, war, wie stark diese Ausstrahlung auf sie wirkte. Auf einmal überfiel sie wieder die Befürchtung, dass so viel Sexualität gefährlich werden konnte.

„Der Sohn eines Klienten spielt in einer Junior-Fußball-Liga", erzählte Mariah und versuchte damit, ihren Gedanken zu entfliehen. „Und ich habe das Spiel auf Video aufgenommen. Beide Eltern arbeiten in Dallas, also ist es für sie nicht leicht, bei den Entscheidungsspielen dabeizusein."

Wieder warf sie mit einer Kopfbewegung ihr Haar über die Schulter zurück, während sie nicht ohne Stolz weitersprach. „Sich ein Video anzuschauen ist nicht dasselbe, wie dabeizusein, aber die Eltern erzählten mir, dass es ein Familienritus geworden sei, sich die einzelnen Spielphasen mit allen Kommentaren und sofortigem Playback anzusehen. Offensichtlich gefällt es auch dem Jungen sehr gut, sich später zusammen mit seinen Eltern selbst beim Spiel zu beobachten."

„Sie können sich durch so was tatsächlich einen Lebensunterhalt verdienen? Das Spiel des Kindes aufzunehmen, meine ich?", fragte Jeb, und sein Gesicht drückte Verwunderung aus ... oder Skepsis.

„Ich führe ein Dienstleistungsunternehmen. Und das bedeutet, wie ich bereits zuvor gesagt habe, dass ich mich auf die besonderen Erfordernisse meiner Klienten einstelle, um ihnen helfen zu können", antwortete Mariah pikiert, aber betont höflich.

Offensichtlich hatte Jeb ihren spröden Tonfall nicht mitbekommen, denn er hörte nicht auf, sie mit dem gleichen grüblerischen Ausdruck zu betrachten, was Mariah nur noch mehr provozierte.

„Kann ich Ihnen was zum Trinken bringen?" Eine Kellnerin in superkurzen Shorts mit trägerlosem Top stand neben ihrem Tisch.

„Ja, ich ..." Mariah blickte hoch und erinnerte sich plötzlich an einen Moment, der weit in der Vergangenheit lag. Einen Moment mit ihrem Exmann Stephen ... oder vielmehr an Stephen mit der gleichen Sorte Frau wie diese Kellnerin neben ihrem Tisch. Stephen und eine Truckstopp-Kellnerin mit aufgeplustertem Haar und üppigem Busen, eng umschlungen auf der Wohnzimmercouch.

Sie hob ihr Kinn und antwortete kühl: „Ein Mineralwasser, wenn es nicht zu viel der Mühe ist."

„Kein Problem." Die Kellnerin kritzelte die Bestellung auf eine Cocktailserviette, die auf ihrem Tablett lag, um sich dann an Jeb zu wenden. Mit der Handfläche auf dem Tisch lehnte sie sich zu ihm herüber und schenkte ihm ein extrem freundliches Lächeln. „Und für Sie, Darling?"

Jebs Wimpern zuckten bei der kurzen, aber scharfen Musterung des großzügigen Busenansatzes ... oder zumindest schien es Mariah so. Natürlich, er konnte es wohl kaum übersehen. „Dasselbe", verlangte er.

„Oh, bitte", warf Mariah ein. „Dass ich keinen Drink nehme, sollte Sie nicht davon abhalten, selbst einen zu bestellen."

Jeb blickte sie an, dann die Kellnerin. „Nein, danke."

„Wirklich, Sie müssen nicht meinetwegen verzichten. Warum wären Sie sonst in diese Bar gekommen, wenn nicht wegen des besonderen Angebots an Spezialbier?" Mariah faltete die Hände in ihrem

Schoß und lächelte ihn gewollt nachsichtig an. „Welcher Mann freut sich nicht auf ein oder zwei kalte Bier, nachdem er einen ganzen Tag mit Fischen verbracht hat?"

„Was meinen Alten angeht", scherzte die Kellnerin gutmütig, „der kann von Glück sagen, wenn er ein oder zwei Fische fängt, nachdem er einen ganzen Tag lang mit Trinken verbracht hat." Sie lachte über ihre eigene Schlagfertigkeit, aber Mariah sah sofort, dass Jeb es gar nicht spaßig fand. Ohne den geringsten Anflug eines texanischen Akzents in seiner Stimme sagte er, jedes Wort betonend, zur Kellnerin: „Zwei Mineralwasser, bitte."

Eingeschnappt zuckte sie mit den Schultern. „In Ordnung. Zwei Mineralwasser, kommt sofort."

Sie bahnte sich mit den Ellbogen ihren Weg sonst wohin und hinterließ die beiden in einem erneuten unbehaglichen Schweigen. Mariah schämte sich wegen ihrer kleinen Spitze gegen Jeb, während der peinliche Moment sich hinzog und Jeb verstohlen zum Ausgang blickte. Sie bedauerte es, aus Ärger so unsensibel gewesen zu sein. So ... scheinheilig, als ob sie nicht fähig wäre, zu verstehen, dass jemand solchen weiblichen Reizen leicht zum Opfer fallen könnte. Es hatte nichts mit ihr zu tun ... oder dem Erlebnis mit Stephen. Jeb Albright hatte etwas an sich, das sie einfach herausforderte. Dass es ihm genauso mit ihr ging, war ihr nicht verborgen geblieben.

Sie verstand das nicht. Und auf einmal wurde es für sie sehr wichtig, dass sie zumindest versuchte, es zu verstehen.

„Sagen Sie mir doch bitte: Was war so falsch an meinem Vorschlag, dass Sie sich ein Bier bestellen?"

Mit einer abrupten Bewegung wandte Jeb sich ihr zu, den einen Arm legte er auf die Lehne ihres Stuhls, den anderen stützte er auf den winzigen Tisch, sodass Mariah sich wie eingeklemmt fühlte. Sie brauchte gar nicht erst zu sehen, dass seine blauen Augen zornig blitzten, um zu wissen, dass Jeb wütend war. Er strahlte es aus.

„Ich trinke kein Bier", sagte er ruhig, „nicht einmal bei mir zu Hause. Das ist das eine. Das andere: Fischen ist mein Lebensunterhalt, und der hängt von meinem Ansehen ab. Ich kann mir nicht einmal den leisesten Anflug eines Zweifels daran erlauben, dass man mir das Leben der Menschen, die auf meinen Angeltouren mitkommen, anvertrauen kann. Drittens: Entgegen der allgemeinen Meinung, dass Angeltouren nur eine Entschuldigung für einen Haufen unzivilisierter Tölpel seien, den ganzen Tag Bier zu saufen, ist es eine seriöse Tätigkeit, und ich verbiete jede Art von Alkohol auf meinem Boot. Klar, jeder verbringt gern einen netten Tag am Wasser, aber ich habe schon zu viele Unfälle miterlebt, die durch Leichtsinn oder Unwissenheit verursacht worden sind. Wenn Alkohol ins Spiel kommt, dann garantiere ich Ihnen, dass jemand früher oder später Schaden erleidet."

Auch wenn Mariah immer noch nicht ganz verstand, was diesen plötzlichen Ausbruch verursacht hatte, so zuckte sie vor Jebs rechthaberischen Worten oder vor dem offenen Zorn in seinen Augen doch nicht zurück, auch wenn sie sich dadurch doppelt eingeengt fühlte, körperlich sowie emotional.

„Es war niemals meine Absicht, das, was Sie zum Lebensunterhalt tun, herabzuwürdigen, Jeb", sagte sie weich und wirklich überzeugt. „Genauso wenig wie Sie es wahrscheinlich mir gegenüber vorhatten, als Sie mich vorhin fragten, wie ich meinen Lebensunterhalt durch eine solche Dienstleistung verdienen könne."

Mariah konnte tatsächlich seinen aquamarinblauen Augen ansehen, dass er anfing zu begreifen. Sie schossen ihr keine bösen Blicke mehr zu. Das Gefühl, das sie ausdrückten, änderte sich. Es wurde zu Respekt. Auch wenn Jeb nur widerwillig seine Einstellung ihr gegenüber änderte, wie sein schiefes Lächeln zeigte, so war es doch immer noch Respekt.

Plötzlich störte sich Mariah nicht mehr an dem fast unerträglichen Geräuschpegel um sie herum. Sie fühlte sich auf seltsame Weise innerlich bewegt. Es war die Art, wie Jeb sie ansah. Sie hatte geglaubt, diesen Blick bereits zuvor bei ihm bemerkt zu haben … so als ob er das, was sie mit ihrem Unternehmen bezweckte, voll anerkennen würde, vielleicht sogar sie selbst. Das war es, worauf sie seit ihrer Scheidung in ihrem persönlichen und beruflichen Leben gehofft hatte.

„Ich entschuldige mich noch einmal, dass ich meine Frustration an Ihnen ausgelassen hatte", sagte Jeb schließlich mit gesenkter Stimme. „Ich habe Sie ganz sicher nicht hierhergebeten, um so etwas zu tun. Es ist nur so, dass …"

Ja, irgendeine dringende Absicht hatte ihn dazu getrieben, sie aufzusuchen. Mariah war sich jetzt sicher, dass hinter diesem Treffen ein anderer Grund steckte als nur der, das versprochene Buch für seine Nichte abzuholen. Ihre Neugier war geweckt wie auch die nicht ganz vernünftige Hoffnung, dass er sie brauchen könnte ... ihre Dienste, natürlich.

„Es ist nur so, dass wir sehr verschieden sind, nicht wahr?", beendete sie ihren Satz. Sie wollte die Kluft zwischen ihnen überbrücken. Um für sich selbst Klarheit zu haben, fügte sie hinzu: „Unterschiedliche Erziehung, unterschiedliche Lebenserfahrung, aber ..."

„Aber?" Seine blauen Augen waren erwartungsvoll auf sie gerichtet. Ihr fiel auf einmal die Redensart ein, dass die Augen das Fenster zur Seele seien. Nur hatte Jeb Albright wieder einmal die Vorhänge vorgezogen und die Jalousien heruntergelassen. Er gab sich nicht gern ganz zu erkennen.

Und wenn Jeb ihr in die Augen blickte? Was genau sah er da?

„Aber das bedeutet nicht, dass wir die Position des anderen nicht respektieren, nicht wahr?" Mariah sagte das zögernd. „Auch wenn wir einander nicht ganz verstehen ... oder übereinstimmen."

Jeb blieb ihr eine ganze Weile eine Antwort schuldig. Dann setzte er sich auf seinem Stuhl zurück, als ob er entmutigt wäre. Er nickte langsam. „Sie haben recht. Und wenn jemand sich in der Notlage sieht, eine andere Welt betreten zu müssen, bedeutet es noch lange nicht, dass er diese andere Welt ganz in sich aufnehmen muss, nicht wahr?"

Mariah wartete darauf, dass Jeb sich noch weiter äußerte. Aber auch nachdem ihr Mineralwasser gebracht wurde, verging eine ganze Weile, während der er sich darauf konzentrierte, sein Glas auf der Tischplatte hin und her zu schieben, ehe er sprach. „Ich nehme an, mir fällt es schwer, einzugestehen, dass Wiley recht hat. Ich brauche wegen Robin Hilfe."

Er hob sein Glas, trank aber nicht, sondern starrte nur mit zusammengezogenen Augenbrauen auf den Inhalt. „Einerseits sage ich mir, dass ich die Dinge laufen lassen sollte, dass ich sie nicht genug ändern könnte, um innerhalb von zwei Monaten eine Wendung herbeizuführen. Aber andererseits weiß ich auch, dass ich Robin verlieren könnte, wenn ich nichts tue ..."

Seine Finger umklammerten das Glas, und Mariahs Herz wurde schwer vor Mitgefühl. Ja, dieser Mann und seine Nichte hatten sie gleich beim ersten Mal ganz schön beeindruckt.

„Es ist überhaupt nicht sicher, dass das Gericht Robin den Babcocks zuspricht. Immerhin hat meine Nichte seit vier Monaten bei mir gelebt. Sie ist an die Umgebung gewöhnt, und der Anwalt sagte, dass die meisten Richter damit zögerten, einem Kind eine größere Veränderung zuzumuten. Aber er hat auch gesagt, dass es Richter gibt, die bei der Entscheidung für eine dauernde Bleibe großes Gewicht auf ein Zuhause legten, das den Verhältnissen entspricht, aus dem das Kind herkommt. In diesem Fall würde die Wahl wohl auf die Babcocks fallen. Das alles soll zum bestmöglichen Nutzen des Kindes geschehen, wie der Anwalt sagte. Und nur der Richter kann bestimmen, wer diesen Nutzen zum Besten des Kindes aufbringen kann."

Jeb hatte seine Augenbrauen zusammengezogen, während er fortfuhr. „Das Gericht hat einen vorläufigen Vormund bestimmt ... eine Sozialpädagogin, die etwa zwei Wochen vor der Verhandlung eine Untersuchung des Lebensstandards in den Haushalten der beiden Familien anstellen wird. Ich nehme an, der Richter legt großen Wert auf den Bericht der Sozialpädagogin, und sie wird sich genau in dem Umfeld, in dem Robin lebt, umschauen. Sie wird Gespräche mit Robin und mir führen, und ich denke auch mit Wiley, jedenfalls lautet so das Übereinkommen. Wie ich Ihnen beim ersten Mal bereits gesagt habe, ist es ziemlich sicher, dass ich für Robin bis dahin keine Mutter finde, die ihren weiblichen Einfluss auf meine Nichte ausüben könnte ... und die einem Richter den Eindruck vermitteln würde, dass das Mädchen in guten häuslichen Verhältnissen aufwächst. Aber jetzt denke ich, wenn ich der Sozialpädagogin zeigte, dass ich alles tun würde, um Robin eine gute Erziehung zu bieten, vielleicht wäre sie dann geneigt, die Sache wegen meiner Bemühungen günstig zu beurteilen und dem Gericht zu empfehlen, mir die Vormundschaft für Robin zu überlassen."

Endlich hob er den Kopf und sah Mariah in die Augen, und die Verzweiflung in seinem Blick bestürzte sie. „Und aus dem Grund muss ich Sie engagieren, Mariah."

Sie schluckte. „Tatsächlich?"

„Ja. Damit Sie mir mit Robin helfen. Nun, ich erwarte nicht, dass Sie in knapp zwei Monaten Wunder vollbringen." Er atmete tief ein. „Was ich meine, ist, dass Sie mir Anweisungen geben könnten, wie ich Robin dazu bringen kann, sich mehr wie ... sich mehr wie eine kleine Lady zu verhalten. Ich kann es nicht anders ausdrücken, obwohl das Wort ‚Lady' nach einer ziemlich arroganten Person klingt."

„Oh, ja", murmelte Mariah, dann fragte sie vorsichtig: „Eine Person, die so arrogant ist wie ich?"

„Ich weiß nicht, ob ich so etwas überhaupt beurteilen kann." Jeb nahm einen großen Schluck von dem Mineralwasser, als ob er die Röte, die sich auf seinen Wangen ausbreitete, dadurch vertreiben wollte. „Ich versuche nur, mich den Tatsachen zu stellen. Und eine Tatsache ist, dass ich bin, wer ich bin ... ein Mann, der von seinem Onkel aufgezogen worden ist, ohne jeglichen weiblichen Einfluss. Und ohne Sinn für Feinheiten. Das war alles recht schön und gut für meinen Bruder und mich ..." Seine Lider senkten sich kurz, als ob er einen tiefen Schmerz zurückdrängte. „... aber nicht für Robin. Deshalb komme ich zu Ihnen."

Nun begann Mariah ihrerseits, mit dem Glas Mineralwasser herumzuspielen. Sie stocherte mit dem Strohhalm zwischen den Eiswürfeln herum und konzentrierte sich darauf, Jebs scharfsichtigem Blick nicht zu begegnen.

Er wollte seiner Nichte beibringen, wie man eine Lady wird. Seltsam, dass gerade er dieses Wort gebrauchte. Auf einmal waren es nicht Jebs Worte, sondern Stephens, die in ihrem Kopf widerhallten. Du bist eine richtige Lady, Mariah. Eine wahre Südstaatenschönheit, genau die Art von Frau, die ich an meiner Seite haben will. Das war auch der Grund, warum ich dich geheiratet habe. Aber manchmal hat ein Mann gewisse ... Bedürfnisse. Bedürfnisse, die eine Frau, die so erzogen wurde wie du, nicht verstehen ... oder erfüllen kann.

Er hatte recht gehabt. Sie hatte es nicht verstehen können und würde es auch nie verstehen, wie ein Mann die Tatsache, dass er sie hintergangen hatte, als etwas vollkommen Natürliches, menschlich Verzeihliches rational erklären konnte.

Obwohl sie sich verletzt und verraten gefühlt hatte, war sie willens gewesen, die Ehe zu retten. Sie hatte Stephen vorgeschlagen, mit ihr herauszufinden, wie sie sich beide gegenseitig Erfüllung verschaffen könnten. Doch da hatte er sich plötzlich zuerst schockiert und dann missbilligend gezeigt. Wie könne sie nur auf einen solchen Gedanken kommen, hatte er gesagt. Sie sei seine Ehefrau, eine Lady, kein billiges Flittchen! Er wisse nicht, warum sie aus ihm einen Fahnenflüchtigen, einen Vaterlandsverräter zu machen suchte, nur weil er sich außerhalb der Ehe mit einem Mädchen abgab. Versorgte er sie nicht mit allem, was sie nur haben wollte? Hatte sie nicht die Möglichkeit, ihren Wohltätigkeitsarbeiten nachzugehen? Den Umgang mit Freunden ihres Standes? Geld, um zu kaufen, was immer sie haben wollte?

Aber sie hatte Stephens Geld oder den gesellschaftlichen Status nicht haben wollen. Sie hatte seine Liebe und seinen Respekt haben wollen, hatte erreichen wollen, dass er sie liebte für das, was sie war, nicht weil sie eine gewisse „Art von Frau" war.

Mariah beugte den Kopf, als fürchtete sie, Jeb könnte sie mit seinem forschenden Blick bei ihren Gedanken ertappen. Sie wusste tief in ihrem Herzen, dass sie so gehandelt hatte, weil sie es musste: So würdevoll wie möglich hatte sie sich von Stephen scheiden lassen. Sie hatte Dallas und ihren „Freundinnen", die jetzt in ihr einen weiblichen Single sahen, eine Gefahr für ihre eigenen Ehen, den Rücken gekehrt und war in die Umgebung von Sherman-Denison gezogen. Sherman-Denison hatte sie als Wohnsitz gewählt, weil er einen ausgezeichneten Markt versprach für ihr Serviceangebot „Saved by the Belle". Den Namen hatte sie aus Trotz gegen Stephen ausgesucht.

Wie auch immer, sie hatte diese Karriere gewählt, um sich selbst, mehr noch als Stephen, zu beweisen, woran sie stark glaubte: dass es in der heutigen Zeit noch immer Menschen gab, denen die traditionelle Lebensweise und die Wertvorstellungen der Südstaaten etwas bedeutete. Es war der Kulturkreis, aus dem sie stammte.

Und Jeb hatte offensichtlich begriffen, worum es ihr ging, und es sich für seine Nichte zu Herzen genommen. Deshalb hatte er sich mit ihr getroffen, um sie zu bitten, ihm bei der Erziehung des Kindes behilflich zu sein. Mariah war sich im Klaren darüber, dass damit sehr viel auf dem Spiel stand. Das Glück eines kleinen Mädchens.

„Ich weiß nicht, Jeb", sagte Mariah schließlich, sah ihn aber immer noch nicht an. „Ich kann nicht absehen, wie erfolgreich meine

Bemühungen sein werden. Wenn Sie es nicht schaffen, dass Robin Ihnen zugesprochen wird ..."

Sie wagte einen Blick auf ihn. Er starrte sie an, sein Kinn hatte er störrisch vorgeschoben. „Sie glauben nicht, dass ich es kann, nicht wahr? Sie denken nicht, dass ich es in mir habe, eine junge Lady aufzuziehen? Und Ihrer Meinung nach sollte ich es nicht einmal versuchen."

„Das habe ich damit nicht gemeint ...", widersprach sie.

„Wenn ich das Problem bin, dann gebe ich Ihnen mein Wort, dass ich Sie in Ihren Bemühungen unterstützen werde, so weit ich kann." Er schenkte ihr eins dieser schiefen Lächeln, wobei er nur einen Mundwinkel hochzog, und Mariah begriff schlagartig den wirklichen Grund für ihr Zögern. „Ich mag zwar ein wenig rau und ungeschliffen sein, aber ich weiß in etwa, was sich schickt, und ich verspreche Ihnen, dass ich mich daran halten werde." Er setzte die geballten Fäuste auf den Tisch und ließ sie auf der Broschüre ruhen, die er heute Abend zu seiner Nichte nach Hause bringen würde. „Ich weiß nur, dass ich mich in immer größerer Verlegenheit befinde, Robins Bedürfnissen nachzukommen. Nicht nur darin, ihr die Vorzüge einer besseren Erziehung zu ermöglichen, sondern in all dem, was ein ... ein heranwachsendes Mädchen braucht. Und darin darf ich nicht versagen."

Mariah starrte ihn hilflos an. Seine Entschlossenheit, zu tun, was immer getan werden musste, um seiner Nichte das Bestmögliche zu bieten, bewunderte sie. Wie hatte sie nur jemals von ihm geringschätzig denken können?

Ihre quälenden Gedanken mussten sich auf ihrem Gesicht gezeigt haben, weil Jeb sich nach vorn lehnte und seine Hände über den Tisch auf ihre zuschob. Doch kurz bevor er sie berührte, zog er sie wieder zurück.

„Nehmen Sie den Auftrag an", bat er mit leiser Stimme. „Bitte, Mariah."

Oh, ja, seine einfache Ehrlichkeit sprach sie an, und Mariah hätte ein Herz aus Stein haben müssen, um davon nicht beeinflusst zu werden. Doch schließlich war es nicht seine noble Absicht, die sie schließlich umstimmte. Nein, es war die Art, wie er ihren Namen gesagt hatte, mit tiefer Stimme, etwas schleppend und so ehrlich … Mariah.

„In Ordnung, Jeb. Ich helfe Ihnen und Robin. Oder ich versuche, mein Bestes zu tun, zumindest das. Ich muss Ihnen aber gestehen, dass ich überhaupt keine Ahnung habe, was als Nächstes passieren sollte. Aber ich nehme an, mir wird schon etwas einfallen." Sie lachte kurz auf. „Immerhin habe ich ja behauptet, dass ich mich mit meinen Diensten auf die persönlichen Bedürfnisse meiner Klienten einstelle."

Jeb konnte es nicht glauben. Er hatte Miss Scarlett O'Hara in eine billige Bar mitgenommen!

Er fuhr rücksichtslos, und die Gangschaltung in seinem Pick-up knirschte aus Protest. Er entspannte sich und gab Gas. Aber verdammt, es war wirklich nicht leicht, seinen Ärger einfach herunterzuschlucken, statt ihn an etwas auszulassen.

Während der Unterhaltung mit Mariah an diesem Abend hatte er bald erkannt, dass er insgeheim hoffte, ihr nicht den Vorschlag machen zu müssen, sie bei sich einzustellen. Es war verrückt, aber er hatte sich eingebildet, dass er und Mariah während dieses Treffens, bei dem sie ganz unter sich waren, herausfinden könnten, dass sie in vielem übereinstimmten.

Doch in seiner Einbildung hatte er die Kontrolle übernommen, hatte er sie gefragt, ob sie das Thema ihrer Einstellung bei einem gemeinsamen Essen behandeln könnten, und der Abend wäre auf die gleiche glatte Weise fortgesetzt worden. Und danach hätte er sie wahrscheinlich sogar zum Wagen begleitet, hätte sie dagegen gelehnt und hätte diese verführerischen, vollen, weichen Lippen so gekonnt geküsst, dass sie laut gefragt hätte, wie die Unterschiede zwischen ihnen noch von Bedeutung sein können, wenn dort auch noch diese unglaubliche Magie bestand.

Er hatte tatsächlich geglaubt, das würde genügen, um die Chance zu bekommen, mit Mariah an seiner Seite Robin zu behalten. Und … glücklich zu sein.

Ohne es zu wollen, schaltete er mit einem Ruck in den dritten Gang, und das nur aus dem Grunde, weil er sich in diesem Moment erinnerte, dass er wie ein Trottel dagesessen und kaum fähig gewesen war, zwei zusammenhängende Worte herauszubringen. Abgesehen davon, dass er plötzlich Mariah aus heiterem Himmel einen kleinen Vortrag darüber gehalten hatte, wie nobel seine Berufung zum Veranstalter von Angeltouren sei. Es hatte danach nicht mehr lange gedauert, bis es ihm völlig klar wurde, dass er mit seiner ersten Einschätzung recht gehabt hatte: Mariah fand ihn überhaupt nicht beeindruckend, auch wenn seine raue Schale sie irgendwie faszinierte ... die wohl behütete Miss und der Bursche aus dem Hinterland. Und zum Schluss hatte er diesen Vorteil schamlos für sich ausgenutzt, um das zu bekommen, was er wollte ... Ein Trick, auf den er überhaupt nicht stolz war.

Und doch konnte er es nicht völlig bereuen, dass er auf seinen Vorteil bedacht war. Er hätte noch viel mehr getan, um seine Chancen zu verbessern, damit er Robin behielt. Nicht, dass dieser Plan einen solchen Ausgang garantieren würde.

Er musste einfach daran glauben, dass Mariah fähig wäre, ihm zu helfen. Wenn er Robin behalten wollte, blieb ihm keine andere Wahl, als Mariahs besonderen Service in Anspruch zu nehmen ...

Und wieder verspürte Jeb dieses süße Verlangen, das ihn auch vorhin überwältigt hatte, als er mit Mariah zusammen war. Denn er sah sie plötzlich vor sich, so wie sie heute ausgesehen hatte. Ihr zimtfarbenes Haar offen, die großen mandelförmigen Augen, die in dem trüben, schummerigen Licht in der Bar auf ihn gerichtet waren. Mariah hatte seltsam unnahbar und doch gleichzeitig zugänglich auf ihn gewirkt, so unendlich weise, und doch unschuldig. Vorsichtig, und doch voller Sehnsucht nach Berührung und nach Vertrauen.

Höchstwahrscheinlich sah er diese Gegensätze in ihr, weil sie ihrem Unternehmen so einen verrückten Namen gegeben hatte. „Saved by the Belle" ... Errettet von der Südstaatenschönheit ... Es rief in ihm das Bild einer Treibhausblume hervor, die sogar unter der grellen Sonne der Südstaaten nicht dahinwelkte. Der Ausdruck Magnolie aus Stahl fiel ihm ein. Er bezeichnete eine Frau, die Stärke und zugleich Liebenswürdigkeit ausstrahlte. Eine Frau, an die sich die Menschen wandten, um Rat und Unterstützung zu finden, auch wenn sie selbst Schutz nötig hatte. All die Liebe und den Schutz, den ein Mann ihr geben konnte ...

Es war eine unbeschreibliche Dummheit, zu veranlassen, dass er Mariah wiedersehen würde. Aber wenn sie Robin helfen könnte, würde es das wert sein. Und er tat dies allein für Robin.

„Na, wer's glaubt, wird selig", schnaubte Jeb.

Das Getriebe stöhnte aus Protest. Diesmal ließ er den Gang drin, da er eine gerade Strecke fuhr, die ihn zu Bubba J.'s führte. Das hielt Jeb allerdings nicht vom Fluchen ab, weil das Getriebe seines Trucks so empfindsam war. Oder weil Wiley sich eingemischt und sie allesamt in diese Klemme gebracht hatte.

Und ihn am meisten von allen.

5. KAPITEL

Ungläubiges Staunen. Mariah konnte es Jeb ansehen, dass er sich wie ein Mann fühlte, der vor einem Erschießungskommando stand und keine Ahnung hatte, was er getan hatte. Ungefähr so: Wie bin ich hier hineingeraten, und was um alles in der Welt muss ich tun, um hier wieder herauszukommen? Andererseits kannte sie keinen Mann, der es besonders genoss, einem Raum voller kichernder elfjähriger Mädchen gegenüberzustehen.

Aber Jeb fand sich damit ab, als Robin ihn beim Arm fasste und in den kleinen Wohnbereich zog, wo ihre Geburtstagsparty stattfand … und wo ein totales Chaos zu herrschen schien. Die kleinen Mädchen, die vor einer halben Stunde eingetroffen waren und die kommende Nacht hier verbringen wollten, schienen sich hauptsächlich damit beschäftigt zu haben, ihre Schlafsäcke und ihre Taschen mit dem Schlafzeug einfach fallen zu lassen, um sich aufgeregt zu begrüßen.

Doch allmählich ließ die Aufregung nach, wie Mariah bemerkte, die in der vom Wohnbereich durch eine Theke getrennten Küche stand. Scheu und nicht ohne Stolz stellte Robin der Gruppe von fünf Mädchen ihren Onkel vor.

„Und das ist Kary Dukes, und das ist Daisy Underwood." Als sie damit fertig war, strich sie sich eine Locke hinter das Ohr. Das war eins der ersten Dinge, die Mariah in ihrer neuen Rolle bewirkt hatte: Sie hatte Robin eine neue Frisur verpassen lassen. Sie trug das Haar zwar noch immer offen, aber der Pony machte die Züge ihres ein wenig eckigen Gesichts weicher. Mit großer Spannung erwarteten die Mädchen für später eine Einführung in das Haarflechten. Mariah hatte es ihnen versprochen.

Doch es war Jeb, der den Gastgeber spielte und die Rolle beider Eltern übernahm, und er tat es vorbildlich, wie Mariah fand. So wie er jetzt auf die Vorstellungszeremonie einging, zum Beispiel. „Du bist sicher die Tochter von Art Underwood. Ich habe deinen Dad und ein paar seiner Kollegen von der Bank mal auf eine Angeltour mitgenommen. Wenn ich mich recht erinnere, hat er ein Prachtexemplar von zwanzig Pfund gefangen."

Daisy stöhnte dramatisch. „Oh, Mr Albright, Dad redet immer

noch davon!“ Dann kicherte sie. Offensichtlich waren selbst heranwachsende Mädchen nicht gefeit gegen Jeb Albrights blaue Augen.

Aber Jeb bemerkte es nicht. Er hatte sich bereits wieder Robin zugedreht, genauso wie sie sich ihm zugewandt hatte ... eine Geste, die Mariah in den letzten Wochen bereits des Öfteren bei den beiden bemerkt hatte und die sie als das Warten auf Bestätigung bezeichnete. Zuerst war ihr das aufgefallen, als sie und Jeb das Mädchen zum Einkaufen mitgenommen hatten. Robin brauchte passende Kleidung, die ihre beschränkte Auswahl an T-Shirts und Jeans und die geliebten Cowboystiefel ergänzen sollte. Nach einigem Zögern hatte Robin ihre Freude daran entdeckt, sich hübsche Kleidungsstücke auszuwählen, einschließlich des mintgrünen legeren Tops zu den grün und weiß karierten Leggings, die sie heute trug. Dann hatte sie zu Jeb hinaufgeschaut, um von ihm die Bestätigung zu bekommen, dass er das, was sie gerade gewählt hatte, auch bejahte. Und er hatte diesen Blick zurückgegeben. Es schien Mariah, als ob beide es sich sehr wünschten, im Sinne des anderen das Richtige zu tun.

Die starke Zuneigung zwischen diesem Mann und seiner Nichte erschütterte Mariah. Und wieder einmal fragte sie sich, wie sie den beiden helfen könnte.

Mariah und Jeb waren übereingekommen, dass sie zwei Mal die Woche nach Texoma herausfuhr. Sie traf um die Zeit ein, wenn Robin aus der Schule kam, und blieb bis fünf Uhr nachmittags. Mehr von ihrer Zeit konnte Jeb sich nicht leisten. Außerdem war es mitten in der Hochsaison, die von ihm alles abverlangte, was er geben konnte. Wie Mariah bald herausgefunden hatte, arbeitete er während dieser Jahreszeit sieben Tage die Woche. Er verließ jede Nacht um zwei Uhr das Bett und kehrte frühestens um sieben Uhr abends von der Arbeit zurück.

„Wie viele Stunden muss ich das noch durchstehen?“, murmelte Jeb in ihr Ohr, und Mariah zuckte mächtig zusammen. Sie drehte den Kopf und fand ihn dicht hinter sich. Mit seinen breiten Schultern füllte er fast die winzige Küche aus, während er um sie herumgriff und nach einem Partyhäppchen langte. Er lehnte sich mit der Hüfte gegen den Küchenschrank und kaute nachdenklich, während Mariah bemüht war, die Salsa, die sie aus dem Glas in eine Schüssel füllte, nicht über den Arbeitstisch zu verschütten. Irgendwie schaffte Jeb es immer wieder, ihr das Gefühl zu geben, zwei linke Hände zu haben.

Heute Abend roch er weder nach Tümpelwasser noch nach einem zu strengen Aftershave, sondern nach einem sauberen, maskulinen Mann. Sein Haar war noch immer feucht von der Dusche und nach hinten gekämmt, bis auf einige Strähnen, die ihm in die Stirn bis zu den Augenbrauen fielen.

„Wie spät ist es überhaupt? Halb sieben?“, plapperte Mariah drauflos. „Partyhäppchen und Tacos werden um sieben serviert, die Geschenke werden kurz darauf geöffnet. Kuchen und Eiscreme um acht oder so. Stecken Sie den Leihfilm in den Apparat, während die anderen essen. Das bedeutet, dass es während der folgenden zwei Stunden relativ ruhig sein wird. Dann folgen ein oder zwei Spiele.“

Jeb schluckte hörbar. „Und man erwartet, dass ich daran teilnehme?“

Mariah versuchte, ihr Lächeln nicht zu zeigen. Es blieb beim Versuch. „Du liebe Güte, nein. Von Ihnen erwartet man, dass sie für Essen und Trinken sorgen und ansonsten außer Sichtweite bleiben, bis auf die ein oder zwei Male, die Sie aus Ihrem Schlafzimmer herauskommen und die Mädchen ermahnen, still zu sein. Allerdings bezweifle ich, dass Sie sich Letzteres merken müssen. Der Lärm wird ohrenbetäubend sein.“

Er zog eine Augenbraue gespielt skeptisch hoch. „Tatsächlich?“, fragte er über das Getöse hinweg, das aus dem Wohnbereich drang. Doch es schien nicht, als ob er sich daran besonders störte. „Sie haben wirklich Großartiges geleistet mit der Vorbereitung für diese Party. Ich bin ein wenig überrascht, wirklich.“ Er wies auf die Häppchen, die Tacos und die Salsa. „Ich denke, ich habe mit so einer Art Teeparty gerechnet, mit weißen Handschuhen oder Ähnlichem. Aber das, was jetzt so abläuft, scheint genau richtig für Robin zu sein, Mariah.“

Wie bereits in den vergangenen Wochen des Öfteren, so geschah es auch diesmal. Sie hielt unbewusst den Atem an, wenn Jeb ihren Namen auf diese ihm eigene sinnliche Weise aussprach … Mariah … „Ich kann mich eben auf andere einstellen.“ Sie konnte nicht anders, sie musste ihn daran erinnern.

„Das können Sie wirklich“, gab Jeb ohne Weiteres zu. „Nun,

es sieht ganz danach aus, dass Sie meine Aufgabe für den heutigen Abend ganz genau umrissen haben und ich mich nur daran zu halten brauche. Wenn Sie jetzt gehen müssen …"

„Ich habe den Mädchen versprochen, neue Frisuren mit ihnen auszuprobieren." Mariah ordnete unnötigerweise einen Stapel Servietten. „Mir macht es nichts aus, länger hierzubleiben, auch ohne Bezahlung."

„Das wäre sehr schön." Sie glaubte, aus seiner Stimme Freude herauszuhören. „Übrigens, was hat es mit dieser Übernachtung der kleinen Schwätzerinnen auf sich? Es scheint eine ganze wichtige Einrichtung unter kleinen Mädchen zu sein."

„Sie wissen das nicht?" Mariah warf ihm einen ungläubigen Blick zu.

„Was soll ich wissen?"

„Es geht hier hauptsächlich darum, dass man herausfindet, wer am längsten wach bleibt."

„Soll das bedeuten, dass das hier die ganze Nacht so weitergeht?", fragte Jeb gewollt entsetzt und rollte die Augen.

Mariah konnte nicht anders. Sie fing an zu kichern, genauso wie die kleinen Mädchen es taten. Jeb lachte leise. Seine weißen Zähne schimmerten in dem gebräunten Gesicht.

Dann blickte er ein wenig verdutzt, doch recht erfreut drein, dass es ihm gelungen war, Mariah zu belustigen. Nun ja, Mariah war an Stephens Art von Humor gewöhnt, und Stephen neigte mehr zu sarkastischer Untertreibung als zur Neckerei. Wie hatte er diese Kellnerin nur interessant finden können, fragte sie sich nicht zum ersten Mal. Aber natürlich, geistreiche Konversation war nicht gerade das, wonach es Stephen drängte, wenn er mit einer Frau zusammen war. Mehr nach oberflächlichem Nervenkitzel.

War es vielleicht das gewesen, was sie beim Blick in Jebs blaue Augen empfunden hatte?

Verwirrt griff Mariah nach den Schüsseln mit der Salsa und den Tacochips und wandte sich abrupt ab, um beide auf die barähnliche Theke zwischen Küche und Wohnbereich zu stellen. Sie wollte nicht, dass Jeb die plötzliche Röte in ihrem Gesicht sah.

Als sie aufschaute, fing sie Robins neugierigen Blick auf, der dem ihres Onkels so ähnlich war und der sie daran erinnerte, dass sie nicht hier war, um sich von ihrem Arbeitgeber betören zu lassen.

„Wie wäre es, wenn wir uns jetzt mit dem Flechten von Zöpfen beschäftigten und ihr euren Snack später bekommt?", fragte Mariah zerstreut und wappnete sich innerlich bereits gegen die schrille Zustimmung der Mädchen, die auch prompt kam.

Später, während Mariah sich im Hintergrund hielt und die Party mit all den geplanten Aktivitäten ihren Lauf nahm, dachte sie darüber nach, was Robin wohl von ihr oder ihrer Tätigkeit hier hielt. Sie und Jeb hatten dem Mädchen nur einen Teil der Wahrheit erzählt: dass Mariah hier sei, um Jeb anzuleiten, wie er einem Mädchen ein gutes Zuhause bieten könne. Und so hatte Robin ohne Murren dem Vorhaben zugestimmt. Sie wurde zum Musikunterricht eingeschrieben, und Jeb hatte sogar ein Klavier gemietet, das einen übermäßig großen Teil in dem bereits vollgestellten Wohnbereich einnahm. Mariah hatte auch Wert darauf gelegt, dass das Mädchen Manieren lernte. Und da Robin bis vor fünf Monaten auf eine eher traditionelle Weise aufgezogen worden war, hatte Mariah, was diesen Teil ihres Programms anging, wenig Schwierigkeiten.

Mariah hatte ihr auch beigebracht, wie sie ihre Umgebung verschönern könnte. Angefangen hatten sie mit Robins Zimmer, und das Mädchen war mit Begeisterung an die Sache herangegangen, hatte für die Tapete ihre Lieblingsfarben Tiefblau und Weiß gewählt, was Mariah ungemein beruhigt hatte. Aber sobald Mariah einen Vorschlag zu irgendeiner Änderung gemacht hatte, blickte Robin zuerst ihren Onkel fragend an, ob er auch damit einverstanden sei. Mariah hatte den Verdacht, Robins Begeisterung könnte eher darauf zurückzuführen sein, dass sie ihren Onkel erfreuen wollte, und nicht so sehr auf ihre Freude an hübschen Dingen.

„Müde?", fragte Jeb und schreckte Mariah aus ihren Überlegungen auf. „Warum fahren Sie nicht nach Haus? Ich denke, dass ich es von jetzt an ganz gut alleine schaffe."

Sie blickte in den Wohnraum, wo die Mädchen ihr Dessert aßen und sich den Videofilm „Betty und ihre Schwestern" ansahen, nachdem sie ihre Geschenke Robin gegeben hatten. Sie hatte einige wirklich außergewöhnlich hübsche Sachen bekommen. Von Jeb erhielt sie eine ganze Schlafausstattung, vom Bettlaken über eine Steppdecke bis zum Kopfkissen in ihren Lieblingsfarben Blau und Weiß. Jeb hatte Mariah gebeten, sein Geschenk für Robin auszuwählen. Mariah hatte den wechselnden Ausdruck auf Robins Gesicht beobachtet. Zuerst war sie entzückt gewesen, dann nachdenklich, dann unsicher.

Irgendwie hatte Mariah das Gefühl, dass sie trotz alledem versagt hatte.

„Ich … ich nehme an, dass ich tatsächlich ein wenig müde bin", gab sie zu. Sie blickte zu ihm auf. „Sie sehen selbst ziemlich erledigt aus, und Sie müssen morgen sehr früh wieder auf den Beinen sein."

Wiley hatte sich bereits zurückgezogen. Er hatte sich angeboten, Jebs frühen Job auszuführen und die Angelhaken mit Ködern zu versehen. Auf diese Weise konnte Jeb bis ungefähr fünf Uhr schlafen. Das war gewöhnlich die Zeit, zu der die Kunden morgens zum Angeln erschienen. Der Plan sah vor, dass Wiley anschließend die Mädchen mit Frühstück versorgte, und zwar sollte es Waffeln geben, und danach sollte er sie davon abhalten, irgendwelche Dummheiten anzustellen, bis die Eltern am Nachmittag kommen würden, um sie abzuholen.

„Es ist alles nicht so schlimm", wehrte Jeb mit einem Schulterzucken ab. „Robin hat wirklich Spaß an dem Ganzen, und das ist die Hauptsache. Ich finde, der Abend war ein Erfolg … finden Sie nicht auch?"

„Solange Sie zufrieden sind … Nur das allein zählt", wich Mariah aus, holte ihre Handtasche und ihren Ordner und sehnte sich plötzlich danach, mit ihren Gedanken allein zu sein.

Aber das sollte nicht sein. „Warten Sie. Ich bringe Sie zum Wagen."

Mariah ging Jeb voraus und trat hinaus in die kühle, feuchte Luft, bei der sich ihre innere Unruhe ein wenig legte. Es hatte am Tage geregnet, aber der Himmel war jetzt klar und tiefblau, mit einem runden Mond, der wie immer gelassen auf die Erde herabschaute. Die silbrigweißen Sterne mit ihrem zuckenden Licht schienen wie unzählige flackernde Kerzenflammen.

In diesem Umkreis gab es noch Harmonie. Einfache, ganz reale Harmonie. So empfand es jedenfalls Mariah.

Etwas Kaltes und Feuchtes berührte ihre Fingerspitzen. Auch als sie erkannte, dass es nur Lucys Nase war, hatte es sie so erschreckt, dass sie die Hand mit einem Ruck zurückzog und auf den Verandastufen stolperte.

Jeb war da, um sie vom Fallen abzuhalten, und seine Berührung versetzte sie nur noch in eine größere Verwirrung. Sie entzog sich seinem Griff und machte ein paar Schritte weg von ihm. Sie schwiegen, und nur ihre Schritte waren zu hören, als sie auf ihren Wagen zugingen.

Doch als Mariah den Wagen erreichte, öffnete sie nicht die Tür.

„Ist etwas nicht in Ordnung, Mariah?", fragte Jeb hinter ihr.

Sie schüttelte den Kopf. „Nein, eigentlich nicht. Außer ... es scheint mir nur so, dass diese Party uns nicht sehr viel näher an Ihr Ziel gebracht hat, aus Robin eine kleine Lady zu machen."

„Nun ja, darin mögen Sie recht haben. Aber ich denke, dass es Robin in einem anderen Bereich geholfen hat. Es ist gut für sie, dass sie sich hier zu Hause fühlt, dass sie ihre Freundinnen einladen kann, wann immer sie will, ohne dass Wiley oder ich beim Anblick von einem Haufen Mädchen im Wohnwagen die Flucht ergreifen."

Mariah fand, dass Jeb sehr aufmerksam war, eine solche Entwicklung zu erkennen. Aber sie fragte sich, ob er ebenfalls bemerkt hatte, wie wichtig es für Onkel und Nichte schien, sich dem anderen in den eigenen Wünschen und Bedürfnissen ganz unterzuordnen.

Noch ehe sie das Gespräch darauf bringen konnte, fuhr Jeb fort: „Das bringt mich übrigens auf etwas, was ich mit Ihnen schon länger bereden wollte."

Sie blickte ihn abwartend an. Er stand nur knapp zwei Schritte vor ihr, die Finger hatte er in die Vordertaschen seiner Jeans gesteckt, sein Gesicht drückte in dem schwachen Licht der Verandalampe Erleichterung aus. „Ja?"

„Ich will mehr, als nur Robin zeigen, dass sie bei mir und Wiley ein Zuhause hat, oder versuchen, aus ihr eine Lady zu machen. Ich möchte immer für sie da sein." Er räusperte sich, sein Blick war auf einen Punkt hinter Mariahs Schulter gerichtet.

Mariah erkannte plötzlich, dass sie aus sehr persönlichen Gründen das, was ihm wirklich am Herzen lag, aus den Augen verloren hatte.

Und wieder einmal ermahnte sie sich im Stillen, von dem, worauf es ankam, nicht abzuweichen. Sie hatte diesen Abend eine Aufgabe zu erfüllen gehabt, und sie sollte sich auf ihren Klienten einstellen ... und auf das, worauf er Wert legte.

„Ja?“, fragte Mariah wieder.

„Wie soll ich’s formulieren? Ja, als ich Robin heute in ihrem neuen Outfit sah und Sie ihr Haar in einen dieser komplizierten Zöpfe geflochten haben, hat es mich halbwegs umgeworfen, weil Robin plötzlich so erwachsen wirkte. Und ich bin kein so ignoranter Tölpel, um nicht zu wissen, dass Robin bald den Jungs auffallen wird, und ich will nicht, dass Robin so rein gar nichts weiß über ... ja, nun ... Sie wissen schon.“ Mit einem Anflug von Ungeduld wandte er den Kopf zu Seite, seine Finger hatte er noch immer in den Vordertaschen seiner Jeans stecken, die Schultern waren nach oben gezogen. „Über Sex“, fügte er dann hinzu.

„Oh! Natürlich.“ Mariah wurde rot, jedoch nicht aus Verlegenheit, sondern aus Ärger über sich selbst. Sie hätte selbst daran denken müssen, mit Robin über diese Dinge zu reden, und nun hatte Jeb die Sache zur Sprache gebracht. Warum also hatte sie so etwas Wichtiges nur unterlassen?

„Sie haben absolut recht“, erwiderte sie in ihrem besten förmlichen Tonfall. „Ich werde mich als Nächstes erkundigen, welche Bücher dieses Thema für Jugendliche am besten behandeln.“

„Um die körperliche Seite geht es mir dabei eigentlich gar nicht so sehr.“ Sein jetzt direkter und steter Blick hielt ihren fest. „Sicher, ich möchte, dass sie vorbereitet wird auf all die möglichen Veränderungen, die sie durchmachen wird, aber ich möchte sie vor allem wissen lassen, dass sie mit all ihren Fragen und mit all ihren Problemen, die für sie entstehen könnten ... ob physische oder emotionale ... zu mir kommen kann.“

In seinem Blick glaubte Mariah zu erkennen, dass Jeb insgeheim großen Schmerz empfand. „Ich möchte nur nicht, dass Robin verletzt wird, Mariah. Ich weiß, dass ich noch eine Menge lernen muss, aber ich lasse Robin in dieser Hinsicht nicht im Stich.“

Jeb war wirklich bewundernswert. Dieser schlichte Mann mit seinem einfachen Traum, für seine Nichte eine Zufluchtsstätte zu schaffen ... Wie könnte sie ihm nur beibringen, dass er damit im Wesentlichen einen Fehler begehen würde? Mariah wusste aus eigener Erfahrung, welche Gefahren ein solch behütetes Dasein mit sich brachte. Sie selbst war in einer relativ abgesonderten Umgebung aufgewachsen, hatte fast die längste Zeit ihres Lebens eine Privatschule für Mädchen besucht und war dann aus der Geborgenheit ihres Elternhauses geradewegs in die Ehe gegangen, hatte eigentlich, bis sie erwachsen war, nie die Gelegenheit bekommen, zu entdecken, wie die Welt dort draußen wirklich war.

Sie lehnte sich mit der Hüfte gegen die Autotür, drückte den Ordner an die Brust, während sie darüber nachdachte, wie sie dieses Thema angehen sollte.

„Ihre Entschlossenheit ist lobenswert, Jeb, und ich helfe Ihnen gern, jedenfalls so weit ich es kann, Ihr Ziel zu erreichen. Doch ich fürchte, sosehr Sie es auch wünschen, Robin zu beschützen, dass Sie nur begrenzt etwas tun können ... oder sollten."

Seine blauen Augen blitzten streitsüchtig auf. „Sie meinen, weil ich nur irgendein dummer Hinterwäldler bin, der nicht die leiseste Ahnung davon hat, was in einer Frau vorgeht?"

„Nein!", entgegnete Mariah heftig, dann seufzte sie ungeduldig auf. Sie würden nichts dabei erreichen, wenn sie sich sofort wieder gegeneinander zur Wehr setzten. Ihr ging es darum, dass Jeb verstand, was sie wirklich sagen wollte. „Ich meine, es gibt einfach im Leben einige Riten – ich wüsste nicht, wie ich es sonst bezeichnen sollte –, auf die Robin niemand vorbereiten oder sie davor beschützen kann. Sich verlieben und enttäuscht werden gehört zum Beispiel dazu."

Das gedämpfte Geräusch eines in der Ferne vorbeifahrenden Zugs durchbrach die absolute Stille. Irgendwie war es ein trauriger, ein einsamer Laut. Diese Unterhaltung bewegte sich auf einer Ebene, die Mariah nicht erforschen wollte. Sie war einfach nicht dafür bereit. So fiel sie wieder einmal in ihr förmliches zweites Ich zurück ... oder genauer, in die Person, zu der sie erzogen worden war. Mit steifer, unpersönlicher Stimme fuhr sie fort: „Mein Vorschlag wäre, dass Sie eine Lehrerin, die Robin mag und der sie vertraut, bitten, noch einmal die Sache mit den Bienen und den Blumen durchzunehmen und auf diese Weise eine Grundlage für ein offenes Gespräch zu schaffen.

Aber es sollte auf alle Fälle eine Frau sein, zu der Robin bereits ein Vertrauensverhältnis aufgebaut hat, die für Robin entweder Beraterin oder Mutterfigur ist."

Ja, dachte Mariah, sie war hier, um einen ganz bestimmte Job zu erledigen, und sonst nichts. Sie würde nicht die Gelegenheit haben, mitzuerleben, wie Robin sich aufmachte, um ihre ersten eigenen Erfahrungen mit dem anderen Geschlecht zu sammeln. Sie würde nicht hier sein, um sie zu trösten, von Frau zu Frau, wenn sie verletzt und mit gebrochenem Herzen nach Hause kam.

Konnte sie Jeb wirklich dafür tadeln, dass er Robin davor bewahren wollte?

Jeb stemmte eine Faust gegen die Türscheibe, nahe ihrer Schulter. „Wollen Sie damit sagen, dass Robin mit Lisas Schwester Anita besser dran wäre?"

„Nein, das wollte ich auf keinen Fall sagen. Aber es gibt etwas, was Sie für Robin tun könnten. Sie könnten ihr helfen, eine Selbstachtung zu entwickeln, die sie in ihr Erwachsenenleben herübernehmen könnte. Das ist die beste Basis für einen gesunden Umgang vor allem mit dem anderen Geschlecht. Sie könnten ihr beibringen, dass sie etwas ganz Besonderes ist und dass sie deshalb den größten Respekt eines Mannes verdient. Sie sollte sich niemals mit Geringerem zufriedengeben und sollte niemals das Gefühl bekommen, dass an ihr etwas nicht stimmt, ganz gleich, was es sein mag ..."

Mariah hielt inne, und ihr wurde bewusst, wie unklug sie gesprochen hatte und wie viel sie wieder einmal von sich preisgegeben hatte. Aber sie bedauerte es nicht, denn solche Gedanken auszusprechen half ihr dabei, ihre eigenen Gefühle für Stephen zu erkennen und auch zu begreifen, was in ihrer Beziehung falsch gelaufen oder vielleicht niemals richtig gewesen war.

Sie starrte auf seine zur Faust geballte Hand neben ihrem Kopf. Die Hand sah so groß aus, so ungeeignet für eine Aufgabe, die so viel Fingerspitzengefühl erforderte wie das Flechten von Zöpfen, und doch hatte Jeb nicht gezögert, es zu tun.

Für den Bruchteil einer Sekunde wurde Mariah von Eifersucht ergriffen. Dann legte sie die Hand auf Jebs Faust, um ihre nächsten Worte zu unterstreichen. „Tatsache ist, dass ich niemanden kenne, der besser geeignet wäre, Robin diese Einstellung zu sich selbst zu vermitteln. Zum Beispiel könnten Sie ihr dabei helfen, für sich selbst Grundsätze aufzustellen, und ihr beibringen, an diesen Grundsätzen immer festzuhalten, niemals davon abzuweichen, nicht einmal für einen Moment …"

Ihre Stimme erstarb, als sie Jeb ansah. Seltsam, aber er wirkte fast … böse.

„Sie glauben also, dass ich ihr wahrhaftig ein Beispiel geben könnte?", fragte er.

Mariah schüttelte den Kopf über seinen Tonfall. „Natürlich. Das habe ich ja gerade gesagt. Weil Sie …"

„Ich kann sie also zum Beispiel davon abhalten, Beziehungen einzugehen, die auch nur ein kleines bisschen unter ihrem Niveau sind." Er starrte gezielt auf Mariahs Hand, die auf seiner lag.

Mariah zog verwirrt die Hand zurück.

„Aber natürlich", fuhr Jeb in seinem sinnlich gedehnten Tonfall fort. „Aber natürlich, wie sollte Robin wissen, was sie will … oder auch nicht will … wenn sie es nicht selbst ausprobiert hat …"

„Was … was soll das nun bedeuten?" All ihre bisherigen Gedanken waren vergessen, als Jeb auf ihren Mund blickte. Es traf sie wie ein Schlag. Jeb wollte sie küssen!

Mariah drückte sich alarmiert mit dem Rücken an ihren Wagen, aber Jeb hatte es wohl als Einladung aufgefasst. Er stützte nun auch die andere Hand neben ihrer anderen Schulter gegen die Scheibe der Autotür, schloss Mariah buchstäblich auf die gleiche Weise ein, wie er es hinter dem winzigen Tisch in der Bar in Denison getan hatte. Ihr kam der Verdacht, dass die Gründe dafür, dass Jeb sie zu ihrem Wagen begleitet hatte, nicht unbedingt mit seiner Nichte zu tun hatten, sondern eher noch mit etwas anderem. Ein Schauer ergriff sie bei der Vorstellung, dass er sie so unwiderstehlich finden könnte, um die Gelegenheit, sie zu küssen, auszunutzen …

Und sie würde es zulassen, dass er sie küsste … aus Gründen, die nur sehr wenig damit zu tun hatten, dass sie ihm oder Robin helfen wollte.

Dann berührte sein Mund ihre Lippen … ein kühler, leichter Druck zuerst, dann heiß und hart, als Jeb sie hitzig küsste. Und Mariah küsste ihn wieder, genauso glühend, genoss seinen Geschmack, kräftig und würzig. Sie atmete seinen Duft ein, eine Mischung von Seife und heißblütigem Mann. Sein Haar, das ihm in die Stirn gefallen war, streifte ihre Wangen in einer kitzelnden Liebkosung. Seine muskulösen Schenkel drückten sich gegen ihre und erweckten in Mariah die Sehnsucht nach mehr.

Jebs Küsse waren unglaublich … feurig und voller Leidenschaft.

Erst als er ungeduldig aufstöhnte, bemerkte Mariah, dass sie ihren umfangreichen Ordner noch immer gegen die Brust gepresst hielt und so verhinderte, dass sich ihre Körper noch enger aneinanderschmiegten. Jebs Lippen gaben ihre nicht frei, während er die Hand zwischen sie schob, den Ordner aus ihrem Griff befreite und ihn auf das Autodach warf … als ob dieser Gegenstand etwas Überflüssiges wäre. Als ob er nicht die Ergebnisse ihrer Arbeit enthielte.

Sogar als Mariah mit den Fingern durch Jebs Haar fuhr und seinen Kopf zu sich herunterzog, damit ihre Lippen noch enger verschmelzen konnten, ärgerte sie sich über ihn. Saved by the Belle. Jeb hatte sich darüber lustig gemacht, weil sie daran glaubte, dass sie ihre persönliche Lebensanschauung verkaufen könnte. Aber die Dienste, die sie den Menschen zur Verfügung stellte, waren nicht materieller Art oder genau bestimmbar … Ihr Arbeitsfeld unterschied sich grundlegend von seinem, und zwar dadurch, dass in seinem Beruf ziemlich klar umrissen war, welchen Nutzen der Kunde durch Jebs Fachkenntnis erwarten konnte. Doch auch diese Gedanken wurden von einem heftigen körperlichen Verlangen verdrängt, das nur durch vollkommene Hingabe gestillt werden konnte.

Ein Verlangen, von dem Stephen gesagt hatte, dass sie es nie verstehen würde. Ein Verlangen, dem sie, wie sie jetzt erkannte, unbewusst niemals hatte nachgeben wollen.

Mit einem unterdrückten Protestlaut unterbrach sie den Kuss und versuchte sich aus Jebs Umarmung zu lösen, bis er sie schließlich freigab.

„Ich muss … ich muss gehen“, brachte sie hervor.

Sie tastete nach dem Türgriff, riss die Autotür auf und flüchtete sich in den Wagen. Zu spät erinnerte sie sich an ihren Ordner mit dem Terminkalender. Das verflixte Ding lag noch immer auf dem Autodach. Mariah war versucht, es auch dort liegen zu lassen, es zuzulassen, dass es bei der ersten Kurve herunterrutschte und in den Büschen verschwand, während sie in die Nacht brauste.

Offensichtlich sah Jeb, in welche Richtung ihr Blick ging, weil er den Ordner herunterholte, die Feuchtigkeit darauf an seinen Jeans abwischte und ihn ihr dann durch das geöffnete Fenster überreichte. Sein Gesicht drückte Argwohn und Wachsamkeit aus.

Vollkommen verwirrt flüchtete Mariah sich wieder in den Schutz ihres förmlichen anderen Ichs. „Ich bin am Dienstag wie üblich um drei Uhr hier, für Robins Unterweisung. Bis dahin … guten Abend."

Ohne auf eine Antwort zu warten, startete Mariah den Wagen und fuhr davon.

Jeb wartete nicht darauf, dass er die Schlusslichter von Mariahs Wagen in der Dunkelheit verschwinden sah, während er hinterherstarrte wie ein verträumter Esel. Nein, kam gar nicht infrage. Diesmal nicht.

Er machte auf dem Absatz kehrt, pfiff Lucy herbei und ging hinunter zu dem Dock. Seine Schritte hallten auf den Brettern wider, als er sich an die Arbeit machte, sein Boot zu überprüfen und sicherzustellen, dass auch sonst nichts von dem fehlte, was er für den morgigen Angelausflug brauchte.

Zu dumm, dass es ihm nicht möglich gewesen war, dem Drang zu widerstehen, Mariah zum Wagen hinauszubegleiten, um einen Moment allein mit ihr zu sein. Aber er war von ihr an diesem Abend so gefangen genommen gewesen … nicht nur von ihrem sinnlichen Körper, ihrer zarten Haut, ihrer weiblichen Art, sich zu bewegen. Na klar, auch das hatte ihn ganz schön gereizt. Aber im Grunde waren ihre Bemühungen, Robin einen schönen Geburtstag zu bereiten, und ihr Eingehen auf die Sehnsüchte des Mädchens die Dinge gewesen, die ihn an ihr fasziniert hatten.

Der Ausdruck ihrer braunen Augen, als er Mariah zum Lachen gebracht hatte, hatte auf ihn eine entwaffnende Wirkung gehabt. Er hatte dabei das Gefühl gehabt, dass er ihr tatsächlich etwas zu bieten hatte, etwas, das über die oberflächliche sexuelle Anziehung hinausging, die er anfangs auf sie ausgeübt hatte. Ja, er konnte sich noch gut an ihren neugierigen Blick erinnern, als sie sich das erste Mal begegnet waren ... auf diese Weise hatte ihn vor vielen Jahren schon einmal eine andere Frau angesehen.

Er kam zu dem Schluss, dass Mariah zu der Sorte Frauen gehörte, die Männer wie ihn unwiderstehlich fanden, auf rein körperlicher Ebene. Es war die Faszination, die ein Bauarbeiter oder ein Handwerker auf diese Frauen ausübte, weil er etwas anpacken konnten, weil er mit einem Werkzeugkasten etwas anzufangen wusste oder mit einem reparaturbedürftigen Wagen. Oder mit einer Frau. Ein Mann für alle Lebenslagen. Alle Dienstleistungen wurden mit einem Lächeln auf den Lippen und ohne hässliche Komplikationen erledigt.

Jeb hatte sich gewünscht, dass es bei Mariah ein wenig tiefer ginge. Hatte gehofft, in dieses unbekannte Gebiet hereingelassen zu werden, die Gedanken einer Frau, ihre Neigungen und ihre Lust erforschen zu können. Überhaupt wollte er verstehen, was sie von einem Mann emotional erwartete.

Mit einem unterdrückten Fluch sprang Jeb zurück auf das Dock, wo er sich hinsetzte, die Füße über dem Wasser baumeln ließ und die Arme zu beiden Seiten aufstützte. Lucys Pfoten tappten über das Holz, als sie auf ihn zukam. Sie lehnte sich wie ein intimer Freund über ihn und versuchte, sein Gesicht abzulecken. Ein scharfer Geruch ging von ihr aus.

„Worin hast du dich bloß wieder gerollt, Mädchen?“, fragte Jeb, als er den Arm hob, um Lucys erdrückende Zuneigung abzuwehren. Er wusste nicht, wie Lucy es schaffte, aber manchmal stank sie zum Himmel hinauf. „Gleich morgen früh bekommst du ein Bad.“

Aber was würde mit heute Nacht sein? Er war einfach noch nicht so weit, in den Wohnwagen zurückzukehren und Robin gegenüberzutreten. Er scheute davor zurück, sich damit auseinanderzusetzen, wie zwecklos es war, Robin bei sich behalten zu wollen und sie nicht Anita Babcock zu überlassen. Er war ja nur ein Hinterwäldler und lebte auch so.

Was ihn aber an diesem Tag wirklich getroffen hatte, war die Ähnlichkeit zwischen Robin und Lisa ... und Anita. Robins neue Frisur hatte diese Ähnlichkeit hervorgebracht. Und er erkannte, wie Robin einen Teil ihrer Erziehung würde entbehren müssen, ganz gleich, wem die Vormundschaft zugesprochen werden würde. Es war wichtig, dass Robin verstand, wie entgegengesetzt die Kinderstuben ihrer Eltern gewesen waren. Er wusste davon, weil er Ähnliches erfahren hatte.

Es war für Jeb niemals ein Problem gewesen, seinen Vater in Erinnerung zu behalten. Jeden Tag gab es Augenblicke, in denen er ihn in Wiley wiedererkannte. Und so stellte er sich vor, dass Robin ihren Dad in ihm selbst sah. Aber seine Mutter ... sie war mittlerweile völlig aus seiner Vorstellung verschwunden, wahrscheinlich weil niemand sie ihm ersetzt hatte. Es hatte keine Frau gegeben, auf die er seine zärtlichen Gefühle hätte übertragen können. Er hatte in seinem Leben keine Mutterfigur gehabt, nach deren Beispiel er sich hätte richten können, um für Robins Bedürfnisse mehr Verständnis zu haben.

Und wieder stellte er sich die Frage, ob das Mädchen nicht tatsächlich besser bei ihrer Tante aufgehoben wäre.

Aber nein, dieser Gedanke gefiel ihm ganz und gar nicht, und er wehrte sich heftig dagegen. Ist es denn wirklich meine innerste Absicht, in Robins Interesse zu handeln? überlegte er. Oder hing sein Vorhaben, Robins Lebensart verfeinern zu wollen, vielleicht doch mit weniger edlen Motiven zusammen ... etwa damit, dass er diese alte Geschichte zwischen sich und Anita irgendwie verarbeiten wollte?

Er hatte Anita damals auf Codys und Lisas Hochzeit kennengelernt. Zwischen ihnen hatte sofort eine Anziehung bestanden ... eine sehr starke Anziehung, obwohl es nur beim Flirten geblieben war. Dann, ein Jahr später, als er siebzehn war, hatte er seinen Bruder Cody, der im letzten Jahr am College war, dort besucht. Es war eines dieser Wochenenden gewesen, an dem das College Highschool-Schüler im letzten Schuljahr einlud, damit sie sich mit dem Campus und dem ganzen Studienprogramm bekannt machten, um herauszufinden, ob dieses College ihnen für ihr bevorstehendes Studium zusagte. Cody hatte sich sehr gewünscht, dass Jeb sich für ein Collegestudium entscheiden würde, aber sogar damals schon hatte Jeb gewusst, was er wollte. Doch er war willens gewesen, sich das Ganze anzuschauen, vor allem, da er auf diese Weise mit seinem älteren Bruder, den er sehr bewunderte, und seiner jungen Frau die Zeit verbringen konnte. Und mit Anita, die gerade ihr erstes Semester hinter sich hatte.

Er hatte sich Hals über Kopf in Anita verliebt.

In den folgenden Monaten besuchte er Cody und Lisa bei jeder Gelegenheit, die sich ihm bot. Aber in Wirklichkeit kam er, um Anita zu sehen. Sie war die erste Frau, mit der er geschlafen hatte. Und Jeb hatte das Gefühl genossen, dass sie ihn auch wollte. Verflixt, er hatte sich allerhand auf seine Eroberung eingebildet. Er hatte gesehen, wie es mit Cody war ... wie stolz er war, eine Lady wie Lisa eingefangen zu haben.

Nachdem er seinen Abschluss an der High School gemacht hatte, bat er Anita, ihn zu heiraten. Er sagte, dass er auf sie warten würde, bis sie das College beendete. Er wusste, dass er einer Frau, die an feinere Dinge gewöhnt war, nur wenig an Materiellem bieten könnte, aber er versicherte ihr, dass er sie von ganzem Herzen liebe und immer hart arbeiten wolle, um sie glücklich zu machen. Auch ihre Kinder würden das bekommen, was auf dieser Welt am meisten zählte: ihre Liebe.

Anitas Reaktion war nicht allzu begeistert. Nein, antwortete er auf ihre Frage, er werde nicht in die Fußstapfen seines Bruders treten und zum College gehen und später zur Universität. Er sei ein Veranstalter von Angeltouren. Sein Herz und sein Zuhause wären in Texoma.

Darauf hatte sie ihm gesagt, dass er verrückt sei, auch nur davon zu träumen, sie könnte je in einem Wohnwagen an einem See leben, und das mit ihm und seinem Onkel zusammen. Während er mit gläsernem Blick und offenem Mund dagestanden hatte, hatte sie erklärt, dass sie sich nie wirklich etwas aus ihm gemacht habe, in ihm nur eine interessante Ablenkung gesehen habe, einen ungeschliffenen Hinterwäldler, der ihr auf angenehme Weise die Zeit vertrieb ...

Jeb machte die Augen zu und schloss die Nacht aus, versuchte die Erinnerung an dieses erniedrigende Gespräch zu verdrängen. Es hatte ihn zutiefst getroffen. Er hatte darüber niemals mit Cody gesprochen, hatte ihn niemals danach gefragt, was Anita ihm und Lisa erzählt habe. Und sie beide hatten offensichtlich gedacht, dass es im besten Interesse für die Zukunft aller Beteiligten sei, alles so laufen zu lassen, wie es lief. Jeb hatte es auch Wiley niemals erzählt, obwohl er wusste, dass sein Onkel das Wesentliche erfasst hatte. Sonst hätte Wiley nicht Mariah für ihn hergeholt.

Und er, Jeb, war sofort darauf angesprungen!

Aber dann waren da noch Mariahs Worte, ihr Urteil über ihn, dann ihre Hingabe unter seiner Berührung und dann ihre Zurückweisung. Und das machte Jeb so sicher, dass sie nicht die gleichen intensiven, komplexen Empfindungen für ihn hegte, die er allmählich für sie empfand.

Gedankenverloren rieb er sich mit dem Daumen über die Unterlippe, erinnerte sich an das Gefühl ihrer weichen, vollen Lippen unter seinem Mund, daran, wie sie sich an ihn drängte, um den Kuss zu vertiefen. In diesem Augenblick hatte er den Eindruck gehabt, dass er ihr sehr nahe gewesen war und auch ein wenig ihre Sehnsüchte befriedigt hatte … körperlich sowie emotional.

Und nur vorübergehend … wie bei Anita?

„Ja, richtig", murmelte er. Aber immerhin, seine Schritte waren nicht mehr ganz so schwer, als er zum Wohnwagen zurückging, mit Lucy auf den Fersen.

6. KAPITEL

Mariah wusste in dem Moment, wo sie ihren Wagen neben dem Wohnwagen parkte, dass etwas nicht in Ordnung war. Als ob er bereits auf sie gewartet hätte, trat Jeb auf die Veranda, sobald sie in die Auffahrt eingebogen war. Sein Gesicht war angespannt, die sonst so klaren blauen Augen waren getrübt. Robin, die ihr immer entgegengelaufen kam, war nirgendwo zu sehen.

„Was ist los?", fragte Mariah, während sie aus dem Auto stieg.

Jeb wies mit dem Kopf auf den Wohnwagen hinter sich. „Sie hat sich entschlossen, an unserem Plan nicht teilzunehmen."

„Warum das?"

„Sie sagte, dass ihr nichts mehr Spaß mache. Der Klavierunterricht sei langweilig, sie lese lieber Comicbücher als die Klassiker, sie lehnt es ab, irgendeins der neuen Kleider zu tragen, weil sie nur von Lucy ‚besabbert' werden, wie sie sagt. Oh, und diese Haarspangen, die Sie ihr zum Geburtstag geschenkt haben. Ich habe sie im Abfalleimer gefunden. Und das ist noch nicht alles. Sie folgt mir und Wiley wie ein kleiner Hund, als ob sie Angst hätte, von uns getrennt zu werden."

Jeb fuhr sich mit der Hand frustriert durch das zerzauste Haar. „Ich hoffe wirklich, dass Sie wissen, was hier vor sich geht, weil ich das nämlich absolut nicht begreife." Er warf ihr einen verzweifelten Blick zu. „In zwei Wochen kommt die Sozialpädagogin, um sich umzuschauen. Liegt es an mir? Mache ich etwas falsch?"

Auf einem Baum in der Nähe saß ein Eichhörnchen, schlug mit dem buschigen Schwanz wie verrückt hin und her und lockte so Lucy herbei.

„Oh, das glaube ich nicht, Jeb." Mariah versuchte Lucys überschwängliche Begrüßung abzuwehren und war eigentlich froh, noch ein wenig davon abgehalten zu werden, die Treppe zur Veranda hinaufzugehen. Jebs Anblick hatte sie ganz zittrig gemacht und ihr gezeigt, wie sehr sie körperlich auf ihn reagierte.

Es waren zwei Wochen vergangen, seit er sie geküsst hatte, und während dieser Zeit hatte Mariah noch härter als zuvor gearbeitet, um mit Robin zu einem befriedigenden Ergebnis zu kommen. Die Fortschritte, die sie gemacht hatte, waren erkennbar, wie Mariah gemeint hatte, und der Mühe wert. Und nun musste sie entdecken, dass sie doch nicht ans Ziel gekommen war, sondern es ganz kräftig verfehlt hatte.

Mariah versuchte, sich in die Gedanken einer Elfjährigen hineinzuversetzen.

„Ich glaube", sagte sie schließlich, „dass Robin so reagieren musste. Wir haben sie überfordert mit den Intensivkursen auf allen möglichen Gebieten. Wir haben ihre Welt vollkommen umgekrempelt, bis sie nicht mehr wusste, was oben oder unten war." Sie lächelte bedauernd. „Nichts bringt ihr mehr Spaß."

„Nicht nur Robin fühlt sich so", murrte Jeb. „Mir ist der Spaß auch vergangen. Ich biete ihr so halbwegs alles, was ein Mädchen in ihrem Alter sich nur wünschen kann, und sie rümpft ihre kleine Nase und wendet sich davon ab."

„Da haben Sie das typische Verhalten für ein heranwachsendes Mädchen", sagte Mariah, und Jeb warf ihr einen durchdringenden Blick zu, ehe er den Mundwinkel zu diesem schiefen Lächeln hochzog, das so typisch für ihn war. Auch diesmal verfehlte es nicht seine Wirkung auf Mariah. Dieses wunderbare Prickeln ...

Sie wandte sich schnell von ihm ab.

„Also, wie sollen wir uns jetzt Robin gegenüber verhalten?", fragte Jeb.

Mariah stützte das Kinn auf den Ordner, den sie mit beiden Armen umschlungen vor sich hielt, und dachte nach. Ihr Blick wanderte zum Dock hinüber und zu dem schlanken Boot daneben, das im Wasser tanzte.

„Ich habe eine Idee. Sagen Sie Robin, dass Sie mich zum See mitnehmen, um mir das Angeln beizubringen, und wenn sie Lust habe, könne sie mitkommen."

„Zum Angeln?", hakte Jeb verblüfft nach. „Aber ich dachte, dass wir Robin gerade von dieser Tätigkeit wegbekommen wollten und ihr mehr ... Sie wissen schon ... Dinge, die typisch für Mädchen sind, beibringen wollten."

Mariah zog die Augenbrauen hoch und blickte ihn herausfordernd an. „Mädchen können doch auch Touren für Angler leiten, oder nicht? Genauso, wie jeder von uns das tun kann, was er gern tun möchte."

Sie stellte ihm absichtlich und vielleicht ein wenig provokativ dieselbe Frage, die sie an Robin gerichtet hatte, an jenem ersten Tag, als sie dem Mädchen und Wiley begegnet war. Und wie damals bezog sie sich damit nicht nur auf Robins oder gar auf Jebs Fähigkeiten, sondern auch darauf, dass sie selbst ebenfalls das Bedürfnis hatte, ihren Horizont zu erweitern.

Es war ihre Überzeugung, dass jeder Mensch so gut wie alles in Angriff nehmen konnte, wenn er es nur wollte.

Jebs Augen waren wieder wachsam auf sie gerichtet. Offensichtlich misstraute er ihrem Vorsatz. Und als er dann leichthin murmelte: „An mir soll's nicht liegen, ich mache mit", und in seinen blauen Augen plötzlich etwas aufblitzte, das ihr durch und durch ging, fragte Mariah sich, ob sie sich da nicht auf ein Wagnis eingelassen hatte.

Eine Dreiviertelstunde später fuhren Jeb, Mariah, Robin und sogar Lucy im Motorboot auf den See hinaus. Als Erstes hatte Jeb Mariah zu Bubba J.'s mitgenommen, um ihr eine Genehmigung zum Angeln zu verschaffen. Im Stillen fragte er sich noch immer, was Mariah mit ihrem Vorschlag wirklich bezweckte. Aber diesmal würde er einfach abwarten. Mal sehen, wer von ihnen beiden den Spielablauf bestimmen würde.

Natürlich gab es da auch noch Wiley. Als er das Formular für die Angelgenehmigung ausgefüllt hatte, hatte er nicht viel mehr als „Sie geben sich große Mühe, Mariah, nicht wahr?" gesagt. Aber sein Gesichtsausdruck hatte Bände gesprochen. Jeb konnte nur hoffen, dass er allein es bemerkt hatte. Obwohl er sich fast durch seine Reaktion verraten hatte, als sein Onkel sich von Mariah mit den Worten verabschiedet hatte: „Vergessen Sie ja nicht, sich nach Jeb zu richten, Mariah. Er bietet Ihnen die beste Chance, selbst einen großen Fisch zu fangen."

Doch Jeb bedauerte es nicht, in diese Situation hineingeraten zu sein, was immer auch dahinterstecken mochte. Er hatte sich lange nach der Gelegenheit gesehnt, Mariah zu zeigen, was er für seinen Lebensunterhalt tat, und nun war der Augenblick gekommen.

Mit einer Gelassenheit, die nur nach langjähriger Erfahrung kam, steuerte Jeb das Boot zu einem bestimmten Punkt, stellte den Motor ab und ließ es ausgleiten, bis es stoppte. Den Anker ließ er so langsam ins Wasser, dass es sich kaum kräuselte. Der Bug des Bootes zeigte in den Wind.

An dieser Stelle des Sees traf das flache Wasser auf das tiefe, deshalb eignete sie sich besonders gut zum Angeln. Es war hier auch besonders hübsch, vor allem jetzt, um die Mittagszeit herum. Ein vertrauter lehmiger Geruch wurde von der Brise herangeweht. Es war ein angenehmer, erdiger Duft. Die Sonne prallte vom Steilufer aus Kalkstein ab, und das Wasser, in dem sich der wolkenlose Himmel widerspiegelte, hatte eine tiefe saphirblaue Färbung angenommen. Um diese Zeit war Jeb besonders gern hier draußen auf dem See.

„Also", sagte er, während er eine Angelrute von dem Gestell gleich neben dem Motor heraussuchte. „Jetzt wollen wir doch mal sehen, ob wir dieser Landratte zeigen können, wie man angelt. Erste Regel, Robin?"

„Du musste deinen Fisch und seine Gewohnheiten kennen", antwortete seine Nichte brav vom Sitz am Bootsrand. Die Arme hatte sie um Lucys Hals gelegt. Eine leuchtend orangefarbene Schwimmweste, die das Gesetz für Kinder unter zwölf vorschrieb, ließ ihre Arme und Beine noch länger und dünner erscheinen.

„Und was bedeutet das?", fragte Mariah. Sie saß auf einem der befestigten Stühle und wirkte nicht gerade so, als ob sie bereit wäre, sich in dem schwankenden Boot zu erheben.

„Es bedeutet erstens, dass man wissen muss, bei welchem Köder der Fisch gern anbeißt." Jeb holte aus der Dose einen Köder und brachte ihn gekonnt am Haken an, während er weitersprach. „Dann muss man wissen, wo der Fisch sich aufhält, sowohl saisonbedingt als auch abhängig von der Tageszeit. Im Augenblick haben wir nicht die beste Zeit zum Angeln. Die ist in den kühleren frühen Morgenstunden, weil die Fische zu der Zeit am aktivsten und hungrigsten sind. Während der Hitze am Tag lassen sie sich einfach treiben. An dieser Stelle wird der See noch vom Fluss gespeist. Fische lieben diese Übergänge."

Jeb streckte Mariah die Angelrute hin. Sie stand zögernd auf, nahm sie behutsam entgegen und umklammerte sie mit beiden Händen. Jeb wunderte sich erneut, welchen Plan sie heute verfolgte, wenn es überhaupt ein Plan war.

„Wollen Sie das wirklich?“, fragte er.

Ihre braunen Augen blitzten auf. „Ja.“

„Nun gut. Sie können Ihr Gleichgewicht besser halten, wenn Sie die Füße auseinandersetzen, sich dann ein wenig vorbeugen und das Gewicht auf die Ballen verlagern.“

Er wünschte sich, er hätte daran gedacht, ihr ein Paar Shorts und ein T-Shirt aus der Fundkiste im Bootshaus anzubieten. Mariah würde sich das hübsche Kleid und die feinen Schuhe nur ruinieren. Zumindest hatte er ihr eine Schirmmütze geben können, die ihr aber ein wenig zu groß war. Mariahs zimtfarbenes Haar fiel ihr auf die Schultern und ließ sie so jung wie Robin erscheinen ... bis auf die verführerisch langen Beine, die der kniefreie Rock unbedeckt ließ. Es war das erste Mal, dass Jeb die Gelegenheit hatte, ihre Beine so genau zu betrachten, und sie waren so gut geformt wie der Rest ihrer Figur. Ihre Haut würde innerhalb kurzer Zeit durch die Sonne knallrot werden.

Er beugte sich vor, um aus einem eingebauten Fach eine Creme gegen die Sonne herauszuholen. „Hier. Sie sollten zuerst dies hier auftragen.“

„Oh, ja.“ Sie blickte an sich herunter. „Guter Gedanke.“

Guter Gedanke, aber ein schlechter Schachzug, dachte Jeb. Weil er nun dastand, die Angelrute für sie hielt und ihr zusah, wie sie Creme auf ihren schlanken Beinen verteilte und verrieb. Erst als er den Blick hob, erkannte er, dass er hingestarrt hatte ... und dass Mariah es bemerkte hatte.

Mit einem Zurechtzupfen seiner Schirmmütze und einem Blick auf das Unterwasserortungsgerät ordnete er an: „Wir gehen zehn Züge runter. Sie drücken auf den Knopf, lassen die Stationärrolle los, bis sie auf etwa zehn Armlängen herausgezogen ist, dann drehen Sie den Schnurfangbügel zurück, damit die Rolle einrastet.“

Ungeschickt kämpfte Mariah darum, Jebs Anweisungen zu befolgen, und verlor fast die Angel im Wasser. Jeb hätte ihr helfen können, wenn er sich dicht hinter sie gestellt hätte, um mit seiner Hand ihre zu umgreifen und zu führen. Aber er würde sich nicht dieser offensichtlichen Masche bedienen, um einen Vorwand zu haben, ihr nahe zu sein.

„Ich weiß was. Robin, warum nimmst du dir nicht eine Angel und zeigst Mariah, was ich meine?"

Robin war mit einem kleinen Hüpfer an Mariahs Seite, und bald ließen sie den Köder bis genau zu dem Bereich hinunter, wo Jeb Fische vermutete.

Mariah sah immer noch so ungeschickt aus wie ... nun, wie eine Südstaatenschönheit auf einer Angeltour. „Halten Sie die Angel mit beiden Händen. Und halten Sie die Angelspitze in Bauchhöhe. Und um Himmels willen, stehen Sie nicht flach auf den Füßen, sonst erleben Sie eine Überraschung", betonte Jeb.

„Was meinen Sie damit?", fragte Mariah.

„Ich meine damit, dass Fische im Allgemeinen mit dem Köder nicht bloß herumspielen. Sie beißen an und machen sich gleich davon und nehmen Haken, Rute und die Bleikugeln gleich mit."

Entschlossen umgriff Mariah die Angel und nahm die Haltung eines geübten Kapitäns ein. Und wie gut, dass sie es tat. Denn im nächsten Moment zuckte die Angel ruckartig tiefer ins Wasser. Mariah stieß einen überraschten Schrei aus.

Wie der Blitz war Jeb an ihrer Seite, und trotz seines Entschlusses kurz zuvor umschloss er mit den Fingern ihre Hand, um mit aller Macht die Angel ruckartig zurückzuziehen. „Halten Sie die Angel hoch. Ja, so ist es gut, Mädchen, nun roll's ein. Es fühlt sich ganz so an, als hätten Sie einen stolzen Fang gemacht."

„Schon? Ich habe doch gerade erst angefangen." Mariah drückte den Griff der Angel gegen ihren Magen und drehte die Kurbel der Rolle. Innerhalb von wenigen Sekunden tauchte ein vierzig Zentimeter langer Fisch aus dem Wasser auf. Seine silbernen Flanken blitzten in der Sonne, während sein Schwanz heftig hin und her peitschte.

Jeb ergriff Mariahs Angel, um den Fisch zurück ins Wasser fallen zu lassen und ihn gleich wieder einzufangen. Jeb hielt ihn zwischen Daumen und Zeigefinger am unteren Kiefer fest geklemmt, was den Fisch davon abhielt, sich wie verrückt zu winden. Mit einer Ruhe und Leichtigkeit, die von den vielen Jahren der Praxis herrührten, zog Jeb aus seiner Rücktasche eine kleine Drahtzange und entfernte den Haken aus dem Maul des Fischs.

„Juhu!" Er hielt ihn mit einem breiten Lächeln hoch. „Kein Rekordfang, aber ich schätze, er hat seine guten zwanzig Pfund."

Mariah starrte auf den Fang. „Das war so ... leicht. Ist das alles, was man tun muss, um einen Fisch zu fangen?"

Jeb fühlte, wie sein Lächeln auf den Lippen erstarb. Enttäuschung ergriff ihn, und er tadelte sich selbst dafür. Er hatte mit seinen Fachkenntnissen angeben wollen, und nun stand er da. Woher hatte er bloß diese idiotische Idee gehabt, dass er Mariah beeindrucken könnte, wenn er ihr bewies, wie gut er in seinem Beruf war.

Noch bevor er etwas erwidern konnte, fiel Robin ein. „Das ist alles, wenn man sich von meinem Onkel Jeb zu der Stelle bringen lässt, wo die Fische auch anbeißen. Und wenn man von ihm lernt, das richtige Angelgerät auszuwählen und die Angel mit dem richtigen Köder zu versehen."

All dies sagte Robin mit Respekt und nur mit einem kleinen Anflug eines milden Verweises. Jebs angeschlagenes Selbstwertgefühl erholte sich wieder ein wenig.

„Ah, ja", murmelte Mariah und wandte ihren nachdenklichen Blick von dem Mädchen zu Jeb. „Ich wollte mich nicht über die Fachkenntnis und Geschicklichkeit, die es gebraucht hat, diesen Fisch einzufangen, so einfach hinwegsetzen. Es tut mir leid, Jeb."

Er zuckte die Schultern und beschäftigte sich mit dem Fang. „Ist schon okay."

Dann hörte er, wie sie scheu bat: „Ich würde es gern wieder versuchen, wenn ich darf."

Er warf ihr einen prüfenden Blick zu und sah, dass sie es ehrlich meinte. „Ich denke, ich könnte Ihnen als Nächstes zeigen, wie man mit einer anderen Art von Angelrute arbeitet", schlug er vor. „Das Fischen an der Wasseroberfläche, so wie wir es gleich versuchen werden, erfordert etwas mehr technisches Verständnis."

Er holte eine andere Angelrute aus dem Gestell und überreichte sie Mariah.

„Was ist die zweite Regel beim Angeln, Robin?", fragte er.

„Konzentration", antwortete das Mädchen wie aus der Pistole geschossen. „Konzentration und ... oh ja, Konzentration."

Robin grinste ihn an. Natürlich, diese Regeln hatte er so oft wiederholt, dass sie ihr bereits wie eine Litanei vorkommen mussten.

„Das ist richtig. Haben Sie das verstanden, Mariah?"

Zu seiner Freude salutierte sie ihm mit einem übermütigen Lächeln.

Jeb lächelte sie auf die gleiche gutmütige Weise an. Er war ihr dankbar. Robins Verhalten hatte sich so wunderbar geändert, und er hatte keine Ahnung, wie Mariah es fertiggebracht hatte. Aber er war froh darüber. Im Augenblick zeigte Robin mit großem Eifer Mariah, wie sie mit der Angelrute umzugehen hatte. Jeb konnte es kaum glauben, dass es dasselbe Mädchen war, das noch vor zwei Stunden das Kinn trotzig vorgestreckt und ihnen erklärt hatte, das es keine Lady sein wolle und ihre Bemühungen ablehne. Fast war er so weit gewesen, diesen ganzen Plan aufzugeben.

Wenn es nur ein Anfall von Rebellion oder sogar Ungehorsam gewesen wäre, hätte Jeb gewusst, wie er mit der Situation umzugehen hatte. Was ihm richtige Angst eingejagt hatte, war etwas ganz anderes gewesen. Robin war in diesem Augenblick ganz Anita gewesen, unzugänglich und stolz und überheblich.

Das Letzte, was er sich wünschte, wäre, dass sie sich zu einem Snob entwickelte! Sicher gab es Wege, um sie davon abzuhalten, ihrer Tante nachzukommen. Ihre Mutter war anders gewesen. Lisa hatte so wunderbare Eigenschaften gehabt wie Anmut und Güte, Rücksichtnahme und Aufmerksamkeit, innere Kraft und Klugheit und Anständigkeit.

Oder waren das die Eigenschaften, die er in Mariah sah?

Er wurde bei seinen Überlegungen unterbrochen, als Mariah ihn fragte: „Wie war es für Sie und Ihren Bruder, hier in Texoma aufzuwachsen?"

Wieder fragte er sich, warum sie sich wohl dafür interessierte. „Natürlich war das für uns Jungs großartig, hier aufzuwachsen. Wir waren wie Tom Sawyer und Huck Finn, nur mussten wir nicht die Schule schwänzen, um Angeln zu gehen. Es war unser Geschäft, herauszufinden, was hier in diesem Wasser anbiss und wo. Es war einfach himmlisch für zwei kleine Jungs. Zumindest war es das für mich."

„Und wie war es mit Dad?", fragte Robin.

Jeb stellte einen Fuß auf den Rand des Bootes. „Cody war wohl nicht so besonders interessiert am Angeln. Seine Sache war da schon eher der Mechanismus von der Boots- und Angelausrüstung. Er nahm einmal eine Teleskoprute auseinander und untersuchte die Einzelteile, um herauszufinden, wie sie funktioniert, oder er bastelte am Boot herum.“

„Was ist eine Teleskoprute?“, fragte Mariah, die pflichtbewusst ihre Aufmerksamkeit auf das Angeln richtete und konzentriert auf ihre Unterlippe biss. Jeb fühlte sich wider Willen zu ihr hingezogen.

„Eine Teleskoprute ist eine Angel mit einem Weitwurfring.“ Er wies auf eine solche Angel. „Man gebraucht sie, wenn man in bestimmten Tiefen angeln möchte, um den Köder in die Zonen hinunterzulassen, wo die Fische sich gerade tummeln. Teleskopruten sind teuer, aber sie sind notwendig. Fast so notwendig wie ein gutes Sonargerät während der heißen Sommermonate, wenn die Fische sich in den tiefen, kühleren Wassern lümmeln. Das war auch der Grund, warum Wiley schließlich Cody verboten hat, sich seinem alten Boot auch nur zu nähern, nachdem er eine solche Rute ersetzen musste, weil Cody sie so kaputtgemacht hat, dass sie nicht mehr zu reparieren war.“ Jeb lachte in sich hinein und schüttelte den Kopf. „Und ich bin sicher, das war der Grund, warum Cody Ingenieur wurde. Dafür bezahlt zu werden, Zeugs auseinanderzunehmen und so wieder zusammenzufügen, dass es noch besser funktioniert … das war zweifellos seine Berufung.“

„Seid du und Dad in die gleichen Schwierigkeiten geraten wie Huck und Tom?“ Diese Frage kam von Robin.

Oh, ja.“ Jeb lachte wieder in sich hinein. „Natürlich, hier draußen musste man den Ärger nicht erst suchen, obwohl wir sicher unseren Teil dazu beigetragen haben. Der Ärger suchte uns.“

„Welcher denn?“

Jeb hatte bereits Robins gespannten Gesichtsausdruck bemerkt. Die Angel in ihrer Hand hatte sie vergessen.

„Oh, zum Beispiel als Cody auf die Idee kam, die Orangen an den Bäumen nicht nutzlos hängen zu lassen. Er wollte sie nutzbar verwenden. An den Bäumen vertrockneten sie ja nur sinnlos, meinte er. Also pflückten wir die reifen und sahen uns nach Oberflächen um, gegen die wir sie werfen konnten. Und dann fingen wir systematisch an. Da gab es Baumstämme oder Asphalt oder verklinkerte Wände oder Gartenzaunpfosten. Oh, wir wurden im Zielen immer besser, nur dass meine Koordination nicht so gut war wie die von Cody. Der Tag kam, an dem ich eine große, noch nicht ganz reife Orange durch das hintere Fenster von Bubba J.'s schmiss."

Jetzt, wo Jeb sich wieder voll daran erinnerte, brach er in Lachen aus. „Du hättest Wiley schreien hören sollen. Es blieb nicht dabei. Er packte uns am Kragen und beförderte uns ins Bootshaus, wo wir zwei Stunden lang über unsere Tat nachdenken konnten."

„Wieso wurde Dad mitbestraft, wo du doch das Fenster eingeschmissen hast?"

„Wiley wusste, dass sich dieses Spiel nur Cody ausgedacht haben konnte. Er musste die Zeit absitzen, weil er mich angeführt hatte, und ich, weil ich ihm so blindlings gefolgt war. Genau wie damals, als ich für dieses kleine Mädchen in der Schule schwärmte …"

Gerade rechtzeitig fing Jeb sich. Er räusperte sich. „Verflixt, ich sollte euch diese Geschichte eigentlich nicht erzählen."

„Erzähl sie!", bat Robin. Sie saß jetzt mit gefalteten Händen zwischen den Knien und leuchtenden Augen da und blickte erwartungsvoll zu ihrem Onkel hoch.

„Wirklich, ich glaube nicht, dass das passend ist. Ich meine, es ist nichts Böses oder so. Wir waren nur typische Jungs. Aber Jungs in einem gewissen Alter können recht unreif sein und sogar, hm, recht gemein, wenn es um Mädchen geht."

Jeb kam ins Schwimmen und verwünschte sich selbst, weil er so verlegen war. Über Robins Kopf hinweg suchte er Mariahs Blick und bat sie mit den Augen um Hilfe. Mariah gab sie ihm, indem sie ihre eigene Frage stellte. „Meinen Sie nicht auch, es sei hilfreich für ein Mädchen in Robins Alter, zu erfahren, was in den Köpfen der Jungs vor sich geht?"

Jeb überlegte kurz, dann nickte er. „Weißt du, Cody war in diesem Übergangsalter, alt genug, um hinter Mädchen her zu sein, aber nicht alt genug, um zu wissen, was er mit so einem Mädchen anstellen sollte, wenn er sich eins geschnappt hatte. So ein Junge verbraucht eine ganze Menge Energie in diesem Alter, allein bei dem Versuch, das Mädchen, das er mag, dazu zu bringen, ihn zur Kenntnis zu nehmen. Oder er denkt sich Wege aus, wie er es auf die Palme bringen kann, also das genaue Gegenteil von dem erreicht, was er eigentlich will.

Ärgere das arme Mädchen halbwegs zu Tode, damit das Mädchen ja nicht auf den Gedanken kommt, du könntest es mögen. Ich habe einen Beweis für diese Art von Verhalten eines Tages auf dem Heimweg von der Schule bekommen, als ich sah, wie Cody zwei dieser Orangen … nun ja …“ Jeb wurde tatsächlich ein wenig rot. „Er steckte sie unter sein T-Shirt. Dann stolzierte er, mit den Händen auf die Hüften gestützt und herausgestreckter Brust, an dem Mädchen, das er mochte, und all ihren Freundinnen vorbei.“

„Nein!“ Robin schlug sich die Hand vor den Mund, aber das Lachen konnte sie nicht unterdrücken.

„Das Mädchen dachte natürlich, dass er der abstoßendste Junge weit und breit sei, aber Cody war mit dem Ergebnis ganz zufrieden. Er hatte ohne Zweifel ihre Aufmerksamkeit bekommen.“

„Und was hast du getan, um das kleine Mädchen, das du mochtest, auf dich aufmerksam zu machen?“, fragte Robin.

Jeb war nicht so ganz wohl zumute beim Gedanken an den noch ausstehenden Rest der Geschichte. Doch wer A sagte, musste auch B sagen. Also blieb ihm nichts anderes übrig, als mit der Erzählung fortzufahren. „Auch ich habe zwei Orangen gehabt, und Cody sah, dass ich sie mir auch unter das T-Shirt stecken wollte. Und da sagte er mir, wie ich die Aufmerksamkeit aller Mädchen auf mich lenken könnte, mit nur einer Orange.“

„Wie?“, fragte Robin prompt.

„Tja, wie? Ich … ich steckte die Orange in meine Hose und bekam am nächsten Tag tatsächlich einen Eindruck von meiner männlichen Potenz, als ich einen Spielplatz voller kreischender Mädchen vor mir wegrennen sah.“

Robins Augen wurden ganz groß, dann brach sie in Lachen aus. „Onkel Jeb!“ Auch Mariah musste lachen. Und schließlich stimmte auch Jeb mit ein, und es fühlte sich unendlich gut an, seiner Fröhlichkeit einfach nachzugeben.

Jeb fiel ein, dass er Robin bisher nur wenig über ihre Eltern erzählt hatte. Und er erkannte jetzt, wie sehr sie es brauchte. Sie lächelte zu ihm auf, so unglaublich süß, dass sich ein Kloß in Jebs Kehle bildete. Auf einmal wollte er sie in die Arme ziehen und sie eng an sich halten und sie niemals, niemals wieder von sich lassen. Er wollte von ganzem Herzen, dass sie so blieb, wie sie im Augenblick war, süß und unschuldig.

Die Vormundschaftsanhörung hing drohend wie eine schreckliche Gewitterwolke über ihm. Die Frage war, ob der Richter ihn für korrekt und kompetent genug halten würde, um ihm das Kind zuzusprechen.

„Ja, ich war ganz schön leichtgläubig", sagte er, jetzt aber völlig ernst. „Was nicht unbedingt negativ sein muss. Einem Menschen, der zu vertrauensselig ist, wird leicht wehgetan, aber ein Mensch, der immer allem misstraut, wird hart. Ich mag zwar nur ein schlichter Veranstalter von Angeltouren sein, aber ich habe eine Menge über das Leben gelernt."

„Was meinst du damit, Onkel Jeb?"

Lucy spürte die Traurigkeit in der Stimme ihres Herrn, und sie kam schwanzwedelnd an und lehnte sich gegen sein Bein. Ihre seidenbraunen Augen, mit denen sie zu ihm hochschaute, boten Trost. Er strich ihr über den Kopf. „Ich meine, du musst dich auf die Möglichkeit einstellen, das, was du dir wünschst, nicht zu bekommen, um eine Chance zu haben, es dir zu nehmen, sobald die Möglichkeit sich dir bietet. Das erfordert allerdings eine ganze Menge Mut. Es ist in mancher Hinsicht wie das Angeln. Man kann Tag für Tag hinausfahren und mit leeren Händen wieder nach Hause kommen. Aber nichts im Leben ist sicher, außer dieser einen Tatsache: Du fängst nicht einmal den kleinsten Fisch, wenn du gar nicht erst die Angel ins Wasser wirfst."

Sein Blick kreuzte sich mit dem von Mariah über Robins blonden Kopf hinweg, ehe er wieder zu dem Mädchen sprach. „Ich versuche jetzt weiser zu sein, als ich es früher war, Robin", sagte er weich.

„Das ist in Ordnung, Onkel Jeb", antwortete sie und schaute liebevoll zu ihm hoch. Sie wusste um Jebs Liebe für sie und seine Sorgen.

Dann lächelte sie verschmitzt. „Die Geschichte mit den Mädchen, die vor dir weggerannt sind, weil du sie mit dem, du weißt schon, erschreckt hast, hat mir besonders gefallen, Onkel Jeb."

„Ich wusste, dass ich sie dir nicht hätte erzählen sollen." Er griff nach ihrem Fußgelenk, um so zu tun, als ob er sie über Bord werfen wolle. Aber Robin war ein quicklebendiges kleines Ding, wich ihm blitzschnell aus und wirbelte lachend herum, um sich im rückwärtigen Teil des Bootes in Sicherheit zu bringen. Nur war ihr Mariah im Wege, und Robin gab ihr versehentlich einen Stoß. Das Boot schwankte, Mariah versuchte, mit rudernden Armen das Gleichgewicht zu halten. Jeb streckte die eine Hand aus, um sie zu packen, und mit der anderen Hand umfasste er den Bootsrand, um selbst die Balance nicht zu verlieren, als er über Lucy stolperte. Statt Mariah zu packen, traf er sie mit der Hüfte …

Woraufhin Mariah über Bord ging. Mit einem schrillen Schrei und einem Aufplatschen versank sie im See.

Jeb sprang ihr im nächsten Moment nach.

Das Wasser war eiskalt, verschlug ihm im wahrsten Sinne des Wortes den Atem. Unter Wasser erblickte er vor sich eine unscharfe Gestalt und kraulte auf sie zu. Im nächsten Augenblick umfasste er Mariahs Taille mit beiden Händen und tauchte mit ihr auf.

Jeb strich sich das Haar aus den Augen und sah, wie Mariah gekonnt wassertrat. Er kam sich wie ein Idiot vor, dass er so in Panik geraten war.

„Es tut mir leid, Mariah“, keuchte er und spuckte Wasser aus. „Ich wollte Sie nicht über Bord befördern. Ich hoffe, Ihre hübsche Kleidung ist nicht ruiniert, aber ich zahle natürlich für den Schaden.“

„Nein, nein. Es ist meine Schuld. Sie hatten mir ja schon gesagt, dass ich auf dem Boot flache Schuhe tragen sollte.“ Wassertropfen glitzerten auf ihren Wimpern. Ihre Augen unter den halb geschlossenen Lidern hatten den verführerischen Schlafzimmerblick.

Dann hob sie die Arme und strich sich mit den Fingern das Haar zurück, eine Bewegung, die Jeb unglaublich erotisch fand. Für einen Augenblick war unter ihrer klatschnassen dünnen Bluse und dem spitzenbesetzten BH ihre Brust zu sehen.

Jeb wurde bewusst, dass er wie ein Teenager auf die Werbung für Damenunterwäsche starrte und dass er Mariah immer noch umfasst hielt, als ob er sie tatsächlich vor dem Untergehen bewahren wollte. Er ließ sie los.

Etwas strich über sein Bein, was ihn wieder zur Besinnung brachte. Er tauchte wieder unter und schnappte Mariahs Angel, noch ehe sie bis auf den Grund gesunken war. Ihre Mützen waren allerdings verloren.

Jeb blickte hoch und bemerkte, dass Mariah seinen bloßen Oberkörper betrachtete. Er hätte nur allzu gern auf seine nächsten fünf

Aufträge, einschließlich der guten Einnahmen, verzichtet, um mit ihr in diesem Moment allein zu sein. Doch dann traf ihn ein ganzer Sprühregen am Hinterkopf. Er schwang herum. Es war Lucy, die auf ihn zupaddelte, ihre Zunge hing ihr weit aus der Schnauze.

„Es tut mir leid, Onkel Jeb", rief Robin ihm zu. „Ich habe versucht, sie zurückzuhalten, aber sie wollte bei dem Spaß dabei sein."

Robin sah aus, als ob sie die Einzige wäre, die keinen Spaß hatte. Jeb ergriff Lucy beim Halsband, drehte sie herum und schubste sie in Richtung Mariah, ehe er auf das Boot zuschwamm. Dort reichte er Robin die Angel, dann umgriff er die Reling und streckte Robin die andere Hand hin. „Hilf mir rauf, okay?"

Sie stemmte die Füße auf die Planken und kam seiner Bitte nach. Oder sie versuchte es, indem sie an Jebs Hand kräftig zerrte. Jeb aber zog sie kopfüber ins Wasser.

Robin kam hoch, spuckend, planschend und lachend. „Hey, das war nicht fair!"

„Willkommen in der Realität." Jeb grinste. „Ich sagte dir doch, sei nicht zu leichtgläubig. Und vergiss niemals die dritte Regel beim Angeln. Und die wäre?"

„Sei immer vorsichtig im Boot, und geh achtsam mit den Geräten um."

Sie blieben nicht mehr lange im Wasser. Es war zu kalt, und die Sonne ging unter, was auch die Luft abkühlte. Jeb kletterte als Erster ins Boot, dann zog er Robin mit einem Ruck herauf. Sie beide beförderten als nächstes Lucy an Bord. Dann war Mariah dran. Jeb ließ es sich nicht nehmen, mit beiden Händen ihre Taille zu umfassen und Mariah einige Sekunden zu lang festzuhalten.

Der Blick, der ihn jetzt traf, war tadelnd, aber hatte eine verführerische Wirkung auf ihn.

Jeb startete den Motor, während Robin einige Handtücher brachte, die sie sich gegen die kühle Luft um die Schultern legten. Lucy packte sich auf die Planken ganz vorn im Boot und stemmte ihre Vorderpfoten auf die Reling wie die Bugfigur eines Schiffes. Die schwarz-weißen Ohren waren im Wind zurückgeklappt, die rosa Zunge hing ihr weit aus der Schnauze.

„Es hat mir heute sehr viel Spaß gemacht, Jeb."

Er wandte sich um und fand Mariah auf demselben Platz, auf dem Robin zuvor gesessen hatte, als sie seinen Geschichten aus der Kindheit ihres Vaters lauschte. Mariah hatte, wie das Mädchen vorhin, diesen reinen, natürlichen und unglaublich süßen Ausdruck auf ihrem Gesicht. Ja, irgendwie, auf irgendeine Weise und unbeabsichtigt hatte er heute mit einem Schlag mehrere Ziele erreicht.

Eines dieser Ziele war gewesen, dass Mariah Duncan ihn nicht nur in seinem Element erlebte, sondern ihn auch so sah, wie er wirklich war, und nicht als einen gewissen Typ von Mann ... einen Hinterwäldler, der von Tuten und Blasen keine Ahnung hatte. Er hatte das Gefühl, ans Ziel gekommen zu sein, hauptsächlich aber, weil er einen tieferen Einblick in Mariahs Wesen hatte nehmen können. Sie schien durch und durch eine wahre Lady zu sein, im positivsten Sinne des Wortes, und unterschied sich so grundlegend von dem Bild, das er sich seit vierzehn Jahren von dieser Art von Frauen gemacht hatte.

Fing er etwa wieder an, den Kopf zu verlieren? Er sollte vorsichtiger sein.

„Freut mich, dass Sie Ihren Spaß hatten", antwortete er einfach.

„Und danke auch, dass Sie mich retten wollten."

Als ob du das nötig hättest, dachte er. Ja, der Vergleich mit der Magnolie aus Stahl stimmte, und es war genau das, was ihn zu Mariah hinzog. Dass sie sich auf eine ähnliche Weise zu ihm hingezogen fühlte, blieb ihm nicht verborgen. Wahrscheinlich verkörperte er für sie den typischen Texaner aus dem Hinterland ... einen Südstaatler, wie er im Buche steht, mit der dazugehörigen Macho-Haltung.

Doch aus irgendeinem Grund hatte er gar nichts dagegen, diese Rolle zu verkörpern.

Jeb hob die Augenbrauen. „Nun, machen Sie sich kein so nobles Bild von mir", erwiderte er schleppend. „Ich bin gar nicht so sehr Ihretwegen ins Wasser gesprungen. Ich wollte nur nicht meine beste Grafitangel verlieren."

Mariah lachte ... dieses angenehm silbrige Lachen, das er bereits öfter bei ihr gehört hatte. Es war der verführerischste Laut, den er je vernommen hatte. Da war er sich sicher.

7. KAPITEL

Violette Streifen mit einem Hauch Rosa und Silberblau durchzogen den bernsteinfarbenen Himmel im Westen, als Jeb das Boot zum Anlegesteg manövrierte. Mariah versuchte, nicht im Wege zu stehen, während Robin auf das Dock sprang und mithalf, das Boot anzulegen. Offensichtlich hatte sie diese Arbeit bereits des Öfteren getan.

Und nachdem Mariah wieder sicher an Land war, fühlte sie sich sogar noch überflüssiger. Jeb und Robin arbeiteten gegen das schwindende Licht, um das Boot für die morgige Angeltour vorzubereiten.

Mariah beobachtete Jeb dabei, wie er mit dem Schlauch das Deck sauber spritzte. Wenn er sich manchmal niederkauerte, um mit dem Schlauch unter die Bänke zu kommen, zeichneten sich die Beinmuskeln unter seinen feuchten Jeans deutlich ab. Genauso wie vorhin im Wasser, als sie auf seine nackte Brust gestarrt hatte, so blickte Mariah jetzt wie gebannt auf seine Schenkel. Sie erinnerte sich, wie anziehend sie ihn beim ersten Treffen gefunden hatte, als er ähnlich aussah wie jetzt: irgendwie verwahrlost, sein Haar feucht und zerzaust, ein wenig gefährlich, ein bisschen wild. Unwiderstehlich.

Eine Spottdrossel mokierte sich vom Ast einer Pappel in der Nähe über sie. Ja, so beeindruckt Mariah auch von seinen professionellen Fähigkeiten war, Jeb Albright hatte wahrscheinlich noch viel mehr Talente, die sie zu schätzen lernen müsste.

Sie hatte das Pech, dass Jeb gerade in diesem Moment hochblickte und sie dabei ertappte, wie sie ihn anstarrte. Aber dann wiederum … hatten sie einander nicht bereits den ganzen Nachmittag hindurch intensive Blicke zugeworfen? Eigentlich ja vom ersten Moment ihrer Begegnung an.

„Ich sollte jetzt wohl besser heimfahren", sagte sie wenig überzeugt und faltete das feuchte Handtuch, das sie von den Schultern genommen hatte. „Wo soll ich es hinlegen?"

„Behalten Sie es erst einmal. Es ist immer noch besser als nichts bei der Kühle." Sein Blick fiel flüchtig auf ihre halbwegs trockene hellgrüne Bluse, die, wie Mariah wusste, nicht mehr so durchsichtig war wie vorher, aber immer noch durchsichtig genug.

Mariah hielt sich das gefaltete Handtuch vor die Brust. Es bot ihr nicht den gleichen Schutz … oder die Sicherheit … wie ihr Ordner. Oder ihre Perlenkette.

„Sie können sich gern im Haus duschen“, sagte er, „wenn Sie sich ein wenig säubern wollen, ehe Sie sich auf den Weg machen. Es wäre schade, wenn Ihr Autositz von dem Seewasser befleckt werden würde.“

Den ganzen Nachmittag lang hatten sie miteinander gescherzt und geflirtet, doch nun gab Jeb sich Mariah gegenüber wieder betont sachlich, und sie fühlte sich in der angespannten Stimmung, die sich wieder eingestellt hatte, absolut nicht wohl.

„Danke, aber ich möchte lieber nicht.“ Sie steckte sich eine Locke hinter das Ohr. „Außerdem würde das Duschen nicht viel bringen, denn ich habe ja keine andere Kleidung hier, die ich dann anziehen könnte.“

„Im Bootshaus steht ein großer Karton voller Kleidung“, meldete sich Robin. „Ich wette, Sie können da etwas finden, was Ihnen passt. Und dann könnten Sie mit uns zu Abend essen!“, setzte sie begeistert hinzu. „Onkel Jeb, ich nehme deinen Fisch auseinander und hab ihn in null Komma nichts geteilt, und dann kann ich Mariah zeigen, wie man Wileys ganz spezielle Marinade macht, in der man ihn dann kochen kann. Und danach können wir Karten spielen!“

Das hörte sich verlockend an, denn es versprach ein fröhlicher Abend zu werden, der nahtlos an den ebenso fröhlichen Nachmittag mit diesem Mann und seiner Nichte anknüpfte. Wie immer war Mariah tief gerührt von der offensichtlichen Sehnsucht dieser beiden Menschen, sich gegenseitig glücklich zu machen. Zugleich war ihr jedoch klar, dass sie die beiden heute besser allein ließ.

„Wirklich, ich möchte nicht stören“, wandte Mariah ein.

„Das ist doch kein Problem“, entgegnete Robin, ohne sich etwas dabei zu denken.

„Robin“, tadelte Jeb sanft. „Vielleicht hat Mariah andere Verpflichtungen. Wir sind nicht die einzigen Klienten von ‚Saved by the Belle‘.“

„Oh, aber so sehe ich Mariah gar nicht mehr. Tust du das etwa?“

Jeb antwortete nicht, und um nichts in der Welt hätte Mariah ihn jetzt angesehen. Robin jedoch hatte nicht solche Skrupel, als sie ihren scharfsinnigen Blick von einem zum anderen wandern ließ. Mariah fragte sich, wie viel das Mädchen wohl von diesem stummen Spiel zwischen ihr und Jeb mitbekommen hatte, und die Antwort darauf bekam sie, als Robin wie aus heiterem Himmel erklärte: „Mir fällt gerade ein, dass ich ja noch Klavier üben muss."

Jeb und Mariah sahen ihr nach, bis sie im Wohnwagen verschwand.

Jeb schüttelte den Kopf, dann wandte er sich Mariah zu, die mit hochgezogenen Schultern dastand. „Sie frieren, das kann ich sehen. Auch wenn Sie keine Zeit haben, sich zu duschen, so finden wir wahrscheinlich etwas in diesem Karton, das Ihnen passen wird. Nichts Ausgefallenes, aber zumindest wäre es trocken."

Sein Vorschlag machte Sinn. „Nun gut."

Er schloss das Bootshaus auf und zog an der Schnur, um das Licht anzuknipsen, zeigte Mariah den Karton und entfernte sich, damit sie sich gleich umziehen konnte.

Nach einer Weile klopfte er leicht an die Tür. „Mariah?"

„Ja, ich bin gleich so weit." Eigentlich hatte sie in dem großen Raum mit all der Ausrüstung für Boote und für Angeltouren ein wenig herumgeschnüffelt. Alles war in einer übersichtlichen Ordnung gehalten und so blitzsauber wie in einem Operationsraum im Krankenhaus, fand Mariah. Sie war beeindruckt.

Schnell ging sie den Karton mit den Kleidern durch und fand eine Frotteehose mit einer Kordel zum Zuziehen und ein trägerloses Stricktop. Sie schlüpfte in beides, fand aber, dass die Kleidungsstücke nicht gerade wärmend waren, vor allem, weil sie ihre feuchte Unterwäsche nicht ausgezogen hatte. Aber zumindest waren sie sauber und trocken.

Sie öffnete die Tür und fuhr sich mit beiden Händen nervös über ihr hoffnungslos unordentliches Haar. „Ich fühle mich jetzt schon viel besser", log sie.

Sein Blick huschte über sie, bevor er ihr eine Plastiktüte mit Reißverschluss reichte. „Ich habe inzwischen Ihren Fang gesäubert und zerteilt. Barsch sollte man am besten noch am selben Tag, an dem man ihn gefangen hat, essen. Und Sie müssen nichts Ausgefallenes mit ihm machen. Kurz anbraten, darüber geschmolzene Butter und

Zitrone. So schmeckt er großartig."

„Oh, danke." Mariah nahm die Tüte und setzte sie auf den Stapel ihrer gefalteten feuchten Kleider und Schuhe. Sie hatte entschieden, lieber barfuß zu laufen, denn die Schuhe waren innen quatschnass.

Jeb stand im Türrahmen zum Bootshaus, als ob es ihre Domäne wäre, in die er eingedrungen war. „Ich hab Ihnen zu danken, Mariah, für all das, was sie für Robin getan haben."

Die Venus blinkte hinter seiner Schulter wie ein heller weißer Stecknadelkopf am violetten Himmel.

„Um ehrlich zu sein, ich habe meine Bedenken, ob ich wirklich genug getan habe, um das Honorar zu verdienen, das Sie mir zahlen", gestand Mariah. „Ich dachte einfach, dass es Robin weiterhelfen würde, wenn ich ihr zeigte, was es bedeutet, eine Frau zu sein. Sich auch einmal gehen zu lassen und Spaß zu haben gehört unbedingt auch dazu. Schon allein aus diesem Grund war der Nachmittag ein Erfolg."

Er zuckte die Schultern, als ob er über ihre Antwort erst nachdenken müsste.

Sie lehnte sich mit der Hüfte gegen die Werkbank. „Ich weiß, Sie haben es sich vorgenommen, Robin in jeglicher Hinsicht zu verfeinern. Aber ich bin zu dem Schluss gekommen, dass das vielleicht gar nicht so eine gute Idee ist. Als ich Robin zum ersten Mal begegnet bin, schien sie mir ... viel glücklicher zu sein, als sie es jetzt ist. Sie übrigens auch, Jeb. Die Frage ist: Warum sollte man nicht die Dinge einfach laufen lassen?"

„Ich hab es Ihnen doch gesagt, ich darf es nicht darauf ankommen lassen."

„Ich weiß, Sie machen sich Sorgen, ob Sie gegen diese andere Familie und die Vorteile, die sie Robin zu bieten hat, ankommen können. Aber Sie können es durchaus mit ihnen aufnehmen. Sie haben Ihre eigenen Vorteile. Haben Sie bemerkt, wie sehr es Robin geholfen hat, mit Ihnen über ihren Vater zu sprechen ... und auch über die Probleme des Heranwachsens. Sie haben es auf ihre sehr eigene Art gemacht, und Sie haben genau den richtigen Ton bei ihr getroffen."

Und auch bei mir, fügte sie im Stillen hinzu. Ja, dachte sie, als sie sein gut geschnittenes Gesicht mit dem Anflug von Bartstoppeln betrachtete. Er mag zwar ein bisschen ungeschliffen sein, aber wie

Robin bereits gesagt hat … Jeb Albright ist kein Hinterwäldler.

„Woran denken Sie gerade, Jeb?“, fragte sie leise nach einer Pause des Schweigens.

Mit einem tiefen Seufzer lehnte er sich gegen den Türpfosten und steckte die Hände in die Jeanstaschen. „Ich denke, dass ich mir nicht so sicher bin, ob der Tag wirklich erfolgreich verlaufen ist.“

„Und warum?“

„Nun, was mir heute aufging“, antwortete er nach einigem Zögern, „war, wie sehr Robin immer eine Hälfte ihrer Herkunft entbehren muss, ganz gleich, wo sie schließlich bleiben wird, ob bei mir oder Anita. Und das erscheint mir ganz schön unfair für sie. Wahrscheinlich ist das der eigentliche Grund, warum ich Sie eingestellt habe.“ In seinen Augen zeigte sich für einen flüchtigen Moment Schmerz, wie sie es bereits einmal entdeckt hatte.

„Erzählen Sie mir, was Ihnen auf dem Herzen liegt, Jeb“, drängte Mariah weich. „Ich möchte helfen, so weit ich es kann.“

Die Zikaden hatten mit ihrem nächtlichen Konzert begonnen, so durchdringend, dass sie das Zirpen der Grillen übertönten. Schließlich sagte er mit leiser Stimme. „Ich … ich kenne Anita Babcock.“

„Sie kennen Anita Babcock?“, wiederholte Mariah mit einem unangenehmen Vorgefühl.

Jeb nickte mit gesenktem Kopf. „Und sie kennt mich. Um ganz offen zu sein, sie betrachtet mich als einen provinzlerischen Junggesellen, vollkommen ungeeignet, ihre Nichte aufzuziehen.“ Er streckte trotzig das Kinn vor. „Ehrlich gesagt, ich habe meine eigenen Zweifel, ob Anita als Vorbild für Robin geeignet wäre.“

Mariah schüttelte verwirrt den Kopf. „Ich verstehe nicht.“

Er schwieg eine Weile. Schließlich sah er Mariah voll ins Gesicht. „Ich möchte nicht, dass Robin wie Anita wird. Weil Anita Babcock eine … eine echte ‚Southern Belle‘ ist, eine Südstaatenlady.“

Fassungslos über die offensichtliche Verurteilung in seiner Stimme, starrte Mariah ihn an, unsicher, ob er sie soeben beleidigt hatte oder ob sie es als Kompliment auffassen sollte, und auch unsicher darüber, was ihr lieber wäre. „Eine ‚Southern Belle‘, so wie ich?“

„Nein“, bestritt er schnell. Er streckte die Hand aus, um eine ihrer Locken um den Finger zu wickeln. Und er lächelte sogar. „Das ist es ja, was ich sagen will. Sie sind nicht wie Anita, Mariah. Überhaupt nicht."

„Ach so." Nein, im Moment war sie alles andere als eine Southern Belle, so wie sie aussehen musste ... barfuß, in einer schlabberigen Frotteehose, die tief auf den Hüften saß, und einem etwas zu knappen schulterfreien Top, das ein gutes Stück ihrer Taille freiließ. Sie musste der Kellnerin in der Bar nun sehr ähnlich sehen.

„Ich sollte mich jetzt wirklich auf den Weg machen", erklärte sie und griff nach dem Stapel Kleidung auf der Werkbank.

Jeb zog die Hand zurück und musterte sie unter zusammengezogenen Augenbrauen. „Mariah. Was ist los?"

„Nichts!" Sie bückte sich, um die Plastiktasche mit dem zerlegten Barsch in die Hand zu nehmen. Sie tat es so ungeschickt, dass die Kleidung sich aus dem Stapel löste und auf den Boden flatterte. Frustriert stieß Mariah eine saftige Verwünschung aus, die Stephen nicht hätte hören dürfen, weil er so etwas zutiefst missbilligte.

„Doch, da stimmt etwas nicht", sagte Jeb und ließ sich auf ein Knie nieder, um ihr beim Einsammeln und Zusammenfalten der Kleider zu helfen „Gehen Sie nicht eher, bis wir die Sache durchgesprochen haben."

„Nein!" Das war das Letzte, was Mariah wollte. Sie wollte nicht herausfinden, was Jeb in ihr sah, entweder irgend so eine verklemmte, rechthaberische Zimperliese oder ... oh, was auch immer das Gegenteil davon war!

Es fiel ihr kaum ein, dass sie weder das eine noch das andere sein könnte.

Ungeduldig strich sie sich das Haar aus den Augen. Es fühlte sich strähnig an und roch so ähnlich wie Lucy. „Bevor ich irgendwohin gehe, muss ich erst diesen Mopp von Haar aus meinem Gesicht bekommen!"

Sie setzte die Tüte und den Kleiderstapel auf die Werkbank und kramte in ihrer Schultertasche nach dem Band, das um ihre Haarbürste gewickelt war. Sie wollte das Haar zurückziehen und es zu einem Pferdeschwanz binden, dann ihre Sachen aufnehmen und verschwinden. Aber sie hatte kaum den Arm gehoben, als sie Jeb hinter sich hörte. „Ich helfe Ihnen."

Mariah war zu überreizt, um zu protestieren, dann zu verwirrt, um es zu tun, als Jeb die Bürste nahm und anfing, ihr vom Wind und

Wasser völlig durcheinander gebrachtes Haar zu entwirren. Er tat es langsam und sorgfältig, ohne auch nur eine Spur von Ungeduld.

Es war ein sinnlicher Vorgang. Mariahs Lider fielen zu, als sie sich diesen fast hypnotischen Empfindungen hingab. Als Jeb ihr Haar anhob, um es von unten herauf zu bürsten, geschah es mit solcher Behutsamkeit, dass ihr hämmerndes Herz sich langsam beruhigte.

Er flocht ihr Haar in einen Zopf, und er tat es wie ein Experte. Als er damit fertig war, öffnete Mariah nur zögernd die Augen. Sie fand es schade, dass es bereits vorbei war. Sie hätte nichts dagegen gehabt, wenn Jeb noch ewig so weitergemacht hätte.

„D-danke", stotterte sie, ihre Stimme klang unsicher. Zögernd drehte sie sich zu ihm um.

Sie fuhr mit den Fingern über den Zopf. „Sie … Sie haben gute Arbeit geleistet. Für einen Mann haben Sie geschickte Hände."

Zu spät erkannte sie, wie ihre Worte sich anhören mussten.

„Mädchen, du kennst noch nicht die ganze Wahrheit." Seine Antwort war ein weiches Flüstern, in dieser provozierend schleppenden Sprechweise. Aus irgendeinem Grunde mochte Mariah es, dass er sie „Mädchen" nannte, fast so sehr, wie sie es mochte, wenn er sie mit ihrem Vornamen ansprach …

Was im nächsten Moment geschah. „Was willst du, Mariah?"

„W-was meinen Sie damit?"

„Ich meine, dass du es weißt." Er war ihr zu nahe, sein Atem hauchte über ihr Gesicht. „Was willst du … von mir?"

Mariah schwieg. Sie fürchtete, dass das, was sie wollte … nein, brauchte, etwas war, was Jeb ihr nicht geben konnte. Sie wollte nicht nur verstanden und akzeptiert werden als die Person, die sie war. Sie wollte auch respektiert und geliebt werden, weil sie so war, wie sie war. Mit weniger konnte sie sich nicht zufriedengeben.

Abrupt machte er ein paar Schritte zur Seite, als ob er ihr Schweigen für eine Antwort gehalten hätte. Als ob er aufgegeben hätte.

Mariah wusste, dass sie etwas sagen musste, weil er sonst davongehen würde.

„Ich möchte … ich möchte, dass du mich wieder berührst", wisperte sie.

Ein Moment, der eine Ewigkeit anzudauern schien, ging vorbei.

Dann fuhr Jeb mit den Fingern leicht über ihre Schultern. Mit den Handflächen strich er von ihren Oberarmen hinunter zu den Fingerspitzen und wieder hinauf und wieder hinunter und wieder hinauf. Es war wunderbar … aber es war nicht genug.

„Jeb … bitte“, flehte sie.

Er hielt die Hände still. Mariah zitterte, zitterte am ganzen Körper. Fürchtete sich vor dem, was als Nächstes kommen würde, fürchtete sich, dass es nicht kommen würde. Ihr Herz schien stillzustehen und schien im nächsten Moment doppelt so schnell wie vorher zu schlagen. Dann … oh, dann fühlte sie seinen Atem an der Seite ihres Halses, kurz bevor seine Lippen sie dort berührten, warm und feucht und lebendig. Und immer noch war es nicht genug. Wie von selbst legte sich ihre Hand auf seinen Hinterkopf, nicht allzu sanft, und drückte ihn zu sich herunter. Als Reaktion biss Jeb, wenn auch zart, in die empfindliche Haut ihres Nackens. Mariah keuchte und stieß nur ein Wort hervor. „Ja!“

Mit einem unterdrückten Laut nahm Jeb sie fest in die Arme und ließ seine Lippen mit ihren in einem heftigen Kuss verschmelzen. Mariah wusste, dass es das war, was sie brauchte. Und es schien, dass Jeb bereit war, sein Bestes zu geben, um dieses Bedürfnis zu erfüllen.

Ihre Zungen berührten und umspielten einander, ihre Herzen hämmerten, ihre Atem vermischten sich. Nur undeutlich ging es Mariah durch den Kopf, dass sie lieber vorsichtig sein sollte, sonst würde sie nach einer heftigen Nacht hier im Bootshaus den kommenden Morgen damit verbringen, Holzsplitter aus ihrer Haut zu entfernen. Aber nichts kümmerte sie mehr, außer dass Jeb nicht aufhören sollte, sie zu lieben.

Als ob er ihre Gedanken erraten hätte, hob er sie an und setzte sie auf die Ecke der Werkbank, ohne den Kuss abzubrechen. Während er sie mit Händen und Lippen liebkoste, strich Mariah langsam und intensiv über Jebs muskulösen Rücken. Voller Verlangen nach einem noch innigeren Kontakt zerrte sie an seinem T-Shirt, um es aus dem Jeansbund zu bekommen. Jeb verstand und unterbrach den Kuss lange genug, um das T-Shirt auszuziehen und es zur Seite zu werfen, bevor er Mariah wieder in seine Umarmung zog.

Mariah kam sich vor wie im siebten Himmel, sie war von einem

Taumel der Verzückung ergriffen. Um die gleiche glühende Leidenschaft bei Jeb zu entfachen, spreizte sie die Finger auf seiner nackten Brust und fuhr durch das dichte Haar. Sein heftiges Stöhnen belohnte sie. Sein Atem ging schneller, und er küsste und liebkoste sie mit erneuter Intensität.

Widerstrebend löste Mariah die Lippen von seinen, um Luft zu holen, und Jeb wandte sich stattdessen ihrem Hals zu, den er über und über mit zärtlichen Küssen bedeckte. Wohlige Schauer der Erregung durchfuhren Mariah vom Kopf bis in die Zehenspitzen.

Sie drängte sich an ihn, und Jeb umgriff mit seinen großen Händen ihre nackte Taille. Mit den Daumen liebkoste er die empfindliche Haut, ließ die Hände Millimeter für Millimeter nach oben gleiten, bis er kurz vor der Unterseite ihrer Brüste innehielt.

„Oh, Jeb!" Mariah schlug die Lider hoch und blickte geradewegs in seine blauen Augen, aus denen heißes Begehren sprach.

„Was willst du, Mariah?", fragte er wieder, während er nicht aufhörte, sie mit den Daumen zu reizen. „Sag es mir."

Sie schluckte schwer. Wie außergewöhnlich direkt Jeb war, so erfrischend unkompliziert. Natürlich und … ursprünglich.

Und gefährlich. Jeb war ein sinnlicher Mann. Auf einmal war wieder die Angst da, die Angst, dass sie ihm mit Haut und Haar verfallen könnte … und dass sie ihm dann ausgeliefert wäre.

Mariah schüttelte verwirrt den Kopf, erkannte nicht gleich, wie negativ ihre Reaktion gewirkt haben musste, bis Jeb seine Hände zurückzog und sein Gesicht einen neutralen Ausdruck annahm.

„Es tut mir leid, Jeb", beteuerte sie schnell. „Es hat nichts mit dir zu tun."

Er sah sie nur abwartend an.

„Oh, es ist alles so verwirrend!", sagte sie mehr zu sich selbst als zu ihm. „Vielleicht, weil ich so behütet aufgewachsen bin, entfernt von allem, was in der Welt so geschieht, weil ich niemals wirklich selbstständig sein durfte, nachdem ich vom College gleich in die Ehe …"

Jeb legte die Hand unter ihr Kinn und zwang sie, ihn anzusehen. „Du warst mal verheiratet?"

„Ja, sechs Jahre lang." Mariah atmete tief ein, fasste Mut und sammelte ihre Gedanken. „Du hast doch heute über Leichtgläubigkeit gesprochen. Nun, um ehrlich zu sein, für meine Leichtgläubigkeit sollte ich eine Auszeichnung bekommen. Ich … ich möchte nicht in die Einzelheiten gehen, aber es sollte genügen, wenn ich sage, dass Stephen, mein Exmann, sich nicht als der Mann entpuppte, den ich in ihm gesehen habe. Und so ähnlich erging es ihm auch mit mir. Ich habe nicht das verkörpert, was er erwartet hatte."

Jeb dachte eine Weile nach, ehe er darauf einging. „Gab es denn keine Möglichkeit, gemeinsam mit ihm an diesen Problemen zu arbeiten und der Ehe festzuhalten?"

Mariah war immer der Meinung gewesen, sie habe es versucht, und doch wusste sie jetzt, dass sie es nicht getan hatte. „Nein. Weil mir klar war, dass Stephen sich niemals ändern würde. Und tief in meinem Herzen wusste ich auch, dass ich mich nicht ändern sollte", bekannte sie. „Und so denke ich auch jetzt noch. Ich kann nicht … ich kann nicht anders sein, als ich bin. Das war es, was ich gemeint habe, als ich vor einigen Wochen sagte, man solle Robin dabei helfen, eine starke Selbstachtung zu entwickeln, und ihr auch dabei helfen, Grundsätze für ihr Leben zu finden, an denen sie, komme, was wolle, festhalten sollte, um sie niemals, nicht einmal für einen Moment, aufzugeben."

Aber hatten die beiden, Robin und Jeb, nicht bereits die Voraussetzungen für ein glückliches und zufriedenes Leben? Nämlich Liebe und Respekt? Was konnte sie den beiden da noch beibringen?

Mariah neigte den Kopf, wich Jebs forschendem, ehrlichem Blick aus, als sie ihm sagte: „Ich denke, es wäre wohl am besten, wenn wir Robins Unterricht unterbrechen würden. Ich sagte dir ja gleich zu Anfang, dass ich nicht sicher sei, auf welche Weise ich euch nützlich sein könnte. Und jetzt …" Mühsam versuchte sie, ihre Tränen zurückzuhalten, und flüchtete sich in ihr förmliches Gehabe. „Nun weiß ich, dass ich keine positiven Veränderungen bewirkt habe, und somit ist eine weitere Inanspruchnahme meiner Dienste nicht ratsam."

„Du … du willst gehen?", fragte Jeb leise.

Es war nicht klar, ob er sich darauf bezog, dass sie jetzt in diesem Augenblick von ihm zurückwich oder darauf, dass sie ihre Tätigkeit für Robin aufgeben wollte. Wie auch immer, die Enttäuschung und die Mutlosigkeit in seiner Stimme waren deutlich. Und der Schmerz.

Mariah zwang sich dazu, Jeb in die Augen zu schauen. Sie war ihm zumindest das schuldig. „Kannst du es nicht einsehen? Ich weiß nicht, ob ich Robin wirklich helfe oder sie nur behindere … oder dich."

Jeb musterte sie intensiv, als ob er jedes Geheimnis in ihrem Herzen entdecken wollte. Schließlich nickte er. „Dann bleibt mir wohl nichts anderes übrig, als dir für die Zeit und die Mühe zu danken, die du in deine Arbeit gesteckt hast", sagte er mit seinem texanischen Akzent, den sie bereits so gut kannte, und mit dem schiefen Lächeln, das, wie Mariah fürchtete, sie wohl zum letzten Mal sah. Aber sie sah den Schmerz in seinen seeblauen Augen, auch wenn er ihn zu verbergen versuchte.

Er half ihr von der Werkbank herunter, half ihr, die Sachen einzusammeln, und brachte sie mit der höflichen Zurückhaltung eines Gentleman zum Wagen. Sie hatte in ihm schon immer den Gentleman im wahrsten Sinne des Wortes gesehen. Seine Nachdenklichkeit, die zeigte, dass er nichts leicht nahm, sein Respekt Menschen gegenüber, seine Willensstärke und Rechtschaffenheit hatten sie von Anfang an angezogen.

Mariah blieb vor dem Wagen stehen, wollte noch etwas sagen, etwas, das diesen Abschied aufhalten könnte, der viel zu plötzlich kam.

Doch Jebs Stimme klang entschlossen, als er fast genau die gleichen Worte wie am ersten Abend gebrauchte. „Viel Glück, ‚Saved by the Belle'."

Nicht Mariah oder Mädchen.

„Auf Wiedersehen, Jeb", brachte Mariah mühsam hervor, schaffte es knapp in ihren Wagen, ehe die Tränen kamen. Schnell fuhr sie davon.

Sie schniefte, wischte sich unfein mit dem Handrücken die Nase. Sie musste auf einmal daran denken, wie Jeb sie an diesem Nachmittag hatte retten wollen, und das würde sie ihm niemals vergessen können. Wie sehr Jeb nach Texoma gehörte, war ihr erst heute klar geworden. Hier waren seine Wurzeln.

Und er brauchte sie, Mariah, nicht. Überhaupt nicht.

8. KAPITEL

Im Rückspiegel fing Mariah einen kurzen Blick auf die Schottersteine auf, die von den Rückreifen ihres Wagens hochgespritzt wurden, während sie, ohne das Tempo herunterzunehmen, den Geröllweg zum Albright-Haus entlangfuhr. Sie kniff die Augen gegen die Sonne zusammen und machte sich auf eine schlechte Nachricht gefasst. Sie wusste nicht, was für eine es sein würde, nur dass irgendetwas nicht in Ordnung war. Jeb hatte sie angerufen und ihr gesagt, dass er sie brauche, und sie möchte doch bitte sofort kommen.

Es waren jetzt zwei Wochen her, seit sie ihn gesehen hatte. Zwei Wochen, in denen sie sich in die Arbeit gestürzt hatte, um die Zeit mit Jeb und Robin zu vergessen.

Mariah hatte geparkt und ihren Wagen verlassen, bevor sie Jeb entdeckte, der auf dem Dock stand und gerade sein Boot vertäute, offensichtlich war er davor auf den See hinausgefahren. Sie bemerkte, dass er nicht sein übliches T-Shirt und die Jeans anhatte, sondern ein grünes Poloshirt und eine gut sitzende Hose. In dieser Kleidung war er zum Fischen draußen auf dem See gewesen?

Etwas musste mit Robin geschehen sein!

„Jeb!“, rief Mariah und fing an zu rennen, ihr Herz schlug ihr bis zum Hals. Bei ihrem Ruf hob er den Kopf und kam mit schnellen Schritten auf sie zu.

Mariah streckte ihm die Hände entgegen, um ihm Trost und Stärke zu geben. Er nahm ihre Hände in seine und drückte sie.

„Sie ist weg, Mariah“, sagte er rau. „Wiley und ich haben überall gesucht. Er ist immer noch dabei, mit dem Pick-up die Straßen abzufahren.“

„Aber warum? Was ist geschehen?“

Er ließ sie wieder los und wandte sich von ihr ab. „Es ist meine Schuld. Ich hätte die Dinge anders anpacken sollen.“ Er blickte auf den Boden. „Ich hätte Robin anders behandeln sollen, von Anfang an. Nun ist die Gelegenheit, es noch zu tun, vorbei. Die Sozialpädagogin vom Bezirksamt muss jede Minute zum entscheidenden Gespräch hier ankommen.“

„Erzähl mir, was geschehen ist", forderte Mariah ihn mit sanfter Stimme auf. „Ich kann dir nicht eher helfen, bis ich alles weiß."

Jeb nickte, sah sie aber noch immer nicht an. „Als Robin aus der Schule kam, sagte ich ihr, sie solle sich umziehen und das Haar so tragen, wie du es ihr beigebracht hast, für die Frau vom Sozialamt, um einen guten Eindruck zu machen. Aber aus irgendeinem Grund wählte sie gerade diesen Moment, um trotzig zu werden und zu erklären, sie wolle keine steife Lady sein wie du ... Es tut mir leid, Mariah", entschuldigte er sich schnell und warf ihr einen Blick zu. „Ich hätte das auslassen sollen."

„Es spielt keine Rolle. Fahr fort."

Er seufzte. „Ich war wahrscheinlich nicht allzu geduldig und recht kurz angebunden mit ihr. Ich ließ sie einfach stehen und ging unter die Dusche, um mich selbst fertig zu machen. Ich war gerade angezogen, als ich diesen Schrei von draußen hörte."

Die Hand, mit der er sich die Stirn rieb, zitterte. „Ich stürzte aus dem Haus und schaute den Hang hinunter zum See. Und da sah ich Robin im Boot, wie sie sich mit irgendetwas krampfhaft abmühte. Und ich wusste, dass es die Teleskoprute war. Mariah, ich schwöre, dass mir der Schweiß ausbrach. Ich habe schon gesehen, wie Menschen beim falschen Umgang damit ihre Finger eingeklemmt und sogar verloren haben. Ich raste also zum Boot, aber wie durch ein Wunder hatte sie sich befreien können, noch ehe ich bei ihr war. Sie hatte einen roten Striemen am Arm, aber das war auch alles, dem Himmel sei Dank."

Jeb kämpfte um Beherrschung. Doch dann brach es aus ihm heraus. „Verdammt, sie weiß doch ganz genau, dass sie mit der Bootsausrüstung nicht spielen darf! Ich war so böse auf sie. Da hab ich sie angeschrien."

„Du solltest dir deswegen keine Vorwürfe machen, Jeb", versicherte ihm Mariah. „Was geschah als Nächstes?"

„Robin ..." Er schloss die Augen und schüttelte müde den Kopf, als ob die Last auf seinen Schultern für ihn plötzlich zu schwer wäre. „Sie sah mich nur an mit einer solchen ... Enttäuschung in ihren Augen. Ich schickte sie ins Haus. Ich selbst blieb draußen, wollte mich zuerst beruhigen, bevor ich mit ihr die Sache noch einmal durchspreche. Als ich ins Haus zurückkam, war Robin verschwunden."

Die Hände zu Fäusten geballt, stand er da und starrte auf das Wasser. „Hilf mir, sie zurückzubekommen, Mariah. Ich tue alles, was getan werden muss", fügte er heiser hinzu. „Ich kann sie nur nicht verlieren."

Mariah wusste, dass er damit mehr meinte, als Robin heute zu finden. „Als Allererstes, Jeb, musst du damit aufhören, dich damit zu quälen, weil du mit Robin geschimpft hast. Sie hat es verdient."

„Die Sozialpädagogin muss jede Minute hier eintreffen. Wie werde ich dann dastehen?"

„Sorge dich erst einmal nicht darum. Lass uns überlegen, wo Robin hingelaufen sein könnte." Mariah konzentrierte sich und versuchte, wie eine Elfjährige zu denken. In diesem Augenblick vermisste sie etwas. Sie blickte um sich. „Wo ist Lucy?"

„Lucy?", fragte Jeb geistesabwesend. „Ich weiß nicht. Ich habe sie seit ..." Er unterbrach sich. „Du meinst, Robin könnte Lucy mitgenommen haben?"

„Oder die Hündin hat Robin irgendwohin mitgenommen. Ich habe es bereits bemerkt, dass Lucy immer dahin geht, wohin es sie gerade zieht. Weißt du, wohin sie ihre Ausflüge normalerweise führen?"

„So ungefähr."

„Nun gut, dann suchen wir Lucy und hoffen, Robin ebenfalls zu finden." Sie überlegte kurz. „Ich habe sogar noch eine bessere Idee. Ich suche allein. Du bleibst hier und bereitest dich auf den Besuch der Frau vom Sozialamt vor."

„Wenn sie nicht will, kommt sie aus ihrem Versteck nicht hervor. Ich meine Lucy. Obwohl es auch auf Robin zutrifft", setzte Jeb hinzu.

„Für Lucy brauche ich ein Lockmittel. Hast du etwas, was sie einfach unwiderstehlich findet?"

Jeb schaute Mariah ein wenig befremdet an, aber dann nickte er grimmig. „Wenn es etwas gibt, das ich wirklich weiß, dann ist es, mit welchem Köder man den Haken versieht."

Mariah hatte eine Viertelstunde und keine Minute länger gebraucht, um Lucy mit Pfeifen und dem Herumwedeln eines Schweineohrs anzulocken. Und sie hatte das sichere Gefühl, dass auch Robin in der Nähe war.

Ihr Gefühl trog nicht. Sie fand Robin unter der Felsnase eines Kalksteins sitzend, die langen Beine bis zum Kinn angezogen. Ihre Hose war an beiden Knien voller Schlamm, in ihrem Haar hatten sich kleine Äste und Blätter verfangen. Mariah blutete das Herz, als sie unter dem zerrissenen Ärmel einen hässlichen roten Streifen auf dem Unterarm sah.

Das Mädchen betrachtete Mariah misstrauisch, und Mariah fiel ein, dass Jeb gesagt hatte, Robin wolle nicht eine steife Lady sein wie sie. Wahrscheinlich hatte das Mädchen auch mit ihr ein Hühnchen zu rupfen. Immerhin hatte sie, Mariah, ihre Beziehung abgebrochen, ohne sich zu verabschieden. Und ihr wurde erst in diesem Augenblick so richtig bewusst, wie nachlässig sie gehandelt hatte. Aber solche Erklärungen und Entschuldigungen mussten erst einmal warten.

„Du hast deinem Onkel viel Kummer gemacht mit deinem Verschwinden", sagte Mariah ruhig.

Robin antwortete nicht, sie streckte nur ihr kleines Kinn vor und wandte den Blick von Mariah ab, um auf den See hinauszuschauen.

Mariah faltete die Hände hinter ihrem Rücken. „Weiß du, Jeb Albright mag zwar nicht immer so genau wissen, was in dem Kopf eines heranwachsenden Mädchens vor sich geht, aber seine größte Sorge im Leben ist es, die Menschen, die er liebt, glücklich zu machen. Und darüber sollte niemand die Nase rümpfen, wenn du mich fragst."

Nachdem Mariah das gesagt hatte, rief sie Lucy herbei und wandte sich zum Gehen um.

Sie hatte noch keine fünfzig Meter zurückgelegt, als Robin sie einholte. „Warum haben Sie aufgehört, bei Onkel Jeb zu arbeiten?", brach es aus ihr heraus.

Mariah warf einen kurzen Seitenblick auf das Mädchen. „Was hat dein Onkel dir darüber gesagt?"

„Er sagte, dass wir Sie nicht mehr brauchen."

„Es tut mir leid, Robin, dass ich es dir nicht selbst erzählt habe", gab Mariah zu. „Aber ich glaubte, dass es für dich zum Besten wäre, wenn ich ginge."

Sie liefen eine Weile schweigend nebeneinander her. Dann fragte

Robin: „Warum war für meinen Onkel nichts mehr so, wie es gewesen war, nachdem Sie aufgehört hatten, zu uns herauszukommen?“ Sie richtete ihre blauen Augen fragend auf Mariah. „Und nichts, was ich tue, scheint ihm mehr zu gefallen.“

Als ob Robin über sich selbst böse wäre, weil sie ein solches Zugeständnis gemacht hatte, beschleunigte sie ihre Schritte und wäre fast über einen Stein gefallen. Ein ganzes Stück weiter blieb sie dann stehen und drehte sich abrupt zu Mariah um.

„Onkel Jeb ist kein Hinterwäldler, das ist er nicht!“, schrie sie, bevor sie herumwirbelte und zum Strand hinunterlief.

Jeb plauderte mit der Sozialpädagogin, Cathy Sperry, als er Stimmen hörte, die aus der Richtung des Docks kamen. Er wandte sich um und sah Robin den Hang heraufmarschieren, Mariah dicht hinter ihr.

Das Mädchen blieb stehen, als sie ihn entdeckte. Einen ganzen Moment lang blickten sie sich nur unsicher an. Er zögerte, wusste nicht, wie er sich verhalten sollte. Und dann bemerkte er, wie Robin den Ärmel über die Wunde hielt, und die schreckliche Szene von vor wenigen Stunden lief wieder vor seinen Augen ab.

Jeb machte einen Schritt auf das Mädchen zu.

Das war all die Ermunterung, die Robin brauchte. Mit zurückwehenden Haaren rannte sie zu ihm und warf die Arme um seine Taille, klammerte sich an ihn, als ob sie ihn nie wieder loslassen wollte. Und Jeb hielt sie dicht an sich gedrückt und wiegte sie, als ob sie ein kleines Kind wäre.

„Es t-tut mir leid, Onkel Jeb“, schluchzte sie und presste ihr Gesicht gegen seine Hemdbrust. „Ich w-wollte nicht l-lästig sein. Ich d-dachte nur, weil mein Dad gut im Herum-herumbasteln war ... das hast du gesagt, und da ... da dachte ich, ich könnte die Teleskoprute richten. Ich wollte nicht, dass mein Ärmel sich verfängt ...“

„Ich weiß, Robin“, murmelte Jeb und strich ihr über das dunkelblonde Haar. „Weine nicht. Alles ist gut. Ich verspreche es.“

Aber Robin war nicht so leicht zu trösten. Als ob sich eine innere Barriere in ihr geöffnet hätte, kamen die Worte wie ein Sturzbach aus ihr hervor. „Das alles ist doch nur so, weil ich ein Mädchen bin! Ich koste dich nur Geld und mache dir Schwierigkeiten mit all den K-kleidern und dem Unterricht und dieser dummen Party."

Jeb zog die Augenbrauen zusammen. „Ich dachte, du wärst froh darüber, deine Freundinnen einzuladen." Er strich ihr das Haar aus dem Gesicht. „Und du mochtest doch auch die hübschen Kleider und die neue Frisur, zumindest zu Anfang."

„Ich mochte das auch", schrie Robin, als ob sie eine schreckliche Tat begangen hätte. „Aber ich will so sein wie du und Wiley! Weil du ... du mich nicht hier haben willst, wenn ich anders bin."

Robin brach wieder in Weinen aus, und Jeb blickte völlig verblüfft zu Mariah herüber. Sie schüttelte nur den Kopf, war offensichtlich genau so perplex.

Er ging vor Robin in die Hocke und legte eine Hand auf ihren Rücken. „Wie bist du nur auf solche Gedanken gekommen?"

„Du hast Mariah für mich eingestellt, und dann plötzlich wolltest du sie nicht mehr. Und da dachte ich, es hat etwas mit mir zu tun. Denn du magst Mariah, und sie mag dich, warum solltest du sie dann wegschicken?"

„Nun, das ist etwas zwischen Mariah und mir. Aber sie und ich haben immer zuerst an dein Wohl gedacht."

„Siehst du, was ich meine? Du warst nicht glücklich, weil Mariah nicht kam, und ich wusste, dass es meinetwegen war. Und da dachte ich, du wolltest nicht, dass Mariah mir Unterricht gibt, weil du mich zu Tante Anita schicken willst."

Jeb warf einen kurzen Blick zu der dabeistehenden Sozialpädagogin, die die ganze Szene mit großem Interesse verfolgte. Im Moment war es Jeb allerdings gleichgültig, was sie dachte. Ihm ging es vor allem um Robin.

„Willst du nicht, dass ich hier bei dir bleibe, Onkel Jeb?", flüsterte sie. Ihr schmales Gesicht war von Tränen und Kummer gezeichnet. „D-denkst du, dass ich nicht hierhergehöre, weil ich ein Mädchen bin?"

Jeb schluckte den Kloß, der sich in seiner Kehle gebildet hatte, herunter. „Oh, Robbie, natürlich will ich, dass du hier bei mir bleibst", antwortete er mit gebrochener Stimme. „Auch dann, wenn es manchmal einfacher wäre, einen Sack Flöhe zu hüten."

Mit einem Schluchzer der Erleichterung warf Robin sich in seine

Arme, barg ihr Gesicht an seinem Nacken, und er drückte sie herzlich an sich.

Wiley erschien in diesem Moment, und er sah fast genauso verwirrt aus wie Cathy Sperry. Jeb drückte seine Nichte noch einmal an sich und erhob sich. „Wiley, warum nimmst du Robin nicht ins Haus und verbindest ihr den Arm. Ich habe mit Ms Sperry zu sprechen."

„Geht in Ordnung", sagte Wiley.

Jeb nickte und drehte sich zur Sozialpädagogin um. Und zu Mariah.

Mariah schien seine nächsten Worte bereits zu erahnen. Um ihm zuvorzukommen, sagte sie: „Ich möchte bleiben, Jeb, wenn ich es darf. Vielleicht kann ich dir dabei helfen, unsere Abmachung zu erklären."

Er bemerkte die Besorgnis in ihren Augen, die ihm bereits vertraut war, und er hatte nicht den Willen oder die Kraft, ihre Hilfe zurückzuweisen. Denn es würde zweifellos allerhand zu erklären geben, nachdem Ms Sperry ein kleines Mädchen gesehen hatte, das völlig durcheinander war und eine hässliche Wunde am Arm hatte.

Es sah nicht gut aus für ihn.

9. KAPITEL

Nachdem die Sozialpädagogin gegangen war, rührte Jeb sich eine ganze Weile nicht vom Fleck. Mariah sehnte sich danach, ihn zu trösten, aber ihr fielen keine überzeugenden Worte ein. Die Situation sah einwandfrei nicht ermutigend aus.

Er blickte zum Wohnwagen hinüber, und sie nahm an, dass er sich nicht entscheiden konnte, wie er Robin und Wiley die Dinge erklären sollte.

„Lass uns einen Spaziergang machen", schlug Mariah vor, wie er es am ersten Abend, den sie hier herausgekommen war, getan hatte. „Die beiden können noch ein bisschen auf dich warten."

Jeb nickte und folgte Mariah, die ihre Schritte unwillkürlich zu dem Platz lenkte, wo Robin sich verkrochen hatte. „Nur damit du weißt, wo du sie das nächste Mal suchen sollst", erklärte Mariah. „Sollten Hund oder Kind wieder einmal verschwinden."

Nachdenklich brach Jeb einen kleinen Ast von einem Busch und zupfte die Blätter ab. Dann schüttelte er den Kopf. „Oje, wie müssen wir heute nur gewirkt haben! Wie ein Haufen Sonderlinge. Zwei eingefleischte Junggesellen, die versuchen, ein hysterisches kleines Mädchen zu beruhigen, das sich wünscht, wie einer von ihnen zu werden. Oh, und dann war da noch unsere Nachhilfelehrerin für gutes Benehmen, die als Souffleuse für den Notfall bereitstand. Nicht einmal ich würde mir die Vormundschaft für Robin überlassen, nach dieser lächerlichen Szene."

Er bückte sich und hob einen Stein auf und fuhr mit dem Daumen über die Oberfläche. Aber er ließ ihn nicht über das Wasser hüpfen, wie Mariah angenommen hatte. Mit einer heftigen Armbewegung warf er ihn weit von sich. „Verdammt, Anita hat alles bekommen, was sie vom Leben wollte! Einen wohlhabenden Mann, zwei Kinder, wahrscheinlich ein Haus mit großen Fenstern und einem weißen Lattenzaun, mit einer Katze und einem Hund im Hinterhof!"

Er fuhr sich mit beiden Händen durchs Haar, bevor er heftig sagte: „Warum kann ich nicht haben … was ich am meisten will?"

Auf einmal wusste Mariah mit der Intuition einer Frau den wahren Grund, warum Jeb ausgerechnet sie eingestellt hatte, um ihm zu helfen. Er glaubte, er müsse Robin das Leben bieten, das sie bei Anita Babcock finden würde.

Und Mariah wusste auch, wie sie ihm helfen könnte.

„Was wäre, wenn …“, fing sie an und unterbrach sich sofort.

„Was wolltest du sagen?“, hakte Jeb nach. „Mariah, ich bin willens, praktisch alles zu versuchen.“

Ja, das war er, war es immer gewesen. Ermutigt sprach sie es aus. „Ich meine, was wäre, wenn wir heiraten würden?“

„Wenn wir was?“, fragte Jeb ungläubig, was nicht gerade die Reaktion war, die Mariah sich erhofft hatte.

Mariah zögerte wieder, fragte sich, ob sie nicht unglaublich naiv sei. Aber sie drängte ihre Bedenken beiseite.

„Es würde seinen Zweck erreichen, oder nicht?“, beharrte sie. „Du würdest nicht nur dem Gericht zeigen, dass Robin einen Vater und eine Mutter hat. Du würdest zudem beweisen, dass Robin durchaus zu einer Lady erzogen werden könnte. Ich meine, ich bin eine Lady aus den Südstaaten, ich bin so aufgewachsen, nicht wahr? Denk doch nur daran, wie ich mein Unternehmen benannt habe!“

Jeb starrte sie nur einfach an.

„Oh, hör auf, mich so anzusehen!“, forderte Mariah kurz angebunden, um ihre Verlegenheit zu überspielen. Gütiger Himmel, wie konnte sie sich nur so lächerlich gemacht haben! Als er sie noch immer schweigend anstarrte, hob sie trotzig das Kinn. „Oh, vergiss das Ganze! Es war nur eine unausgegorene Idee.“

„Oh, nein“, entgegnete Jeb. „Lass uns dein … Angebot einmal untersuchen. Du denkst also, wir sollten den Sprung wagen und heiraten? Du wirst meine barfüßige Fischfrau sein, und ich dein hinterwäldlerischer Geliebter?“

„Hör auf!“, schrie Mariah. „Du bist kein simpler Hinterwäldler, Jeb Albright. Immer wieder habe ich festgestellt, wie du die Sorgen und Bedürfnisse der anderen über deine eigenen stellst. Vor allem Robins, aber auch meine.“

„Ich habe dich doch gewarnt, mich nicht in einem so noblen Licht zu sehen“, erinnerte Jeb sie. „Ich frage mich, ob du dir wirklich bewusst bist, was du mir soeben angeboten hast … oder was du zurückbekommen würdest.“

Jeb bückte sich, und bevor es Mariah aufging, was da geschah, hatte er sie auf die Arme gehoben. Mariah schrie auf und legte unwillkürlich einen Arm um seinen Nacken. Die Vorsicht war völlig unnötig. Jeb wollte sie nicht fallen lassen, er hielt sie sicher, als er mit wenigen Schritten den Texoma See erreichte und in das kühle Wasser bis zur Brust hineinwatete.

Mariah schnappte vor Schreck nach Luft. Sie hatte auch Angst. Am hellichten Tag in den See zu tauchen war schon schlimm genug. Aber es nach Anbruch der Dunkelheit zu tun, wenn jede Menge kleiner Biester herumschwammen oder -schwirrten, war schauderhaft.

„Was tust du da?“, fragte sie nervös.

Er löste den Griff um ihre Schultern und unter den Knien, um Mariah langsam an sich heruntergleiten zu lassen.

„Was ich da tue?“, fragte er in seinem sinnlichen Tonfall, der Mariah unter die Haut ging. „Ich zeige dir, was es bedeuten würde, mit mir verheiratet zu sein. Diesmal wird keine Katze im Sack gekauft, Mädchen.“

Da der anfängliche Schock sich verflüchtigt hatte, fand Mariah das Wasser seltsam belebend, so wie es sie umspielte und ihre weichen Brüste gegen Jebs muskulösen Oberkörper drängte. „W-was meinst du damit?“

„Ich meine, wenn du dich mit einem Einheimischen verbinden willst, tue es zumindest mit offenen Augen.“ Er zog eine Braue hoch. „Ich möchte später nicht beschuldigt werden, dir einen falschen Eindruck von mir vermittelt und dich enttäuscht zu haben. Du solltest genau wissen, was du bekommst. Ganz genau.“

Mariah erzitterte vor dem gefährlichen Glitzern in seinen Augen und der Prophezeiung in seinen Worten. „Ich habe keine Ahnung, wovon du redest“, erklärte sie mutig.

„Dann erlaube mir, dass ich es dir zeige.“

Er hob die Hand und legte die schwieligen Fingerspitzen an ihre Schläfen, und Mariah war wie gebannt, wie immer, wenn er sie berührte.

„Es ist wie beim Fischen, weißt du?“, murmelte Jeb sanft. Liebkosend strich er von der Schläfe über die Wangen hinunter zu ihrem Kinn, dann tiefer zu ihrem Hals, wo er mit einem Finger unter die Perlenkette glitt.

Er zögerte kurz. „Du siehst, ich kenne alle Geheimnisse dieses Sees – wie tief, wie weit, wie ergiebig jeder Schlupfwinkel, jede Erhebung und Vertiefung unter seiner glatten, unbewegten Oberfläche ist."

Er ließ die Hand tiefer gleiten. Mariah empfand seine Berührung noch intimer durch die nasse Bluse, die an ihrem Körper klebte, als seine Fingerspitzen sich bis zur Vertiefung zwischen ihren Brüsten stahlen.

Mariah war gefangen, sie wagte nicht zu atmen, während Jeb sein Liebesspiel fortsetzte. „Und ich kenne jeden nur erdenklichen Weg, wie man in jene Tiefen vordringt, um sich ihre Kostbarkeiten anzueignen. Sag mir, entspricht all dies … entspreche ich deiner Vorstellung von einem guten Ehemann?"

Seine Hände glitten noch tiefer, hinunter zu ihrer Taille, dann ließ er sie wieder aufwärtsgleiten, bis unter ihre Brüste.

Mariah stöhnte unterdrückt, als sie sich auffordernd an ihn schmiegte. Jeb war so real, genauso, wie sie es vom ersten Augenblick an empfunden hatte. Ja, er war aus einem Material geschnitzt, das ein Leben lang hielt und bestehen blieb. Und das war genau, was sie brauchte. Er wusste das, wusste, wie er ihre Bedürfnisse stillen konnte. Wie konnte da etwas anderes noch von Bedeutung sein?

Jeb küsste sie nicht, blickte ihr nur tief in die Augen, als ob er jedem ihrer Geheimnisse auf die Schliche kommen wollte. Das Mondlicht wirkte silberne Lichter in sein zerzaustes Haar. Dies und der Ausdruck seiner Augen, die von überraschend dunklen, langen Wimpern umgeben waren, ließen ihn fast überirdisch erscheinen.

Und Mariah musste ihn berühren, um herauszufinden, ob er tatsächlich aus Fleisch und Blut war.

„Küss mich, Jeb", flehte sie leise. „Bitte."

Offensichtlich war diese flehentliche Bitte nicht das, was er zu hören wünschte. Doch er zögerte nicht, stieß nur eine gedämpfte Verwünschung aus, packte Mariah um die Taille und zog sie an sich, während er seinen Mund auf ihre Lippen presste, in einem hungrigen, rauen, fordernden Kuss.

Mariah hörte das Blut in den Ohren rauschen. Oh, ja, Jeb war durch und durch Mann, ein heißblütiger Mann, der in ihr einen Hunger weckte, den nur er stillen konnte.

Ja, er zeigte ihr genau, was es bedeuten würde, mit ihm, dem anspruchslosen Mann aus dem Hinterland, verheiratet zu sein.

Mariah hielt sich nicht zurück. Sie konnte es nicht. Sie grub die Finger in sein volles Haar und überließ sich wie er dem irdischen Verlangen. Keiner von ihnen achtete auf Feinheiten, während sie mit Lippen, Händen und ihren zueinander drängenden Körpern noch näheren Kontakt suchten. Mariah verlor auf einmal den Boden unter den Füßen, als Jeb beide Hände unter ihren Po legte und sie anhob. Sie umschlang mit den Beinen seine Taille, als die Leidenschaft zwischen ihnen sich bis ins Unermessliche steigerte.

Jeb löste abrupt die Lippen von ihrem Mund, dann blickte er ihr in die Augen, die Fenster zur Seele, als ob er ihre tiefsten Geheimnisse ergründen wollte.

„Sag mir, was du willst, Mariah", beharrte er mit rauer Stimme.

„Ich will dich", antwortete sie geradeheraus und vergrub die Finger in seinem Haar. „Ich will dich wirklich, Jeb."

„Und?"

Mariah stöhnte. Oh, immer wieder dieses überflüssige „und", was sie nur dazu brachte, Dinge zu sagen, die besser unausgesprochen bleiben sollten! Sollte sie ihm erzählen, wie sie innerhalb weniger Wochen dazu gekommen war, ihn zu lieben? Sicher, sie wusste mittlerweile, dass er von einer brennenden Sehnsucht nach ihr ergriffen war. Aber liebte er sie auch? Die Frage, die sie noch immer plagte, lautete: Könnte er sie lieben, so wie sie war?

Mariah hatte das Gefühl, nicht mehr atmen zu können. Eine Träne lief ihr über die Wange und verriet ihre Gedanken.

„Aber nein, Mariah, weine nicht", sagte Jeb leise und gab ihr den gleichen Trost, den er Robin gegeben hatte. „Es ist schon gut, ich verspreche es dir." Und im nächsten Moment hielten sie einander fest und trösteten sich gegenseitig, zitterten aus Angst vor dem, was sie beide verlieren könnten und wahrscheinlich schon verloren hatten ohne ihre Schuld ... eine gewisse Unbefangenheit der Welt gegenüber, ein Vertrauen in das Leben und zu den Menschen.

Jeb schmiegte das Gesicht in die Beuge ihres Nackens, mit den Armen hielt er Mariah dicht an sich gepresst, so dicht, als ob er sie niemals loslassen würde. Und auch sie hielt ihn, tröstete ihn auf eine

Weise, wie nur sie es konnte.

„Ich könnte hier arbeiten, Jeb." Mit den Fingern spielte sie in seinem Haar. „Ich würde es für … für Robin tun. Denk doch nur, wie groß dann deine Chancen wären, sie zu behalten. Und ich weiß, dass du dir das mehr als alles andere wünschst."

Eine ganze Weile sagte er nichts, sein Atem ging schwer. Er hob die Hand, um ihre Wange zu streicheln.

„Nein", antwortete er schließlich. „Nein, das will ich nicht. Nicht einmal für Robin."

Himmel, wie weh seine Zurückweisung tat! Aber Mariah zuckte nicht einmal zurück, weil Jeb recht hatte. Robin brauchte wirkliche Eltern, nicht diese künstliche Situation, vor der sie bereits heute Nachmittag davongerannt war.

Jeb ließ Mariah langsam herunter, während ein Gefühl von Scham und Verlegenheit sie ergriff. Vor allem, weil sie erkannte, dass der Beweggrund für ihr heutiges Verhalten Jeb gegenüber wieder einmal nicht besonders nobel war. Die Sorge um seine Nichte hatte für sie nicht den Vorrang, wie sie sich vormachen wollte, und Jeb wusste das. Er wusste, dass es ihnen beiden so ging. Doch schließlich hatte er auf die Stimme der Vernunft gehört und hatte sie zurück in die Wirklichkeit gebracht.

„Schau nur, was ich mit dir gemacht habe", sagte er mit gedämpfter Stimme. „Du bist durch und durch nass, und deine Kleider sind hinüber. Es tut mir leid, Mariah."

„Mir … mir tut es auch leid", stammelte Mariah. Es tat ihr für sie beide leid. Auch für Robin.

Sie legten den Weg zum Bootshaus schweigend zurück, wo Jeb einige Handtücher hervorholte, mit denen sie sich abtrocknen konnten. Er bot Mariah wieder saubere Kleidung an, aber sie lehnte sie ab. Sie wollte jetzt nichts mehr so sehr, wie diesen katastrophalen Nachmittag für immer zu beenden.

Nur bedeutete dies auch, dass sie damit die Verbindung zu Jeb Albright ebenfalls zu einem unwiderruflichen Ende bringen würde.

Wie immer begleitete er sie noch zum Wagen und half ihr, die Handtücher auf dem Sitz auszubreiten, um die Polster nicht zu durchnässen. Sie setzte sich schließlich hinter das Steuerrad, ihr Herz tat ihr weh. Der Abschied kam.

Mariah blickte zu ihm auf, als er durch das offene Fenster auf sie herunterschaute. „Also, viel Glück bei der Gerichtsverhandlung, Jeb."

„Danke."

„Du berichtest mir dann, wie sie ausgegangen ist, nicht wahr?"

Er zögerte, dann nickte er. „Sicher."

„Weißt du, mir liegt sehr viel an eurem Glück, deinem und Robins", flüsterte sie.

Sie sah, wie Jeb kurz die Augen schloss, als durchzuckte ihn ein plötzlicher Schmerz. Dann sagte er: „Ich danke dir, dass du heute zu meiner Rettung herausgekommen bist. Und dein Heiratsantrag ... Du kannst dir nicht vorstellen, was es mir bedeutet, dass du das für mich und Robin tun wolltest. Aber ich kann es nicht zulassen, dass wir beide eine solch unbesonnene Entscheidung treffen."

Er zog den Mundwinkel zu seinem herzerweichenden schiefen Lächeln hoch. Nur dass es diesmal traurig aussah. Traurig und irgendwie weise. „Ich denke, du kannst jetzt mit gutem Gewissen für dein Unternehmen werben, denn ich wurde wirklich von der Südstaatenschönheit errettet."

Mariah kam es eher so vor, als hätte sie mehr zerstört als Gutes getan. „Du hättest Robin auch selbst gefunden, oder sie wäre nach Hause gekommen. Du bist ihr zweifellos ein guter Vater, Jeb. Komm ja nicht auf einen anderen Gedanken", ermahnte sie ihn eindringlich.

Jeb zuckte nur die Schultern. Es war die gleiche Geste, die sie bei ihm gesehen hatte, als er die Sozialpädagogin verabschiedete.

Mariah war verzweifelt. Sie liebte ihn, und sie konnte es nicht einfach so enden lassen. „Jeb, ich weiß, dass mein Vorschlag zu heiraten, nun ja, ... extrem war, aber könnte es nach der Gerichtsverhandlung nicht möglich sein, ich meine, dass du und ich ..."

Ihre Stimme verklang, als er den Kopf senkte, um ihren Blick zu meiden. „Diese Möglichkeit besteht immer, denke ich", gab er zu, obgleich sein Tonfall ihr keine Hoffnung ließ.

Seine Züge waren angespannt, als ob er mit einem Gefühl tief in seinem Inneren rang. „Es wird jedoch immer so sein", sagte er rau, „dass wir aus verschiedenen Welten stammen, völlig verschiedene Erfahrungen haben, die uns zu dem machten, wer wir sind. Das hast du selbst gesagt."

„Ja, aber bedenk nur, wie wir in der kurzen Zeit dazu gekommen sind, einander zu respektieren und zu verstehen, trotz aller Verschiedenheit. Und könnte es nicht möglich sein, dass wir darauf aufbauen ...“

„Mariah.“ Jeb klang entschieden. „Ich denke, am besten wäre jetzt, wenn du versuchtest, über deinen Exmann hinwegzukommen. Auch ich brauche Zeit, um meinen Kopf klar zu bekommen und wieder an die Prioritäten zu denken, die ich mir gesetzt habe. Ich habe mich in letzter Zeit zu sehr davon ablenken lassen.“

Er machte mit dem Arm eine weite Bewegung, die alles um ihn einschloss, das Bootshaus und das Dock mit dem High-Tech-Boot, das im Wasser schaukelte, die einheimischen Bäume, Bubba J.'s Laden, der jetzt dunkel war, und nicht zuletzt den Wohnwagen, aus dessen Fenster das Licht warm und einladend schien.

„Zumindest weiß ich jetzt, wie ich mit der Situation fertig werden kann“, sagte er ruhig, als er von ihrem Wagen ein paar Schritte zurücktrat.

Mariah bemerkte, dass in seiner Stimme oder Haltung nicht einmal ein Anflug von Hoffnung oder Optimismus lag. Und vielleicht war das der Fortschritt, den sie beide gemacht hatten, so traurig es auch war. Warum also, fragte sie sich, als sie davonfuhr, fühlte sie sich, als ob sie für den Rest ihrer Tage nichts mehr haben würde, worauf es sich zu freuen lohnte?

10. KAPITEL

Mit zitternden Knien stieg Mariah die Treppe zum Gerichtsgebäude, dem County Justice Center, in Sherman hoch. Zum hundertsten Mal fragte sie sich, ob sie nicht einen riesigen Fehler mache, uneingeladen zur Adoptionsverhandlung zu erscheinen. Aber die Angelegenheit war ihr zu wichtig. Sie konnte es nicht einfach dabei bewenden lassen. Sie musste Jeb und Robin ihre Hilfe zur Verfügung stellen.

Sie betrat das Gerichtsgebäude und ging gleich auf den Lift zu, um ihre vor Aufregung verschwitzten Hände in der Damentoilette zu waschen.

Im Vorraum, vor einem der Handwaschbecken mit den breiten Spiegeln, stand eine modisch gekleidete Frau. Sie lächelten einander im Spiegel kurz zu, Mariah zerstreut, die Frau unpersönlich. Mit einem Stirnrunzeln warf Mariah der Frau noch einen verstohlenen Blick zu. Sie kam ihr irgendwie bekannt vor. Es waren die sanften Augen, die in so krassem Gegensatz zu dem harten Ausdruck um ihren Mund standen. Ihr blondiertes Haar trug sie kurz und gestylt. Ihr Make-up vermittelte den Eindruck: nicht zu viel, aber viel zu perfekt.

Ohne auf Mariahs musternden Blick zu achten, zog sie ihre Lippen mit dem Lippenstift noch einmal nach, obwohl es nicht nötig war. Die Handtasche, die sie auf das Bord abgestellt hatte, war von Gucci, und auch der Rest des Ensembles dieser Frau erschien ähnlich exklusiv. Und Mariahs Meinung nach ein wenig übertrieben … bis vielleicht auf die Perlen an dem Hals der Frau, die ihren eigenen ähnlich waren und ohne die eine richtige Südstaatlerin niemals ausging.

Mariah versteifte sich bei der Erkenntnis, die sie durchzuckte. Diese Frau musste Anita Babcock sein. Die Augen waren ihr als Erstes aufgefallen, und sie erinnerten Mariah an Robins Augen, jedoch ohne die Lieblichkeit und die Lebhaftigkeit im Blick des Mädchens.

Mariah hatte durch Jebs Erzählungen den Eindruck bekommen, dass seine verstorbene Schwägerin und ihre Familie in der Tradition der Südstaatler erzogen worden waren. Doch bei dieser Frau hatte

Mariah eher die Vorstellung, dass sie jemand sei, der zwar nach Feinsinn strebte, aber es nicht ganz schaffte ... weil es nicht von innen heraus kam. Mariah wusste es besser als so manch anderer, dass Geld, Privilegien und hoher Lebensstatus aus einem Menschen weder eine Lady noch einen Gentleman machten.

War es das, was Jeb fürchtete? Dass Robin sich so entwickeln würde, wenn sie bei Anita aufwachsen würde?

Und auf einmal wusste Mariah, wie sie Jeb Albright helfen könnte. Mariah betrachtete sich jetzt gründlich im Spiegel. Der Schnitt ihres beigefarbenen Kostüms war tadellos, die cremefarbene Seidenbluse mit dem schmalen Schalkragen saß perfekt und brachte die Qualität ihrer schimmernden Perlen am Hals wirkungsvoll hervor. Aus einer plötzlichen Unsicherheit heraus hatte sie ihr Haar nicht zu dem strengen Zopf geflochten, den sie sonst trug, sondern es zu einem im Nacken tiefsitzenden losen Knoten geschlungen. Diese Frisur passte zu ihrem übrigen Äußeren. Sie wirkte kultiviert, korrekt, unnahbar, von Kopf bis Fuß eine echte Südstaatenlady. Mit ihrer scheinbar hochmütigen Haltung wollte sie eher ihre Selbstzweifel überspielen als ihrem wahren Wesen entsprechen. Aber es war eine Haltung, mit der sie Anita herausfordern würde.

„Ms Babcock?“, sagte sie.

Verwundert und etwas erschrocken drehte Anita sich zu ihr um. „Ja?“

„Dürfte ich mit Ihnen über etwas sprechen?“, fragte Mariah mit ihrer kultiviertesten Stimme.

Anita Babcock blickte sie argwöhnisch an ... so argwöhnisch wie Jeb Albright sie an dem Tag angestarrt hatte, als sie ihm zum ersten Mal begegnet war.

Mariah ging erst jetzt auf, wie verwundbar er sich fühlen musste, diese Frau als Gegenspielerin zu haben.

„Worüber wollen Sie mit mir sprechen?“, fragte Anita.

Mariah lächelte ihr zuckersüßestes Lächeln. „Oh, über gewisse ... Verhaltensregeln, über die sich zwei Ladys, wie wir es sind, sicher einig sind.“

Ja, sie und Anita Babcock würden nun ein kurzes Gespräch führen, von Südstaatenschönheit zu Südstaatenschönheit.

Mit Wiley im Gefolge betraten Jeb und seine Nichte das schmucklose Innere des Gerichtsgebäudes. Robin hatte ihre Hand in die von Jeb gelegt und wirkte wie ein kleines Mädchen, das fürchtete, verloren zu gehen. Jeb wusste um ihre Gefühle. Sie bewegten sich alle drei in einer ungewohnten Umgebung. Jetzt war ihm so richtig klar, warum er es vorzog, in Texoma zu bleiben. Er fühlte sich hier völlig unbehaglich, unvertraut mit dem üblichen Verlauf einer Gerichtsverhandlung, und deshalb schutzlos und angreifbar.

Ken Montgomery, sein Anwalt, wartete bereits vor dem Verhandlungszimmer. In seiner Nähe stand ein Mann, den Jeb als Randy Babcock erkannte, Anitas Ehemann. Mit vor der Brust gekreuzten Armen sprach er mit einem anderen Mann, wohl deren Anwalt. Beide sahen aus, als ob sie aus einer Hochglanzanzeige einer Topmodezeitschrift entstiegen seien, deren Überschrift lautete: „Was trägt der Millionär, der fantastisch aussehen will?"

Jeb fuhr mit der Hand glättend über seine Krawatte. Sowohl er als auch Wiley trugen Anzüge. Und Jeb hatte geglaubt, sie beide sähen passabel darin aus, bis er auf diese zwei Männer stieß.

„Da sind Sie ja!" Eine lächelnde Cathy Sperry kam auf sie zu. „Wie hübsch du heute aussiehst, Robin", bemerkte sie mit warmer Stimme.

„D-danke", antwortete das Mädchen automatisch. Sie sieht wirklich hübsch aus, dachte Jeb, in der Westernbluse und dem kurzen Jeansrock. Ihre bei Jugendlichen so beliebten weißen Westernstiefel mit der Verzierung an den Seiten waren genau Robins Stil. Jeb hatte ihr heute Morgen dabei geholfen, das Haar zu einem dicken Zopf zu flechten. Sie hatte sich ohne Widerrede seinen Vorschlägen gefügt, denn sie wusste, dass es von Vorteil wäre, wenn sie wie ein behütetes, gut erzogenes Kind wirkte.

Die Sozialpädagogin legte den Arm um Robins schmale Schultern. „Wie wäre es, wenn wir uns einen Platz suchten und uns beide zusammensetzten?" Auch wenn sie die Frage höflich formuliert hatte, so war es keine Bitte gewesen.

Robin blickte zu Jeb auf, ihre blauen Augen hatten sich überschattet. Vielleicht hatte sie das Gefühl, dass ihre gemeinsame Zeit abgelaufen sei. Ihr Schicksal würde in diesem Gerichtsgebäude heute besiegelt werden. Mit wem würde sie es verlassen … mit ihm oder mit Anita?

„Geh nur, Mädchen“, sagte Jeb und drückte ihre Hand. Sie nickte und ließ es zu, dass sie von Cathy Sperry fortgeführt wurde.

Es wird nicht das Ende der Welt bedeuten, wenn Robin Anita zugesprochen werden sollte, sagte Jeb sich. Er würde sie immer noch besuchen dürfen, und sie könnte auch ganz sicher zu ihm und Wiley kommen. Aber als er ihr nachblickte, fühlte er, wie sein Herz sich zusammenzog.

Er drehte sich zu Ken um. „Nun, jetzt müssen wir zusehen, wie wir die andere Seite einwickeln“, sagte Ken mit der aufgesetzten Überzeugung eines jungen Anwaltes.

„Wir sollten uns lieber aufs Schlimmste gefasst machen“, murmelte Jeb mit einer nachdrücklichen Kopfbewegung in Richtung des Anwaltes der Gegenpartei.

„Ich habe es schon bemerkt.“ Ken nahm die Aktentasche in die andere Hand. „Sie hätten es zulassen sollen, dass ich einen Privatdetektiv einstelle, um vielleicht das eine oder andere aufzudecken, das wir gegen die Babcocks verwenden könnten.“

„Ich habe es Ihnen bereits gesagt, Ken, ich bin nicht für solche Spiele.“

Der Anwalt blickte misstrauisch zum anderen Anwalt hinüber. „Ich bin auch nicht für solche Taktiken, aber ganz sicher haben die einen Schnüffler auf Ihre Fährte gesetzt.“ Er kniff die Lippen zusammen. „Ich verspreche Ihnen, dass ich das Beste für Sie tun werde, Jeb.“

Jeb klopfte ihm auf die Schulter. „Ich weiß das, Ken. Mehr kann und will ich nicht erwarten.“

„Nun, günstig liegt es für uns allein schon deswegen, weil die Sozialpädagogin den Vorfall mit der Teleskoprute nicht gemeldet hat. Wenn wir dann noch zum richtigen Zeitpunkt ‚Saved by the Belle‘ in die Verhandlung einbringen …“

„Schau mal, wer da kommt!“ Wiley gab Jeb einen Rippenstoß. „Wenn man von Du-weißt-schon-Wem redet …“

Jeb drehte sich um und sah Mariah Duncan den Gang heraufkommen.

Ihr Anblick raubte ihm den Atem. Eine Klassefrau, so frisch und gepflegt, wie sie aussah, und blass und elegant wie eine Magnolienblüte. Er hatte sie noch nie zuvor mit dieser Frisur gesehen. Es gab ihr den Reiz einer blaublütigen Südstaatlerin.

Dann entdeckte sie ihn und kam lächelnd auf ihn zu. Es gab ihm die Gelegenheit, ihre langen, gut geformten Beine unter dem kniefreien Rock zu bewundern. Durch die Pumps mit den hohen Absätzen erschienen sie noch länger.

Himmel, war sie schön! Und sie kam aus einer ganz anderen Welt.

„Hallo, Jeb", sagte sie und blickte ihn aus diesen mandelförmigen Augen an, die Wärme, Ruhe und Anteilnahme ausdrückten.

„Hallo, Mariah", brachte Jeb heraus und steckte die Hände tief in die Hosentaschen, um Mariah nicht vor den Augen aller Anwesenden in die Arme zu reißen. Aber Ken und Wiley und sogar Randy Babcock und sein Anwalt hatten sich bereits entfernt. „Ich habe mit dir hier nicht gerechnet."

„Ich bin gekommen, um dir zu helfen."

Jeb war gerührt. „Ich weiß deine Unterstützung wirklich zu schätzen."

„Oh, ich wünschte, ich könnte mehr tun." Sie berührte mit den Fingerspitzen die Perlen um ihren Hals, obwohl die Geste heute auf ihn irgendwie anders wirkte.

„Ja, ich weiß. Ken und ich haben entschieden, dass es zu riskant sei, dich als Zeugin aufrufen zu lassen", erklärte Jeb. „Wir wollten der anderen Seite nicht noch eine größere Chance als nötig bieten, die Dinge ins falsche Licht zu rücken und die Tatsache, dass ich dich eingestellt habe, gegen mich auszuspielen. Meine Unerfahrenheit und meine begrenzten Möglichkeiten, ein Kind aufzuziehen, könnten dadurch erst recht hervorgehoben werden." Er zog den Mundwinkel zu einem schiefen Lächeln hoch.

„Ich verstehe", sagte Mariah sanft. Und als er ihren zärtlichen Blick bemerkte, mit dem sie zu ihm aufsah, wusste Jeb, dass sie ihn tatsächlich verstand. „Mariah", sagte er rau, „wahrscheinlich ist jetzt nicht der allerbeste Moment, dir dies zu sagen. Ich weiß nicht einmal, ob es jemals einen solchen Moment geben wird. Aber ich habe endlich entschieden, dass ich es nicht zulassen kann ..."

Das Aufblitzen von Farben in seinem äußersten Blickwinkel lenkte ihn von dem ab, was er sagen wollte. Als er hochblickte, sah er eine Frau in Rot und Gold den Gang heraufkommen. Ihre Augen waren direkt auf Jeb gerichtet. Anita.

Er vergaß, was er hatte sagen wollen, während sie einander anstarrten.

Jeb wusste nicht, wie sie ihn bewertete. Er selbst hätte sich gern gefragt, was er jemals in ihr gesehen hatte. Aber die Wirkung war da ... der faszinierende Kontrast von geschliffenem Äußeren und einer unterschwelligen Sinnlichkeit.

Doch ganz sicher machte sie nicht den Eindruck einer Frau, die alles bekommen hatte, was sie vom Leben erwartete.

Er hielt Anitas abschätzendem Blick stand. Sie schlug als Erste die Augen nieder, als sie die Schultern durchdrückte und auf den Gerichtssaal zuging.

Bevor sie sich aber zum Gehen umgedreht hatte, war Jeb aufgefallen, dass sie und Mariah einander kurz angeblickt hatten. Dieser Blick ... als ob sie einander kannten und sehr gut verstanden.

Sein altes Misstrauen meldete sich wieder. Oh, wie konnte er nur so leichtgläubig sein!

„Was geht hier vor, Mariah?“, forderte er geradeheraus.

„Es ist nicht so, wie du denkst“, versicherte Mariah ihm schnell und legte die Hand auf seinen Arm.

In diesem Augenblick steckte Ken den Kopf aus dem Gerichtssaal. „Jeb, wir brauchen Sie hier.“

„Noch eine Minute“, rief Jeb zurück und drehte sich wieder Mariah zu. „Du hast vorhin gesagt, du wolltest mir helfen. Was hast du damit gemeint?“

„Vielleicht hätte ich die Sache erst mit dir klären sollen, aber ...“

„Jeb, der Gerichtsdiener steht schon für den Richter parat“, unterbrach Ken.

„Ich komme.“ Doch Jeb rührte sich nicht, sondern blickte Mariah forschend in die Augen. Sie hielt seinem Blick stand.

„Vertrau mir“, flüsterte sie.

Er schüttelte nur den Kopf.

„Und vertraue auch dir selbst“, fügte sie leise hinzu.

„Jeb", warnte Ken nervös.

„Das werde ich wohl müssen", murmelte Jeb, wandte sich von Mariah ab und eilte in den Gerichtssaal.

Mit einem tiefen Atemzug nahm er neben Ken Platz und versuchte, alle Gedanken an Mariah zu verscheuchen, obwohl es nicht leicht war. Verdammt, dass er sich wieder einmal hatte ablenken lassen! Wenn er Robin aus lauter Kurzsichtigkeit und Dummheit verlor, würde er es sich niemals vergeben.

Die Verhandlung begann.

Den Vorsitz hatte eine Richterin ... Irene Dorchester, etwa Mitte fünfzig. Sie stammte, wie Ken ihm gesagt hatte, aus der Gegend um Texoma. Besonders Letzteres war ein Plus, das Jeb für sich verbuchen konnte.

Außer, dass sie Perlen zu ihrer schwarzen Robe trug.

Da Jeb der erste Antragsteller war, wurde seine Seite des Falles zuerst präsentiert.

Es sehe gut für sie aus, sehr gut, sagte Ken während der Lunchpause, warnte aber Jeb und Wiley, dass die Babcocks sich auch nach Kräften anstrengen würden, wenn sie an der Reihe wären. Er war ziemlich überrascht, dass Paul Harrison, Babcocks Anwalt, die Aussagen im Kreuzverhör nicht ernsthaft hinterfragt hatte. Das machte Ken ein wenig zu schaffen, aber er würde einem geschenkten Gaul nicht ins Maul gucken.

Jeb hatte das heimtückische Glitzern in den Augen des anderen Anwaltes bemerkt, und er fragte sich, ob sie nicht alle unglaublich naiv wären. Seltsam genug, dass trotz aller Zweifel, die Mariah in ihm geweckt hatte, er ihre Anwesenheit in dem Gerichtssaal dennoch als beruhigend empfand.

Der Nachmittag verlief auf eine ähnlich günstige Weise wie der Vormittag, bis Ken erklärte: „Euer Ehren, ich würde gern Mr Jeb Albright in den Stand rufen."

Jeb erhob sich und wurde vereidigt. Er und Ken hatten die Fragen durchgeprobt, die der Anwalt ihm stellen würde und die sich hauptsächlich um Jebs Verantwortung Robin gegenüber drehten ... wie er sich bei der frühesten Gelegenheit um eine Adoption gekümmert hatte, und wie er sich bemüht hatte, für Robin das Beste zu erreichen.

Dann kam der schwierige Teil.

Vertrau mir … Vertrau auch dir selbst, hatte Mariah ihm zugeflüstert. Die Ermutigung stand ihr auch jetzt in den seelenvollen Augen.

„Weil“, führte Jeb nach einer Befragung seines Anwaltes aus, „Mariah Duncan das ist, was ich eine richtige Lady nenne.“

Wie immer, wenn er diese Worte gebrauchte, versteifte Mariah sich, als ob sie sich gegen etwas wappnen müsste. Diese Reaktion hatte ihn schon immer verblüfft, eine Reaktion, die seiner eigenen Reaktion darauf ähnelte, als einfacher Mann vom Lande bezeichnet zu werden.

Dann bemerkte er, wie Cathy Sperry ihm aufmunternd zulächelte. Und auf einmal war ihm klar, dass er es aussprechen musste.

„Was ich damit sagen will, ist Folgendes“, fuhr er fort und blickte offen in die braunen Augen der Frau, die er liebte. „Ich erkannte in Mariah eine ganze Menge der Qualitäten, die Robins Mutter hatte: Aufmerksamkeit und Rücksichtnahme im Umgang mit anderen. Es sind die Qualitäten, die für die alteingesessenen Südstaatler große Bedeutung haben und die aus einer inneren Stärke und Weisheit und Integrität herrühren. Auch wenn meine Schwägerin Lisa diese Qualitäten nicht gehabt haben sollte, so wären sie es trotzdem wert, dass man sie sich aneignet. Es bringt dem Menschen Würde.“

Jeb wurde plötzlich rot. Bestimmt hörte er sich so absurd und so unverständlich an wie ein Schüler der unteren Klasse, der Shakespeare rezitierte. Doch er bekam mit, wie Mariahs beunruhigter Gesichtsausdruck sich veränderte. Nun sah sie ihn liebevoll und anerkennend an. Sie sah aus, als ob sie ihm dankbar wäre, ja, sogar als ob er ihr ein kostbares Geschenk gemacht hätte. Das größte Geschenk, das er ihr machen konnte: sie zu respektieren für das, was sie war.

Offensichtlich hatte Ken erkannt, dass Jeb keinen besseren Abgang haben könnte als mit den Worten, die er soeben ausgesprochen hatte. „Keine Fragen mehr, Euer Ehren“, schloss der Anwalt.

Jeb wurde aus seinen Träumen herausgerissen und in die Realität zurückgebracht, als die Richterin sagte: „Ihr Zeuge, Mr Harrison.“

Die Haltung des blonden Anwalts war leger. Doch er konnte Jeb nichts vormachen.

Harrison lächelte harmlos. „Mr Albright, Sie hatten soeben festgestellt, dass Sie sich für wenig geeignet hielten, ein Mädchen angemessen aufzuziehen, wenn man Ihr Umfeld, ihre berufliche Beschäftigung und persönliche Vorgeschichte bedenkt."

„Ja", antwortete Jeb offen.

„Und das war der Grund, warum Sie Ms Duncan eingestellt haben ... damit Ms Duncan Sie bei der Erziehung Ihrer Nichte in den feineren Umgangsformen berät."

„Ja."

„So wie Ihre verstorbene Schwägerin es schon bei ihrer Tochter getan hatte."

„Nur dass mein Bruder als Robins Vater seine eigenen individuellen Vorstellungen mit in die Erziehung eingebracht hat." Jeb lächelte gewollt harmlos zurück.

„Ja, natürlich." Harrison presste den Zeigefinger gegen seine Lippen in einer Pose des Überlegens. „Und doch glaubten Sie, dass diese Art von Erziehung, die die gleiche Erziehung meiner Klientin, Mrs Babcock, ist, in mancher Hinsicht besser sei, als das, was Sie Robin bieten könnten?"

Jeb hob skeptisch eine Augenbraue. „Nicht ganz."

„Nun gut. Könnte es nicht so gewesen sein, dass Sie einen recht persönlichen und nicht völlig selbstlosen Grund gehabt haben, um in Ihren eigenen Worten ..." Er warf einen Blick auf seine Notizen. „... alles zu tun, damit Sie die Vormundschaft für Robin bekommen?"

„Was ich sagte, war, dass ich alles tun würde, um Robin glücklich zu wissen."

„In Ihrer Vorstellung schließt dieses Glück jedoch den Einfluss einer Frau ein, die Lisa Albright gleichen würde. Die Art von Frau, die, wie Sie sagten, sich für eine Ehe mit Ihnen nicht eignet."

„Ja", antwortete Jeb besorgt. Er ahnte, was als Nächstes kommen würde, aber er wusste nicht, wie er es aufhalten könnte.

„Stimmt es, Mr Albright, dass Sie vor vierzehn Jahren eine Liebesbeziehung mit Mrs Babcock hatten und dass Ihr Heiratsantrag abgewiesen wurde?"

„Einspruch, Euer Ehren", meldete sich Ken. „Gehört nicht hierher."

„Abgelehnt", verfügte die Richterin. „Sie können antworten, Mr Albright."

Mit Mühe hielt Jeb dem Blick des Anwalts stand, auch wenn sein Herz schmerzhaft gegen die Brust pochte. Er hatte gehofft, dass dieser Punkt nicht aufgegriffen werden würde, um Robins willen. Hatte gehofft, dass Anita es nicht zu einem verbalen Gerangel kommen ließe und damit das Ziel verfehlte, um das es Ihnen beiden gehen sollte: das Glück eines kleinen Mädchens.

Aus den Augenwinkeln bemerkte er, wie Anita den Blick gesenkt hielt.

„Ja“, antwortete er mit großer Ruhe.

„Und Sie haben nie geheiratet, Mr Albright?“

„Nein.“

„So können Sie guten Gewissens behaupten, dass Mrs Babcocks Zurückweisung eine anhaltende Wirkung auf Sie ausgeübt hat?“

„Wenn Sie damit meinen, dass mein Gesuch, Robin zu adoptieren, etwas damit zu tun hat, dass ich mich wegen einer Zurückweisung von vor vierzehn Jahren rächen will, dann sollten Sie sich ins Gedächtnis zurückrufen, dass nicht ich es bin, der hier interveniert.“

Ken grinste verstohlen und gratulierte Jeb mit den Augen für sein kluges Kontern.

Harrison schien jedoch nicht aus der Fassung gebracht zu sein. „Lassen Sie uns dann zu der Feststellung zurückkehren, dass Ihrer Meinung nach die Umgebung, in der Sie Robin aufwachsen ließen, für das Kind nicht unbedingt ideal ist … in Ordnung, Mr Albright? Durch das Hinzuziehen von ‚Saved by the Belle‘ versuchten Sie, für Ihre Nichte das Beste zu tun, habe ich recht?“

Jeb erkannte die Taktik des Anwalts: Ganz offenbar wollte Harrison ihn ködern, um ihn dann später am Haken zappeln zu sehen. „Ja“, antwortete er und fragte sich, in welch gefährliche Wasser dieses Manöver ihn bringen würde.

„Wie erfolgreich war Ms Duncan mit Ihrem gemeinsamen Plan, Sie mit dem nötigen Rüstzeug auszustatten, um als Vormund Robins Bedürfnissen nachzukommen?“

„Ich würde es nicht einen vollen Erfolg nennen, aber ich würde auch nicht behaupten, dass es ein totaler Fehlschlag war. Überhaupt nicht.“ Jeb blieb gelassen unter dem scharfen Blick des Anwalts. „Wir haben in dieser Zeit alle sehr viel dazugelernt.“

„Warum haben Sie dann die Beziehung zu ‚Saved by the Belle' vor einem Monat gelöst? Haben vielleicht die Nachteile Ihres Plans die Fortschritte aufgewogen?"

„Nein", widersprach Jeb und fragte sich, was Mariah wohl Anita von ihrer Beziehung zueinander erzählt hatte ... einer Beziehung, die sie beide von ihrem Ziel abgelenkt hatte, was letztlich der Grund dafür gewesen war, dass er und Mariah sich trennen mussten. „Mariah und ich stimmten darin überein, dass Robin und ich auch allein gut zurechtkämen."

„Was bedeutet, dass Sie sich schließlich absolut dazu befähigt fühlten, Robin ohne Hilfe von außen und sogar ohne weiblichen Einfluss aufziehen zu können."

„Absolut befähigt? Nein, so habe ich mich überhaupt nicht gefühlt. Aber ich bin, was ich bin, Mr Harrison. Es könnte sein, dass ich irgendwann einmal heirate, aber im Augenblick bin ich allein, und ich hatte vor, Robin die Werte beizubringen, mit denen ich aufgezogen worden bin ... zu unterscheiden, was recht und was falsch ist ... immer danach zu streben, das Beste zu tun ... mit Menschen so umzugehen, wie man sich wünscht, dass sie mit einem selbst umgehen. Ich glaube, dass dies zu lernen für jedes Kind, Junge oder Mädchen, genug ist."

„Eine noble Gesinnung, Mr Albright. Aber lassen Sie uns untersuchen, ob das, was Sie Ihrer Nichte an Orientierung auf den Lebensweg mitzugeben haben, auch wirklich genügt."

Der Anwalt kniff die Augen zusammen, glich so einem Raubvogel, der über seinem Opfer kreiste, um dann zuzuschlagen. Und obwohl Jeb es auch so erwartet hatte, versetzte es ihm doch einen Stich.

„Erzählen Sie dem Gericht", sagte der Anwalt mit bissiger Deutlichkeit, „warum Robin sich eine Körperverletzung mit fast tödlichem Ausgang zugezogen hat, als am Abend des 30. Mai sich ihr Ärmel im Kabel der Teleskoprute auf Ihrem Fischerboot verfing."

11. KAPITEL

Mariah sah, wie aus Jebs Gesicht alle Farbe wich, und sie fühlte, wie auch sie selbst blass wurde. Dann warf er ihr einen schneidenden Blick zu, sah ihr dann forschend direkt ins Gesicht. Die Frage in seinen Augen war: Hast du mir das angetan?

Sie schüttelte zur Antwort nur den Kopf, war entsetzt über die Wendung der Ereignisse. Es war das Schlimmste, was Jeb passieren konnte. Sie bemerkte, dass auch Cathy Sperry höchst besorgt war.

Es spielte keine Rolle, woher die Babcocks die Information hatten. Es war nun einmal heraus. Mariahs Herz hämmerte. Wie würde Jeb sich von dieser Entwicklung erholen?

Sie blickte zu Anita hinüber, die immer noch den Kopf gesenkt hielt. Mariah wollte sie anschreien. Haben Sie denn nichts von dem mitbekommen, was ich Ihnen gesagt habe? War diese Frau wirklich so kalt und gefühllos?

Der Himmel sei mir gnädig, dachte Mariah, wenn Anita Babcock und ich etwas miteinander gemein haben sollten.

„Robin kam mit einer Schramme am Arm davon, das ist alles“, erwiderte Jeb entschieden.

„Und doch hätte es viel schlimmer sein können, nicht wahr?“, parierte Harrison. „J.T. Hicks von der J.T. Bootreparatur gibt an, Sie hätten ihm im Vorbeigehen gesagt, dass Robin Glück gehabt hatte, nicht einen Finger verloren zu haben oder schlimmer.“

„Einspruch, Euer Ehren“, unterbrach Ken Montgomery entschlossen.

„Stattgegeben.“ Die Richterin nahm ihre Lesebrille ab und setzte sie auf die Akten vor sich. „Obwohl ich gern von Mr Albright hören möchte, was wirklich geschah.“

Mit einem feindseligen Blick auf den Anwalt der Gegenpartei sagte Jeb ruhig: „Robin wollte nur … sie wollte sich nur versichern, dass sie zu uns gehört. Dass ich Mariah Duncan kommen ließ, um uns beide sozusagen zu verfeinern, hatte Robin das gegenteilige Gefühl gegeben: Je mehr sie sich von Wiley und mir unterschied, dachte sie, desto weniger würden wir sie bei uns behalten wollen. Oder dass ich auf den Gedanken kommen könnte, Mädchen kosten zu viel Mühe, um sie um sich zu haben. Das stimmt natürlich nicht, kein bisschen. Aber ich hatte ihr einige Tage vorher von ihrem Vater erzählt, davon, dass er gern an den Booten herumbastelte, und als sie sah, dass ich Probleme mit der Teleskoprute hatte, dachte sie, sie könnte versuchen, die Angel wieder in Ordnung zu bringen. Sie könnte also den Platz ihres Vaters einnehmen und so zur Familie gehören."

Mariah sah, wie es in ihm arbeitete, wie er darum kämpfte, seine Gefühle unter Kontrolle zu bringen. Aber er wollte nicht mit der Wahrheit zurückhalten. „Tatsache ist, dass ich hätte wissen sollen, was in Robin vor sich ging, aber ich habe mich irreführen lassen, was diesen beinahe fatalen Unfall zuließ. Ich mache keinen Hehl daraus, dass ich die Schuld daran trug."

„Wenn man das einmal als Grundlage nimmt, wie können Sie auch nur im Entferntesten glauben, dass Robin mit Ihnen besser dran wäre als mit den Babcocks?", fasste Harrison zusammen. „Und vergessen Sie nicht, dass Sie unter Eid ausgesagt haben, Sie wollten das Beste für Ihre Nichte tun."

Jeb zögerte, und Mariah bekam mit, welchen inneren Kampf er mit sich ausfocht. Es war nicht richtig, diesen ehrlichen, aufrechten Mann so in die Enge zu treiben. Tränen traten Mariah in die Augen. Nein, es war nicht richtig. Sie verschwendete keine halbe Sekunde an den Gedanken, was sie tun könnte, sondern sprang auf die Füße. „Euer Ehren, der Vorfall mit der Teleskoprute war nicht Mr Albrights Schuld, sondern meine."

Alle Aufmerksamkeit richtete sich nun auf Mariah, und für einen Augenblick war ein jeder zu verblüfft, um etwas zu sagen. Mariah nutzte diesen Vorteil aus. „Jeb folgte nur meinem Ratschlag. Wenn ich nicht den Fehler begangen hätte, ihm meinen Dienst als eine Art von Wundertäterin aus den Südstaaten zu verkaufen, einen Dienst, den er überhaupt nicht nötig hat, dann hätte Robin sich auch nicht entfremdet gefühlt."

„Euer Ehren", warf Harrison schnell dazwischen, „ich versuche gerade, den Zeugen zu befragen."

Und Jeb sagte prompt: „Ja, und ich möchte klären, dass Mariah nur das tat, was sie auch versichert hatte, tun zu können. Ich bin derjenige, der blind gewesen ist für das, was vor sich ging."

Die Richterin schlug ein paarmal mit dem Hammer auf das Pult und blickte finster drein. Sie hatte kaum den Mund geöffnet, um einen ernsten Verweis zu erteilen, als ein weiterer Widerspruch aus dem Gerichtssaal laut wurde.

„Es war meine Schuld!“ Robin war nun aufgestanden. Mit den Händen hielt sie die Lehne der Sitzbank vor ihr umgriffen. „Allein meine Schuld! Ich schwöre es auf die Bibel.“

„Euer Ehren, bitte“, sagte Harrison ungeduldig.

„Ich habe an etwas herumgebastelt, und das durfte ich nicht“, stieß Robin hervor. Sie sah aus, als ob sie kurz davor war zu weinen, aber irgendwie fand sie in sich die Kraft, weiterzusprechen. „Onkel Jeb hat mir alle Regeln beigebracht, wie ich mit den Booten und mit den Geräten umgehen sollte. Er weiß, was richtig ist, und er würde niemandem erlauben, etwas zu tun, womit er nicht allein klarkommt.“

Die Richterin versuchte wieder, Ordnung herzustellen. „Du tanzt hier ganz schön aus der Reihe, junge Lady.“

Robin ließ sich nicht beirren. „Onkel Jeb hat mich niemals behandelt, als ob ich nicht Teil der Familie wäre, nur weil ich ein Mädchen bin.“

Obwohl ihre Stimme unsicher klang, brachte sie es fertig, deutlich fortzufahren. „Unser ... Eure ... Euer Ehren. Wenn Sie entscheiden, dass ich zu Tante Anita komme, dann werde ich es tun. Aber nicht, weil Sie alle denken, mein Onkel Jeb ist nur ein Hinterwäldler, weil er Fische fängt, und dass er nicht weiß, wie man mit Mädchen umgeht. Das ist er nicht! Ich war es, die ... die nicht ...“

Robin konnte den Satz nicht beenden, die Tränen schossen ihr in die Augen. Im nächsten Augenblick sprang Jeb vom Stuhl im Zeugenstand auf, zulässig oder nicht, um seiner Nichte beizustehen. So auch Mariah. Sie hatte bereits das Ende der Sitzbank umrundet und erreichte Robin zur gleichen Zeit wie Jeb.

Vier Arme streckten sich aus, um das Mädchen zu beruhigen, und Mariah schloss Jeb in ihre Umarmung mit ein, wie er auch sie mit Robin zusammen an sich drückte. Oh, wie schön es war, diese starken Arme wieder um sich zu spüren! Über Robins Kopf hinweg trafen sich ihre Blicke. Hielten einander fest. Mariah las in seinen blauen Augen, dass er noch immer an ihr zweifelte, und sie hätte am liebsten geweint. Aber sie sah auch, dass er darum kämpfte, ihr zu vertrauen und an sie zu glauben, trotz aller Beweise, trotz aller Erfahrung, die ihm mehr als genug Grund gaben, wachsam zu sein.

Er zog den Arm noch enger um sie, zog sie noch dichter in seine beschützende Umarmung.

Mittlerweile war das reinste Chaos im Saal ausgebrochen. Die Zuschauer hatten sich erhoben und blickten neugierig zu ihnen hinüber. Die Anwälte nahmen die Gelegenheit wahr, den jeweiligen Gegner zu schwächen.

Die Richterin schlug mehrmals mit dem Hammer auf das Pult. „Ruhe, bitte … sofort!"

Im Gerichtssaal wurde es plötzlich ganz still, und die Richterin blickte streng in die Runde. „Ms Duncan, Sie stören die Ordnung. Du auch, Robin. Von nun an bitte keine weiteren Ausbrüche." Ihre Augen nahmen einen weicheren Ausdruck an, als sie an das Mädchen gewandt sagte: „Du bekommst nachher im Richterzimmer die Gelegenheit, mir alles, was ich deiner Meinung nach wissen sollte, zu erzählen. Und Mr Albright, Sie kehren jetzt zum Zeugenstand zurück und beantworten die Fragen, die Ihnen gestellt werden."

Doch keiner von den dreien rührte sich. Robin und Mariah klammerten sich immer noch an Jeb fest.

Die Richterin schaute von dem kleinen, fest zusammengefügten Zirkel zu Anita, die immer noch nichts tat oder sagte.

Richterin Dorchester schüttelte den Kopf und bemerkte trocken: „Warum fange ich bloß an, mich wie König Salomon zu fühlen?"

Vielleicht war es unklug, aber Mariah hatte plötzlich das Gefühl, doch noch etwas sagen zu müssen. „Euer Ehren, vielleicht ist es so, weil Ihnen nach dem, was soeben geschah, klar wurde, dass Jeb Albright in den Menschen Gefühle von Liebe und Treue erweckt, und weil er das Glück der Menschen, die er liebt, über alles stellt, und weil er seine Verantwortung sehr ernst nimmt. Und darauf kommt es bei einem Elternteil doch vor allem an, nicht wahr?"

Diesmal knallte der Hammer so laut, dass es widerhallte. Die Richterin Dorchester hatte diesmal die Störung nicht freundlich aufgenommen, so gut sie auch gemeint war.

„Ms Duncan, Sie lassen mir keine andere Wahl, als Sie aus dem

Gerichtssaal zu verweisen. Gerichtsdiener!“

Der Mann in Uniform ging auf Mariah zu. Doch das Unglaubliche geschah, und Jeb zog tatsächlich die Arme noch enger um Mariah und Robin. Seine Augen blitzten vor Entschlossenheit und hielten den Gerichtsbeamten zurück. Und Mariah erkannte erst jetzt, was es bedeutete, von diesem bescheidenen Mann geliebt zu werden. Es war mehr, als sie sich je erhofft hatte. Aber sie wusste, dass sie einer solchen Liebe auch wert sein musste.

Sie könnte damit eigentlich auch sofort anfangen.

Wie eine Lady aus den Südstaaten sich niemals betragen würde, so griff Mariah Anita an … frontal.

„Kommen Sie ja nicht auf den Gedanken, dass dieser Mann ohne Mutter für Robin bleiben wird“, sagte sie und klammerte sich noch fester an Jeb, während der Gerichtsdiener versuchte, sie mit sanfter Gewalt von ihm zu trennen. Doch Mariah musste zuerst ein paar Worte loswerden, bevor sie aus dem Gerichtssaal hinausgeworfen wurde. „Wenn Jeb nicht bereits geheiratet hat, dann liegt es nicht an ihm selbst, sondern an den Frauen, die einen guten Fang nicht mal erkennen würden, und wenn er sie in die Nase beißen würde. Und Jeb Albright ist das Beste, was einer Frau je passieren könnte.“

Der Gerichtsdiener hatte es schließlich geschafft, ihre Hände von Jebs Nacken zu lösen und sie an einem Arm festzuhalten. Jeb ergriff den Gerichtsdiener am Handgelenk, und Robin sah aus, als ob sie auch in Aktion treten wollte, als sie ihren modischen Stiefel hob, um dem Mann kräftig auf den Spann zu treten.

Die ganze Szene bot den Stoff für eine zweitrangige Klamotte im Vorabendprogramm. Oh, wenn Stephen oder ihre Freunde aus der besseren Gesellschaft sie bloß so sehen würden!

„Einen Moment!“

Alle Köpfe drehten sich Anita Babcock zu, die am ganzen Körper zitterte. „Ich … ich …“, stammelte sie.

„Ja, Mrs Babcock?“, drängte die Richterin mit einem schweren Seufzer.

„Ich … ich würde gern Jebs Antwort auf die Frage meines Anwaltes hören … w-warum er glaubt, dass Robin bei ihm besser aufgehoben sei.“

Die Richterin Dorchester blickte jeden Einzelnen an und wirkte dabei, als ob sie kurz davor stand, die ganze Sippschaft aus dem Gerichtssaal hinauszubefördern, aber sie willigte in Anitas Bitte ein und forderte den Gerichtsdiener mit einer Handbewegung auf, Mariah für den Augenblick im Raum zu belassen. „Mr Albright, antworten Sie bitte."

Im Gerichtssaal wurde es still, als Jebs forschender Blick die Wahrheit aus den Augen seiner Exgeliebten herauszufinden versuchte.

„Ich gebe zu", sagte er, „dass ich ein einfacher Mann bin, der ohne weiblichen Einfluss aufgewachsen ist. Ich habe meine Mutter und meinen Vater verloren, als ich noch ein kleines Kind war. Und genau das ist es, was wir gemeinsam haben, Robin und ich ... den Verlust von Vertrauen und Unschuld und einem kleinen Stück von uns selbst, das niemals zurückgewonnen werden kann."

Harrison öffnete den Mund, um ganz offensichtlich Jebs tief empfundene Enthüllung zu unterbrechen, aber Anita hielt den Anwalt mit einer Geste zurück. In ihrem Gesicht spiegelten sich gemischte Gefühle.

Jeb schien es nicht zu bemerken. Seine Augen waren auf Robin gerichtet, die gebannt zu ihm hochsah. An ihren Wimpern glitzerten noch immer Tränen. „Ich verstehe besser als so manch anderer diese Unsicherheit, die man empfindet, wenn man ständig daran zweifeln muss, ob man jemals dahin gehört, wo man hingebracht wurde, und ob man jemals den Anforderungen genügt."

Er zuckte die Schultern. „Aber trotz dieser Bürde habe ich gelernt, dass man immer noch vertrauensvoll sein kann, immer noch nach den Möglichkeiten, die das Leben bietet, Ausschau halten kann und den Glauben daran nicht verlieren darf, dass alles gut wird."

Mariah bemerkte, dass er klar und deutlich sprach, ohne den Anflug eines texanischen Akzents. Er sprach von Herzen. Er war ein Mann, dem anzugehören nur Glück bedeuten konnte.

Sie drückte ermutigend seinen Arm, obwohl er das nicht nötig hatte. „Und so glaube ich an meine besondere Fähigkeit, Robin den Lebensstandard zu verschaffen, der ihr einen guten Ausgangspunkt bietet, um sich später im Leben zu bewähren, ganz gleich, wohin es sie verschlagen sollte."

Dann begegnete Mariah seinem forschenden und ehrlichen Blick, und sie hielt den Atem an, als sie sah, welche Gefühle aus seinen Augen sprachen. Er liebte sie, und er glaubte, dass er die Fähigkeit hatte, ihr das zu geben, wonach sie sich wirklich sehnte, und dass er sie glücklich machen konnte … falls sie ihm die Gelegenheit dazu geben würde.

„Wenn das Gericht mir eine Minute mit meiner Klientin erlauben würde", sagte Harrison, nachdem Anita ihm etwas zugeflüstert hatte.

Anita saß zwischen ihrem Ehemann und dem Anwalt. Beide Männer hatten ihr das Ohr zugeneigt, um zu hören, was sie zu sagen hatte.

Schließlich erhob sich der Anwalt. „Euer Ehren. Meine Klienten wünschen, ihre Intervention zurückzuziehen. Wir fechten Mr Albrights Adoptionsantrag nun nicht mehr an."

Nachdem der Fall abgeschlossen war, standen Jeb, Mariah und Robin strahlend vor Glück beisammen. Robin nahm die plötzliche Verlegenheit zwischen Mariah und ihrem Onkel wahr. Mit der ihr eigenen Einfühlsamkeit erklärte sie: „O Mann, ich habe Onkel Wiley noch gar nicht umarmt!"

Mariah und Jeb blieben allein zurück.

„So", sagte sie fröhlich. „Zweifellos wirst du mir jetzt ein gutes Zeugnis ausstellen."

Jeb steckte die Hände tief in die Hosentaschen. „Es gibt keinen Zweifel daran, dass ich von der Belle errettet wurde."

Mariah konzentrierte sich darauf, den Schulterriemen ihrer Tasche zu richten.

Jeb hob mit dem Finger ihr Kinn. „Was hast du eigentlich zu ihr gesagt, Mariah?"

„Zu Anita? Wir hatten ein kleines Gespräch, von Südstaatenschönheit zu Südstaatenschönheit, das war alles."

„Und?"

Mariah seufzte ungeduldig, fand aber keinen Ausweg, ihm nicht ehrlich zu antworten. Nicht wenn er mit seinen Augen ihre Aufrichtigkeit forderte. „Und ich habe ihr gesagt, dass ich wisse, was sie in Jeb Albright sieht … einen Mann mit begrenzten Geldmitteln, der wegen seiner beschränkten Erfahrungen und seiner sozialen Stellung als Junggeselle und Veranstalter von Angeltouren als zu unwissend erscheinen muss, um eine Frau glücklich zu machen. Aber weißt du, Jeb, ich war sechs Jahre lang mit einem Mann verheiratet, der eine gute Erziehung hatte und alles, was einen feinen Gentleman ausmacht, aber er hatte keine Ahnung, was Frauen wirklich wollen oder brauchen."

Jebs Augen wurden groß. „Und das wäre?"

„Jeb. Du hast es immer gewusst. Das war es, was ich Anita gesagt habe. Dass du kein gewöhnlicher Mann bist. Du bist gut und edelmütig, vielleicht ein bisschen arglos. Aber du bist ein Mann mit ... Weitblick. Ich kann es nicht anders formulieren. Du hast die wunderbare Gabe, genau das Richtige im richtigen Moment zu tun. Du weißt dich zu benehmen und du weißt, wie du dich anderen gegenüber zu verhalten hast. Du lässt es andere notfalls wissen, dass es ihnen nicht zukommt, sich dir gegenüber respektlos zu zeigen. Ich habe Anita schließlich gesagt, dass du aus diesen ganzen Gründen der beste Vater bist, den ein Mädchen haben kann. Der beste Mann, den eine Frau sich wünschen kann."

Mariah wusste, dass das, was sie von Herzen fühlte, in ihren Augen stand, aber es gab nun keine Zurückhaltung, keine Vorsicht mehr. „Du würdest einen ganz wundervollen Ehemann abgeben. Anita Babcock hatte ihre Chance, und sie hatte sie vergeben. Aber ich mache jetzt nicht den gleichen Fehler, indem ich hinter der rauen Schale nicht das Herz aus Gold und Diamanten erkenne. Vielmehr möchte ich ... möchte ich dich noch einmal fragen, ob du mich heiraten willst."

Jeb sagte nichts, aber in seinen so faszinierenden Augen drückte sich auch seine ganze Liebe für Mariah aus. Sie lächelte, und er gab ihr sein schiefes Lächeln zurück. Es war ein zögerndes, ungläubiges Lächeln, als könne er es gar nicht fassen, dass sein schönster und lang gehegter Traum sich nun erfüllen sollte.

Das Herz wurde ihr schwer. Jeb hatte Schmerz und Verlust in seinem Leben erfahren müssen. Sie wollte diesen Schmerz nun durch ihre Liebe, die sie ihm schenkte, mildern.

Jeb lächelte sie glücklich an. „Meinst du das wirklich?"

„Und ob."

„Dann wäre ich wohl ein Idiot, wenn ich deinen Antrag nicht annähme.“

Jeb hatte plötzlich einen wilden Blick in seinen Augen, als er Mariah in die Arme zog. Ein Schauer ergriff sie. „Du weißt doch hoffentlich, was es bedeutet, mit mir verheiratet zu sein“, murmelte er in einem sinnlichen Tonfall.

„Oh, ja. Und ich freue mich schon darauf.“

Er küsste sie mit kaum gezügelter, wilder Leidenschaft, und sie umklammerte sein Revers und küsste ihn mit dem gleichen glühenden Verlangen wieder.

„Ich liebe dich, Jeb“, sagte Mariah gegen seine Lippen.

„Ich liebe dich auch, Mariah. Du hast wirklich nichts dagegen, die Frau eines professionellen Anglers aus dem Hinterland zu sein?“

„Nicht, wenn du dich mit einer wahrhaftigen Südstaatenschönheit abfinden kannst.“

„Aber du bist keine Südstaatenschönheit“, sagte er ernst. „Du bist auch keine richtige Lady. Ich finde, du bist eine wahre Südstaaten … Klassefrau.“

Mariah küsste ihn erneut. Es bedeutete ihr sehr viel, dass er um den Unterschied wusste. Sie blickten auf und direkt in die Gesichter von Wiley und Robin, die beide breit lächelten.

„Hey, Robbie“, sagte Jeb und zog Mariah an eine Seite und Robin an die andere. „Was würdest du dazu sagen, wenn du einen neuen Dad und eine neue Mom am gleichen Tag bekommen würdest?“

„Wirklich?“, fragte Robin, und ihre Augen wurden ganz groß.

„Darauf kannst du wetten.“

„Nun, ich denke, ich würde sagen …“ Seine Nichte ließ einen absolut undamenhaften, hemmungslosen Schrei hören, „… juhu!“

– ENDE –

Emilie Richards

Zwei Singles – eine Liebe

Roman

Aus dem Amerikanischen von
Anneliese Dobbratz

MIRA®

1. KAPITEL

„Ich werde nie verstehen, warum du nicht heiraten und eigene Kinder haben willst."

Angel Celestine Reed lächelte ihrer Großmutter liebevoll zu und fuhr dann fort, Abendroben und Ballkleider auf den Kleiderständer zu hängen. „Weil ich noch keinen Mann kennengelernt habe, den ich heiraten würde, Großmama."

„Das ist doch Unsinn!" Marie LaBois schüttelte unwillig den Kopf, sodass ihr sorgfältig frisiertes Haar einen Moment lang die Form verlor. „Du hast noch keinem Mann eine Chance gegeben."

„Da magst du recht haben", erwiderte ihr Angel höflich. „Großmama, ich habe nicht die geringste Lust zu heiraten. Aber ein Kind wünsche ich mir sehnlichst, daher werde ich eines adoptieren. Heute Abend beginne ich mit einem Vorbereitungskurs. Was soll ich sonst dazu sagen?"

„Du könntest zum Beispiel sagen, dass du bereit bist, dir das alles noch einmal zu überlegen."

„Das habe ich aber nicht vor." Angel drehte sich wieder dem Kleiderständer zu und warf einen letzten Blick darauf. Ja, die teuren Modellkleider hingen alle wieder am richtigen Platz.

Madame LaBois erhob sich und gesellte sich zu ihrer Enkelin, die begonnen hatte, Brautkleider, die an einer Wand hingen, mit Schutzhüllen zu versehen. „Es ist mir klar, dass deine Erziehung einiges zu wünschen übrig ließ, da dir die Mutter fehlte. Bisher hatte ich allerdings gehofft, dass es mir gelungen sei, die Mutterstelle einzunehmen. Deine neueste Laune lässt mich daran jedoch zweifeln. Die Menschen heiraten, bevor sie Kinder bekommen, Angel, selbst wenn es sich dabei um Adoptivkinder handelt."

„Aber ich bin bereits sechsundzwanzig, Großmama! Wenn ich noch länger warte, werde ich als kinderlose alte Jungfer sterben. So bleibt mir wenigstens die Kinderlosigkeit erspart."

„Und was sagt Dennis dazu?"

Angel verzog das Gesicht. „Gestern Abend sagte er, wenn ich ein Kind adoptiere, würde er mir nie einen Heiratsantrag machen."

„So hat doch jede Wolke einen Silberstreif."

„Das habe ich auch gedacht."

Die beiden Frauen sahen einander an und brachen in Gelächter aus. Einen Moment lang sahen sie wie Schwestern aus.

Beide waren so zierlich, dass sie geradezu zerbrechlich wirkten. Angel hatte langes silberblondes Haar, große blaue Augen und eine winzige Stupsnase. Auch Madame LaBois hatte strahlend blaue Augen, ihre Gesichtszüge waren mit den Jahren jedoch schärfer geworden.

„Ich kann mir Dennis ohnehin nicht als Vater vorstellen", bemerkte sie nun, was ihre Enkelin erneut zum Lachen brachte. „Aber ernsthaft, Angel, du könntest dich eines Tages in einen Mann verlieben, dem es nicht recht ist, dass du ein Kind hast."

„Falls ein solcher Mann existieren sollte, muss er mich so nehmen, wie ich bin."

Madame LaBois zuckte die Achseln. „Ich finde diesen Schritt zwar immer noch nicht richtig, akzeptiere deine Entscheidung jedoch."

Angel war über die Zustimmung ihrer Großmutter erleichtert. „Vielen Dank, Großmama." Sie umarmte die alte Dame. „Findest du nicht, dass wir dringend ein weiteres weibliches Wesen in der Familie benötigen?"

„Allerdings. Deine Brüder verfügen offensichtlich über kein einziges weibliches Chromosom. Wenn ich mir überlege: neun Enkelkinder, und alles Jungen." Madame LaBois verschwand kurz im Hinterzimmer des exklusiven Ladens und kehrte mit zwei Handtaschen zurück. „Bist du endlich fertig hier?"

Angel nahm ihre Handtasche entgegen. „Für heute schon." Es dauerte ziemlich lange, bis sie abends alles in Ordnung gebracht hatte. Als sie das Geschäft von ihrer Großmutter übernahm, war das Sortiment kleiner gewesen. Nur die wohlhabenden Bürger von New Orleans hatten in dem Laden, der auf Brautausstattungen spezialisiert war, gekauft. Angel hatte die Auswahl während der vergangenen zwei Jahre auf Ball- und Partykleider erweitert.

Sie investierte viel Arbeit in das Geschäft, und erfreulicherweise hatten sich ihre Einnahmen gesteigert. Der Laden ging so gut, dass sie, obwohl auch ihre Großmutter weiterhin half, mehrere Aushilfskräfte beschäftigte.

Angel überprüfte kurz die Alarmanlage. Daraufhin ging sie mit ihrer Großmutter durch den Haupteingang hinaus und schloss hinter sich ab.

Wie immer, wenn sie aus dem angenehm temperierten Laden in die Hitze und Feuchtigkeit des sommerlichen New Orleans hinaustrat, rang Angel nach Atem. Sie winkte ihrer Großmutter zu, die unverzüglich in ihr altertümliches Auto stieg und die Klimaanlage anschaltete.

Als Angel ihren Ford Escort aufgeschlossen, die Fenster heruntergekurbelt und sich in den Strom des Feierabendverkehrs in der St.-Charles-Avenue eingereiht hatte, kräuselte sich ihr dichtes Haar bereits in der feuchten Luft. Unwillig schaute sie in den Rückspiegel. Sie musste auf direktem Weg zu dem Vorbereitungskurs fahren und konnte sich nicht noch einmal frisch machen.

Ungeduldig wartete sie darauf, dass die Ampel umsprang. Als endlich Grün erschien, zählte sie bis drei, bevor sie anfuhr. Es war gefährlich, sofort bei Grün zu starten, da es in New Orleans viele rücksichtslose Fahrer gab, die noch im letzten Moment über die Kreuzung preschten.

Umsichtig steuerte sie den kleinen Wagen durch den dichten Verkehr. Wenn sie weiter so gut vorankam, blieb ihr vielleicht noch Zeit, in der Nähe des Kinderhilfswerks irgendwo eine Kleinigkeit zu essen.

Zehn Minuten später fuhr sie in ein Parkhaus. Im fünften Stock war noch Platz. Dann eilte Angel zum Fahrstuhl. Da sie hochhackige Schuhe trug, hallte das Geräusch ihrer Schritte auf dem Zementfußboden wider. Unten auf der Straße sah sie sich nach einem Restaurant um, aber es gab nur ein ungepflegtes kleines Café. Da die Zeit knapp war, überwand sie ihre Abneigung und trat ein.

Sofort überfiel sie der Lärm einer Musikbox sowie dreier Automaten für Videospiele. In der linken hinteren Ecke erblickte sie einen freien Tisch und steuerte darauf zu. Doch gerade, als sie das Tischchen erreichte, tauchte dort jemand anders auf.

Ein großer, kräftiger Mann setzte sich, eine Sekunde, bevor sie nach dem Stuhl greifen konnte. Da es zu spät war, um so zu tun, als hätte sie zu einem anderen Tisch gehen wollen, blieb Angel stehen und sagte höflich: „Entschuldigen Sie bitte, aber das war mein Tisch."

„Unmöglich, meine Dame, ich sitze bereits seit zehn Minuten hier.“

Erstaunt darüber, wie jemand so unverschämt schwindeln konnte, trat Angel einen Schritt zurück und sah den Fremden kühl an. „Das kann nicht sein“, entgegnete sie und musterte ihn abschätzig. Er war nicht nur groß, sondern geradezu voluminös, ein Muskelpaket von einem Mann. Dieser Koloss musste Boxer oder Ringer sein. Alles an ihm wirkte massig. Dabei konnte man ihn nicht etwa als dick bezeichnen, es schien nur alles etwas zu groß geraten zu sein.

Er hatte dunkelblondes Haar, das ihm in dichten Locken bis auf den Kragen fiel. Selbst seine buschigen Augenbrauen haben etwas Wildes, Ungezähmtes. Im Übrigen hatte der Mann grünblaue Augen und eine sonnenverbrannte Haut.

Wahrscheinlich ist er Ire, vermutete sie, ein überdimensionales Exemplar seiner Art, das nicht einmal die Wahrheit sagen könnte, wenn es wollte.

„Nehmen Sie das nicht so wörtlich“, entgegnete der Mann nun, ohne eine Miene zu verziehen. „Aber der Kellner hat bereits meine Bestellung aufgenommen, und ich war kurz draußen, um mir die Hände zu waschen.“

„Das war wirklich eine gute Idee“, erwiderte Angel ironisch. Ohne ein weiteres Wort zu verlieren, wandte sie sich ab und nahm an einem Nachbartisch Platz. Der einzige Stuhl stand so, dass sie den Iren genau im Blick hatte. Sie empfand Schadenfreude bei dem Gedanken, dass der Kellner gleich kommen und die Bestellung dieses unhöflichen Menschen aufnehmen würde.

Der Ire dagegen fühlte sich offensichtlich kein bisschen unbehaglich in seiner Haut. Er starrte sie neugierig an. Der Stuhl schien unter seinem massigen Körper fast zusammenzubrechen. Nun lehnte er sich auch noch zurück und verschränkte die Arme hinter dem Kopf. Sein grünes Polohemd, das oben offen stand, spannte sich über den gewaltigen Brustmuskeln. Am Halsausschnitt war erkennbar, dass der Mann eine stark behaarte Brust haben musste. Zu allem Überfluss fuhr er sich ungeniert mit den Fingerkuppen über die Brust, als müsse er sich kratzen. Es machte ihm nicht das Mindeste aus, dass Angel das alles mit ansah.

Jetzt griff er in die Tasche und zog eine kleine Zigarre heraus. Er zündete sie an und nahm einen tiefen Zug. Den Rauch blies er direkt in ihre Richtung.

Welch ein grober, ungehobelter Mensch! dachte Angel. Wahrscheinlich hält er sich auf seine Männlichkeit so viel zugute, dass er glaubt, sich alles erlauben zu können. Das ist genau der Typ Mann, den ich nicht ausstehen kann.

Sie zwang sich dazu, in keiner Weise auf den Zigarrenrauch zu reagieren, und wartete darauf, dass der Kellner die Bestellung des Iren aufnehmen würde. Doch als er dann kam, brachte er ein Tablett mit zwei riesigen Bockwürstchen und einer Platte gebackener Bohnen. Angel hatte sich geirrt.

Normalerweise hätte sie sich geschämt, einem Menschen unrecht getan zu haben. Aber dazu reichte es diesmal nicht. Der Anblick dieses Iren, der lächelte und ihr mit seiner Kaffeetasse zuprostete, versetzte sie vielmehr in Zorn.

Nun trat der Kellner an ihren Tisch, und sie bestellte. Während sie auf ihren Salatteller wartete, konnte sie den Blick nicht von dem Mann in der Ecke abwenden, der seine Würstchen verzehrte. Er aß mit sichtlichem Appetit, sodass Würstchen und Bohnen im Handumdrehen verschwanden. Für eine solche Portion hätte Angel Tage gebraucht, ganz abgesehen davon, dass sie sich nicht das Geringste aus dieser Art von Speisen machte.

Zum Schluss stippte der Mann mit großen Brocken Weißbrot die Soße vom Teller und lehnte sich dann zufrieden seufzend zurück. Die Zigarre, die im Aschenbecher ausgegangen war, wurde wieder angezündet, und erneut wehte der Rauch zu Angel herüber.

Als der Salatteller endlich kam, war ihr der Appetit vergangen. Da der Ire sie jedoch immer noch anstarrte, würgte sie das Essen hinunter, obwohl der Salat so fade schmeckte, wie er aussah.

Kyle Sullivan beobachtete, wie die hübsche blonde Frau den unappetitlichen Salat aß. Sie sah aus wie eine Puppe. Diesen Typ Frau konnte er nicht leiden.

Er hatte noch den Duft ihres Parfüms in der Nase. Nicht einmal sein Zigarrenrauch kam dagegen an. Auch ihre zarte, melodische Stimme meinte er noch zu hören. Was solche Frauen sich einbildeten! Sie meinten stets, dass sie ihren Willen bekommen müssten. Kyle hatte einige Erfahrung im Umgang mit Modepuppen dieser Art. Negative Erfahrung.

Er schaute auf die Uhr. Es blieb ihm immer noch etwas Zeit, bis der Vorbereitungskurs begann. Daher bestellte er sich noch einen Kaffee und fuhr fort, die Frau am Nebentisch zu beobachten, ein Musterbeispiel dafür, was er an Frauen nicht mochte.

Nun war Kyle ohnedies nicht auf der Suche nach einer Frau. Er war jetzt zweiunddreißig, und eine gescheiterte Ehe hatte ihn zum überzeugten Junggesellen gemacht. Allerdings konnte es vorkommen, dass man sich verliebte, ohne es zu wollen. Das war ihm einmal passiert, und zwar mit einer Frau, die der da drüben ähnelte. Deshalb hieß es, auf der Hut zu sein! Noch einmal wollte er so etwas nicht erleben.

Was stört mich eigentlich so an ihr? fragte er sich dann. Sie ist doch auffallend hübsch. Ihre Gestalt erinnert an eine Porzellanfigur. Auch ihr helles Haar passte so gut zu ihrem zarten Teint. Aber ein solches Silberblond ist natürlich ein Kunstprodukt. Ihre Gesichtszüge sind, wenn man von der Stupsnase einmal absieht, von klassischem Ebenmaß.

Nein, etwas Abstoßendes war an dieser Frau nicht zu entdecken, jedenfalls nicht äußerlich. Es war vielmehr der Typ, den er nicht mochte, diese überbetonte Weiblichkeit.

Die junge Frau trug ein leichtes rosafarbenes Sommerkleid mit einem passenden Jäckchen, und Kyle war sicher, dass sich unter dem Tisch die dazu passenden Sandaletten verbargen. Ihr Make-up war ausgesprochen dezent. Wahrscheinlich kostete es sie eine Stunde, das so hinzubekommen, dass es kaum auffiel. Kurz und gut, sie war eine richtige Dame, und das waren die gefährlichsten Frauen, die er kannte. Er reckte den Hals kaum merklich, und natürlich hatte er recht gehabt mit den rosa Sandaletten. Kyle war inzwischen selbst erstaunt über seine ablehnende Haltung der jungen Frau gegenüber. Eigentlich hatte er keine Vorurteile. Seiner seltsamen Abneigung auf den Grund zu kommen, lohnte in diesem Fall aber nicht. Er würde die junge Dame nie wiedersehen. Mit seinen Vorurteilen wollte er sich gern auseinandersetzen, nicht jedoch mit diesem Musterexemplar des weiblichen Geschlechts.

Angel betrat das Gebäude des Kinderhilfswerks und suchte den Empfangsraum auf, der schon voller Menschen war. Wie sie erwartet hatte, waren nur Paare zu sehen. Es war eben immer noch ungewöhnlich, dass ein Alleinstehender ein Kind adoptieren wollte. Auch sie fand es durchaus nicht ideal, später nach Hause zu kommen und mit niemandem über die Ereignisse des Abends sprechen zu können.

Angel setzte sich auf einen der Stühle und lächelte dem Paar neben sich zu. Beide waren im mittleren Alter. Sie hielten sich an den Händen und strahlten erwartungsvoll. Angel wechselte ein paar höfliche Sätze mit ihnen, als die Zimmertür geräuschvoll geöffnet wurde. Sie blickte auf, und das Wort blieb ihr im Hals stecken. In der Tür stand der Ire aus dem Lokal.

Das durfte doch nicht wahr sein! Glaubte dieser Mensch vielleicht, hier fände ein Boxkampf statt, oder was wollte er sonst?

Durch eine andere Tür trat nun Kathleen Simpson ein, um die Teilnehmer zu begrüßen. Ihre Aufgabe war es, Kinder aus aller Welt zur Adoption an Familien zu vermitteln. „Ich freue mich, dass Sie alle gekommen sind", begann sie. „Bitte folgen Sie mir in unseren Tagungsraum." Die Teilnehmer erhoben sich und folgten Mrs Simpson. Zu Angels Erstaunen schloss der Ire sich der Gruppe an.

Sie bemerkte, als ihre Blicke sich trafen, dass auch er überrascht war, sie hier zu sehen. Ohne eine Miene zu verziehen, ging sie an ihm vorbei, fragte sich jedoch verwirrt, ob sie ihn falsch eingeschätzt hatte.

Das geräumige Tagungszimmer war mit bequemen Sofas und Sesseln ausgestattet. Angel setzte sich neben das Paar, das sie bereits kannte, und der Ire nahm weit entfernt von ihr Platz. Weswegen war wohl seine Frau nicht mitgekommen?

„Ich habe mit jedem von Ihnen bereits ein persönliches Gespräch geführt", begann Mrs Simpson erneut. „Sie wissen also, was auf Sie zukommt. Früher haben wir Einzelberatungen durchgeführt. Einer unserer Mitarbeiter hat die Interessenten aufgesucht und deren soziale und finanzielle Verhältnisse durchleuchtet. Erfreulicherweise haben sich die Zeiten geändert. Regelmäßiger Kirchgang und ein blitzsauberer Fußboden sind für uns längst kein Beweis mehr dafür, dass Sie auch gute Eltern werden. Dieser Vorbereitungskurs soll Ihnen die Entscheidung, ob Sie ein Kind adoptieren möchten oder nicht, erleichtern. Wenn Sie in sechs Wochen immer noch entschlossen sind, werden wir Ihnen helfen, das richtige Kind zu finden.“

Angel versuchte sich auf Mrs Simpsons Erklärungen zu konzentrieren, aber unwillkürlich schweiften ihre Gedanken und Blicke ab. Was wollte der Ire hier? Wo war seine Frau? Und weswegen interessierte sie das überhaupt?

„So“, beendete Mrs Simpson lächelnd ihre Einführung, „und nun wird es Zeit, dass Sie sich untereinander kennenlernen. Ich werde Sie in Paare aufteilen, und dann interviewen Sie bitte Ihren Partner. Nach zehn Minuten sollte jeder so viel von dem anderen wissen, um ihn der Gruppe vorzustellen.“

Obwohl Angel nicht an Vorahnungen glaubte, hatte sie keinen Zweifel daran, wer ihr als Partner zufallen würde. Und richtig, der Ire, sein Name war übrigens Kyle Sullivan, wurde zu ihr herübergeschickt.

Nachdem sie sich auf einem der Sofas niedergelassen hatten, von dem Kyle zwei Drittel einnahm, mussten sie sich notgedrungen miteinander befassen.

„Es ist komisch, dass wir uns hier wiedersehen“, begann Angel.

Kyle legte den Arm auf die Sofalehne und sah sich sein Gegenüber genauer an. „Stört es Sie, wenn ich rauche?“, fragte er dann.

„Allerdings“, erwiderte sie unfreundlich.

„Das habe ich mir beinah gedacht.“

Die Sekunden verstrichen. Angel beugte sich vor, um nicht mit dem großen behaarten Arm hinter sich in Kontakt zu geraten. „Erzählen Sie mir etwas von sich“, sagte sie dann. „Schließlich kann ich den anderen nicht nur berichten, was ich bisher von Ihnen weiß.“

„Und was wissen Sie von mir?“

Angel zögerte, aber dann setzte sie sich über ihre Bedenken hinweg. „Sie sind ein ungehobelter Mensch, der riesige, geschmacklose Würstchen verspeist und große Mengen Kaffee dazu trinkt. Außerdem rauchen Sie widerliche Zigarren und kratzen sich gern an der Brust. Glauben Sie vielleicht, dass diese Art von Information hier angemessen wäre?“

„Wohl kaum.“ Er sah sie nachdenklich an. „Andererseits könnte ich dann sagen, dass Sie eine höchst arrogante junge Dame sind, die verwelkten Salat isst und unangenehm wird, wenn sie nicht ihren Willen bekommt. Des Weiteren bevorzugen Sie Pastellfarben und parfümieren sich zu stark. Der Friseur, der Ihnen das Haar bleicht, ist allerdings sehr tüchtig."

„Das stimmt überhaupt nicht!"

„Nein? Bleichen Sie es selbst? Gratuliere!"

„Es ist nicht gebleicht. Aber Sie, Mr Sullivan, sind ein …"

„Wie kommen Sie voran?" Mrs Simpson war zu ihnen getreten und lächelte sie an. „Erhalten Sie die notwendigen Informationen?"

„Oh ja, jede Menge", erwiderte Kyle.

„Jetzt müssen wir wirklich anfangen", mahnte Angel, nachdem die Kursleiterin weitergegangen war. „Mein Name ist Angel Reed." Als Kyle das Gesicht verzog, schwieg sie. „Was ist denn?", erkundigte sie sich dann.

„Angel? Heißen Sie wirklich Angel?"

„Nein, Angel. Das ist ein französischer Name. Ich habe französische Vorfahren. Meinen Sie vielleicht, Gertrude oder Patsy würde besser zu mir passen?"

„Es ist mir völlig gleichgültig, wie Sie heißen. Machen Sie weiter."

„Ich habe einen Laden für Braut- und Abendkleider." Diesmal ignorierte sie seine Mimik. „In meiner Freizeit entwerfe ich Kleider und engagiere mich in einem Campingclub für Kinder."

„Und zum Zelten tragen Sie wahrscheinlich rosa Jeans und hochhackige Stiefel."

„Sie sind an der Reihe, Mr Sullivan."

Angel beobachtete schadenfroh, wie schwer es ihm fiel, ihr etwas von sich anzuvertrauen. „Ich bin Inhaber eines Ingenieurbüros", sagte er schließlich, „unverheiratet, ehemaliger Footballspieler."

„Das kann ich mir gut vorstellen", spottete sie. „Wobei es allerdings Sportarten gibt, die noch besser zu Ihnen passen würden."

Kyle beachtete ihren Einwurf nicht. „Außerdem habe ich zwei Hunde. Es sind Golden Retriever. Vielleicht beginne ich mit ihnen eine Zucht."

Angel schätzte, dass ihnen noch ungefähr fünf Minuten blieben. Wenn sie die ganze Zeit dort herumsaßen, ohne ein weiteres Wort zu wechseln, würde das bestimmt auffallen. „Sehr interessant, bitte erzählen Sie mehr von sich", bemerkte sie deswegen.

„Ich mag große, sportliche Frauen, die Kleider nur tragen, wenn es sich nicht vermeiden lässt. Außerdem ziehe ich dunkelhaarige Mädchen gebleichten Blondinen vor, und am besten gefallen mir einfache, natürliche Frauen."

„Das trifft sich gut", entgegnete Angel, „denn ich für meinen Teil bevorzuge schlanke, drahtige Männer, die gern reiten oder Tennis spielen. Außerdem muss der Mann, der mir gefallen soll, glattes Haar haben und intelligent und einfühlsam sein."

Noch drei Minuten, dachte Angel.

„Mir missfallen Modepuppen und Frauen, die meinen, sie müssten stets ihren Kopf durchsetzen", meldete Kyle sich nun wieder zu Wort.

„Und mir aggressive Kraftprotze, die zur Selbstüberschätzung neigen."

„Ich nehme an, dass Sie inzwischen einiges in Erfahrung bringen konnten", wandte sich Mrs Simpson nach zehn Minuten an die Gruppe.

„Allerdings", erwiderten Kyle und Angel wie aus einem Munde.

Das Vorstellen der Teilnehmer nahm eine Menge Zeit in Anspruch. Als Kyle an der Reihe war, beschrieb er Angel höflich, wenn auch ohne persönliche Anteilnahme. Dann stand Angel auf. Nachdem sie Kyles Namen genannt hatte, setzte spontaner Applaus ein.

„Von den New Orleans Saints?", fragte einer der künftigen Väter, woraufhin Kyle rot wurde und nickte.

Auch das noch! dachte Angel. Wenn er zu unserer bekanntesten Football-Mannschaft gehört hatte, ist er in New Orleans natürlich eine Berühmtheit. Kein Wunder, dass er sich so unmöglich aufführt.

Sie beendete das Vorstellen rasch, weil es gar nicht mehr darauf ankam, was sie über Kyle Sullivan sagte. Die Begeisterung über seine Anwesenheit konnte nicht mehr größer werden.

Der Rest des Abends rauschte an Angel vorbei. Als sie sah, dass alle anderen aufstanden, erhob sie sich ebenfalls. Am liebsten wäre sie sofort nach Hause geeilt, aber sie bezwang sich und trat auf Mrs Simpson zu, um dieser für ihre Mühe zu danken.

„Bitte warten Sie doch noch einen Moment", bat Kathleen Simpson. „Ich würde gern noch mit Ihnen und Mr Sullivan allein sprechen." Sie deutete auf das Sofa. Kyle saß immer noch dort, weil er von einem Verehrer angesprochen worden war.

„Sie möchte mit uns allein sprechen“, verkündete Angel düster, nachdem der Footballfan gegangen war, und setzte sich wieder, wobei sie demonstrativ auf Abstand ging.

„Bitte benehmen Sie sich nicht so, als wollte ich Sie fressen“, tadelte Kyle. „Glauben Sie vielleicht, das macht einen guten Eindruck?“

Er hatte recht. Angel gab sich einen Ruck und wandte sich ihrem Gesprächspartner zu, um Interesse zu heucheln an dem, was er sagte. Aber er schwieg.

Kathleen Simpson setzte sich zu ihnen. „Ich wollte Ihnen nur sagen, dass ich mich freue, Sie bei uns zu haben. Bisher haben wir keine Kinder an Alleinstehende vermittelt. Mit Ihnen beiden wollen wir den ersten Versuch wagen. Ich möchte Ihnen auch verraten, dass ich Ihnen beiden bereits zwei bestimmte Kinder zugedacht habe. Näheres erfahren Sie zu gegebener Zeit.“

Erst als Kyle und sie den Raum verlassen hatten, wurde Angel bewusst, dass sie allein auf weiter Flur waren. Alle anderen waren längst gegangen. Schweigend trat Angel auf den Fahrstuhl zu und drückte auf den Knopf. Als der Fahrstuhl kam, stieg sie ein. Kyle folgte ihr.

„Hat Ihre Mutter Ihnen nicht gesagt, dass Sie nie allein mit einem fremden Mann im Aufzug fahren sollten?“, spottete Kyle und kam näher, während das alte Vehikel sich langsam in Bewegung setzte.

„Meine Mutter konnte sich offenbar nicht vorstellen, dass es Männer von Ihrem Schlage gibt“, erwiderte Angel und ging auf Abstand.

„Dabei hört man so fürchterliche Geschichten“, sagte er leise. „Die Zeitungen sind voll davon. ‚Junge Frau mit Außerirdischem im Fahrstuhl stecken geblieben‘ beispielsweise, oder ‚Mädchen auf geheimnisvolle Weise zwischen‘“, er schaute auf den Etagenanzeiger, „‚dem sechsten und fünften Stockwerk verschwunden‘.“

„Und wie wäre es mit ‚Gefährliches Monster im Aufzug zerquetscht‘?“ Angel trat direkt vor die Tür, weil Kyle schon wieder näher gekommen war. Bevor er antworten konnte, gab es ein kratzendes Geräusch, und der Fahrstuhl blieb kurz vor der vierten Etage stecken.

„Ich kann mir nichts Abschreckenderes vorstellen, als ausgerechnet mit Ihnen im Fahrstuhl stecken zu bleiben“, murmelte Angel wütend.

Kyle sah sie boshaft an. „Wie ist es unter diesen Umständen mit folgender Schlagzeile: ‚Mann hält sich in vergessenem Fahrstuhl überraschend am Leben. Neben ihm Knochenfunde einer weiblichen Person'."

Der Aufzug setzte sich mit einem plötzlichen Ruck wieder in Bewegung, sodass Angel gegen Kyle prallte. Geistesgegenwärtig fing er sie auf und hielt sie fest. „Oder", sagte er nachdenklich, „‚Junge Dame lernt im langsamsten Fahrstuhl der Welt einen richtigen Mann kennen'." Ohne zu wissen, was ihn dazu trieb, küsste er sie.

Gegenwehr hatte überhaupt keinen Zweck. Außerdem wusste Angel instinktiv, dass Kyle nicht die Absicht hatte, ihr wehzutun. Wahrscheinlich wollte er sie nur ärgern. Dieser Kuss war lediglich ein weiterer Versuch, sie zu beleidigen, und entsprechend würde sie darauf reagieren. Zu ihrer Überraschung musste sie allerdings feststellen, dass Kyles Lippen warm und weich waren, und auch sein muskulöser Brustkorb, den sie so abstoßend gefunden hatte, fühlte sich gut an. Ihr wurde leicht benommen zumute. Lag das an der Bewegung des Fahrstuhls?

Wie war es möglich, dass ein beleidigender Übergriff dieser Art eine solche Reaktion bei ihr auslöste? Als sie schließlich zu Kyle aufschaute, stellte sie an seinem Gesichtsausdruck fest, dass es ihm ähnlich ergangen sein musste.

„Bilden Sie sich bloß nicht ein, dass ich an Ihnen interessiert bin", erwiderte Angel, wütend über sich selbst. „Sie sind genau der Typ, den ich nicht ausstehen kann."

„Danke gleichfalls."

„Dann sind wir wenigstens darin einer Meinung."

Zum ersten Mal antwortete Kyle ihr ernsthaft. „Ich glaube, Angel, dass wir in mehr Dingen übereinstimmen könnten. Aber ich habe nicht vor, weitere Untersuchungen in dieser Richtung anzustellen."

Die Aufzugtüren öffneten sich. Kyle nickte ihr kurz zu und verschwand in der Eingangshalle, während Angel wie angewurzelt stehen blieb.

2. KAPITEL

Angel betrat das Parkhaus. Anstatt den Fahrstuhl zu nehmen, stieg sie langsam die Treppe hinauf, um sicherzugehen, dass sie Kyle Sullivan nicht noch einmal begegnete.

Möglicherweise fährt er auch gar keinen Pkw, dachte sie, während sie auf ihren Ford Escort zutrat. Ein Lastwagen passt viel besser zu ihm. Trotzdem sah sie sich unruhig nach allen Seiten um. Endlich saß sie im Wagen. Sie freute sich darauf, nach Hause zu kommen und die Aufregungen dieses Abends zu vergessen.

Der Motor sprang sofort an. Angel schaltete in den Rückwärtsgang und wandte sich zur Seite, um festzustellen, ob alles frei war. Der Wagen rührte sich jedoch, als sie Gas gab, nicht vom Fleck.

Vielleicht war der Gang nicht richtig eingerastet. Sie schaltete noch einmal. Dann trat sie das Gaspedal weiter durch, aber wieder erfolgte keine Reaktion.

Hatte sie vergessen, die Handbremse zu lösen? Nein, daran lag es nicht. Was konnte denn sonst der Grund sein? Angel stellte den Motor ab und trommelte wütend mit den Fäusten auf das Lenkrad, doch dann rief sie sich zur Vernunft und stieg aus.

Die Parkbuchten waren vorn in Höhe der Stoßstange von einer schweren Eisenkette begrenzt. Als sie vorhin in die Lücke gefahren war, hatte die Kette durchgehangen. Inzwischen waren an beiden Seiten Autos hinzugekommen. Offenbar hatten die Fahrer so dicht an die Begrenzung herangesetzt, dass die Kette dadurch straff gespannt worden war. Sie musste sich an ihrer Stoßstange verhakt haben.

Wie sollte sie sich in dieser Situation helfen? Sie konnte warten, bis die Fahrer der Wagen neben ihr wegfuhren, aber in diesem Parkhaus standen die Fahrzeuge manchmal die ganze Nacht.

Am besten versuchte sie erst einmal, sich selbst zu helfen. Im Zweifelsfall konnte sie immer noch einen ihrer Brüder anrufen und um Hilfe bitten.

Der Abstand zur vorderen Mauer betrug ungefähr zwanzig Zentimeter. Wenn ich ein Stück vorfahre, wird die Kette vielleicht gelockert, dachte Angel. Sie stieg wieder ein, schaltete in den Vorwärtsgang und fuhr vorsichtig an, bis sie die Wand fast berührte. Dann stieg sie aus und kniete sich neben das Auto, um zu sehen, ob ihre Bemühung erfolgreich gewesen war.

Da heulte im Hintergrund ein Motor auf. Es folgte ein kurzes Knattern, und das Geräusch eines schweren Motorrades erstarb direkt hinter ihr, wo die Maschine zum Stehen gekommen war. Der Luftzug wirbelte ihr den Rock hoch. Schnell zog Angel ihn wieder herunter und erhob sich, so anmutig es eben ging, von dem staubigen Zementboden.

„Ich wollte gerade hinausfahren, und was sehe ich da, direkt vor meiner Nase? Die wohlgeformte Rückseite von …"

„Kyle Sullivan", unterbrach Angel ihn unfreundlich. „Setzen Sie Ihren Weg ruhig fort. Ich brauche Sie nicht." Aber das Gegenteil war der Fall, das wusste sie genauso gut wie er.

„Allem Anschein nach stecken Sie aber in der Klemme, Angel. Und wenn Sie mich freundlich bitten, könnten Sie mich überreden, Ihnen zu helfen." Kyle setzte Helm und Motorradbrille ab und kam auf den Escort zu. Dann stellte er ein Bein auf die Stoßstange und ließ den Wagen ohne die geringste Anstrengung auf und ab federn. Angel sah, wie die Muskeln seines Oberschenkels sich dabei anspannten.

Sie wandte sich ab, während sie sich einredete, dass eine derartig aufdringliche Demonstration von Männlichkeit abstoßend sei. „Bevor ich Sie um etwas bitte, müsste schon der Weltuntergang bevorstehen", bemerkte sie.

Kyle nahm den Fuß von der Stoßstange und zuckte die Achseln. Dann lehnte er sich an den Wagen und schwieg.

Angel schaute verzweifelt auf die Uhr. Die Lage war aussichtslos. Inzwischen war zehn Uhr vorbei, und sie spürte in allen Gliedern, dass sie einen langen, anstrengenden Tag hinter sich hatte.

„Die Nacht verstreicht, Angel", brachte Kyle sich in Erinnerung.

„Würden Sie mir bitte helfen, meinen Wagen freizubekommen?", fragte Angel gepresst.

„Sehr brav, Angel. Man merkt doch, dass Sie eine gute Kinderstube hatten."

Angel musste an sich halten. Am liebsten hätte sie sich auf ihn gestürzt. Sie zwang sich jedoch zu einem milden Lächeln und erwiderte: „Wie schön, dass Ihnen gutes Benehmen wenigstens noch auffällt. Dann besteht auch für Sie noch Hoffnung, Mr Sullivan."

Angel war überrascht, als Kyle darauf nicht wütend reagierte, sondern lächelte. Außerdem musste sie sich eingestehen, dass sein Lächeln ausgesprochen gewinnend war.

„Nun, dann wollen wir einmal sehen", sagte er und bückte sich, um die Stoßstange von unten in Augenschein zu nehmen. „Du liebe Güte! Die Kette hat sich völlig verhakt. Ich werde auf die Stoßstange treten und versuchen, sie freizuschütteln. Und wenn Sie auch nur ein Fliegengewicht sind, versuchen Sie derweil, die Kette nach unten zu drücken. Vielleicht schaffen wir es dann."

Tatsächlich gelang es ihnen mit vereinten Kräften, die Kette zu lockern.

„Steigen Sie ein, und fahren Sie noch ein paar Zentimeter vor, dann haben wir es", wies Kyle Angel an.

„Damit beschädige ich aber die Stoßstange."

„Ich werde jetzt mit aller Kraft auf die Stoßstange springen, während Sie die Kette herunterdrücken. Dabei müsste sie eigentlich abfallen."

„Aber die Stoßstange wird doch ..." Bevor Angel aussprechen konnte, ertönte ein kratzendes Geräusch, weil die Stoßstange an der Wand entlangschabte, und die Kette fiel klirrend zu Boden.

Kyle sah sie erschrocken an, machte dann jedoch eine lässige Handbewegung und verkündete: „Sie sind frei."

„Typisch Mann!", schäumte Angel.

„Typisch Frau! Das wäre alles nicht passiert, wenn Sie besser eingeparkt hätten."

„Sie sind unausstehlich und machen Ihrem Geschlecht nicht gerade Ehre!"

„Und Sie sind eine verzogene Zuckerpuppe!"

„Angeberischer Muskelprotz!"

„Zimperliese!"

Beide bestiegen fast gleichzeitig ihr Fahrzeug und ließen den Motor an. Hätte Angel ihren Wagen sofort zurückgesetzt, so wäre sie unweigerlich mit Kyle zusammengestoßen. Daher wartete sie, bis er davongebraust war. Dann fuhr sie vorsichtig aus der Parklücke und folgte notgedrungen den Abgasen der schweren Maschine.

Ihre schlechte Laune erreichte den Gipfelpunkt, als sie am Ausgang darüber belehrt wurde, dass sie die Zeit der gelösten Parkkarte überschritten hatte. Nun wurde sie zu allem Überfluss noch einmal zur Kasse gebeten.

Angel lebte seit sechsundzwanzig Jahren in New Orleans und hatte in dieser langen Zeit nie etwas von Kyle Sullivan gehört oder gesehen. Nach diesem ersten Zusammentreffen schien er dagegen allgegenwärtig zu sein.

Das nächste Zusammentreffen mit Kyle Sullivan war noch überraschender. Als Angel abends nach Hause kam, bereitete sie sich und Miaou, ihrer Katze, als Erstes etwas zu essen. Dann machte sie ihr Häuschen sauber.

Angel bewohnte die Hälfte eines Doppelbungalows. Das gesamte Haus war ihr Eigentum. Sie hatte es günstig von ihrem Bruder Charles erworben, als dieser, ein erfolgreicher Immobilienmakler, es für angezeigt hielt, ein repräsentatives Anwesen zu beziehen. Die andere Haushälfte hatte sie an ein junges Ehepaar vermietet. Ihr Häuschen bestand, von Nebengebäuden abgesehen, nur aus zwei geräumigen Zimmern, sodass es sich schnell reinigen ließ.

Der Abend war feucht, aber es wehte ein frisches Lüftchen. Ein so erträgliches Wetter musste man ausnutzen. Daher streifte Angel Rock und Bluse ab und zog weiße Shorts und ein hellblaues T-Shirt an.

„Komm, Miaou“, rief sie die Perserkatze. „Wir gehen in den Park.“

Sie legte der Katze ein Halsband an, drückte sie an sich und vergrub das Gesicht in dem langhaarigen weißen Fell. „Wenn du brav bist, lasse ich dich Enten jagen. Aber vergiss nicht, dass du sie nicht packen darfst.“

Der Audobon-Park befand sich in unmittelbarer Nähe. Als Angel das Haus verließ, winkte sie ihren Nachbarn zu, die auf der vorderen Terrasse saßen und ebenfalls die frische Abendluft genossen. Obwohl New Orleans eine Metropole mit allen typischen Großstadtproblemen war, gab es durchaus Viertel mit intakter Nachbarschaft. Angel wusste, dass stets jemand zugegen sein würde, wenn sie einmal Hilfe brauchte. Das war ein beruhigender Gedanke, und diese Wohnverhältnisse hatten sie auch in ihrem Entschluss bestärkt, ein Kind zu adoptieren.

Im Park waren jede Menge Jogger, Radfahrer und Familien mit Kindern. Angel achtete darauf, dass sie Leuten mit großen Hunden auswich, und bahnte sich den Weg zu einem der kleinen Teiche. Dort setzte sie sich ans Ufer und ließ die Katze frei, die sofort begann, im Schilf nach kleinem Getier zu stöbern.

Von fern vernahm Angel das Gelächter eines Kindes, und sie dachte daran, dass sie selbst bald eine Tochter haben würde.

Das kleine Mädchen existierte bereits irgendwo. Dessen konnte Angel sich sicher sein, weil sie die Organisation hatte wissen lassen, dass sie kein Baby haben wollte. Wahrscheinlich beschleunigte dieser Wunsch das Verfahren sogar, denn die meisten Menschen waren nur an Neugeborenen interessiert, die noch keinen Belastungen irgendwelcher Art ausgesetzt gewesen waren.

Und Mrs Simpson hatte ja auch bereits von einem bestimmten Kind gesprochen. Wie es wohl aussah? Angel hatte bei der Altersangabe eine Spanne von drei bis acht Jahren genannt. Da sie selbst noch jung war, würde sie wahrscheinlich eher ein kleines Kind bekommen.

„Ich werde eine gute Mutter sein", erzählte sie der Katze, die angespannt eine Ente beobachtete, „und an dem Kind alles gutmachen, was ihm Schreckliches widerfahren ist. Bemitleiden werde ich es allerdings nicht. Früher oder später wird es sich dann so entwickeln, als wäre es mein leibliches Kind."

War es nicht traurig, dass sie so wichtige Überlegungen nur mit einer Katze teilen konnte?

Miaou hob gerade die Tatze, um nach der Ente zu schlagen, als sie und ihre Besitzerin aus ihrer beschaulichen Ruhe aufgeschreckt wurden. Zwei riesige Hunde der Rasse Golden Retriever kamen auf sie zugeschossen. Angel wollte sich auf die Katze werfen, um sie mit ihrem eigenen Körper zu schützen, aber das Tier half sich bereits selbst. Gezwungen, zwischen den geifernden Hunden und der endlos scheinenden Wasserfläche zu wählen, hatte Miaou notgedrungen das Wasser vorgezogen.

Mit einem Sprung war sie im Teich und schwamm um ihr Leben.

Die Hunde hatten das Ufer erreicht, aber ein Kommando ihres

Herrn hielt sie davon ab, der Katze zu folgen. Sie bellten jedoch so aufgeregt, dass die Katze voller Panik immer weiter vom Ufer wegschwamm.

„Katzen können nicht schwimmen!“, rief Angel entsetzt aus.

„Die da schon.“ Kyle Sullivan stand neben ihr, an beiden Seiten einen Hund.

„Unternehmen Sie doch etwas! Sie wird ertrinken!“, klagte Angel. Erst jetzt wandte sie sich zur Seite und sah, mit wem sie es zu tun hatte. Ihre Aufregung verwandelte sich in Zorn. „Ihre Hunde natürlich! Das hätte ich mir eigentlich denken können.“ Sie schlüpfte aus den hochhackigen Sandaletten und watete ins Wasser, um die Katze zu retten.

„Machen Sie sich bloß die Füßchen nicht nass“, spottete Kyle. Auf ein Kommando hin sprang einer der Hunde ins Wasser. Sekunden später war er wieder da. Er hatte die Katze am Nackenfell gepackt.

„Leg ab, Knut.“ Gehorsam öffnete der Rüde sein großes Maul, und das kleine Fellbündel fiel heraus, Angel zu Füßen.

Sie griff nach ihrem Liebling und drückte ihn an sich. „Was soll ich dazu sagen?“, wandte sie sich an Kyle. „Soll ich mich bei Ihnen für die Rettung meiner Katze bedanken oder Sie beschimpfen, weil Sie diese beiden Bestien losgelassen haben?“

„Dank ist von Ihnen nicht zu erwarten. Und beschimpft haben Sie mich auch schon häufig genug. Wie wäre es damit, zuzugeben, dass es reichlich unvernünftig ist, mit einer Katze in diesen Park zu kommen?“ Er warf einen Blick auf Miaou. „Das ist doch eine Katze, oder?“

Miaou war nach diesem Abenteuer in kläglicher Verfassung. Das weiße, seidige Fell war braun vor Schlamm und klebte ihr am Körper. Nicht einmal Angel fand diesen Anblick erhebend. Die beiden Hunde sahen dagegen drahtig und gesund aus.

Angel sah Kyle wütend an. Ihr fiel keine passende Antwort ein. Aber Kyle achtete gar nicht auf sie, sondern starrte auf die Katze und ihren Ruheplatz. „Komisch“, murmelte er, „das Leben hält doch stets Überraschungen bereit.“

„Wie meinen Sie das?“

Er betrachtete immer noch die Katze. „Wer hätte gedacht, dass ich bei einem Abendspaziergang mit meinen Hunden so viel von einer Dame zu sehen bekommen würde?"

Angel schaute an sich herunter. Miaous tropfnasses Fell hatte ihr das T-Shirt vollständig durchgeweicht. Da sie nichts darunter trug, zeichneten sich die Konturen ihres Oberkörpers bis in jede Einzelheit ab.

„Dann schauen Sie genau hin, und merken Sie sich alles genau", entgegnete sie wütend. „Jemand wie Sie dürfte sonst kaum Gelegenheit haben, den Körper einer wirklichen Dame zu sehen." Damit kehrte sie ihm den Rücken und machte sich auf den Heimweg.

Kyles Gelächter übertönte das Hecheln der beiden Hunde.

„Er läuft mir ständig über den Weg." Angel hatte ihrer Großmutter alles von Kyle Sullivan erzählt. Sie räumten zusammen den Laden auf, bevor Angel zum zweiten Durchgang des Vorbereitungskursus fahren musste.

„Das klingt alles sehr aufregend", bemerkte Madame LaBois. „Und natürlich habe ich schon von Kyle Sullivan gehört."

„Tatsächlich?", entgegnete Angel überrascht, obwohl das gar nicht so erstaunlich war. Ihre Großmutter hatte Kontakte vielfältiger Art in New Orleans und wusste über Prominente stets gut Bescheid.

„Natürlich. Ich wundere mich, dass er dir kein Begriff war."

„Du weißt, dass Football mich nicht interessiert."

„An Football habe ich eben auch nicht gedacht, obwohl Mr Sullivan ein bekannter Champion war. Nein, ich sprach von der Hochzeitsliste."

„Von der Hochzeitsliste?" Angel beriet gelegentlich Familien bei bevorstehenden Feierlichkeiten in allen Organisations- und Ausstattungsfragen. Die Hochzeiten, bei denen sie mitwirkte, fanden sich in einer Liste bei ihr im Geschäft. Darin waren alle Einzelheiten vermerkt.

„Demnächst hast du doch die Riley-Hochzeit auszurichten."

Angel griff nach dem Geschäftsbuch und schlug es auf. Sie entdeckte zu ihrem Schrecken, dass Kyle Sullivan bei den Rileys Trauzeuge war. Und dabei hatte sie in diesem Fall besonders viele Aufga ben übernommen. „Das sind ja schöne Aussichten“, murmelte sie vor sich hin.

„Eigentlich würdet ihr beide doch ein sehr eindrucksvolles Paar abgeben“, bemerkte ihre Großmutter nachdenklich. „Er ist groß und kräftig, ausgesprochen männlich, und du …“

„Groß ist er, ja, ein großes Ungetüm.“

„Diese Voreingenommenheit passt gar nicht zu dir, Angel. Ist der Mann dir zu nahegetreten?“

Angel, die den Vorfall im Fahrstuhl für sich behalten hatte, schüttelte den Kopf. „Was für ein absurder Gedanke! Nein, natürlich nicht.“

„Liebes Kind, ich finde Kyle Sullivan sieht blendend aus.“

„Sicherlich, wenn man eine Vorliebe für Muskelpakete hat.“

„Wusstest du, dass er Tulane mit einem ausgezeichneten Examen verlassen hat? Er wollte sogar promovieren, aber dann kam seine Karriere als Footballstar dazwischen.“

„Woher weißt du das alles, Großmama?“

„Ich lese schließlich Zeitung. Außerdem habe ich einen Blick für interessante Männer.“

Angel starrte ihre Großmutter an.

„Jeder richtige Mann, der sich dir bisher genähert hat, wurde mit einem Korb bedacht. Was hast du eigentlich gegen Männlichkeit, mein Kind?“

Angel setzte sich auf eine Stuhllehne und sah ihre Großmutter immer noch erstaunt an. „Findest du nicht, dass das ein recht seltsames Gesprächsthema für eine Großmutter und ihre Enkelin ist?“

„Ich bin eben eine seltsame Großmutter.“

„Nein, für mich bist du immer die wichtigste Bezugsperson gewesen.“

Madame LaBois setzte sich zu Angel. „Sei nicht ungerecht. Dein Vater und deine Brüder haben stets alles für dich getan und dir jeden Wunsch von den Augen abgelesen.“

Angel nickte. „ Aber du warst die Einzige, die mich wie ein Mädchen behandelt hat. Für die anderen war ich so etwas wie ein kleiner Bruder.“

„Richtig, immer in alten Jeans und Basketballmütze.“

„Kleider habe ich nur von dir bekommen", ergänzte Angel.

„Einmal habe ich mich heftig mit deinem Vater gestritten, weil er dich zusammen mit den Jungen zum Herrenfriseur schicken wollte."

„Was wäre wohl ohne dich aus mir geworden?" Angel seufzte. „Aber kannst du mir vielleicht verraten, was das alles mit Kyle Sullivan zu tun hat?"

„Es wird Zeit, dass du aufhörst, dich gegen alles Männliche zu wehren. Zugegeben, deine Kindheit wurde zu sehr von Männern bestimmt. Aber du bist kein Kind mehr." Madame LaBois stand auf und strich sich den Rock glatt. „Denk einmal darüber nach." Sie beugte sich zu ihrer Enkelin hinunter und küsste sie auf die Stirn. „Viel Spaß bei dem Vorbereitungskurs." Die alte Dame winkte Angel noch einmal zu und verließ den Laden.

Fast könnte man glauben, dass Großmama und Mrs Simpson sich abgesprochen haben, dachte Angel verwundert. Sie saß in einem bequemen Sessel und hörte der Kursleiterin zu, die gerade über unterschiedliche Elternpersönlichkeiten sprach.

Elternverhalten setzte sich demnach aus verschiedenen Verhaltensmustern zusammen, die dem Menschen als Kind durch die Eltern und andere Autoritäten eingeimpft wurden. Dabei spielten sowohl emotionale als auch rationale Komponenten eine Rolle.

„Daraus folgt, dass Sie sich selbst verstehen und durchschauen müssen, wenn Sie ein guter Vater oder eine gute Mutter werden wollen", schloss Mrs Simpson ihren Vortrag. „Wenn Sie zum Beispiel Antipathien gegen bestimmte Personen oder Dinge haben, sollten Sie deren Ursachen zu ergründen versuchen."

Angel verkroch sich tiefer in ihrem Sessel. Kyle Sullivan saß ihr gegenüber an der anderen Wand, aber sie meinte, seine Blicke zu spüren.

„Ich teile jetzt Fragebogen aus, die Sie ausfüllen sollen. Danach sprechen Sie die Ergebnisse mit Ihren Partnern durch. Angel und Kyle, Sie beide arbeiten wieder zusammen, ja?"

Angel brachte es nicht fertig, Mrs Simpson zu gestehen, dass sie nicht einmal neben Kyle sitzen, geschweige denn persönliche Dinge mit ihm besprechen mochte. Daher nickte sie nur, und Kyle folgte ihrem Beispiel.

Angel zog sich mit dem Fragebogen in ihren Sessel zurück. Sie seufzte. Die Fragen waren nicht nur persönlich, sondern geradezu intim.

Normalerweise machte es ihr nicht viel aus, offen über Gefühle zu sprechen, aber mit Kyle Sullivan?

Eine halbe Stunde später setzte allgemeines Stimmengewirr ein, weil die Paare mit dem Gedankenaustausch begannen.

Als Angel aufblickte, bemerkte sie, dass Kyle bereits ungeduldig zu ihr herübersah. Schnell gesellte sie sich zu ihm. Während der vergangenen zwei Stunden hatte sie sich ausgiebig den Kopf darüber zerbrochen, woher ihre Antipathie ihm gegenüber stammen mochte. Wenn, wie Mrs Simpson erklärt hatte, auch der Verstand bei allem eine Rolle spielte, müsste es ihr doch gelingen, die Vorurteile gegen diesen Koloss von einem Iren abzubauen.

„Da sind wir also wieder einmal zusammen“, murmelte sie. „Wollen Sie anfangen?“

„Nein, einer Dame lasse ich stets den Vortritt“, gab er zurück und lächelte breit.

Was sollte sie bloß machen? Sie konnte sich mit diesem Menschen einfach nicht über Privatangelegenheiten unterhalten. Er war ein Monster, ein Höhlenmensch, und das wollte sie ihm ins Gesicht sagen.

Aber in diesem Augenblick kam Kathleen Simpson vorbei. „Ich habe wunschgemäß notiert, was ich an mir gut und schlecht finde“, begann Angel daher. Sie griff nach dem Blatt und las vor. „Ich bin ordentlich und höflich, vergesse nie einen Geburtstag und gehe jeden Sonntag zur Kirche. Außerdem bemühe ich mich darum, zu allen Menschen freundlich zu sein.“

Als Kyle lachte, warf sie ihm einen giftigen Blick zu und fuhr dann fort: „Meistens jedenfalls. Im Übrigen mache ich mir Gedanken über die Zukunft der Menschheit.“

„Ist das alles?“

„Ich nehme an, dass für Ihre Liste nicht einmal eine Rolle Toilettenpapier ausreichen würde“, bemerkte sie boshaft. „In ganz New Orleans ist nicht genug Tinte vorhanden, um alles aufzuschreiben, was Sie an sich selbst schätzen.“

Kyle griff nach seinem Blatt. Als Angel seine unleserliche Schrift sah, reichte es ihr bereits. „Ich bin großzügig …"

„Im Austeilen von Beleidigungen", warf sie ein.

„Unterhaltend, ich habe Sinn für Humor und sehe gut aus. Außerdem bin ich stark, zuverlässig, vertrauenswürdig, anhänglich und …"

„Eingebildet?", schlug Angel vor.

„Selbstbewusst würde ich das nennen."

Eine längere Pause trat ein. Wieder kam Mrs Simpson vorbei und schaute sie erwartungsvoll an, sodass Angel sich gezwungen sah, weiterzumachen. „Und nun die Dinge, die mir selbst missfallen." Sie schluckte. „Ich bin aufbrausend und urteile oft einseitig. Außerdem bin ich mit mir selbst noch nicht ganz im Reinen." Sie dachte wieder an die Worte ihrer Großmutter. „Ich bin Neuem gegenüber nicht aufgeschlossen genug und sage den Menschen zu unverblümt die Wahrheit." Wahrscheinlich war sie angesichts dieser Geständnisse ganz blass geworden.

Als sie schließlich zu Kyle aufblickte, stellte sie fest, dass dieser sie voll Bewunderung ansah. „Alle Achtung, Angel, das war wirklich eine Leistung." Dann räusperte er sich und griff nach seinem Blatt. „Ich verliere leicht die Beherrschung, urteile häufig vorschnell und könnte nicht immer begründen, warum ich in bestimmter Weise handle." Kyle schaute von seinem Blatt auf und lächelte. „Kommt Ihnen das vielleicht bekannt vor?"

Angel nickte überrascht.

Sie sahen einander verwundert an. Wie konnten zwei Menschen, die absolute Gegensätze darstellten, so vieles gemeinsam haben?

Erst jetzt bemerkten sie, dass die übrigen Kursteilnehmer sich bereits erhoben hatten.

„Vielen Dank für Ihr Kommen", wandte Mrs Simpson sich an die Gruppe. „Wir sehen uns in einer Woche wieder. Ich hoffe, dass Sie heute alle etwas gelernt haben."

Kyle und Angel saßen immer noch wie vom Donner gerührt da und schauten sich in die Augen.

3. KAPITEL

Mrs Simpson stand im Gang und verabschiedete sich von den künftigen Adoptiveltern. Nachdem auch sie der Kursleiterin ein paar höfliche Worte gesagt hatten, folgte Angel Kyle zum Fahrstuhl.

„Sind Sie sicher, dass Sie es mit mir in einem Aufzug aushalten?", brach Kyle schließlich das Schweigen.

„Nur wenn Sie mir versprechen, dass Sie mir nicht mit weiteren eindrucksvollen Eigenschaften Ihrerseits kommen", entgegnete Angel. An sich war sie jedoch nicht in der richtigen Stimmung, um Kyle zu ärgern, denn sie musste immer noch über die Fragebogenaktion nachdenken, und ihm erging es anscheinend genauso.

Nachdem sich die Fahrstuhltüren geschlossen hatten, begann Kyle: „Es ist Ihnen sicher klar, dass Mrs Simpson über beträchtliche Menschenkenntnis verfügt. Mithin dürfte sie auch die ...", er suchte nach dem passenden Ausdruck, „Abneigung zwischen uns bemerkt haben."

„Daran habe ich auch bereits gedacht, und ich bin deswegen fest entschlossen, Ihnen gegenüber künftig toleranter zu sein." Das ist das erste Mal, dass wir wie vernünftige Menschen miteinander reden, dachte Angel.

„Das ist auch meine Absicht. Ob Sie es glauben oder nicht, ich habe mir auch bisher Mühe gegeben."

Angel schluckte die spöttische Bemerkung, die ihr auf der Zunge lag, hinunter. Nein, sie wollte nicht diejenige sein, die wieder Streit vom Zaun brach. „Wenn wir uns beide anstrengen, wird es uns sicher gelingen, während der nächsten Wochen respektvoll miteinander umzugehen."

„Da bin ich mir nicht so sicher. Ich finde, es liegt immer noch eine gewisse Feindseligkeit in der Luft."

„Und was schlagen Sie da vor?"

„Wir sollten uns einmal gründlich aussprechen."

Angel war skeptisch. „Meinen Sie nicht, bei einem ausführlichen Gespräch könnten neue Missverständnisse aufkommen?"

„Das Risiko müssen wir eingehen. Lassen Sie uns irgendwo etwas trinken und zu ergründen versuchen, was uns so gegeneinander aufbringt. Irgendetwas muss doch dahinterstecken."

„Wir sind erst im dritten Stock angelangt. Wahrscheinlich können wir uns unser ganzes Leben erzählen, bis wir das Erdgeschoss erreicht haben."

„Sie weichen mir aus, Angel."

Angel seufzte. „Ich glaube wirklich nicht ..."

Kyle fiel ihr ins Wort. „Außerdem hätte ich gern gewusst, weswegen Sie mich in der vergangenen Woche verfolgt haben."

„Ich soll Ihnen gefolgt sein? Was bilden Sie sich eigentlich ein, Sie irischer Flegel?"

„Sehen Sie? Wir müssen dringend miteinander reden. Aber wenn Sie Angst davor haben, den Abend mit mir zu verbringen ..."

„Wo treffen wir uns?", unterbrach Angel ihn verärgert. „Nennen Sie irgendein Lokal, das genügt."

„‚Zum fröhlichen Iren'."

Sie schüttelte den Kopf. „Die Bar des Grand Hotels."

„Pat O'Briens Bierstube."

„Das ‚Sazerac' in Farimon", hielt sie dagegen.

„Das Strandcafé am Ponchartrain-See."

„Einverstanden." Der Fahrstuhl traf gerade im Erdgeschoss ein. „Und wann?"

„In einer halben Stunde." Damit wandte Kyle sich zum Gehen.

Angel traf vor Kyle in dem Restaurant ein. Es war ein warmer Abend, wie geschaffen dafür, draußen auf der Holzbohlenterrasse zu sitzen, von wo aus man einen Blick über den See hatte.

Angel ließ sich an einem kleinen Tisch nieder und genoss die frische Brise. Dann beobachtete sie die Segelboote.

„Haben Sie schon bestellt?" Kyle tauchte neben ihr auf und setzte sich.

Angel schüttelte nur den Kopf.

Die Getränke wurden so schnell serviert, dass sie vorher nicht dazu kamen, das Gespräch zu eröffnen.

„Sie haben zum ersten Mal meinen richtigen Namen benutzt", begann Angel dann. „Ist das ein Zeichen dafür, dass Sie bereit sind, sich ernsthaft mit mir zu unterhalten?"

„Ich habe mich lediglich versprochen. Aber wenn Ihnen das wichtig ist, werde ich künftig daran denken. Angel ist allerdings ein sehr ungewöhnlicher Vorname. Wie kommen Sie dazu?“

„Meine Mutter hat französische Vorfahren.“

„Dann stammt sie wohl aus einer alteingesessenen Familie?“

„Ja, aber auch die Familie meines Vaters kam bereits mit den ersten Siedlern, die sich im Garden District niedergelassen haben. Die Vorfahren meiner Mutter lassen sich wiederum bis zu einem der jungen Mädchen zurückverfolgen, die von König Louis zu Heiratszwecken nach New Orleans geschickt wurden.“

„Meine Vorväter sind nach dem Kauf von Louisiana aus Irland eingewandert und haben hier eine Importfirma gegründet. Wir gehören also auch zu den ersten Siedlern, obwohl kein Tropfen französisches Blut in unseren Adern fließt.“

Angel schwieg nachdenklich und trank einen Schluck.

„Und nun verraten Sie mir bitte, weswegen wir uns ständig über den Weg laufen“, sagte Kyle.

„Wo wohnen Sie?“

„Im Bezirk Henry Clay.“

„Und ich in Calhoun. Wir sind sozusagen Nachbarn.“

Diese Erkenntnis begeisterte Angel nicht gerade. „Was die Benutzung des Parks betrifft, so könnten wir die Abende doch aufteilen“, schlug Kyle schließlich vor. „Und einkaufen könnte ich mittwochs und sonnabends, die übrigen Tage stehen Ihnen zur Verfügung.“

„Oder Sie geben mir Ihre Telefonnummer, und ich rufe Sie an, bevor ich irgendwohin gehe, damit wir uns nicht in die Arme laufen.“

„Ich könnte auch nach Oregon ziehen.“

„Das ist eine gute Idee.“

Sie leerten ihre Gläser. Kyle winkte der Kellnerin und bestellte zwei weitere Getränke.

„Es würde mich sehr interessieren zu erfahren, weswegen Sie ein Kind adoptieren wollen“, ergriff Kyle wieder das Wort.

„Ich liebe Kinder“, entgegnete Angel lächelnd. „Ich kann mir nichts Schöneres vorstellen, als von einer Kinderschar umgeben zu sein. Und da mir bewusst ist, dass ich nicht jünger werde, habe ich mich entschlossen, endlich eine Familie zu gründen.“

„Und warum soll es eine Adoption sein?"

„Weil ich nicht verheiratet bin. Moralisch gesehen ist das für mich die einzige Möglichkeit." Als Kyle lachte, erklärte sie weiter: „Außerdem finde ich Adoptionen sehr wichtig. Solange es Kinder gibt, die eine Familie suchen, muss man helfen. Um ein Kind zu lieben, brauche ich es nicht selbst geboren zu haben."

„Und wenn Sie eines Tages doch noch ein eigenes Kind bekommen?"

„Darin sehe ich kein Problem."

„Falls Sie mit beiden Kindern in einem Boot säßen, das plötzlich kentert, welches würden Sie retten?"

„Dasjenige, das nicht schwimmen kann", erwiderten sie beide wie aus einem Munde und mussten dann lachen.

„Die Menschen stellen einem die seltsamsten Fragen, finden Sie nicht?", bemerkte Kyle. „Die Sache mit dem Boot bin ich bereits mehrmals gefragt worden."

„Ich weiß auch noch eine gute Frage." Angel imitierte die Stimme einer älteren Dame: „Wenn du aber schwanger wirst, Liebes, gibst du dann das Adoptivkind zurück?"

„Das fragt mich wenigstens niemand", bemerkte Kyle lachend.

„Ich finde die Frage in meiner Situation auch ziemlich unpassend."

Kyle musterte eingehend ihre schlanke Gestalt. „Ich könnte mir vorstellen, dass es eine Menge Männer gibt, die bereit wären, daran etwas zu ändern."

Angel wurde rot und ärgerte sich gleichzeitig darüber. Wie konnte sie über das Kompliment eines Mannes erröten, der bisher nur grob zu ihr gewesen war! „Schon möglich", entgegnete sie, „aber wenn sich in meinem Leben nicht grundsätzlich etwas ändert, scheidet eine Schwangerschaft aus." Hatte sie sich wirklich richtig ausgedrückt? Kyle sollte auf keinen Fall den Eindruck bekommen, dass sie ihr Single-Dasein beklagte. Sie spähte zu ihm hinüber. Kyle starrte sie an.

„Wollen Sie damit etwas Bestimmtes andeuten?", erkundigte er sich schließlich.

„Ich wollte damit lediglich sagen, dass ich keinerlei Absicht habe, mich zu verheiraten. Nicht dass Sie glauben, ich wollte auf meine Unschuld oder meine moralischen Prinzipien hinweisen."

„Ich bin trotzdem davon überzeugt, dass Sie so unschuldig und unantastbar sind wie die unberührte Natur da draußen.“ Er deutete auf den See.

„Und wieso sind Sie sich dessen so sicher? Steht das vielleicht mit unsichtbarer Tinte auf meiner Stirn geschrieben?“, fragte Angel verärgert.

„Deswegen brauchen Sie sich doch nicht zu genieren, Angel. Unschuld ist etwas sehr Schönes, selbst wenn sie in Ihrem Alter selten vorkommt.“

Angel stieß wütend den Stuhl zurück. „Sie sind wirklich ein unmöglicher Mensch!“ Als sie aufsprang, hielt Kyle sie am Handgelenk fest.

„So beruhigen Sie sich doch. Ich weiß nicht mehr genau, wie wir darauf gekommen sind, aber eine Frau der Unschuld zu bezichtigen ist nicht gerade eine Beleidigung. Möchten Sie, dass ich mich trotzdem entschuldige? Also gut, es tut mir leid, dass ich nicht angenommen habe, Sie schliefen mit jedem Mann, der Ihnen über den Weg läuft.“ Er zog sie auf den Stuhl herunter. „Vertragen wir uns wieder?“

Angel setzte sich. „Bin ich es denn allein, die ein solches Gespräch verwirrt?“, fragte sie schließlich, da sie bemerkt hatte, wie erhitzt sie war. „Sie brauchen nicht zu antworten“, fuhr sie fort, als Kyle zu einer Entgegnung ansetzte. „Sagen Sie mir lieber, weswegen Sie ein Kind adoptieren möchten. Anschließend können wir dann über Ihre Unschuld sprechen … oder Ihren Mangel daran, je nachdem.“ Sie lehnte sich zurück und lächelte.

„Ich liebe Kinder. Und da ich nicht heiraten möchte … das heißt, nicht noch einmal, habe ich mich entschlossen, ein Kind zu adoptieren. Ich glaube, es ist sehr schön, Vater zu sein und mit einem Kind zusammenzuleben.“

Angel stellte sich unwillkürlich vor, wie Kyle mit einem kleinen Jungen Fußball spielte, ein Modellflugzeug zusammenbaute oder einen Drachen steigen ließ. Er eignete sich bestimmt gut zum Vater. „Es gibt nicht viele Männer, die sich so sehr für Kinder interessieren. Ihr zukünftiger Sohn ist zu beneiden.“

„Aus Ihnen wird sicherlich auch eine gute Mutter“, gab Kyle zurück. „Ich habe den Eindruck, dass Sie alles, was Sie machen, mit vollem Einsatz anpacken. Ihre Tochter wird es gut bei Ihnen haben."

Angel freute sich über dieses Kompliment. Sie trank ihre Cola aus, und als die Gesprächspause ihr zu lang wurde, fragte sie vorsichtig: „Sie deuteten eben an, dass Sie verheiratet waren. Ist Ihnen dieses Thema unangenehm?"

„Das Thema nicht, aber meine Ehe war unerfreulich."

„Demnach haben Sie schlechte Erfahrungen gemacht?"

„Allerdings, und deswegen möchte ich so etwas nie wieder erleben." Er beugte sich zu Angel. „Die Ehe ist etwas Entsetzliches. Sie haben völlig recht mit Ihrer Abneigung dagegen."

„Erzählen Sie mir davon." Angel hatte es spontan gesagt, ohne nachzudenken. Jetzt bereute sie bereits, dass sie sich mit Kyle auf ein so persönliches Gespräch einließ.

„Meine Ehe liegt schon einige Jahre zurück. Zu der Zeit war ich noch Footballspieler. Meine Frau liebte es, im Rampenlicht zu stehen, und ich habe mir eingebildet, ich liebte sie." Er lachte kurz und trocken. „Als ich das dritte Jahr Profi war, erlitt ich eine Knieverletzung. Ich hätte mich einer langen, anstrengenden Therapie unterziehen und dann zum aktiven Sport zurückkehren können, für einige Zeit jedenfalls. Aber mir wurde klar, dass es Wichtigeres gibt im Leben, deswegen habe ich meinen Vertrag gelöst. Das hat Dale mir nicht verziehen. Ein halbes Jahr später reichte sie die Scheidung ein."

„Das ist ja entsetzlich!", rief Angel teilnahmsvoll aus. „Was war sie für eine Frau?"

„Sie hatte viel Ähnlichkeit mit Ihnen."

Angel zuckte zusammen. „Ich glaube, ich muss jetzt gehen."

„Zumindest habe ich das bis jetzt gedacht."

„Und nun?"

„Dale wäre niemals bereit gewesen, ein Kind zu adoptieren. Sie hat sich nur für elegante Restaurants und Mode interessiert und keine Gelegenheit ausgelassen, um auf irgendeinem Foto zu erscheinen. Äußerlich war sie klein und zierlich, so wie Sie. Sie hatte rotes Haar, das inzwischen kastanienbraun geworden sein soll, und war ausgesprochen hübsch. Sie sind auch sehr hübsch, aber mittlerweile ist mir klar, dass das nicht nur äußerlich ist wie bei Dale. Sie sind kein oberflächlicher Mensch, sondern machen sich über alles Gedanken."

Schon wieder ein unerwartetes Kompliment, dachte Angel. „Bilde ich mir das nur ein, Kyle, oder gelingt es uns tatsächlich inzwischen, einander besser zu verstehen oder wenigstens zu respektieren?“

„Zumindest liegt keine Feindseligkeit mehr in der Luft“, stimmte er zu. „Und somit kann sie sich auch nicht ungünstig auf den Vorbereitungskurs auswirken. Wie ist es? Wollen wir uns nicht ein wenig die Beine vertreten? Wir könnten am See entlanggehen. Wenn ich zu lange sitze, tut mir immer das Knie weh.“

Angel hätte ablehnen sollen. Es genügte, dass sie sich nicht mehr anfeindeten. Aber aus einem unerklärlichen Grund fand sie die Vorstellung, mit Kyle am See entlangzuschlendern, reizvoll.

Neben ihm herzugehen war etwas ganz anderes, als ihm gegenüber am Tisch zu sitzen, denn die äußerlichen Unterschiede wurden dabei so deutlich, dass Angel sich an Kyles Seite winzig vorkam. Zwar kannte sie manch einen Mann, der es hinsichtlich der Größe mit ihm aufnehmen konnte, nicht jedoch im Körperbau. Kyle war so athletisch, dass er wie ein Fels in der Brandung wirkte, den nichts umwerfen konnte.

„Wie kommt es, dass Sie so gut in Form sind, obwohl Sie nicht mehr Football spielen?“, erkundigte Angel sich.

„Ich betreibe Freizeitsport wie Radfahren und Schwimmen. Außerdem fasse ich auch auf den Baustellen mit an, wenn ich meine Leute dort aufsuche. Körperliche Arbeit tut mir gut.“

Angel rümpfte die Nase. „Sie reden wie mein Bruder John. Er ist Landschaftsgärtner und konzipiert ausgedehnte Anlagen. Aber wenn er nicht zumindest einen Teil des Tages an der frischen Luft verbringen kann, ist er ungenießbar. Schon als Kind hat er mich bei jedem Wetter zum Spielen hinausgeschleppt.“

„Sie haben einen Bruder?“, fragte Kyle überrascht. „Aus irgendeinem Grund habe ich gedacht, dass Sie nur Schwestern haben.“

„Ich habe sogar drei Brüder, aber weder eine Schwester noch eine Mutter. Als sie starb, war ich noch kein Jahr alt.“

„Das muss sehr schwer für Sie gewesen sein.“

„Trotzdem habe ich mich doch ganz gut entwickelt, finden Sie nicht?“

Kyle sah sie so durchdringend an, dass Angel diese Äußerung sofort bereute. „Kommen Sie, setzen wir uns ein paar Minuten, und dann muss ich gehen."

Er nahm ihren Arm und führte sie zu einer Mauer am Strand, wo sie sich niederließen. Der See war ruhig, der Abendhimmel mit Sternen übersät. Die Atmosphäre war so friedlich, dass Angel sich ganz im Einklang mit der sie umgebenden Natur fühlte.

„Es war eine gute Idee von Ihnen, hierher zu gehen", bemerkte sie nun. „Ich war seit einer Ewigkeit nicht mehr an diesem See, obwohl wir früher oft Ausflüge ans Wasser gemacht haben, sobald aus meinem Freundeskreis jemand das Familienauto benutzen durfte."

„Möglicherweise hat mein Auto dann bereits neben Ihrem gestanden."

„Ich war aber immer mit einer Gruppe Mädchen unterwegs."

„Ich auch", entgegnete Kyle lachend.

„Sie waren bestimmt ein sehr verwegener junger Mann. Seltsam, dass wir uns nie begegnet sind."

Daraufhin tauschten sie Schuladressen aus, die Namen von Freunden sowie die der beliebtesten Ausflugsziele.

„Das ist wirklich erstaunlich", stellte Kyle schließlich fest. „Wir haben in unserem Leben viele gemeinsame Bekannte, Ausflugsziele und Interessen gehabt."

„Mit einigen Ausnahmen allerdings", warf Angel ein.

„Sicherlich", stimmte Kyle zu, „trotzdem wundert es mich, dass wir uns bisher nicht kennengelernt haben."

„Ich war eben jünger und vergesslicher."

„Daran kann es nicht liegen", entgegnete Kyle. Er wandte sich zu ihr um und nahm ihr Gesicht in beide Hände. „Wenn ich Ihnen irgendwo begegnet wäre, hätte ich mich bestimmt Hals über Kopf in Sie verliebt."

„In mich und die übrige weibliche Bevölkerung von New Orleans", scherzte Angel, aber Kyle fand das nicht komisch.

„Nein, von Dale einmal abgesehen, habe ich mich nie vorschnell oder leichtsinnig verliebt."

„Und ich verliebe mich überhaupt nicht, das ist das Allerbeste", erwiderte Angel, obwohl ihr das Herz höher schlug.

Kyle kam näher. Sicher bemerkte er, dass ihr Puls sich beschleunigte. Angel versuchte sich loszumachen, aber das war zwecklos.

„Waren Sie wirklich noch nie verliebt?“, erkundigte er sich nun. „Warum nicht?“

„Weil ich das nicht wollte.“

„Heißt das, Sie wollten keinen Mann haben?“

„Ich wollte all dem entgehen, was mit Männern zusammenhängt.“

„Und das wäre?“ Der Abstand war jetzt so gering, dass sie Kyles warmen Atem spürte.

„Schmutzige Socken, Football-Abende und Steaks mit Kartoffeln.“ Sie wollte ihn zurückdrängen und landete mit den Händen auf seiner warmen Brust. Und da küsste er sie auch schon.

Kyles Küsse waren verführerisch. Er küsste ganz anders als Dennis, ihr derzeitiger Freund. Dennis küsste leidenschaftslos und mit geschlossenem Mund, während Kyle die Lippen leicht geöffnet hatte. Seine Küsse waren feucht, heiß und temperamentvoll. Angel war klar, dass Kyle weitermachen würde, wenn sie sich nicht endlich zur Wehr setzte, und irgendwann hätte sie dann nicht mehr die Kraft dazu, ihm Einhalt zu gebieten.

So weit durfte es gar nicht erst kommen. Ihre Vernunft empörte sich dagegen. Man sollte sich nie gehen lassen. Angels Seele dagegen genoss die Situation.

Schließlich legte sie Kyle den Arm um den Hals und spielte mit seinem langen, lockigen Haar. Daraufhin drang er sanft mit der Zunge zwischen ihre Lippen und öffnete sie weiter. Sein Kuss wurde jetzt so intensiv, dass Angel zu stöhnen begann.

Diese Art, sich zu küssen, war ihr völlig neu. Sie wusste immer noch, dass es höchste Zeit war, den Bann zu brechen, fühlte sich dazu jedoch nicht imstande. Kyle zog sie an sich, bis sie die Knöpfe seines Hemdes durch die dünne Seide ihres Kleides spürte. Ihre Brüste waren an ihn gepresst. Angel hatte das Gefühl, dass sie vor Druck und Begierde anschwollen.

Nun legte auch Kyle die Arme um sie. Er war ihr jetzt so nahe, als würde sie von ihm aufgesogen, und seltsamerweise kam ihr das ganz natürlich vor, so, als wären sie wirklich zwei Teile eines Ganzen.

Schließlich beendete Kyle den Kuss, widerstrebend, wie ihr schien. Angel legte den Kopf an seine Brust, und er hielt sie weiterhin in den

Armen. Sie konnte hören, dass sein Herz heftig klopfte und danach allmählich wieder zur Ruhe kam. Angel erging es genauso. Auch sie benötigte einige Zeit, um sich zu beruhigen. Zunächst war sie auch zu verwirrt, um ihn anzusehen. Worauf hatte sie sich da eingelassen?

Diese Frage sollte sich Kyle stellen. „Was machen wir hier eigentlich?“, wandte sie sich schließlich an ihn.

„Wir lassen den Mond an uns heran.“

„Aber heute Abend scheint gar kein Mond.“

Kyle schwieg. „Angel“, sagte er dann. „In mein augenblickliches Leben passt keine Frau, und erst recht keine, die so unberührt ist wie der erste Schnee. Es ist deshalb nicht gut, wenn Sie mich so küssen.“

Das war doch kaum zu glauben! Was bildete dieser Mann sich ein? „Das ist eine Unverschämtheit! Diese riesigen behaarten Pranken waren es doch, die sich an meinem Gesicht zu schaffen gemacht und mich gezwungen haben, die Küsserei zu erdulden.“

„Und wer hat mich mit seinen zarten Händchen so lange bearbeitet, bis alle Warnlichter blinkten?“

„Wer hat sich wie ein hungriger Wolf auf meine Lippen gestürzt?“

„Wer hat seinen weichen Körper an mich gepresst wie eine …“

„Eine Frau? Ich! Ich habe das gemacht. Und Sie haben es genossen, Sie Mammut!“ Angel stellte sich auf die Zehenspitzen und drohte mit dem Finger. „Jetzt sage ich Ihnen etwas, Kyle Sullivan. Selbst eine Festung kann bis auf die Grundmauern erschüttert werden, also passen Sie gut auf!“ Sie wandte sich um und verschwand in der Nacht.

Kyle starrte ihr nach und bewunderte unwillkürlich ihren grazilen Gang. Diese junge Dame hätte ihn beinah vergessen lassen, dass er keine Verwendung für junge Damen hatte.

4. KAPITEL

In der darauffolgenden Woche gab es Augenblicke, in denen Angel an Kyle und seine Küsse denken musste. Sie wusste noch sehr gut, wie ihr dabei zumute gewesen war. Die Küsse hatten sie verwirrt, aber ihre Reaktion darauf gab ihr noch mehr zu denken. Sie war sechsundzwanzig und hatte keine wirkliche sexuelle Erfahrung mit Männern, aber naiv war sie nicht. Freunde hatte sie häufig gehabt, derzeit war Dennis ihr ständiger Begleiter.

Der Unterschied liegt auf der Hand, dachte sie. Ich kenne etliche Männer, die so sind wie Dennis, aber keiner meiner Bekannten ähnelt Kyle, auch nicht im Entferntesten. Dabei habe ich einen unbestechlichen Geschmack, überlegte sie weiter. Wie ist es also möglich, dass dieser Football spielende Ire mich derart aus der Fassung bringt?

Sie war gerade auf dem Weg zum dritten Abend des Vorbereitungskursus und kletterte die Stufen zum achten Stockwerk empor, denn der Fahrstuhl wurde repariert.

Um Kyle zu beweisen, dass sie keine Schaufensterpuppe war, hatte sie sich sogar saloppe Kleidung zugelegt, eine gelbe Baumwollbluse, weiße Jeans und Turnschuhe. Er brauchte ja nicht zu wissen, dass sie die Sachen gerade erst gekauft hatte.

Nicht dass ihr daran gelegen hätte, Eindruck auf diesen ungehobelten Menschen zu machen, woher denn! Aber Kyle sollte wenigstens sehen, dass er sie falsch eingeschätzt hatte.

Hinter ihr ertönten laute Schritte.

„Angel, ich habe Sie hinaufgehen sehen, tief in Gedanken versunken und ein wenig müde.“ Kyle stand inzwischen neben ihr.

Angel erkannte auf Anhieb, dass es ein Fehler gewesen war, flache Schuhe anzuziehen. Nun kam sie sich neben Kyle noch winziger und wehrloser vor. Außerdem war es völlig gleichgültig, was sie anhatte. Er würde seine Meinung über sie doch nicht ändern. Sie waren zu verschieden. Das hatte nichts mit Äußerlichkeiten zu tun.

„Das ist typisch für Sie, dass Sie Ihr schlechtes Benehmen mit ehrenwerten Motiven kaschieren.“ Es gelang Angel nicht, so scharf zu reagieren, wie sie es gern getan hätte. Der lange, leidenschaftliche Kuss steckte ihr immer noch in den Gliedern.

„Kommen Sie, seien Sie nicht so humorlos. Zum Ausgleich helfe ich Ihnen die letzten beiden Treppen hinauf." Kyle legte ihr den Arm um die Taille und zog sie mit sich. „Sind Sie noch kleiner geworden?", erkundigte er sich.

„Andere Schuhe", murmelte Angel nur. Sie hätte sich aus dieser engen Umarmung befreien müssen, genoss sie jedoch zu sehr.

„Was haben Sie in den letzten Tagen alles gemacht, abgesehen von dem Schuhkauf?"

Angel hätte sich eher die Zunge abgebissen, als zuzugeben, dass sie oft an Kyle gedacht hatte. „Ich habe sehr viel für einige bevorstehende Hochzeiten zu organisieren gehabt."

„Haben Sie etwa auch etwas mit Rileys Hochzeit zu tun?" Kyle ließ sie los, um die Tür am Ende des Treppenaufgangs zu öffnen.

„Allerdings."

„Das habe ich mir beinah gedacht." Er ließ Angel vorgehen und folgte ihr dann. „Wissen Sie, dass ich ..."

„Dass Sie Trauzeuge sind? Ja, das ist mir bekannt."

„Ist das nicht merkwürdig, Angel? All die Jahre sind wir uns nicht einmal begegnet, und nun lassen Sie keine Gelegenheit aus, um mir über den Weg zu laufen."

Angel schluckte die wütende Bemerkung, die ihr auf der Zunge lag, hinunter und zählte langsam bis zehn. Nun betraten sie den Konferenzraum, und sie suchte sich einen Platz weit entfernt von Kyle Sullivan.

Es gelang Angel, Kyle während der nächsten beiden Sitzungen auszuweichen. Sie mussten nur einmal zusammenarbeiten, um Fragebögen auszufüllen. Es ging darum, welche Probleme oder welches Fehlverhalten eines Kindes man in Kauf zu nehmen bereit war. Das Thema war heikel, aufrichtige Antworten kosteten Überwindung. Daher kamen sie nicht dazu, sich auch noch gegenseitig zu ärgern, sondern setzten sich vernünftig und verantwortungsbewusst mit der Frage auseinander.

Während der übrigen Zeit ertappte Angel sich allerdings des Öfteren dabei, dass sie unauffällig zu Kyle hinüberspähte. Ihre Blicke wurden magisch von seiner männlichen Gestalt angezogen. Manchmal stellte er fest, dass auch er sie beobachtete. Als er sich einmal dabei ertappt fühlte, zuckte er verärgert und irritiert zusammen. Weswegen denke ich überhaupt an Sie? sagte sein Blick. Am liebsten möchte ich Sie für immer aus meinem Gedächtnis streichen.

Beim nächsten Mal fiel Angel auf, dass Kyle sich das Haar hatte schneiden lassen. Am liebsten wäre sie ihm mit beiden Händen durch die kurzen Locken gefahren. Sie registrierte auch, dass er während der Sitzungen nicht einmal rauchte. Demnach war er seinen Zigarren also noch nicht hoffnungslos verfallen.

Inzwischen wusste sie, dass Kyle häufiger Polo- als Tuchhemden trug, gedeckte Farben bevorzugte und Slippers Schnürschuhen vorzog. Gleichzeitig stellte sie verärgert fest, dass sie sich viel zu viele Gedanken über Kyle Sullivan machte.

Als die vorletzte Sitzung begann, fiel Angel auf, dass die Gruppe inzwischen merklich kleiner geworden war. Etliche Paare hatten sich zurückgezogen. Offenbar war ihnen klar geworden, dass eine Adoption nicht das Richtige für sie war.

Die restlichen Teilnehmer kannten einander bereits so gut, dass Angel dem Ende des Kurses mit Bedauern entgegensah. Sie hatte sich daran gewöhnt, Gedanken und Gefühle mit den anderen auszutauschen, und würde ihre neuen Bekannten vermissen. Und das Schlimmste: Kyle Sullivan würde sie am meisten vermissen. Er hatte ihr Leben unruhiger und aufregender gemacht, als es bis dahin gewesen war.

Ob Kyle Ähnliches durch den Kopf ging? Als Angel aufschaute, trafen sich ihre Blicke. Der Ausdruck seiner Augen war unentschlossen, und auch sie fühlte sich hin und her gerissen.

Als die Sitzung zu Ende war, erhob Angel sich, um sich zu verabschieden. Plötzlich stand Kyle neben ihr. Sie schaute zu ihm auf und lächelte ihn unsicher an. „Jetzt ist der Kurs bald vorüber. Ich werde diese Zusammenkünfte vermissen. Geht es Ihnen auch so?“, erkundigte sie sich.

Kyle nickte und blickte sie unverwandt an. Er wirkte, als wolle er eigentlich gehen, könne sich jedoch nicht dazu durchringen.

Angel hätte das komisch gefunden, wäre ihr nicht ebenso zwiespältig zumute gewesen. Schließlich fragte sie: „Wollten Sie mir noch etwas sagen?“

Sie sah, wie er mit sich rang, bevor er entgegnete: „Ja, ich wollte Sie eigentlich fragen, ob Sie Lust haben, morgen Abend mit mir auszugehen."

Warum schlug ihr das Herz sofort höher? Dazu bestand überhaupt keine Veranlassung. Wer hatte sie schon eingeladen? Kyle Sullivan. Demnach stand ihr ein Abend voller Wortgefechte und Streiterei bevor. Außerdem würde sie auch noch seine Annäherungsversuche abwehren müssen. Bei diesem Gedanken bekam sie erneut Herzklopfen.

Und wohin würde er sie führen? Zu einem Footballspiel vielleicht, zum Boxen oder zum Hahnenkampf? Angel spielte unschlüssig mit der Schleife ihrer Bluse. Obwohl sie sich alles mögliche Unheil ausmalte, verspürte sie immer noch Lust, seine Einladung anzunehmen.

„Sie scheinen von meinem Vorschlag ja begeistert zu sein", bemerkte Kyle trocken.

„Es tut mir leid, Kyle, aber morgen Abend muss ich endlich die Buchführung und die wichtigste Korrespondenz für mein Geschäft erledigen. In letzter Zeit ist zu viel liegen geblieben." Das hatte sie sich tatsächlich vorgenommen, und nun konnte sie sich daran klammern.

Wenn Kyle versucht hätte, sie zu überreden, wäre sie bestimmt schwach geworden. Aber er verlor kein weiteres Wort darüber, was sie keineswegs überraschte. „In Ordnung", nickte er und ging.

Es war zweifellos am besten so, und trotzdem krampfte Angels Herz sich kurz zusammen.

Am nächsten Abend nach Geschäftsschluss, als Angel sich gerade über die Bücher gesetzt hatte, klingelte das Telefon.

Zehn Minuten später befand sie sich auf dem Heimweg, um sich umzuziehen. Dennis hatte von einem seiner Kunden zwei Konzertkarten geschenkt bekommen. Da Angel in ziemlich trüber Stimmung war, weil sie immer noch Kyles Einladung nachtrauerte, hatte sie sich spontan entschlossen, Dennis ins Konzert zu begleiten, um auf andere Gedanken zu kommen.

Zu Hause fütterte sie als Erstes Miaou. Danach überlegte sie, was sie anziehen sollte. Schließlich griff sie nach einem schlicht geschnittenen, weißen Leinenkleid, das über und über mit schimmernden Silberfäden durchwirkt war. Dazu wählte sie einen schmalen Gürtel und Sandaletten im gleichen Silberton. Diese Aufmachung passte gut zu ihrem weißblonden Haar und dem zarten Teint. Als sie in den Spiegel blickte, stellte sie jedoch mit leichtem Missfallen fest, dass sie einem Rauschgoldengel ähnelte.

Kurz darauf hörte sie Dennis vor dem Haus halten. Angel trat ans Fenster und sah ihn den Weg heraufkommen. Dennis war groß und schlank, hatte glattes braunes Haar, ebenmäßige Gesichtszüge und trug stets Anzüge. Wahrscheinlich legte er sich auch im Anzug schlafen. Angel empfand jedoch nicht das mindeste Bedürfnis, diese Vermutung zu überprüfen.

Sie öffnete die Haustür und hielt Dennis die Wange zum Begrüßungskuss hin. Er traf dabei stets dieselbe Stelle. Sein Kuss dauerte auch immer gleich lange und war stets von derselben Intensität. Heute Abend irritierte Angel das besonders.

In einem plötzlichen Anfall von Bosheit drehte sie im letzten Moment den Kopf, sodass Dennis nicht ihre Wange, sondern ihre Lippen traf. Zu ihrem größten Erstaunen stellte sie jedoch fest, dass er den Unterschied gar nicht bemerkte.

„Darf ich dir ein Glas Wein anbieten?“, fragte sie höflich.

Dennis schaute auf die Uhr. Das tat er immer, bevor er eine Entscheidung traf. „Ja danke, so viel Zeit haben wir noch.“

Angel schenkte ihm ein Glas Weißwein ein und hörte sich an, wie er sich über die Unterschiede zwischen kalifornischem und französischem Chablis verbreitete. Dann sah Dennis erneut auf die Uhr, und Angel griff nach ihrer Handtasche. Eine halbe Stunde später fuhren sie vor dem Orpheum vor, dem Konzertgebäude des Symphonie-Orchesters von New Orleans.

Die Plätze, die Dennis geschenkt bekommen hatte, befanden sich im zweiten Rang. Angel folgte ihrem Begleiter vorsichtig die steile Treppe hinauf. In derartigen Höhen wurde ihr leicht schwindlig. Als sie sicher auf ihrem Platz saß, nahm sie das Opernglas aus der Tasche. Für jede Frau, die mit Dennis ausging, lohnte eine solche Investition, denn er besuchte ausnahmslos nur dann ein Theater oder ein Konzert, wenn er Freikarten bekam. Solche Plätze befanden sich meist in den letzten Reihen.

Angel hatte sich an Dennis' Sparsamkeit gewöhnt, doch im Übrigen war er ein anspruchsloser, umgänglicher Mensch, dem man sich bedenkenlos anvertrauen konnte. Von seiner Seite drohte keinerlei Gefahr – und das war ihr bisher wichtig gewesen.

Nachdem Angel ein wenig mit ihrem Begleiter geplaudert hatte, betrachtete sie durch das Opernglas die Orchestermitglieder, die ihre Instrumente stimmten. Danach nahm sie die Logen in Augenschein, die sich links und rechts neben der Bühne befanden. Logenplätze waren die teuersten im ganzen Haus und wurden häufig von der Prominenz aus New Orleans für die gesamte Saison gebucht. Angel wollte sehen, ob von ihren Kundinnen jemand anwesend war.

Tatsächlich erblickte sie eine Frau, die in der vergangenen Woche ein Kleid bei ihr gekauft hatte, das sie bei dieser Gelegenheit trug. Noch interessanter war allerdings das Gesicht des Mannes, der hinter der Kundin saß, denn es war von dichten dunkelblonden Locken umgeben. Kyle Sullivan!

Sie ließ das Opernglas sinken. Kyle in einem Symphoniekonzert zu sehen, hatte sie wirklich nicht erwartet. Wieder schaute sie durch das Glas. Er trug einen dunkelbraunen Anzug, der ihm blendend stand. Den Arm hatte er auf die Lehne des Nachbarsessels gelegt. Neben ihm saß eine dunkelhaarige Frau in einem tief ausgeschnittenen grünen Kleid.

Da hätte ich nun sitzen können, dachte Angel. Sie hatte Kyle unterstellt, dass er sie zu einem Box- oder Hahnenkampf einladen wollte, und dabei hatte es sich um dieses Konzert gehandelt. Wieder einmal war sie Opfer ihrer eigenen Vorurteile geworden. Nun war ihr die Stimmung endgültig verdorben.

Als das Orchester einsetzte, begann Dennis bereits auf seinem Stuhl umherzurutschen. Angel wusste, dass er überhaupt kein Interesse an Musik hatte. Er ging zu solchen Veranstaltungen nur, um einflussreiche Geschäftsleute kennenzulernen, die als Kunden für seine Unternehmensberatung infrage kamen.

Angel warf einen letzten Blick auf Kyle. Er machte ein ausgesprochen verzücktes Gesicht. Offensichtlich genoss er die Musik genauso intensiv, wie Angel sie sonst immer auskostete. Demnach hatte sie schon wieder eine Gemeinsamkeit zwischen ihnen entdeckt. Angel lehnte sich traurig zurück und versuchte sich der Musik hinzugeben, um auf andere Gedanken zu kommen.

Als das Licht wieder anging, nahm Dennis ihre Hand und zog sie hinaus. „Was ist denn, Dennis?“, erkundigte sie sich verwundert. „Wohin willst du so eilig?“

„Ich möchte ins Foyer“, erklärte er. „Es sind etliche Leute hier, um die ich mich als Kunden bemühe. Vielleicht komme ich mit einigen von ihnen ins Gespräch.“

Angel blieb auf der Treppe stehen. Sie wollte auf keinen Fall Kyle in die Arme laufen.

Dennis sah sie enttäuscht an. „Du weißt doch, wie wichtig diese Kontaktpflege für mich ist. Deswegen bin ich heute Abend hergekommen und habe dich mitgenommen. Du kannst ausgezeichnet repräsentieren.“

Angel war außer sich vor Entrüstung. „Ich bin keine Schachfigur, die du beliebig für deine Zwecke einsetzen kannst“, entgegnete sie.

Da das Publikum an ihnen vorbeiströmte, wollte sie kein Aufsehen erregen. Es blieb ihr nichts anderes übrig, als ihm zu folgen.

Unten angekommen, schaute Angel sich vorsichtig nach allen Seiten um, aber von Kyle war nichts zu sehen. Sie atmete auf. Dennis kehrte gerade mit einem Glas Wein für sie von der Theke zurück.

„Sobald wir uns ein Haus im Garden District leisten können, heiraten wir“, sagte Dennis ebenso entschlossen wie unvermittelt.

„Ich möchte dich aber nicht heiraten, Dennis.“

Dennis ließ sich davon nicht beeindrucken. „Denk mal darüber nach. Das ist ein sehr vernünftiger Plan.“

„Du hast doch gesagt, du würdest mich nicht heiraten, wenn ich ein Kind adoptiere. Und ich werde in Kürze ein kleines Mädchen adoptieren. Was sagst du dazu?“

Dennis runzelte die Stirn. „Dass ich das nicht sinnvoll finde.“

Angel lächelte. „Ich bin nicht die richtige Frau für dich, Dennis.“

„Ich verstehe“, sagte er schließlich.

Angel wandte sich um und wollte die Treppe hinaufgehen, als jemand sie beim Namen rief.

„Laufen Sie nicht weg, Angel. Ich habe noch keine Gelegenheit gehabt, Sie zu begrüßen.“ Die dunkle, warme Stimme war unverwechselbar. Sie gehörte Kyle Sullivan.

Widerstrebend drehte Angel sich um. „Guten Abend, Kyle.“

Er erwiderte ihren Gruß und setzte hinzu: „Ich bin überrascht, Sie hier zu sehen.“

Eben gesellte sich eine hübsche, dunkelhaarige Frau zu Kyle. „Darf ich bekannt machen? Kate Peters – Angel Reed.“

Kate strahlte Gesundheit und jugendliche Frische aus. Sie hatte kurzes Haar und sonnengebräunte Haut. Ihr Kleid war kurz und knapp und gab lange, braune Beine frei. Kate wirkte insgesamt sportlich, natürlich und unkompliziert. Sie war demnach der Typ Frau, den Kyle gern mochte. Kein Vergleich mit einem Rauschgoldengel, dachte Angel verzagt.

„Hallo, Angel“, begrüßte Kate sie und musterte sie neugierig.

„Hallo, Kate. Gefällt Ihnen das Konzert?“

Kate zuckte die Achseln. „Ich mache mir nicht viel aus klassischer Musik. Aber da Kyle ganz versessen darauf ist, bemühe ich mich darum, ihr auch etwas abzugewinnen.“ Kate nahm besitzergreifend Kyles Arm und lehnte sich an ihn. Sie passte in der Größe sehr gut zu ihm.

„Willst du mich nicht bekannt machen?“ Dennis war neben ihr aufgetaucht und hakte sich bei ihr unter. Die Enttäuschung über den abgelehnten Heiratsantrag hatte er offenbar schnell überwunden.

Angel machte alle miteinander bekannt. Dabei fiel ihr auf, dass Kyle Dennis scharf beobachtete, besonders die vertrauliche Art, in der er sie behandelte. Angel wünschte sich, sie hätte Kyle erklären können, welche Beziehung sie mit Dennis verband. Dieser wiederum war begeistert darüber, Kyles Bekanntschaft zu machen.

„Sie sind Kyle Sullivan von der Firma Sullivan Construction? Dann haben wir schon einmal telefonisch miteinander zu tun gehabt. Sie hatten erwogen, meine Firma als Unternehmensberater zu konsultieren.

Während Angel zuhörte, musste sie sich eingestehen, dass ihr derzeitiger Freund über beträchtliches Geschick verfügte, wenn es darum ging, einen möglichen Kunden zu gewinnen.

„Langweilen wir Sie, Angel?“, erkundigte Kyle sich.

„Dieses Gespräch würde wohl jeden ...“, begann sie, ohne lange nachzudenken, als Dennis warnend ihren Arm drückte.

Kyle dagegen lächelte zum ersten Mal.

„Was machen Sie beruflich?“, wandte Angel sich nun rasch an Kate.

„Ich bin Sportlehrerin.“

„Kate ist nämlich eine begeisterte Sportlerin“, bemerkte Kyle.

„Angel dagegen macht sich überhaupt nichts aus Sport, habe ich recht, Liebling?“, schaltete Dennis sich ein.

Sie antwortete nicht, sondern zuckte nur die Achseln und versuchte unauffällig, sich loszumachen.

Dennis lachte nur, gab sie jedoch nicht frei. „Die einzige körperliche Betätigung, die du hast, besteht doch darin, den Weg vom Haus zum Auto zurückzulegen.“

„Das ist bedauerlich“, bemerkte Kyle und sah interessiert zu, wie Angel versuchte, sich aus Dennis’ Griff freizumachen. „Dabei macht Angel den Eindruck, als sei sie für bestimmte Arten körperlicher Ertüchtigung besonders geeignet.“

Es war unmissverständlich, was Kyle damit meinte, zumal er sie jetzt mit Blicken förmlich verschlang. Angel warf den Kopf zurück und befreite endlich ihren Arm. Sie lächelte ihnen noch einmal zu und wandte sich zum Gehen.

Dann stieg sie die Treppe hinauf und saß allein auf ihrem Platz, bis Dennis zurückkam. Die Stimmung war ihr jedoch verdorben worden. Selbst als die ersten Töne des Klavierkonzerts erklangen, das zu ihren Lieblingsstücken gehörte, wünschte sie sich noch, im Geschäft über den Büchern geblieben zu sein.

5. KAPITEL

Es war nicht schwierig, Kyle bei der nächsten und letzten Sitzung aus dem Weg zu gehen. Dort herrschte ein so emsiges Getriebe, dass niemand auf sie achtete. Angel trug ein betont schlichtes Kleid und lächelte, so schwer es ihr fiel. Kyle wiederum gab sich offenbar ebenso große Mühe wie sie, den Kontakt zu vermeiden.

Das Ende dieses Kurses, der Bereicherung und Selbsterkenntnis hatte vermitteln sollen, hinterließ in Angel nichts als Leere. Die Teilnehmer tauschten Telefonnummern aus. Auch Angel versprach einigen Paaren, dass sie sie anrufen würde, sobald sie ihren Schützling erhalten hatte. Außerdem erbot sie sich spaßeshalber, einen Abend als Babysitter für die Familie tätig zu werden, die als erste Nachwuchs bekam. Trotzdem war sie sehr traurig, als sie auf die Straße trat.

Nun war das Band, das sie wochenlang an Kyle Sullivan geknüpft hatte, endgültig gelöst. Sie brauchten einander keine Details aus ihrem Privatleben mehr anzuvertrauen, und sie konnten sich auch nicht mehr ärgern.

Ich bin endlich wieder frei, dachte Angel, frei … und einsam.

„Was ist los mit dir?", fragte Madame LaBois ihre Enkelin einige Tage später. „Du siehst trübsinnig aus."

„Ich habe in letzter Zeit zu viel gearbeitet", redete Angel sich heraus.

Madame LaBois, die sich über eine Vitrine gebeugt hatte, hob den tadellos frisierten Kopf und sah sie forschend an. „Vom Arbeiten wird man nicht trübsinnig. Ich glaube, ich weiß, was dich bedrückt."

Ihre Großmutter hatte wieder einmal den Nagel auf den Kopf getroffen. „Ist das nicht beschämend?", klagte Angel. „Wenn ich sechzehn wäre und den ersten Liebeskummer hätte, aber in meinem Alter müsste die Vernunft doch stärker sein."

„Das ist nicht gesagt."

Angel seufzte und wandte sich wieder dem Strohhut zu, den eine Brautjungfer in Auftrag gegeben hatte, um ihn mit Blumen zu dekorieren. Sie war rot geworden und genierte sich deswegen.

Ihre Großmutter ließ sich nicht so leicht von dem Thema abbringen. „Warum kämpfst du gegen deine Gefühle an, mein Kind? Wenn du an dem Mann interessiert bist, so zeige es ihm."

„Es heißt, dass man nicht mit dem Feuer spielen soll. Und in diesem Falle wäre es eine ganze Feuersbrunst."

„Kyle Sullivan ist doch kein Feuerteufel."

„Woher weißt du, um wen es geht?"

Madame LaBois lächelte. „Dazu gehört nun wirklich nicht viel Scharfsinn." Sie nahm Angel den Strohhut aus der Hand und setzte ihn vorsichtig auf ihr weißblondes Haar. „Ständig bist du mit Bräuten beschäftigt. Du selbst wirst jedoch erst eine Braut werden, wenn du endlich weißt, was du willst"

„Ach, Großmama. Ich werde ihn nie wiedersehen."

„Denk an die Hochzeit der Rileys."

„Da werden wir so viele Pflichten haben, dass keine Zeit für ein Gespräch bleibt."

„Dann nimm dir die Zeit."

„Ich weiß nicht, ob das gut wäre. Eigentlich ist er nicht der richtige Mann für mich."

„Gerade diese Tatsache macht ihn zum idealen Partner für dich."

Angel nahm den Hut ab und setzte ihn ihrer Großmutter auf. „Ich sollte dich mit Kyle bekannt machen. Das wäre bestimmt Liebe auf den ersten Blick."

„Viele Frauen würden Kyle Sullivan bestimmt mit Kusshand nehmen."

Der Gedanke daran ließ Angel den ganzen Nachmittag keine Ruhe mehr.

In der darauffolgenden Woche kam Angel kaum dazu, an Kyle zu denken. Ihre Mieter hatten den Vertrag nicht verlängert, und daher machte sie sich daran, die andere Haushälfte in Ordnung zu bringen, um sie danach erneut anzubieten.

Sie lag gerade auf den Knien und wachste den Holzfußboden, als ein Anruf kam, mit dem sie so bald nicht gerechnet hatte. Mrs Simpson wollte sich mit ihr treffen, um die Adoption in die Wege zu leiten.

„Ich werde Mutter!", verkündete sie ihrer Katze begeistert. „Irgendwo auf der Welt lebt ein kleines Mädchen, das bald zu mir gehören wird." Angel tanzte ausgelassen durch die beiden Häuser, deren Verbindungstür jetzt geöffnet war.

Sie hatte sich mit Mrs Simpson für Freitag verabredet und konnte es kaum erwarten, Näheres zu erfahren. Die nächsten Tage schlichen nur so dahin.

Als der Freitag endlich gekommen war, hätte Angel, die ihre Kundinnen sonst sehr zuvorkommend behandelte, am liebsten alle aus dem Laden getrieben, um möglichst früh schließen zu können. Sie hatte sich mit Kathleen Simpson für vier Uhr verabredet, aber ihre Großmutter schickte sie schon früher nach Hause.

Um halb vier betrat Angel das Gebäude des Kinderhilfswerks und fragte sich, wie sie die nächste halbe Stunde herumbringen sollte. Sie hatte sich besonders sorgfältig gekleidet und trug Rock und Bluse in einem dunklen Rotton. Ob sie so wie eine Mutter aussah?

Im Vorraum zu Mrs Simpsons Büro ließ Angel sich in einem Sessel nieder und griff nach einer der Zeitschriften, die auf einem Tischchen lagen. Es vergingen zehn Minuten, bis sie bemerkte, was für ein Magazin sie aufgeschlagen in der Hand hielt. Es war eine Sportillustrierte. Und der Artikel, der ihr geradezu ins Auge sprang, handelte von ehemaligen Football-Größen.

War Kyle Sullivan denn allgegenwärtig? Sie hatte wochenlang versucht, ihn aus ihrem Gedächtnis zu streichen. Doch immer wenn ein Motorrad vorbeibrauste, wenn sie in dem bewussten Supermarkt einkaufte, im Park spazieren ging oder Mozart hörte, musste sie unwillkürlich an ihn denken. Zwar hatte sie die Erinnerung jedes Mal schnell verdrängt, aber eines Tages, das war ihr klar, würde sie sich ihr stellen müssen.

„Angel?"

Sie war so tief in Gedanken versunken gewesen, dass sie die Bürotür nicht hatte aufgehen hören. Angel blickte langsam von der Zeitung auf. Ihr Blick fiel auf eine helle Cordhose mit einem breiten Ledergürtel. An dem cremefarbenen Hemd, das der Mann dazu trug, standen die oberen drei Knöpfe offen. Nun sah sie Kyle in die Augen. Sie hatte inzwischen beinah vergessen, wie ungemein attraktiv er war.

„Hallo! Ich war völlig in Gedanken versunken.“ Es tat Angel so gut, ihn zu sehen, dass sie lächelte.

Kyles Blick fiel auf einen Artikel, den sie aufgeschlagen hatte. Angel wurde rot vor Verlegenheit. Nun wusste er auch noch, woran sie eben so intensiv gedacht hatte. Schnell klappte sie die Zeitschrift zu. „Ich bin überrascht, Sie hier zu sehen“, sagte sie schnell.

„Ich hatte soeben ein Gespräch mit Mrs Simpson.“

Schon war alles andere vergessen. Angel sprang auf und sagte spontan: „Erzählen Sie!“

Kyle lächelte über ihre Begeisterung. „Ich bin Vater eines fünfjährigen koreanischen Jungen geworden“, berichtete er stolz.

Angel umarmte ihn. „Ich gratuliere Ihnen von ganzem Herzen, Kyle. Sie müssen mir alles genau berichten.“

Kyle legte den Arm um sie und zog sie zu einem Sofa. Die Missstimmung zwischen ihnen war angesichts dieser guten Nachricht verflogen. Sie waren jetzt nur noch zwei Menschen, die die Kinderliebe verband.

„Mrs Simpson“, schloss Kyle wenig später seinen Bericht, „hat ihn in dem Waisenhaus gesehen und beschlossen, ein Elternhaus für ihn zu suchen. Nachdem sie aus Korea zurück war, kam ich zufällig zu ihr und ließ sie wissen, dass ich einen Jungen in dem Alter suche. Für Mrs Simpson war das wie ein Wink des Schicksals.“

„Das sehe ich auch so“, bestätigte Angel. „Sie sollten wohl Vater werden.“

Angel nahm Kyles Hand und drückte sie. „Mrs Simpson verfügt über genügend Menschenkenntnis, um zu sehen, dass Sie einen wunderbaren Vater abgeben werden.“ Ohne nachzudenken, bettete sie die Wange in Kyles Hand.

Als ihr bewusst wurde, was sie da tat, ließ sie ihn schnell wieder los. Aber das Eis war bereits gebrochen. Kyle streichelte sie sanft. „Vielen Dank für Ihre Anteilnahme, Angel. Sie sind wahrscheinlich der einzige Mensch, der mich in dieser Situation wirklich versteht.“

„Mich freut es auch, dass ich Sie gerade jetzt getroffen habe“, erwiderte Angel mit belegter Stimme.

„Und warum sind Sie hier?“, wollte Kyle nun wissen.

„Mrs Simpson hat auch für mich ein Kind gefunden.“

„Dann werden wir also beide gleichzeitig Eltern." Kyle strahlte. „Aus einer reizenden jungen Dame wird demnächst eine junge Mutter."

„Und der große Footballspieler gründet sein eigenes Team."

Kyle berichtete, dass er seine Wohnung aufgeben und ein Haus erwerben wolle, und Angel versprach ihm, die Augen offen zu halten, da Kyle im selben Stadtteil wohnen bleiben wollte. Sie sprachen freundlich miteinander, und trotzdem knisterte es zwischen ihnen. Angel hätte Kyle am liebsten eingestanden, dass sie sich dieser Spannung bewusst war, aber welche Folgen würde das haben?

Sie sahen einander in die Augen. Wenn Kyle aufmerksam war, musste er ihr ansehen, welchen Kampf sie mit sich ausfocht. Ihr schien zudem, dass er etwas Ähnliches durchmachte.

„Nun ...", begann sie. Bevor sie jedoch noch etwas sagen konnte, öffnete sich die Bürotür, und Mrs Simpson erschien auf der Schwelle und bat Angel herein.

„Ich muss gehen", murmelte sie, an Kyle gewandt.

„Viel Glück", wünschte er und stand ebenfalls auf.

In der Tür wandte Angel sich noch einmal um. Ob Kyle blieb, um Näheres über ihre Tochter zu erfahren? Nein, er war bereits gegangen. Angel empfand Enttäuschung darüber, so stark wie vorher die Spannung zwischen ihnen.

Nachdem Angel Mrs Simpson gegenübersaß, vergaß sie ihren Kummer jedoch, so begierig war sie zu hören, was diese ihr mitzuteilen hatte. Kathleen Simpson erzählte Angel von einem dreijährigen koreanischen Mädchen, das krank war und ärztliche Behandlung und gesunde Ernährung benötigte.

„Als ich Sie kennenlernte, Angel, musste ich sofort an dieses Kind denken, weil es besonders viel Zuwendung und Pflege braucht. Dabei trifft es sich gut, dass Ihr Bruder Kinderarzt ist."

„Ich bin also zur rechten Zeit bei Ihnen aufgetaucht. War das auch wieder ein Wink des Schicksals?", fragte Angel lächelnd.

„Mit Adoptionen ist das manchmal so", erklärte Mrs Simpson. „Wir können die Kinder nicht einfach nach Nummern vergeben. Es kommt vielmehr darauf an, die passenden Menschen zusammenzuführen, und das ist eine Sache des Gespürs."

„Ich bin sehr glücklich, dass es so schnell geklappt hat“, bemerkte Angel.

Kathleen Simpson überreichte Angel ein Foto. „Das ist Ihre Tochter, Angel. Ihr Name ist Jin Ah.“

Ein so trauriges Gesichtchen hatte Angel noch nie gesehen. Die Kleine hatte riesengroße dunkle Augen, kurz geschnittenes Haar und eingefallene Wangen. Die Mundwinkel waren herabgezogen. Angel war zutiefst angerührt. „Ich habe das Gefühl, als kenne ich das Mädchen schon“, sagte sie versonnen.

„Normalerweise hätte ich für dieses Kind keine berufstätige Mutter ausgesucht“, erklärte Kathleen Simpson, „aber Sie sagten doch, dass Sie die Kleine mit in Ihren Laden nehmen können, nicht wahr?“

„Ja, ich werde einen der Lagerräume als Spielzimmer herrichten lassen.“

Mrs Simpson erklärte Angel noch, welche Schritte sie zu unternehmen hatte. „Es ist eine Menge Papierkram zu erledigen. Es werden noch ein paar Monate vergehen, bis wir das Kind hier haben.“

„Ich werde mich in Geduld üben“, versprach Angel. Dann erhob sie sich. „Vielen Dank für Ihre Mühe, Mrs Simpson.“

Als Angel bereits in der Tür stand, wandte sie sich noch einmal um und fragte: „Vorhin habe ich mit Kyle Sullivan gesprochen. Stammt sein Kind aus demselben Heim wie meines?“

Mrs Simpson nickte. „Ja, ich habe beide Kinder dort kennengelernt.“

Also gab es noch etwas, das sie künftig verbinden würde, außer der Musik und der seltsamen Spannung zwischen ihnen, die von Mal zu Mal stärker wurde.

Was das Schicksal doch manchmal für seltsame Wege ging!

Am Freitag darauf fand die Probe für die Hochzeit der Rileys statt, für deren Durchführung Angel verantwortlich war. Die Braut hatte Stunden mit ihr zusammengesessen, um alles genau zu planen, sodass Angel in dieser Zeit kaum eine freie Minute geblieben war.

Da sie immer daran denken musste, dass auch Kyle dabei sein würde, verwendete sie besondere Sorgfalt auf ihre eigene Kleidung. Sie hatte ein blaues Seidenkleid gewählt und Schuhe mit sehr hohen

Absätzen, die den Größenunterschied ein wenig ausgleichen sollten. Sie schminkte sich dezent, aber wirkungsvoll, und steckte sich das Haar zu einer eleganten Hochfrisur auf. Im Übrigen war sie fest entschlossen, über Kyle hinwegzusehen.

Das sollte sich allerdings als schwierig erweisen.

Als Angel im Rosengarten eintraf, sprach sie zunächst mit dem Geistlichen über den Ablauf dieser Zeremonie, die Musik und die Sitzordnung. Währenddessen spürte sie Blicke im Rücken, die sich ihr förmlich einbrannten. Ohne sich umzudrehen, wusste sie, dass Kyle eingetroffen war.

Nachdem der Geistliche gegangen war, um das Brautpaar zu begrüßen, atmete Angel tief durch und drehte sich zu Kyle um. Er hatte den Arm gerade um eine attraktive brünette Frau gelegt, die vom Typ her Kate Peters' Schwester hätte sein können. Angel erkannte sie sofort wieder. Es war die Brautjungfer. Sie selbst hatte sie eingekleidet.

„Guten Tag, Angel", begrüßte die junge Frau sie. „Kennen Sie Kyle Sullivan?"

Angel rang sich ein Lächeln ab. „Ja, allerdings, Lisa. Hallo, Kyle."

Kyle nickte ihr zu. „Wie geht es Ihnen, Angel?"

Schlecht, dachte Angel, aber das werde ich für mich behalten. Kyle und Lisa passten zusammen, als wären sie füreinander geschaffen. Zu allem Überfluss schien Lisa Kyles Umarmung völlig selbstverständlich zu finden, so, als gehörte sie schon lange zu ihm.

Dieser Anblick versetzte Angel einen Stich. „Danke, gut", murmelte sie und wandte sich ab.

Vielleicht ist das ganz gut so, versuchte sie sich einzureden, während sie die eintreffenden Hochzeitsgäste an ihre Plätze geleitete. Schließlich war sie in der Absicht gekommen, Kyle zu ignorieren. Wenn er bloß nicht eine so starke Ausstrahlung hätte! Wie oft hatte diese magnetische Wirkung sie schon daran gehindert, ihren Vorsätzen treu zu bleiben. Wenn er seine Aktivitäten jetzt in eine andere Richtung verlagerte, wäre es womöglich leichter, ihn zu vergessen.

Als Nächstes war der Probedurchlauf vorgesehen. Pastor Reynolds hatte Angel anvertraut, dass es sich um die erste Trauung im Freien handelte, die er vornahm. Da sie viel Erfahrung auf diesem Gebiet hatte, machte sie allerlei Vorschläge für die Aufteilung der

Gäste und den gesamten Ablauf der Feier. Angel wies auch die Brautleute und die Brautjungfern ein.

Kyle in seine Pflichten einzuweisen war entschieden schwieriger. Er stellte sich – absichtlich? – so ungeschickt an, dass Angel ihm wieder und wieder alles erklären musste. Schließlich nahm sie seinen Arm und probierte sämtliche Gänge und Handreichungen mit ihm durch. Am Ende hatte er die Braut durch den Hauptgang hinauszugeleiten. Diesen Teil der Zeremonie probierte er mit besonderer Hingabe.

Als die Probe beendet war, schaute Angel Kyle an und stellte fest, dass dieser tatsächlich gerührt war. Er sah sie aus dunklen Augen unverwandt an, als könnte er den Blick nicht von ihr abwenden. Dann lächelte er hingerissen. Begeisterter hätte auch ein glücklicher junger Ehemann seine Liebste nicht anlächeln können.

Nach der Probe war ein Imbiss im Quartier Hotel vorgesehen. Kyle nahm Lisas Arm, und sie stieg zu ihm in einen roten Volvo. Die zehn Minuten Fahrt, während der Angel allein in ihrem Wagen saß, reichten aus, um einen weitreichenden Entschluss in ihr reifen zu lassen. Sie würde Kyle sagen, dass sie ihn vermisste und auch nicht mehr der Ansicht war, sie passten nicht zusammen.

Die Szene, in der sie mit Kyle an dem improvisierten Altar gestanden hatte, war dafür entscheidend gewesen. Es hatte keinen Zweck, sich länger etwas vorzumachen. Zwar war Angel immer noch davon überzeugt, dass Kyle nicht den idealen Partner für sie darstellte, trotzdem musste sie ständig an ihn denken und fühlte sich zu ihm hingezogen.

Sie musste einfach mehr Zeit in seiner Gesellschaft verbringen, das würde sie bestimmt kurieren. Wenn sie ihm nicht mehr vorsätzlich aus dem Weg ging, würde ihr Verhältnis sich normalisieren, und sie würden bald wieder freiwillig ihre eigenen Ziele verfolgen.

Angel wollte Kyle auch ehrlich sagen, weswegen sie den Kontakt zu ihm suchte. „Wenn wir uns regelmäßig sehen, wird sich das Interesse schnell legen", würde sie erklären. Doch das war nicht sehr schmeichelhaft. Am besten gab sie gar keine Erklärungen ab. Dann musste sie bei ihren Annäherungsversuchen allerdings sehr umsichtig zu Werke gehen, um ihn nicht misstrauisch zu machen. Als Erstes wollte sie sich beim Essen neben Kyle setzen.

Als Angel dann in dem Restaurant eintraf, stellte sich heraus, dass dort für eine bestimmte Sitzordnung gesorgt worden war. Sie selbst saß weit entfernt von Kyle mit dem Pfarrer und seiner Frau an einem Tisch.

Die Speisenfolge war erlesen, die Umgebung gepflegt und angenehm, und ihre Tischgenossen erwiesen sich als sehr sympathisch. Trotzdem war Angel zumute, als wohne sie nicht einem freudigen Ereignis, sondern einer Beerdigung bei.

Sie fand es unerträglich, wie Kyle und Lisa die ganze Zeit über die Köpfe zusammensteckten, lachten, sich angeregt unterhielten und bedeutsame Blicke wechselten.

Anschließend wurden verschiedene Toasts auf das Brautpaar ausgebracht. „Auf die Liebe!", sagte Kyle und warf Lisa einen vielsagenden Blick zu. „Und auf das Schicksal, das zwei Menschen zusammenführt."

Als Angel schließlich nach Hause fuhr, hatte sie Kopfschmerzen, ob aus Kummer oder weil sie ein Glas Wein zu viel getrunken hatte, hätte sie selbst nicht sagen können. Eines stand fest: Sie hatte keine Möglichkeit gehabt, ihre Pläne im Hinblick auf Kyle in die Tat umzusetzen.

Auch am nächsten Morgen wachte sie mit Kopfschmerzen auf. Am liebsten wäre sie im Bett geblieben, aber das ließ ihr Pflichtbewusstsein nicht zu.

Die Hochzeit verlief reibungslos. Es war eine der schönsten Bräute, die Angel je eingekleidet hatte. Die beiden Brautjungfern hätten jeder Modezeitschrift Ehre gemacht, und ihre Begleiter sahen auch sehr elegant aus. Kyle Sullivan, der einen Smoking trug, schoss selbstverständlich den Vogel ab.

Die Feier fand im Saal der Kirchengemeinde statt, der mit Hunderten bunter Luftballons geschmückt war. Angel konnte jedoch an nichts anderes denken als an Kyle. Während Angel noch ihren Gedanken nachhing, begann eine Dixieland-Band zu spielen.

Was immer die Schwächen der Einwohner von New Orleans sein mochten, man konnte ihnen nicht vorwerfen, dass sie nicht zu feiern verstünden.

Angel tanzte mit den Onkels von auswärts, mit Freunden des Ehemanns und überhaupt mit allen, die ihr über den Weg liefen. Die Musiker gaben ihr Bestes, der Champagner floss reichlich. So kam es, dass sie ihre Sorgen abschüttelte und sich nach Herzenslust vergnügte.

Unauffällig beobachtete sie Kyle, der nacheinander mit allen weiblichen Gästen tanzte. Auch mit Lisa tanzte er, Wange an Wange sogar, aber dieser Anblick beunruhigte Angel nun nicht mehr. Unruhig wurde sie erst, als Kyle schließlich auf sie zutrat und sie aufforderte.

Ohne ein Wort zu sagen, legte sie ihm die Arme um den Nacken und ließ den Kopf an seine weiße Hemdbrust sinken. Sie bewegten sich langsam im sanften Rhythmus der Musik, und sogar ihr Herzschlag war aufeinander abgestimmt. Endlich waren sie einander wieder so nahe, als gehörten sie seit Langem zusammen.

„Es gefällt mir, dass Sie das Haar offen tragen", bemerkte Kyle.

Demnach war ihm aufgefallen, dass sie heute eine andere Frisur hatte als am Vortag. „Mögen Sie es so lieber?", erkundigte Angel sich.

„Ja, weil es mich an Engelshaar erinnert." Kyle wickelte sich eine Haarsträhne um den Finger. „Man könnte einen Weihnachtsbaum damit dekorieren, so fein und weich ist es."

„Sind Sie immer noch der Ansicht, dass ich mir das Haar bleiche?"

Kyle fuhr ihr mit den Händen durch das Haar und tat so, als ob er es gründlich untersuchte. „Vielleicht habe ich mich geirrt."

Angel zog an seinen Locken. „Heute wird es selbst Ihnen nicht gelingen, mich zu ärgern."

Kyle beugte sich herunter und knabberte an ihrem Ohrläppchen, sodass Angel angenehme Schauer über den Rücken rieselten. „Darauf wäre ich nicht gekommen", neckte er sie dann. „Wussten Sie übrigens, dass es Frauen gibt, die hoch erfreut wären, wenn ich mich um sie bemühte?"

„Darauf wäre ich nicht gekommen", murmelte Angel. „Bitte beschäftigen Sie sich doch noch einmal mit meinem Ohr, vielleicht steigt mein Verständnis dann."

Kyle zog sie fester an sich und berührte ihre Ohrmuschel mit der Zunge.

„Ja, allmählich verstehe ich diese Frauen", sagte Angel.

Die Musik hörte auf, und sie trennten sich voneinander, um der Band zu applaudieren. „Mrs Simpson hat mir inzwischen von Ihrer Tochter berichtet. Ich freue mich sehr für Sie", bemerkte Kyle dann, ohne sie anzusehen.

„An dem Tag hätte ich mir Ihren Anruf gewünscht, um meine Freude mit jemandem teilen zu können", entgegnete Angel. Mit angehaltenem Atem wartete sie, wie er darauf reagieren würde.

„Sie haben mir klar zu verstehen gegeben, dass Sie an einem weiteren Kontakt mit mir nicht interessiert sind. Wie war das doch? ‚Wir passen nicht zusammen, kommen aus völlig verschiedenen Welten' oder so ähnlich."

Was sollte sie dazu sagen? Dass sie ihre Meinung geändert hatte? Das stimmte nicht einmal. Es war vielmehr so, dass ihr die zweifellos vorhandenen Unterschiede nicht mehr viel ausmachten. Das Verlangen, mit Kyle zusammen zu sein, war stärker.

Kyle bemerkte, wie sie zögerte, und knurrte unwillig: „Was sollen also diese Spielchen, Angel? Wir haben doch beide Freunde und Angehörige, die uns in bedeutsamen Lebensabschnitten zur Seite stehen. Also geben Sie sich keine Mühe. In Wirklichkeit ist in Ihrer wohl geordneten feinen Damenwelt gar kein Platz für mich."

Angel stemmte die Hände in die Hüften. „Sehen Sie? Wir streiten uns schon wieder. Und Sie geben mir nicht einmal Gelegenheit, Ihnen in Ruhe etwas zu erklären, sondern gehen sofort auf mich los."

„Aber gerade das brauchen Sie, Angel, einen Mann, der auf Sie losgeht und aus der jungen Dame eine richtige Frau macht. Diese ewigen Wortgefechte bringen Sie nicht weiter."

Die Musiker pausierten immer noch, während die allgemeine Unterhaltung noch nicht wieder eingesetzt hatte. Wie viele Leute hatten wohl mitbekommen, dass sie sich mit Kyle stritt? „Und Sie möchten gern derjenige sein, der diese Aufgabe übernimmt, Kyle Sullivan, und es ärgert Sie, dass Sie dazu nicht die mindeste Chance haben."

„Wenn Sie glauben, dass ich schon immer für Pastellfarben, Parfüm und Blumen geschwärmt habe, dann sind Sie im Irrtum."

„Aber nein, Sie begnügen sich mit einer durchtrainierten Sportlehrerin, die es im Zweikampf mit Ihnen aufnehmen kann."

„Jetzt zeigen Sie Ihren wahren Charakter, Angel."

„Oh nein, das ist noch lange nicht alles", erwiderte sie. Und dann trat Angel Reed, die in New Orleans einen untadeligen Ruf und die feinste Kundschaft hatte, die die besten Schulen besucht hatte und sich nur mit handverlesenen Freunden verabredete, Kyle Sullivan vor das Schienbein. „So, erst jetzt kennen Sie mich wirklich", sagte sie kühl, tätschelte ihm die Wange und entschwand.

6. KAPITEL

Der Warteraum von Mrs Simpsons Büro war leer, als Kyle eintrat. Er setzte sich auf das Sofa, streckte die langen Beine aus und verschränkte die Hände hinter dem Kopf. Kyle hatte eine anstrengende Woche hinter sich, da er momentan mehrere große Bauvorhaben gleichzeitig betreute. Dabei hatte er sich selbst so sehr unter Druck gesetzt, als müsste er sich durch Arbeit etwas ablenken.

Aber an diesem Ort konnte er seinen Gedanken und Erinnerungen nicht entkommen. Angels Fluidum war allgegenwärtig. Hier war er ihr so oft begegnet, hatte sie beobachtet, wenn sie in ihrer gewinnenden, wohlerzogenen Art mit anderen sprach, und auch registriert, wie sehr sie sich bemühte, über ihn hinwegzusehen. Mit Letzterem hatte sie allerdings wenig Erfolg gehabt.

Sie hatten sich von Anfang an gegen ihren Willen zueinander hingezogen gefühlt.

Beide hatten sie entschlossen dagegen angekämpft, mit Erfolg, konnte man sagen, denn in Zukunft würden ihre Wege sich nicht mehr kreuzen. Die aufkeimende Zuneigung zwischen ihnen würde durch Mangel an Gelegenheit wieder verkümmern.

„Und das ist gut so", murmelte Kyle vor sich hin, „denn mein Schienbein verheilt gerade."

Angel war bei der Hochzeitsfeier mit Recht wütend auf ihn geworden. Wie kam er nur dazu, sie ständig zu provozieren? Was reizte ihn derart an einer so zarten blonden Erscheinung?

Kyle lehnte sich zurück und schloss die Augen, um in Ruhe darüber nachzudenken. Da merkte er, wie das Polster neben ihm einsank.

„Wir sollten uns hier nicht immer treffen", flüsterte eine sanfte Stimme.

„Der Ansicht bin ich schon lange." Kyle öffnete die Augen und sah sich mit Angel konfrontiert. Sie war heute in Mattrosa gekleidet und sah so zerbrechlich aus, als benötige sie dringend Schutz. Aber Kyle wusste, dass dieser Eindruck trog.

Nachdenklich betrachtete er ihre offenen Sandaletten. „Falls Sie vorhaben, mich mit diesen Schuhen zu treten, wird es Ihnen mehr wehtun als mir."

„Es tut mir leid deswegen."

„Wo haben Sie diese Art der Verteidigung gelernt?"

„Ich habe drei große Brüder und musste beizeiten dafür sorgen, dass ich zu meinem Recht komme."

„Mit einigem Erfolg, muss ich sagen."

„Damit wir uns richtig verstehen", erklärte Angel, „ich entschuldige mich nicht dafür, dass ich Sie getreten habe, es war lediglich die unpassende Umgebung dafür. Halb New Orleans hat uns zugesehen."

„Mir tut es auch leid, Angel, dass ich ständig so unfreundliche Dinge zu Ihnen sage, aber Sie fordern mich einfach dazu heraus."

„Das ist eine Frechheit! Wie können Sie behaupten ..."

„Natürlich nicht absichtlich, aber die Wirkung ist dieselbe. Zwischen uns gibt es einfach zu viele Reibungsflächen. Sie halten mich für einen dickfelligen, ungehobelten Footballspieler ohne Fingerspitzengefühl, und ich finde, Sie sind ..."

Angel beugte sich vor. Ihre blauen Augen funkelten. „Nun? Was bin ich Ihrer Meinung nach?"

„Im Moment sind Sie wütend, und wenn wir so weitermachen, haben wir gleich wieder den schönsten Streit, und wieder am unpassenden Ort."

Angel sah ihn zerknirscht an. „Warum bringen Sie mich aber auch immer so in Wut?"

„Ich? Wie können Sie behaupten ..."

„Angel? Kyle?" Mrs Simpson stand in der Tür. „Kommen Sie bitte herein."

Kyle stand schnell auf. „Wir beide zusammen?", fragte er erstaunt.

Mrs Simpson nickte. „Ja, es betrifft Sie beide."

Schweigend und ohne einander anzusehen, folgten sie Kathleen Simpson in ihr Büro. Diese deutete auf zwei Stühle, die vor ihrem Schreibtisch standen.

Angel fühlte sich ausgesprochen unwohl in ihrer Haut. Eine Woche lang hatte sie versucht, Kyle zu vergessen, und sie hatte bereits geglaubt, dass es ihr gelungen sei. Doch sobald sie ihn sah, war alles beim Alten. Sie würde ihn nicht aus ihrem Gedächtnis streichen können, wenn sie ihm in regelmäßigen Abständen wieder begegnete.

Und was noch schlimmer war: Ihre Gefühle für ihn wurden immer stärker.

„Ich habe, so leid es mir tut, sehr schlechte Nachrichten für Sie“, begann Mrs Simpson, während sie verlegen einige Papiere auf ihrem Schreibtisch ordnete. „Die beiden Kinder, die ich Ihnen zugedacht hatte, muss ich nun doch in einer anderen Familie unterbringen.“

Kyle und Angel starrten sie enttäuscht an. „Weswegen denn?“, erkundigte Angel sich schließlich.

Endlich hob Kathleen Simpson den Kopf und schaute sie an. „Es fällt Ihnen sicher schwer, das zu verstehen, aber bei der Riesenentfernung und den Verständigungsschwierigkeiten mit Korea kommen Pannen gelegentlich vor. Wir wussten, dass die Kinder zur Adoption freigegeben waren. Was wir jedoch nicht wussten, ist, dass es sich um Geschwister handelt. Das hat sich erst jetzt anhand der Papiere herausgestellt.“

Angel schüttelte ungläubig den Kopf. „Wieso wusste das denn niemand?“

„Im Waisenhaus muss es bekannt gewesen sein“, erklärte Mrs Simpson. „Aber die Dolmetscherin hat es mir nicht klar gesagt. Ihr Englisch war schwer zu verstehen, und ich entnahm ihren Erklärungen lediglich, dass die Kinder einander nahestehen. In den Akten befanden sich auch nur spärliche Angaben, nicht einmal die Nachnamen der Kinder waren dort aufgeführt. Außerdem sind die beiden zu verschiedenen Zeiten ins Waisenhaus gekommen, weil das kleine Mädchen, Jin Ah, längere Zeit im Krankenhaus verbringen musste. Mir ist bei meinem Besuch zwar aufgefallen, dass Young Ki sich um das Mädchen kümmerte, aber ich hielt das für Freundschaft oder Anteilnahme. Jetzt habe ich jedoch die Geburtsurkunden erhalten, aus denen alles eindeutig hervorgeht.“

„Weswegen können die Kinder nicht adoptiert werden, nur weil es sich um Geschwister handelt?“, fragte Angel.

„Sie können nicht in verschiedene Elternhäuser gegeben werden. Angesichts ihres schweren Schicksals möchte ich nicht, dass die beiden zu allem Überfluss auch noch getrennt werden.“

Alle schwiegen betroffen. „Haben Sie noch nie Geschwister getrennt?“, erkundigte Angel sich dann vorsichtig.

„Doch, das ist schon vorgekommen. Und auch diesmal würde ich mich dazu durchringen, da es schwierig sein dürfte, beide zusammen zu vermitteln. Aber …" Sie zögerte.

„Aber?", fragte Kyle.

„Aber ich kann die Kinder nicht Ihnen und Angel übergeben", erklärte Kathleen Simpson schließlich fest. „Wenn ich davon ausgehen könnte, dass die Geschwister viel zusammen sein können, hätte ich keine Bedenken. Aber es ist mir natürlich nicht entgangen, welche Spannungen zwischen Ihnen und Angel herrschen. Sie haben sich von Anfang an ständig gestritten."

Angel wurde rot. Sie wollte sich verteidigen, brachte jedoch kein Wort heraus. Auch Kyle schwieg betreten.

„Und so", fuhr Mrs Simpson fort, „muss ich das Verfahren ruhen lassen, bis ich eine Familie gefunden habe, die bereit ist, beide Kinder zu nehmen. Es tut mir wirklich leid für Sie."

„Ich bin bereit, beide Kinder zu nehmen", erklärte Angel spontan.

„Damit würden Sie sich zu viel auf einmal zumuten", wandte Kathleen Simpson ein. „Wir müssen aber vor allem an das Wohl der Kinder denken."

Nun meldete Kyle sich endlich zu Wort. „Meiner Meinung nach schätzen Sie die Situation nicht richtig ein. Angel oder ich würden nie etwas tun, das sich nachteilig auf die Kinder auswirkt. Da wir auch beide in New Orleans verwurzelt sind, sind die Chancen dafür, dass die Kinder in gewisser Weise doch zusammen aufwachsen, ausgezeichnet."

„Kyle hat vollkommen recht", versicherte Angel eifrig.

Doch Mrs Simpson wehrte ab. „Ich verstehe gut, wie enttäuscht Sie sind, und habe mir selbst den Kopf darüber zerbrochen, wie wir einen Ausweg finden können, aber im Moment weiß ich mir keinen Rat."

Angel sank der Mut, und dabei hatte sie sich schon so sehr auf Jin Ah gefreut, als erwarte sie selbst ein Baby. Das kleine Mädchen hatte bereits einen festen Platz in ihrem Herzen erobert. Und daher griff sie, die sonst so stolz auf ihre Charakterfestigkeit und ihre unbeugsamen Prinzipien war, zu einer Notlüge.

„Wenn ich Ihnen nun aber sage, dass Kyle die zweite Hälfte meines Doppelhauses bezieht?"

Mrs Simpson zog erstaunt die Augenbrauen hoch. Angel, die Kyles Reaktion fürchtete, fuhr schnell fort: „Kyle und ich haben ausgiebig darüber gesprochen, wie wichtig es für unsere Kinder ist, Familienanschluss zu haben. Als meine Mieter auszogen, hat Kyle daher Interesse an der anderen Haushälfte angemeldet. Ob das ein Dauerzustand sein wird, wissen wir noch nicht. Aber wir dachten, dass es für die Kinder so zunächst am besten ist." Gleich wird der Blitz einschlagen oder Kyle wird alles zerbrechen, dachte Angel.

„Das ist mir völlig neu", entgegnete Mrs Simpson. Angel fragte sich, ob sie ihr wirklich glaubte.

„Es hat sich auch erst in den letzten Tagen ergeben", erklärte Kyle. „Wir wollten es Ihnen heute sagen."

Angel war zutiefst erleichtert. „Überhaupt sind wir beide inzwischen gute Freunde geworden", setzte sie hinzu. Gute Freunde? Die Lügen wurden immer dreister und unglaubwürdiger. Kyle hatte den Arm auf ihre Stuhllehne gelegt und stieß sie nun unauffällig in den Rücken, um sie vor Übertreibungen zu warnen.

„Dann frage ich Sie noch einmal, ob Ihnen klar ist, dass das Wohlergehen der Kinder wichtiger ist als alles andere?"

Kyle und Angel nickten feierlich.

„Und es ist Ihnen auch klar, dass die Interessen der Kinder sich nicht unbedingt mit den Ihren decken müssen?"

„Ich meine, wir haben alle das gleiche Interesse", warf Kyle ein. „Die Kinder werden in uns gute Eltern finden, und wir sind glücklich darüber, die beiden anvertraut zu bekommen. Und sollten Angel und ich einmal Meinungsverschiedenheiten haben, wird sich das auf keinen Fall zum Nachteil der Kinder auswirken. Sie erweisen allen Beteiligten einen schlechten Dienst, wenn Sie gegen uns entscheiden."

Kathleen Simpson sah ihn nachdenklich an. „Ich werde noch einmal in Ruhe mit mir zu Rate gehen", sagte sie schließlich, „und gebe Ihnen dann Bescheid." Sie stand auf und reichte Angel die Hand.

„Jin Ah ist meine Tochter", erwiderte Angel unnachgiebig.

„Und Young Ki mein Sohn", schloss Kyle sich an.

„Ich werde darüber nachdenken", versicherte Mrs Simpson. „Sie hören wieder von mir."

„Sagen Sie mir nur eines“, begann Kyle, als er sich mit Angel im Fahrstuhl befand, „ist die zweite Hälfte Ihres Hauses innen auch rosa gestrichen?“

„Nein, weiß“, erwiderte Angel tonlos.

„Ein Glück.“ Danach warteten sie schweigend, bis der Fahrstuhl das Erdgeschoss erreicht hatte.

„Kyle“, sagte Angel schließlich, als sie unten im Treppenhaus angekommen waren, „es tut mir leid, dass ich Sie in diese unmögliche Situation gebracht habe.“

Kyle hob ihr Kinn, damit er ihr in die Augen sehen konnte. „Ich stelle jedenfalls fest, dass ich Sie völlig falsch eingeschätzt habe.“

„Wie meinen Sie das?“, erkundigte Angel sich verwirrt.

„Lassen Sie uns irgendwo einen Kaffee trinken. Dann unterhalten wir uns in Ruhe.“

„Wenn Sie nicht in Eile sind, können wir den Kaffee auch bei mir trinken. Dann zeige ich Ihnen gleich das freie Haus.“

„Gut, ich bin in einer halben Stunde bei Ihnen.“

Angel wunderte sich, dass Kyle überhaupt nicht verärgert war. Es bestand demnach die Möglichkeit, dass sie sich heute einmal nicht streiten würden. Das war das einzig Positive, woran sie im Moment denken konnte.

Angel hatte gerade Käse und Salzgebäck auf den Tisch gestellt, als es klingelte. „Kommen Sie herein, die Tür ist offen“, rief sie. Kyle trug Cordhosen und eine Windjacke, und sein Haar war zerzaust, denn es war inzwischen kühl geworden. „Nehmen Sie Platz. Was möchten Sie trinken?“

„Ein Bier, wenn Sie haben.“

Angel nickte und ging in die Küche, um das Bier zu holen. Dann setzte sie sich zu Kyle und trank von dem Wein, den sie sich eingeschenkt hatte.

„Nun?“, fragte sie endlich.

„Angel, Sie sind genial“, begann Kyle. „Ich hätte Ihnen nie zugetraut, dass Sie so rasch eine Lösung für unser Problem finden würden.“

„Vielen Dank. Sie sind demnach nicht davon ausgegangen, dass ich über ein gewisses Maß an Intelligenz verfüge? Das ist wieder einmal typisch."

Kyle machte einen erneuten Ansatz. „So war das nicht gemeint. Ich hatte nicht erwartet, dass es Ihnen gelingen würde, uns beide gleichzeitig zu retten. Ehrlich gesagt, hat es mich gewundert, dass Sie überhaupt bereit waren, mir zu helfen."

Angel zuckte die Achseln. „In diesem Fall waren unsere Interessen doch dieselben. Ich bin jedoch selbst angenehm überrascht davon, dass Sie meinen Vorschlag akzeptieren."

„Ich würde alles tun, um den Jungen zu bekommen."

„Sogar in meinem Haus wohnen?"

„In Ihrem Haus wohnen, den Rasen mähen, klaglos essen, was Sie kochen, und", er konnte einfach nicht widerstehen, das zu sagen, „in Ihrem Bett schlafen."

„Das ist nicht Bestandteil des Vertrages."

„Schade, dass unsere Interessen sich nicht auch in diesem Punkt decken."

„Bitte fangen Sie nicht wieder damit an", warnte Angel. „Durch diese Anzüglichkeiten geraten wir ständig in Streit. Wenn Sie so weitermachen, verlieren wir noch unsere Kinder. Als zukünftige Eltern müssen wir lernen, miteinander auszukommen."

„Das war schon immer so in der Geschichte der Menschheit. Zuerst versteht ein Paar sich gut, und daraufhin stellen sich Kinder ein. Was könnte einfacher sein?" Kyle duckte sich, weil Angel mit einem Kissen nach ihm warf.

„Sie sind wirklich unmöglich, ein keltischer Barbar."

„Immerhin bin ich der Mann, der sich auf Ihre Pläne einlässt."

„Versprechen Sie mir das?"

„Ich verspreche es."

„Es wird einige Zeit dauern, bis wir uns an die veränderte Situation gewöhnt haben", bemerkte Angel nachdenklich.

„Am besten fangen wir gleich heute Abend damit an." Kyle setzte das Bierglas ab. „Wir verbringen den Abend zusammen, um uns besser kennenzulernen."

„Was stellen Sie sich darunter vor?", fragte Angel misstrauisch.

„In dieser Stadt gibt es doch genug Möglichkeiten, etwas zu unternehmen. Wir können essen gehen, das Französische Viertel oder eine Musikveranstaltung besuchen, ganz wie Sie wünschen."

Angel war überrascht und fast ein wenig enttäuscht darüber, dass Kyles Absichten so ehrenhaft waren. Um ihre Verlegenheit zu überspielen, nickte sie eifrig. „Einverstanden."

„Was soll es sein, Essen, das Französische Viertel oder Musik?", wollte Kyle wissen.

„Alles."

Während Angel sich frisch machte, besichtigte Kyle die leeren Räume. „Gar nicht schlecht", sagte er danach. „Dort werde ich es eine Zeit lang aushalten."

„Das freut mich. Reicht Ihnen der Platz aus?"

„Früher oder später möchte ich ein Haus mit Garten kaufen, damit Young Ki möglichst viel Bewegungsfreiheit hat. Aber für den Anfang genügen mir die Räumlichkeiten."

Angel schloss das Haus ab und folgte Kyle, der auf einen roten Volvo zusteuerte. „Das ist doch das Auto, das Sie bei der Hochzeit gefahren haben. Ist es Ihres? Ich dachte, es hätte zu den Leihwagen gehört."

„Nein, das ist mein Wagen." Kyle öffnete die Beifahrertür. „Dachten Sie, ich würde für alles das Motorrad benutzen?"

Angel nickte.

„Auch Footballspieler beginnen im Winter zu frieren. Außerdem kann man auf einem Motorrad kein Kind mitnehmen." Kyle hatte sich hinter das Steuer gesetzt. „Wo möchten Sie gern essen?"

„Ich bin nicht mehr hungrig." Die Aufregung dieses Nachmittags hatte ihr den Appetit verdorben. „Wir können doch im Französischen Viertel eine Kleinigkeit essen."

Kyle parkte den Wagen in einer der Seitenstraßen des Französischen Viertels. Bei diesem Stadtteil handelte es sich um den eigentlichen alten Stadtkern, dessen Architektur vorwiegend im spanischen statt im französischen Stil gehalten war. Trotzdem trug er den Namen der ersten Siedler.

Kyle nahm Angels Arm, während sie durch die engen Straßen unter schmiedeeisernen Balkons entlangschlenderten, von denen Rankpflanzen herabhingen.

Am Jackson Square überquerten sie die Decatur Street und steuerten auf eine ehemalige, schlossähnliche Brauerei zu, die vor Kurzem renoviert und in eine Markthalle umgebaut worden war. Nachdem sie eingetreten waren, ergriff Kyle Angel bei der Hand, damit sie sich in dem Gedränge, das dort herrschte, nicht aus den Augen verloren. Hand in Hand ließen sie sich von der Menschenmenge treiben und bewunderten die Spezialitätenstände.

Im dritten Stock befand sich ein großer Schnellimbiss, wo man von Austern über gegrilltes Hähnchen bis zu den verschiedensten Salaten alles bekommen konnte, was in New Orleans auf den Speisekarten stand.

Mit allerlei Gerichten beladen, bahnten Angel und Kyle sich den Weg zu einem Tischchen auf einer der Terrassen an der Rückseite des Hauses, von wo aus man einen Blick auf den mächtigen Mississippi hatte.

„Ist das eine herrliche Aussicht!“, rief Angel begeistert aus. Während sie aßen, schaute sie fasziniert auf den Strom hinunter. „Dieser Fluss müsste eigentlich einen weiblichen Namen tragen“, bemerkte sie nachdenklich. „Von ihm hängt in dieser Stadt das Leben ab, er ernährt uns, ist stark und selbstsicher, und trotzdem kann er seine Kinder sanft in den Wellen schaukeln.“

„Und er kann über die Ufer treten und alles überfluten wie eine erzürnte Riesin.“

„Sie mögen die Frauen nicht besonders, stimmt's?“

Kyle zuckte unschlüssig die Achseln. „Ich habe eben keine guten Erfahrungen gemacht.“

Angel streichelte ihm teilnahmsvoll die Wange. „Das tut mir leid. Ihre Frau muss nicht bei Verstand gewesen sein, dass sie die Scheidung eingereicht hat.“

Warum sage ich so etwas? fragte Angel sich gleich darauf. Die arme Frau ist zu bewundern, dass sie überhaupt einen Mann wie Kyle Sullivan geheiratet hat.

„Dale war damals nicht besser und nicht schlechter als zu dem Zeitpunkt, als wir uns kennengelernt haben.“

„Warum haben Sie sie dann geheiratet?“

Kyle dachte ein Weilchen über die Frage nach, dann erklärte er:

„Ich hatte gehofft, dass ich trotz allem mit ihr auskommen würde."

Das war eine seltsame Antwort. Angel konnte nicht umhin, eine Bemerkung dazu zu machen. „Meine Großmutter sagt immer, dass man nichts bekommt, wenn man nichts fordert."

„Ist das auch Ihre Meinung?"

Angel hatte nie darüber nachgedacht, aber möglicherweise traf das zu. Sie hatte noch keinen Fehler der Art begangen, wie er Kyle mit Dale unterlaufen war. Bisher hatte sie überhaupt keinen Fehler gemacht, was Beziehungen betraf. „Etwas anders ist meine Einstellung schon. Es spielt keine Rolle, ob ich etwas erwarte oder nicht, da ich mir gar keinen Mann wünsche. Mir gefällt das Single-Dasein gut."

„Dann entgeht Ihnen allerdings ein ganzer Bereich des menschlichen Lebens."

Es war ein kühler Wind aufgekommen. Die Sonne ging gerade unter und färbte den Abendhimmel blutrot. Kyles Bemerkung hätte Angel normalerweise geärgert, aber angesichts des herrlichen Naturschauspiels vor ihren Augen war sie nicht imstande, sich darüber aufzuregen. Außerdem hatte Kyle wahrscheinlich recht.

„Ich gebe zu, dass Sie nicht ganz unrecht haben", erwiderte Angel ruhig.

„Nun erzählen Sie mir nicht, dass Sie bisher nicht die Chance gehabt hätten, an dieser Situation etwas zu ändern."

„Was verstehen Sie unter ‚Chance'? Ist es erstrebenswert, sich auf irgendwelche Abenteuer mit ungewissem Ausgang einzulassen? Die meisten Männer scheuen sich doch davor, Verantwortung zu übernehmen. Die Gelegenheit, einen braven Mann zu heiraten, hatte ich allerdings schon. Aber all diese Chancen, wie Sie das nennen, haben mich eben nicht gereizt."

„Und schon sind wir bei einem weiteren gravierenden Unterschied zwischen uns angelangt", stellte Kyle fest, während er näher rückte und den Arm um sie legte. „Meine Ansprüche waren so niedrig, dass ich die falsche Wahl getroffen habe, und Ihre sind so hoch, dass Sie gar nicht dazu kommen, sich einen Partner auszusuchen." Er begann ihren Rücken zu streicheln.

Angel nickte, während sie die Berührung genoss. „Wir sollten versuchen, unsere Erwartungen einander anzunähern, vielleicht täte uns das beiden gut."

„Die Idee einer Verbindung finde ich sehr reizvoll", entgegnete Kyle bedeutsam.

„Bei einer Verbindung mit Ihnen kann eine Frau nur verlieren", gab Angel zu bedenken. „Sie würden nicht auf mich eingehen und Kompromisse schließen, sondern mich bei lebendigem Leib verschlingen."

„Das glaube ich kaum, Angel. Sie sind nicht der Typ, der sich so leicht vereinnahmen lässt. Deswegen brauchen Sie sich also keine Sorgen zu machen."

Es war eine vertrauensvolle Atmosphäre zwischen ihnen entstanden, in der sie sich endlich einmal offen und entspannt austauschen konnten.

„Ist das nicht angenehm?", bemerkte Angel und legte den Kopf an Kyles Schulter. „Wir sind zusammen, ohne uns zu streiten." Sie spürte einen leichten Druck auf ihrem Kopf, und Wärme durchströmte ihre Glieder. Hatte Kyle sie eben geküsst? Aber solche Beweise der Zuneigung waren doch völlig untypisch für ihre Beziehung.

Manche Örtlichkeiten verfügen über eine eigene, magische Atmosphäre. Mit dem Französischen Viertel war es Angel stets so ergangen, obwohl sie in New Orleans aufgewachsen war. Aber an Kyles Seite durch die engen Straßen zu bummeln, Auslagen zu betrachten und interessante Menschen, das hatte einen zusätzlichen Reiz. Sie sprachen nicht viel, sondern schlenderten einträchtig die Royal Street bis nach Bourbon hinunter.

„Macht Ihnen das etwas aus?" Kyle deutete auf eine der zwielichtigen Bars.

„Ich bin nicht so zerbrechlich, dass ich auseinanderfalle, wenn ich hier entlanggehe. Aber nehmen Sie meine Hand, damit mich nicht plötzlich einer der Türsteher hineinzerrt."

„Soll ich Ihnen die Augen zuhalten, damit Ihr Blick nicht zufällig auf eine Striptease-Show fällt?"

Angel lächelte. „Als Nächstes werden Sie sich noch vor mich stellen, um mich zu schützen, während Sie auf diese Weise besser sehen können."

Hand in Hand gingen sie mitten auf der Straße weiter, die für den Autoverkehr gesperrt war. Kyle deutete auf eine Seitengasse. „Da hinten machen Freunde von mir Musik. Haben Sie Lust, ein Weilchen zuzuhören?“

Es war noch früh, und Angel stand der Sinn nicht danach, schon nach Hause zu gehen. Außerdem war sie neugierig darauf zu erfahren, wie lange die friedliche Stimmung zwischen ihnen anhalten würde. Inzwischen vertrugen sie sich bereits seit beinahe drei Stunden. „Ja, gern.“

Kyle führte Angel zu einem Tisch in der Nähe des Podiums, und sogleich trat einer der Musiker auf sie zu, um sie zu begrüßen.

Die Gruppe spielte klassischen New-Orleans-Jazz, der in seiner ganzen Art darauf angelegt war, das Gefühl der Zuhörer anzusprechen, sie aufzurütteln und mitzureißen.

Angel war wie verzaubert. Sie hörte nicht, dass Kyle Getränke für sie bestellte, und merkte auch nicht, wie er näher heranrückte und ihre Hand nahm. Lag es an dieser Musik, dass Empfindungen in ihr wach wurden, die sie stets verdrängt hatte? Es fiel ihr schwer, gleichmäßig zu atmen. Als sie dann Kyles Nähe und Wärme spürte, war sie ihm dankbar für diese Zuwendung.

Die Band endete mit „Oh, when the Saints“, einer eindeutigen Huldigung an Kyle, den ehemaligen Star der New Orleans Saints.

Danach dauerte es eine Weile, bis Angel aus ihrer Versunkenheit erwachte und in die Wirklichkeit zurückkehrte. Sie stellte fest, dass ihr Glas leer war und sie den Kopf an Kyles breite Brust gebettet hatte.

„Ich hätte nicht gedacht, dass Sie sich so sehr für diese Art von Musik begeistern können“, bemerkte Kyle.

„Das liegt eben im Blut, genau wie bei Ihnen“, entgegnete Angel verträumt. Was meine ich damit eigentlich genau? fragte sie sich dann. Die Musik? Oder etwas viel Tiefgreifenderes, das durch die Musik ans Tageslicht gekommen ist?

Dass Kyle die Musik im Blut lag, stellte sich nach der Pause heraus, als die Gruppe weiterspielte. Nach der dritten Nummer trat der Trompeter ans Mikrofon und bat Kyle, mitzuspielen. Musiker war Kyle demnach auch, und was für einer! Die Freunde überreichten ihm eine Trompete, und er begann zu spielen, zuerst mit der Gruppe, aber als es so weit war, dass jedes Instrument ein Solo hinlegte, schloss er sich nicht aus.

Die klaren Töne, die er dem Instrument entlockte, verzauberten Angel. Jetzt produzierte Kyle eine klagende, sehnsuchtsvolle Melodie, die ihr zu Herzen ging. Er war einen Schritt vorgetreten und wandte sich ihr direkt zu, als wollte er ihr mit dieser Musik etwas Bestimmtes zu verstehen geben.

Angel stand völlig in seinem Bann. Sie saß unbeweglich und hatte die Lippen leicht geöffnet, als wollte sie ihn bitten, auf keinen Fall aufzuhören.

Als Kyle sich verbeugte, brach das Publikum in begeisterten Applaus aus. Angel hatte jedoch keinen Blick für ihre Umgebung, sondern starrte immer noch fasziniert auf Kyle.

Es war spät geworden, als sie endlich zum Auto zurückkehrten. Zu sagen gab es nicht viel, aber sie gingen einträchtig Arm in Arm. Inzwischen waren bereits fünf Stunden und zehn Minuten vergangen, seit sie sich zum letzten Mal gestritten hatten.

Kyle hielt vor Angels Haus, stieg aus und half ihr aus dem Auto. Dann begleitete er sie zur Haustür.

„Möchten Sie hereinkommen und noch etwas trinken?“, fragte Angel vorsichtig. Es tat ihr leid, dass der schöne Abend schon zu Ende sein sollte.

„Ich glaube nicht, Angel, dass das eine gute Idee wäre.“

Er hatte recht, aber es musste doch irgendeine Möglichkeit geben, sich anders zu verabschieden als mit einem flüchtigen Händedruck. „Es war ein bemerkenswerter Abend“, begann Angel daher, „und ich glaube, dass die Voraussetzung dafür geschaffen ist, künftig besser miteinander auszukommen.“

„Darin sehe ich auch nicht das Problem, Angel.“ Kyle nahm ihr Gesicht in beide Hände.

„Ich könnte natürlich so tun, als verstände ich nicht, wie Sie das meinen ...“

Kyles Kuss war so intensiv wie die Musik, die er für sie gespielt hatte, und er weckte in Angel Wünsche, die sie sich nicht einzugestehen, geschweige denn auszusprechen wagte. Kyle vergrub die Hände in ihrem Haar und streichelte ihr dann den Rücken. Schließlich zog er sie enger an sich und sagte dabei: „Du bist so klein und zart. Ich habe Angst, dich zu zerbrechen wie einen Weihnachtsengel aus Glas, wenn ich dich so fest halte."

„Klein bin ich, aber durchaus nicht zerbrechlich", erwiderte Angel, bevor Kyle sie erneut küsste. Ohne Scheu öffnete sie die Lippen und überließ sich seinen Zärtlichkeiten.

Als sie sich endlich voneinander lösten, legte Angel den Kopf an Kyles Brust und hörte sein Herz klopfen.

„Was soll ich nun mit dir anfangen, Angel?"

Die Antwort schien einfach, und doch waren die einfachen Antworten nicht immer die besten. „Sag Gute Nacht, und dann gehst du nach Hause", erwiderte Angel daher. „Du legst dich schlafen, und wenn du morgen früh aufwachst, wird dir klar werden, wie unvernünftig wir uns benommen haben."

„Das ist mir bereits jetzt klar, und trotzdem komme ich nicht dagegen an."

„Es ist schon eine seltsame Sache mit den Hormonen", spielte Angel ihre Gefühle herunter und trennte sich endgültig von ihm. „Wir sind so sehr darauf spezialisiert, uns zu streiten, dass uns nichts Vernünftiges zu tun einfällt, wenn es einmal friedlich zwischen uns zugeht."

„Man kann es auch umgekehrt deuten. Wir müssen uns derartig anstrengen, unsere wahren Gefühle zu unterdrücken, dass die Anspannung sich jedes Mal in einem Streit entlädt."

„Meine Version ist erträglicher, finde ich", bemerkte Angel.

„Für wen?"

„Für uns beide. Es wäre äußerst leichtsinnig, uns von Gefühlen hinreißen zu lassen, denn es steht viel zu viel auf dem Spiel. Sollen wir unsere schönen Pläne in Gefahr bringen, nur weil es uns an Selbstkontrolle mangelt?"

„Dann musst du aber aufhören, mich ständig zu verführen, Angel."

Angel starrte ihn an. Hatte sie eben richtig gehört? „Ich dich verführen? Du bist doch wirklich ein unverschämter ..." Als sie sah, dass Kyle sich das Lachen verbeißen musste, durchschaute sie seine Absicht. „Oh nein, diesmal falle ich nicht darauf herein. Du wirst mich heute nicht so weit bringen, dass ich Streit mit dir anfange."

„Weißt du auch, was das bedeutet?" Kyle zog sie an sich, ließ die Hände auf ihre Hüften herabgleiten und hob sie zu sich empor. Sein Kuss war allerdings zurückhaltender als vorher. Wahrscheinlich wollte er keine erneute Gefahr heraufbeschwören.

„Gute Nacht, Kyle", murmelte Angel und glitt herunter. „Bis bald."

Als sie sicher im Haus angelangt war, lehnte sie sich erschöpft an die Tür. Was sollte das erst werden, wenn Kyle nebenan wohnte?

7. KAPITEL

Angel lag auf einer farbenprächtigen Blumenwiese. Sie trug ein weites, gemustertes Kleid aus zartem Organza, neben ihr ein breitrandiger Strohhut, der mit pastellfarbenen Seidenbändern verziert war. An ihrer Seite ruhte ein Mann, der den Arm zärtlich um sie geschlungen hatte.

Angel beobachtete die weißen Sommerwölkchen, die am Himmel entlangzogen. Es war ein wunderschöner Tag. Die Sonne lachte, der Grasteppich war weich wie Samt und der Mann neben ihr liebenswert und verführerisch.

Doch dann nahmen die Wolken seltsame Formen an, trieben immer näher auf sie zu und drohten sie zu ersticken. Schon bedeckten sie ihr Gesicht und hinderten sie am Atmen.

Angel schrie entsetzt und richtete sich auf, um die Wolkenmasse, die sich warm und weich anfühlte, wegzuschieben. Plötzlich vernahm sie ein klagendes Geräusch. Miaou versuchte gerade verzweifelt, ihren Platz auf Angels Kopfkissen zurückzuerobern.

„Au!", schrie Angel, als sie die scharfen Krallen auf der Schulter spürte. „Du hast mich zu Tode erschreckt. Was fällt dir ein, dich in meinem Bett breitzumachen?"

Miaou reagierte nicht auf die Zurechtweisung, sondern versuchte, Angels Abwehr zu durchbrechen.

„Pass ja auf, sonst werfe ich dich dem großen Hund zum Fraß vor, den ich draußen bellen höre!"

Ein Hund draußen? Sofort sprang Angel aus dem Bett und griff hastig nach ihrem Morgenmantel. Vom Fenster aus beobachtete sie, wie vier Männer ein großes Sofa heranschleppten. Hinter ihnen marschierte Kyle, der einen Sessel trug, gefolgt von seinen beiden Hunden.

Heute war Kyles Umzugstag! Spontan klopfte Angel an das Fenster, um sich bemerkbar zu machen. Erst als Kyle den Kopf hob und lächelte, wurde ihr bewusst, dass sie ebenso gut nackt hätte am Fenster stehen können. Denn ihr Nachthemd und der dazugehörige Überwurf waren so hauchdünn, dass Großmama, nachdem sie diese Sendung ausgepackt hatte, sich weigerte, die Stücke auszustellen. Daraufhin hatte Angel sie mit nach Hause genommen.

Schnell streifte sie sich eine Jeans und ein T-Shirt über. Dann fuhr sie sich mit dem Waschlappen über das Gesicht und kämmte sich flüchtig. Und eilte danach aus dem Haus. Die vier Riesen luden gerade ein Klavier aus. „Kann ich behilflich sein?“, erkundigte Angel sich.

„Ja, koch uns bitte eine große Kanne Kaffee“, erwiderte Kyle.

Angel füllte die Kaffeemaschine. Als die erste Portion Kaffee fertig war, goss sie diese in eine Thermoskanne und kochte eine weitere Kanne starken Kaffee. Am Abend vorher hatte sie mehrere große Rosinenbrote gebacken, die sie eigentlich einfrieren wollte. Nun schnitt sie zwei davon auf und legte sie auf eine Kuchenplatte.

Als sie fertig war, stand das Klavier in Kyles Wohnzimmer, und die vier Träger saßen auf der Erde, um Atem zu schöpfen. Angel steckte den Kopf durch die Verbindungstür: „Wie wäre es mit Kaffee und Rosinenbrot?“

Sämtliche Vorräte verschwanden im Handumdrehen, während Angel Kyles Helfer kennenlernte. Einer war ein alter Sportkamerad aus dem Football-Verein, die beiden anderen arbeiteten in Kyles Firma. Kyles Freunde machten sich einen Spaß daraus, Angel ob der Wahl ihres neuen Mieters zu bedauern, während sie Kyle zu seinem Glück gratulierten.

Die Hunde untersuchten schnüffelnd das ganze Haus, während die Männer mit der Arbeit weitermachten, bis der Lastwagen entladen war. Dann verabschiedete Kyle sich von seinen Freunden und lud sie zu seiner Einweihungsfeier ein.

Angel hatte sich in ihr Haus zurückgezogen. Gerade wusch sie die letzten Tassen ab, als sie hörte, wie die Verbindungstür zwischen den Wohnzimmern geöffnet wurde. Ihre Küche war verhältnismäßig geräumig, aber als Kyle jetzt in der Tür stand, wirkte der Raum plötzlich winzig.

„Na, ist alles ausgepackt?“, fragte sie.

Seit dem bemerkenswerten Abend im Französischen Viertel hatten sie sich nicht mehr gesehen, sondern nur telefoniert, wenn es etwas zu besprechen gab. Kyles Nähe beunruhigte Angel. Zudem lächelte er sie strahlend an. Sie war so in seinen Anblick versunken, dass sie seine Antwort fast nicht mitbekommen hätte.

„Ich fürchte, dass ich noch wochenlang damit beschäftigt sein werde, Kisten auszupacken."

„Es wird sicher auch noch eine Weile dauern, bis du deine Küche eingerichtet hast. Wenn du heute bei mir essen möchtest ..." Wie kam sie dazu, ihm ein solches Angebot zu machen? In der vergangenen Woche hatte sie sich ausgiebig den Kopf darüber zerbrochen, wie sich das Zusammenleben mit Kyle gestalten sollte. Sie hatte sich vorgenommen, nicht das Geringste an ihren bisherigen Lebensgewohnheiten zu ändern und konsequent auf Abstand zu bleiben.

„Das nenne ich Nachbarschaftshilfe", entgegnete Kyle lächelnd. „Vielen Dank."

„Wir Leute aus New Orleans sind doch bekannt für unsere Höflichkeit und Hilfsbereitschaft." Angel öffnete den Hängeschrank und zog sich eine Fußbank heran. Sie stieg darauf, um an das oberste Fach zu gelangen.

„Lass mich das machen." Schon trat Kyle neben sie, nahm ihr die Tassen aus der Hand und stellte sie in den Schrank. Auf der Fußbank stand Angel Kyle Auge in Auge gegenüber. „Was ist das für ein Gefühl, so groß zu sein wie ich?", erkundigte er sich. Ihre Gesichter berührten sich beinahe.

„Auf jeden Fall hat man so einen ganz anderen Überblick."

Kyle würde sie gleich küssen, das wusste sie. Gerade als ihre Lippen sich berührten, ertönte von nebenan ein kreischender Laut.

„Was war das?", fragte Kyle.

„Meine Katze."

„Das klang aber nicht wie ein schlichtes Miauen." Kyle eilte zur Tür, gefolgt von Angel. Das Geräusch kam aus dem Schlafzimmer. Dort saß Miaou mit gekrümmtem Rücken und ausgestreckten Krallen auf dem Regal über Angels Bett, im Begriff, einem der Retriever auf den Rücken zu springen.

„Komm hierher, Gipper!" Der Hund hatte sich mit den Vorderpfoten auf Angels Bett gestemmt, genauer gesagt, auf ihr Nachthemd, das sie morgens achtlos abgestreift hatte.

Das Tier gehorchte sichtlich widerwillig. Es glitt auf den Boden zurück und zerrte das dünne Kleidungsstück mit sich.

„Beruhige dich, Miaou", redete Angel beruhigend auf die Katze ein, deren ausgestreckten Krallen sie sich lieber nicht näherte, während Kyle das Nachthemd hochgehoben hatte und es gegen das Licht hielt. Der empfindliche Stoff hatte stark gelitten.

„Hast du dich in diesem Kleidungsstück mit King Kong vergnügt?“, fragte er frech.

„Gib her.“ Sie wollte ihm das Nachthemd wegnehmen, aber Kyle hielt es so hoch, dass sie nicht herankam.

„Dass es einen Mann verrückt machen kann, ist mir klar, aber ich hätte nicht gedacht, dass es auch den Angriff eines Monsters übersteht.“

„Kyle, ich warne dich, gib mir sofort das Nachthemd zurück!“

Kyle schüttelte den Kopf und lachte. „Und dabei war ich so überzeugt von deiner Tugendhaftigkeit. Gibt es denn keine keuschen Jungfrauen mehr auf der Welt?“

„Schenk dir diese dramatischen Sprüche. Die Katze hat es heute Morgen schon beschädigt, als sie in mein Bett gesprungen ist. Sie war verängstigt, weil sie draußen deine Hunde bellen hörte.“

„Eine sehr einleuchtende Erklärung.“

Angel wollte gerade zu einer möglichst durchschlagenden Beleidigung ansetzen, als sie bemerkte, dass Kyle sie nur necken wollte.

„Was die Hunde betrifft“, erklärte er dann, „so würden sie Miaou nie etwas tun. Trotz ihrer Größe sind sie ausgesprochen gutmütig. Wenn die Katze aufhört, sie zu provozieren, werden die Hunde sehr höflich mit der kleinen Dame umgehen.“ Kyle grinste. „Kommt dir dieses Verhaltensmuster irgendwie bekannt vor?“

Angel war entwaffnet und lächelte. „Um sieben Uhr gibt es Abendessen. Hast du irgendeinen Wunsch?“

„Wenn bei dir alles so gut schmeckt wie das Rosinenbrot, ist mir gleichgültig, was auf den Tisch kommt.“ Er ging zur Tür, und die Hunde folgten ihm brav. „Wie ist es“, fragte er im Hinausgehen, „würdest du mir das Nachthemd gelegentlich vorführen?“

Bevor Angel Kyle die passende Antwort geben konnte, war die Tür hinter ihm ins Schloss gefallen.

Angel kochte einen Auflauf aus Meeresfrüchten mit Reis. Vorsichtshalber nahm sie von allem die doppelte Menge. Dann richtete sie noch eine große Schüssel gemischten Salat an und besorgte frisches Weißbrot und Obsttörtchen.

Es wäre zwar nicht nötig gewesen, sich umzuziehen, aber nachdem sie geduscht hatte, verzichtete sie auf die Jeans und wählte Rock und Bluse in Erdbeerrot. Die kräftige Farbe ließ ihr Haar noch heller leuchten. Was Kyle wohl dazu sagen würde, wenn er sie einmal nicht in Pastellfarben sah?

Als Angel gerade damit fertig war, den Tisch zu decken, klopfte es. „Komm herein!“, rief sie. Die Verbindungstür war immer noch offen. Das war früher, als sie andere Mieter hatte, nie vorgekommen. Ich muss daran denken, sie heute Abend abzuschließen, nahm Angel sich vor.

Auch Kyle hatte sich umgezogen. Er trug einen rostbraunen Anzug und ein cremefarbenes Hemd, dessen Kragen er wie immer offen gelassen hatte. Sein Haar war noch feucht vom Duschen. Angel hatte ihn vorhin gehört, da die Wand nicht geräuschisoliert war. Es war ein komisches Gefühl gewesen, Kyle nebenan hantieren zu hören, während sie sich in ihrem Badezimmer das Haar bürstete.

„Es duftet sehr lecker“, bemerkte Kyle und streckte ihr die Hand entgegen. Er hatte Angel einen großen Rosenstrauß mitgebracht.

„Sind die schön!“ Mehr brachte sie nicht heraus, so unerwartet kam diese galante Geste.

„Sie sind aus meinem Garten.“

„Aus deinem Garten?“ Angel nahm eine Vase aus dem Schrank.

„Hinter dem Haus, in dem ich bisher gewohnt habe, befindet sich ein großer Rosengarten. Ich habe die Rosenstöcke gepflegt und neue angepflanzt. Dieser Garten ist das Einzige an meiner alten Behausung, dem ich nachtrauere.“

„Ich hätte gedacht, dass du riesige Fleischtomaten und Melonen anbaust“, entgegnete Angel überrascht.

„Arbeitest du auch gern draußen?“, wollte Kyle wissen. „Mir ist aufgefallen, dass der Garten hinter dem Haus sehr gut gepflegt ist. Außerdem ist er erstaunlich groß.“

„Freu dich doch. So haben deine Hunde Auslauf.“

„Du hast nichts dagegen, wenn ich sie im Garten herumlaufen lasse?“

„Natürlich nicht. Die Sträucher und Stauden dort sind ziemlich widerstandsfähig. Meine Brüder John und Charles haben beim Anlegen des Gartens geholfen."

„Dann ist dieses Haus also eine Art Familienangelegenheit?"

„In meinem Leben ist alles mit der Familie verbunden. Meine Brüder haben dafür gesorgt, dass ich dieses Haus und das Geschäft von meiner Großmutter übernehme."

„Stört dich das?", erkundigte Kyle sich.

„Nein, die Entscheidungen deckten sich durchaus mit meinen eigenen Wünschen", gab Angel zurück. „Möchtest du ein Glas Wein trinken?"

Kyle folgte Angel ins Wohnzimmer und setzte sich zu ihr auf das Sofa. Dann nahm er den Gesprächsfaden wieder auf. „Erzähl mir mehr von deinen Brüder."

„Als ich mit der Ausbildung fertig war, zog mein Vater nach Miami. Von da an fühlten meine Brüder sich noch stärker für mich verantwortlich als vorher. Zu ihrer Fürsorgepflicht gehörte es ihrer Meinung nach auch, mir einen passenden Ehemann auszusuchen."

„Und damit warst du nicht einverstanden?" Kyle schlug die Beine übereinander und berührte sie dabei zum ersten Mal an diesem Abend. Angel zuckte verwirrt zusammen.

„Natürlich nicht, zumal sie höchst alberne Dinge anstellten, um geeignete Bewerber kennenzulernen. Einer meiner Brüder trat einem Karnevalsverein bei, weil an den Umzügen immer viele junge Männer beteiligt sind. Charles gab seinem Büro die Anweisung, alle Junggesellen, die nach Häusern suchen, zu ihm ins Büro zu schicken. John wiederum, der Landschaftsgärtner, wollte mich dazu bringen, einem Kakteenzüchterverein beizutreten, weil dieser fast nur männliche Mitglieder hat."

Kyle lachte aus vollem Halse, und auch Angel musste unwillkürlich lächeln, obwohl sie die Pläne ihrer Brüder damals gar nicht komisch gefunden hatte. „Sind sie denn allesamt blind?", fragte Kyle schließlich. „Ein Blick auf dich hätte genügt, um ihnen klarzumachen, dass sich alle Junggesellen von New Orleans zwangsläufig in dich verlieben."

Angel freute sich über dieses unerwartete Kompliment. „Im Hinblick auf mich sind sie wirklich blind", erklärte sie. „Sie sehen in mir immer noch die hilflose kleine Schwester."

„Allmählich verstehe ich, weswegen du Männern gegenüber so ablehnend bist."

Kyle Sullivan ausgenommen, dachte Angel, sagte jedoch nur: „Wir können jetzt essen."

„Kümmern sich deine Brüder immer noch regelmäßig um dich?", fragte Kyle, während er sich Salat nahm.

„Zweimal wöchentlich ruft einer von ihnen unter irgendeinem Vorwand an. Manchmal habe ich das Gefühl, dass sie eine Art Dienstplan aufgestellt haben."

„Seht ihr euch auch des Öfteren?"

Angel nickte, während sie Kyle den Korb mit dem Weißbrot reichte. „Sie sind alle sehr nett, und ich verstehe mich auch mit meinen Schwägerinnen ausgezeichnet. Hinzu kommt, dass sie mir insgesamt neun Neffen beschert haben. Ich mag meine Brüder, obwohl sie immer noch versuchen, mich zu bevormunden."

„Und sie mögen dich?"

„Das kann ich nicht genau sagen", entgegnete Angel nachdenklich. „Gibt es das überhaupt, dass Männer Frauen gern mögen?"

„Wie meinst du das?" Kyle brach sich ein Stück Brot ab.

„Nun, nach meiner bisherigen Erfahrung gibt es Männer, die mich begehren, und solche, die mir Vorschriften machen und über mein Leben bestimmen wollen. Ich habe noch keinen Mann kennengelernt, der mich einfach gern hatte. Natürlich kann ich nur für mich sprechen, aber mir scheint, dass echte Freundschaft zwischen einem Mann und einer Frau seltener vorkommt als ein kühler Tag im Hochsommer."

„Es gibt aber viele gute Ehen, die sowohl auf Freundschaft als auch auf Zuneigung basieren", wandte Kyle ein. „Das ist natürlich nur meine persönliche Meinung."

„Und es ist außerdem die erste positive Bemerkung über die Ehe, die ich von dir höre", bemerkte Angel lächelnd. „Ist es möglich, dass der vom Leben gebeutelte Kyle Sullivan immer noch an die Möglichkeit eines Happy End glaubt?"

„Das kommt nur im Märchen vor. Aber ich kenne eine Anzahl

glücklicher Ehen. Und ich habe auch miterlebt, was passiert, wenn sie enden." Kyle stand auf, als wollte er dieses Gespräch schnell abbrechen, und begann Geschirr hinauszutragen. „Wollen wir abwaschen?"

„Im Moment nicht. Es gibt noch Kaffee und Kuchen. Aber damit gehen wir ins Wohnzimmer hinüber." Angel drückte ihm zwei Teller mit Obsttörtchen in die Hand. Was mochte Kyle mit seiner seltsamen Bemerkung gemeint haben? Hatte er damit auf seine Ehe angespielt? Das war eigentlich unwahrscheinlich, denn diese war nach seinen eigenen Aussagen nie wirklich glücklich gewesen. Nein, er musste an ein anderes Ereignis, eine andere Beziehung gedacht haben, die unglücklich ausgegangen war.

Da Kyle das Thema so abrupt beendet hatte, wagte Angel nicht mehr zu fragen. Andererseits hatte sie das sichere Gefühl, dass sie Kyle viel besser verstehen würde, wenn dieses Rätsel gelöst wäre.

„Hast du den Eindruck, dass du dich in deiner neuen Behausung wohlfühlen wirst?", erkundigte Angel sich, während sie ihre Obsttörtchen verzehrte.

„Ja. Ich bin immer wieder überrascht, wie geräumig diese Häuschen sind, die von außen eher klein wirken. Meine Möbel sind alle untergebracht, und trotzdem habe ich noch reichlich Platz für Young Ki."

„Wenn er kommt." Sie schwiegen nachdenklich und tranken Kaffee. „Hast du schon etwas von Mrs Simpson gehört?", fragte Angel schließlich. „Bei mir hat sie sich noch nicht gemeldet."

„Bei mir auch nicht, aber ich habe trotzdem alle Formalitäten in die Wege geleitet. Auf diese Weise mache ich mir selbst Mut."

„Ich habe es genauso gemacht", bestätigte Angel. „Es wäre wirklich ein harter Schlag, wenn Mrs Simpson jetzt noch gegen uns entscheiden würde."

„Gestern habe ich mir sogar ein Buch mit koreanischen Redewendungen gekauft", berichtete Kyle, „und werde versuchen, mir die wichtigsten einzuprägen." Er legte den Arm auf die Sofalehne und streichelte dabei Angels Haar.

„Und ich habe mir ein Buch über die kindliche Entwicklung angeschafft, damit ich weiß, wie ich mit einer Dreijährigen umgehen muss." Angel lehnte den Kopf an Kyles Arm.

„Hast du nicht Lust, mit mir zusammen Koreanisch zu lernen?" Kyle ließ den Arm auf ihre Schultern gleiten.

Angel nickte und wandte sich ihm zu. „Gern. Und du kannst in meinem Buch nachlesen, auf welcher Entwicklungsstufe sich ein Fünfjähriger befindet."

Kyles Augen funkelten. „Ich wüsste gern noch etwas über die Reaktionen zweiunddreißigjähriger Männer, die du umgarnst."

Angel schloss die Augen, als Kyle näher kam und sie küsste. Sie hatte nicht die mindeste Lust, ihn abzuweisen, denn all ihre guten Vorsätze waren dahin. Manchmal musste man sich dem Schicksal eben ergeben. Von Anfang an hatte sich abgezeichnet, dass es so kommen würde, obgleich sie sich mit allen Mitteln dagegen gewehrt hatte. Angel legte Kyle die Arme um den Hals und streifte mit den Händen durch seine Locken. Kyle zog sie enger an sich.

„Sag mir jetzt, dass ich gehen soll, Angel", flüsterte er mit heiserer Stimme.

„Nein", gab sie zurück, „bitte geh noch nicht." Es war das erste Mal, dass Angel sich zu ihren Gefühlen bekannte. Sie sehnte sich nach seinen Küssen und Umarmungen.

Kyle seufzte. „Aber du musst mich wegschicken. Außerdem müssen wir uns streiten. Das gehört einfach zu unserer Rolle."

„Nein, das möchte ich nicht." Angel küsste ihn nun so hingebungsvoll, als wollte sie sich nie mehr von ihm trennen. Diesmal hatte sie wirklich die Initiative ergriffen. Trotzdem war Kyle alles andere als ein unschuldiges Opferlamm. Er reagierte mit der gleichen Leidenschaftlichkeit.

„Das ist alles sehr unvernünftig", flüsterte er außer Atem, als der Kuss endete.

„Und wenn schon", flüsterte Angel.

„Aber dabei geht es gar nicht um mich, Angel. Du brauchst einen Mann, das ist alles."

Angel spürte, wie Kyle die Bluse aus ihrem Rock zog, dann streichelte er ihren nackten Rücken. „Findest du es einfacher, das zu glauben, Kyle? Dann sag mir bitte, ob du auf jede Frau so reagieren würdest wie auf mich."

Kyle öffnete ihren Büstenhalter und streichelte dann ihre Brüste. „Du hast nicht genug Erfahrung, sonst hättest du verstanden, was ich meine.“

„Verstehst du mit all deiner Erfahrung denn, weswegen wir immer wieder in diese Situation geraten?“

Danach gab es nichts mehr zu erklären, denn Kyle hatte sie auf das Sofa gebettet und streichelte sie so gezielt, dass ihr der Atem stockte und sie vor Erregung zu zittern begann.

Als Kyle sich zu ihr herunterbeugte, klammerte sie sich an ihm fest und versuchte ihn noch enger an sich zu ziehen. Dann bedeckte sie seinen Hals mit Küssen.

„Weißt du eigentlich, wie mir zumute ist, Angel?“, fragte er nach einer Weile. „Ich bin kein Jüngling mehr, der sich mit Küsschen und Streicheleien zufriedengibt. Ich möchte dich ganz haben.“ Er knöpfte ihr die Bluse auf. „Jetzt.“

„Ich auch, Kyle.“ Hatte sie das wirklich gesagt? Kyle streifte ihr Bluse und Büstenhalter ab. Schamhaft verschränkte Angel die Arme über der Brust, aber Kyle griff vorsichtig ein. „Ich möchte dich ansehen, Angel.“

Angel schloss die Augen. Sie ärgerte sich über ihre Unerfahrenheit und Schüchternheit. Als er nichts sagte, fragte sie zaghaft: „Nun, wie ist es? Halte ich einer genaueren Inspektion stand?“

Kyle zog sie an sich und küsste sie auf die geschlossenen Augenlider. „Jetzt kannst du die Augen wieder aufmachen“, flüsterte er anschließend, doch Angel schüttelte den Kopf. Daraufhin lachte Kyle leise. Sie merkte, wie er sich von ihr trennte, und als er dann erneut näher kam, war auch sein Oberkörper nackt.

Da öffnete Angel erschrocken die Augen.

„Nun schau uns beide an“, ermunterte Kyle sie. „Wir sind völlig verschieden und passen doch ideal zusammen.“ Er drückte ihren Kopf ein wenig nach unten, sodass sie ihre umschlungenen Leiber betrachten musste. Kyle hatte goldbraune, sie zarte, rosige Haut. Er war durchtrainiert und muskulös, sie sanft gerundet. Zwei Musterexemplare männlicher und weiblicher Ausprägung hatten sich gefunden.

Angel sah Kyle verwirrt an. Dann schloss sie erneut die Augen. Sie spürte, dass er zu lachen begann.

„Wie ist es dir gelungen, so unberührt durch das Leben zu gehen?", wollte er wissen.

„Das war gar nicht so einfach", gestand Angel, „und ich fürchte, in naher Zukunft wird es noch schwieriger werden."

Kyle nahm sie in die Arme und hielt sie fest. In ihrer Beziehung war ein kritischer Punkt erreicht. Es gab nur noch zwei Möglichkeiten, den Rückschritt zu der ewigen Streiterei oder den Schritt nach vorn, der ein Liebespaar aus ihnen machen würde. Kyle wollte ihr offenbar Zeit lassen, damit sie die Lage noch einmal gründlich überdachte.

„Sag mir die Wahrheit, Angel. Warum bist du nie mit einem Mann zusammen gewesen?", brach Kyle schließlich das Schweigen.

Angel war überrascht, wie viel Mühe er sich gab, um sie zu verstehen. „Ich hatte Angst", gestand sie.

„Mit dem richtigen Partner kann es auch beim ersten Mal sehr schön sein."

Angel lächelte. Kyle hielt sich selbst offenbar für den richtigen, und wahrscheinlich war er das auch. „So war das nicht gemeint", erklärte sie. „Ich möchte einfach nicht, dass ein Mann mich als seinen Besitz betrachtet und über mein Leben bestimmt. Verstehst du das?"

Kyle überlegte. „Nein", begann er dann, „denn das hat doch nichts mit Liebe zu tun."

Liebe! Dieses Wort hatte sie nie verstanden. „Wer hat denn etwas von Liebe gesagt?"

„Keine Ahnung. Ich wundere mich selbst, dass ich dieses Wort in den Mund genommen habe. Wahrscheinlich habe ich gedacht, dass du von Liebe sprichst. Das tun Frauen doch ständig."

„Nein, das hatte ich nicht im Sinn."

„Dann hältst du also nicht nach Liebe Ausschau, sondern nach einem Mann, der seiner Wege geht, wenn du kein Interesse mehr an ihm hast."

Nein, so stimmt das auch nicht, dachte Angel. Sie runzelte die Stirn und überlegte, wo das Missverständnis steckte. Schließlich griff sie nach ihrer Bluse. „Ich glaube, wir sollten dieses Gespräch abbrechen, denn wir haben wieder einmal einen gewissen Punkt erreicht, sodass gleich dic Funken stieben werden."

„Für Funken garantiere ich", entgegnete Kyle lächelnd, nahm ihr die Bluse weg und bedeckte ihr Gesicht und ihren Hals mit Küssen.

„Bitte, lass das, Kyle." Angel machte sich widerstrebend los. „Es ist genug."

„Das glaube ich nicht." Kyle senkte den Kopf tiefer und ließ die Lippen dann um ihre Brust spielen.

Angel stöhnte und klammerte sich erneut an ihm fest, während Kyle an ihrer Brustspitze saugte. Er ließ sich viel Zeit und wechselte dann zur anderen Brust über. Darauf flüsterte er, ohne den Kopf zu heben: „Was du jetzt empfindest, Angel, ist Begierde, dieselbe Begierde, die ein Mann fühlt, wenn er dich besitzen möchte."

Das Wort „besitzen" brachte Angel wieder zur Vernunft. Unter dem Besitzanspruch von Männern, die sich einbildeten, ihr alle Entscheidungen abnehmen zu müssen, hatte sie lange genug gelitten. Angel wollte Kyle wegdrängen, aber da zog er sich bereits von selbst zurück.

„Ich gehe jetzt, denn offenbar bist du dir selbst noch nicht im Klaren über deine Wünsche." Er nahm die Bluse und hängte sie Angel über die Schultern. Diese schlüpfte hinein und knöpfte sie so weit zu, dass sie zusammenhielt.

„Was denkst du?", fragte sie leise, als Kyle aufstand.

„Ich frage mich, weswegen meine Selbstbeherrschung dauernd versagt", entgegnete er aufrichtig.

Angel sah ihn nachdenklich an. Vor ihr stand ein Mann, der sie, wie alle Männer, erobern wollte. Immerhin hatte er jedoch gemerkt, dass sie noch nicht bereit war, sich darauf einzulassen, und zog sich zurück. Er versuchte nicht, sie zu bedrängen oder zu etwas zu überreden, was sie nicht wollte. Er ging, weil es so am besten war.

Angel wurde warm ums Herz, als sie das erkannte. Er will nicht nur besitzen, dachte sie, sondern macht sich Gedanken, handelt rücksichtsvoll und fürsorglich.

„Kyle ..."

Er war bereits an der Verbindungstür. „Ich bin nicht böse auf dich, falls du das denkst. Es ist dein Körper und dein Leben. Nur ...", er sah ihr in die Augen, „fang bitte nicht wieder etwas an, vor dessen Konsequenzen du zurückschreckst."

Angel wurde rot. „Bitte entschuldige, Kyle. Es ist sonst gar nicht meine Art, einen Mann an der Nase herumzuführen.“

„Vielen Dank für das Abendessen.“

Die Tür fiel hinter ihm ins Schloss. Angel hielt den Atem an und wartete darauf, dass Kyle auf der anderen Seite den Riegel vorschieben würde. Als dieses Geräusch ertönte, zuckte sie zusammen. Bedeutete das, dass Kyle sie auch aus seinem Leben ausschloss?

Aber was konnte sie anderes erwarten! Im Vorbereitungskurs hatte Mrs Simpson ihnen ein Verhaltensschema erläutert, das sie heute Abend praktiziert hatte. Jemand sagte etwas Bestimmtes, verhielt sich aber so, als hätte er das Gegenteil gemeint. Seit Beginn ihrer Beziehung zu Kyle hatte sie sich so benommen, sodass er sich nie sicher sein konnte, was sie wirklich wollte.

Allerdings hatte auch er sich nicht immer konsequent und eindeutig verhalten. Der Mann, der ihr gegenüber auf Abstand bedacht war, wäre heute Abend bedenkenlos mit ihr ins Bett gegangen, wenn sie das nicht verhindert hätte. Wie war das möglich?

Angel hatte Verständnis für eine rein physische Anziehungskraft zwischen zwei erwachsenen Menschen, aber was mit ihnen passierte, ging offensichtlich darüber hinaus. Es war viel tiefgründiger und beunruhigender.

Angel erhob sich, verriegelte die Tür auf ihrer Seite und trug das Geschirr in die Küche. Als sie im Bett lag, versuchte sie, nicht daran zu denken, und war sich trotzdem ständig der Tatsache bewusst, dass Kyle nur ein paar Meter von ihr entfernt war.

Irgendetwas ist heute Abend falsch gelaufen, dachte sie, ich frage mich nur, was.

8. KAPITEL

Auch Kyle kam angesichts der engen Nachbarschaft mit Angel nicht zur Ruhe. Wenn er morgens aufwachte, roch er Kaffeeduft und stellte er sich vor, wie Angel in einem durchsichtigen Nachthemd herumlief und den Frühstückstisch deckte. Wenn er keinen Kaffeeduft wahrnahm, dann war es der Hauch ihres Parfüms, der in der Luft hing. Es war ein zarter Rosenduft.

Auch Angel erinnerte ihn an eine Rose. Das wurde ihm besonders eines Nachmittags bewusst, als er früher nach Hause gekommen war und entspannt auf der vorderen Veranda saß. Zart, süß, empfindsam und pflegebedürftig ist sie, dachte er, aber auch voller Dornen. Zudem ist Angel, gemessen an ihrer zarten Erscheinung, eine ausgesprochen starke Frau. Wahrscheinlich war sie eher einer wilden Rose vergleichbar, die sich überall durchsetzen konnte.

Aber ganz stimmt auch dieser Vergleich nicht, überlegte Kyle, während er nach hinten in den Garten ging, um nach den Hunden zu sehen. Angel war auch verwundbar und zartfühlend. Sie war eine Frau, die zwar nicht von anderen abhängig sein wollte, aber trotzdem viel geben konnte und zu teilen bereit war.

Wenn einmal der richtige Mann kam, dem es gelang, sie davon zu überzeugen, dass es nicht seine Absicht war, sie vollkommen zu vereinnahmen, würde sie sich ihm mit Leib und Seele anvertrauen und sein Leben unendlich bereichern. Warum versetzte ihm dieser Gedanke einen Stich? Er wollte doch gar keine Bindung eingehen und hatte Angst vor der Liebe. Liebe konnte schreckliche Konsequenzen haben. Niemand wusste das so gut wie er.

Kyle öffnete die Hintertür und trat in den kleinen Hof, der in den Garten mündete. Dabei stolperte er beinah über den leblosen Körper von Angels Katze. Gipper, der eine seiner Hunde, lag so dicht neben Miaou, dass seine Nase in dem dichten, seidigen Fell steckte.

Auch das noch! dachte Kyle. Die Hunde waren immer ausgesprochen friedlich gewesen. Nie hatten sie ein anderes Tier angegriffen. „Gipper!“, schrie Kyle seinen Hund an. „Was hast du angestellt?“

Die Antwort war ein begeistertes Schweifwedeln des Hundes,

während die Katze aus ihrer Erstarrung erwachte, sich streckte und Kyle ruhig ansah. Dann rückte sie noch näher an ihren neuen Freund heran und schloss wieder die Augen. Gipper versenkte erneut den Kopf in ihrem Fell.

„Ist denn die ganze Welt verrückt geworden?", murmelte Kyle und kehrte erleichtert ins Haus zurück.

„Wie kommst du mit deinem neuen Hausgenossen zurecht?", erkundigte Madame LaBois sich eine Woche nach Kyles Einzug.

„‚Hausgenosse' ist nicht ganz der richtige Ausdruck, Großmama", verbesserte Angel. „Außerdem bekomme ich ihn kaum zu Gesicht." Sie betrachtete kritisch den Fleck auf einer gelben Seidenbluse, die zu oft anprobiert worden war.

„Dann eben dein Verehrer. Also, wie kommst du mit ihm zurecht?" Die alte Dame zog sich einen Stuhl an die Vitrine mit Modeschmuck heran und begann, diese neu zu dekorieren.

„Du bist zu neugierig, Großmama."

„Wie geht es Kyle Sullivan, Angel?", beharrte ihre Großmutter.

Angel zuckte die Achseln und machte eine wegwerfende Handbewegung. „Keine Ahnung. Gestern Abend hat er sich zwei Eier von mir geborgt. Ich nehme an, es geht ihm gut."

„Welch eine Verschwendung reizvoller Möglichkeiten!"

Insgeheim stimmte Angel ihrer Großmutter zu. Sie war sich Kyles Anwesenheit im Hause inzwischen so sehr bewusst, dass sie förmlich spürte, was er jeweils machte. Einen Teil des Abends verbrachte sie damit zu überlegen, unter welchem Vorwand sie ihn ansprechen konnte. Einmal hatte sie sich ein Herz gefasst und ihn an das Buch mit den koreanischen Redewendungen erinnert. Natürlich schwebte ihr vor, dass sie gemeinsam lernten.

Daraufhin hatte er ein zweites Exemplar gekauft und es ihr in den Briefkasten gesteckt. Das war eindeutig: Kyle wollte nichts mehr mit ihr zu tun haben.

„Kyle ist nicht an mir interessiert, Großmama, und ich nicht an ihm."

„Tatsächlich? Demnächst wirst du behaupten, dass Vögel nicht fliegen und Katzen nicht miauen können."

Angel musste daran denken, dass selbst Miaou ihr untreu geworden war. Sie weigerte sich, im Haus zu schlafen. Das Tier bevorzugte die Gesellschaft von Kyles japsenden Hunden.

„Ganz recht", gab sie zurück. „Meine Katze miaut nicht, sondern kuschelt sich schnurrend an einen von Kyles Retrievern."

„Ja, von Tieren können wir allerhand lernen."

„Von allen Großmüttern der Welt dürftest du die einzige sein, die es darauf anlegt, ihre Enkelin um ihre guten Vorsätze zu bringen, sodass sie sich womöglich so weit erniedrigt, sich mit einem Grobian von Footballspieler einzulassen."

„Ich hätte es nicht treffender ausdrücken können." Madame LaBois schob den Stuhl zurück und winkte Angel herbei, damit sie sich die Vitrine ansehen konnte.

„Wie stellst du dir das vor? Soll ich mir heute Abend etwas Offenherzigeres anziehen, mich ihm zu Füßen werfen und sagen, meine Großmutter hätte mich geschickt?"

„Ein bisschen geschickter könntest du es schon anstellen, aber grundsätzlich hast du es erfasst." Madame LaBois tätschelte ihr die Wange.

Sie wurden vom Klingeln der Ladenglocke unterbrochen, und das war gut so, denn die Ansichten ihrer Großmutter leuchteten Angel mehr und mehr ein, und das wollte sie sich auf keinen Fall anmerken lassen.

Der Oktober brachte in New Orleans häufig Überraschungen. Meist war es noch warm, nur nachts kühlte es sich bereits ab. Gelegentlich wurde es aber auch tagsüber frisch.

Als Angel eines Abends nach einem langen Arbeitstag nach Hause kam, war sie froh darüber, eine Jacke bei sich zu haben.

Vielleicht lag es an dem Wetterumschwung, dass ihr, als sie aus dem Auto stieg, zum ersten Mal auffiel, wie viele Häuser schon für Halloween geschmückt waren.

Bisher war ihr dieses Fest nicht wichtig gewesen. Sie kaufte jedoch immer Türschmuck und stellte einen beleuchteten Keramikkürbis ins Fenster, um den Kindern aus der Nachbarschaft zu signalisieren, dass sie ihr willkommen waren. Im nächsten Jahr würde es vielleicht anders sein, und sie konnte ihrem Töchterchen helfen, sich als geheimnisvolle Prinzessin oder als fürchterliche Hexe zu verkleiden. Wenn Mrs Simpson die richtige Entscheidung traf, würde sie endlich richtig Halloween feiern können.

Auch der Tag nach Halloween war kein gewöhnlicher. Allerheiligen, ein Datum, war im Stadtteil Crescent City ein wichtiges Ereignis. Solange Angel denken konnte, war sie an diesem Tag quer durch die Stadt zu dem schönen Metairie-Friedhof gefahren, wo ihre Mutter begraben lag. Stets war dieser Friedhof mit Angehörigen bevölkert gewesen, die ihre Gräber pflegten und die Totenwache hielten.

Allerheiligen war für Angel immer der Tag, an dem sie eingehend mit ihrer Mutter sprach, die sie nie kennengelernt hatte. Ihr Vater und ihre Brüder hatte sie schon früher immer eine Weile ungestört am Grab verbringen lassen. Jetzt, als Erwachsene, ging Angel ohnedies am liebsten allein zum Friedhof, um in Ruhe mit der Toten Zwiesprache zu halten. Sie nahm sich vor, rechtzeitig Chrysanthemen zu besorgen.

Als sie auf das Haus zuging, bemerkte sie überrascht, dass Kyle seine Haustür bereits mit einer selbst gebastelten Pappfigur geschmückt hatte. Wieder einmal wurde sie in ihrer Überzeugung bestärkt, dass er einen sehr guten Vater abgeben würde. Sie trat näher, um sich die Figur genauer anzusehen. Plötzlich wurde die Tür aufgerissen. „Buh!", rief Kyle, um sie zu erschrecken.

Angel lachte.

„Hast du schon gegessen?", fragte er und trat auf sie zu. Er trug nur ein leichtes T-Shirt und eine Leinenhose.

„Du wirst dich erkälten", mahnte sie. Erst danach kam ihr seine Frage zu Bewusstsein. „Nein, dazu hatte ich heute noch keine Zeit."

„Dann komm herein, wenn du willst. Ich habe gerade Suppe gekocht."

Angel war müde, traurig und durchgefroren. Vielleicht half Kyles Suppe ja gegen alle drei Übel. „Gern", erwiderte sie.

Kyle sah, wie erschöpft sie war. Er nahm ihr die Jacke ab und wies jegliche Hilfe in der Küche zurück. Angel sollte ins Wohnzimmer gehen und sich ausruhen, während er die letzten Handgriffe tätigte. Bevor sie einen Wunsch äußern konnte, wickelte er sie in eine Decke und drückte ihr ein Glas Burgunder in die Hand.

Dann saß sie allein im Wohnzimmer und bestaunte die Fortschritte, die Kyle bei der Einrichtung des Hauses gemacht hatte. Die Möbel waren schlicht, jedoch geschmackvoll aufeinander abgestimmt. Eine Wand war mit Fotos bedeckt, und an einer anderen hing ein gerahmtes Poster vom New Orleans Jazz Festival, das in jedem Frühjahr stattfand. Angel wäre gern aufgestanden, um sich die Fotos anzusehen, aber sie war so müde, dass sie das Glas abstellte und die Augen schloss.

Angel spürte, wie ihr jemand über das Haar streichelte. Langsam kam sie wieder zu sich. Nun war sie doch tatsächlich in Kyles Wohnzimmer eingeschlafen! „Entschuldige bitte", sagte sie. „Dass ich so müde bin, hätte ich nicht gedacht."

Kyle, der neben ihr saß, entgegnete: „So hatte ich wenigstens die Möglichkeit, den Arm um dich zu legen, ohne dass du dich dagegen wehrst."

Angel nutzte die günstige Gelegenheit und rückte ihm ein wenig näher. „Hast du nun ohne mich gegessen?"

„Nein, du hast nur kurze Zeit geschlafen. Wie ist es, möchtest du jetzt einen Teller Suppe haben?"

Sie wollte gern mit Kyle essen, hatte jedoch nicht die geringste Lust, sich von ihm zu lösen. „Was meinst du, können wir nicht hier auf dem Sofa essen?"

Kyle lachte. Dann beugte er sich zu ihr herunter und küsste sie auf die Wange. „Komm mit an den Tisch. Das hier können wir später fortsetzen."

Aber dazu kam es nicht. Nachdem Angel zwei Teller des schmackhaften Bohneneintopfes und eine Menge Weißbrot verzehrt hatte, lehnte sie sich seufzend in ihren Stuhl zurück. „Es hat wunderbar geschmeckt. Soll ich dir beim Abwaschen helfen?"

Kyle schüttelte den Kopf und reichte ihr die Hand zum Aufstehen. „Ich muss gleich noch einmal weggehen. Deshalb wollen wir uns vorher lieber ausruhen."

Angel nickte und folgte ihm ins Wohnzimmer. Dort setzte sie sich wieder auf das Sofa, während Kyle in einem Sessel ihr gegenüber Platz nahm. Es fiel Angel schwer, sich ihre Enttäuschung darüber nicht anmerken zu lassen. Nach ihrem gegenseitigen Wohlbefinden hatten sie sich schon bei Tisch erkundigt, auch das Thema der Adoption war bereits ausführlich abgehandelt. Daher wusste Angel im Moment nicht, worüber sie mit Kyle reden sollte. Ihm schien es ähnlich zu ergehen.

„Warum hast du mich heute Abend eingeladen, Kyle?", fragte Angel schließlich.

Er öffnete eine Schachtel, die auf dem Tisch stand, und nahm eine Zigarre heraus. Doch dann überlegte er es sich noch einmal und legte sie wieder zurück. „Weil ich dich vermisst habe."

„Ich dich auch." Es trat eine Pause ein, bevor sie fortfuhr: „Es tut mir leid wegen Sonnabend."

Kyle wollte wieder nach einer Zigarre greifen, zog die Hand dann jedoch erneut zurück.

„Wirklich, Kyle", setzte Angel leise hinzu. „Es ist überhaupt nicht meine Art, einen Mann herauszufordern und dann abzuweisen."

„Das war meine Schuld, Angel. Ich habe dich zu sehr bedrängt, dabei müsste ich doch wissen, dass du das nicht vertragen kannst."

„Und warum hast du mich bedrängt, Kyle?" Sie schaute ihm in die Augen. „Ich weiß natürlich, dass ich auf Männer attraktiv wirke, aber hier in New Orleans muss es doch unzählige Frauen geben, die auf Anhieb bereit wären, dir zu Füßen zu sinken." Sie musste bei diesen Worten wieder daran denken, was sie heute ihrer Großmutter gesagt hatte, und errötete.

„Frag mich nicht, Angel. Ich weiß es selbst nicht."

Angel schwieg nachdenklich. Jetzt wohnte Kyle schon seit einer Woche hier, und er hatte nicht einmal Besuch bekommen. „Kyle", begann sie daher zögernd, „hast du Hemmungen, eine Freundin mit nach Hause zu bringen, weil ich in der Nähe bin?"

„Soll das ein dezenter Hinweis darauf sein, dass du nichts dagegen hast, wenn ich mir für den Abend eine Spielgefährtin einlade?"

Angel zuckte zusammen. Nein, dieser Gedanke war alles andere als angenehm. Kyle in ihrem Haus mit einer anderen Frau! Kate Peters und Kyle in seinem großen französischen Bett! „So war das nicht gemeint. Ich habe nur ein schlechtes Gewissen, weil ich dich durch meine Ausflucht Mrs Simpson gegenüber in diese Situation gebracht habe, und ich möchte nicht, dass du darunter zu leiden hast."

„Glaubst du denn, meine Zärtlichkeiten neulich kamen deswegen zustande, weil ich keine Möglichkeit hätte, mich anderweitig auszutoben?"

„Nun, ich schätze mich eigentlich etwas höher ein", erwiderte Angel gezwungen.

„Bitte entschuldige, Angel." Kyle trat auf sie zu. „Ich wollte dich nicht verletzen, es ist dir nur wieder einmal gelungen, mich herauszufordern." Er schwieg nachdenklich und fuhr dann fort: „Wahrscheinlich brauchst du etwas, das ich dir nicht geben kann. Ich wünschte, es wäre anders, denn ich finde dich so anziehend, dass ich dich am liebsten sofort ins Schlafzimmer hinübertragen und alle Bedenken in den Wind schlagen würde. Vorige Woche habe ich einfach vergessen, dass es nicht gut ist, wenn wir beide uns lieben."

„Warum nicht?"

„Weil du noch so unerfahren bist. Du hast all die Jahre auf einen edlen Ritter gewartet, der dir die gebührende Ehrerbietung entgegenbringt, wenn er um dich wirbt. Alles andere als eine solche Hingabe würde dich unglücklich machen."

Angel fragte sich, ob Kyle das richtig sah. Hatte sie wirklich so lange Zeit auf einen Mann gewartet, dem es gelingen würde, ihre innere Leere zu füllen, ohne ihr dabei etwas von ihrer Persönlichkeit zu nehmen? „Ich weiß nicht", entgegnete sie. „Glaubst du, dass es einen solchen Mann gibt? Wenn nicht, hätte ich bereits viele Jahre meines Lebens verschwendet."

Kyle lächelte. „Solltest du je zu der Ansicht gelangen, dass ich die Situation falsch eingeschätzt habe, stehe ich dir natürlich jederzeit zur Verfügung, um das Missverständnis auszuräumen."

Nun lächelte auch Angel. „Wie opferbereit", neckte sie ihn. „Du tust wirklich alles für deine Freunde."

Kyle umarmte sie. „Ich finde, unser Verhältnis wird wirklich immer freundschaftlicher. Ich hätte nicht gedacht, dass das möglich ist. Aber weil es so ist, möchte ich es nicht wieder verderben, indem ich etwas Unüberlegtes tue."

An dem Abend, als Kyle sie halb ausgezogen im Arm gehalten hatte, war Angel fest davon überzeugt gewesen, dass es für sie nur zwei Möglichkeiten gab. Entweder wurden sie ein Liebespaar, oder sie würden sich ständig weiter anfeinden. Freundschaft schied jedenfalls aus. Jetzt war sie froh, dass sie sich in dieser Hinsicht geirrt hatte, und trotzdem war sie nicht zufrieden. Irgendetwas fehlte ihr. Freundschaft war nicht genug. Ich bin verliebt in diesen Mann, gestand sie sich endlich. Ich möchte ihn nicht nur zum Freund haben, sondern zum Liebhaber, ja, zum Ehemann.

„Angel?"

Sie starrte ihn aus großen blauen Augen an. Ihr Blick verriet Furcht und Unsicherheit. „Hast du nicht gesagt, dass du noch einmal weggehen musst?", flüsterte sie.

„Fehlt dir etwas?", fragte Kyle besorgt.

Angel schüttelte den Kopf. Dann stand sie auf und griff nach ihrer Jacke. „Vielen Dank für die Suppe. Ich möchte dich nicht länger aufhalten." Sie trat auf die Verbindungstür zu, als ihr einfiel, dass diese von der anderen Seite verriegelt war. Daraufhin ging sie zur Haustür. „Bis bald."

Kyle nahm sie bei den Schultern. „Was ist los mit dir? Du siehst aus, als wärest du einem Gespenst begegnet."

Damit hatte er den Nagel auf den Kopf getroffen. „Ich bin nur müde", murmelte Angel.

Sie schloss die Augen, als Kyle sich zu ihr herunterbeugte und sie küsste. Es war ein sanfter, zärtlicher Kuss. Angel hätte beinahe geweint, als er sich wieder zurückzog. Schnell ging sie hinaus und eilte in ihr Haus hinüber.

Drinnen war es kalt und dunkel. Als sie das Licht einschaltete, fiel ihr zum ersten Mal auf, wie überladen mit weiblichen Attributen die Räume waren. Überall Blumen, dachte sie, aber kein Mann zum Lieben. Wie deprimierend! Ich bin sechsundzwanzig und werde das Leben nie mit einem Partner teilen können, weil der Mann, in den ich mich verliebt habe, mich nicht haben will.

So viele Jahre hatte sie auf den richtigen Mann gewartet, nur um nun festzustellen, dass dieser nicht an ihrer Liebe interessiert war.

Sie hatte sich verliebt, aber ihr war zumute, als wäre sie in ein schwarzes Loch gefallen. Alles Vertraute um sie her war verschwunden, ihre bisherigen Werte auf den Kopf gestellt. Sie war nicht mehr

Angel, die erfolgreiche Geschäftsfrau, die sich darauf verstand, ihre Interessen wahrzunehmen, sondern Angel, das Nervenbündel.

„Und ich dachte immer, Liebe wäre etwas Herrliches“, sagte sie zu ihrer Katze, die gerade hereingeschlichen kam. Miaou streifte durch das Schlafzimmer und verschwand dann wieder. Wahrscheinlich kehrte sie zu ihrem geliebten Gipper zurück.

Nein, die Liebe war alles andere als schön. Wenn Sie so weitermachte, würde sie über kurz oder lang beim Psychiater landen.

Eine Stunde später, als Angel immer noch wach lag und an die Decke starrte, klopfte es laut und heftig an der Haustür. „Moment, ich komme!“, rief sie und zog sich einen Bademantel über.

Ein Blick aus dem Fenster belehrte sie, dass Kyle draußen stand. Er rieb sich in der Kälte die Hände. Angel hatte nicht die mindeste Neigung, „Freund“ Kyle zu sehen, aber schließlich konnte sie ihn bei diesen Temperaturen nicht draußen stehen lassen. „Hast du deinen Schlüssel vergessen?“, fragte sie, als sie die Tür geöffnet hatte.

„Darf ich hereinkommen?“

Angel ließ ihn eintreten. Kyle roch nach frischer, kalter Luft.

„Habe ich dich geweckt?“, fragte er mit Blick auf ihre Kleidung.

„Ich habe noch nicht geschlafen. Nimm Platz.“ Angel setzte sich absichtlich nicht auf das Sofa, sondern in einen Sessel, und fragte dann: „Gibt es irgendein Problem?“

Kyle lächelte. „Nein, Angel, ganz im Gegenteil, eines unserer Probleme ist gelöst.“

Angel hielt den Atem an. War Kyle etwa zu derselben Schlussfolgerung gelangt wie sie? Er fuhr fort: „Ich musste soeben mit einer Kundin in Old Metairie verhandeln. Rate, wer die Nachbarin dieser Dame ist.“

„Woher soll ich das wissen?“

„Es ist Mrs Simpson. Ich traf sie zufällig, als ich meine Kundin verließ, und sie bat mich zu sich herein.“

Plötzlich war Angel wie elektrisiert. „Und?“

„Sie wollte wissen, wie wir beide als Nachbarn miteinander auskommen. Ich habe ihr wahrheitsgemäß berichtet, dass wir gute Freunde geworden sind.“

„Sie hat mir noch einmal erklärt, wie wichtig es ist, dass Young Ki und Jin Ah zusammen aufwachsen und alle anderen Interessen dahinter zurückzustehen haben."

„Weiter!" Angel konnte ihre Ungeduld kaum noch bezähmen.

„Ich habe Mrs Simpson gesagt, dass wir beide schließlich keine Kinder mehr seien, die Verhaltensmaßregeln brauchten." Er schwieg einen Moment und fuhr danach fort: „Und dann habe ich ihr noch erklärt, dass wir es leid seien, ewig nur zu warten, und sie bäten, endlich eine Entscheidung zu treffen."

„Und?", fragte Angel in höchster Ungeduld.

„Daraufhin hat sie ihre Einwilligung gegeben. Sie wird uns als Adoptiveltern für diese Kinder vorschlagen. Mit den koreanischen Behörden werde es keine Probleme geben, meinte sie. Wenn wir Glück haben, sind unsere Kinder Weihnachten hier."

Angel sprang auf und fiel Kyle spontan um den Hals. „Endlich werde ich Mutter!", rief sie begeistert aus. „Und du wirst der Mustervater von New Orleans!"

Sie hatte völlig vergessen, wie kompliziert ihre Beziehung geworden war, und genoss seine Nähe und Wärme. Als sie den Kopf hob, um Kyle anzusehen, küsste er sie. Der Kuss passte zu ihrer ausgelassenen Stimmung, und Angel erwiderte ihn zunächst völlig unbefangen.

Dann jedoch wurde sie sich wieder der anderen Ebene ihrer Beziehung bewusst, der gerade aufgekeimten Liebe. Schnell versuchte Angel sich loszumachen, aber Kyle zog sie fester an sich, und schon spürte sie seine Zunge. Das war kein freundschaftlicher Kuss mehr, die Umarmung wurde vielmehr immer leidenschaftlicher.

Angel hätte am liebsten alle Skrupel in den Wind geschlagen, um mit Kyle zusammen zu sein. Warum sollte sie ihrem Verlangen nach einer Vereinigung eigentlich nicht nachgehen? Was war so schlimm daran?

Daher ließ sie sich fallen und kam ihm entgegen. Sie vergrub ihre Hände in seinen Locken und schmiegte sich in seine Arme.

Kyle verstand sie sofort. Er streifte ihr den Bademantel von den Schultern, um ihr näher zu sein. „Was in aller Welt hast du da an?", murmelte er, als er über den dicken Flanell streichelte.

„Mein Winternachthemd", flüsterte Angel.

„Wahrscheinlich wurde so etwas früher zur Schwangerschaftsverhütung eingesetzt“, bemerkte Kyle.

Dieser Begriff ernüchterte sie sofort, denn ihr wurde bewusst, dass sie darauf in keiner Weise vorbereitet war. „Daran habe ich überhaupt nicht gedacht“, bemerkte sie erschrocken.

Kyle verstand sie nicht richtig. „Das brauchst du auch nicht, wenn du solche Kleidungsstücke verkaufst. Damit müssen die glücklichen jungen Paare sich schon selbst auseinandersetzen.“

„Kyle, das können wir nicht machen.“ Sie versuchte sich von ihm zu lösen, aber er hielt sie fest.

„Bitte, beruhige dich, dir wird nichts passieren. Denkst du, ich hätte schon vergessen, was ich dir vor ein paar Stunden gesagt habe? Ich werde nicht versuchen, dich zu verführen.“

Der Gedanke daran, dass Kyle das nicht vorhatte, war noch deprimierender als alles andere. Angel schluckte. Sie war nahe daran, in Tränen auszubrechen.

„Bitte entschuldige.“ Kyle hatte nicht verstanden, was sie so sehr bedrückte. „Ich war so glücklich, und du bist so verführerisch. Aber jetzt habe ich mich wieder in der Gewalt.“

„Bitte geh“, rang Angel sich ab.

Sie spürte, wie Kyle erstarrte, wandte sich ab und schlug die Hände vor das Gesicht. „Du verstehst wieder einmal überhaupt nichts. Verlass auf der Stelle mein Haus!“

Kyle nahm sie bei den Schultern und drehte sie herum. „Was ist los mit dir, möchte ich wissen.“

Sie weinte jetzt so hemmungslos, dass ihr Körper vom Schluchzen geschüttelt wurde.

„Angel, was hast du denn nur?“

„Kathleen Simpson hatte völlig recht, ich kann dich nicht ausstehen.“

Kyle blieb ruhig und ließ sie weinen. Nach einer Weile gab er ihr ein Taschentuch. „Versuch bitte noch einmal, es mir zu erklären.“

Angel schüttelte den Kopf, aber Kyle gab nicht nach.

„Wenn wir unsere Kinder wirklich gemeinsam großziehen wollen, müssen wir ehrlich zueinander sein. Deshalb sag mir bitte, womit ich dich gekränkt habe.“

Kyle hatte recht. Ohne Offenheit ging es nicht. Aber sie konnte ihm doch nicht sagen, dass sie ihn liebte! „Errätst du es denn nicht, Kyle?“, flüsterte sie schließlich. „Weißt du nicht, was du mit mir gemacht hast?“

Kyle runzelte die Stirn. „Was habe ich denn gemacht?“

Angel schluckte und schloss die Augen. „Ich habe mich in dich verliebt, deswegen ist all dieses Gerede von Freundschaft sinnlos, es tut mir nur weh. Und wenn du mir Tag für Tag über den Weg läufst, kann es nur noch schlimmer werden.“ Sie fühlte, wie Kyle die Hände von ihren Schultern nahm, und seufzte. „Es tut mir leid“, sagte sie. „Ich werde mich bemühen, schnell darüber hinwegzukommen, damit unsere Adoptionspläne dadurch nicht beeinträchtigt werden.“ Sie bemühte sich um einen scherzhaften Tonfall. „Vielleicht finde ich einen alten Medizinmann, dem es gelingt, diese verfehlte Neigung wegzuzaubern.“

Kyle schwieg. Schließlich sagte er: „Ich wollte dir nicht wehtun. Und ich bin auch nicht der richtige Mann für dich, deswegen möchte ich mich nicht verlieben.“

„Das wollte ich auch nicht.“ Angel fror bis ins Mark. „Du solltest jetzt gehen. Morgen früh sieht die Welt wieder anders aus, und dann unterhalten wir uns über die Lösung unseres Problems.“ Sie lächelte unter Tränen. „Schließlich will ich wegen eines Dickhäuters wie dir nicht meine Tochter verlieren.“

Auch Kyle versuchte zu lächeln, aber das wollte ihm nicht recht gelingen. „Dann also bis morgen.“

Auf dem Weg zur Haustür bemerkte er nachdenklich: „Vielleicht irrst du dich auch. Zwischen uns bestand von Anfang an eine starke körperliche Anziehungskraft. Das wird es sein, was dich belastet, zumal du dir so etwas zum ersten Mal eingestehst.“

„Das ließe sich leicht herausfinden, indem wir diesem Begehren nachgeben“, erwiderte Angel. „Andererseits könnte, falls du dich irrst, dadurch alles noch viel schlimmer werden.“

„Da hast du recht“, stimmte Kyle zu.

„Und das ist wirklich ein Jammer“, fuhr Angel leise fort, „denn ich würde nur allzu gern mit dir zusammen sein.“

Kyle gab nicht zu erkennen, ob ihn dieses offene Geständnis schockierte. „In diesem Punkt stimmen wir überein. Ich habe noch nie eine Frau so sehr begehrt wie dich."

„Das ist doch wenigstens etwas, wenn es auch nicht genügt."

Als Kyle die Tür öffnete, kam kalter Wind herein, sodass Angel zusammenzuckte. „Bis morgen", sagte er schnell und zog die Tür hinter sich zu.

Morgen werden wir also das größte Problem meines Lebens lösen, dachte Angel. Ebenso gut könnte der Himmel sich morgen grün verfärben.

Sie kehrte ins Bett zurück und weinte sich in den Schlaf.

9. KAPITEL

Am nächsten Morgen wachte Angel erst auf, als ihre Großmutter anrief und sie energisch weckte. Denn nachdem sie endlich Schlaf gefunden hatte, war sie in eine Art Betäubung versunken. Madame LaBois stand bereits seit einer Stunde allein im Geschäft und war sehr verärgert.

„Bitte entschuldige, Großmama. Ich ziehe mich schnell an und komme sofort." Ihre Großmutter beruhigte sich immer noch nicht. „Es tut mir wirklich leid." Dann hielt sie den Hörer vom Ohr weg, bis Stille war. „Bis gleich", sagte sie schnell und legte auf.

„Verlieb dich", murmelte sie vor sich hin, „und das Leben löst sich in seine Bestandteile auf."

Zu allem Überfluss klopfte es auch noch an der Haustür, während sie sich gerade kämmte. Angel eilte zur Tür. Zu müde, um die üblichen Sicherheitsvorkehrungen zu treffen, schaute sie vorher nicht einmal aus dem Fenster, um zu sehen, wer draußen war. Als sie die Tür öffnete, stand Kyle vor ihr. Sofort war sie hellwach, und ihr wurde bewusst, wie ungepflegt sie aussehen musste.

„Bitte geh." Sie versuchte die Tür wieder zu schließen, aber Kyle hatte bereits den Fuß in die Öffnung gestellt.

„Kommt nicht infrage", entgegnete er.

Draußen war es kalt. Angel begann zu zittern. „Ich bitte dich jedenfalls nicht herein, denn ich muss mich fertig machen und ins Geschäft fahren."

„Willst du mich hier draußen erfrieren lassen?"

„Damit wäre zumindest eines meiner Probleme gelöst."

„Auch in verliebtem Zustand noch so boshaft?", neckte er sie.

Der Zauber der vergangenen Nacht stellte sich bereits wieder ein. Angel hätte sich am liebsten wieder mit Kyle auf das Sofa gesetzt, um sich von ihm umarmen zu lassen. Schnell schüttelte sie diese Vorstellung ab.

Sie steuerte auf ihr Schlafzimmer zu, um sich weiter anzuziehen. Als Kyle ihr folgen wollte, wehrte sie ab. „Bleib bitte draußen. Es ist nicht nötig, dass du mir zusiehst."

„Das fände ich aber gar nicht uninteressant."

Sie ließ die Tür offen, damit sie sich verständigen konnten, nahm ein Kleid aus dem Schrank und zog sich damit in eine Ecke zurück. Dann kleidete sie sich so hastig an, dass sich der Reißverschluss des blauen Wollkleides verhakte. Er war jedoch schon zu weit heraufgezogen, als dass sie das Kleid wieder hätte abstreifen können. „Na, fabelhaft!“, rief sie aufgebracht. „Jetzt hat sich auch noch der Reißverschluss verklemmt. Das ist alles deine Schuld.“

Ein Lachen ertönte, und danach erschien Kyle auf der Türschwelle. „Wenn es meine Schuld ist, muss ich die Sache wohl auch wieder in Ordnung bringen.“

„Also bitte, dann mach dich nützlich“, murmelte Angel und kehrte ihm den Rücken zu. Kyle sah auf die helle, zarte Haut, die nicht einmal teilweise von einem Büstenhalter bedeckt wurde.

„Du liebe Zeit, trägst du überhaupt nichts unter dem Kleid?“, fragte er irritiert.

„Nicht, wenn ich es eilig habe“, entgegnete sie. „Außerdem bedarf es bei meiner Figur keiner stützenden Effekte.“

Kyle lachte und streichelte ihr mit der Hand den Rücken, während er mit der anderen versuchte, den Reißverschluss frei zu bekommen. „Stimmt. Du hast eine Idealfigur, an der nichts auszusetzen oder zu verbessern ist.“

„Ich wollte mit dir noch einmal über gestern Abend reden“, fuhr Kyle in ernsterem Ton fort. „Ich weiß nicht, was ich sagen soll.“

„Dann geht es dir so wie mir.“ Sie spürte, wie der Reißverschluss heruntergezogen wurde. „Hast du es geschafft?“

„Noch nicht ganz.“

„Meine Großmutter wird mich in der Luft zerreißen“

Wie auf Kommando klingelte das Telefon. Angel griff nach dem Hörer.

„Hallo? Nein, ich bin überhaupt noch nicht fertig. Der Reißverschluss meines Kleides hat sich verklemmt.“ Ihre Großmutter brach in eine solche Flut von Vorwürfen aus, dass Angel den Hörer wieder vom Ohr weghielt. Als die Stimme endlich verebbte, entgegnete sie ruhig: „Es wird dich sicher freuen zu hören, dass der Mann deiner Träume gerade hier ist, um mir mit dem Kleid zu helfen. Aber er lässt sich viel Zeit.“

Als Madame LaBois nach einer Weile weitersprach, klang sie entschieden friedlicher.

Angel hoffte nur, dass Kyle nicht mithören konnte. „Natürlich komme ich, Großmama", sagte sie dann. „Nein, einen freien Tag brauche ich nicht. Vielen Dank für dein Verständnis … nein, ich habe ihm nicht das Frühstück ans Bett gebracht." Ungehalten knallte sie den Hörer auf.

„Deine Großmutter muss eine bemerkenswerte Frau sein", sagte Kyle.

„Sie ist eine deiner größten Verehrerinnen."

„Woher kennt sie mich denn?", fragte Kyle erstaunt.

„Sie liest meine Gedanken. Bist du endlich fertig?"

„Ich bin schon lange fertig und wollte diese angenehme Tätigkeit nur noch ein bisschen in die Länge ziehen." Kyle schloss den Reißverschluss. „Wenn du nicht so dringend ins Geschäft musst, könnten wir doch noch miteinander reden."

„Nein!", fauchte Angel.

Kyle nahm Angel bei den Schultern und drehte sie zu sich herum. „Komm mit zu mir. Ich mache uns Frühstück, und dabei unterhalten wir uns in Ruhe."

Angel schaute zu ihm auf. Am liebsten hätte sie die Hände in seinen Locken vergraben und ihn geküsst, aber sie beherrschte sich. „Gut", stimmte sie zu.

„Oder wäre es dir lieber, mir das Frühstück im Bett zu servieren, so wie es deine Großmutter vorgeschlagen hat?"

„Ich kann diese Späße nicht mehr ertragen, Kyle", klagte Angel. Sie atmete tief durch. „Und überhaupt: Möchtest du tatsächlich eine Frau im Bett haben, die dich liebt? Das würde dein Leben unerträglich komplizieren. Meines übrigens auch."

Kyle wurde ernst. „Ich kann dir gar nicht sagen, wie sehr ich diese Neckerei vermisse, Angel. Bitte schließ mich nicht aus deinem Leben aus, bloß weil du dir einbildest, mich zu lieben. Ich möchte dich nicht verlieren."

„Ich dich auch nicht", flüsterte Angel. „Du weißt doch, wie ich zu dir stehe."

„Darüber habe ich gestern übrigens noch lange nachgedacht.

Komm, wir gehen in deine Küche. Während ich Kaffee koche, können wir darüber sprechen."

Angel erklärte Kyle kurz, wo alles zu finden war, und als der Kaffee fertig war, setzten sie sich an den Küchentisch.

„Also", begann Kyle, „meiner Meinung nach verwechselst du ein gewisses körperliches Verlangen, verbunden mit freundschaftlichen Gefühlen für mich, mit Liebe. Wir fühlten uns von Anfang an zueinander hingezogen, und durch alle möglichen Zufälle sind wir immer wieder in Situationen geraten, in denen die Versuchung groß war. Dass wir so nahe zusammenleben, hat die Lage weiter kompliziert."

Angel trank einen Schluck Kaffee und sah Kyle an. „Und was weiter?"

„Ganz einfach. Du hast dich an meine Anwesenheit gewöhnt, zumal ich der Einzige bin, der dich versteht, wenn es um die Adoption geht. Und auch ich habe mich an dich gewöhnt. Ich genieße die Wortgefechte mit dir und berühre dich gern. Diese Gewöhnung aneinander, verbunden mit dem sexuellen Reiz, erklärt alles. Aber Liebe ist das nicht."

Angel fand diese Argumente alles andere als überzeugend, und trotzdem schimmerte ein Hoffnungsstrahl hindurch. Immerhin gestand Kyle ein, dass er etwas für sie empfand, auch wenn er sich nicht entschließen konnte, das als Liebe zu bezeichnen.

„Was meinst du?", fragte er nun. „Habe ich nicht recht?"

„Bitte versuch doch einmal, das Wort Liebe zu definieren", entgegnete Angel. „Bedeutet es denn nicht, dass zwei Menschen sich nacheinander sehnen, dass sie in Gegenwart des anderen glücklich sind und sich geborgen fühlen?"

Kyle schwieg nachdenklich. Dann entgegnete er nachdrücklich, als müsste er sich selbst überzeugen: „Ich bin nicht in dich verliebt, unmöglich. Zu Anfang konnte ich dich nicht einmal leiden."

„Ich dich doch auch nicht", entgegnete Angel lächelnd. „Das beweist gar nichts."

„Aber ich will nicht verliebt sein! Rede mir bitte nicht so etwas ein. Das kannst du mir nicht antun, Angel", klagte Kyle.

Was denkt dieser egozentrische Mensch sich eigentlich? dachte Angel verärgert. Erst mischt er sich in mein Leben ein und kehrt das

Unterste zuoberst, und nun beklagt er sich, dass ich ihm etwas antäte. „Ich habe nicht vor, dir etwas einzureden, du alter Egoist. Mach mit deinem Leben, was du willst! Mich kümmert das nicht."

Angel stand ungehalten auf. „Möglich, dass ich mich getäuscht habe. Wer sollte sich schon in einen selbstsüchtigen irischen Footballspieler verlieben? Vielen Dank, dass du mir rechtzeitig die Augen geöffnet hast. Vielleicht können wir nun wieder gute Freunde sein?" Sie schrie jetzt förmlich.

Daraufhin sprang auch Kyle auf und schrie zurück: „Gute Freunde! Genau! Und kein Wort mehr von Liebe, wenn ich bitten darf!"

„Ich werde dieses Wort nie wieder in den Mund nehmen!" Angel atmete tief durch. „Wenn du nichts dagegen hast, gehe ich jetzt zur Arbeit. Vielen Dank für dieses aufschlussreiche Gespräch, lieber Freund!"

Für das Wochenende hatte Kyle eine kleine Feier geplant. Eigentlich hatte er nur seine engsten Freunde einladen wollen, aber die Gästeliste wurde täglich länger.

Angel stand ihm mit Rat und Tat zur Seite, weil sie auf diese Weise Kontakt mit Kyle halten konnte, ohne dass sie ständig über persönliche Probleme sprachen. Sie versprach, einen großen Schinken in Brotteig zu backen, und Kyle wollte einen Truthahn grillen.

An dem Samstagmorgen war es warm und sonnig, sodass Kyle und Angel die Tische im Garten aufbauen konnten. Kyles Nähe irritierte Angel nach wie vor, aber das ließ sie sich nicht anmerken. Sie gab sich vielmehr locker und freundschaftlich.

Auch Kyle benahm sich ihr gegenüber wie ein alter Freund, bemühte sich allerdings deutlich darum, jeglichen körperlichen Kontakt zu vermeiden. Selbst wenn sie sich unterhielten, achtete er auf eine Art Sicherheitsabstand.

„Kyle", bemerkte Angel schließlich, als er wieder einmal vorsichtig um sie herumgegangen war, „du brauchst mir nicht so krampfhaft auszuweichen. Ich werde dir auch nicht schreiend zu Füßen fallen, falls du mich zufällig einmal berührst."

„Ich wollte nur klare Verhältnisse schaffen."

„Sei nicht so empfindlich."

„Du hast doch mit dem Streit angefangen. Ich habe alles vermieden, was dich provozieren könnte."

Es war das erste Mal seit dem bewussten Morgen, dass sie über ihre Probleme sprachen. „Dein Anblick allein reicht aus, um mich zu provozieren", entgegnete Angel.

„Tatsächlich? Dann brauche ich mich wohl nicht mehr um manierliche Umgangsformen zu bemühen. Komm her, Angel." Er warf die Pappteller, die er in der Hand hielt, achtlos beiseite und kam auf sie zu.

Angel wich zurück. „Was immer du vorhaben magst, Kyle, es ist bestimmt keine gute Idee."

„Komm her, Angel", wiederholte er und folgte ihr.

„Ich muss nach dem Schinken sehen."

Aber Kyle hatte sie bereits gepackt. „Gleich wirst du verstehen, weswegen ich dir ausgewichen bin."

„Du wolltest mir sicherlich meine neue Bluse nicht zerknittern", erwiderte Angel mit Unschuldsmiene, doch da küsste er sie bereits.

Zunächst war sie schadenfroh, dass es ihr gelungen war, Kyle aus der Reserve zu locken. Aber ihre Schadenfreude schwand schnell, weil sie von einem so starken Gefühl ergriffen wurde, dass sie keinen klaren Gedanken mehr fassen konnte.

Kyle zog sie so eng an sich, dass sie seine Erregung spürte, und daraufhin verlor sie endgültig die Beherrschung. Dann drang er mit der Zunge in ihren Mund ein und zeigte ihr so, was er sich eigentlich wünschte. Angel sah sich außerstande, ihm Widerstand zu leisten.

„Hattest du es darauf angelegt, Angel?", fragte Kyle, als er sich endlich von ihr löste.

„Was machst du nur mit mir?" entgegnete sie, noch immer außer Atem.

„Ich versuche eben das zu verhindern. Auch wenn ich dich nicht liebe, empfinde ich ein unüberwindliches Verlangen nach dir. Und wenn du mich weiterhin provozierst, kann ich für nichts mehr garantieren."

Benommen eilte Angel in die Küche und nahm den Schinken aus der Backröhre. Es ging ihr nicht aus dem Kopf, was Kyle ihr angedroht hatte. Dabei war es gar nicht ihre Absicht gewesen, ihn zu provozieren. Sie hatte nur seine gleichbleibend höfliche Zurückhaltung durchbrechen wollen.

Die Situation war verfahren. Es würde ihnen nie gelingen, auf freundschaftlicher Basis miteinander zu verkehren. Und das alles, weil sie sich in Kyle verliebt und ihm das auch noch gestanden hatte.

Als Angel den riesigen Schinken schließlich in kleine Stücke aufgeschnitten hatte, hatte Kyle Stühle und Tische im Garten aufgestellt. Er selbst war nicht mehr zu sehen. Wahrscheinlich war er zu dem Delikatessenladen gefahren, um die bestellten Salate und Beilagen abzuholen.

Angel ging schnell duschen und zog dann das weiße Kleid an, das sie damals zu dem missglückten Konzertbesuch mit Dennis getragen hatte.

„Die personifizierte Unschuld“, murmelte sie vorm Spiegel. Sie trug das Haar offen und verzichtete auf Schminke, wodurch sie noch jünger wirkte. Warum habe ich mich bloß nicht als Vamp verkleidet? dachte sie. Dann hätte ich endlich einmal einen völlig anderen Stil ausprobieren können.

Ein Blick auf die Uhr sagte ihr, dass sie noch genügend Zeit hatte. Also griff sie nach dem Branchenverzeichnis und rief einen Kostümverleih an. Eine halbe Stunde später kehrte sie mit einer großen Schachtel nach Hause zurück. Schnell zog sie sich um.

Die schwarzen Netzstrümpfe betonten ihre langen, schlanken Beine, zumal das eigentliche Kostüm erst darüber anfing. Es bestand aus einem winzigen schwarzen Plisseeröckchen und einer ärmellosen Spitzenbluse, die noch dazu rückenfrei war. Vorn war sie jedoch hochgeschlossen und wies am Hals eine kleine schwarze Fliege auf.

Nun steckte Angel sich das Haar zu einer Hochfrisur zusammen und befestigte darauf das schwarze Käppchen. Dann schminkte sie sich kräftig. Als sie jetzt in den Spiegel schaute, erblickte sie ein kesses französisches Stubenmädchen. Engelhaft war an ihr nichts mehr.

Während sie den Schinken auf Platten anrichtete, trafen nebenan die ersten Gäste ein und wurden von Kyle in den Garten geführt. Auch Angel betrat nun die Terrasse und mischte sich unter die Leute. Kyle hatte sich als Glücksspieler verkleidet. Mit seiner Brokatweste und der Melone, hinter dem Hutrand steckte eine Spielkarte, war er nicht zu übersehen. „Wie nennt sich dein Kostüm?“, fragte er mit belegter Stimme.

„Ich bin ein französisches Kammerkätzchen. Gefalle ich dir?“ Angel drehte sich kokett nach allen Seiten, damit ihm nichts entging.

„Ich halte hier die Stellung, während du dich umziehen gehst“, entgegnete er.

„Gute Freunde schreiben einander doch nicht vor, was sie anzuziehen haben“, spottete Angel. Sie befreite den Arm aus Kyles Griff und ließ Kyle stehen. Sie hatte ihm gezeigt, dass sie durchaus nicht prüde war.

Es war schon spät, als die Party allmählich zu Ende ging. „Ich danke dir für deine Hilfe“, sagte Kyle. „All meine Freunde sind begeistert von dir.“

„Nur du nicht.“ Angel stand auf und begann Geschirr zusammenzuräumen.

„Lass das und komm mit.“ Kyle nahm ihre Hand und führte sie ins Haus. Er ging mit ihr in sein Schlafzimmer und blieb vor dem breiten französischen Bett stehen. „Daran habe ich die ganze Zeit über gedacht“, gestand er, setzte sich auf die Bettkante und zog Angel näher zu sich heran. „So kann es nicht weitergehen, Angel.“

Angel legte die Hände auf seine Schultern. „Wie meinst du das?“, fragte sie beunruhigt.

„Ich meine, dass ich dieses enge Zusammenleben mit dir nicht länger aushalte. Ich hatte keine Ahnung, dass unsere Beziehung sich in diese Richtung entwickeln würde. Der einzige Grund dafür, hier einzuziehen, war, dass ich mein Adoptivkind nicht verlieren wollte.“

Angel streichelte ihm über das Haar. „Und was soll nun werden, Kyle?“

„Es gibt nur zwei Möglichkeiten. Entweder schlafen wir miteinander, damit dieser Druck endlich nachlässt, oder ich muss ausziehen.“

Du könntest mich lieben und heiraten, dachte Angel. Aber es hatte keinen Sinn, das laut auszusprechen. „Und was wird aus der Adoption, wenn du ausziehst?“

„Am anderen Ende der Straße ist ein Haus frei geworden. Mrs Simpson könnte ich sagen, dass ich hier nicht genug Platz habe. Ich werde aber nach wie vor alles dafür tun, damit die Kinder möglichst häufig zusammen sind."

„Aber wenn die Kinder sich treffen, können wir einander auch nicht ausweichen, vergiss das nicht."

„Ich habe den Eindruck, du möchtest, dass ich gehe."

„Es wäre sicher das Beste", entgegnete Angel ausdruckslos.

„Oder du bleibst heute Nacht bei mir, dann wissen wir morgen mehr."

„Das ist eine seltsame Art, mit einem Problem umzugehen."

„Angel, du weißt, wie sehr ich dich mag. Außerdem sehne ich mich unbeschreiblich nach einem Zusammensein mit dir. Aber mehr kann ich dir wirklich nicht sagen. Damit musst du dich zufriedengeben."

Kyle ließ sich auf das Bett sinken, und da er die Hände noch um Angels Hüften gelegt hatte, zog er sie mit sich. Einzelne Bestandteile ihrer Kostüme hatten sie bereits im Laufe des Abends abgelegt. Sie waren jetzt keine Fantasiefiguren mehr, sondern Mann und Frau in ihren ursprünglichen Rollen, die es zur Erfüllung ihrer Wünsche drängte.

Kyle drehte Angel auf den Rücken und überschüttete sie derart mit Zärtlichkeiten, dass ihr die Sinne vergingen. Sie hatte seine Küsse schon immer als leidenschaftlich empfunden, aber jetzt wurde ihr deutlich, dass Kyle sich bisher noch zurückgehalten hatte. Heute jedoch war er entschlossen, sich keinen Zwang mehr anzutun.

Auch Angel sah sich nicht mehr imstande, eine wirkliche Entscheidung zu treffen, denn ihre Gefühle hatten sie längst überwältigt. Mit jeder Faser reagierte sie auf Kyles Liebkosungen. Sie hatte keine Kraft mehr, gegen ihr eigenes Verlangen anzukämpfen. Außerdem befand sich Kyle inzwischen in einem Zustand, der jeden Widerstand zwecklos machte.

Sie spürte die kühle Abendluft an den Beinen. Demnach hatte sie keine Strümpfe mehr an, aber das war ihr gleichgültig. Jetzt öffnete Kyle den Verschluss des Röckchens und streifte es ihr ab. Dann streichelte er ihre weiche Haut. Angel empfand diese intime Berührung als unendlich wohltuend. Flüchtig stand ihr vor Augen, wie viele Jahre sie darauf gewartet hatte, sich einem Mann hinzugeben, den sie liebte.

Nun war der lang ersehnte Augenblick endlich gekommen. Kyle zog ungeduldig an ihrem Höschen. „Zieh dich aus", flüsterte er, „damit ich dich lieben kann."

Es war erstaunlich, dass er gerade diesen Ausdruck wählte. Der Mann, der die Liebe ablehnte, wollte sie also lieben. Plötzlich war Angel ernüchtert. Sich zu lieben bedeutete für sie etwas anderes. Mit Kyle dagegen schien darüber keine Verständigung möglich.

„Nein."

Er erstarrte und ließ die Hand auf ihrem Bauch liegen.

„Nein." Sie drängte ihn beiseite und richtete sich verstört auf. „Ich gebe mich nicht mit einem Teil zufrieden. Du hast mir zwar erklärt, dass du mir nicht mehr geben kannst, aber ich kann mich nicht mit weniger abfinden."

Mit zitternden Knien stand sie vom Bett auf und nahm ihre Kleidungsstücke an sich. „Ich weiß, dass das, was du vorhast, mir schlecht bekommen würde, obwohl ich mir selbst nichts sehnlicher wünsche, als mit dir zusammenzukommen."

„Angel", auch Kyle richtete sich auf, „was wird dich in den bevorstehenden langen Winternächten warm halten? Deine Unantastbarkeit vielleicht oder dein Starrsinn?"

„Nein, die Tatsache, dass ich mir selbst treu geblieben bin." Sie hielt nur mit Mühe die Tränen zurück. „Vielleicht lerne ich eines Tages einen Mann kennen, der gerade das an mir zu schätzen weiß."

„Angel …"

Sie machte eine abwehrende Handbewegung. „Ich bin dir nicht böse, falls du das denkst. Wir haben eben beide zu unserer Überzeugung gestanden. Am besten ziehst du so schnell wie möglich aus. Im Moment bin ich nicht in der Lage zu entscheiden, ob ich bei meinen Adoptionsplänen bleibe oder nicht. Wir können uns darüber Gedanken machen, wenn wir uns beide wieder etwas beruhigt haben."

Um Haltung bemüht, ging Angel durch die Küche hinaus und betrat über die Terrasse ihr Haus.

Dann räumte sie die Schinkenreste weg und wusch das Geschirr ab. Wer sie beobachtete, hätte denken können, dass sie besonders großen Wert auf Ordnung und Sauberkeit legte. In Wirklichkeit jedoch war ihr alles egal.

10. KAPITEL

Der Montagabend gehörte den Kindern, die überall verkleidet umherzogen und auch bei Angel klingelten, um sich Süßigkeiten zu holen. Bei Kyle war dagegen alles dunkel. Trotz seiner Halloween-Dekoration zog er es offenbar vor, den Abend anderswo zu verbringen.

Es tat Angel weh, all die Kinder zu sehen, denn dieser Anblick erinnerte sie zu schmerzlich an ihren eigenen Verlust. Obgleich sie sich immer noch nach einem Kind sehnte, hatte sie die Hoffnung darauf zunächst aufgegeben. Es war ihr von vornherein klar, wie Mrs Simpsons Entscheidung ausfallen würde, wenn Kyle und sie sich mit ihr trafen. Die unüberwindlichen Schwierigkeiten zwischen ihnen machten ein friedliches Zusammenleben von Young Ki und Jin Ah unmöglich.

Im Moment kam es ihr tatsächlich so vor, als hätte sie alles, woran ihr Herz hing, verloren. Das war eine deprimierende Erkenntnis. Um neun Uhr schaltete Angel das Licht an der Haustür und auf der Veranda aus. Jetzt würde niemand mehr kommen. Es war zu früh, um schlafen zu gehen, und zu spät, um noch etwas zu unternehmen. Zu lesen hatte sie nichts mehr, und zum Fernsehen fehlte ihr die Lust.

Daher zog sie sich schließlich doch aus, legte sich ins Bett und schloss die Augen, obgleich sie genau wusste, dass ihr eine schlaflose Nacht bevorstand.

Kyle wachte am Dienstagmorgen mit einem schweren Kopf auf. Er war am Abend zuvor von einer Party zur anderen gezogen und hatte entschieden zu viel getrunken. Einige seiner Freunde hatten gefragt, wo seine schöne Hausgenossin wäre, andere hatten sich nach dem Termin der Hochzeit erkundigt. Erstaunt darüber, dass sie die Situation so falsch einschätzten, hatte Kyle alle Fragen lachend abgewehrt, denn er fühlte sich außerstande, den Freunden zu erklären, wie schwierig das alles war.

Auf dem letzten Fest, das Kyle besuchte, war er den Schatten der Vergangenheit begegnet. Dale, seine geschiedene Frau, hielt sich zu Besuch in New Orleans auf und nahm mit ihrem neuesten Freund an der Party teil.

Dale hatte sich kaum verändert, außer dass sie sich das Haar inzwischen kastanienbraun färbte. Sie hatten nur ein paar höfliche Worte miteinander gewechselt, aber Kyle hatte Dale danach beobachtet und sich erstaunt gefragt, worin er eine Ähnlichkeit zwischen ihr und Angel gesehen hatte.

Kyle hatte über all diesen Gedanken ein Glas Wein nach dem anderen geleert, zumal ihm recht elend zumute gewesen war und er sich selbst im Kreis seiner Freunde einsam fühlte.

Nun lag er benommen auf dem Bett und versuchte sich zu sammeln. Da Allerheiligen war, warteten nicht die üblichen Pflichten auf ihn.

Langsam richtete er sich auf und ging in die Küche, um sich Frühstück zuzubereiten. Dabei versuchte er die Geräusche von nebenan zu überhören. Als Angels Haustür ins Schloss fiel und kurz darauf ihr Auto ansprang, trat er in den Garten hinaus, um nach den Hunden zu sehen.

Dann zog er sich einen dunklen Anzug an, band eine Krawatte um und fuhr zu einem Blumengeschäft, um einen Strauß Chrysanthemen zu kaufen. Er wollte das Grab seiner Eltern auf dem Metairie-Friedhof aufsuchen.

Dieser Friedhof war berühmt für seine architektonischen Besonderheiten. Inmitten einer reizvollen Grünanlage aus Magnolien, Zedern und Palmen befanden sich zahlreiche Familiengruften und auffällige Denkmäler, an denen sich die wechselhafte Geschichte dieser Region ablesen ließ, da die Bauwerke historischen Ereignissen verbunden waren.

Heute hatte Kyle jedoch keinen Blick für all diese Sehenswürdigkeiten, sondern strebte ohne Aufenthalt der Mitte des Friedhofs zu, wo seine Familie seit der Jahrhundertwende eine Grabstelle besaß.

Jahrelang war er pflichtschuldig gekommen, hatte Blumen auf das Grab gestellt, ein kurzes Gebet gesprochen und war wieder gegangen. Diesmal jedoch genügte ihm das nicht.

Da keine Bank in der Nähe war, setzte Kyle sich neben das Grab ins Gras. Seine Eltern waren gestorben, als er noch studiert hatte, zuerst seine Mutter und kurz darauf sein Vater. Danach war Kyle nur noch ein älterer Bruder geblieben. Sonst dachte er nicht häufig an seine Jugend. Nun jedoch ließ er die Gedanken zurückwandern.

Da es warm war, zog er das Jackett aus und legte es neben sich.

„Kyle?“

Überrascht schaute er auf. Vor dem Grab seiner Eltern stand Angel, ganz in Weiß gekleidet. „Angel!“

„Ich … ich habe nicht damit gerechnet, dich hier zu treffen“, murmelte sie verlegen.

„Was machst du hier?“

„Ich war am Grab meiner Mutter.“

Kyle sah, dass sie geweint hatte. Sie brauchte Trost, und den konnte ausgerechnet er ihr bestimmt nicht geben. Trotzdem machte er eine einladende Bewegung, breitete seine Jacke auf der Erde aus, und Angel setzte sich zu ihm.

„Hast du dich immer noch nicht mit dem Tod deiner Mutter abgefunden?“, fragte Kyle leise und trocknete ihr mit einem Taschentuch die Tränen.

„Sie ist gestorben, als ich ein Jahr alt war. Ich habe sie mein Leben lang schrecklich vermisst.“

Sie saßen ein Weilchen schweigend. „Und was ist mit deiner Familie?“, wollte Angel dann wissen.

Kyle hatte noch nie mit irgendjemandem über seine Eltern gesprochen. Aber Angel hatte gefragt, und plötzlich hatte er auch das Bedürfnis zu reden. „Sie sind beide schon über zehn Jahre tot.“

„Das tut mir leid. Immerhin hast du sie aber eine Weile gehabt.“

„Es waren herzensgute Menschen“, fuhr Kyle fort, „und sie hingen mit tiefer Liebe aneinander. Mein Vater ist an gebrochenem Herzen gestorben, kurz nachdem meine Mutter bei einem Autounfall ums Leben gekommen war.“

Es war das erste Mal, dass Kyle darüber sprach. „Offiziell lautete die Todesursache natürlich anders“, fuhr er fort, „aber jeder, der Carl und Laura Sullivan kannte, wusste Bescheid. Vater konnte einfach nicht ohne seine Frau leben. Da sieht man wieder einmal, was die Liebe den Menschen antut.“

Angel sah ihn verständnislos an. „Aber die Zeit zusammen haben sie doch genossen. Sie waren glücklich. Den meisten Menschen ist nicht einmal das vergönnt.“

„Es waren aber zwei Söhne da, die ihren Vater gebraucht hätten. Außerdem lag noch eine verheißungsvolle berufliche Karriere vor ihm. Er jedoch wollte nicht weiterleben. Verstehst du nun, was die Liebe anrichten kann?“

„Da bin ich anderer Ansicht“, entgegnete Angel nachdenklich. „Der Verlust eines geliebten Menschen macht unglücklich, die Einsamkeit aber auch. Lieben und Geliebtwerden dagegen machen stark.“

„Mein Vater war schwach, obgleich ihm so viel Liebe zuteilgeworden ist.“

„Weil er keine andere Liebe als die deiner Mutter akzeptiert hat. So muss es doch nicht sein.“ Angel stand auf. „Bitte entschuldige, Kyle. Das ist nicht der richtige Zeitpunkt, um zu streiten.“ Sie beugte sich zu ihm herunter und küsste ihn auf das Haar. Trotz ihres eigenen Kummers hatte sie das Bedürfnis, Kyle zu trösten. „Bis bald.“

Sekunden später sah er Angel den Weg hinuntereilen. Sie war nur noch ein weißer Fleck, der immer kleiner wurde und dann verschwand.

Angel fuhr ins Geschäft, das sie nicht geschlossen hatte, und löste ihre Großmutter ab, sodass auch diese zum Friedhof gehen konnte. Der Rest des Tages zog sich in die Länge, aber als der Feierabend kam und sie endlich schließen konnte, tat sie auch das mit wenig Begeisterung, denn der Abend würde sich genauso hinziehen.

Ihr Bruder Michael hatte sie zu einem Familientreffen eingeladen. Allerheiligen kam die Familie stets zusammen, da es im Laufe des Jahres nur selten gelang, einen für alle geeigneten Termin zu finden. Zum ersten Male sagte Angel dieses Treffen ab. Sie entschuldigte sich mit Unpässlichkeit.

Wahrscheinlich durchschaute ihr Bruder Michael die Situation trotzdem. Schließlich war Madame LaBois auch seine Großmutter, und dieser war es immer schwergefallen, etwas für sich zu behalten.

Im Moment war Angel jedoch gleichgültig, was ihre Brüder dachten. Sie wollte allein sein.

Bei Kyle brannte Licht, als sie nach Hause kam, und einen Moment lang blieb Angel draußen stehen und dachte an den Abend, als er sie zu sich eingeladen hatte. An jenem Tag war ihr klar geworden, was sie für ihn empfand. Das war der Anfang vom Ende gewesen.

Schnell ging sie auf ihr Haus zu, als Kyle die Tür öffnete und sie ansprach. „Angel? Hast du schon gegessen?"

Sie schüttelte den Kopf.

„Hast du Lust, bei mir zu essen?"

Wieder verneinte sie stumm.

Kyle kam heraus und legte den Arm um sie. „Bitte!"

„Ach, Kyle", entgegnete sie mit tränenerstickter Stimme, „ich kann nicht."

„Ich möchte mit dir reden, Angel. Es ist wichtig."

Angel ließ sich von ihm hineingeleiten und nahm im Wohnzimmer auf dem Sofa Platz. Kyle setzte sich zu ihr. „Ich muss unbedingt wissen", begann er, „ob du dich genauso elend fühlst wie ich."

Angel sah sich verstohlen im Zimmer um. Von gepackten Koffern oder Kisten war nichts zu bemerken. „Ich dachte, du hättest dich entschlossen, auszuziehen."

„In den letzten Tagen bin ich so viel unterwegs gewesen, wie es mir nur möglich war, und habe dabei festgestellt, dass ich mich außerhalb dieser vier Wände auch nicht besser fühle."

„Was schlägst du also vor?"

„Einen Vorschlag habe ich gemacht, aber du hast ihn abgelehnt."

„Dein Vorschlag war völlig inakzeptabel", erwiderte Angel gereizt.

„Dann habe ich eine andere Idee, Angel."

Er kam näher. „Es ist die einfachste Idee der Welt." Er küsste sie, bevor sie ihm ausweichen konnte.

Angel ergab sich, weil sie keine Kraft mehr hatte, Widerstand zu leisten. Er zog sie enger an sich, und sie spürte seine Zunge.

Kyle streichelte ihr den Rücken, und seine Nähe und Wärme belebten sie sofort. „Hör auf", flüsterte sie, „sonst fängt alles von vorn an."

„Es fängt von vorn an, da hast du recht", gab er zurück, „aber du brauchst dich nicht mehr dagegen zu wehren."

Sie versuchte sich loszumachen.

„Ich liebe dich auch, Angel."

Sie starrte ihn verständnislos an. „Was hast du gesagt?"

„Ich habe gesagt", er musste sich räuspern, so heiser war er, „dass ich dich liebe. Ich möchte dich heiraten, Angel, und Kinder mit dir haben. Ich möchte mit dir zusammenleben."

„Entschuldige", entgegnete Angel entgeistert, „aber meinst du das wirklich ernst?"

Sie sah ihn so ungläubig an, dass er lachen musste. „Ich meine es absolut ernst."

„Ich wusste bei so viel Sturheit deinerseits bisher nicht einmal, dass du überhaupt Gefühle hast!" Angel wollte sich aus seiner Umarmung befreien, aber Kyle hielt sie so fest, dass sie nicht loskam.

„Ist das eine Art, mit seinem zukünftigen Ehemann zu sprechen? Fortan musst du dich schon schmeichelhafter über mich äußern."

„Nun gut", erwiderte Angel lächelnd, „ich verzichte in Zukunft auf alle abträglichen Bemerkungen, wenn auch du darauf verzichtest. Du siehst also, es ist sehr einfach, mit mir auszukommen."

„Einfach? Mit dir? Ich kenne keine Frau, die schwieriger ist. Du bist dickköpfig, selbstgerecht und unberechenbar, und trotzdem bin ich rettungslos in dich verliebt."

„Und du bist grob, unsensibel und übermäßig von dir überzeugt, aber ich liebe dich mehr, als ich sagen kann." Angel ließ sich an seine Brust sinken, bis Wärme sie von allen Seiten einhüllte. Die Gefühle, die sie in letzter Zeit so krampfhaft unterdrückt hatte, waren sofort wieder da. Mit jeder Faser drängte sie Kyle entgegen.

Nun wehrte sie sich nicht mehr gegen seine Zärtlichkeiten, sodass sie in kürzester Zeit völlig von Sinnen war und sich an ihm festklammerte, um sich von ihm führen zu lassen in das Reich der Leidenschaft, das ihr bisher verschlossen geblieben war.

Da jedoch machte Kyle sich vorsichtig los. Mit zitternden Händen massierte er ihr die verspannten Schultermuskeln, während er ihr zärtlich ins Ohr flüsterte.

„Warum hast du aufgehört?", fragte sie, als sie wieder regelmäßig atmen konnte.

„Weil es nicht gut ist, etwas zu überstürzen. Du brauchst Zeit, um dich an diese Dinge zu gewöhnen."

„Meinst du wirklich?" Sie sah ihn verliebt an. „Ich finde, für eine

Anfängerin habe ich schon recht gut Schritt gehalten."

Kyle lachte und bettete ihren Kopf an seiner Brust.

„Sag mir, seit wann du weißt, dass du mich liebst", bat Angel.

„Heute ist es mir klar geworden, aber lieben tue ich dich wahrscheinlich schon seit längerer Zeit."

„Und wieso hast du es dir gerade heute eingestanden?" Sie streichelte das krause Haar auf seiner Brust und lächelte, als er daraufhin zusammenzuckte.

„Weil ich heute zum ersten Mal verstanden habe, wie meinem Vater zumute gewesen sein muss, als er seine Frau verlor. Und als ich dich auf dem Friedhof weggehen sah, hatte ich ein ähnliches Gefühl des Verlustes. So etwas kannte ich bisher nicht."

„Und dabei warst du dir so sicher, dass du dich nie verlieben würdest."

„Ich habe jedenfalls sorgfältig darauf geachtet und bin deswegen nicht einmal davor zurückgeschreckt, eine Frau zu heiraten, die ich nicht liebte, um nur kein Risiko einzugehen." Kyle strich ihr das Haar zurück und küsste sie auf die Stirn. „Wahrscheinlich war ich deswegen so ungenießbar, als ich dich kennenlernte. Ich habe die Gefahr von Anfang an gespürt."

„Mir ging es ähnlich. Auch ich wollte mir mein geordnetes Leben von dir nicht durcheinanderbringen lassen."

„Zum ersten Mal habe ich die Zusammenhänge an dem Abend geahnt, als hier die Party stattfand. Ich war eifersüchtig und gleichzeitig entsetzt darüber, wie weit es mit mir gekommen war. Deswegen habe ich dich anschließend auch so bedrängt."

„Und dabei hättest du das gar nicht nötig gehabt. Ich selbst wünschte mir nichts sehnlicher, als bei dir zu sein. Glaubst du eigentlich, dass zwei Menschen, die derart mit sich selbst zu kämpfen hatten, später glücklich zusammenleben können?"

„Eine glückliche Ehe", begann Kyle, „ist grundsätzlich möglich, deswegen sollten wir uns die Chance nicht entgehen lassen, sondern unser Glück beim Schopf packen. Außerdem scheint es doch, als wären wir füreinander bestimmt."

„Die feine Dame und der irische Grobian?", neckte sie ihn.

„Nein, der Engel und ihr Saint, ihr Heiliger, das passt doch gut."

Plötzlich machte sich Angel los und sah ihn erschrocken an. „Das Kinderhilfswerk hat doch alle möglichen Regeln aufgestellt, zum Beispiel, wie lange man verheiratet sein muss, um ein Kind adoptieren zu können. Ob wir die beiden jetzt noch bekommen werden?“

Kyle machte eine wegwerfende Handbewegung. „Zerbrich dir darüber nicht den Kopf. Mrs Simpsons Segen habe ich mir bereits geholt.“

„Da hattest du mich doch noch gar nicht gefragt, ob ich dich heiraten will.“

Er schenkte ihr sein schönsten Lächeln, das mehr sagte als Worte.

„Dann möchtest du den Adoptionsplan also aufrechterhalten?“, erkundigte Angel sich vorsorglich.

„Natürlich bleibt es dabei. Wir freuen uns doch schon so lange auf die beiden.“

Angel atmete erleichtert auf. „Jetzt gibt es keinen Grund, warum wir uns nicht lieben sollten“, begann sie daraufhin und legte die Arme um seinen Hals. „Bitte zeig mir, dass du mich liebst.“

Er küsste sie lange und zärtlich, sagte aber: „Warte bis zu unserer Hochzeitsnacht, dann will ich dir zeigen, was ich für dich empfinde.“

Das war eine ziemlich altmodische Einstellung, aber sie rührte Angel zutiefst. Angel umarmte ihn zärtlich. „Weißt du“, bemerkte sie nach einer Weile, während sie ihm am Ohrläppchen knabberte, „eigentlich genügt es doch, dass du mir deine Bereitschaft zum Verzicht bewiesen hast.“

Kyle lachte. „Fordere mich nicht heraus. Unbegrenzt ist meine Selbstbeherrschung nämlich nicht.“

„Wie weit geht sie denn?“, fragte Angel mutwillig.

„Bis Sonnabend.“

„Der ideale Termin für eine Hochzeit“, Kyle blickte in Angels fragende Augen.

„Sonnabend schon?“.

„Oder hast du etwas gegen eine schlichte Feier?“

„Das wäre das erste Mal, dass in unserer Beziehung etwas einfach ist.“

„Künftig wird alles einfach sein.“

EPILOG

Angel wachte mit einem Ruck auf. Eine Vielzahl von Sinneseindrücken umfing sie. Aus einiger Entfernung vernahm sie gleichmäßiges Hämmern. Zwischendurch ertönten laute Männerstimmen. Der Duft von Tannenzweigen und frisch gekochtem Kaffee lag in der Luft. Das Schönste von allem war jedoch, dass sie neben sich Wärme spürte.

Als sie die Augen aufschlug, sah sie den Mann, den sie liebte, neben sich liegen. Er hatte sich auf die Ellbogen gestützt und beobachtete sie.

„Kyle", begrüßte sie ihn lächelnd.

„Du siehst mich so überrascht an. Hattest du jemand anderen erwartet?"

„Manchmal ist mir beim Aufwachen nicht gleich bewusst, wie sehr sich mein Leben verändert hat."

„Und wie ist dir zumute, wenn dir dann wieder einfällt, dass du eine alte Ehefrau bist?"

„Wundervoll!" Sie umarmte und küsste ihn. „Du bist ja schon angezogen", sagte sie enttäuscht, als ihr endlich auffiel, dass er bereits Hemd und Hose trug.

Kyle lachte. „Ich würde dir nur allzu gern mehr Zeit widmen, aber heute gibt es Wichtigeres."

„Und was ist dir wichtiger als ich?" Als Angel sich aufgesetzt hatte, fiel es ihr schlagartig ein. „Jetzt bin ich wirklich wach. Ist der Anruf gekommen?"

„Du hast das Telefongespräch, auf das wir monatelang gewartet haben, glatt verschlafen. Ja, das Kinderhilfswerk hat heute Morgen ein Telegramm von Mrs Simpson erhalten. Sie trifft mit den Kindern um halb neun in New York ein. Wenn es keine Verzögerung gibt, sind sie gegen Mittag hier."

„Endlich! Ich kann es noch gar nicht fassen!" Nach monatelanger Ungewissheit und unzähligen Verwaltungsakten kamen die Kinder also endlich zu ihnen! Schnell stand Angel auf. „Wie spät ist es?"

„Sehr spät. Meine Männer sind schon seit einer Stunde dabei, das Haus einzureißen, und du hast sie nicht einmal gehört."

Angel griff nach ihrem Morgenmantel und zog ihn über. „Warum hast du mich gestern auch so lange wach gehalten?"

„Ich? Die Frage ist doch, wer wen wach hält. Letzte Nacht ..."

Sie legte ihm den Finger auf den Mund. „Schon gut. Ich verzeihe dir."

„Du bist ja rot geworden! Und das nach zweieinhalb Monaten Ehe", bemerkte Kyle lächelnd. „Bevor sich unser Leben vollständig ändert, muss ich dir noch etwas Wichtiges sagen."

„Und was?", fragte Angel neugierig.

„Dass ich dich liebe!" Er küsste sie. „Und jetzt geh schnell duschen, damit wir rechtzeitig zum Flughafen kommen."

Wie ein besorgtes Paar, das zwei Wochen vor dem Entbindungstermin bereits die Tasche für die Fahrt ins Krankenhaus gepackt hat, hatten Angel und Kyle den Volvo mit sämtlichen Dingen beladen, die ein drei- und ein fünfjähriges Kind auf einer zwanzigminütigen Fahrt benötigen könnten. Wolldecken, Getränke und Kekse bildeten die Grundausstattung. Aber auch für Spielzeug war gesorgt, und Kyle hatte sogar einen Kindersitz für Jin Ah eingebaut, die sie künftig Jennifer nennen wollten.

Als Angel am Auto stand, schaute sie zu ihrem Haus zurück, das nun nicht mehr klein aussah. Auf dem Dach tummelten sich Kyles Männer. Sie waren dabei, die Fundamente für eine Aufstockung zu schaffen. Die Trennwand innen war längst entfernt, sodass sie bereits über ein großes Wohn-Esszimmer verfügten. Das eine Schlafzimmer war als Kinderzimmer hergerichtet. Es musste erst einmal ausreichen, bis das Obergeschoss fertiggestellt war.

„Glaubst du, Jin Ah ... Jennifer gefällt die Puppe, die ich Mrs Simpson mitgegeben habe?" Angel hatte der Kleinen eine weiche Stoffpuppe mit dunklem Haar und Mandelaugen genäht.

„Natürlich. Und Young Ki ... Keith hat sich auch bestimmt über den Hut und das Tischfußballspiel gefreut, das wir mitgeschickt haben." Kyle warf Angel einen Seitenblick zu. „Bist du aufgeregt?"

Sie nickte. „Schließlich werde ich zum ersten Mal Mutter."

„Du warst ja auch noch niemals zuvor Ehefrau und hast dich trotzdem erstaunlich schnell in deine neuen Aufgaben eingearbeitet", neckte Kyle sie.

Es war wunderbar, mit Kyle verheiratet zu sein. Stets fand er die passenden Worte, wenn sie unsicher war oder Trost brauchte.

Sie suchten nach einem Parkplatz, betraten das Flughafengebäude und informierten sich, wo die Maschine aus New York ankommen sollte. Danach begann eine zermürbende Wartezeit, während eine Verspätung nach der anderen durchgegeben wurde.

Gegen Mittag traf endlich die Maschine aus New York ein. Gespannt beobachteten sie die Passagiere, die durch den Ausgang strömten und von Freunden und Verwandten in Empfang genommen wurden. Als sie nahe daran waren, die Hoffnung aufzugeben, ergriff Angel plötzlich aufgeregt Kyles Arm. „Sieh nur!"

In einiger Entfernung erblickten sie die vertrauten Umrisse von Kathleen Simpson. Diese hielt ein kleines Kind im Arm, und neben ihr marschierte ein kleiner Junge. Er trug einen großen schwarz-goldenen Hut mit dem Emblem des New-Orleans-Saints-Footballclubs. Mit angehaltenem Atem sahen Kyle und Angel die Gruppe näher kommen.

„Kyle, Angel", begrüßte Mrs Simpson sie lächelnd. „Darf ich Sie mit Jin Ah oder Jennifer Sullivan sowie mit Young Ki oder Keith Sullivan bekannt machen?" Sie übergab Angel das zitternde kleine Mädchen und legte die Hand des Jungen in die seines Vaters. „Jetzt ist die Familie vollzählig", fügte sie gerührt hinzu.

Dann trat sie einen Schritt zurück und musterte die jungen Leute, die ihr inzwischen ans Herz gewachsen waren. Angel und Kyle jedoch hatten nur noch Augen für ihre so lange herbeigesehnten Kinder.

– ENDE –

Susan Mallery

Auch du brauchst Zärtlichkeit

Roman

Aus dem Amerikanischen von
Tatjána Lénárt-Seidnitzer

MIRA®

1. KAPITEL

Was hast du mir gekauft?", fragte Beth Davis und starrte das Paar, das ihr in ihrem Wohnzimmer gegenübersaß, entsetzt an.

„So furchtbar ist es doch gar nicht", wandte ihre Freundin Cindy ein. „Ich wusste nicht, dass er es getan hat. Aber wenn ich es mir recht überlege, finde ich es irgendwie nett."

Beth versuchte zu lachen, doch es klang eher wie ein Aufseufzen. „Nett. Natürlich. So hat er es bestimmt gemeint." Sie wandte sich an Mike, Cindys Ehemann. „Was hast du dir bloß dabei gedacht?"

Er grinste. Ihre Bestürzung schien den gut aussehenden Bodyguard nicht im Geringsten zu stören. „Ich wollte dir einen Gefallen tun. Du redest schon lange davon. Also dachte ich mir, dass ich etwas nachhelfe."

Beth stand auf und trat an die Fenster, die eine ganze Wand einnahmen. Die Panik, die in ihr wuchs, war bei Weitem heftiger als der Gewittersturm, der draußen tobte. „Was habe ich dir getan?"

„Bitte nicht, Beth", versuchte Cindy, die Freundin zu beruhigen. „Wenn es wirklich so furchtbar für dich ist, dann musst du es nicht tun."

„Doch, sie muss", widersprach Mike. „Hey, es ist für einen guten Zweck."

Beth wirbelte herum. Auf den Gesichtern ihrer Freunde sah sie Besorgnis und dazu eine beträchtliche Dosis Belustigung. Sie redete sich ein, dass sie es nur gut meinten. Ohne die beiden hätte sie die vergangenen achtzehn Monate nur schwer überstanden. „Aber warum musstest du mir einen Mann kaufen?"

„Ich habe dir nicht einen ganzen Mann gekauft. Nur einen Abend mit ihm. Eine Verabredung. Du wirst bestimmt Spaß haben", versprach Mike.

Mit einem Stöhnen sank Beth in den nächsten Sessel. „Das ist unmöglich."

„Nein, ist es nicht. Es ist nur ein Dinner in einem schicken Restaurant. Er holt dich ab, und ihr unterhaltet euch eine Weile bei einem guten Essen. Nichts weiter. Ich bin Todd Graham ein paarmal begegnet, und er scheint ganz in Ordnung zu sein. Längst nicht so arrogant, wie die Medien ihn darstellen."

„Todd Graham?", hakte Beth entsetzt nach. „Der Todd Graham? Der Millionär? Mit ihm hast du mir ein Date gekauft?"

Mike blickte verwirrt drein. „Ist das so schlimm?"

„Nicht im Vergleich zu einem Date mit einem Serienmörder."

„Ich verstehe das nicht. Was ist denn daran so furchtbar?"

„Ich bin achtunddreißig Jahre alt."

Er wandte sich an Cindy. „Hat das irgendeine Bedeutung? Geht es um eine Frauensache, die ich nicht begreife?"

Beth sprang auf. „Ich bin eine achtunddreißigjährige Mutter von zwei Kindern. Ich habe Brüste und Hüften."

„Die meisten Männer wissen es zu schätzen, wenn Frauen diese Dinge haben."

„Aber Todd Graham will keine Frau. Er will ein zwanzigjähriges Model mit dürrem Körper und ohne Schwangerschaftsstreifen. Ich kann es nicht fassen, dass du so etwas getan hast, Mike." Sie deutete mit dem Finger auf Cindy. „Und ich kann es nicht fassen, dass du es zugelassen hast. Was soll ich jetzt bloß tun?"

„Beth, es ist doch nur ein Abend, und noch dazu für einen wohltätigen Zweck", entgegnete Cindy sanft.

Erneut sank Beth in den Sessel. „Ich weiß, dass ihr euch um mich sorgt und meint, dass ich wieder ausgehen sollte. Vielleicht habt ihr recht. Vielleicht brauche ich Starthilfe. Aber nicht auf diese Art. Auf eine öffentliche Demütigung kann ich verzichten."

„Dazu wird es nicht kommen", widersprach Cindy ernst. „Du bist eine sehr attraktive Frau. Er wird dich anbeten."

„Ich bin ein Frau mittleren Alters. Ich habe zwanzig Pfund zugenommen, seit Darren gestorben ist. Todd Graham und ich haben nichts gemeinsam. Ich will ihn nicht kennenlernen. Ich will nicht mit Teenys verglichen werden, die jünger als meine Tochter aussehen. Außerdem ist er reich. Das hasse ich bei einem Mann."

Mike stand auf. „Ich gehe lieber. Die Sache entwickelt sich zu einem Frauengespräch, und ihr werdet Dinge sagen, die ich bestimmt nicht hören will." Er trat zu Beth und küsste sie auf die Wange. „Ich habe dir dieses Date gekauft, weil ich dachte, dass es dir Spaß machen würde. Wenn du nicht gehen willst, dann respektiere ich das. Aber wenn du einfach nur Angst hast, dann wirst du gehen. Andernfalls repariere ich dir nie wieder einen tropfenden Wasserhahn."

„Ich habe gelernt, meine Wasserhähne selbst zu reparieren."

Wortlos zog er die Augenbrauen hoch.

„Es ist nicht sehr fair von dir, mir unter die Nase zu reiben, dass ich das letzte Mal versagt habe. Ich möchte dich daran erinnern, dass es nur eine kleine Überschwemmung war."

Er lächelte Cindy an. „Bis gleich", verabschiedete er sich und ging.

„Er meint es wirklich gut", versicherte Cindy. „Er macht sich Sorgen um dich. Wir beide machen uns Sorgen."

„Ich weiß. Aber ich kann es nicht tun. Ich würde mich lächerlich fühlen. Als ob ich es nötig hätte, mir einen Mann zu kaufen."

„Für ihn ist es schlimmer. Er ist derjenige, der sich hat kaufen lassen."

„Ich kann trotzdem nicht."

„Doch, du kannst. Du hast nur Angst. Nach meiner Scheidung hast du mich monatelang gedrängt, wieder auszugehen. Du hast es getan, um mir zu helfen. Jetzt tue ich dir den Gefallen."

„Ich hätte meinen Mund halten sollen", murmelte Beth. „Du brauchst dir keine Sorgen um mich zu machen. Es geht mir gut."

„Du hast selbst gesagt, dass du wieder ausgehen willst."

„Ich habe gelogen."

„Du kannst nicht ewig trauern."

„Doch, ich kann. Mir gefällt es hier zu Hause. Ich habe ein sehr ausgefülltes Leben. Meine Kinder, meine Arbeit, meine Freunde."

Cindy strich sich das kurze, hellbraune Haar hinter die Ohren. „Du bist einsam. Ich weiß genau, wie du dich fühlst, denn mir ging es nach meiner Scheidung genauso. Wenn du ein anderer Mensch wärest, würde ich dich nicht drängen. Aber du bist eine Frau, die im Grunde ihres Herzens Teil eines Paares sein möchte. Du brauchst das."

„Nein", widersprach Beth heftig. „Ich brauche nicht mehr, als ich habe. Ich bin sehr zufrieden."

Cindy sagte nichts. Es war nicht nötig. Sie waren lange genug befreundet, um sich gegenseitig zu durchschauen.

„Du hast recht“, gab Beth schließlich auf. „Es wird Zeit, dass ich mal wieder ausgehe und tue, was immer die Leute heutzutage bei einem Date tun.“

„Ich glaube nicht, dass sich daran so viel geändert hat.“

„Wie auch immer. Todd Graham ist nicht meine Kragenweite. Ich würde mich den ganzen Abend über furchtbar fühlen. Er würde sich langweilen. Wahrscheinlich würde ich vergessen, wo ich bin, und das Fleisch für ihn klein schneiden.“

Cindy grinste. „Ein netter Versuch, aber es klappt nicht. Deine Kinder sind fast erwachsen. Du brauchst ihnen schon seit Jahren das Fleisch nicht mehr zu schneiden.“ Ihre Miene wurde ernst. „Ich gebe zu, dass Todd Graham nicht gerade ein einfaches erstes Date sein wird, aber das ist ja gerade so gut daran.“

„Entschuldige, aber das musst du mir erklären.“

„Er ist nicht dein Typ, und du bist nicht seiner. Also wird nichts passieren. Betrachte es einfach als eine Probe für ein richtiges Date mit jemandem, mit dem du dich auf eine Affäre einlassen möchtest. Wenn du den perfekten Mann kennenlernst, möchtest du doch ein bisschen Übung haben, oder?“

Beth dachte darüber nach. Sie glaubte nicht, dass es einen perfekten Mann für sie gab. Sie hatte eine wundervolle, achtzehnjährige Ehe hinter sich. Wenn sie sich je wieder mit einem Mann befasste, dann nur kameradschaftlich. „Das stimmt. Ich bin tatsächlich außer Übung. Ich bin schon in der High School mit Darren gegangen, und wir haben geheiratet, als ich gerade neunzehn geworden war.“

„Genau darum geht es mir. Todd wird dein Übergangsstadium sein.“

„Ein Date ergibt noch kein Übergangsstadium.“

„Na gut, dann ist er eben ein Versuchskaninchen.“

„Ich möchte mich nicht während des Essens übergeben.“

Cindy lachte. „Ein großartiges Ziel. Ich bin sicher, dass Todd das auch lieber wäre. Also, deine Aufgabe besteht darin, für zwei oder drei Stunden normale Konversation zu betreiben und dich nicht zu übergeben. Du kannst es schaffen. Und wenn dich ein gut meinender Freund nächstes Mal bedrängt, kannst du dann zumindest sagen, dass du mit jemandem gehst.“

„Das hat einen gewissen Reiz", gab Beth zu. Sie seufzte. Sie kannte Cindys Hartnäckigkeit und wusste, dass sie vor ihr keine Ruhe finden würde. Darren ging ihr durch den Kopf, ihr wundervoller Ehemann, und sie fragte sich wie so häufig in den vergangenen achtzehn Monaten, warum er hatte sterben müssen. „Also gut, ich gehe."

„Du wirst es nicht bereuen", versprach Cindy.

„Ich sehe aus wie eine Kuh", behauptete Beth am folgenden Samstag, als sie sich im Badezimmerspiegel betrachtete.

„Du siehst sehr hübsch aus, Mom", entgegnete Jodi, ihre sechzehnjährige Tochter, entschieden. „Und du weißt, dass du nicht so negativ eingestellt sein solltest. Du sagst Matt und mir immer, dass wir positiv denken sollen."

„Na gut. Ich bin keine hässliche, alte Vettel."

Jodi stöhnte. „Das ist auch nicht viel besser. Wie wäre es mit: Ich bin eine attraktive, vitale Frau, und jeder Mann könnte sich glücklich schätzen, mich zu haben."

„Du hast gut reden." Beth gab ihrer Tochter einen Kuss auf die Wange. „Weil es bei dir zutrifft. Jeder Mann könnte sich glücklich schätzen, dich zu haben."

„Bitte, Mom!"

„Schon gut, schon gut." Sie straffte die Schultern und wandte ihre Aufmerksamkeit wieder ihrem Spiegelbild zu. „Ich werde versuchen, positiv zu denken."

Für ihr erstes Date seit über zwanzig Jahren war sie eine volle Woche früher als geplant zum Friseur gegangen. Trotz des feuchten Aprilwetters saßen ihre roten Haare perfekt. Außerdem hatte sie eine Spur mehr Make-up als gewöhnlich aufgetragen. Blaugrauer Lidschatten ließ ihre blauen Augen noch größer erscheinen, und sie hatte sogar die Konturen ihrer Lippen nachgezogen, bevor sie den Lippenstift auftrug.

Nachdem sie sich acht Mal umgezogen hatte, war ihre Wahl schließlich auf ihr altes Lieblingskleid in Weiß und Marineblau mit dazu passender, kurzer Jacke gefallen. Der runde Ausschnitt schmeichelte ihrem Gesicht und wirkte sehr züchtig. Die ganze Woche über hatte Cindy sie gedrängt zu zeigen, was sie hatte. Doch Beth war der

Meinung, dass ihre fast vierzigjährigen Brüste besser hinter Stoff verborgen blieben.

Perlenohrstecker, eine schlichte, goldene Uhr, zarte Seidenstrümpfe und marineblaue Pumps vervollständigten ihre Aufmachung. Cindy hatte ihr außerdem eine hübsche blaue Handtasche geliehen.

Kritisch musterte sie ihr Gesicht. Um die Augen waren winzige Linien zu sehen, aber ihre Haut war immer noch recht straff und ihr Teint so klar wie damals mit zwanzig. Sie würde nie wieder Größe achtunddreißig tragen können, aber bei einem Meter sechsundsiebzig ließen sich die zwanzig Pfund, die sie zugenommen hatte, leicht verstecken. Wenn sie wieder anfing zu joggen und ihren Schokoladenkonsum einschränkte, könnte sie das übermäßige Gewicht in einigen Monaten loswerden.

Jodi umarmte sie. „Du bist sehr hübsch."

Beth musterte ihr kupferfarbenes Haar und das strahlende, jugendliche Lächeln. „Danke, Kind. Mein Ziel besteht darin, mich nicht zum Narren zu machen. Also werde ich mich auf sachliche, kluge Gedanken beschränken."

„He, Mom, du siehst astrein aus."

Beth drehte sich um und sah ihren Jüngsten, den vierzehnjährigen Matt, am Türrahmen lehnen. Während Jodi die Haarfarbe und die blauen Augen von ihr geerbt hatte, kam Matt ganz nach seinem Vater. Mittelbraune Haare, braune Augen und eine Brille ließen ihn wie Darren in seiner Jugend aussehen. Nach Darrens Tod hatte sein Anblick sie ihren Ehemann noch mehr vermissen lassen. Doch nun tröstete es sie, in ihm Darren sehen zu können.

„Vielen Dank. Das beruhigt mich ungemein."

„Wann kommst du nach Hause?", wollte Matt wissen. „Wir geben nämlich eine Party für große Jungen und Mädchen. Ich habe drei Fässer Bier bestellt, und Jodi hat versprochen, dass eine ihrer Freundinnen strippt."

Jodi wirbelte zu ihm herum. „Matt! Mach keine Scherze darüber. Mom ist auch so schon nervös genug." Sie lächelte Beth an. „Es gibt keine Party. Nur Sara kommt. Wir wollen für die Mathearbeit nächste Woche üben. Ich weiß nicht, was Matt tut, aber er tut es allein."

„Ich werde meine Schwester und ihre Freundin ärgern. Sara zieht immer so enge Sachen an, und ich will mir ihren Körper ansehen."

„Du bist abscheulich", fauchte Jodi und drehte ihm den Rücken zu.

„Ich bin vierzehn, und ich bin ehrlich. Mein Biologielehrer sagt, dass Jungen in meinem Alter von Hormonen überflutet werden. Ich bin also nur normal. Du bist einfach nur neidisch, weil du deine sexuelle Höchstform erst erreichst, wenn du schon fast vierzig bist", dozierte Matt.

Beth wollte ihre Kinder lieber nicht daran erinnern, dass sie in nur zwei Jahren vierzig wurde und ihrer angeblichen sexuellen Höchstform sehr nahe war. Also wechselte sie schnell das Thema. „Hast du deinen Aufsatz geschrieben?", erkundigte sie sich.

„Ja. Ich bin gerade fertig geworden. Er liegt auf dem Küchentisch. Du kannst ihn dir ansehen und mir dann morgen früh all die grammatikalischen Fehler unter die Nase reiben."

„Sicher." Mit einem Lächeln verließ sie das Badezimmer und ging in die Küche, gefolgt von ihren beiden Kindern. „Der Thunfischauflauf ist in ungefähr zwanzig Minuten fertig. Außerdem gibt es Eiscreme zum Nachtisch. Matt, ich habe ein paar Videofilme für dich ausgeliehen. Du kannst sie dir in meinem Schlafzimmer ansehen, damit Jodi und Sara im Wohnzimmer lernen können."

„Wir kommen schon klar", beruhigte Jodi ihre Mutter. „Ich bin immerhin schon sechzehn. Matt ist zwar noch ein Baby, aber schon einigermaßen reif."

Er nahm eine Boxerhaltung ein. „Sag das noch mal, und ich zeige dir, was reif ist."

„Du darfst mich nicht schlagen. Ich bin ein Mädchen."

„Mom, lass sie mich einmal schlagen. Bitte."

Beth zauste ihm das Haar. „Tut mir leid. Du darfst keine Frau schlagen."

„Aber sie hat es verdient."

„Das hast du auch oft, aber ich schlage dich trotzdem nicht."

Er richtete sich auf. „Das liegt nur daran, dass ich genauso groß wie du und sehr stark bin."

Beth seufzte.

Matt wich einen Schritt zurück. „Sie hat diesen seltsamen Blick,

Jo. Gleich lässt sie sich wieder darüber aus, wie niedlich wir waren, als wir noch klein waren."

Das Geräusch eines Wagens lenkte sie alle ab. Beth zog sich der Magen zusammen.

Matt lief zu einem Fenster, das nach vorne zur Straße ging. „Es ist eine Limousine. Schwarz und echt cool", rief er aufgeregt. „Wie reich ist der Typ eigentlich? Glaubst du, dass er mir ein Auto kaufen will?"

Jodi berührte ihre Mutter am Arm. „Es wird alles gut. Du siehst großartig aus. Lächle einfach. Und wenn das Gespräch stockt, dann stell ihm persönliche Fragen. Jungs lieben es, über sich selbst zu reden."

„Woher weißt du das alles?"

Jodi grinste. „Ich wiederhole nur den Rat, den du mir immer gibst."

„Zumindest habe ich meine Kinder richtig erzogen." Beths Kehle war wie zugeschnürt, als sie zur Haustür ging.

Matt kniete auf dem Sofa vor dem Fenster, spähte hinaus und winkte sie zu sich. „Der Fahrer dreht gerade auf dem Wendehammer um. Man kann gar nicht durch die Fenster gucken. Das ist so cool. Du solltest wirklich mit diesem Typ gehen, Mom. Ich tue so, als ob ich ihn nicht mag, und dann gibt er mir Geld, um sich bei mir einzuschmeicheln. Was hältst du davon?"

Sie beugte sich zu ihm und drückte ihm einen Kuss aufs Haar. „Ich denke, dass du eine großartige Fantasie hast. Deshalb dränge ich dich ja auch immer, deine Aufsätze zu schreiben. Ich weiß, wozu du fähig bist."

Matt ignorierte ihre Bemerkung. „Ich möchte zu gern wissen, ob der Fahrer in Uniform ist und so. Was meinst du, wie viel Mike für dieses Date bezahlt hat?"

Beth wollte nicht darüber nachdenken. Schon gar nicht wollte sie daran denken, dass Todd Graham bei ihrem Anblick vermutlich am liebsten in die entgegengesetzte Richtung wieder abfahren würde. Sie rief sich in Erinnerung, dass es zu einem guten Zweck geschah. Er hätte eben nicht an der Junggesellenauktion teilnehmen dürfen, wenn er wählerisch war.

2. KAPITEL

Todd Graham blickte durch die getönten Fenster seiner Limousine und wurde sich bewusst, dass er bis zu diesem Augenblick niemals ein Vorstadtviertel aufgesucht hatte. Es sah allerdings ganz so aus, als hätte er nicht viel verpasst.

Zweistöckige Backsteinhäuser säumten die Straße. Sie glichen sich beinahe wie ein Ei dem anderen. In den Auffahrten standen Kleinwagen oder alte Lieferwagen. Wer hätte gedacht, dass es nur fünfundzwanzig Minuten Fahrt von seinem Penthouse hoch über der Innenstadt entfernt lag?

Sein Chauffeur hielt vor einem Haus, das wie all die anderen in der Straße aussah. Todd fand, dass dieses Viertel trotz der stereotypen Architektur einen gewissen Reiz aufwies. Wenn er dasselbe doch nur über sein Date sagen könnte! Frauen mittleren Alters entsprachen nicht seinem Stil, aber er war zur Teilnahme an dieser Junggesellenauktion gedrängt worden, und ihm war keine Ausrede eingefallen, um sich vor diesem Rendezvous zu drücken.

Er bereitete sich innerlich auf einen langen und langweiligen Abend vor. Zum Glück hatte er für halb acht Uhr am nächsten Morgen eine Golfpartie geplant, die ihm einen perfekten Vorwand lieferte, den Abend nicht ausufern zu lassen. Er beabsichtigte, direkt zum Restaurant zu fahren und sie nach dem Essen sofort nach Hause zu bringen. Sein Gewissen ermahnte ihn zwar, dass der hohe Preis für diesen Abend mit ihm zumindest einen Abstecher in eine nette Bar beinhalten sollte, aber diesen Gedanken schob er beiseite. Er glaubte nicht, dass er so viel geistloses Gerede ertragen konnte.

R.J., sein Chauffeur, öffnete stilvoll die Tür des Wagens, und Todd trat hinaus in die warme Abendluft. Obwohl die Sonne bereits vor über einer Stunde untergegangen war, hielten sich noch eine Menge Leute draußen auf. Gelächter erregte seine Aufmerksamkeit. Er blickte zu seiner Linken und sah in einem Vorgarten einen Vater mit seinem Sohn ringen. Der Junge mochte fünf oder sechs Jahre alt sein. Sie hatten beide offensichtlich viel Spaß.

Abrupt blieb Todd stehen und sah ihnen zu. Das Gefühl der Einsamkeit war ihm so vertraut, dass er den Schmerz kaum noch spürte.

Vor langer Zeit hatte er sich nach einer kameradschaftlichen Beziehung zu seinem eigenen Vater gesehnt. Doch der alte Mann hatte nie für etwas anderes Zeit aufgebracht als für die neueste Mrs Graham.

„Mr Graham?" R.J. reichte ihm eine Schachtel mit langstieligen roten Rosen.

„Danke." Todd sah keinen Sinn darin, Blumen zu diesem Pflichtakt mitzubringen, aber seine Sekretärin hatte darauf bestanden, und er widersprach ihr nicht häufig. Er ging zur Haustür, läutete und wartete.

Keine zehn Sekunden später wurde die Tür geöffnet, und er sah sich von Angesicht zu Angesicht mit seinem Date wieder. Flüchtig musterte er ihre Gestalt, richtete dann die Aufmerksamkeit auf ihr Gesicht und lächelte. „Guten Abend, Beth. Ich bin Todd Graham."

Sie entsprach weitgehend seiner Erwartung. Vielleicht sah sie etwas jünger aus, aber nicht wesentlich. Ihre Figur wirkte füllig. Nicht fett, aber kurvenreicher, als er es gewohnt war. Das rote Haar war interessant, doch er bevorzugte Blondinen. Sie hatte hübsche, tiefblaue Augen. Sie sah aus wie das, was sie war: eine attraktive Vorstadtbewohnerin mittleren Alters.

„Es ist nett, Sie kennenzulernen." Ihre Stimme war leise und klang ein wenig angespannt. „Ich … Möchten Sie einen Moment hereinkommen?"

Er wollte eigentlich nicht, aber er war entschlossen, höflich zu sein. „Sicher. Allerdings nicht zu lange. Wir haben eine Reservierung in der Stadt."

„Wie nett." Sie trat zurück und bedeutete ihm, einzutreten.

Flüchtig blickte er sich im Eingang um. Er war klein, unauffällig möbliert, kaum dekoriert. Wie erwartet. „Die sind für Sie", sagte er und reichte ihr die Blumenschachtel.

Sie hob den Deckel und entdeckte die Rosen. „Wie hübsch. Vielen Dank." Ihr Lächeln wirkte verkrampft und unaufrichtig. „Ich stelle sie schnell ins Wasser."

Ihre Absätze klapperten auf dem Holzfußboden, als sie davoneilte, vermutlich in die Küche. Erneut blickte er sich um und entdeckte einen Beutel mit Inlineskates an der Garderobe. Sie wirkte auf ihn nicht wie der Typ, der sich dieser Sportart widmete. Dann erstarrte er. Offensichtlich hatte sie Kinder, wie die meisten Frauen ihres Alters.

Er wusste nicht, was er davon halten sollte. Seit seiner eigenen Kindheit hatte er keinen Umgang mehr mit Kindern. Seine Freunde scherzten oft darüber, dass seine Begleiterinnen jung genug waren, um Kinder genannt zu werden, doch er wusste, dass solche Bemerkungen aus Neid entstanden.

Beth kehrte zurück. „Ich habe sie ins Wasser gestellt. Nochmals danke. Sie sind sehr schön." Sie nahm eine kleine Handtasche von einem Tisch neben der Tür. „Wollen wir dann gehen?"

„Gewiss."

Er wartete, während sie die Haustür schloss, und begleitete sie dann zum Wagen. R.J. hielt ihnen den Wagenschlag auf. Beth stieg ein und rutschte über den Sitz, bis sie die andere Tür berührte.

Todd sank auf das weiche Lederpolster und deutete auf den Champagner in einem Eiskübel. „Darf ich Ihnen ein Glas anbieten?"

Sie schüttelte den Kopf. „Es schmeckt bestimmt herrlich, aber …" Sie klammerte sich an den Türgriff, als sich der Wagen in Bewegung setzte. „Lieber nicht."

Er runzelte die Stirn. Fürchtete sie, dass er sie betrunken machen wollte? „Sie sind völlig sicher in meiner Gesellschaft", scherzte er.

Sie stieß ein kleines Lachen aus, das wie ein ersticktes Stöhnen endete. „Als ob ich das nicht wüsste."

„Dann verstehe ich es nicht."

Sie drehte sich zu ihm um, drückte sich aber weiterhin in die Ecke. „Nichts für ungut, Mr Graham, aber ich will eigentlich gar nicht mit Ihnen ausgehen."

Er konnte es kaum fassen. „Sie wollen dieses Date nicht?"

„Mir wäre eine Wurzelbehandlung ohne Betäubung lieber", platzte es aus ihr heraus.

„Warum haben Sie dann bei der Auktion für mich geboten?"

„Das habe ich nicht." Beth holte tief Luft. „Wohlmeinende Freunde haben diesen Abend für mich gekauft. Sie sind der Meinung, dass ich wieder beginnen sollte, auszugehen, und dass dies ein leichter Anfang wäre." Sie schüttelte den Kopf. „Leicht für sie. Sie sind nicht diejenigen, die sich übergeben werden."

„Soll ich das Fenster öffnen?“

„Nein. Es geht mir gut. Ich meinte es nicht wörtlich, obwohl ich vorsichtshalber besser auf den Champagner verzichte.“ Sie blickte ihm offen ins Gesicht. „Ehrlich gesagt, hatte ich seit zwanzig Jahren kein Date mehr. Ich erinnere mich nicht, worüber man redet oder wie man sich verhält. Ich kann mir auch nicht denken, dass ich Ihrer Vorstellung von einer perfekten Partnerin entspreche, da ich wesentlich älter als fünfundzwanzig bin.“ Sie lächelte ein wenig. „Nach allem, was ich gelesen habe, wäre Ihnen noch jünger noch lieber.“

Die Richtung, die das Gespräch nahm, gefiel ihm ganz und gar nicht. „Sie wissen also, wer ich bin.“

„Es ist schwer, in Houston zu leben und nicht von Ihnen gehört zu haben, Mr Graham.“

„Dann sind wir uns also einig darüber, dass ich der Experte in dieser Situation bin?“

„Vermutlich. Ich war schon nicht gut in solchen Dingen, als ich noch zur High School ging, und ich habe mich seitdem bestimmt nicht verbessert.“

Ihm gefiel ihre Verletzlichkeit, und obwohl sie schreckliche Dinge über ihn sagte, musste er ihre Aufrichtigkeit respektieren. Vielleicht wurde dieser Abend doch nicht so furchtbar. „Als Erstes gebe ich Ihnen einen guten Rat“, begann er. „Nennen Sie mich beim Vornamen. ‚Mr Graham‘ klingt aus Ihrem Munde, als wäre ich der Rektor der High School. Alles andere ist wie Fahrradfahren – es kommt von selbst wieder.“

„Das hört sich so an, als ob es etwas Gutes wäre. Ich bin mir da nicht so sicher. Ich erinnere mich deutlich, dass ich in meiner Jugend nervös war und keinen Ton herausbrachte. So will ich nicht wieder sein.“

„Wie wäre es, wenn ich die schwierigen Dinge entscheide? Ich wähle die Gesprächsthemen aus und sorge dafür, dass alles glattläuft. Sie müssen nur daran denken, zu atmen und zu antworten, wenn es angemessen ist.“

Sie entspannte sich ein klein wenig. „Soll ich mir Notizen machen?“, neckte sie ihn sogar und schenkte ihm ein Lächeln, das sie einen Augenblick lang recht attraktiv wirken ließ.

„Ich glaube, Sie sind klug genug, um sich die wesentlichen Punkte zu merken."

„Fassen Sie die Instruktionen in einsilbigen Wörtern ab, und es wird klappen." Sie beugte sich ein wenig vor. „Ich habe allerdings einige Fragen, wenn es Ihnen nichts ausmacht, die zu beantworten."

„Keineswegs."

„Gefällt es Ihnen, so oft auszugehen? Werden Sie all die verschiedenen Frauen nicht leid? Und wie um Himmels willen halten Sie ihre Namen auseinander? Das habe ich mich schon immer gefragt. Benutzen Sie für alle ein gemeinsames Codewort? Zum Beispiel ‚Honey' oder lieber ‚Baby', weil sie noch so jung sind?" Die Fragen sprudelten nur so aus ihr heraus.

Todds spontane Reaktion war, sich beleidigt zu fühlen. Doch als er sie anblickte, wurde ihm bewusst, dass sie nicht unhöflich sein wollte.

„Ich frage das nur, weil Ihr Leben so ganz anders ist als meines oder das meiner Bekannten." Sie lächelte erneut. „Ich war verheiratet, und alle meine Freunde sind ebenfalls verheiratet. Das einzige romantische Erlebnis findet in meinem Haus statt, wenn es einen guten Liebesfilm im Fernsehen gibt."

„Karteikarten", antwortete er mit gespieltem Ernst. „Ich lasse meine Sekretärin eine Karteikarte für jede der Frauen anlegen, mit denen ich ausgehe. Wenn ich durcheinanderkomme, hole ich sie einfach hervor und werfe schnell einen Blick darauf. Natürlich ist es schwieriger im Schlafzimmer, wenn ich meine Hose nicht in Reichweite habe. Dann stecke ich die Karte entweder unter die Matratze oder unters Kissen."

Beth lachte laut auf, und er stimmte in das Lachen mit ein, während er ihr Gesicht betrachtete. Sie war hübscher, als er zunächst bemerkt hatte. Ihre Augen spiegelten ihre Gefühle auf höchst charmante Weise wider.

„Karteikarten! Eine großartige Idee. Sollte ich jemals in Ihre Situation geraten, werde ich daran denken. Obwohl die Wahrscheinlichkeit sehr gering ist."

„Ich glaube, Sie werden es schaffen. Jetzt geht es Ihnen doch besser, oder?"

Ihre Hände ruhten in ihrem Schoß. Er blickte hinab auf ihre langen, unberingten Finger und stellte sich unwillkürlich einen Goldreif an ihrem Ringfinger vor. Beth war eine dieser Frauen, die zur Ehe geboren waren.

„Wenn ich nicht mit Übelkeit kämpfe, dann liegt es an Ihnen."

„Ein Kompliment, das mein Herz erwärmt."

„Es ist mein Ernst." Sie deutete auf den Innenraum der Limousine und auf ihn. „Ich hätte nie gedacht, dass alles so nett ist, und dass ich mit Ihnen reden kann."

„Was hatten Sie denn erwartet?"

„Dass Sie ein arroganter Kerl sind, der sich bestimmt ärgert, weil ich kein junger, blonder Hohlkopf bin."

Todd konnte sich nicht erinnern, wann er zum letzten Mal derart beleidigt worden war.

„Oh, nein", rief Beth bestürzt aus. „Sie machen ein so verkniffenes Gesicht. Ich habe etwas Schreckliches gesagt, oder? Es tut mir leid. Ich wollte Sie nicht verärgern."

„Ich bin nicht verärgert."

„Was dann?"

„Sie haben keine besonders hohe Meinung von mir. Bisher haben Sie mir unterstellt, dass ich nur mit jungen Frauen ausgehe, dass ich sie alle Baby nenne, weil ich mir ihre Namen nicht merken kann, und dass sie alle Hohlköpfe sind."

Beth schlug die Hände vor das Gesicht, und blickte ihn dann voller Reue an. „Es tut mir wirklich leid. Ich wollte nicht beleidigend sein. Es liegt wohl daran, dass ich Sie nicht als reale Person betrachte. Ich meine, ich habe so oft über Sie in der Zeitung gelesen. Für mich sind Sie wie ein Filmstar oder eine Berühmtheit – viel größer als das Leben."

Er war sich nicht sicher, wie er diese Worte verstehen sollte. In gewisser Weise war ihre Ansicht schmeichelhaft. Doch er wollte nicht einschüchternd auf sie wirken. Bevor ihm jedoch eine Entgegnung einfiel, machte die Limousine vor dem Restaurant Halt.

Beth blickte aus dem Fenster und las den diskreten Namenszug auf der Markise. „Ich habe von diesem Lokal gehört. Es ist sehr teuer."

Todd lehnte sich zu ihr und flüsterte: „Keine Sorge, ich kann es mir leisten.“ Ihre Gesichter waren sich sehr nahe, und er verspürte den plötzlichen Drang, sie zu küssen. Verblüfft über diese Anwandlung wich er zurück.

Ein uniformierter Portier öffnete den Schlag. Todd stieg aus und half Beth dann galant aus dem Wagen.

„Bestimmt wollten Sie mich beruhigen, als Sie mir gesagt haben, dass Sie sich ein Lokal wie dieses leisten können“, sagte sie, während sie neben ihm zum Eingang ging. „Aber es hat nicht geklappt.“

„Sie glauben also, dass es leichter wäre, wenn ich Lkw-Fahrer oder Lehrer wäre?“

Sie neigte den Kopf ein wenig zur Seite, während sie darüber nachdachte. „Vielleicht. Obwohl ich mir nicht vorstellen kann, dass ein Date überhaupt Spaß macht. Nun ja, mir wäre es tatsächlich lieber, Sie wären nicht so ...“

„Erfolgreich? Reich? Unglaublich gut aussehend?“, warf er hilfreich ein.

Abrupt blieb sie stehen und starrte ihn an. „Ganz zu schweigen von bescheiden.“ Doch ein Lächeln spielte um ihre Lippen, und sie war nicht mehr so angespannt wie zuvor.

Todd winkelte den Arm an und legte sich ihre Hand in die Beuge seines Ellenbogens. „Es wird alles gut gehen. Ich werde dafür sorgen, dass Ihnen nichts Schlimmes widerfährt.“

„Sie wissen ja gar nicht, wie sehr ich Ihnen glauben möchte.“

Sobald sie das Restaurant betraten, führte Lucien, der Besitzer des Restaurants, sie an den reservierten Tisch. Todd nickte mehreren ihm bekannten Gästen zu. Einen Moment lang wusste er nicht, wie er sich verhalten sollte. Wäre er mit ihr befreundet, hätte er sie seinen Bekannten vorgestellt. Aber es war kein richtiges Date. Er runzelte ein wenig die Stirn, während er sich fragte, was sie denn nun war. Die Erfüllung einer Verpflichtung?

Als er ihr gegenüber Platz nahm und in ihre großen, misstrauischen Augen blickte, wurde ihm bewusst, dass sie mehr als nur eine Verpflichtung war. Trotz der Tatsache, dass ihm vor diesem Abend gegraut und er das Treffen am liebsten abgesagt hätte, amüsierte er sich inzwischen.

„Tja, das bestätigt alles“, murmelte sie.

„Was meinen Sie?"

„Wenn ich nicht von vornherein gewusst hätte, dass ich nicht Ihr Typ bin, hätten all die erstaunten Blicke und hochgezogenen Augenbrauen es mir soeben verraten."

Todd spürte, wie Ärger in ihm aufstieg. Nicht auf sie, sondern auf seine vermeintlichen Freunde, die sie von oben herab betrachteten. „Jetzt bin ich an der Reihe, mich zu entschuldigen. Ich hätte ein anderes Restaurant wählen sollen."

„Einen Schnellimbiss vielleicht? Ich versichere Ihnen, dass ich weiß, welche Gabel ich benutzen muss."

„Ich meinte einen Ort, an dem wir in einer Nische sitzen und uns ungestört unterhalten können." Er deutete um sich. Sein gewohnter Tisch stand in der Mitte des Raumes. Normalerweise gefiel es ihm, von anderen gesehen zu werden, aber nicht an diesem Abend.

Entgegen seiner Erwartung mochte er Beth. Er fand sie klug und witzig. Ihr hatte vor diesem Date ebenso gegraut wie ihm, aber dennoch war sie kein Spielverderber. Außerdem gefiel ihm, dass er ein Gespräch mit ihr führen konnte, was er von seinen anderen Bekannten nicht unbedingt sagen konnte. Ihm erschienen sie gar nicht so viel jünger, doch allmählich wurde ihm bewusst, dass sich das Alter der Frauen, mit denen er verkehrte, in den letzten fünfzehn Jahren nicht geändert hatte. Vielleicht sollte er etwas dagegen tun.

„Was möchten Sie trinken?", fragte er.

Sie schlug die Speisekarte auf. „Da stehen ja gar keine Preise drin."

„Ich habe Sie nicht gefragt, was etwas kostet, sondern was Sie trinken möchten."

Ihr Haar war stufig geschnitten, und Ponyfransen fielen ihr in die Stirn. Vermutlich hatte sie als Kind Sommersprossen gehabt wie die meisten Rothaarigen, doch nun war ihr Teint ebenmäßig hell.

„Aber ich habe noch nie aus einer Speisekarte ohne Preise bestellt", beharrte sie. „Ich muss wissen, wie viel ich ausgebe."

„Warum?"

Sie öffnete den Mund, doch es kam kein Laut heraus.

„Sind Madame und Monsieur bereit, einen Aperitif zu bestellen?", erkundigte sich der vornehm gekleidete Kellner, der lautlos an ihren Tisch getreten war.

„Beth?“

„Ich weiß nicht. Vielleicht ein Glas Wein?“

„Ich beabsichtige, eine Flasche zum Essen zu bestellen. Möchten Sie vorher etwas anderes?“

Hilflos zuckte sie die Achseln und sagte leise: „Ich nehme an, eine Margarita wäre altmodisch, aber das ist der einzige Cocktail, den ich trinke.“

„Wie wäre es mit einem Cosmopolitan? Ich bin sicher, der würde Ihnen schmecken.“

„Na gut.“

Er bestellte einen für Beth und einen Tanqueray auf Eis für sich selbst.

Sie schwiegen, bis die Getränke serviert wurden. Beth starrte in die rötliche Flüssigkeit in dem Martiniglas. „Ich habe befürchtet, dass ich nicht kultiviert genug bin, aber ich glaube, mein Drink ist kultiviert genug für uns beide.“ Sie nippte daran. „Er schmeckt sehr gut. Danke für den Vorschlag.“

„Gern geschehen.“

Der Kellner blieb am Tisch stehen. „Möchten Madame und Monsieur jetzt die Spezialitäten hören?“

„Gern“, sagte Todd.

Nachdem der Kellner die Gerichte aufgezählt und sie wieder allein gelassen hatte, damit sie sich in Ruhe entscheiden konnten, schluckte sie schwer. „Hat er wirklich Knochenmark gesagt?“

„Das ist nur eine Beigabe zum Roastbeef.“

„Aha. Großartig. Vielleicht könnte ich meine Vorspeise auf einem Teller bekommen, der garantiert nie mit Knochenmark in Berührung gekommen ist.“ Sie schüttelte sich. „Ich wollte eigentlich zum Spaß sagen, dass ich nur einen Hamburger möchte, aber in diesem Lokal traue ich mich nicht. Wer weiß, was sie hineintun würden.“

Er grinste. „Der Lachs dürfte ungefährlich sein.“

„Wahrscheinlich ist der mit kleinen Fischzähnen dekoriert“, vermutete Beth.

„Ich glaube nicht, dass Fische Zähne haben.“

„Haie schon.“

„Dann nehmen Sie eben nicht den Hai.“

Sie hielt seinen Blick gefangen, und er sah Belustigung in ihren Augen. „Ich komme nicht viel herum, aber Sie stehen viel zu sehr im Licht der Öffentlichkeit."

„Vielleicht."

„In diesem Raum befindet sich genug Schmuck, um davon die ganze Schulklasse meiner Tochter für vier Jahre aufs College zu schicken."

Er blickte sich um. Ihm war es bisher nicht aufgefallen, aber Beth hatte recht. Die meisten Frauen trugen Ohrringe, Armbänder und Halsketten mit großen, glitzernden Steinen. Im Gegensatz dazu war Beth sehr schlicht zurechtgemacht.

„Es spricht nichts dagegen, sich selbst gegenüber ehrlich zu sein. Ich passe einfach nicht hierher."

„Natürlich passen Sie hierher", widersprach er automatisch und wusste doch, dass es eine Lüge war. „Ich hätte etwas anderes planen sollen", murmelte er. Dabei hatte er selbst diesen Abend überhaupt nicht geplant, sondern seine Sekretärin mit der Reservierung beauftragt. Nun tat es ihm leid. Er wollte, das Beth sich wirklich wohlfühlte. „Wir könnten ja eine Essensschlacht veranstalten. Das würde die Atmosphäre lockern."

„Das gestatte ich meinen Kindern nicht mal zu Hause, also lasse ich es Sie nicht in der Öffentlichkeit tun." Sie schob ihren Stuhl zurück und stand auf. „Entschuldige Sie mich, Todd. Ich bin gleich wieder da."

Er blickte ihr nach, als sie zum Waschraum ging. Hätte ihm vor drei Stunden jemand gesagt, dass ihm der erfolgreiche Ausgang dieser Verabredung mit einer Unbekannten wichtig war, hätte er laut gelacht. Doch nun befand er sich in der unangenehmen Lage, Beth für diesen Abend glücklich machen zu wollen und nicht zu wissen, wie er es anstellen sollte.

Beth atmete tief durch, um die Panik zu unterdrücken. Sie versuchte zu ignorieren, dass allein der Vorraum der Damentoilette nicht nur schöner eingerichtet war als ihr Haus, sondern auch in etwa so groß war wie ihr Wohnzimmer.

Sie stand vor dem Spiegel und gab vor, ihr Make-up zu erneuern.

Mehrere Frauen kamen und gingen, während sie herumtrödelte und versuchte, den Mut aufzubringen, Todd Graham wieder unter die Augen zu treten. Was mochte er nur von ihr denken? Sie war nicht nur völlig unvorbereitet für ein Rendezvous mit einem eingefleischten Junggesellen wie ihm, sondern zudem mindestens ein halbes Dutzend Mal ins Fettnäpfchen getreten. Sie konnte es immer noch nicht fassen, dass sie ihm ihre Übelkeit eingestanden, sich über die fehlenden Preise in der Speisekarte mokiert und ihr Entsetzen über Knochenmark zum Ausdruck gebracht hatte.

Vermutlich glaubte er, dass sie noch nie die Grenze der Stadt, geschweige denn des Staates überschritten hatte. Sie hatten keine Gemeinsamkeiten, und sie hatte sich noch nie in ihrem Leben so fehl am Platze gefühlt. Diese Menschen waren anders. Selbst der Kellner wirkte einschüchternd auf sie. Das Schlimmste daran aber war, dass Todd sich entgegen ihrer Erwartung als sehr nett und geistreich erwies, was in ihr den Wunsch weckte, einen guten Eindruck zu hinterlassen.

Wenn er nur nicht so reich wäre! Oder so gut aussehend. Hätte sie nur nicht ein Prickeln bis in die Zehenspitzen verspürt, als er ihre Hand in seine Armbeuge gelegt hatte. Die altmodische, galante Geste hatte in ihr das Gefühl erweckt, etwas Besonderes zu sein. Einen Moment lang hatte sie sich wieder wie mit sechzehn gefühlt – und in etwa so unsicher.

Sie betrachtete sich im Spiegel. Männer wie er interessierten sich nicht für Frauen wie sie. Außerdem war sie Witwe. Sie hatte kein Recht, sich zu einem anderen Mann hingezogen zu fühlen. Oh, wie sollte sie das Dinner bloß überstehen? Vermutlich würde sie sich an der Vorspeise verschlucken und auf dem flauschigen Teppichboden sterben. Das war das Mindeste.

Ungeduldig trommelte Todd mit den Fingern auf den Tisch. Beth war seit einer Viertelstunde verschwunden. War ihr etwas passiert? Sollte er den Kellner bitten, ein weibliches Mitglied des Personals nach ihr sehen zu lassen?

Gerade als er sich dazu entschlossen hatte, erschien der Kellner und legte ihm ein gefaltetes Papiertuch auf den Tisch. „Madame hat mich gebeten, Ihnen das zu geben", erklärte er mit einer Stimme, die vor Missbilligung triefte.

Augenblicklich wusste Todd, was geschehen war. Nur um seine Intuition zu bestätigen, entfaltete er das Papiertuch und las:

Entschuldigung, Todd, aber ich bin zu dieser Farce nicht bereit. Sie waren die Freundlichkeit in Person, und ich weiß es wirklich zu schätzen. Was mich angeht, sind Sie Ihrer Verpflichtung bezüglich der Junggesellenauktion vollständig nachgekommen. Ich hoffe, mein Verschwinden bringt Sie nicht in Verlegenheit. Manche von uns sind nicht dazu bestimmt, die Vorstadt zu verlassen, und ich gehöre wohl zu diesen Leuten. Bitte akzeptieren Sie meine Entschuldigung. Beth.

„Gibt es ein Problem?", erkundigte der Kellner sich steif.

Ja, es gibt ein Problem, dachte Todd bei sich. Zum ersten Mal in meinem Leben hat man mich sitzen gelassen.

3. KAPITEL

Beth schloss die Haustür auf und rief: „Ich bin es nur!" Als sie das Wohnzimmer betrat, blickten Jodi und ihre Freundin Sara erstaunt auf. „Ich weiß, dass ich etwas früh komme", sagte sie mit sorgsam unbeschwerter Stimme. „Es ist alles in Ordnung. Ich habe Todd gesagt, dass es mir lieber ist, unser Date schnell zu beenden."

Mit gerunzelter Stirn blickte Jodi zur Uhr. „Etwas früh? Hattet ihr überhaupt Zeit zum Essen?"

Beth war zwar bereit, von der Wahrheit ein wenig abzuweichen, aber regelrecht lügen wollte sie nicht. „Wir hatten Drinks."

„Ich dachte, es würde von ihm erwartet, dass er dich zum Dinner einlädt."

„Er hat es angeboten, und ich habe abgelehnt. Ich bin lieber zu Hause." Sie nahm sich einen Keks von dem Teller auf dem Esstisch. „Ich gehe nach oben und ziehe mich um. Macht euch keine Gedanken um mich."

Es erleichterte sie, dass Jodi ihre Erklärung so einfach akzeptierte. Die Geräuschkulisse eines Actionfilms schlug ihr entgegen, als sie das finstere Schlafzimmer betrat. Matt lag auf dem Bett, mehrere Kissen unter den Kopf gestopft und eine Schüssel Popcorn auf dem Bauch.

„Hallo, Sohn", sagte sie, während sie zu ihrem Schrank ging.

„Mom!" Er stellte die Schüssel auf den Nachttisch und sprang auf. „Du bist ja so früh zu Hause. Stimmt was nicht?"

Sie legte ihre Handtasche auf die Kommode und drehte sich zu ihm um. „Es geht mir gut. Es war ein kurzes Date. Todd und ich haben uns entschieden, nur einen Drink zu nehmen."

Hoch aufgerichtet stand Matt vor ihr. Er war ein schlaksiger Teenager mit ernsten Augen hinter seiner Nickelbrille. Seine Lippen waren zu einer schmalen Linie zusammengepresst und seine zu großen Hände zu Fäusten geballt. „Ist etwas passiert? Hat er …" Seine Stimme versagte, und er errötete. „Hat er etwas versucht?"

Es dauerte einen Moment, bis Beth bewusst wurde, dass ihr Jüngster, den sie immer noch als ihr Baby ansah, um ihre Sicherheit besorgt war und sie zu beschützen gedachte. Kummer und Stolz durchzuckten sie gleichzeitig. Kummer, weil er schon beinahe erwachsen war und es nicht lange dauern würde, bis er das Haus verließ, und Stolz auf den Mann, der er einmal sein würde.

Sie schmiegte die Hände um sein Gesicht. Er rasierte sich noch nicht regelmäßig und hatte immer noch die fleckige Haut eines Heranwachsenden, aber seit dem Tod seines Vaters gab er sein Bestes, um der Mann im Haus zu sein.

„Danke", flüsterte sie und küsste seine Wange. „Danke, dass du dich um mich sorgst. Ich bin früher zu Hause, als geplant, aber das liegt nur daran, dass ich nicht zum Dinner geblieben bin. Es ist nichts passiert." Zumindest nicht so, wie er meinte. Wenn sich jemand schlechten Benehmens schuldig gemacht hatte, dann war sie es, nicht Todd.

„Wirklich nicht?"

„Ich schwöre es." Beth hob zwei Finger zur Bekräftigung ihrer Worte. „Jetzt ziehe ich mich um, und dann sehe ich mir den Film mit dir zu Ende an.

Matt grinste. „Du wirst ihn schrecklich finden."

„Wahrscheinlich. Aber ich werde mich darüber lustig machen und dich mit meinen sarkastischen Bemerkungen ärgern, sodass es unterhaltsam sein wird."

Kurz darauf kuschelte sie sich auf das Bett. Die große Schüssel mit Popcorn stand zwischen ihnen. Sie versuchte, sich ebenso wie Matt auf den Film zu konzentrieren. Doch leider vermochte selbst der Anblick barbrüstiger Matrosen sie nicht von Todd abzulenken. War er zum Dinner in dem Restaurant geblieben oder ebenfalls gegangen? Hatte ihr abruptes Verschwinden ihn in Verlegenheit gebracht? Sie nahm eher an, dass es ihn erleichtert hatte, aber sie war sich nicht sicher.

Schuldgefühle quälten sie. Vielleicht hätte sie sich zwingen sollen, den Abend durchzustehen. Ein paar Stunden in seiner Gesellschaft hätte sie ohne Problem ertragen können. Ihr Unbehagen hatte sich vielmehr auf die ungewohnte Situation und das vornehme Restaurant bezogen.

Später, als ihre Kinder schliefen und Beth im Bett lag, grübelte sie immer noch darüber nach, was sie hätte tun sollen.

Der Duft von frisch gebackenem Brot weckte Beth. Offensichtlich hatte Jodi die Zutaten in die Brotbackmaschine gegeben, bevor sie am vergangenen Abend schlafen gegangen war. „Du warst schon immer meine Lieblingstochter“, murmelte Beth, während sie ins Badezimmer eilte.

Zwanzig Minuten später stand sie in der Küche und brühte Kaffee auf. Es war ein sonniger Tag. Abgesehen von einem Sturm vor einigen Tagen hatte es bereits seit drei Wochen nicht geregnet.

„Morgen.“

Beth drehte sich um und sah Jodi am Türrahmen lehnen.

„Selbst guten Morgen. Du bist früh auf.“ Sie blickte zur Uhr an der Wand und zog die Augenbrauen hoch. „Noch nicht einmal neun, und das an einem Samstag. Was ist los?“

Jodi hatte sich Shorts und ein T-Shirt angezogen, aber noch nicht geduscht. Ihr langes, rotes Haar fiel ihr zerzaust auf die Schultern. „Ich wollte mit dir reden.“

„Worüber denn?“, erkundigte Beth sich sorgsam gelassen, obwohl sie etwas ahnte. Sie schenkte Kaffee für sich selbst und Saft für Jodi ein, bevor sie sich an den Tisch setzte.

„Gestern Abend.“

„Was ist mit gestern Abend?“

Jodi setzte sich, strich sich die Haare hinter die Ohren und nahm einen Schluck Saft. „Du hast gesagt, dass du seine Einladung zum Dinner abgelehnt hast.“

„Ja, das habe ich gesagt.“ Es war eine Lüge, aber nur eine kleine.

„Warum bist du dann in einem Taxi nach Hause gekommen?“

„Das Date hat nicht geklappt, also bin ich früher gegangen. Es ist doch nichts dabei, oder?“

„Hat er etwas versucht?“

„Nein. Matt hat mich dasselbe gefragt. Was habt ihr beide denn nur?“

„Wir sind besorgt um dich, Mom. Du warst noch nie mit einem Mann aus. Na ja, mit Daddy, aber das ist etwas anderes. Du weißt, was ich meine. Du bist nicht auf das vorbereitet, was wirklich zwischen einem Mann und einer Frau abläuft.“

„Aber du bist Expertin darin?“

„Natürlich nicht. Aber ich habe Freunde, deren Eltern geschieden sind. Die erzählen mir, wie es für ihre Mutter ist. Männer erwarten gewisse Dinge. Du bist nicht so eine Frau. Ich wollte nur sichergehen, das alles in Ordnung ist."

Beth wusste nicht, ob sie hysterisch lachen, Jodi umarmen oder in Tränen ausbrechen sollte. Sie entschied sich für einen Schluck Kaffee. „Ich weiß deine Besorgnis zu schätzen, wirklich. Und ich schwöre, dass Todd Graham ein perfekter Gentleman war. Er hat mich in ein sehr exklusives Restaurant geführt." In kurzen Zügen berichtete Beth von den Details, einschließlich der fehlenden Preise auf der Speisekarte und dem Angebot an Knochenmark.

Jodi schüttelte sich. „Das ist ja furchtbar."

„Wem sagst du das? Ich konnte nur daran denken, das alles, was ich auch bestelle, auf einem Teller serviert wird, auf dem schon mal Knochenmark war. Mir hat sich der Magen umgedreht."

„Aber Todd war nett?"

„Sehr nett."

„Und ihr habt euch unterhalten?"

„Allerdings, und das überrascht mich."

„Hatte er Spaß?"

„Ich bin mir nicht sicher, aber ich würde Ja sagen. Wir sind gut miteinander ausgekommen."

„Warum hat er dich dann früher gehen lassen?"

„Ist das Brot noch nicht fertig?" Beth sprang auf und ging zur Maschine. Zu ihrem Leidwesen zeigte der Timer noch fast zehn Minuten an.

„Mom? Warum machst du so ein komisches Gesicht? Was verheimlichst du?"

„Gar nichts. Todd hat nichts zu meinem Verschwinden gesagt, weil ich ihm keine Chance gegeben habe. Ich habe mich entschuldigt und ihm eine Nachricht an den Tisch geschickt."

Stille.

Beth schalt sich, Kinder erzogen zu haben, die eigene Meinungen hatten und diese äußern durften, solange es höflich und respektvoll geschah.

„Du hast ihn allein am Tisch gelassen und bist gegangen?"

„So wie du es sagst, klingt es furchtbar. So war es gar nicht."

„Inwiefern war es denn anders?"

„Ich bin sicher, dass es ihn erleichtert hat. Ich bin nicht sein Typ. Er geht mit Frauen, die eher dein Alter haben als meines."

„Aber du hattest eine Verabredung mit ihm, Mom. Wenn Matt oder ich so etwas täten, würdest du uns einen Monat lang Stubenarrest erteilen."

„Ich hatte meine Gründe." Beth kehrte an den Tisch zurück, sank auf ihren Stuhl und barg das Gesicht in den Händen. „Ach, Jodi, du hast recht. Es war gemein von mir." Sie hob den Kopf. „Ich konnte es einfach nicht ertragen. Das Restaurant war piekfein. Ich habe mich so fehl am Platze gefühlt. Die Frauen, mit denen Todd geht, erscheinen in den Klatschspalten."

Jodi wirkte immer noch schockiert, und dadurch fühlte Beth sich noch schlechter. Sie hasste es, ihre Kinder zu enttäuschen und ihnen mit schlechtem Beispiel voranzugehen. „Ich habe falsch gehandelt, und ich werde mich entschuldigen. Ich habe es bereits in der Nachricht getan, aber am Montagmorgen werde ich ihm Blumen ins Büro schicken lassen."

„Wie war er denn so?"

„Anders, als ich ihn mir vorgestellt hatte. Nett und charmant. Er hat mir nicht das Gefühl gegeben, dass er jede Minute furchtbar fand. Er hat sich sehr bemüht, mir diese offensichtlich für beide Seiten peinliche Situation zu erleichtern."

„Also magst du ihn."

Beth lächelte. „Ich halte ihn für einen angenehmen Mann, und das hat mich überrascht. Ich mag ihn, wie ich einen Bekannten mag."

Jodi grinste. „Sicher, Mom." Sie stand auf. „Ich gehe jetzt duschen. Kannst du nach dem Brot sehen?"

„Kein Problem."

Als Jodi die Küche verlassen hatte, starrte Beth aus dem Fenster hinaus in den Garten. Doch anstatt der Hecken, der Blumen und des Rasens sah sie Todds Gesicht vor sich. Er war ein gut aussehender Mann mit geradezu perfekten Zügen, einer geraden Nase und einem entschlossenen Mund. Sein dunkelblondes Haar war klassisch geschnitten, reichte gerade bis an den Kragen. Kühle, blaugraue Augen verliehen ihm etwas Geheimnisvolles, und trotz der Kleidung konnte man sehen, wie gut sein Körper in Form war. Entweder besaß er hervorragende Erbanlagen, oder er trieb regelmäßig Sport.

Jodis Bemerkung ging ihr immer noch durch den Kopf: Also magst du ihn.

Lag darin das Problem? War sie vorzeitig gegangen, weil er ihr Interesse geweckt hatte? Sie wollte es nicht für möglich halten. So feige war sie doch eigentlich nicht. Aber sie hatte das unangenehme Gefühl, dass es genau darum ging. Sie war nicht in der Position, sich mit jemandem einzulassen. Abgesehen davon, dass Todd sich bestimmt mit ihr gar nicht einlassen wollte. Beth hatte außerdem nicht das Bedürfnis, sich wehtun zu lassen. Sie war achtunddreißig Jahre alt und hatte das Gefühl, dass ihr Herz wie alle anderen Körperteile länger brauchte, um zu heilen, als damals mit sechzehn.

„Ich habe das Richtige getan", beruhigte sie sich laut, während sie zur Haustür ging und die Morgenzeitung holte, die auf der Schwelle lag.

Sie blickte zu dem Haus auf der gegenüberliegenden Straßenseite und war ausnahmsweise froh darüber, dass Cindy und Mike übers Wochenende weggefahren waren. Zumindest blieben ihr ein paar Tage, bis sie ihren besten Freunden von dem misslungenen Abend erzählen musste. Sie durfte gar nicht daran denken, wie Cindy reagieren und wie Mike darüber lachen würde.

Der Duft von Rosen erfüllte das Büro. Todd starrte auf den großen Blumenstrauß, der auf seinem Schreibtisch stand. Im Laufe der Jahre hatte er Hunderte von Sträußen verschickt, doch es war das erste Mal, dass er selbst Blumen erhielt. Ein Umschlag steckte zwischen den Stängeln. Er erkannte die Handschrift. Schließlich hatte er das Wochenende über immer wieder die Nachricht gelesen, die Beth Davis ihm hatte überbringen lassen. Also hatte sie die Karte selbst beim Floristen abgeliefert. Das war viel Mühe für eine Frau, die ihn sitzen gelassen hatte.

Er öffnete den Umschlag und überflog den Inhalt. Es war eine Wiederholung dessen, was sie ihm bereits am Freitagabend geschrieben hatte. Dass es ihr leidtat, ohne Abschied gegangen zu sein. Dass sie seine Freundlichkeit zu schätzen wusste und hoffte, er würde Verständnis für ihr Verhalten aufbringen.

„Eigentlich verstehe ich es nicht“, murmelte er vor sich hin, während er zu seinem Schreibtisch ging und in den Ledersessel sank.

Todd konnte es immer noch nicht fassen, dass sie ihn hatte sitzen lassen. Seiner Meinung nach besaß er ein gesundes Selbstvertrauen, ohne übertrieben eingebildet zu sein. Für gewöhnlich warfen sich Frauen ihm an den Hals, scharwenzelten um ihn herum und gaben deutlich zu verstehen, dass er sie haben konnte, wann immer und wo immer es ihm beliebte. Wieso hatte Beth ihre Verabredung vorzeitig beendet?

Er sagte sich, dass er es einfach dabei bewenden lassen sollte. Doch er konnte an nichts anderes denken. Entgegen seiner Erwartung, sich furchtbar zu langweilen, hatte er es genossen, mit ihr zu reden. Ihm gefiel, dass sie sich unbeeindruckt von ihm gezeigt hatte. Ihre Unsicherheit beruhte auf Unerfahrenheit, nicht auf seinem Bekanntheitsgrad. Ihre Aufrichtigkeit war verblüffend gewesen. Doch ihm gefiel, dass sie sagte, was sie dachte, und nicht das, was er hören wollte.

Sein Telefon klingelte. „Mr Graham, das Marketingteam erwartet Sie.“

Er stand auf und verließ sein Büro. Beth Davis hatte bereits zu viel seiner Zeit beansprucht. Das Meeting würde den ganzen Nachmittag über andauern. Wenn es vorüber war, wollte er die Blumen seiner Sekretärin schenken, beide Nachrichten wegwerfen und nie wieder an Beth denken. Vielleicht sollte er ein paar Tage verreisen. Nach New York? Es war April. Das Wetter konnte wunderschön dort sein. Lieber nach Paris, dachte er. Dort lebte eine Bekannte, die ihm einen netten Kurzurlaub bescheren würde.

Mit diesem Entschluss eilte er den Korridor entlang und ließ die Blumen und die Gedanken an Beth hinter sich.

4. KAPITEL

Zwei Stunden später verfluchte Todd sich selbst und den Wirrwarr an Straßen in Sugar Land. Er hatte sich verfahren.

Was zum Teufel ist bloß mit dir los? fragte er sich. Er hatte das Meeting mit einer unzureichenden Erklärung verlassen und fuhr nun seit fünfundvierzig Minuten durch die Gegend. Und wozu das alles? Er redete sich ein, dass er Beth Gelegenheit geben wollte, sich persönlich zu entschuldigen. Und er glaubte das auch beinahe.

„Sie ist nicht mein Typ“, murrte er vor sich hin, während er am Straßenrand anhielt. Er schaute im Stadtplan nach und stellte fest, dass er an der letzten Kreuzung falsch abgebogen war. „Sie ist nicht mein Typ, und wir haben nichts miteinander gemeinsam.“

Sie war zu alt, zu intelligent und zu ehrlich. Sie hatte Kinder. Er mochte keine Kinder. Zumindest nahm er das an.

An der nächsten Ecke bog er rechts ab und fand sich in der richtigen Straße wieder. Erneut fiel ihm auf, wie ähnlich sich die Gebäude hier alle waren. Er folgte den Hausnummern und hielt vor dem richtigen Haus an.

Eine junge Frau stand im Vorgarten und wässerte einige Pflanzen. Sie trug Shorts und ein T-Shirt und war groß und kurvenreich. Es überraschte ihn, dass Beths Tochter offensichtlich schon so alt war. Sie musste bereits sehr jung schwanger geworden sein.

Er stieg aus dem Wagen und spazierte den Gehweg hinauf. „Entschuldigen Sie!“, rief er über das Rauschen des Wassers hinweg. „Ist Ihre Mutter zu Hause?“

Sie wirbelte zu ihm herum. Er starrte in Beths Augen. Ihr Haar war zerzaust, ihr Gesicht frei von Make-up. Obwohl sie nicht für zwanzig durchgehen konnte, sah sie überraschend jugendlich in ihrer lässigen Kleidung aus.

„Was tun Sie denn hier?“, fragte sie verblüfft.

„Ich wollte zu Ihnen.“

Sie wich einen Schritt zurück, dann noch einen. Todd erkannte die potenzielle Gefahr und warnte: „Passen Sie auf den Sprinklerkopf auf.“

Doch es war schon zu spät. Beth stieß mit der Ferse an den Metallstutzen und geriet ins Stolpern. Der Schlauch in ihrer Hand zappelte wild, und ein Strahl kaltes Wasser traf sein Hosenbein.

Beth sah ihn entsetzt an. Er hoffte, dass es an dem Missgeschick und nicht an seinem unerwarteten Auftauchen lag. Doch irgendwie hatte er das Gefühl, dass sie mit beiden Tatsachen zu kämpfen hatte. Sie ließ den Schlauch fallen, eilte zum Wasserhahn und drehte ihn zu. Dann wischte sie sich die Hände an den Shorts ab und wandte sich zu Todd um. „Sie sind hier."

„Ich weiß." Er seufzte und gab vor, enttäuscht zu sein. „Ich habe mir gedacht, dass in der Vorstadt alles anders ist. Aber ich bin mir nicht sicher, ob ich Ihre Begrüßungszeremonie billigen kann. Allerdings nehme ich an, dass es dennoch besser als eine Feuertaufe ist."

Ihr Blick glitt an seinem Körper hinab zu seiner klatschnassen Hose. Sie schluckte schwer. „Ich würde ja anbieten, sie in den Trockner zu stecken, aber ich fürchte, dass der Stoff sich nicht dazu eignet." Sie schüttelte den Kopf. „Es tut mir so leid, Todd, wirklich."

„Kein Problem. Obwohl ich nichts dagegen hätte, wenn ich mich etwas abtrocknen könnte."

„Oh, ja, natürlich. Sie brauchen ein Handtuch." Beth blickte die Straße hinab. Zwei Frauen standen ein Stück weit entfernt. Sie unterhielten sich lebhaft und waren offensichtlich sehr an den Vorgängen in Beths Garten interessiert. „Wir sollten lieber hineingehen."

Er spürte das kalte Wasser an seinen Beinen hinab in seine Schuhe rinnen. Zweifellos war die Hose ruiniert, doch das war ihm egal.

Beth ging voraus zur Rückseite des Hauses. Als sie die Hintertür öffnete, seufzte sie und murmelte: „Jetzt wird es mir heimgezahlt. Das überrascht mich gar nicht."

Gerade wollte er sie fragen, was sie damit meinte, doch sie verschwand und ließ ihn in der Küche stehen. Am Freitag hatte er sich nur kurz im Eingang aufgehalten und den Eindruck gewonnen, dass ihr Haus klein und spärlich eingerichtet war. Doch nun sah er es anders.

Die Küche wirkte hell und behaglich. Eine Baseballmütze lag auf dem runden Tisch, zusammen mit Schulbüchern und einem Briefumschlag von einer örtlichen High School. Eindeutige Beweise dafür, dass sie Kinder hatte, was ihm nicht neu war. Unwillkürlich fragte er sich, wie viele es waren und wie alt sie sein mochten. Er hatte nie daran gedacht, eigene Kinder zu haben und sich nie für die Sprösslinge anderer Leute interessiert. Doch ihr Nachwuchs weckte seine Neugier.

Beth kehrte mit mehreren Handtüchern zurück. „Ich schlage vor, dass Sie ein paar davon mitnehmen, um Ihren Autositz zu schonen."

„Danke." Er nahm ihr die Handtücher ab und begann, seine Hose abzutupfen. Er spielte mit dem Gedanken, ihr die Aufgabe zu übertragen, aber das hätte sie vermutlich völlig aus der Fassung gebracht.

Verlegen trat sie von einem Fuß auf den anderen. „Sie möchten doch keinen Kaffee oder so, oder?"

„Welch gnädige Einladung. Ein Kaffee wäre herrlich."

„Es tut mir leid. Ich wollte nicht unhöflich sein. Es ist nur ..." Hilflos gestikulierte sie mit den Händen. „Sie sind hier. Ich habe Sie nassgespritzt. Heute ist nicht gerade mein Tag. Ich habe gebetet, dass sich die Erde auftun und mich verschlingen möge, aber hier in Texas gibt es nicht viele Erdbeben. Also muss ich es wohl einfach durchstehen."

„Ist es denn so furchtbar?"

„Das hängt davon ab, warum Sie hier sind."

„Wie wäre es mit dem Kaffee?"

„Ist Ihnen ein Eistee auch recht? Ich habe gerade welchen kalt gestellt."

„Das klingt großartig."

Während sie ihm ein Glas einschenkte, setzte er sich auf einen Stuhl am Tisch. Beth bot ihm Zucker an, den er ablehnte, und nahm widerstrebend ihm gegenüber Platz. Sie versuchte, ein Lächeln vorzutäuschen, und versagte kläglich.

Beinahe verspürte Todd Mitleid mit ihr. „Was haben Sie damit gemeint, dass es Ihnen jetzt heimgezahlt wird?"

Sie schmiegte die Hände um ihr Glas. „Das ist einfach so. Jahrelang war ich zufrieden mit meinem Leben. Ich wollte genau das, was ich hatte. Nicht mehr und nicht weniger. Ich habe meine ledigen oder geschiedenen Freundinnen mitleidig belächelt und keinen Gedanken daran verschwendet, dass ich auch einmal an die Reihe kommen könnte. Jetzt bemitleiden die Leute mich. Ich bin eine dieser ledigen Freundinnen."

Unwillkürlich fragte er sich, ob ihr Exmann in ihrem Leben noch eine Rolle spielte und ob er Umgang mit den Kindern hatte. Die Vorstellung wirkte seltsam beunruhigend. „Wie lange sind Sie schon geschieden?"

„Gar nicht. Ich bin Witwe. Mein Mann ist vor achtzehn Monaten gestorben." Ihr Lächeln wirkte traurig. „Unsere Ehe war sehr glücklich."

„Das wusste ich nicht. Es tut mir leid." Er musterte ihr hübsches Gesicht und ihr leuchtend rotes Haar. Seiner Vorstellung nach waren Witwen alte, ganz in Schwarz gekleidete Frauen. Beth hingegen hatte Kinder, die noch zur Schule gingen. Ihr Mann hätte nicht sterben dürfen. Dass sie Witwe war, missfiel ihm auch noch aus einem anderen Grund. Ihre Ehe hatte nicht geendet, weil ihre Gefühle zu ihrem Mann oder seine zu ihr erloschen waren. Mit einer Scheidung hätte Todd besser umzugehen gewusst.

Sie stellte ihr Glas ab und stützte ihr Kinn auf die Hände. „Ich vermisse ihn immer noch. Ist das nicht albern? Aber es ist so. Es kam sehr unerwartet. Ein Autounfall."

„Sie haben ihn geliebt."

„Natürlich. Deshalb habe ich ihn geheiratet. Wir haben zwei Kinder zusammen."

Liebe. Er hatte von dem Gefühl gehört. Jedes Mal, wenn einer seiner Elternteile wieder heiratete, handelte es sich angeblich um die wahre Liebe, die ein Leben andauern sollte. Stattdessen hielten die Beziehungen im Schnitt etwa zwei Jahre. Dann folgten lautstarke Auseinandersetzungen und Vorwürfe, die zur Scheidung führten. Kaum ein Jahr später war die nächste Hochzeit fällig. „Wie lange waren Sie verheiratet?"

„Knapp achtzehn Jahre."

Das war praktisch ein Leben lang. Er kannte niemanden, der so lange verheiratet war. Die Ehe seiner Eltern hatte fast fünf Jahre gehalten, und die gesamte Familie hielt das für eine große Leistung. Worüber redete man Jahr für Jahr? Wie hielt man es miteinander aus, ohne sich gegenseitig verrückt zu machen?

„Ich glaube nicht, dass Sie den ganzen Weg hierhergefahren sind, um über meine Witwenschaft zu reden. Warum sind Sie also hier?“

Er brauchte einen Moment, um sich zu erinnern, was ihn veranlasst hatte, sein Meeting zu verlassen und eine Frau aufzusuchen, die er längst hätte vergessen haben sollen. „Die Blumen sind zwar sehr hübsch, aber ich wollte Ihre Entschuldigung persönlich hören.“

Ihre Wangen wurden feuerrot. Sie schloss die Augen und ließ den Kopf hängen. „Ich schwöre, dass ich in meinem ganzen Leben noch nie so etwas getan habe und nie wieder tun werde.“ Beth blickte ihn jetzt wieder an. „Ich bin eigentlich ein netter Mensch. Ich habe gute Manieren, und ich habe meinen Kindern beigebracht, sich für Geschenke zu bedanken. Ich kann es selbst nicht fassen, dass ich Sie einfach so sitzen gelassen habe.“

„Ich auch nicht.“

„Ich konnte einfach nicht bleiben. Es war alles falsch. Die Leute im Restaurant waren so reich und weltgewandt. Ich hatte das Gefühl, dass sie mich auslachen. Außerdem dachte ich, Sie wären furchtbar gelangweilt. Aber ich will nicht allen anderen außer mir die Schuld geben. Mir gefiel die Sache mit dieser Verabredung von Anfang an nicht. Ich habe mich dazu überreden lassen. Ich hätte auf meine Intuition hören und Ihnen die Wahrheit sagen sollen. Ich entschuldige mich für mein Verhalten, und es tut mir sehr leid, wenn ich Sie in irgendeiner Form in Verlegenheit gebracht habe.“

Der verzweifelte Ausdruck auf ihrem Gesicht bewies, dass sie aufrichtig war. Trotz ihres Alters hatte sie offensichtlich nicht gelernt zu verbergen, was sie dachte. Das gefiel ihm. „Ich akzeptiere Ihre Entschuldigung. Die Blumen waren eine nette Geste. Ich habe vorher noch nie welche bekommen.“

Beth lächelte. „Ich habe mit dem Gedanken gespielt, Kekse zu backen, aber das erschien mir so mütterlich.“

Er konnte sich nicht erinnern, dass seine Mutter oder eine seiner Stiefmütter jemals Kekse gebacken hatte. Einige der Haushälterinnen hatten es getan, aber das war nicht dasselbe.

Sie beugte sich vor und stützte die Ellbogen auf den Tisch. Der Ausschnitt ihres T-Shirts klaffte ein wenig auseinander, doch zu seiner Enttäuschung war nicht einmal ihr Brustansatz zu sehen.

„War es unangenehm für Sie, dass ich nicht zurückgekommen bin?", erkundigte sie sich.

Er schüttelte den Kopf. „Ich habe dem Kellner gesagt, dass ein Krankheitsfall in der Familie aufgetreten sei."

„Er hat Ihnen bestimmt geglaubt. Schließlich sind Sie nicht der Typ, der oft versetzt wird."

Anstatt ihr zuzustimmen, nahm Todd einen Schluck Eistee.

„Kann ich Ihnen die Drinks erstatten?"

Irritiert entgegnete er mit scharfer Stimme: „Ich habe begriffen, dass Sie nicht bereit waren, einen Abend in meiner Gesellschaft zu verbringen, aber bitte beleidigen Sie mich nicht noch mehr."

Sie zuckte leicht zusammen, so als hätte er sie körperlich bedroht. „Ich mache alles falsch. Bitte, Todd, ich wollte nicht verletzend sein. Ich habe wirklich ein schlechtes Gewissen. Ich versuche, es wiedergutzumachen, aber stattdessen mache ich alles nur noch schlimmer. Offensichtlich sollte es mir verboten werden, mit einem Angehörigen des anderen Geschlechts aus dem Haus zu gehen, solange ich nicht einen Nachhilfekurs im Umgang mit Männern absolviert habe."

Ihre echte Betroffenheit milderte seine Verärgerung. Unwillkürlich beugte er sich vor, näherte sich ihr und wollte sie berühren. „Der Kursus ist keine schlechte Idee. Sie sind wirklich außer Übung. Ich darf gar nicht daran denken, wie Sie mein Selbstbewusstsein zerstört hätten, wenn es eine richtige Verabredung gewesen wäre."

„Vielleicht sollten Sie ein Buch darüber schreiben. Schließlich haben Sie genügend Erfahrung."

Er grinste. „Zu viele Frauen würden in der Widmung erwähnt werden wollen. Es bliebe kein Platz für den eigentlichen Text."

Beth lächelte. „Sie sind viel netter, als ich erwartet hatte. Waren Sie eigentlich schon mal verheiratet?"

Ihre Frage, unmittelbar nach dem Kompliment, verblüffte ihn. Normalerweise wusste er genau, was eine Frau in einem bestimmten Moment sagen würde. Doch Beth überraschte ihn ständig. „Nein. Meine Eltern sind ein zu abschreckendes Beispiel. Sie haben es sich zur Gewohnheit gemacht, irgendjemanden zu heiraten und sich nach ein paar Monaten wieder scheiden zu lassen. Ich kann gar nicht mehr zählen, auf wie viele Ehen sie es zusammengerechnet bringen. Vor drei oder vier Jahren hatte ich sechsunddreißig Halbgeschwister. Mit einigen stehe ich in Kontakt, aber an einige kann ich mich nicht mal erinnern."

„Du meine Güte! Die Reichen sind wirklich anders." Sie legte den Kopf etwas zur Seite. „Ich kenne so was nur aus dem Fernsehen. Erinnern Sie sich an die Serie ‚Denver-Clan'?"

Todd schüttelte den Kopf. Ihm gefiel, wie ihre Haare im Sonnenschein glänzten, der zum Fenster hereinströmte. Das dunkle Rot leuchtete wie auflodernde Feuer. Ihm fiel auf, dass um ihre Augen winzige Fältchen lagen, die sich kräuselten, wenn sie lächelte.

„Die Carringtons waren eine richtig reiche Familie. Einige von ihnen und ihre Freunde haben ständig geheiratet. Es war interessant für mich, weil mein Leben so ganz anders ist." Sie nahm einen Schluck Tee. „Ich habe Darren, meinen Mann, in der High School kennengelernt. Unsere Familien sind beide total langweilig. Keine zweite Ehe. Darren war ein paar Jahre älter als ich, und wir haben geheiratet, als ich neunzehn war. Ich arbeitete dann erst einmal, um sein Studium zu finanzieren."

Beth berichtete weiter über seinen Job als Geochemiker bei einer Ölgesellschaft. Todd wurde sich bewusst, dass ihr Leben für ihn ebenso fremd war wie seines für sie. Er hatte nie eine Frau kennengelernt, die ihrem Mann das Studium finanzierte. Er dachte, dass so etwas nur im Film geschah. Was mochte sie dazu veranlasst haben? Liebe? Existierte sie wirklich?

Als sie innehielt, forderte er sie auf: „Erzählen Sie mir von Ihren Kindern."

Ihr Gesicht erstrahlte. „Sie sind wundervoll. Jodi ist sechzehn und besucht die Unterstufe der High School. Sie ist klug und hübsch." Sie zupfte an ihrem Pony. „Sie hat mein rotes Haar geerbt. Matt ist vierzehn und kommt nach seinem Vater. Braunes Haar, braune Augen und Brille. Er ist neuerdings der Mann im Haus."

Ein versonnenes Lächeln spielte um ihre Lippen. „Als ich am Freitag so unerwartet früh nach Hause kam, wollte er wissen, ob etwas Schlimmes passiert sei. Da stand er, ganz schlaksig und mit seinen zu großen Händen und Füßen, wild entschlossen, meine Ehre zu verteidigen. Die beiden sind ein Segen für mich. Ich glaube nicht, dass ich Darrens Tod ohne sie verkraftet hätte. Sie haben mir einen Grund gegeben, am Leben zu bleiben."

Todd wusste nicht, was er mit ihrer Erzählung anfangen sollte. Er war es gewohnt, bewundert zu werden. Frauen verlangten, und er gab. Doch nach Lage der Dinge brauchte Beth nichts von dem, was er zu bieten hatte. Nicht, dass er an einer Beziehung mit ihr interessiert war.

Sie blickte zur Uhr. „Es ist fast vier. Bestimmt halte ich Sie von wichtiger Arbeit ab."

„Nur von einem Meeting. Ich bin einfach gegangen, ohne zu sagen, wohin. Inzwischen sind bestimmt alle völlig aufgeregt."

„Sie hören sich aber recht zufrieden an."

„Das hält meine Mitarbeiter auf Zack. Manchmal bin ich zu berechenbar."

Sie schüttelte den Kopf. „Mir fallen mehrere Ausdrücke ein, die auf Sie zutreffen, aber berechenbar gehört nicht dazu."

Das freute Todd. Er hob das Glas und trank den Eistee aus.

„Möchten Sie noch etwas? Ich habe auch Kekse. Erdnussbutter oder Schokoraspel."

„Selbst gebacken?"

Sie stand auf und füllte sein Glas auf. „Natürlich. Die schmecken besser und sind billiger."

Das ließ ihn aufhorchen. Hatte sie finanzielle Probleme? Er dachte an ihre Besorgnis wegen der Preise im Restaurant, blickte sich um und wünschte, den Wert des Hauses einschätzen zu können. Bei gewerblichen Gebäuden konnte er auf Anhieb den Quadratmeterpreis nennen, doch mit Privatimmobilien kannte er sich nicht aus. Hatte Darren ihr wenigstens eine anständige Versicherungspolice hinterlassen? Er hätte gern gefragt, doch das ging ihn absolut nichts an.

Beth stellte einen Teller mit Keksen auf den Tisch. Er probierte von jeder Sorte einen. „Perfekt", lobte er.

„Jodi hat die mit Erdnussbutter gemacht und ich die mit Schoko. Ich erwarte nicht, dass Sie einer Sorte den Vorzug geben."

„Eindeutig die mit Schoko."

„Lügner", schalt sie lächelnd.

Ihr Lächeln erweckte in ihm den Wunsch, lange Zeit an ihrem

Tisch zu sitzen und ihr zuzuhören, während sie von ihrem Leben erzählte. Es sprach durchaus etwas dafür, einfache Freuden mit einer Frau in seinem Alter zu teilen. Warum war er nie mit jemandem wie ihr ausgegangen? „Wir sollten unser Date nachholen“, schlug er impulsiv vor. „Sie haben Ihren Cocktail kaum angerührt, und wir haben nichts gegessen. Lassen Sie uns noch mal ausgehen. Ich verspreche, ein passenderes Restaurant auszuwählen. Es wird garantiert kein Knochenmark geben.“

Abwehrend verschränkte sie die Arme vor der Brust. „Das ist wirklich nett von Ihnen, aber ich halte das für keine gute Idee. Ich bin nicht bereit, mich mit jemandem einzulassen. Ich meine, auszugehen. Ich glaube nicht, dass Sie etwas mit mir zu tun haben wollen. Warum sollten Sie? Wir haben nichts gemeinsam. Sie sind sehr freundlich, und ich weiß es zu schätzen. Aber wir leben in zwei völlig verschiedenen Welten.“

Todd sagte sich, dass sie unüberlegt drauflosredete und er es nicht persönlich nehmen sollte, doch es fiel ihm verdammt schwer. Eine Weile starrten sie sich an, während er vergeblich nach einer Erwiderung suchte.

Schließlich brach Beth das Schweigen. „Ich bin nicht Ihr Typ. Ich bin zu alt, fast vierzig, und nicht attraktiv genug. Ich meine, ich glaube, dass ich mit gewöhnlichen Frauen mithalten kann. Aber Sie verkehren mit Models. Die sind so dürr und jung, und ich habe Kinder bekommen. Zwei.“ Sie wich einen Schritt zurück. „Um ehrlich zu sein, ich habe an dem Abend keine Zeit.“

Nun musste er es wohl doch persönlich nehmen. „Ich habe keinen bestimmten Abend vorgeschlagen.“

Ihre Wangen erglühten. Wieder einmal war sie ins Fettnäpfchen getreten. Dabei hatte sie nur versucht, ihm einen Ausweg zu eröffnen. Wie lautete doch das alte Sprichwort? Keine gute Tat bleibt ungestraft. „Ich habe es nicht böse gemeint. Ich verstehe nur nicht, warum Sie mit mir ausgehen wollen. Es geht nicht darum, dass ich nicht gern mit Ihnen zusammen bin.“

„Wo liegt dann das Problem?“

Eine einleuchtende Frage, auf die sie keine einleuchtende Antwort hatte. „Sie machen mich unglaublich nervös, aber gleichzeitig fühle ich mich auch wohl in Ihrer Gesellschaft. Ich habe das Gefühl, ich kann alles sagen, und Sie verstehen es. Wissen Sie eigentlich, wie viel Ärger das bedeuten kann? Wie Sie bereits gemerkt haben, habe ich ein großes Talent dafür, im richtigen Moment das Falsche zu sagen. Ich würde mich die ganze Zeit über entschuldigen. Und das würde für Sie furchtbar langweilig werden."

„Nicht für mich", widersprach Todd. „Sie sind die am wenigsten langweilige Frau, der ich je begegnet bin."

„Danke." Ihr wäre lieber gewesen, für umwerfend schön und unglaublich sexy gehalten zu werden, aber sie gab sich mit „am wenigsten langweilig" zufrieden.

Er stand auf. Er war einige Zentimeter größer als Darren, und als er zu ihr trat, schien die Küche zu schrumpfen. Plötzlich war ihr Hals wie zugeschnürt. Eine fremdartige Welle der Hitze stieg in ihr auf.

„Sie sind es mir schuldig, Beth. Sie haben mich sitzen lassen. Ich bin ein Mann, der sich nimmt, was ihm zusteht. Also glauben Sie nicht, dass Sie so einfach davonkommen."

Er war so fordernd und männlich. Unwillkürlich erzitterte sie, und zwar nicht vor Entsetzen. „Aber ich ..."

Er hob eine Hand. „An kommenden Samstagabend werden Sie und ich ausgehen. Ich akzeptiere kein Nein."

„Ich kann nicht. Ich habe zu viel zu tun."

Ungläubig zog er die Augenbrauen hoch. „Versuchen Sie es mit einer anderen Ausrede. Diese zieht nicht."

„Es ist keine Ausrede. Am Vormittag muss ich Blumen pflanzen, und über Mittag habe ich übernommen, in einem Kiosk bei Matts Baseball-Spiel auszuhelfen. Um vier Uhr ist dann eine Poolparty für seine Freunde angesagt. Am frühen Abend werde ich völlig erledigt sein. Ich glaube kaum, dass Sie interessiert wären, dann noch mit mir auszugehen."

Eindringlich blickte Todd sie an.

„Ich lüge nicht."

„Am Freitag bin ich nicht in der Stadt. Also muss es am Samstag sein."

Es muss überhaupt nicht sein, dachte Beth, aber ihr gefiel, dass Todd darauf bestand. Es war so romantisch. „Ich mache Ihnen einen

Vorschlag. Sie begleiten mich den ganzen Tag über. Wenn Sie das alles überstehen und dann immer noch ausgehen wollen, ziehe ich mein bestes Kleid an, auch wenn Sie es schon gesehen haben, und wir gehen in ein Restaurant Ihrer Wahl. Aber ich wette darauf, dass Sie zu erschöpft sein werden, um auch nur an Date oder Dinner zu denken."

Er reichte ihr die Hand. „Abgemacht."

Sie legte ihre Hand in seine und beugte sich unwillkürlich zu ihm vor. Er war ein sehr verlockender Mann. Noch dazu war Todd Graham gefährlich. Sie durfte ihn nicht in ihr Leben lassen. Doch es war bereits zu spät für einen Rückzieher, und es ging ja auch nur um einen Tag.

Er blickte zur Uhr. „Ich muss zurück ins Büro."

Sie begleitete ihn zur Haustür.

„Also bis Samstag. Wann soll ich hier sein?"

„Um acht Uhr morgens."

„Gut."

Er starrte sie an. Sein Blick glitt zu ihrem Mund, und ihr schoss durch den Kopf, dass er sie vielleicht küssen wollte. Mit angehaltenem Atem wartete sie. Als er ohne ein Wort zur Tür hinausging, wusste sie nicht, ob sie erleichtert oder enttäuscht sein sollte. Sie wusste nur, dass der kommende Samstag ein interessanter Tag werden würde.

5. KAPITEL

„Ich will Einzelheiten“, verlangte Cindy, sobald Beth sie eintreten ließ. „Fang ganz vorne an, und erzähl mir alles, was passiert ist. Lass kein einziges Wort aus.“

Beth lächelte. „Wann seid ihr zurückgekommen?“

Cindy blickte zur Uhr. „Vor etwa zehn Minuten. Ich lasse Mike die Koffer auspacken und die Kinder ins Bett bringen. Schließlich habe ich Prioritäten.“

„Es freut mich, dass ich so hoch oben auf deiner Liste stehe.“ Beth ging voraus ins Wohnzimmer. „Zum Glück hast du Mike nicht mitgebracht.“

„Ich habe ihm eine gekürzte Version versprochen, sobald ich zurück bin.“ Cindy sank auf das Sofa und klopfte auf das Polster neben sich. „Komm her, und fang an. Ich gehe nicht, bevor ich alles weiß.“

Beth setzte sich und zog in Erwägung, darauf zu plädieren, dass es sich um eine Privatangelegenheit handelte. Doch leider hatte sie Cindy über deren Bekanntschaft mit Mike seinerzeit ebenso ausgehorcht. Nun wurde es ihr heimgezahlt, wie sie es Todd am Vortag prophezeit hatte. „Es gibt nicht viel zu erzählen.“

„Ich kann dir gar nicht sagen, wie sehr ich dir das glaube. Komm schon, spuck es aus.“

In kurzen Zügen berichtete Beth von der Fahrt in der Limousine und dem exklusiven Restaurant.

Cindy nickte mitfühlend. „Ich hätte es in einem so schicken Lokal auch schrecklich gefunden. Hast du dich richtig fehl am Platz gefühlt?“

„Ja. Die Gerichte auf der Speisekarte waren seltsam, und die anderen Gäste haben Designerkleidung und teuren Schmuck getragen. Ich wusste nicht, was ich tun sollte.“

„Aber du hast es überlebt.“

„Na ja, nicht ganz.“

„Was soll das heißen? Natürlich hast du es überlebt. Schließlich sitzt du hier und siehst völlig normal aus.“

Beth faltete die Hände im Schoß. „So einfach ist das nicht. Nachdem wir Drinks bestellt hatten, wurde mir klar, wie verrückt die ganze Situation war. Todd und ich haben nichts miteinander gemeinsam. Ich wollte nicht da sein, und … nun, zu dem Zeitpunkt hielt ich es für eine gute Idee. Ich habe die Toilette aufgesucht, ihm eine Nachricht geschrieben und ein Taxi nach Hause genommen."

Cindy starrte sie entgeistert an und brach dann in Gelächter aus. „Du hast ihn sitzen lassen? Mike wird von der Story begeistert sein."

Beth spielte mit dem Gedanken, um Geheimhaltung zu bitten, doch sie bezweifelte, dass es einen Sinn hatte. „Ich bin nicht stolz darauf. Ich weiß, dass es unhöflich und rücksichtslos war. Ich bin einfach in Panik geraten. Ich bin zu alt, um mit Männern auszugehen. Todd war eigentlich recht nett, und während der Fahrt war es gar nicht so schwer, mit ihm zu reden. Aber im Restaurant hatte ich das Gefühl, dass alle mich anstarren."

„Es tut mir leid, dass ich gelacht habe. Ich wünschte, deine erste Erfahrung wäre erfolgreicher gewesen, aber zumindest ist der Anfang gemacht. Beim nächsten Mal wird es nicht mehr so schlimm."

„Ich glaube nicht, dass es ein nächstes Mal geben sollte. Ich habe die Spielregeln in meiner Jugend nicht gelernt, und kenne sie deshalb noch nicht. Außerdem bin ich keine Frau, die einen Mann interessiert."

„Oh, bitte! Du bist intelligent. Du hast Sinn für Humor. Du bist attraktiv."

Durch die Komplimente ihrer Freundin fühlte Beth sich etwas besser. „Es ist nett von dir, das zu sagen, aber Tatsache ist, dass ich fast vierzig bin. Das ist zu alt für Rendezvous."

„Warum?"

„Todd geht nur mit Frauen Anfang zwanzig aus."

Cindys Miene wurde nachdenklich. „Wie interessant."

„Wieso?"

„Ich habe ganz allgemein gesprochen, aber du beziehst es auf Todd. Du magst ihn also", schloss Cindy.

„Nein. Er war sehr nett. Aber er ist nicht mein Typ."

„Wie du mich informiert hast, als ich frisch geschieden war, muss man sich für Männer interessieren, um einen Typ zu haben."

„Na gut. Wenn ich einen Typ hätte, wäre es nicht Todd."

Cindy beugte sich zu ihr. „Demnach brauche ich wohl nicht nach einem Gutenachtkuss zu fragen."

„Keine Küsse, keine bedeutsamen Berührungen."

„Und wie steht es mit unbedeutenden Berührungen?"

Beth blickte sie finster an. „Lass mich in Ruhe. Es ist nichts passiert. Ich habe den armen Mann im Restaurant zurückgelassen. Es war nicht gerade eine Glanzleistung, und ich möchte es einfach vergessen."

Cindy hob die Hände. „Na schön. Ich habe begriffen. Ich nehme an, dass du ihn nicht wieder siehst."

„Doch. Aber es ist nicht so, wie du denkst."

„Ich denke gar nichts."

„Doch. Du denkst, dass er mich mag. Aber das stimmt nicht. Ich habe ihm Blumen geschickt, um mich für mein Verhalten zu entschuldigen. Er war gestern hier, weil er mich zu Kreuze kriechen sehen wollte. Dann hat er vorgeschlagen, dass wir die Verabredung nachholen. Ich habe ihm gesagt, dass das unmöglich ist."

„Aber wenn du ihn wiedersiehst, hast du also doch zugestimmt."

„Nicht direkt", widersprach Beth und berichtete von der Vereinbarung, die sie mit Todd für den kommenden Samstag getroffen hatte.

„Beth hat einen Freund", sang Cindy vor sich hin.

„Habe ich nicht. Er mag mich nicht."

„Aber natürlich mag er dich. Warum sollte er sich sonst solche Mühe geben?"

Genau diese Frage hatte Beth die halbe Nacht lang wach gehalten. „Ich passe überhaupt nicht zu ihm. Er steht auf kecke junge Frauen."

„Vielleicht möchte er das ändern."

„Das ist unwahrscheinlich."

„Stell dir vor, dass du ihn nackt sehen könntest", meinte Cindy belustigt. „Früher hast du mir immer gesagt, dass du mal einen anderen Mann als Darren nackt sehen möchtest."

„Ich muss in Zukunft vorsichtiger sein mit meinen Äußerungen", murrte Beth. „Na schön, ich habe es gesagt. Ich war neugierig. Aber das war früher. Es war ein Scherz, während ich glücklich verheiratet war. Ich wollte es nicht wirklich. Ich wollte nur darüber reden."

„Jetzt kannst du beides haben."

„Es tun und darüber reden?" Beth schüttelte sich. „Im Leben nicht. Ich kann nicht mit einem Fremden Sex haben."

Cindy grinste. „Wenn du mit ihm schläfst, wird er kein Fremder mehr sein."

„Das könnte ich nicht. Ich gebe ja zu, dass es interessant wäre, einen anderen Mann nackt zu sehen, und ich hätte auch nicht unbedingt was gegen Sex, aber ich würde mich nicht ausziehen wollen.“ Sie versuchte, sich eine solche Situation vorzustellen, doch es gelang ihr nicht. „Ich will ja nicht ständig auf meinem Alter herumreiten, aber schließlich ist die letzte Frau, die Todd nackt gesehen hat, etwa sechzehn Jahre jünger als ich.“

Cindy sagte nichts. Es war nicht nötig. Beth schloss die Augen und seufzte. Schon wieder hatte sie eine ganz allgemeine Aussage auf Todd bezogen.

„Du magst ihn. Du brauchst es nicht zuzugeben, aber wir beide wissen, dass es so ist. Wenn er dich wiedersehen will, mag er dich offensichtlich auch. Also genieße es.“

„Ich kann auf keinen Fall eine Beziehung eingehen.“

Cindy strich sich die Haare hinter die Ohren. „Vielleicht solltest du es einfach als Chance ansehen, die Regeln zu lernen, die du nie begriffen hast. Ein Training. So wie der Schwangerschaftskurs.“

„Das Training war mit der Geburt nicht zu vergleichen. Die Atemübungen sind viel leichter, wenn man keine Wehen hat. Ich bezweifle, dass eine Trainingsbeziehung etwas mit einer echten Beziehung zu tun hat.“

„Es wäre immerhin ein Anfang. Oder ruf ihn an und sag ab.“

Beth wollte schon etwas sagen, ließ es dann aber doch lieber. Sie wollte nicht absagen, und sie wollte auch nicht mit Todd ausgehen. Vielleicht sollte sie ihre Mutter anrufen und sich erkundigen, ob Geisteskrankheiten in der Familie lagen. „Das kann ich nicht.“

„Weswegen nicht?“

„Deswegen nicht.“

Cindy zog die Augenbrauen hoch.

Beth blickte sie finster an. „Weil ich es nicht will. Okay? Wolltest du das hören? Ich will ihn wiedersehen. So, ich habe es zugegeben. Bist du jetzt zufrieden?“

Cindy grinste. „Sehr.“

Am Samstagmorgen schlüpfte Beth in Shorts und ein T-Shirt und musterte sich dann im Spiegel. Da sie sich zehn Minuten länger als gewöhnlich Zeit für ihre Frisur gelassen hatte, saßen ihre Haare gut. Sie hatte die Wimpern getuscht, ein wenig Lidschatten und Lippenstift aufgelegt und trug sogar goldene Ohrringe. Für einen gewöhnlichen Samstag war sie regelrecht aufgetakelt.

Doch es war kein gewöhnlicher Samstag. In wenigen Minuten sollte Todd eintreffen, und obwohl sie sich einredete, dass es keine richtige Verabredung war, wollte sie ihn beeindrucken.

Sie ging in die Küche, setzte Kaffeewasser auf und fragte sich, ob sie Frühstück machen sollte. Die Vorstellung, Todd Pfannkuchen oder Waffeln zu servieren, ließ sie erschauern. Es erinnerte sie zu sehr an eine Szene aus einem Film – die nach dem Morgen danach. Da die Nacht zuvor nicht stattgefunden hatte, erschien ihr die Sache mit dem Morgen danach etwas verfrüht.

Sie hörte Schritte im ersten Stock und lächelte. Es grenzte an ein Wunder, dass ihre Kinder am Wochenende schon vor acht Uhr aufstanden. Natürlich hatte sie ihnen am vergangenen Abend erklärt, dass Todd den Tag mit ihr verbringen wollte, und das musste etwas mit ihrem frühen Aufstehen zu tun haben.

Was würde er von ihren Kindern denken? Was würden sie von ihm halten?

Sie blickte auf, als die beiden in die Küche kamen. „Wir sind hier, um den Mann in deinem Leben zu begutachten", verkündete Jodi. Sie strahlte wie immer. Ihr leuchtend rotes Haar war zu einem Pferdeschwanz zurückgebunden. Ihre Haut war klar und rein und ihr Körper gertenschlank.

Vermutlich verliebt er sich auf den ersten Blick in sie, dachte Beth grimmig. „Er ist zwar ein Mann, aber eigentlich nicht der in meinem Leben."

„Warum kommt er dann her?", wollte Matt wissen. Er trug Shorts und ein T-Shirt, war barfuß und ungekämmt.

Das Motorengeräusch eines ankommenden Wagens ersparte Beth eine Antwort. Zum Glück, denn ihr wäre keine eingefallen.

Es klingelte. Sie eilte zur Tür, öffnete und sah Todd mit mehreren Papiertüten im Arm auf der Veranda stehen. „Guten Morgen", begrüßte sie ihn.

„Hi, Beth. Ich hoffe, Sie haben noch nicht gegessen. Ich habe nämlich das Frühstück mitgebracht."

Nur halb registrierte sie, dass er eintrat, ihr einige Tüten reichte und ihr dann in die Küche folgte. Das Atmen fiel ihr schwer. Er war größer, als sie es in Erinnerung hatte. Sein anscheinend aufrichtiges Lächeln und seine erfreute Miene wirkten faszinierend, doch sein Körper raubte ihr geradezu den Atem. Er trug wie sie und Matt ein T-Shirt, doch an ihm wirkte es völlig anders. Der dunkelblaue Baumwollstoff umspannte seine breiten Schultern und betonte seinen Oberkörper, der bei ihren bisherigen Begegnungen von seinem Jackett verborgen geblieben war. Die Farbe betonte das Blau seiner Augen. Seine Arme waren gebräunt und muskulös. Sie wagte nicht, den Blick hinab zu seiner hautengen Jeans zu senken.

„Ich habe im Delikatessengeschäft bei mir um die Ecke vorbeigeschaut", verkündete er und deutete auf die Tüten. „Da sind einige Sorten Käse und frisches Obst. Ich habe von allem etwas genommen, da ich nicht wusste, was ihr mögt."

„Danke", brachte sie hervor, immer noch überwältigt von seiner Anwesenheit in ihrer Küche. Dann stellte sie fest, dass er und ihre Kinder einander aufmerksam musterten. „Todd, das ist meine Tochter, Jodi, und mein Sohn, Matt." Sie wandte sich an die Kinder. „Das ist Todd Graham."

„Es freut mich, Sie kennenzulernen", begrüßte Jodi ihn mit einem strahlenden Lächeln. „Danke für das Essen."

„Es ist mir ein Vergnügen. Bitte nenn mich Todd." Er streckte seine Hand aus. „Hallo, Matt."

Nach kurzem Zögern schüttelte Matt ihm die Hand.

Beth beauftragte die Kinder, den Tisch zu decken, und bedeutete Todd, sich zu setzen. „Möchten Sie Kaffee?"

„Das wäre großartig. Schwarz, bitte."

Sie öffnete den Schrank und suchte, bis sie einen schlichten, grünen Becher fand. Bis zu diesem Moment war ihr nicht bewusst geworden, dass die Mehrzahl ihrer Becher mit Zeichentrickfiguren, Reklame oder witzigen Sprüchen verziert war. Sie bezweifelte, dass er aus einem Gefäß mit der Aufschrift „Die tollste Mutter der Welt" trinken wollte.

„Was ist das?", erkundigte sich Jodi, als sie eine der kleinen Konservendosen öffnete.

Beth reichte Todd den Kaffee und drehte sich zu ihr um. „Das ist Räucherlachs."

Jodi rümpfte ihre kecke, kleine Nase. „Fisch zum Frühstück?"

„Das ist nicht schlimmer, als wenn du morgens Pizza isst."

„Doch, das ist es. Aber ich werde es probieren." Jodi stellte das Obst auf den Tisch. „Was ist das da?"

„Mango", erklärte Todd. „Es schmeckt köstlich."

Beth lehnte sich an die Arbeitsfläche und versuchte, sich zu entspannen. Die Szene erschien ihr völlig falsch. Es war achtzehn Monate her, seit ein Mann an ihrem Tisch zum Frühstück gesessen hatte. Sie vermisste ihren Ehemann so heftig wie schon lange nicht mehr. Sie wollte, dass dieses morgendliche Ritual so war wie früher. Sie wollte, dass ihre Kinder ihre Aufgaben ungezwungen erledigten. Sie wollte sich wohlfühlen und sich nicht sorgen müssen, etwas Falsches zu sagen oder sich töricht zu verhalten. Sie wollte die Vergangenheit zurückhaben.

„Der Tisch ist gedeckt, Mom."

Sie blinzelte und sah, dass Matt vor ihr stand. Verwirrung lag im Blick seiner braunen Augen. Es war eine schwierige Situation für ihn. Er bemühte sich, der Mann in der Familie zu sein, doch ein fremdes Wesen war soeben in sein Territorium eingedrungen. Er war erst vierzehn. Wie sollte sie ihm die Situation erklären, wenn sie sie selbst nicht verstand?

„Möchtest du im Wohnzimmer frühstücken und dabei fernsehen?", fragte sie leise.

Er nickte. Er wusste, dass sie es gewöhnlich nicht erlaubte, Mahlzeiten vor dem Fernseher einzunehmen. Sie wusste, dass er Zeit brauchte, um die Situation zu verkraften. „Danke, Mom."

Beide Kinder füllten ihre Teller und verschwanden. Beth setzte sich Todd gegenüber. „Danke, dass Sie all das mitgebracht haben."

Er blickte zu den geöffneten Dosen, von denen die meisten noch voll waren. „Ich habe wohl zu viel mitgebracht. Ich wusste nicht, wie viel Teenager essen."

„Machen Sie sich keine Gedanken. Der Appetit eines Vierzehnjährigen ist normal, wenn er allein ist. Aber heute Nachmittag bei der Poolparty werden die Jungs alles verschlingen. In einer Gruppe werden Teenager gefräßig."

Todd lächelte sie an. „Ich bin froh, dass wir heute so viel Zeit zusammen verbringen werden."

Was sollte sie darauf antworten? Schließlich murmelte sie: „Ich auch." Sie bestrich ein Brötchen mit Frischkäse und nahm einen Bissen. Konversation. Sie musste sich etwas Geistreiches ausdenken. Doch leider fiel ihr nichts anderes als die Wahrheit ein. „Es ist sehr seltsam, dass Sie hier sind."

Er nippte an seinem Kaffee. „Inwiefern?"

„Es ist einfach ungewöhnlich, einen Mann im Haus zu haben. Ich hätte eher erwartet, dass ein Mann wegen Jodi vorsprechen kommt. Nicht, dass Sie bei mir vorsprechen. Ich weiß, dass es nur ein freundschaftlicher Besuch ist", fügte sie verwirrt hinzu.

Er beugte sich zu ihr. Der runde Tisch war ihr immer recht groß erschienen, bis schließlich ein gut aussehender Mann daran Platz genommen hatte. Sie widerstand dem Drang, ihren Stuhl zurückzuschieben.

„Lassen Sie uns einige Dinge klarstellen", begann er mit leiser, weicher Stimme, die ihr einen Schauer über den Rücken jagte.

„Ich höre", murmelte sie erstickt.

„In Anbetracht des Alters der Frauen, mit denen ich gewöhnlich ausgehe, möchte ich nicht, dass Sie sich sorgen. Ich sehe in Jodi nichts anderes als ein sehr nettes, hübsches junges Mädchen", erklärte er mit besonderer Betonung des letzten Wortes.

„Ich wollte nicht unterstellen, dass Sie ..." Sie deutete in die Richtung des Wohnzimmers. „Deswegen habe ich mir überhaupt keine Sorgen gemacht."

„Gut. Ich wollte es nur klarstellen. Zweiter Punkt. Wenn Ihre Definition von ‚vorsprechen kommen' bedeutet, dass ein Mann Zeit mit einer Frau verbringen will, weil sie ihn fasziniert, dann ist das genau der Grund, aus dem ich hier bin." Seine graublauen Augen schienen ihr bis in die Seele zu blicken.

„Ich mag Sie, Beth. Sie sind anders als jeder andere Mensch, dem ich je begegnet bin, und ich möchte Sie besser kennenlernen."

Sie räusperte sich. Ihre Kehle war wie zugeschnürt, und ihr Herz pochte heftig. Wie konnte er ihr einfach ins Gesicht sagen, dass er sie mochte? Es war wesentlich schlimmer als damals in der High School. Zumindest hatten die Jungen damals ihre Gefühle für sich behalten.

„Ich habe Sie schockiert."

„Schockiert ist nicht der richtige Ausdruck. Ich bin nur etwas aus der Fassung. Reden Sie einfach weiter, und dann wird es sich wieder legen."

„Ich könnte ein Thema anschlagen, das leichter für Sie ist."

„Gute Idee."

„Also schön. Dann erzählen Sie mir doch, was wir heute vorhaben."

Das erschien ihr ein unverfängliches Thema. „Wie schon erwähnt, muss ich einige Pflanzen holen. Nur für den Vorgarten. Ich möchte etwas Widerstandsfähiges einsetzen, das den Sommer überlebt. Matts Baseballspiel fängt um halb zwölf an. Ich muss mit den Erfrischungen helfen. Die Eltern wechseln sich ab, und diesmal bin ich an der Reihe."

„Soll ich dabei auch helfen?"

„Wenn Sie dazu bereit sind, gern. Von vier bis sieben findet hier eine Poolparty statt. Danach gehen die Jungen zu einem von Matts Freunden zum Barbecue, und dort übernachten sie auch. Jodi lernt heute Vormittag zusammen mit einer Freundin und wird von drei bis ungefähr Mitternacht babysitten."

„Ich habe einen Anzug mitgebracht. Sie haben versprochen, dass Sie mitkommen, wenn ich heute Abend immer noch ausgehen möchte."

Beth grinste. „Warum sprechen wir nicht gegen halb sieben noch einmal darüber? Ich wette, dass Sie dann nur allzu bereit sind, das Date zu streichen." Sie blickte zur Uhr. Es war beinahe neun. „Wenn Sie fertig sind, sollten wir jetzt gehen."

„Ich bin fertig."

Beth rief den Kindern zu, dass sie in einer Stunde zurück sein würde. Dann ging sie voraus zur Hintertür.

„Wir können meinen Wagen nehmen", schlug Todd vor.

Sie dachte an das schnittige Fahrzeug, das vor ihrem Haus stand, und schüttelte den Kopf. „Wir werden Pflanzen einladen, die voller Erde sind." Sie öffnete das Garagentor.

Erstaunt starrte Todd auf ihren Geländewagen. „Der ist ja riesig."

„Ist das nicht großartig? Es ist ein Durango. Um meinen Sohn zu zitieren: ‚Das ist der beste Satz Reifen, den ich je hatte'. Willkommen in der Vorstadt, Mr Graham."

6. KAPITEL

Todd stand mitten im Gartenzentrum des Baumarktes und blickte sich erstaunt um. Das muss der Himmel für Gärtner sein, dachte er, während er die endlosen Reihen an Pflanzen, Bäumen und Blumen betrachtete. Er hatte nicht gewusst, dass überhaupt so viele verschiedene Gewächse in der Gegend von Houston gediehen.

Beth hatte ihm den riesigen Einkaufswagen überlassen, während sie Pflanzen auswählte. Er beobachtete, wie sie den langen Gang hinabging, dann bis zur Mitte zurückkehrte und sich bückte, um eine Palette aufzuheben. Er eilte zu ihr. „Lassen Sie mich."

Sie wollte schon protestieren, doch dann trat sie zurück. „Danke."

In der zehnminütigen Fahrt von ihrem Haus zu dem Geschäft hatte sie abwechselnd nervös geplappert und schüchtern geschwiegen. Aus einem Grund, den er nicht völlig verstand, machte seine Nähe sie nervös. Er war an Frauen gewöhnt, die ihn beeindrucken wollten, doch er konnte sich nicht erinnern, dass eine von ihnen derart befangen auf ihn reagiert hatte. Es gefiel ihm, dass er sie aus dem Gleichgewicht brachte.

„Ich glaube, das ist alles", erklärte sie jetzt geschäftig.

Der Baumarkt war überfüllt mit Paaren und ganzen Familien. Er hörte Bruchstücke von Gesprächen über die Renovierung von Badezimmern und den Bau von Spielplätzen im Garten. Es war eine fremde Welt für ihn. Wenn sein Penthouse neu gestrichen werden musste oder er neue Möbel wollte, rief er seinen Innenarchitekten an.

„Setzen Sie die Pflanzen selbst ein?", erkundigte er sich.

„Ja, zusammen mit Matt."

Erneut dachte er über ihre Finanzen nach. War das Geld knapp? Als sie sich an einer der Kassen anstellten, griff er automatisch nach seiner Brieftasche.

„Was soll das?" Beth legte ihm eine Hand auf den Arm. „Das sind meine Pflanzen, und ich bezahle für sie." Sie milderte ihre Worte mit einem Lächeln.

Sie war um einiges kleiner als er und die langbeinigen Models, mit denen er zu gehen pflegte. Wenn er sie an sich zöge, könnte er vermutlich das Kinn auf ihrem Kopf ruhen lassen. Aus einem unbekannten Grunde erweckte dieser Gedanke den Drang, sie zu beschützen.

„Guten Morgen, Beth“, grüßte eine weibliche Stimme hinter ihnen. „Willst du deinen Garten verschönern?“

Er drehte sich um und sah eine dunkelhaarige Frau, die einen Wagen voller Farbtöpfe schob. Lächelnd erklärte sie: „Wir wollen das Badezimmer im Erdgeschoss renovieren.“

„Hallo, Rita. Wie schön, dich zu sehen“, erwiderte Beth den Gruß. „Du hast richtig vermutet. Die Pflanzen sind für meinen Garten.“

Rita ließ ihn nicht aus den Augen. Ein verlegenes Schweigen trat ein. Schließlich reichte er ihr die Hand. „Hallo. Ich bin Todd Graham.“

Beth blickte unbehaglich drein. „Todd ist ein Freund der Familie. Er hilft mir heute im Garten und nachher beim Baseballspiel.“

Die Kassiererin nannte die Gesamtsumme. Beth reichte ihr die Kreditkarte. „Es war nett, dich zu treffen, Rita. Grüß Jack von mir.“ Sie unterschrieb die Quittung und eilte aus dem Geschäft.

Er schob den Wagen hinter ihr her. Als er sie einholte, stöhnte sie. „Das war furchtbar. Es tut mir leid. Ich hätte bedenken müssen, dass wir Leute treffen, die ich kenne. Sie wird es jedem erzählen. Ich hoffe, es stört Sie nicht, dass ich Sie als Freund der Familie bezeichnet habe. Ich wusste nicht, was ich ihr sonst sagen sollte.“

„Kein Problem“, meinte er gelassen. Als er auf den Beifahrersitz sank, strich er mit dem Zeigefinger über ihre Wange. „Die Situation verwirrt uns beide. Wir sollten einfach alles auf uns zukommen lassen.“

„Das hört sich gut an.“

Ihre Stimme klang atemlos, was ihm recht war, denn die Berührung ihrer Wange hatte ein Prickeln in seiner Lendengegend ausgelöst. Was war los? Fühlte er sich wirklich zu ihr hingezogen? Er starrte stur gerade aus und versuchte, ihre nackten Beine zu ignorieren. Sie war etwas kurvenreicher, als er es gewohnt war, aber ihm gefiel die Vorstellung, keine Knochen zu spüren. Sie war eine Frau, die ihn an tröstende Umarmungen ebenso wie an Liebesspiele denken ließ.

Vergiss es, rief er sich zur Ordnung. Er wollte den Tag mit ihr hinter sich bringen, sie zum Dinner ausführen und dann in seine gewohnte Umgebung zurückkehren. Dorthin gehörte er. Er wollte nicht riskieren, sich zu sehr zu engagieren.

Als er in ihre Auffahrt einbog, kam Matt aus dem Haus, um beim Ausladen der Pflanzen zu helfen.

„Todd hat angeboten, mir beim Tragen zu helfen", erzählte Beth ihm. „Also brauchst du es nicht zu tun, wenn du etwas anderes vorhast."

„Es macht mir nichts aus." Matt schnappte sich eine Palette und trug sie in den Vorgarten.

Sie ging in die Garage und kehrte mit mehreren Gartengeräten zurück. „Ich habe Handschuhe, wenn Sie sich die Hände nicht schmutzig machen wollen."

„Ich komme schon klar." Todd nahm eine Palette und folgte ihr in den Vorgarten. Matt hatte begonnen, die alten Pflanzen unter dem großen Baum auszugraben.

„Stiefmütterchen überstehen den Sommer in Houston nicht", erklärte Beth. „Deswegen nehmen wir sie raus und pflanzen etwas anderes."

Todd kniete sich auf die kühle Erde. In seiner Welt kümmerten sich andere Leute um Blumen. Nie zuvor hatte er in einem Garten gearbeitet, aber es erschien ihm nicht schwierig. Vielleicht gefiel es ihm sogar und führte dazu, dass er sich eine Pflanze für seinen Balkon kaufte.

Die Erde war feucht, und die Stiefmütterchen ließen sich leicht ausgraben. Er folgte Matts Beispiel, entfernte den Plastiktopf von einer neuen Pflanze und setzte sie in das Loch.

„Ich hätte nicht gedacht, dass wir fertig werden, bevor wir zum Spiel losfahren müssen", sagte Beth. „Aber mit Todds Hilfe sind wir schnell."

Schweigend arbeiteten sie weiter. Todd wurde sich der Geräusche in der Nachbarschaft bewusst. Ein Rasenmäher dröhnte. Ganze Familien kamen plaudernd aus ihren Häusern, stiegen in ihre Autos und fuhren davon. Es war eine ganz andere Welt, als er sie in seiner Kindheit erlebt hatte. Er konnte sich nicht erinnern, jemals mit der ganzen Familie etwas unternommen zu haben.

Im Haus klingelte das Telefon. „Ist Jodi schon weg?“, fragte Beth, während sie sich aufrichtete.

„Ja“, erwiderte Matt.

„Ich bin gleich wieder da“, sagte sie und eilte hinein.

Todd spürte Matts Aufmerksamkeit auf sich gerichtet, aber er ignorierte es. Eine Weile arbeiteten sie schweigend weiter.

„Mein Dad ist tot“, erklärte Matt schließlich unvermittelt.

Verblüfft blickte Todd auf. Diese Mitteilung hatte er nicht erwartet. „Deine Mom hat es mir erzählt. Es tut mir leid. Es muss hart für euch sein.“

Matt zuckte die Achseln. „Er war prima. Er hat für eine Ölfirma gearbeitet. Er war geschäftlich unterwegs und hatte einen Autounfall. Der andere Fahrer war betrunken.“

„Es tut mir leid“, wiederholte Todd. Er wünschte, Beth käme zurück, damit er dieses Gespräch nicht führen musste. Er hatte keine Ahnung, wie man mit Kindern redete.

„Meine Eltern haben sich in der High School kennengelernt. Ich glaube nicht, dass sie vorher mit wem anderen gegangen sind.“ Matt hockte sich auf die Fersen und blickte Todd an. „Sie haben sich geliebt. Es war echt hart für Mom … hinterher. Sie hat viel geweint. Meistens nachts, wenn wir schon im Bett waren. Ich glaube, wir sollten es nicht wissen, aber wir haben es trotzdem gemerkt.“

Es gefiel Todd nicht, all das zu hören, schon gar nicht von einem vierzehnjährigen Jungen. „So eine Situation wäre für jeden schwer. Deine Mutter scheint es recht gut zu verkraften.“

Erneut zuckte Matt die Achseln. „Sie geht nicht oft aus. Ich meine, mit Männern und so.“ Seine Wangen röteten sich, aber er wandte den Blick nicht ab. „Ich weiß nicht, wer Sie sind, aber Mike hat gesagt, dass Sie ganz reich sind und viele Frauen haben. Ich bin noch jung, aber ich lasse nicht zu, dass irgendein Schuft ihr wehtut.“ Er schluckte schwer. „Ich will damit nicht sagen, dass Sie ein Schuft sind. Ich weiß es nicht. Ich sage nur, dass ich dafür sorge, dass ihr niemand was antut.“

Todd wartete darauf, dass Zorn oder zumindest eine Spur von Gereiztheit in ihm aufstieg. Doch er verspürte nur Bewunderung für Matts Mut. Und gleichzeitig empfand er Neid, weil Mutter und Sohn sich so nahestanden. Das war ihm fremd. Seine Eltern hatten in ihren Kindern lediglich das Gefühl erweckt, ihnen im Weg zu sein. Er blickte Matt direkt in die Augen, so als wäre der Junge ihm ebenbürtig. „Ich weiß deine Ehrlichkeit zu schätzen. Das ist ein guter Charakterzug bei einem Mann."

Matt straffte die Schultern. „Ja, also, ich wollte nur, dass Sie das wissen."

„Ich will genauso aufrichtig zu dir sein. Ich will deiner Mutter nicht wehtun. Ich weiß, dass sie immer noch trauert. Aber ich mag sie. Sie ist eine ganz besondere Frau, und ich möchte sie und dich und deine Schwester besser kennenlernen."

„Also geht ihr miteinander?"

Todd wollte es bejahen, aber gleichzeitig war er sich nicht sicher. „Wir sind eher gute Freunde."

Matt dachte darüber nach. „Sie braucht mehr Freunde in ihrem Leben. Sie vermisst meinen Dad immer noch." Er blickte über die Schulter, um sich zu vergewissern, dass sie noch allein waren. „Manchmal weint sie nachts immer noch. Sie glaubt, dass Jodi und ich es nicht wissen, aber wir merken es."

Todd wünschte, er hätte diese Information nicht erhalten. Er wollte nicht wissen, dass Beth ihrem verstorbenen Ehemann immer noch nachtrauerte. Es erweckte in ihm ein Gefühl der Unruhe. Er hatte noch nie jemandem wie sie kennengelernt. Jemanden, dem aufrichtig an einem anderen Menschen lag. Er konnte akzeptieren, dass Eltern ihre Kinder liebten. Das hatte er häufig beobachtet, auch wenn er es nicht am eigenen Leibe erfahren hatte. Doch er glaubte nicht daran, dass bedingungslose, romantische Liebe zwischen Erwachsenen existierte. Aber warum sonst vermisste Beth ihren Ehemann so sehr? Zwischen ihnen musste eine Art Beziehung bestanden haben, von der er nichts ahnte.

Gerade wollte er Matt über die Ehe seiner Eltern befragen, als die Haustür geöffnet wurde und Beth zurückkehrte. „Entschuldigung", sagte sie. „Das war die Redaktion."

„Welche Redaktion?", hakte Todd nach.

Sie kniete sich zwischen ihn und Matt. „Ich arbeite freiberuflich für eine Lokalzeitschrift. Ich schreibe einige Artikel und redigiere, nur um ein paarmal in der Woche aus dem Haus zu kommen. Einer der geplanten Artikel ist gestrichen worden, und sie wollten wissen, ob ich die Lücke füllen kann."

„Können Sie?"

„Natürlich."

Erleichterung stieg in ihm auf. Wenn sie arbeitete, um aus dem Haus zu kommen, dann war Geld offensichtlich kein großes Problem für sie. Er hatte sich den Kopf zerbrochen, wie er ihr finanziell helfen konnte, ohne sie zu beleidigen, doch ihm war keine Lösung eingefallen.

„Ich muss mich jetzt für das Spiel fertig machen", verkündete Matt und stand auf.

Todd blickte zu ihm auf. „Ich freue mich darauf, dich spielen zu sehen."

„Ich freue mich, dass Sie kommen", erwiderte er, bevor er im Haus verschwand.

„Worüber habt ihr beide geredet, während ich weg war?", wollte Beth wissen. „Ich habe euch durch das Fenster gesehen, und es hat sehr intensiv gewirkt."

„Männerkram."

„Könnten Sie es etwas genauer ausdrücken?"

Er zwinkerte ihr zu. „Tut mir leid, aber das kann ich nicht. Ich würde ein Geheimnis verraten. Er ist ein prima Junge. Ich mag ihn."

„Er hat viel von seinem Vater."

Es gefiel Todd nicht, das zu hören. Vermutlich hätte er Darren ebenso wie Matt gemocht, wenn sich Vater und Sohn so ähnlich waren. Eine weitere beunruhigende Neuigkeit. Wer hätte je gedacht, dass ein paar Stunden in einem Vorstadtviertel seine Welt auf den Kopf stellen würden?

7. KAPITEL

Todd lehnte sich auf dem Liegestuhl zurück und holte tief Luft. „Ich gebe es höchst ungern zu, aber Sie hatten recht.“

Beth saß zu seiner Rechten. Durch die Fenster des Wohnzimmers und der Küche fiel Licht, und in den Bäumen um den Pool herum brannten Scheinwerfer, aber der Garten lag größtenteils im Halbdunkel. Er spielte mit dem Gedanken, auf die Uhr zu blicken, aber er war zu müde, um auch nur den Arm zu heben. Er schätzte, dass es ungefähr halb acht war.

„In Bezug auf das Dinner?“, hakte sie nach.

„In Bezug auf alles. Ich hatte viel Spaß heute, aber ich bin völlig erledigt.“

„Und ich hatte mich so darauf gefreut, tanzen zu gehen.“

„Das hätte ich nicht gedacht. Aber ich kann in zehn Minuten umgezogen sein.“

„Nein, nein.“ Sie lachte. „Es war nur ein Scherz. Ich bin genauso müde wie Sie. Momentan möchte ich nur hier sitzen und mich entspannen. Und vielleicht sollte mir jemand die Füße massieren.“

„Ich hätte nichts dagegen, es für Sie zu tun.“

Er hatte gewusst, dass seine Bemerkung sie in Verlegenheit bringen würde, aber er hatte nicht widerstehen können. Sie war eine seltsame Kombination aus reifer Frau und unschuldigem Mädchen. Sie war geistreich und intelligent, aber er konnte sie mühelos zum Erröten bringen.

„Nun, das ist sehr nett von Ihnen.“ Sie räusperte sich. „Vielleicht ein andermal.“

„Ich werde daran denken.“

Als Antwort hörte er ein unterdrücktes Seufzen. Er musste lächeln. Ihre Unsicherheit machte sie noch liebenswerter für ihn. Er wollte in ihrer Nähe bleiben und sie vor gefährlichen Männern beschützen. Leider hätte das bedeutet, sie vor sich selbst zu beschützen. „Ich glaube nicht, dass es Ihnen gefallen würde, heute Abend mit mir gesehen zu werden.“ Er blickte hinab auf seine fleckigen Finger. Selbst nach dreimaligem gründlichem Schrubben war die Farbe nicht abgegangen. „Jetzt, wo ich wie ein Farbmonster aussehe.“

Sie lachte. „Ich wollte Sie schon warnen, dass einige Eissorten abfärben, aber dann habe ich es doch lieber gelassen."

„Sie hätten es tun sollen. Ich hätte mich vielleicht doch lieber für die Hitze im Würstchenstand als für blaue Hände entschieden."

„Sie sehen niedlich aus."

„Ich bin überzeugt, dass meine gesamte Belegschaft Ihre Meinung teilt und nicht damit hinterm Berg halten wird."

„Möchten Sie noch etwas trinken?"

„Nein, danke, ich möchte nichts mehr. Ich hatte viel Spaß heute. Die Gartenarbeit war interessant. Vielleicht besorge ich mir auch ein paar Pflanzen für meinen Patio. Ich habe das Baseballspiel genossen, aber nächstes Mal möchte ich Matt mehr spielen sehen." Er hatte nur wenige Minuten zuschauen können, aber Matts Siegeslauf hatte er nicht verpasst. Trotz der kurzen Bekanntschaft mit dem Jungen hatte er Stolz verspürt, so als hätte er etwas mit diesem Erfolg zu tun.

„Aber die Poolparty war ein Schock, nicht?"

„Es war ziemlich laut", gestand Todd ein. Matt und seine Freunde hatten sich unter lautem Gejohle gegenseitig in das kühle Wasser gestoßen. „Nächstes Mal bringe ich eine Badehose mit, damit ich wenigstens mitmachen kann."

„Oh, das ist eine gute Idee."

Er drehte sich zu ihr um, weil ihre Stimme seltsam geklungen hatte. „Ist alles in Ordnung?"

„Ja, bestens." Sie räusperte sich. „Ich könnte etwas zu essen liefern lassen. Pizza oder chinesisch?"

Er beugte sich zu ihr und zog ihren Stuhl näher an seinen heran, bevor er sich wieder zurücklehnte. Dann nahm er ihre Hand und verschränkte die Finger mit ihren. „So ist es besser. Was haben Sie gefragt?"

„Pizza oder chinesisch?", wiederholte sie atemlos.

Er grinste. „Ich habe keinen Hunger. Ich habe bei der Poolparty zu viel gegessen. Aber Sie können etwas für sich bestellen."

„Nein. Ich habe auch keinen Hunger."

Ihm gefiel, dass sie nervös wirkte. Doch er wusste, dass er auf der Hut sein musste. Er war zwar überzeugt, dass sie ihn mochte und attraktiv fand, dass sie sich ihm jedoch unterlegen fühlte. Beinahe zwei

Jahre lang lebte sie bereits ohne Mann, und er hatte den Eindruck, dass sie auch jetzt nicht an einer Beziehung interessiert war. Wenn er sie zu sehr bedrängte, würde sie einfach fortlaufen. Er wollte sie nicht verlieren, so verrückt es auch sein mochte.

„Erzählen Sie mir von Ihrer Ehe", forderte er sie zu seiner wie ihrer Überraschung auf.

„Was wollen Sie wissen?"

Eine Liste von Darrens Fehlern vielleicht, ging es ihm durch den Kopf. „Wie haben Sie sich kennengelernt?", fragte er dann ganz sachlich.

„In der High School", antwortete sie und bestätigte damit, was Matt ihm bereits gesagt hatte. „Er war zwei Jahre älter als ich. Ich war vorher nie mit einem Jungen ausgegangen. Ich kannte Darren vom Sehen, und er gefiel mir, aber ich wusste nicht, wie ich Kontakt zu ihm herstellen konnte. Dann erfuhr ich, dass er Nachhilfe gab."

Todd hörte ein Lächeln aus ihrer Stimme. Sie war in ihre Vergangenheit versunken, die er weder teilen noch verstehen konnte. Er wollte ihr in Erinnerung rufen, dass sie mit ihm, nicht mit ihrem Ehemann zusammen war, doch er selbst hatte dieses Thema schließlich angesprochen. Außerdem war er wirklich interessiert.

„Ich habe behauptet, dass ich Probleme in Mathematik hätte, und ihn um Nachhilfe gebeten. Aber ich hatte ein schlechtes Gewissen und gestand ihm die Wahrheit schon während der ersten Stunde."

„Wie hat er reagiert?"

Sie lachte. „Er hat mich lange angestarrt und dann gefragt, ob ich mit ihm zum nächsten Schulball gehe. Seitdem waren wir zusammen. Als er auf das College gegangen ist, hatte ich noch zwei Jahre High School übrig. Er hatte ein Stipendium und musste viel für sein Studium lernen, aber wir haben uns gesehen, sooft es ging. Nach meinem Schulabschluss habe ich dasselbe College wie er besucht. Im Sommer darauf haben wir geheiratet. Ich war gerade neunzehn."

Sie seufzte. „Die Ehe war nicht so märchenhaft, wie ich es mir vorgestellt hatte, aber wir kamen zurecht. Wenn ich daran denke, wie jung wir beide waren, wundert es mich, dass wir es überhaupt geschafft haben. Nach dem College wollte er zur Universität gehen. Aber dafür hatte er kein Stipendium. Wir haben ein Studentendarlehen aufgenommen, und ich bin arbeiten gegangen."

„Sie haben das College nicht beendet?"

„Nein. Ich hatte es vor, aber dann bekam Darren eine großartige Anstellung, und wir beschlossen, eine Familie zu gründen. Ich dachte, später wäre noch Zeit dafür. Und jetzt ist es nicht mehr wichtig." Sie schmunzelte. „Wenn Sie diese letzte Bemerkung meinen Kindern erzählen, werde ich es abstreiten. Ich predige ihnen ständig, wie wichtig eine gute Ausbildung ist. Wenn dieses Haus nicht abbezahlt wäre und Darren nicht eine hohe Lebensversicherung abgeschlossen hätte, hätte ich den Abschluss gebraucht, um eine vernünftige Anstellung zu bekommen."

Es erleichterte Todd, dass die Frage ihrer Finanzen nun geklärt war. „Ich werde kein Wort sagen", versprach er.

„Langweile ich Sie?", fragte Beth. „Ich weiß nicht, wie ich Ihnen von Darren erzählen soll, ohne weit auszuholen. Er war ein guter Mensch. Er hat die Kinder geliebt. Er war zwar etwas altmodisch, aber ich hielt das irgendwie für charmant."

„Sie haben meine Frage hinreichend beantwortet", warf er ein in der Hoffnung, sie würde die Lobeshymnen auf ihren verstorbenen Mann beenden. „Außerdem kann ich mir das alles nur schwer vorstellen. Es ist für mich sehr fremd, was Sie da erzählen."

„Ich kann mir denken, dass es sich völlig von dem unterscheidet, was Sie gewohnt sind. Über Ihr Leben zu hören, wäre für mich genauso unverständlich. Alle meine Bekannten leben ähnlich wie ich. Die Leute verlieben sich, heiraten, kriegen Kinder. Wenn ein Teil davon verschwindet, gerät alles ins Wanken."

Er hielt noch immer ihre Hand. Sie war ihm nahe, körperlich, aber er spürte, dass sie sich innerlich entfernt hatte. „Sie vermissen ihn immer noch sehr, nicht?"

„Ja. Jeden Tag. Ich habe ihn geliebt. Ich bin der Überzeugung, dass jeder von uns nur eine große Liebe im Leben hat, und meine war Darren. Oh, wir haben uns gestritten und uns genervt, aber das war nicht wichtig. Wir hatten dieselbe Lebenseinstellung und dieselben Ziele. Ich kann mir nicht vorstellen, jemand anderen zu lieben."

Todd starrte zum Himmel hinauf. Er glaubte nicht einmal an eine einzige große Liebe für jeden Menschen. „Erzählen Sie mir von Ihrer Familie."

Sie lachte. „Das ist noch langweiliger als mein Leben mit Darren. Ich habe zwei Schwestern. Eine lebt in Ohio in der Nähe meine Eltern, die andere ist mit ihrem Mann nach Alaska gezogen. Wir telefonieren, schicken uns Karten zu Feiertagen, aber wir sehen uns nicht oft. Meine Eltern sind immer noch miteinander verheiratet. Dad hat bei der Post gearbeitet, und Mom war Lehrerin. Was ist mit Ihnen?"

„Meine Familie ist völlig anders. Ich bin technisch gesehen ein Einzelkind. Aber das bedeutet nur, dass meine Eltern keine anderen Kinder bekommen haben, solange sie miteinander verheiratet waren. Jeder von ihnen hat jedoch noch viele Kinder mit anderen Partnern."

„Wie oft waren sie verheiratet?"

„Das kann ich gar nicht mehr zählen. Ich glaube, Dad ist das achte oder neunte Mal und Mom das sechste Mal verheiratet, aber ich bin nicht sicher."

Beth drückte seine Hand. „Das tut mir leid."

„Das ist nicht nötig. Ich kenne nichts anderes. Einer der Gründe, warum ich nicht heiraten will, ist, dass ich deren Spiel nicht spielen will."

„Sie glauben nicht, dass es für immer sein kann?"

„Ich habe noch nie eine Beziehung erlebt, die länger als fünf oder sechs Jahre gehalten hat."

„Abgesehen von einer Freundin, die von ihrem Mann verlassen wurde, habe ich noch nie eine Ehe scheitern sehen. Wenn Darren nicht gestorben wäre, wären wir immer noch zusammen."

Diese Vorstellung passte Todd gar nicht. Denn er wäre jetzt nicht bei ihr und hätte sie nie kennengelernt, wenn ihr Mann nicht gestorben wäre.

Sie schwiegen eine Weile. Dann fragte Beth: „Was halten Sie von dem Tag in der Vorstadt?"

„Es hat mir gefallen."

„Was hätten Sie heute getan, wenn Sie nicht hierhergekommen wären? Wenn wir uns nie kennengelernt hätten."

Das Licht aus dem Haus erhellte ihr Gesicht und ließ ihre blasse Haut leuchten. Er wollte ihre Wange streicheln und mit den Fingern durch ihr glänzendes Haar streichen. Doch er fürchtete, dass sie weggelaufen wäre. Bei Beth musste er behutsam vorgehen. Diese Erkenntnis war für ihn selbst verblüffend, denn sie deutete darauf hin, dass er an einer Beziehung zu ihr interessiert war.

„Ich hätte am Vormittag gearbeitet, am Nachmittag Golf gespielt, und am Abend wäre ich vermutlich ausgegangen."

„Mit einer Ihrer Blondinen?", neckte sie.

„Natürlich. Obwohl ich momentan gerade solo bin."

„Oh. Vielleicht sollten Sie in einer Schule Ausschau nach Ihrer nächsten Freundin halten. Dort finden Sie die richtige Altersklasse."

„Sie sind nicht gerade besonders delikat."

„Ich kann es aber sein."

Er schmunzelte. „Wann denn?"

„Wann immer ich will."

„Das glaube ich Ihnen nicht."

Sie flirteten miteinander, doch er hatte das Gefühl, dass sie keine Ahnung hatte, was zwischen ihnen vorging.

„Warum so jung?", wollte sie wissen. „Falten sind nicht ansteckend."

„Es geht nicht ums Aussehen."

„Oh, bitte! Natürlich geht es darum."

„Nein. Ich weiß selbst nicht, warum ich mit Frauen Anfang zwanzig ausgehe. Ich bin zwar älter geworden, aber die Frauen, mit denen ich es zu tun habe, sind gleich alt geblieben."

„Bestimmt können Sie mit Ihrem Reichtum und Ihrem Einfluss bei jüngeren Frauen mehr Eindruck schinden als bei älteren."

Ihm gefiel die Richtung nicht, die das Gespräch genommen hatte. „Sie haben wahrscheinlich einige von diesen albernen Frauenzeitschriften gelesen. Die bringen Männer immer in Schwierigkeiten."

„Ich glaube, dass Männer sich sehr gut selbst in Schwierigkeiten bringen können. Sie brauchen keine Hilfe dazu." Beth stützte das Kinn in ihre Rechte. „Ich finde, Sie sollten in Erwägung ziehen, mit Frauen Ihres Alters auszugehen. Es könnte Ihnen gefallen."

Bei jeder andere Frau hätte er diese Bemerkung als Annäherungsversuch aufgefasst. Doch bei Beth hörte sich das ehrlich und selbstlos an. „Da könnten Sie recht haben."

Er blickte ihr in die Augen. Im Halbdunkel waren sie von einer dunklen, undefinierbaren Farbe. Er wollte näher rücken und sich in ihr verlieren. Nicht nur sexuell, obwohl er ahnte, dass es eine sehr angenehme Erfahrung wäre, sondern auch emotional. Er, der niemandem traute, am allerwenigsten einer Frau, hielt sich für fähig, ihr zu vertrauen. Dieser Gedanke beängstigte ihn maßlos.

„Es ist schon spät." Er ließ ihre Hand los und setzte sich auf. „Ich sollte nach Hause fahren."

„Okay. Ich bringe Sie hinaus." Sie stand auf und ging voraus durch das Haus. „Es war ein schöner Tag", sagte sie, als sie sich der Haustür näherten. „Danke für all Ihre Hilfe mit den Pflanzen und beim Baseballspiel. Das war sehr nett. Das Wetter war außerdem großartig."

„Beth?"

„Die Poolparty ist ebenfalls gut gelaufen, finden Sie nicht?", fuhr sie fort. „Matt hat immer viel Spaß mit seinen Freunden und ..."

„Beth!"

Diesmal klang seine Stimme so eindringlich, dass sie unwillkürlich ihren Wortschwall stoppte. „Ich rede zu viel. Das passiert manchmal."

„Nur wenn Sie nervös sind."

„Woher wissen Sie das?"

„Ich weiß inzwischen eine Menge über Sie."

Sie hatten die Haustür erreicht. Beth blieb stehen und starrte auf die Glasscheibe. Sie brauchte sie nur zu öffnen, und er würde gehen. Es war so einfach. Sie griff nach der Klinke. Er nahm ihre Hand und drehte sie zu sich herum. Sie wagte nicht, in sein Gesicht zu schauen, also heftete sie ihren Blick auf seinen Hemdkragen.

Er legte die Hände auf ihre Schultern. „Ich werde dich küssen, und es wird dir gefallen", sagte er leise.

Er hielt inne, so als erwartete er einen Protest, aber sie brachte kein Wort heraus. Das Atmen fiel ihr schwer. Sie war nicht bereit für Küsse. Sie wollte niemand anderen küssen als Darren, obwohl sie Todd mochte und er sehr gut aussah.

„Hör auf", bat er, „du denkst zu viel. Entspann dich einfach."

„Das kann ich nicht."

„Es ist doch nur ein Kuss. Mach die Augen zu, und atme weiter."

Ihr Herz pochte so wild, dass es in ihren eigenen Ohren dröhnte. Sie ballte die Hände zu Fäusten und schloss langsam die Augen. Dann spürte sie eine sanfte Berührung an ihren Lippen. Nicht zu schnell, nicht zu langsam, nur ein sanfter Kontakt, der endete, bevor ihr richtig bewusst wurde, was vorging.

Sie schlug die Augen auf. Er lächelte sie an und fragte: „Na, wie war das?“

„Nicht furchtbar.“ Es freute sie, dass er so behutsam gewesen war. „Eigentlich habe ich kaum etwas gefühlt. Ich habe irgendwie keine richtige Verbindung zu meinem Körper.“

Todd sah verlegen drein. „Das war mehr, als du wissen wolltest, nicht?“, fragte sie. Ihre Wangen hatten sich gerötet. „Es tut mir leid.“

„Nein, es ist okay. Aber vielleicht könntest du nicht so viel denken.“

Nicht denken? Wie sollte sie das anstellen? Sie nickte jedoch und wartete.

„Willst du es noch mal versuchen?“

Nein. Ja. Unbestimmt wedelte sie mit einer Hand.

„Das habe ich mir gedacht“, murmelte er und beugte sich zu ihr.

Beth schloss erneut die Augen. Diesmal war der Kuss nicht so flüchtig, aber genauso sanft. Sein Mund lag auf ihrem. Sie spürte die Wärme seiner Lippen, und dann legte Todd einen Arm um sie und zog sie näher an sich. Sie entspannte sich immerhin genügend, um sich an ihn zu lehnen.

Beth nahm seine Größe und seine breite Brust wahr, spürte seine Wärme und atmete den herben, angenehmen Duft seines Körpers. Zögernd legte sie eine Hand auf seine Schulter und konnte seine Muskeln fühlen.

Plötzlich wurde ihr klar, dass es an ihr lag, was weiter geschah. Todd war ein Gentleman, und er würde sie angesichts ihrer Vorgeschichte nicht bedrängen. Wenn sie ihm jetzt Einhalt gebot, würde er das akzeptieren. Aber wenn nicht …

Irgendwie gefiel ihr der Kuss, obwohl sie innerlich nichts spürte. Alle Empfindungen waren vorhanden, aber keine Sinnlichkeit. Ein Teil von ihr war in den Winterschlaf gegangen, als Darren gestorben war, und der Frühling hatte noch nicht wieder Einzug gehalten. Anscheinend brauchte es mehr als einen Kuss, um ihren Körper zu erwecken.

„Du küsst großartig“, murmelte er, als er zurückwich.

Sie wollte das Kompliment erwidern, doch sie brachte nur ein schlichtes „Danke“ hervor.

„Gib uns nicht auf, Beth. Wir sind noch ganz am Anfang.“

Er nahm ihr Gesicht zwischen seine starken Hände und küsste sie erneut. Diesmal streichelte er ihre Unterlippe mit der Zunge. Ein Prickeln rann über ihren Rücken. Unwillkürlich öffnete sie die Lippen. Ihr stockte der Atem, als seine Zunge langsam und sanft ihren Mund eroberte. Das Prickeln wurde stärker. Ihr Interesse war geweckt. Zögernd erwiderte sie jetzt den Kuss.

Irgendetwas geschah in ihr. Beth spürte eine Woge der Hitze, und dann brach der Damm. Ein feuriges Verlangen durchströmte sie. Sie konnte nicht länger denken. Sie konnte sich nur noch an ihn schmiegen.

Nach so langer Zeit der inneren Leere regten sich wieder Gefühle in ihr. Als er sie näher an sich zog, stellte sie sich auf Zehenspitzen und schmiegte sich bereitwillig an ihn. Er legte eine Hand auf ihren Po. Instinktiv presste sie sich an ihn. Sie spürte seine Erregung, und es gefiel ihr. Sie wollte mehr, und diese Erkenntnis machte ihr Angst.

Sie stemmte sich gegen seine Brust und wich gleichzeitig zurück. Das Geräusch ihres heftigen Atems rauschte ihr im Kopf. Wie hatte er sie derart erregen können? Sie hatte es stets genossen, mit Darren zu schlafen, sich aber nie zuvor derart entflammt gefühlt. Diese heiße, unbedingte Begierde, die Sehnsucht nach mehr erweckte, beängstigte sie. Was war nur in sie gefahren?

„Ist alles okay?“, fragte Todd.

Sie nickte. „Ich war nur darauf nicht vorbereitet.“

„Es war nett.“

Nett? Überwältigend! Unglaublich! Furcht einflößend! „Sicher, nett.“

„Nächste Woche bin ich dran.“

Erstaunt blinzelte sie. „Wovon redest du?“

„Du hast mir deine Welt gezeigt. Jetzt will ich dir meine zeigen.“

Sie war nicht interessiert an seiner Welt. Sie war nicht interessiert an ihm. Nun gut, vielleicht war sie ein klein bisschen interessiert, aber sie konnte es nicht tun. Nicht mit ihm. Wenn sie sich je wieder mit einem Mann einließ, dann sollte es ein Durchschnittstyp sein, der ein wenig langweilig war. Jemand, für den sie nicht so viel Gefühl entwickelte. Jemand, der ungefährlich war. Nicht ein fantastisch aussehender Typ, der sie entflammte.

„Warum willst du mich wiedersehen?", fragte sie und hoffte, dass sie nicht so verängstigt und verwirrt klang, wie sie sich fühlte. „Wir werden keine Beziehung miteinander haben."

„Warum nicht?"

„Ich bin nicht dein Typ."

„Mein Typ hat sich gerade verbessert. Wir mögen einander, wir haben Spaß miteinander. Es ist reichlich Leidenschaft vorhanden." Er grinste. „Warum sollte ich nicht mit dir eine Beziehung haben wollen?"

„Ich bin zu alt."

„Du bist genau im richtigen Alter."

„Ich kann es nicht."

Er trat zu Beth und küsste sie erneut. Ihr Körper reagierte so heftig, dass es ihr den Atem raubte. Sie zitterte vor Verlangen, als er zurückwich.

„Ich werde dich doch wiedersehen", versprach Todd.

„Nein, ich …"

Er brachte sie mit einem kurzen, leidenschaftlichen Kuss zum Schweigen, und dann war er verschwunden.

„Mal sehen, ob ich richtig verstanden habe", sinnierte Cindy am nächsten Nachmittag. Zusammen mit Beth traf sie in ihrer Küche die Vorbereitungen für eine Grillparty, zu der etwa ein Dutzend enger Freunde eingeladen war. „Du willst Todd also nicht wiedersehen, weil du ihn magst und seine Küsse dich heißmachen."

„Genau", bestätigte Beth.

„Du bist verrückt."

„Nein. Todd ist zu gefährlich für mich."

„Weil du ihn magst?"

„Ja. Ich kann den Gedanken nicht ertragen, dass ich mich womöglich in ihn verliebe. Außerdem wäre es nicht richtig."

„Warum wäre es falsch, mit ihm auszugehen?"

„Das ist doch klar. Ich bin verheiratet."

Cindy stöhnte verzweifelt. „Du bist verwitwet. Du darfst durchaus ausgehen. Ich finde, es wäre gesund für dich, unabhängig von den Kindern ein Privatleben zu haben."

Beth wollte keine Logik oder gute Ratschläge, sie wollte Mitgefühl. „Er ist zu anders."

„Das ist nicht schlimm. Im Gegenteil. Wenn sie sich nicht ähnlich sind, dann kannst du die beiden Männer auch nicht im Geiste verwechseln."

„Es gibt nichts zu verwechseln. Ich werde mich nicht mit Todd einlassen. Allerdings hat mir diese Erfahrung gezeigt, dass es vielleicht an der Zeit ist, wieder an eine Beziehung zu denken. Also werde ich darüber nachdenken."

„Jahrelang."

Beth schüttelte den Kopf. „Ich brauche nur ein paar Monate, um mich an die Idee zu gewöhnen. Dann werde ich etwas unternehmen. Ich verspreche es. Nur eben nicht mit Todd."

Cindy musterte sie eindringlich. „Es muss dich schlimm erwischt haben, wenn du solche Angst hast."

„Eigentlich ist es schrecklich, dass du mich so leicht durchschaust. Aber das ist wohl einer der Gründe, warum wir so gute Freundinnen sind." Beth schnitt die letzte Tomate in Scheiben und nahm sich dann eine Gurke vor. „Ich glaube fest daran, dass jeder nur eine wahre Liebe im Leben findet. Ich hatte meine, und ich war sehr glücklich. Es hat keinen Sinn, sich für etwas zu engagieren, dass von Anfang an zum Scheitern verurteilt ist."

„Das ist doch lächerlich", protestierte Cindy. „Es gibt viele Chancen für die Liebe im Leben, aber ich werde nicht mit dir darüber diskutieren. Gehen wir mal davon aus, dass deine Ansicht korrekt ist und es für jeden Menschen nur eine große Liebe gibt. Für dich war das Darren, richtig?"

Beth nickte.

„Also kannst du dich in Todd doch gar nicht verlieben, oder?"

Beth zögerte. Ihrer eigenen Theorie nach traf das zu. Warum war es dann so schwer, die Frage zu beantworten? „Nein, ich kann ihn nicht lieben."

„Wo liegt dann das Problem? Wenn du dich nicht verlieben wirst, dann besteht auch kein Risiko. Du kannst mit ihm ausgehen, die Erfahrungen sammeln, die du brauchst, und dann deiner Wege gehen."

„Du tust, als sei das so einfach."

„Das ist es auch."

Beth stützte die Ellbogen auf die Arbeitsfläche. „Heute habe ich den Test in einer von Jodis Teenagerzeitschriften gemacht. Dem Ergebnis nach bin ich in Todd verknallt. Deshalb bin ich verletzlich. Ich will nicht etwas anfangen, zu dem ich nicht bereit bin, und ich will nicht verletzt werden. Warum sollte ein Mann wie er mich wollen? Ich bin fast doppelt so alt wie die Frauen, mit denen er gewöhnlich verkehrt. Ich habe zwei jugendliche Kinder. Wir verkehren in völlig anderen Kreisen."

„Mir scheint, du hast alles sehr gründlich durchdacht." Cindy lächelte. „Bei allem, was gegen dich spricht, bezweifle ich tatsächlich, dass er dir nachstellen wird."

„Ja, ich bezweifle es auch." Beth wunderte sich allerdings, warum dieser Gedanke sie nicht glücklich machte. „Und es ist unwahrscheinlich, dass wir uns irgendwo über den Weg laufen."

„Richtig." Cindys Lächeln vertiefte sich. „Dreh dich doch mal um."

Beth wandte sich um, bis sie durch das Fenster in den Garten hinter dem Haus sehen konnte. Mehrere Gäste waren inzwischen eingetroffen. Mike servierte ihnen Getränke. Ein einsamer Mann stand am Pool. Er sah sehr vertraut aus. Und er sah aus wie Todd.

„Ich glaube, ich vergaß zu erwähnen, dass er Mike heute angerufen hat", erklärte Cindy leichthin. „Als er von der Grillparty hörte, hat er sich selbst eingeladen."

8. KAPITEL

Selbst über den Rasen hinweg sah Todd Verblüffung und Bestürzung auf Beths Gesicht. Vielleicht war es keine gute Idee gewesen, sich zu der Party einzuladen. Vielleicht war die Annahme falsch, dass sie ebenso viel an ihn denken musste wie er an sie. In den vergangenen knapp zwanzig Stunden war es ihm nicht gelungen, sie sich aus dem Kopf zu schlagen. Ständig erinnerte er sich daran, was sie gesagt hatte, wie sie ausgesehen hatte, welche Empfindungen die Küsse in ihm geweckt hatten.

Es kann kein Fehler sein, sagte er sich. Der vergangene Tag war seit Jahren einer der schönsten für ihn gewesen. Er hatte tatsächlich eine Frau verzweifelt begehrt und war dann gegangen. Das war ihm nie zuvor passiert. Doch bei Beth erschien ihm die Zurückhaltung angebracht. Er hatte es genossen, sie zu begehren, obwohl es ihn die halbe Nacht lang wach gehalten hatte. Sie war keine Frau, mit der man nach der ersten Verabredung schlief. Er musste sie sich verdienen. Und er freute sich bereits auf diese Aufgabe.

„Du tauchst an den seltsamsten Orten auf", bemerkte er grinsend, als sie aus dem Haus kam und zu ihm trat. Ihre Miene wirkte zu zwei Teilen erfreut und zu einem Teil misstrauisch. Ihm gefiel das Verhältnis.

„Dasselbe könnte ich über dich sagen. Dieses Barbecue ist kaum dein Stil."

„Vielleicht ändere ich mich."

„Das glaube ich nicht." Sie musterte ihn. „Also, was tust du hier?"

„Ich verbringe Zeit mit meinen Freunden."

„Außer mir und vielleicht Mike kennst du niemanden hier."

„Bist du nicht meine Freundin?"

Sie antwortete nicht. Sie trug Shorts und ein T-Shirt, beides in Weiß. Sie sah hübsch aus mit ihren großen, blauen Augen und den roten Haaren.

Er beugte sich zu ihr und sagte mit gesenkter Stimme: „Ich bin nicht hier, um in deine Welt einzudringen oder dich in Verlegenheit zu bringen. Ich wollte dich nur wiedersehen. Ich kann nicht aufhören, an dich zu denken und an das, was gestern passiert ist."

Ein offensichtlicher Schauer durchlief sie. Bis zu diesem Moment hatte er eigentlich nicht an die leidenschaftlichen Momente gedacht, doch nun durchlebte er diese ebenso wie Beth erneut.

„Eigentlich habe ich gemeint, dass wir Zeit zusammen verbracht, miteinander geredet und gelacht haben. Aber nun, da du es erwähnt, muss ich sagen, dass die Küsse auch großartig waren."

Sie schluckte schwer. „Ich habe die Küsse nicht erwähnt."

„Das war nicht nötig. Du hast daran gedacht."

„Woher weißt du das?"

Sie standen nicht weit von den anderen Gäste. Dennoch konnte er nicht umhin, näher zu rücken und ihre Wange zu berühren. „Ich beobachte, ich höre zu, ich bin aufmerksam. Du bist mir wichtig."

Sie erschauerte erneut. „Warum ich?"

„Warum nicht du?"

„Das Thema hatten wir bereits. Ich bin nicht jemand, der dich interessiert."

„Du könntest dich nicht mehr irren." Er sah Verwirrung auf ihrem Gesicht und ermahnte sich wieder einmal, sich zurückzuhalten. Beth trauerte schon so lange, dass sie vergessen hatte, anders zu leben. Er konnte es sich leisten, ihr Raum und Zeit zu lassen, denn es gab keine Konkurrenz. „Möchtest du etwas trinken?"

Sie wirkte überrascht über den plötzlichen Themenwechsel. Dann nickte sie. „Ein Bier, bitte."

Todd holte zwei Flaschen und kehrte zu Beth zurück. Sie wirkte immer noch verwirrt. Er nahm sie beim Arm und führte sie zu einigen Stühlen in einer Ecke. Ein paar Nachbarn gesellten sich zu ihnen. Todd stellte sich als Freund der Familie vor und verhielt sich äußerst charmant und freundlich. Er war fest entschlossen, ihr zu beweisen, dass er sehr wohl in ihre Welt passte.

Und wenn eine kleine Stimme in seinem Kopf fragte, warum er sich gerade um diese Frau bemühte, so ignorierte er sie. Er wusste noch keine Antwort. Er wusste nur, dass er sich bei ihr fühlte, als hätte er endlich den Platz gefunden, an den er gehörte. Bei ihr fühlte er sich zu Hause.

„Das war ein netter Abend", schwärmte Beth ein paar Stunden später, als sie die Party zusammen mit Todd verließ und die Straße zu ihrem

Haus überquerte. Den ganzen Abend war er nicht von ihrer Seite gewichen. Er hatte ihr zu essen gebracht, mit ihren Freunden geplaudert und sich ganz allgemein wie ein wundervoller Begleiter verhalten. Sie wusste, dass er sie für sich zu gewinnen versuchte. Doch sie wusste nicht, was er nun erwartete.

Wollte er sie küssen? Zu ihrer Verlegenheit musste sie sich eingestehen, dass sie es sich erhoffte. Sie wollte seine Arme um sich spüren, seinen Mund auf ihrem, seine Hände überall …

„Beth?"

Sie blinzelte. „Was ist?"

„Wir stehen so auf dem Bürgersteig herum. Stimmt etwas nicht?"

Sie blickte zu ihrem Haus. „Es ist alles in Ordnung. Aber meine Kinder sind zu Hause." Sie wusste selbst nicht, ob sie ihn abschrecken oder ihm einen Vorwand zu gehen liefern wollte.

„Großartig." Er blickte zur Uhr. „Es ist noch früh. Sind sie noch auf?"

„Ja."

„Dann gehen wir doch hinein. Ich möchte sie besser kennenlernen."

Entschlossen ging er voraus zur Rückseite des Hauses. Zögernd folgte sie ihm. „Ich dachte immer, Männer hätten Angst vor Frauen mit Kindern, vor allem Teenagern. Ich weiß, dass meine Kinder großartig sind, aber du weißt es nicht."

„Natürlich weiß ich das." Er öffnete die Hintertür und bedeutete ihr, als Erste einzutreten. „Ich hatte gestern ein nettes Gespräch mit Matt, und ich bin überzeugt, dass deine Tochter fantastisch ist."

Vielleicht kommt er von einem anderen Planeten, dachte sie unwillkürlich, denn es musste irgendeine Erklärung für sein Verhalten geben. Kein Mann war so. Zumindest nicht ihrer begrenzten Erfahrung nach.

„Ich bin es!", rief Beth, als sie das Haus betrat. Beide Kinder kamen aus der Küche. „Todd war auch drüben beim Barbecue. Da habe ich ihn noch für einen Augenblick mitgebracht."

„Hallo Matt, hallo Jodi", grüßte er. „Es ist schön, euch wiederzusehen."

Die Kinder blickten Beth überrascht an. Dann lächelte Jodi ihn an. „Wir wollen uns einen Film ansehen und haben die übliche Diskussion über normales oder Popcorn mit Karamell. Wollen Sie eine Stimme abgeben?"

„Wie wäre es, beide zu mischen?"

Jodi blickte Matt an, der eifrig nickte. Dann fragte sie: „Ist es dir recht, Mom?"

„Sicher. Habt ihr gegessen?"

Matt erwiderte: „Ja. Den Hähnchen-Nudel-Salat, den du heute Nachmittag gemacht hast. Er war super. Hat irgendwer Kids mitgebracht?"

Beth hatte ihre Kinder zum Barbecue mitnehmen wollen, doch sie hatten beide abgelehnt. Sie wussten aus Erfahrung, dass selten Gleichaltrige bei solchen Feiern anwesend waren. „Nein, du hattest recht." Als Matt an ihr vorbeiging, fuhr sie ihm durchs Haar. „Wie immer."

Er grinste sie an. „Ich bin ja auch ein Junge. Da ist das normal."

Todd zwinkerte ihm zu. „Genieße das Gefühl, Matt. Wenn du erst mal älter bist, wirst du merken, dass Frauen viel öfter recht haben, als uns Männern lieb ist."

„Auf keinen Fall", widersprach Matt mit der Zuversicht eines Vierzehnjährigen.

„Auf jeden Fall", beharrte Todd. „Dir steht ein böses Erwachen bevor."

Das Misstrauen, das Matt ihm noch am Tag zuvor entgegengebracht hatte, schien verblasst zu sein. „Sehen Sie gern Science-Fiction-Filme? Wir haben einen ausgeliehen, der *Stargate* heißt. Das ist eine echt coole Story über diesen Apparat, mit dem man in dreißig Sekunden durch die Galaxie zu einem anderen Planeten reisen kann. Da sieht es irgendwie wie in Ägypten aus, und da ist dieser komisch aussehende, böse Typ, der ein bisschen wie ein Mädchen aussieht, aber keins ist."

Beth ließ die beiden weiterreden und ging in die Küche. Jodi hatte bereits das normale Popcorn in die Mikrowelle gestellt. „Du hast gar nicht erzählt, dass Todd heute auch zum Barbecue kommt", bemerkte sie leise.

„Ich wusste es auch gar nicht. Er hat davon gehört und sich selbst eingeladen."

Jodi seufzte. „Das ist sehr romantisch."

Für Beth war es eher beängstigend als romantisch, doch das sagte sie nicht. Teenager brauchten ihre Illusionen.

„Was möchtet ihr beide trinken?", rief sie ins Wohnzimmer.

„Soda", erwiderte Todd.

„Für mich auch", rief Matt.

Sie trug ein Tablett mit Gläsern und Soda ins Wohnzimmer. Wie gewöhnlich lag Matt auf dem Fußboden. Auf dem grünen Schaukelstuhl in der Ecke lagen Jodis Schulbücher. Also blieb für Beth nur das Sofa, auf dem Todd bereits Platz genommen hatte – nicht ganz in der Mitte, aber auch nicht auf einer Seite.

„Danke, Mom", meinte Matt, als sie ihm ein Glas reichte.

„Ebenso", sagte Todd, als er ein Glas entgegennahm. „Allerdings nicht der Teil mit Mom. Meine Gefühle sind nicht im Geringsten wie die zu einer Mutter."

Seine blaugrauen Augen funkelten vor Verlangen und tausend Verheißungen, denen sie zu glauben nicht mutig genug war. Beth spürte erneut diese verführerische Wärme in sich aufsteigen. Es begann in den Zehenspitzen und breitete sich aus zu ihrer intimsten Zone, ihren Brüsten und schließlich bis zum Gesicht. Sie hoffte, dass ihre Kinder sich zu sehr für Todd interessierten, um ihre körperliche Reaktion auf seine Nähe zu bemerken.

„Beeil dich, Jo!", rief Matt seine Schwester. Er schaltete den Videorekorder ein, spulte den Vorspann vor und hielt die Kassette an.

Jodi kam mit drei Schalen Popcorn herein. Sie reichte Matt eine, stellte eine auf den Tisch und nahm die dritte mit zu ihrem Schaukelstuhl.

Als der Film begann, beugte Beth sich zu Todd. „Du musst nicht bleiben, wenn du nicht willst", flüsterte sie.

„Ich will hier sein. Ist das ein Problem?"

„Nein." Ihre Stimme klang ein wenig zittrig. Sie hoffte, dass er ihre Nervosität nicht bemerkte. Ausnahmsweise konnte sie kein Popcorn essen, obwohl die Mischung lecker aussah. Sie konnte sich auch nicht auf den Film konzentrieren. Sie konnte nur daran denken, dass Todd neben ihr saß.

Nachdem er die Schale mit Popcorn halb geleert hatte, lehnte er sich zurück, rutschte ein wenig näher zu Beth und legte eine Hand auf ihre. Innerlich zuckte sie heftig zusammen. Sie blickte ihn nicht an, sondern versuchte nur, normal zu atmen und Gelassenheit vorzutäuschen. Dann warf sie einen Blick zu ihren Kindern. Beide waren in den Film vertieft und schienen die erstaunlichen Vorgänge um sie herum nicht zu bemerken.

Die Wärme in ihr verstärkte sich. Sie erkannte das Feuer des Verlangens, von dem sie bis zum Vortag nur in Büchern gelesen hatte. Ihre Empfindungen für Darren waren viel gedämpfter gewesen. Sie hatte sich nie lange nach ihm sehnen müssen und sich nie ausgemalt, mit ihm zu schlafen.

Leider ging ihr dagegen in den letzten vierundzwanzig Stunden die Vorstellung, mit Todd zu schlafen, nicht aus dem Sinn. Sie begehrte ihn. Dabei war das verrückt. Sie wollte keinen Sex mit ihm haben.

Vielleicht ist es nur eine Hitzewallung, versuchte sie, sich zu beruhigen. Vielleicht setzten die Wechseljahre bei ihr früher ein. Aber sie verwarf den Gedanken genauso schnell wieder, wie er gekommen war. Sie kannte die Wahrheit. Die Ursache war eindeutig körperlich, aber es hatte nichts mit ihrem Alter zu tun, sondern vielmehr mit dem Mann neben ihr.

Er drehte ihre Hand um und verschränkte seine Finger mit ihren. Sie unterdrückte ein Stöhnen und sprang auf. „Wer will noch etwas zu trinken?“, fragte sie.

„Ich nicht“, erwiderte Matt.

„Ich auch nicht“, sagte Jodi.

Als Beth sich wieder setzte, nahm Todd erneut ihre Hand und hielt sie fest, bis der Film schließlich endete. Dann stand er auf und reckte sich. „Das war toll. Danke, dass ich mitgucken durfte.“ Bevor sie aufstehen konnte, beugte er sich zu ihr hinab und küsste sie auf die Wange. „Da morgen Schule ist, will ich nicht zu lange bleiben. Ich finde selbst zur Tür.“

„Aber …“ Sie stand auf und folgte ihm. „Du gehst schon?“

„Ich melde mich“, versprach er.

Eigentlich hatte sie vor, ihn zu seinem Wagen zu begleiten. Wollte er sie nicht wie am vergangenen Abend küssen?

„Gute Nacht“, wünschte Todd, und dann war er verschwunden.

Verwirrter denn je starrte Beth ihm nach.

Matt kam in den Flur. „Ich gehe ins Bett. Bis morgen früh."

„Gute Nacht."

Er wandte sich zum Gehen, blieb aber noch einmal stehen. „Er ist gar nicht so übel."

Verwundert blickte Beth ihn an. Ihr Sohn gab ihr seine Zustimmung. Nicht, dass es nötig wäre, aber es war eine sehr nette Geste. Eigentlich hätte sie ihm sagen sollen, dass nichts zu befürchten war, da Todd keine wichtige Rolle in ihrem Leben einnehmen würde. Stattdessen erwiderte sie unwillkürlich: „Ich bin froh, dass du so denkst."

Sie horchte Todds Wagen hinterher und lauschte dann der Stille, als er davongefahren war. Lange Zeit stand Beth da und fragte sich, warum sie sich plötzlich so allein fühlte.

„Beth, du bist es mir schuldig", beharrte Todd mit leiser, fünfzehn Meilen entfernter Stimme.

Mit dem kabellosen Telefon am Ohr lief sie in ihrem Schlafzimmer auf und ab. „Nein."

„Ich habe einen ganzen Tag in deiner Welt verbracht. Ich habe blaue Hände als Beweis. Jetzt sollst du dir ansehen, wie ich lebe. Wenn dir das zu viel ist, dann lass uns wenigstens zum Dinner ausgehen. Du kannst sogar das Restaurant aussuchen."

„Das geht nicht", entgegnete sie.

„Warum machst du alles so kompliziert?"

„Weil es das ist."

„Ich fühle mich zu dir hingezogen und du zu mir. Mach dir nicht die Mühe, es zu leugnen, denn deine Küsse haben dich verraten."

„Ich bin nicht bereit", behauptete Beth. In Wirklichkeit war sie mehr bereit, als sie geahnt hatte. Doch über kurz oder lang würde sie ihn langweilen und er sie sitzen lassen. Davor hatte sie Angst.

„Du bist sehr schwierig."

„Du verwirrst mich. Ich verstehe nicht, was du willst."

„Dich."

Sie sank auf den Bettrand. „Das war deutlich."

„Nicht nur im Bett", fügte er hinzu, „obwohl es nett wäre. Ich will dich besser kennenlernen. Ich will Zeit mit dir verbringen. Ich mag dich. Ist das so furchtbar?"

„Ich muss auflegen."

„Beth, warte."

„Auf Wiederhören, Todd." Sie legte den Hörer auf.

Sie saß immer noch auf dem Bett, als Jodi eintrat. „Mom, hast du meinen …" Sie starrte ihre Mutter an. „Was ist los?"

„Nichts. Alles." Beth holte tief Luft. „Es ist wegen Todd. Er ruft mich jeden Tag an und will mit mir ausgehen."

Jodi grinste. „Wie furchtbar! Was willst du dagegen tun?"

„Du hast überhaupt kein Mitgefühl", beklagte Beth sich.

„Ich sehe das Problem nicht."

„Ich kann mir nicht erklären, warum er mit mir ausgehen will." Abwehrend hob sie eine Hand. „Ich weiß, ich weiß, ich habe eine Menge wundervoller Qualitäten. Ich möchte nur wissen, was *er* von mir will."

Jodi setzte sich neben ihre Mutter auf das Bett. „Vielleicht sieht er dich als Herausforderung. Du weißt doch, wie Männer sind. Sie wollen immer das haben, was sie nicht kriegen."

„Du könntest recht haben." Beth wurde nachdenklich. „Bei unserer ersten Begegnung habe ich ihn im Restaurant sitzen lassen. Das muss ein schwerer Schlag für seinen Stolz gewesen sein. Vielleicht geht es gar nicht um mich. Vielleicht stehe ich nur für seine Rache oder so ähnlich."

„Der beste Weg, ihn loszuwerden, besteht darin, ihm zu geben, was er will. Wenn du keine Herausforderung für ihn bedeutest, dann muss er sich selbst nichts beweisen."

„Also sollte ich mit ihm ausgehen."

„Unbedingt."

„Es könnte klappen", sinnierte Beth. „Aber ich muss gestehen, dass es sehr demütigend ist, einen Rat von meiner sechzehnjährigen Tochter anzunehmen."

Jodi lachte. „Mach dir nichts draus. Ach ja, übrigens muss ich dich warnen."

„Inwiefern?"

„Wenn meine Vermutung nicht zutrifft, dann ermutigst du einen Mann, der dich mag. In dem Fall hättest du ihn dann am Hals."

9. KAPITEL

Todd blickte zur Uhr und wünschte, die Zeit würde etwas schneller vergehen. Es war erst kurz nach drei, aber er konnte das Ende der Besprechung kaum erwarten. Denn nachdem er Beth beinahe eine Woche lang täglich angerufen und bekniet hatte, war sie endlich bereit, an diesem Abend mit ihm auszugehen.

Er bemühte sich, dem Vortrag über verfügbare Immobilien im nächsten Quartal zu lauschen. Schließlich ging es um den Erfolg seiner Firma. Doch er konnte nur an Beth denken. Gewöhnlich sah er seine Freundinnen nur an den Wochenenden. Die Arbeit stand an erster Stelle. Doch trotz der täglichen Telefonate mit Beth hatte er sie in den vergangenen Tagen vermisst.

Welche Ironie des Schicksals, dass sie nicht besonders interessiert an ihm zu sein schien. Sie hatte zwar die Einladung endlich angenommen, bestand aber darauf, es beim Dinner zu belassen. Seine Bitte, einen Tag in seiner Welt zu verbringen, hatte sie strikt abgelehnt.

Die mit Marktforschung betraute Mitarbeiterin beendete ihren Bericht und blickte Todd erwartungsvoll an. Er schaute auf den Notizblock vor sich, der gewöhnlich mit Fragen vollgekritzelt war. Diesmal war er leer. „Gute Arbeit, Teresa."

Die zierliche Brünette nickte. „Danke, Mr Graham. Ich habe noch eine weitere Analyse."

„Legen Sie sie mir bitte ins Büro."

„Sie wollen Sie jetzt nicht sehen?"

„Eigentlich nicht. Verschieben wir es auf Montag."

„Sind Sie sicher?", fragte Teresa verblüfft nach.

„Es ist Freitag und ein wunderschöner Nachmittag im Frühling. Lassen Sie uns doch alle ein bisschen früher gehen." Todd verstand ihre verwirrte Miene. Oftmals arbeitete er bis acht oder neun Uhr abends und erwartete, dass sein Führungspersonal ebenso lange blieb. Er beugte sich zu ihr und murmelte: „Nur dieses eine Mal. Ich werde es dem Boss auch nicht verraten."

Ihr verhaltenes Lächeln bewies, dass sie sich nicht sicher war, ob sie ihn ernst nehmen sollte oder nicht.

Er ging hinaus und blieb am Schreibtisch seiner Privatsekretärin stehen. Mrs Alberts arbeitete seit fast zehn Jahren für ihn. Sie war ein paar Jahre älter als er und hatte drei Kinder. Sie trug maßgeschneiderte Kostüme und teuren Schmuck, koordinierte seine Termine und erledigte seine Korrespondenz mit Bravur.

Sie reichte ihm ein Blatt Papier. „Hier ist die Liste der Restaurants. Mir wurde versichert, dass sie alle recht gut sind, aber sie entsprechen nicht Ihrem üblichen Stil."

„Ich weiß. Ich wollte mal etwas anderes. Gutes Essen, aber schlicht." Er überflog die Liste. Darauf standen ein paar italienische Restaurants, ein Steakhaus und zwei Lokale, die sich auf amerikanische Küche spezialisiert hatten.

„Ich habe mir erlaubt, im ersten Lokal auf der Liste zu reservieren", erklärte Mrs Alberts. „Es ist ruhig und hat Nischen, in denen man ungestört sitzt. Die Speisekarte bietet eine große Auswahl an italienischen Gerichten, die Weinkarte ist beeindruckend, und obwohl die meisten Leute es als teuer betrachten würden, ist es für Ihren Geschmack noch recht bescheiden."

„Das klingt großartig. Bei welchem Floristen bestellen Sie gewöhnlich für mich?"

„*Occasions.* Soll ich etwas für die junge Dame bestellen?"

Er fragte sich, wie überrascht Mrs Alberts auf die Ankündigung reagiert hätte, dass diese junge Dame Ende dreißig war. „Ich suche sie lieber selbst aus. Geben Sie mir nur die Adresse."

Die Sekretärin ließ sich ihre Verwunderung nicht anmerken und schrieb ihm die Adresse auf.

„Ich schlage vor, dass wir heute beide früh nach Hause gehen. Es ist Freitag, und wir haben die ganze Woche hart gearbeitet."

Verblüfft entgegnete sie: „Aber es ist noch nicht mal halb vier."

„Ich weiß." Er grinste. „Ist das nicht großartig?"

„Aber Mr Graham, Sie arbeiten auch Freitags immer lange."

„Manchmal zahlt es sich aus, der Boss zu sein." Er lief in sein Büro, holte sein Jackett und die Wagenschlüssel. „Bis Montag!", rief er über die Schulter, während er das Vorzimmer verließ.

Eilig fuhr er in seine Wohnung, um sich zu duschen und umzuziehen. Dann suchte er den Floristen auf und suchte einen großen

Strauß Blumen für Beth aus. Er sollte sie erst um halb sieben abholen, und es war noch nicht einmal fünf. Dennoch fuhr er nach Sugar Land und ging dort in ein Einkaufszentrum. Es war überfüllt mit Teenagern und jungen Familien. Er beobachtete Väter, die ihren Kleinkindern beim Anprobieren von Schuhen halfen, und ein junges Paar, das in den Schaufenstern nach Verlobungsringen Ausschau hielt.

Diese Leute lebten in einer Welt, die ihm fremd war, der aber Beth und ihre Kinder angehörten. Er konnte sich lebhaft vorstellen, wie sie mit ihrer Einkaufsliste zielstrebig durch das Zentrum eilte. Diese Vorstellung war seltsam reizvoll, wie fast alles an ihr.

Ein paar Minuten lang spazierte er noch umher. Dann beschloss er, dass Beth sich mit seinem vorzeitigen Eintreffen abfinden musste. Wenige Minuten nach sechs Uhr bog er in ihre Auffahrt ein. Sollte sie noch nicht fertig sein, konnte er sich ja mit den Kindern unterhalten. Er mochte die beiden und wollte sie besser kennenlernen.

Mit dem großen Strauß Blumen in der Hand ging er zu ihrer Haustür und klopfte. Keine Antwort. Er klingelte und wartete. Immer noch keine Antwort. Gerade wollte er zu seinem Auto zurückkehren, als die Tür geöffnet wurde.

Beth stand im Eingang. Ihr Gesicht war blass, ihr Haar zerzaust. Sie trug ein T-Shirt und Shorts. Barfuß stand sie vor ihm, sah müde und besorgt aus und wirkte nicht im Geringsten erfreut, ihn zu sehen.

„Ich dachte, wir wären für heute Abend verabredet." Todd konnte seine Enttäuschung nicht verhehlen.

Sie bedeutete ihm einzutreten. „Das waren wie auch. Es tut mir leid. Als ich versucht habe, dich im Büro anzurufen, um abzusagen, ist niemand ans Telefon gegangen."

„Du wolltest absagen?"

„Matt ist krank, und ich kann ihn nicht allein lassen." Sie beobachtete, wie seine Miene sich verschloss. Er glaubte ihr nicht. „Ich bin auch enttäuscht. Ich hatte mich sehr auf heute Abend gefreut."

„Natürlich. Ich habe es daran gemerkt, wie eifrig du all meine Einladungen angenommen hast."

Offensichtlich hatte sie ihn verletzt, auch wenn ihr das unmöglich erschien. Sie hatte sich tatsächlich auf diese Verabredung gefreut. Sie hatte sich ein neues Kleid gekauft und die ganze Woche über jeden

Tag die Zeitung gelesen, damit sie über die Geschehnisse in der Welt Bescheid wusste und intelligente Gespräche darüber führen konnte. „Ich wollte dich heute Abend wirklich sehen, ob du es glaubst oder nicht. Aber Matt hat eine Magengrippe. Es fing um ein Uhr nachts an, und wir haben alle kaum geschlafen. Ich habe bis Mitternacht an dem Artikel gearbeitet, damit ich es nicht heute tun muss. Ich hatte vor, zum Friseur und zur Maniküre zu gehen und mich überhaupt hübsch zu machen für unseren Abend zusammen."

Verzweiflung stieg in ihr auf, als sie berichtete, was alles schiefgelaufen war. Sie holte tief Luft. „Ich habe die Termine abgesagt, weil ich den Artikel im Verlag abgeben und mich zurück nach Hause beeilen musste, um bei Matt zu sein. Da Jodi noch keinen Führerschein hat, musste ich sie zum Babysitten fahren. Matt übergibt sich immer noch ständig. Ich habe den ganzen Tag lang Bettwäsche und Handtücher gewaschen, und jetzt gibt die Waschmaschine komische Geräusche von sich. Die Speisekammer ist leer, sodass ich Matt nicht einmal einen Zwieback geben kann. Sonst behält er ja eh nichts bei sich. Ich habe wirklich versucht, dich heute Nachmittag anzurufen. Aber unter der einzigen Nummer, die ich im Telefonbuch gefunden habe, hat sich niemand gemeldet."

Tränen brannten in ihren Augen, aber sie riss sich zusammen. Zumindest in Gegenwart von Todd.

„Ich verstehe", sagte er mit ausdrucksloser Miene.

„Es tut mir leid."

„Das ist nicht nötig." Er reichte ihr die Blumen und lächelte flüchtig. „Momentan ist ein verärgerter Mann vermutlich das Letzte, was du gebrauchen kannst."

Sie nickte, weil er es erwartete, doch sie wollte nicht, dass er ging.

„Wir sehen uns ein andermal", murmelte er und ging.

Beth schloss die Tür hinter ihm. Eine einsame Träne rollte ihr über die Wange. Er war gegangen. Einfach so. Sie drückte den Strauß Blumen an sich und gestand sich ein, dass sie sich mehr erhofft hatte. Doch das Leben rief ihr immer wieder in Erinnerung, dass sie allein war.

Dummerweise hatte sie zu hoffen gewagt, dass es diesmal anders sein könnte. Sosehr sie sich auch einredete, dass Todd nicht wirklich an einer Frau wie ihr interessiert war, hatte sie doch gehofft, dass er ihr zur Seite stehen würde. Aber Traummänner existierten eben nur in Träumen.

Eine Dreiviertelstunde später, als Matt sich erneut übergeben und Beth ihm wieder ins Bett geholfen hatte, klingelte es an der Haustür. Als sie öffnete, stand Todd auf der Schwelle.

„Du dachtest bestimmt, ich wäre endgültig gegangen", begann er, während er mit den Armen voller Einkaufstaschen eintrat. „Ich muss zugeben, dass ich mit dem Gedanken gespielt habe. Ich habe mir gesagt, dass ich keine Unannehmlichkeiten wie kranke Kinder und abgesagte Verabredungen brauchen kann. Ich hatte schon fast die Schnellstraße erreicht, als mir jedoch klar wurde, dass es mir nichts ausmacht, wenn wir zu Hause bleiben. Es ging mir nicht darum, mit dir auszugehen, sondern dich zu sehen. Also bin ich wieder hier."

„Ich weiß nicht, was ich sagen soll." Beth sah ihn irritiert an.

Er forschte in ihrem Gesicht. „Bist du froh, mich zu sehen?"

Sie nickte. „Mehr, als ich dir sagen kann."

„Gut. Lass uns dieses Zeug in die Küche bringen."

„Was ist das alles?"

„Hauptsächlich Nahrungsmittel. Ich habe Suppe, Brot und solche Sachen mitgebracht, die ein krankes Kind mögen könnte. Und Zwieback. Für uns habe ich aus dem Chinarestaurant etwas geholt. Außerdem habe ich ein paar Science-Fiction-Filme ausgeliehen für den Fall, dass Matt nicht schlafen kann und sich langweilt."

Er stellte die Tüten auf den Küchentisch und legte die Hände auf ihre Schultern. „Ich habe einen Vorschlag. Während du für Matt etwas zu essen machst, sehe ich mir mal die Waschmaschine an. Ich kann dir nichts versprechen, aber ich bin in handwerklichen Dingen recht geschickt. Dann leiste ich ihm Gesellschaft, während du dich einen Moment entspannst."

Sie befingerte ihre Haare und dachte daran, dass sie nicht einmal einen Hauch von Make-up trug. „Ich würde gern duschen."

Er stöhnte. „Sag bloß nicht solche Dinge. Ich denke schon viel zu oft daran, dich nackt zu sehen. Wenn du fertig bist, wärmen wir unser Essen auf, lümmeln uns hier auf das Sofa und sehen uns einen Film deiner Wahl an. Von mir aus sogar etwas Romantisches. Na, wie hört sich das an?"

Beth wollte etwas sagen, brachte aber kein Wort heraus. Sie konnte kaum glauben, dass er sich solche Mühe mit den Einkäufen gemacht hatte. Dass er bereit war zu riskieren, seinen maßgeschneiderten Anzug bei der Reparatur der Waschmaschine schmutzig zu machen. Dass er sich ihren nackten Körper vorstellte und dabei nicht entsetzt davonlief.

„Beth?" Seine Stimme klang besorgt. „Du siehst so zerknirscht aus. Habe ich etwas Schlimmes gesagt?"

Erneut standen Tränen in ihren Augen, und diesmal gelang es ihr nicht, sie zurückzuhalten. Sie warf sich ihm an den Hals und brachte erstickt hervor: „Nein. Es ist alles perfekt."

Er schloss die Arme um sie. „Das würde ich dir leichter glauben können, wenn du nicht weinen würdest."

„Das sind gute Tränen."

„Ich möchte dir helfen. Wenn du mir sagst, was du brauchst, erledige ich es gern."

„Halt mich einfach fest", flüsterte sie.

Er schloss die Arme fester um sie und lehnte die Wange an ihre. „Kein Problem. Das kann ich die ganze Nacht tun. Allerdings würden wir irgendwann Wadenkrämpfe kriegen und zu Boden fallen, aber das wäre es wert."

Sie kicherte. „Ich weiß deine Hilfe sehr zu schätzen."

„Ich tue es gern."

Sie glaubte immer noch daran, dass es nur eine große Liebe im Leben gab und dass sie ihre bereits hinter sich hatte. Sie wusste immer noch, dass Todd ihrer mit der Zeit überdrüssig werden und zu seinem gewöhnlichen Typ Frau zurückkehren würde. Doch all das zählte in diesem Augenblick nicht. Jetzt war er hier, und das wollte sie auskosten, solange er es zuließ.

Drei Stunden später stellte Beth den Fernseher ab. Todd drehte sich zu ihr um und legte den Arm auf die Rücklehne des Sofas. „Es war wirklich nett. Danke, dass ich bleiben durfte."

Plötzlich war ihre Kehle wie ausgedörrt, und ihre Hände zitterten. Es war spät, und sie waren praktisch allein. Matt, dem es inzwischen wesentlich besser ging, schlief schon eine Weile. Jodi war von ihrem Job zurückgekehrt und zu einer Freundin gegangen, bei der sie übernachten wollte. Also gab es keine Ablenkungen, keine Entschuldigungen, kein leichtes Entfliehen.

„Das ist das Mindeste, was ich tun könnte", erwiderte sie nervös. „Schließlich hast du das Essen gebracht und meine Waschmaschine repariert. Habe ich dir dafür überhaupt schon gedankt? Es ist immer schrecklich, wenn die Waschmaschine kaputt ist. Einmal, als wir gerade in Urlaub fahren wollten, hatte ich so viel Arbeit im Verlag, dass Berge von Wäsche liegen geblieben waren, und ausgerechnet da gab die Waschmaschine ihren Geist auf, und ich ...."

„Beth? Du plapperst zu viel."

„Nein. Ich teile mein Leben mit dir. Das ist etwas ganz anderes. Ich halte es für wichtig, dass Freunde miteinander reden, und wir sind doch Freunde, oder? Verglichen mit deinem Tagesablauf ist mein Leben bestimmt langweilig für dich, aber auch ich erlebe aufregende Dinge. Einmal bin ich sogar ..."

Er legte einen Finger an ihre Lippen. „Ich werde dich jetzt küssen", kündigte er an, während er einen Arm um sie legte. „Ich möchte nicht, dass du dich sorgst. Mir ist bewusst, dass du ein krankes Kind im Haus hast und dich fragst, wie es ihm geht und ob es hereinkommen könnte. Ich achte auf Schritte, damit du es nicht tun du musst."

„Okay", wisperte sie. „Einen Kuss kann ich verkraften."

Er lächelte zuversichtlich. „Es wird nicht bei einem Kuss bleiben." Er zog sie an sich und senkte den Mund auf ihre Lippen.

Beth war etwas mehr darauf vorbereitet als beim ersten Kuss. Sie war nicht ganz so nervös. Doch als er ihr Gesicht umschmiegte und sie drängte, die Lippen zu öffnen, wurde sie überwältigt von der Leidenschaft zwischen ihnen. Sie schlang die Arme um seinen Nacken. Sie wollte ihn berühren und von ihm berührt werden. Sie wollte wissen, ob er ebenso erregt war wie sie. Er streichelte ihre Schultern und ihren Rücken, und durch den Stoff ihres T-Shirts spürte sie die Wärme und Kraft seiner Hände.

Als er den Kuss beendete, wollte sie schon protestieren, aber da ließ er die Lippen zu ihrem Hals hinabwandern. Ihre Erregung steigerte sich. Mit jeder Faser ihres Körpers reagierte sie auf seine Berührung. Ihr Atem beschleunigte sich, als er sich mit Küssen zu ihrem Ausschnitt vortastete.

„Komm, Beth", forderte er mit rauer Stimme. Er legte die Hände auf ihre Taille, zog sie auf seinen Schoß und drückte sie an sich. Ihre Brüste waren an seinen Oberkörper gepresst, ihre Intimzone an seine. Er küsste sie innig und erweckte damit ein geradezu schmerzliches Verlangen in ihr.

Mit beiden Händen streichelte er ihre nackten Schenkel bis hinauf zum Saum ihrer Shorts. Sie wünschte sich, er würde die Finger höher gleiten lassen, und diese Vorstellung verblüffte und erregte sie. Sie sollte an so etwas nicht denken, aber es war eine köstliche Fantasie.

Er hob die Hände zu ihre Hüften und presste sie an sich. Ihr stockte der Atem. Sie hatte geglaubt, nie wieder sexuelle Bedürfnisse zu verspüren, und es beängstigte sie, dass sie ihn so sehr begehrte.

Dann spürte sie seine Finger auf ihren Brüsten. Er umkreiste die Knospen, die unter seinen Liebkosungen sofort fest wurden, bevor er dann die Hände um ihre vollen Rundungen schmiegte.

Beth spürte den Höhepunkt nahen. Es war so lange her. Der Gedanke an Befriedigung war berauschend, aber sie konnte es nicht geschehen lassen. Nicht so. Nicht mit ihm. Noch nicht. Sie wich zurück und stand auf.

Todd wurde nicht ärgerlich. Er fragte nur, ob alles in Ordnung war.

„Es geht mir großartig", log sie. „Aber es ist schon sehr spät. Ich wollte dich nicht so lange aufhalten."

Er blickte zur Uhr. „Richtig. Es ist fast elf. Was haben wir uns nur dabei gedacht?", versuchte er zu scherzen.

„Bitte nicht", flüsterte Beth. Sie konnte seinen Spott nicht ertragen, nicht in diesem Moment.

„Okay." Er stand auf und küsste sie auf die Stirn. „Ich gehe. Aber ich werde an dich denken."

„Ich auch an dich."

10. KAPITEL

Beth saß in dem Polstersessel an ihrem Schlafzimmerfenster und beobachtete, wie die Sonne über den Dächern aufging. Der Himmel war wolkenlos, doch für den Nachmittag war Regen angesagt. Düsterer Himmel und Blitze hätten ihrer Stimmung eher entsprochen.

Seit Todd gegangen war, wurde sie von Schuldgefühlen gequält. Wie hatte sie es so weit kommen lassen können? Wieso hatte sie sich derart mitreißen lassen? Bedeutete ihr die Liebe zu Darren gar nichts mehr?

Ihr war nach Weinen zumute, aber es war keine Träne mehr übrig. Sie blickte hinab auf das gerahmte Familienfoto in ihrem Schoß, das vor etwa fünf Jahren aufgenommen worden war. Sie betrachtete die Gesichter ihrer Kinder und dann die vertrauten Züge des Mannes, der fast zwanzig Jahre lang der wichtigste Teil ihres Lebens gewesen war. Sie strich über seine etwas zu große Nase, die Brille, die lächelnden Lippen. Sie dachte an all die Streitereien zu Beginn der Ehe, die manchmal beinahe zur Trennung geführt hätten. Doch die Liebe hatte gesiegt und sich im Laufe der Zeit gefestigt. In den letzten Jahren ihres gemeinsamen Lebens hatten sie oft über die Zukunft gesprochen und sich ihr Leben ausgemalt, nachdem die Kinder aus dem Haus und sie selbst im Ruhestand sein würden. Ein kleines Häuschen am Wasser und vielleicht ein Boot hatten sie sich erträumt.

Beth drückte das Foto an die Brust. Darren war ein wundervoller Mann gewesen – ehrlich, rücksichtsvoll, liebevoll. Wie schlecht die Dinge auch gestanden haben mochten, er hatte ihr immer zur Seite gestanden. Sie hatten harte Zeiten überstanden und sich immer noch geliebt.

Beth schluckte schwer, als sie sich an die düsteren Tage nach seinem Tod erinnerte. Die Kinder hatten sie gerettet. Matts und Jodis Bedürfnisse hatten sie gezwungen, jeden Morgen aufzustehen und das Leben fortzusetzen. Im Laufe der Zeit war der stechende Schmerz zu einem dumpfen Kummer abgeklungen. Doch das Gefühl, etwas Wichtiges verloren zu haben, war geblieben. Bis Todd Graham in ihr Leben getreten war.

Beth blickte zu den geöffneten Kartons auf dem Fußboden ringsumher. Teile ihres Lebens mit Darren. Souvenirs aus Vergnügungsparks und von Urlaubsreisen. Mehrere Fotoalben. Sie hatte seine bevorzugte Krawatte aufbewahrt und seine Briefe aus der Zeit, als er fast ein Jahr auf Montage gearbeitet hatte.

All diese Dinge hatte sie in der vergangenen Nacht hervorgekramt, als sie keinen Schlaf gefunden hatte. Sie hatte die Briefe gelesen, die Fotos betrachtet, doch nichts hatte geholfen. Ihr mitternächtlicher Besuch in der Vergangenheit hatte das Gefühl der Einsamkeit nur verstärkt.

Sie hatte Darren nicht nur betrogen, sie hatte ihn endgültig verloren. Bisher hatte sie sich ihm noch verbunden gefühlt und manchmal, wenn der Schmerz unerträglich war, mit ihm geredet. Sie hatte ihm ihr Freud und Leid erzählt und sich seine Antwort ausgemalt.

Doch nun konnte sie nicht mit ihm reden. Sie fühlte sich ihm nicht nur entfremdet, sondern das Thema war außerdem unangebracht. Sollte sie ihm etwa sagen: Hallo, Darren, ich habe gestern Abend beinahe mit einem anderen Mann geschlafen. Was hältst du davon?

„Oh, Darren“, flüsterte sie vor sich hin. „Es tut mir so leid. Ich wollte dich nicht betrügen.“

Sie schloss die Augen. Sie wusste, dass manche Leute ihre Schuldgefühle für töricht halten würden. Darren war seit über achtzehn Monaten tot. Sie war noch relativ jung, und er hätte niemals erwartet, dass sie nur noch in der Erinnerung an ihn lebte.

Vielleicht geht es gar nicht um Darren, sagte eine innere Stimme, vielleicht geht es nur um dich und Todd.

Vielleicht war es kein Schuldgefühl, das sie plagte, sondern Angst. Flüchtete sie sich in die Vergangenheit, um der Zukunft zu entfliehen? Klammerte sie sich nur aus Angst vor einem Risiko an das Märchen von einer einzigen wahren Liebe im Leben?

Beth starrte aus dem Fenster. Sie musste aufhören, sich in die Vergangenheit zu flüchten und sich selbst zu belügen. Aber was war, wenn sie sich in ihn verliebte, er sie aber nur als vorübergehende Abwechslung betrachtete?

Derartige Komplikationen konnte sie nicht gebrauchen. Es war alles viel einfacher, wenn es nur sie und die Kinder gab. Warum sollte sie das Risiko eingehen, sich mit Todd einzulassen?

Der Gedanke, ihn nie wiederzusehen, betrübte sie jedoch zutiefst. Es lag nicht nur an seiner Attraktivität oder daran, dass er sie erregte. Es lag ebenso an der Geduld und Fürsorglichkeit, die er bewiesen hatte. Wie sollte sie alledem widerstehen und zurückkehren zu der einsamen Existenz von früher?

Mit einem Seufzer legte sie das Familienfoto aufs Bett und ging in die Küche.

Gegen zehn Uhr kehrte Jodi von ihrer Freundin zurück. Sie stürmte zur Hintertür herein, legte ihren Rucksack auf einem Stuhl ab und stibitzte zwei noch warme Kekse vom Blech.

„Ich wollte sie mit Glasur überziehen", protestierte Beth.

„Das gibt mir einen Vorwand, später noch mehr zu essen", neckte Jodi. „Nur um mich zu vergewissern, dass du die Glasur auch richtig anrührst."

„Vielen Dank für deine Besorgnis. Ich frage mich nur, wie es mir all die Jahre gelungen sein soll zu backen, obwohl du in der Schule warst."

Jodi goss sich ein Glas Milch ein und nahm einen Schluck. „Wie geht es Matt? Kann ich irgendwie helfen?"

„Danke für das Angebot, aber es ist alles unter Kontrolle. Er hat die Nacht über viel geschlafen. Jetzt ist er in meinem Zimmer und sieht sich Videos an."

„Und wie war dein Date?"

„Nicht wie erwartet, aber trotzdem sehr nett. Er hat chinesisches Essen mitgebracht. Es ist noch etwas davon im Kühlschrank. Vielleicht möchtest du es zum Mittag essen."

„Prima. Also, was ist passiert?"

„Nichts Aufregendes. Er hat die Waschmaschine repariert, wir haben zu Abend gegessen und uns dann einen Film angesehen. Gegen elf ist er gegangen."

„Hattest du Spaß?"

„Ja. Stört dich das?"

„Todd scheint sehr nett zu sein", meinte Jodi. „Nicht so ein blöder Typ wie einige der Freunde von den Müttern meiner Freundinnen. Aber es ist komisch, weißt du?“

„Ja, ich weiß. Ich habe selbst Probleme mit der ganzen Situation.“

„Ich weiß, dass du Dad geliebt hast. Er wusste es auch. Aber er ist fort und kommt nie wieder.“ Sie presste die Lippen zusammen. „Ich möchte, dass du glücklich bist. Matt geht schon zur High School, und ich habe nur noch ein Jahr bis zum College. Ich will nicht, dass du allein bist.“

„Du hast nur Angst, dass ich mich in eine von diesen alten Jungfern verwandelte, die Katzen sammeln und mit sich selbst reden.“

Jodi kicherte. „Dann hätte ich Angst, zu Besuch nach Hause zu kommen.“

„Das will ich nicht.“ Beth wurde ernst. „Aber nur weil ich ausgehe, bedeutet es nicht, dass ich wieder heiraten werde. Vielleicht gefällt es mir, auf mich gestellt zu sein. Ich muss erst mal sehen, was für mich richtig ist. Momentan bin ich sehr glücklich. Aber die Dinge ändern sich. Du und Matt, ihr sollt wissen, dass ihr für mich immer an erster Stelle stehen werdet.“

Jodi trat zu ihr und umarmte sie. „Das wissen wir.“

„Also habt ihr nichts dagegen, dass ich mich mit Todd treffe?“

„Nein. Er ist klasse. Außerdem hat er keine eigenen Kinder und wird uns daher verwöhnen.“

„Wie kommst du denn darauf?“

„Er wird dich damit beeindrucken wollen, wie gut wir alle miteinander auskommen. Da er sich als Vater nicht auskennt, wird er versuchen, uns zu kaufen. Er ist echt reich. Also kannst du vielleicht mal andeuten, dass ich ein Auto haben möchte.“

Beth stemmte empört die Hände in die Hüften. „Jodi, du bist unmöglich!“

„Hättest du es an meiner Stelle etwa nicht probiert?“

Beth öffnete den Mund und schloss ihn wieder. Mit sechzehn hätte sie genau dasselbe getan. „Es wird keine Anspielungen auf ein Auto geben. Und was die Geschenke angeht, werde ich aufpassen, dass es nicht zu viele werden. Also mach dir keine allzu großen Hoffnungen.“

Jodi nahm sich noch einen Keks. „Jetzt mal im Ernst, Mom, er scheint okay zu sein. Matt mag ihn auch. Es ist seltsam, weil wir Dad vermissen und niemand seinen Platz einnehmen kann. Aber wir vertrauen dir." Sie blickte zur Uhr. „Ich habe noch Unmengen von Hausaufgaben zu machen. Also fange ich lieber an. Ich sehe nach Matt, wenn ich oben bin."

Nachdenklich blickte Beth ihrer Tochter nach. Was in ihrem Leben auch sonst geschehen sein mochte, mit ihren Kindern hatte sie großes Glück gehabt. Und dafür war sie dankbar.

Todd parkte vor dem Sportplatz und stieg aus dem Wagen. Es war Mittwochnachmittag und er hätte eine Besprechung abhalten sollen, aber er hatte sie verschoben, um sich Matts Baseballspiel anzusehen.

Warum interessierte ihn das Hobby eines vierzehnjährigen Jungen? Warum ließ er sich überhaupt mit einer Frau ein, die Kinder hatte? Plante er vielleicht, Ersatzvater zu spielen?

Ja, sicher, dachte er grimmig. Er wusste nichts weiter über Väter, als dass sie nie da waren. Eine großartige Hilfe würde er sein! Diese Beziehung konnte nicht klappen. Doch er war gern mit Beth und auch mit ihren Kindern zusammen. Ihm gefielen die Unterschiede wie auch die Ähnlichkeiten zwischen ihnen. Vielleicht handelte er sich Probleme ein, aber er war nicht bereit, ihr den Rücken zu kehren.

Matts Team war auf dem Spielfeld, aber Todds Aufmerksamkeit war auf die Reservebank gerichtet. Beth hatte erwähnt, dass der Junge zwar wieder zu Schule ging, jedoch noch zu schwach war, um mitzuspielen.

Matt erblickte ihn, winkte ihm eifrig zu und eilte ihm entgegen. „Hi."

„Wie läuft das Spiel?"

„Schlecht. Wir sind im Rückstand."

„Weil du nicht dabei bist. Als ich vor ein paar Wochen zugeschaut habe, hast du sehr gut gespielt."

Matts Gesicht leuchtete auf. „Mom hat gesagt, dass Sie vorbeikommen könnten, aber ich bezweifle, dass Sie wirklich daran geglaubt hat."

„Ist sie hier?"

„Ja. Oben auf der Tribüne. Sie ist ganz nervös geworden, als Sie gekommen sind."

„Manchmal ist es besser, Frauen im Ungewissen zu lassen. Sonst glauben sie, dass sie die Oberhand haben."

Matt nickte anerkennend. „Sie mag Sie. Sie sagt echt nette Dinge, wenn sie von Ihnen spricht."

„Danke, dass du mir das erzählst. Ich habe nicht vergessen, worüber wir neulich gesprochen haben. Ich werde ihr nicht wehtun."

„Das freut mich." Sein Trainer rief ihn. „Ich muss gehen."

„Ich hoffe, dass wir uns bald wiedersehen. Ich gehe für eine Weile zu deiner Mom. Vielleicht lade ich sie ein."

Matt grinste. „Viel Glück."

Todd eilte zur Tribüne.

Als Beth ihn sah, eilte sie ihm entgegen. „Ich hätte nicht gedacht, dass du wirklich kommst. Matt spielt heute ja nicht einmal."

„Ich wollte mich vergewissern, dass es ihm besser geht. Und ich wollte dich sehen."

Wie üblich trug sie Shorts und ein T-Shirt. Die meisten anderen Mütter waren ebenso gekleidet, aber er fand sie nicht annähernd so attraktiv wie Beth. Ihre nackten Beine erinnerten ihn an den gemeinsamen Abend, als sie auf seinem Schoß gesessen hatte.

Sie war eine erstaunliche Person, und zwar nicht nur, weil sie sein Verlangen weckte. Ihm gefiel, wie sie sich um ihre Kinder kümmerte, und dass sie ihm so ehrlich begegnete, ohne Spielchen zu veranstalten. Auch gegen ihre vollen Brüste und ihr hübsches Gesicht hatte er nichts einzuwenden.

Er blickte in die Runde, um sich zu vergewissern, dass sie die hübscheste anwesende Frau war. Als er bemerkte, dass sie beide mehr Interesse erweckten als das Baseballspiel, nahm er sie beim Arm und führte sie hinter die Tribüne. „Wie viel Klatsch haben wir gerade verursacht?"

„Wir werden nicht unbedingt in die Sechs-Uhr-Nachrichten kommen, aber einiges Gerede wird schon entstehen."

„Das tut mir leid. Ich wollte wirklich nur Matt Hallo sagen und ein paar Minuten bei dir sein."

„Für ein paar Minuten bist du den ganzen Weg hierhergefahren?"

„Warum überrascht dich das?“

Sie zuckte die Achseln. „Nur so.“

Flüchtig berührte er ihre Wange. „Ich möchte dich wiedersehen.“

„Das hast du mir jedes Mal gesagt, wenn du angerufen hast.“

„Du hast nie eingewilligt.“

Sie lächelte. „Du hast nie einen bestimmten Zeitpunkt genannt.“

„Samstagmorgen. Ich will dir meine Welt zeigen. Wir machen eine ganztägige Affäre daraus.“

Sie senkte den Kopf, blickte auf ihre Hände und räusperte sich. „Affäre ist eine interessante Wortwahl.“

„Ich weiß, was dich beunruhigt.“

„Das bezweifle ich.“

„Du hast Angst, dass ich mit dir schlafen will.“

Sie erblasste und trat einen Schritt zurück. „Ja, stimmt, vielleicht hast du mich doch durchschaut.“

Er berührte ihr Kinn, bis sie ihn anblickte. „Ich möchte es sehr. Aber ich werde nichts tun, was du nicht möchtest. Du bist mir wichtig, Beth. Obwohl du mich das letzte Mal unglaublich in Versuchung geführt hast, war ich besorgt, dass wir zu schnell zu weit gegangen sind. Ich will dich nicht bedrängen.“

„Soll das heißen, dass du warten willst?“

„Solange es nötig ist.“

„Warum? Bei deinen anderen Frauen wartest du bestimmt nicht.“

„Weil sie nicht so wichtig sind.“

„Das ist wohl männliche Logik, wie? Ich bin dir wichtig, also schläfst du nicht mit mir. Sie sind nicht wichtig, also tust du es. Das ergibt doch keinen Sinn.“

„Es geht nicht um Logik. Es geht um dich. Ich will dich nicht verscheuchen, und ehrlich gesagt, gefällt mir das gemäßigte Tempo. Ich will dich richtig kennenlernen. Wenn du und ich jemals Geliebte werden, dann soll es uns beiden etwas bedeuten.“

Sie wirkte nicht überzeugt. Doch er wusste nicht, wie er es ihr sonst erklären sollte. Er hatte die Wahrheit gesagt. Sie war ihm wichtig und verdiente mehr als eine flüchtige Affäre. Er hoffte inzwischen tatsächlich, dass mehr daraus wurde. Und er war bereit zu warten, weil er nicht wusste, wie viel mehr es auf seiner Seite sein konnte. Er hatte das Gefühl, dass es ihm schwerfallen, wenn nicht sogar unmöglich sein würde, sich abzuwenden, nachdem sie erst einmal intim geworden waren.

„Liegt es daran, dass ich so alt bin?“, fragte sie direkt.

Er seufzte und zog sie an sich. „Erinnerst du dich an das letzte Mal, als ich bei dir zu Hause war?“, flüsterte er ihr ins Ohr.

Sie nickte.

„Ich war so erregt, dass ich befürchtete zu explodieren. Männer können keine Erregung vortäuschen. Das lag alles an dir.“

Sie blickte ihn an. Ein Lächeln spielte um ihre Lippen. „Wirklich?“

„Wirklich. Ich will dich. Aber sosehr ich dich nackt haben will, will ich zuerst, dass du dich bekleidet mit mir wohlfühlst.“ Er nahm ihr Ohrläppchen in den Mund und knabberte sanft mit den Lippen daran. „Glaubst du mir? Oder muss ich noch deutlicher werden?“

„Ich glaube dir“, versicherte sie atemlos.

Er küsste flüchtig ihren Mund. „Samstag. Ich hole dich um acht Uhr ab. Zieh etwas Sportliches an und nimm etwas Schickes mit. Wir gehen am Abend auf eine Party.“

„Großartig. Es wird Spaß machen zu sehen, wie die andere Hälfte lebt.“

„Es wird dir gefallen“, versprach er.

Sie wirkte nicht überzeugt. „Was soll ich meinen Kindern sagen, wann ich nach Hause komme?“

„Sonntag gegen Mittag“, neckte Todd.

„Jetzt sei doch mal ernst.“

„Gegen Mitternacht. Ich will nicht, dass du dich auf dem Nachhauseweg in ein Aschenbrödel verwandelst. Bis dann.“

Er ging zu seinem Wagen. Bevor er ihn erreichte, rief Beth seinen Namen und eilte ihm nach. Als sie ihn einholte, schlang sie die Arme um ihn. „Danke für alles.“

„Ich habe nichts getan.“

Sie lächelte. „Du hast mehr getan, als du ahnst.“

11. KAPITEL

Du bist aber früh auf", bemerkte Todd verwundert, als Matt ihn am Samstagmorgen ins Haus ließ.

Matt verdrehte die Augen. „Mom hat uns gezwungen. Sie ist echt besorgt um uns, was albern ist. Wir kommen schon zurecht."

Todd begrüßte Jodi und lächelte Beth an. Sie versuchte zu ignorieren, wie gut er in Kakihosen und kurzärmeligem Hemd aussah. Aus der Hemdtasche lugte eine teure Sonnenbrille. Seine Augen funkelten. „Du quälst die Kinder also wieder? Ich dachte, wir hätten besprochen, dass du dir ein neues Hobby zulegst."

„Ich weiß, ich weiß." Sie reichte ihm ihre Reisetasche. „Ich habe ihnen versprochen, dass ich gegen Mitternacht wieder zurück bin."

Er tat, als sei er enttäuscht. „Aber du hast versprochen, die Nacht mit mir zu verbringen."

„Super, Mom! Wenn du die Nacht mit Todd verbringst, dann können wir hier eine richtig coole Party veranstalten", ging Matt auf Todds Spiel ein.

Beth zog ihn an sich und umarmte ihn. „Ich würde dich vermissen, wenn ich dich ins nächste Erziehungsheim einliefern müsste, aber ein Zimmer frei zu haben, wäre schön."

„Du würdest mich nie abschieben", entgegnete er überzeugt.

„Und du würdest nie ohne meine Erlaubnis eine Party geben."

Er seufzte. „Aber es macht Spaß, es sich vorzustellen."

Beth ließ ihn los und küsste Jodi. „Erzähl mir noch mal, was ihr heute vorhabt."

„Ich mache heute Vormittag Schulaufgaben. Gegen Mittag holt Saras Mom mich ab. Wir gehen essen und dann ins Kino. Anschließend spielen wir Babysitter bei den Andersons. Dann übernachte ich bei Sara. Ihre Eltern sind den ganzen Abend zu Hause, und ich weiß Cindys Telefonnummer auswendig." Sie wandte sich an Matt. „Jetzt bist du an der Reihe."

„Baseball. Johns Eltern holen mich ab und bringen mich nach dem Spiel wieder her. Ich dusche und ziehe mich um. Dann holt Zacks Vater mich ab. Wir gehen ins Kino, und ich übernachte bei ihm. Ich habe die Telefonnummer von Cindy, Sara und den Andersons. Wenn ich mal Kinder habe, tue ich ihnen so etwas nicht an."

„Das wirst du doch tun", entgegnete Beth und wandte sich an Todd. „Ich bin fertig."

„Willst du gar nicht wissen, was ich heute tue und welche Telefonnummern ich mir gemerkt habe?"

Sie lächelte. „Nein. Überrasche mich."

Sie verließen das Haus, stiegen in seinen dunklen, metallisch glänzenden BMW und fuhren davon.

Nach einigen Hundert Metern hielt er an. „Hi", sagte er und gab ihr einen raschen Kuss auf den Mund.

Ihr Herz schlug schneller. „Selber hi."

„Ich bin froh, dass du heute bei mir bist. Es wird Spaß machen."

„Davon bin ich überzeugt, aber ich wüsste trotzdem gern, was wir tun werden."

Er fuhr weiter. „Tagsüber werden wir auf einem Boot sein und am Abend eine Wohltätigkeitsveranstaltung für ein Krankenhaus besuchen."

Beth war sich nicht sicher, was ihr mehr Angst machte – auf dem Wasser oder inmitten wohlhabender Leute zu sein, die sie nicht kannte. „Wie sollen wir das alles schaffen? Es dauert ziemlich lange, bis wir nach Galveston kommen, wo vermutlich dein Boot liegt."

Er nahm ihre Hand und führte sie an seine Lippen. Ein Prickeln rann hinab bis zu ihren Zehenspitzen. „Vertraue mir."

„Das tue ich."

Als sie die Schnellstraße erreichten, bog er nicht nach Norden zum Hafen ab, sondern fuhr zum Flughafen.

„Ein Boot mit Flügeln?", fragte sie verwirrt.

Er stellte den Wagen auf dem Parkplatz ab. „Wir nehmen einen Hubschrauber zur Küste. Das erspart uns viel Zeit."

„Oh, sicher. Das tue ich ständig, wenn ich viele Einkäufe zu erledigen habe. Hubschrauber sind großartig."

Todd grinste. „Es wird dir gefallen."

Sie nickte stumm. Als sie den Hubschrauber erreichten, dachte sie daran, wie sehr Matt und Jodi dieser Ausflug gefallen hätte.

„Nächstes Mal nehmen wir die Kinder mit!", rief Todd über den Lärm der Rotorblätter hinweg.

„Du kannst meine Gedanken lesen“, erwiderte sie verblüfft.

„Das freut mich.“

Sein sinnliches Lächeln ließ ihr Herz noch schneller schlagen als die Angst vor dem Flug mit einem unglaublich jungen Piloten, doch sie ließ es sich nicht anmerken. Sie nahm den Platz ein, der ihr zugewiesen wurde, und schnallte sich fest an.

„Fertig?“, fragte der Pilot.

Todd bejahte eifrig, während Beth nur nickte.

Kurz darauf hoben sie ab. Es war ein klarer, sonniger Tag mit atemberaubender Sicht bis zum Horizont. Sie erkannte das Einkaufszentrum von Sugar Land. Houston wirkte von so hoch oben noch flacher.

Todd nahm ihre Hand. „Ist das nicht großartig?“

Jungenhafter Stolz lag auf seinem Gesicht – ganz ähnlich wie bei Matt, wenn er bei einem neuen Videospiel als Sieger hervorging. Die Erkenntnis, dass Todd sich gar nicht so sehr von durchschnittlichen, nicht reichen Leuten unterschied, half ihr, die Nervosität zu ertragen.

Der Flug verlief ohne Zwischenfall. Nach der Landung half Todd ihr aus dem Hubschrauber. Ein Wagen erwartete sie und brachte sie zum Jachthafen, wo sie ein riesiges, wunderschönes Motorboot erwartete.

„Das gehört dir?“, fragte Beth erstaunt.

„Gewissermaßen. Es gehört mir und ein paar Freunden. Wir können alle nicht so viel Zeit auf dem Boot verbringen, wie wir möchten. Also haben wir einen Belegungsplan aufgestellt und teilen uns die Kosten.“ Er bedeutete ihr, an Bord zu gehen.

Ein uniformierter Mann Mitte dreißig erschien und reichte ihr die Hand. „Willkommen an Bord, Madam.“ Er wandte sich an Todd. „Guten Morgen, Sir. Wir können ablegen, sobald Sie es wünschen.“

Todd schüttelte ihm die Hand. „Danke, Richard. Das ist Mrs Beth Davis. Sie ist heute mein Ehrengast. Sie ist nicht an das Wasser gewöhnt. Also lassen wir es langsam angehen. Wir hätten den Lunch gern gegen zwölf Uhr serviert, und wir müssen um vier Uhr zurück sein. Wir können jetzt ablegen.“

„Natürlich.“ Richard wandte sich ab und rief einem anderen uniformierten Mann einen Befehl zu.

„Du hast Personal hier an Bord?"

„Drei Leute. Diese hübsche Dame ist sechzig Fuß lang. Das ist viel Boot für ein paar Wochenendseeleute. Deshalb ist das Geld für eine Crew gut angelegt."

„Natürlich." Sie fragte sich, wie sie an einen Mann geraten war, der ein so anderes Leben führte als sie. Doch bis jetzt genoss sie den Abstecher in Todds Welt.

Er führte sie über die Luxusjacht, die einen großen, behaglich eingerichteten Salon hatte, drei geräumige Schlafkabinen, eine kleine Küche sowie drei Badezimmer.

Als die Crew ablegte, öffnete Todd die Fenster und Glastüren im Salon und schaltete den Ventilator an der Decke ein. „Es gibt auch eine Klimaanlage, aber ich dachte, du würdest lieber die Meeresluft riechen."

„Es ist großartig", schwärmte Beth, und sie meinte es ernst. Das Boot war luxuriös ausgestattet, mit teuren Möbeln und edlem Teppichboden. Ihr gefiel der Ort, die Umgebung und die Gesellschaft. Sie hatte keinen Grund zur Klage. Wenn sie sich fehl am Platze fühlte, so brauchte es niemand zu erfahren. Außerdem bezweifelte sie, dass Todd ihr zugestimmt hätte. Aus ihr unerklärlichen Gründen war er der Meinung, dass sie in diesen Luxus passte.

Er schenkte ihnen hohe Gläser mit frischer Limonade ein und setzte sich neben sie auf das Sofa.

Er ist ein gut aussehender Mann, dachte sie, obwohl das eigentlich keine Neuigkeit war. Es gefiel ihr, ihn zu betrachten. Sie mochte seine markanten Züge und sein spöttisches Lächeln, wann immer sie sich seiner Ansicht nach unbegründet um etwas sorgte.

„Woran denkst du gerade?", wollte er wissen. „Du hast einen interessanten Ausdruck auf dem Gesicht."

„Ich genieße nur."

Er nahm ihre Hand. „Ich auch. Lass uns nächstes Mal die Kinder mitbringen. Vielleicht übers Wochenende. Wenn wir mehr Zeit haben, könnten wir nach Mexiko fahren. Auf dem Weg gibt es ein paar wunderschöne Strände. Wann fangen die Ferien an?"

„Ende Mai." Es war erst April. Schmiedete er etwa Pläne für die Zukunft? Bisher hatte sie geglaubt, dass Männer so etwas nicht taten. In den Frauenzeitschriften wurde immer behauptet, dass eingefleischte Junggesellen sich weigerten, in einer Beziehung länger als vierundzwanzig Stunden vorauszudenken.

„Ich bringe dir einen Plan mit den Zeiten mit, an denen mir das Boot zu Verfügung steht. Wir suchen uns einen Termin aus, der uns beiden passt. Natürlich nur, wenn du glaubst, dass es dir und den Kindern gefallen würde."

„Ich finde es eine großartige Idee", stimmte sie zu und fragte sich im Stillen, ob sie bis dahin noch in Kontakt stehen würden.

Als es im Salon zu warm wurde, gingen sie hinaus an Deck. Sie setzten sich unter eine Markise am Heck und nahmen einen leichten Lunch aus Krabbensalat mit warmem Baguette ein.

Beth blickte hinaus auf das Meer. „Es ist nicht sehr tief hier, oder?"

„Nein. Deshalb ist das Wasser auch so warm. Drüben an der Westküste ist das Meer sehr tief, und deshalb kann die Sonne das Wasser nicht so sehr aufheizen."

„Und deshalb gibt es hier Hurrikans und dort nicht."

Todd lächelte sie an. „Dafür gibt es in Kalifornien Erdbeben. Was ist dir lieber?"

„Wie wäre es mit keinem von beiden?"

Sein Arm lag auf ihren Schultern. Die Berührung war angenehm, aber auch erregend. Sie hatte das Gefühl, dass er jederzeit Leidenschaft in ihr wecken konnte. War das schlecht?

Beth blickte sich auf dem Boot um. „Darren hätte es geliebt", sagte sie, ohne nachzudenken. Sie seufzte. „Entschuldige. Das war ziemlich gedankenlos."

„Es stört mich nicht, wenn du über ihn redest. Er war nun mal viele Jahre lang dein Mann und ein großer Teil deines Lebens. Ich kann nicht erwarten, dass du ihn vergisst, und ich würde es auch nicht wollen."

Sie blickte ihn an. „Du bist sehr lieb. Danke."

„Ist er gern Boot gefahren?"

„Ja. Wir haben oft davon gesprochen, uns ein Boot zu kaufen. Natürlich kleiner als dieses. Aber der richtige Zeitpunkt ist nie gekommen."

Ihnen war so viel entgangen. So viele schöne Dinge waren auf später verschoben worden, da beide nicht geahnt hatten, wie wenig Zeit ihnen bleiben würde. Sie schloss die Augen, um den Schmerz über den Verlust ihres Ehemannes und ihres besten Freundes beiseitezuschieben.

„Du vermisst ihn immer noch“, stellte Todd fest.

„Nicht mehr auf die Art wie früher. Die Leere ist ein wenig abgeklungen. Aber ich werde mich immer an ihn erinnern und das Gefühl haben, dass etwas in meinem Leben fehlt. Es wäre anders, wenn wir uns hätten scheiden lassen.“

Todd sagte nichts. Weder seine Miene noch seine Körperhaltung änderten sich. Doch sie spürte die Anspannung in ihm. Innerlich hatte er sich von ihr zurückgezogen.

„Es tut mir leid. Wenn ich etwas mehr Erfahrung im Umgang mit Männern hätte, wüsste ich, worüber ich reden und welche Themen ich lieber meiden sollte.“

„Ich habe dir doch gesagt, dass es mich nicht stört.“

„Ich spüre aber, dass ich dich verletzt habe. Du sitzt neben mir, aber innerlich bist du meilenweit weg.“

„Ich bin nicht verletzt. Ich bin verwirrt. Ich glaube, dass ich dich nicht so mögen würde, wenn dir der Tod eines Mannes, mit dem du so viele Jahre verheiratet warst, nichts ausmachen würde.“ Er lächelte wehmütig. „Aber mir das zu sagen und es zu glauben, sind zwei verschiedene Dinge.“ Er stand auf und trat an die Reling. „Denkst du an ihn, wenn ich dich küsse? Stellst du dir vor, in seinen Armen statt in meinen zu sein?“ Er umklammerte die Reling. „Dumme Fragen. Du brauchst nicht zu antworten.“

Er ist eifersüchtig! durchfuhr es Beth. War es wirklich möglich, dass ein charmanter, welterfahrener, reicher Junggeselle wie er, der unglaublich schöne, unglaublich junge Frauen hatte, den Vergleich mit einem netten, ein wenig altmodischen Ingenieur scheute? In gewisser Weise erweckte diese Enthüllung Stolz auf ihren verstorbenen Ehemann. Todd hatte mehr Besitztümer und sah besser aus, aber Darren konnte ihm vom Charakter her durchaus das Wasser reichen. In den wichtigen Aspekten des Lebens war er vielleicht sogar der Gewinner. Schließlich war er viele Jahre ein treuer Ehemann und ein wundervoller Vater gewesen.

Sie stand auf, trat zu Todd und erklärte: „Ich denke nicht an Darren, wenn du mich küsst. Selbst wenn ich irgendetwas denken wollte, ist es nicht möglich, weil ich so von Leidenschaft überwältigt bin“

Er wollte ihr glauben. Er konnte nämlich mit Darren nicht konkurrieren. Darren wurde nicht älter, vergaß keine Geburtstage und war nie launisch. Die Zeit würde sein Andenken beschönigen, bis sie das Negative vergaß und sich nur an die liebenswerten Dinge erinnerte.

Todd redete sich ein, dass ihn das nicht kümmerte. Eigentlich war er nicht wirklich an Beth interessiert. Warum ging er überhaupt mit ihr aus? Er war gern mit ihr zusammen. Man konnte sich gut mit ihr unterhalten. Sie hatten Spaß miteinander. Er mochte ihre Kinder. Er mochte sie. War das nicht Grund genug?

„Ich weiß nicht, wie ich dazu stehen soll“, gestand er ein. „Bei den anderen Frauen, mit denen ich ausgegangen bin, war so etwas kein Thema.“

Sie lächelte. „Ich nehme an, dass sehr wenige von ihnen ihre Ehemänner verloren haben, da so wenige von ihnen volljährig sind.“

„Sie sind mehrere Jahre über achtzehn.“

„Na gut, dann sind sie laut Gesetz erwachsen, aber nicht von der Lebenserfahrung her. Sie sind nicht genügend herumgekommen.“

Sanft berührte er ihre Wange. Die meisten von ihnen waren wesentlich weiter gereist als Beth, aber er verstand, was sie meinte. Sie hatten keine harten Zeiten erlebt. Ihr Charakter war nicht auf die Probe gestellt worden.

Sie wurde ernst. „Ich weiß nicht, wie ich mich verhalten soll und welche Themen tabu sind. Ich will dir nicht wehtun. Es ist alles so verwirrend.“

„Ich bin sehr zäh. Sag, was du denkst, und um die Konsequenzen kümmern wir uns nachher.“

„Manchmal komme ich mir wirklich dumm vor. Und ich hasse das. Ich will brillant und geistreich und sexy und weltgewandt sein, aber das bin ich nicht.“

„Du bist all das und mehr.“ Er beugte sich vor und küsste sie sanft.

Sie legte die Hände auf seine Schultern, lehnte sich an ihn und öffnete ein wenig die Lippen. Er war sehr versucht, die Einladung anzunehmen. Aber die Vorstellung, den Rest des Tages lang erregt zu sein, war nicht nur angenehm.

„Ich habe versprochen, mich zurückzuhalten." Er wich zurück. „Nicht, weil du alt bist oder ich dich nicht begehre, sondern weil du nicht bereit bist."

„Und wie lange willst du warten?"

„Solange es nötig ist."

Sie schüttelte den Kopf. „Ich wünschte, es wäre wahr, aber ich glaube es nicht. Der Reiz des Neuen wird für dich bald verblassen. Ich bin viel zu unerfahren. Ich kann nicht wie die Frauen sein, an die du gewöhnt bist. Ich werde es vermasseln. Es ist nur eine Frage der Zeit."

„Für eine Frau, die ihren Kindern ein ausgezeichnetes Vorbild ist und ihr Leben im Griff hat, bist du erstaunlich pessimistisch, was deine Reize angeht. Glaubst du nicht, dass ich gern mit dir zusammen bin?"

Sie räusperte sich. „Vielleicht."

„Bestimmt. Und ich finde dich attraktiv. Warum sollte ich also nicht bereit sein zu warten?"

„Weil Männer Sex wollen, wann immer sie können. Wenn eine Frau nicht verfügbar ist, dann nehmen sie eine andere."

„Ich bin nicht mehr sechzehn. Hat Darren dich betrogen, als er in den letzten Wochen der Schwangerschaft oder nach der Geburt der Kinder nicht mit dir schlafen konnte?"

Schockiert blickte sie ihn an. „Natürlich nicht. Aber ich habe seine Kinder bekommen."

„Also war es dann wohl eine Frage der Dankbarkeit, nicht des Charakters?"

„Nein, es war … Du versuchst, mich auszutricksen. Warum?"

„Ich versuche, dir klarzumachen, dass manche Dinge das Warten lohnenswert machen. Möglicherweise wirst du niemals bereit sein, mit mir zu schlafen. Vielleicht kommst du zu dem Schluss, dass du nicht wirklich an mir interessiert bist. Ich bin trotzdem noch hier."

„Wodurch sich die Frage nach dem Warum aufdrängt."

„Weil ich dich mag."

„Oh“, flüsterte sie.

Er nahm ihre Hand und führte sie zurück zu den Sitzen am Heck. Sie lächelte und genoss schweigend den Blick hinaus aufs Meer. Todd war ebenso fasziniert, aber nicht von der Aussicht, sondern von Beth.

Was sollte er mit ihr anfangen? Bisher hatte er jeden seiner Grundsätze gebrochen. Sie waren Freunde statt Geliebte, was er nie zuließ. Er war nicht an langfristigen Beziehungen interessiert, und er stellte das von Anfang an stets klar. Er wollte sich amüsieren und nach einer kurzen Weile schmerzlos Adieu sagen.

Bei Beth hingegen schien er mehr als nur ein paar Wochen Spaß in Erwägung zu ziehen. Er verzichtete für unbestimmte Zeit auf Sex, was ihm trotz seines Verlangens nach ihr gefiel. Ohne es zu wollen, war Interesse an ihrem Leben erwacht.

Das alles ergab keinen Sinn. Sie war fünfzehn Jahre älter als seine üblichen Freundinnen. Sie liebte ihren verstorbenen Ehemann immer noch. Sie war nicht sein Typ, und ihre Lebensumstände hätten ihn abschrecken sollen.

Stattdessen fand er sich in der ungewöhnlichen Position, sich ihr beweisen zu wollen. Er konkurrierte mit einem verstorbenen Ehemann und hatte keine Chance zu gewinnen. Schlimmer noch war, dass er Beth nichts zu bieten hatte. Sein Geld interessierte sie nicht, erweckte sogar eher ihr Unbehagen. Ihr Leben war auch ohne ihn erfüllt. Ihre Kinder waren zufrieden und wohlerzogen. Wie sollte er sie für sich gewinnen, wenn er nichts besaß, das sie begehrte? Die wichtigere Frage war vielleicht, warum er überhaupt den Drang verspürte, sie für sich zu gewinnen.

Nervös blickte sich Beth in dem luxuriösen Badezimmer um und betrachtete die unglaublich flauschigen Handtücher, die verschiedensten Badesalze und die riesige Badewanne, in der wahrscheinlich vier Erwachsene Platz gefunden hätten.

Nachdem der Hubschrauber sie wieder in Houston abgesetzt hatte, waren sie in Todds Wagen zu einem der Luxushotels in der Innenstadt gefahren. Er hatte sie in eine Suite geführt, damit sie sich für die Party umziehen konnte, die einige Stockwerke tiefer stattfand. Sie hatte nur einen flüchtigen Blick in das Schlafzimmer geworfen. Ein riesiges Bett und eine verspiegelte Wand hatten sie tief in Verlegenheit gebracht. Beabsichtigte er etwa, dieses Zimmer später zu benutzen?

Beth musste sich eine Hand auf den Magen legen, um sich zu beruhigen. Er hatte versprochen, sie nicht zu drängen. Bisher hatte er sein Wort immer gehalten. Warum sollte sie ihm also nicht glauben?

Vielleicht weil du es nicht willst, flüsterte eine innere Stimme. Während sie von der Vernunft her seine Zurückhaltung zu schätzen wusste, wollte sie vom Gefühl her erobert werden.

Sie atmete tief durch und konzentrierte sich wieder auf ihr Make-up. Das Gespräch auf dem Boot über Darren hatte sie von Erinnerungen überwältigt. Vielleicht war es falsch, mit Todd auszugehen. Vielleicht war es ihr bestimmt, das Leben ihren Kindern und dem Gedenken an ihren Ehemann zu widmen. Verhielten anständige Frauen sich nicht genau so?

Aber ihr Leben war nicht zu Ende, und sie wollte sich nicht schuldig fühlen. Sie war Darren eine gute Frau gewesen und war seinen Kindern eine gute Mutter. Hatte sie nicht das Recht, ohne ihn glücklich zu werden?

Ein Klopfen an der Badezimmertür unterbrach ihre Gedanken. „Bist du bald fertig?“, rief Todd.

Beth trat einen Schritt von dem großen Spiegel zurück und musterte sich. Das schmal geschnittene Kleid mit dem tiefen Ausschnitt betonte ihre reizvollen Rundungen und ihre schmale Taille. Die kobaltblaue Seide ließ ihre Augen leuchten und umschmiegte angenehm kühl ihren Körper. Der bodenlange Rock hatte einen langen, recht gewagten Schlitz, sodass eins ihrer schlanken, mit einem Hauch von Seidenstrumpf bedeckten Beine immer wieder verführerisch hervorblitzte.

„Ich bin fertig“, erwiderte sie und öffnete die Tür.

Todd stand mitten Schlafzimmer. Sie hatte ihn mehrmals in Maßanzügen gesehen, aber nie zuvor in einem Smoking. Der edle, schwarze Stoff betonte seine breiten Schultern und seinen muskulösen Körper.

Lächelnd zog er die Augenbrauen hoch. „Du siehst unglaublich aus. Ich wusste, dass mich jeder Mann hier um dich beneiden würde, aber du übertriffst all meine Erwartungen.“ Er trat zu ihr und küsste sanft ihre Wange. „Ich wollte schon vorschlagen, dass wir die Party sausen lassen und uns das Dinner auf die Suite bestellen", murmelte er. „Aber jetzt will ich mit dir angeben."

„Danke für das Kompliment", murmelte sie verlegen.

Wenige Minuten später standen sie im Foyer des Ballsaales. Unglaublich schöne, unglaublich gut gekleidete Menschen standen in kleinen Grüppchen herum und plauderten. Beth atmete tief durch und umklammerte den schmalen Riemen der geliehenen, silbernen Abendhandtasche.

„Sei nicht nervös", beruhigte Todd sie, während er sie in den Saal führte, in dem eine fabelhafte Combo zum Tanz aufspielte. „Du siehst bezaubernd aus. Jeder wird wissen wollen, wer du bist."

„Dadurch fühle ich mich nicht besser", murmelte sie, während sie eine Halskette aus Diamanten musterte, von deren Erlös ein Entwicklungsland einen Monat lang mit Nahrungsmitteln hätte versorgt werden können. „Was ist, wenn sie hier ist?"

„Wer?"

„Die ehemalige Besitzerin dieses Kleides. Ich wollte etwas Spektakuläres für diesen Abend, aber die Kosten für ein Modellkleid hätten mein Budget in diesem Monat überstiegen. Also habe ich es aus einem Secondhandshop."

„Falls sie hier ist, was ich bezweifle, wird sie höchstens denken, dass du in diesem Kleid wesentlich besser aussiehst, als sie es je getan hat. Du bist bezaubernd, du bist witzig, du bist klug, und ich habe unglaubliches Glück, mit dir hier zu sein."

Seine aufrichtige Miene und sein Lächeln verliehen ihr Zuversicht. Er geleitete sie auf das Parkett und führte sie durch eine Reihe schwieriger Tanzschritte, die sie zu ihrer Überraschung problemlos meisterte.

„Gefällt es dir?", erkundigte er sich, als ein langsames Lied erklang und er sie an sich zog.

„Sehr." Die Beleuchtung war gedämpft und schmeichelhaft, die Gäste waren wohlerzogen und elegant gekleidet. Die sinnliche Musik ging Beth unter die Haut, und in Todds Armen fühlte sie sich sicher und behütet. Was hätte ihr nicht gefallen sollen?

„Bist du noch nervös?"

Sie schüttelte den Kopf. Es störte sie nicht länger, dass ihr Kleid nicht neu war und dass ihre Füße in den Pumps schmerzten.

Eine Weile später wurde das Dinner serviert. Zwischen den Gängen sprach Todd mit seinem Tischnachbarn namens Martin über geschäftliche Angelegenheiten, während Beth mit seiner Frau, Mary Alice, plauderte.

„Todd hat erwähnt, dass Sie zum ersten Mal an einer derartigen Wohltätigkeitsveranstaltung teilnehmen“, bemerkte Mary Alice. „Diese Feste werden von Jahr zu Jahr größer.“

Beth musterte die luxuriöse Dekoration. „Es ist eine eindrucksvolle Ausstattung. Hoffentlich kommt genug Geld herein.“

„Selbst nach Abzug der Unkosten wird das Komitee dem Krebszentrum annähernd zwei Millionen Dollar spenden können.“ Mary Alice, eine schlanke und sehr gepflegte Blondine Anfang vierzig, lächelte. „Als Todd seine neue Freundin erwähnte, haben wir alle gestöhnt. Er ist dafür bekannt, sich Freundinnen zu suchen, die kein vernünftiges Gespräch führen können. Aber er hat versprochen, dass Sie anders sind.“ Sie lächelte. „Ich bin sehr froh, dass er die Wahrheit gesagt hat.“

Beth wusste nicht, ob sie geschmeichelt oder beleidigt sein sollte. Sie fühlte sich wie ein neu zugelegtes Hündchen, das herumgezeigt wird.

Mary Alice beugte sich zu ihr und berührte ihren Arm. „Oh, entschuldigen Sie, war das unhöflich? Ich trete ständig ins Fettnäpfchen. Martin schimpft mich ständig deswegen. Ich habe es nur positiv gemeint. Sie sind sehr nett. Hoffentlich ist Todd sich bewusst, dass er diesmal einen Schatz gefunden hat.“

„Sie sind zu freundlich“, murmelte Beth verlegen.

„Keineswegs. Wir finden es alle so romantisch, wie Sie beide sich kennengelernt haben. Dass Ihr Bekannter ihn bei einer Junggesellenauktion für Sie gekauft hat! Das Schicksal geht manchmal sehr geheimnisvolle Wege.“

„Das ist wohl wahr“, stimmte Beth zu. Sie wusste, dass sie sich etwas dumm anhören musste, aber ihr fiel nichts anderes zu sagen ein.

„Todd redet ständig über Sie. Er ist begeistert von Ihren Kindern, und das ist erstaunlich. Ich kann ihn mit meinen Kindern nicht in einem Raum lassen.“

Mary Alice plauderte weiter, aber Beth fiel es schwer zuzuhören. Denn ihr ging die Frage nicht aus dem Sinn, was es zu bedeuten hatte, dass Todd mit seinen Freunden über sie sprach.

„Du bist ja so still", bemerkte Todd, als er spät am Abend neben Beth in ihrem vorübergehend kinderlosen Haus auf dem Sofa saß. Er legte den Arm auf die Rücklehne und strich mit den Fingern durch ihr Haar. „Überlegst du, ob ich dich heute Nacht verführen will?"

Sie blickte ihn mit Unschuldsmiene an. „Der Gedanke ist mir nie in den Sinn gekommen."

„Du lügst nicht besonders gut. Das gefällt mir."

Sie hielt einen Themenwechsel für angebracht und sagte: „Es war ein wunderschöner Tag für mich. Das Boot, der Flug im Hubschrauber, die Party."

Er drehte sich zu ihr um. „Du hattest erst Angst, fehl am Platze sein, aber es war dann kein Problem mehr, oder?"

Sie nickte. „Die Leute, die ich kennengelernt habe, waren sehr höflich. Ich nehme an, Mary Alice und ihr Mann sind deine Freunde."

„Ich kenne sie seit Jahren."

Er hatte den Smoking ausgezogen und die Hemdsärmel bis zu den Ellenbogen aufgekrempelt. Seine Unterarme waren gebräunt und muskulös.

„Sie hat gesagt, dass du über mich gesprochen hast."

„Ja. Warum überrascht dich das? Wir gehen miteinander. Zumindest dachte ich das. Siehst du es anders?"

„Eigentlich nicht. Gehst du mit sonst noch jemandem?"

„Nein. Du?"

Sie hielt es für einen Scherz und lachte.

„Ich meine es ernst", entgegnete er.

„Ich kann nur einen Mann zurzeit verkraften."

„Gut. Ich möchte, dass es so bleibt."

„Also werden wir für eine Weile weiterhin miteinander gehen?", hakte sie nach.

„Das möchte ich gern. Ich glaube, dass diese Beziehung viel Potenzial hat. Oberflächlich betrachtet leben wir sehr verschieden, aber wir haben viel gemeinsam. Wir sind beide intelligent und haben denselben Sinn für Humor. Ich mag deine Kinder und glaube, dass Sie mich mögen."

„Aber ich bin fast so alt wie du."

„Das ist doch nicht schlecht."

„Märchenprinzen verlieben sich nicht in Frauen wie mich", entgegnete sie. „Es fällt mir schwer zu glauben, dass dies hier alles Wirklichkeit ist."

„Warum? Wovor hast du Angst?"

„Dass du mir das Herz brichst."

Er schüttelte den Kopf. „Wenn ein Herz gebrochen wird, dann ist es meins, sobald du herausfindest, dass ich deinem verstorbenen Ehemann nicht das Wasser reichen kann."

Verwundert blickte sie ihn an. „Du hast auch Angst."

„Ja."

„Aber du läufst nicht davor weg."

„Wenn ich es täte, würde ich dich verlieren."

Seine Logik war so einfach. Warum hatte sie selbst es nicht so gesehen? „Okay, ich kann auch tapfer sein."

Er beugte sich zu ihr und küsste sie. „Wenn du Angst bekommst, dann sag es mir einfach, und ich verscheuche sie."

12. KAPITEL

Es ist nur eine Verabredung, versuchte Beth sich einzureden, während sie zum letzten Mal ihr Make-up im Spiegel prüfte. Doch die kleine Lüge bot ihr keinen Trost.

Ein normales Date machte sie nicht länger nervös. Seit drei Monaten traf sie sich mehrmals in der Woche mit Todd. Wenn die Kinder zu Hause waren, verbrachten sie den Abend alle gemeinsam. Entweder gingen sie zum Dinner aus oder ließen sich etwas kommen. Nur selten kochte sie, denn er war der Meinung, dass sie auch so schon hart genug arbeitete. An den Wochenenden gingen sie meistens zu zweit aus. Manchmal ins Theater, manchmal ins Kino.

Tatsächlich hatten sie mehr gemeinsam, als sie zunächst geglaubt hatte. Sie lachten viel, unterhielten sich über Gott und die Welt. Er hatte ihr mehrere gute Ideen für ihre Zeitschriftenartikel geliefert und war wundervoll im Umgang mit ihren Kindern. Außerdem hielt er Wort, was den körperlichen Aspekt ihrer Beziehung anging. Er verhielt sich wie ein perfekter Gentleman.

Beth seufzte. Sie wollte mehr von ihm, hatte aber Angst, mehr zu bekommen. Jeden Tag befürchtete sie, dass er aus ihrem Leben verschwinden würde. Sie fand es schrecklich, ständig das Schlimmste zu erwarten. Es machte sie verrückt.

Ein Klopfen an der Hintertür unterbrach ihre Gedanken. Als sie öffnete, stand Cindy auf der Schwelle. „Wir sind zurück“, verkündete sie. „Ein Vergnügungspark im Juni! Wie konnte ich bloß auf diese Idee kommen?“

„Heiß und überfüllt?“, vermutete Beth, während sie Eistee einschenkte.

„Ja. Aber wir hatten alle viel Spaß.“ Cindy sank auf einen Küchenstuhl und berichtete von den Höhepunkten ihres einwöchigen Urlaubs. Dann fragte sie: „Und was gibt es Neues bei dir und deinem Freund?“

„Es läuft gut. Er hat Jodi einen großartigen Ferienjob in einer Werbeagentur besorgt. Es gefällt ihr sehr gut. Die Arbeitszeit ist lang, aber sie wird gut bezahlt. Sie spielt mit dem Gedanken, diese Branche einzuschlagen. Matt ist für eine Woche in einem Ferienlager. Er kommt morgen Abend nach Hause.“

„Aha. Also habt ihr beide viel Zeit allein."

Beth gab einen nichtssagenden Laut von sich.

„Magst du ihn noch?"

„Natürlich. Er ist wundervoll. Sehr rücksichtsvoll und unterhaltsam."

„Das ist ja großartig. Und warum schäumst du dann nicht über vor Glück?"

„Ich frage mich immer noch, was er eigentlich von mir will. Ich rechne ständig damit, dass er geht. Aber er bleibt. Das ist schön, aber es macht mich auch nervös. Ich will mich nicht in jemanden verlieben, der mich jederzeit sitzen lassen könnte. Doch ansonsten bin ich wirklich glücklich." Sie warf einen Blick auf ihre Armbanduhr. „In einer halben Stunde holt er mich ab. Wir gehen zu ihm, und er will für mich kochen. Ich habe seine Wohnung noch nie gesehen. Es ist ein Penthouse. Ach ja, und er hat mich gebeten, über Nacht zu bleiben, und ich habe Ja gesagt."

Prompt verschluckte Cindy sich an ihrem Tee. „Du willst die Nacht mit ihm verbringen?"

„Vermutlich. Ich weiß es nicht. Ich will es, aber ich habe furchtbare Angst. Andererseits ist es wohl unvermeidlich, und ich sollte es lieber mit jemandem tun, dem ich vertraue. Ich vertraue Todd."

„Das freut und überrascht mich. Du vertraust nicht leicht."

„Ich habe ihm reichlich Gelegenheit gegeben, aus meinem Leben zu verschwinden, aber er hat es nicht getan. Und das, obwohl er fast jede Frau haben könnte."

„Und du fragst dich immer noch, warum er ausgerechnet dich haben will", vermutete Cindy. „Ich habe die perfekte Antwort."

„Und die wäre?"

„Todd hat viel Erfahrung mit Frauen, oder?"

Beth nickte.

„Dann weiß er inzwischen auch, was ihm gefällt und was er will. Und das bist du."

„Diese Logik leuchtet mir ein."

„Dann glaub einfach daran. Todd scheint ein großartiger Mensch zu sein. Offensichtlich betet er dich und die Kinder an. Manchmal hat man eben Glück."

„Aber ich habe Angst, zu viele Gefühle für ihn zu entwickeln. Ich möchte sicher sein, dass ich keinen Fehler mache."

„Das weiß man immer erst hinterher." Cindy beugte sich vor. „Hast du dich auf Sex vorbereitet?", fragte sie vertraulich.

„Ja. Ich wusste nicht recht, was ich kaufen sollte, also habe ich vorsichtshalber drei verschiedene Sorten Kondome gekauft."

„Ich wünschte, ich könnte sein Gesicht sehen, wenn er das herausfindet."

„Komisch. Ich wünschte, ich müsste es nicht sehen."

Sie lachten beide. Dann wurde Beth sehr ernst und fragte: „Was ist, wenn meine schlimmste Befürchtung zutrifft und ich nicht weiß, wie es geht?"

„Du warst ewig verheiratet und hast zwei Kinder. Also wirst du es schon wissen."

„Warst du auch so nervös, bevor du es mit Mike getan hast?", wollte Beth wissen.

Cindy nickte. „Ich hatte ihn zum Dinner eingeladen und gehofft, dass er einen Annäherungsversuch unternehmen würde. Als er es nicht tat, musste ich die Initiative ergreifen. Das war ziemlich peinlich." Sie blickte zur Uhr. „Ich muss nach Hause. Ich wollte nur kurz Hallo sagen." Sie ging zur Tür. „Vergiss nicht, dass ich Details erwarte, wenn du zurückkommst."

„Das Dinner war großartig", sagte Beth.

Todd lächelte. Ihm lag auf der Zunge zu fragen, woher sie das wissen wollte. Schließlich hatte sie den gegrillten Lachs kaum angerührt. Doch er wollte sie nicht noch nervöser machen, als sie ohnehin schon war. „Es freut mich, dass es dir geschmeckt hat."

Sie stellte ihr Weinglas auf den Tisch und stand auf. „Lass uns den Tisch abräumen."

„Ich kümmere mich später darum. Gehen wir doch ins Wohnzimmer. Die Aussicht ist faszinierend."

Sie folgte ihm zu dem großen Fenster, das eine gesamte Wand einnahm, und blickte hinaus auf die Innenstadt von Houston. „Würde das Fenster in die andere Richtung zeigen, könnte man bestimmt bis nach Sugar Land sehen", bemerkte sie.

„Wahrscheinlich." Er ging zur Bar und schenkte beiden einen Cognac ein.

„Der Raum ist wunderschön. Du hast dir bei der Einrichtung helfen lassen, nicht?"

Er musterte die hellen Wände und die eleganten Polstermöbel. Die vorherrschenden Farben waren beige und dunkelgrün. Ein langes, niedriges Sofa stand mitten im Raum, von wo aus man einen perfekten Ausblick hatte. Auf Tischen aus Glas und Messing standen Lampen und Kunstgegenstände, die Todds Innenarchitektin ausgewählt hatte. Um die Bilder allerdings, Ölgemälde in leuchtenden Farben, hatte er sich selbst gekümmert. „Die größte Arbeit hat eine Innenarchitektin geleistet."

„Es ist sehr hübsch."

„Das sagtest du bereits."

Sie nahm das Glas, ging zum Sofa und setzte sich. Als er ihr folgte, sprang sie wieder auf und lief mit einem unsicheren Lächeln zu dem Schaukelstuhl gegenüber. Sie schnupperte an ihrem Glas. „Oh, der riecht aber stark. Willst du mich betrunken machen?"

Er lächelte. „Nein, Beth. Er ist sehr mild, aber wenn du den Cognac nicht magst, musst du ihn nicht trinken."

Vorsichtig nippte sie an dem Glas. „Es schmeckt mir." Sie ging zum Sofa und setzte sich in einigem Abstand zu ihm. „Vielleicht solltest du es tun."

„Was denn?"

„Mich betrunken machen. Dadurch werden die Dinge leichter."

„Welche Dinge?"

Sie verzog das Gesicht. „Du weißt schon. Es. Hast du nicht vor, es heute zu tun?"

Er zwang sich, ernst zu bleiben, obwohl er den Drang verspürte zu schmunzeln. Sie war entzückend. „Es?", hakte er nach. „Was meinst du damit?"

Verlegen sah sie zu Boden. „Ich dachte, du wolltest, dass wir heute Nacht zusammen schlafen."

„Aha, ich verstehe." Er gab vor, darüber nachzudenken. „Ich hatte gehofft, dass wir uns lieben würden. Aber ehrlich gesagt, war nicht geplant, dass einer von uns schläft."

Sie ließ den Kopf hängen. „Ich kann es nicht tun. Ich habe keine Erfahrung."

„Warum kommst du nicht zu mir?"

Nach kurzem Zögern rückte sie zwar in Reichweite, aber nicht nahe genug, um sich an ihn zu schmiegen. Angesichts ihres Alters war sie erstaunlich naiv. Er kannte Dreiundzwanzigjährige, die zehn Mal mehr Erfahrung hatten als sie. Doch gefiel ihre Unsicherheit ihm weit mehr als die Weltoffenheit junger Frauen.

„Ich möchte dir danken", sagte er leise.

Sie drehte sich zu ihm um und stieß mit dem Knie an sein Bein. Der Saum ihres Kleides war hochgerutscht, doch er widerstand dem Drang, ihren nackten Schenkel zu streicheln.

„Wofür?"

„Dass du mich an deinem Leben teilhaben lässt. Ich genieße es, wenn wir zusammen sind."

Sie nahm einen weiteren Schluck Cognac und stellte das Glas auf den Tisch. „Ich habe eigentlich nichts getan. Wenn wir ausgehen, lässt du mich nie bezahlen, und du lässt mich nur ganz selten für dich kochen."

„Es hat nichts mit Geld zu tun. Du hast mir deine Welt eröffnet. Ich durfte deine Kinder kennenlernen und deine Erfahrungen teilen. Ich wusste nicht, dass Familien etwas Gutes sein können, dass Eltern und Kinder einander lieb haben können. Durch deine Erzählungen über deine Beziehung zu Darren habe ich mehr gelernt als von all den verschiedenen Familien, bei denen ich aufgewachsen bin."

„Es verwirrt mich, wenn du über deine Kindheit redest. Ich verstehe nicht, wie jemandem seine Kinder so gleichgültig sein können."

„Das macht zum Teil deinen Reiz auf mich aus. Ich habe großen Respekt davor, wie du deine Kinder erziehst. Sie wissen, dass du sie lieb hast. Allmählich komme ich zu der Überzeugung, dass die Liebe wirklich existiert."

„All das habe ich geschafft?"

„Ja."

„Und was ist mit all den jungen Mädchen?"

Er lächelte. „Würdest du sie bitte junge Frauen nennen? Sonst glauben die Leute noch, dass ich mit Minderjährigen verkehre."

„Also gut. Hast du dich denn in keine der jungen Frauen verliebt?"

„Das stand nicht auf dem Programm."

Sie rückte ein wenig näher. Er bezweifelte, dass sie sich dessen bewusst war. Ihre Augen leuchteten, und Todd wollte sich in ihrem Blick verlieren.

„Man kann sich nicht immer aussuchen, in wen man sich verliebt. Manchmal passiert es einfach."

„Mir nicht. Ich habe nie Gefühle entwickelt, und es ist allen gelungen, meinem beträchtlichen Charme zu widerstehen." Er beugte sich zu ihr und streifte ihren Mund mit seinem.

„Dein Charme ist wirklich beträchtlich. Mir fällt es schwer, dir zu widerstehen."

„Warum solltest du auch?", fragte er neckend.

„Weil es vernünftig wäre."

Todd schmiegte eine Hand um ihren Nacken. „Ich will nicht, dass du vernünftig bist. Ich will, dass du dich hinreißen lässt." Er senkte den Kopf und küsste sie. Ihre Lippen öffneten sich. Ein heftiges Verlangen stieg in ihm auf.

Sie stöhnte leise, als er mit den Lippen über ihren Hals wanderte. Ihr Kleid hatte einen tiefen Ausschnitt, der ihn schon den ganzen Abend lang reizte.

Zaghaft legte Beth eine Hand auf seine Schulter und drückte dagegen, bis er den Kopf hob und sie ansah. Ihr Gesicht glühte, ihre Lippen waren feucht von seinen Küssen, und ihre wunderschönen Augen leuchteten einladend. „Kommt jetzt die Stelle, wo wir Sex miteinander haben?"

„Nein. Das ist die Stelle, an der wir uns lieben." Todd nahm ihre Hand, führte sie ins Schlafzimmer und schaltete das Licht ein. Mehrere Stehlampen beleuchteten den riesigen Raum.

Nur undeutlich nahm sie eine Kommode und Nachttische aus Eichenholz wahr, doch ihre Aufmerksamkeit galt dem breiten Bett, das in der Mitte des Raumes stand.

„Du siehst aus, als stündest du im Begriff, dich zu opfern", bemerkte er niedergeschlagen. „Wir müssen es nicht tun."

Sie betrachtete sein markantes Gesicht, auf dem ein Ausdruck zärtlichen Verlangens lag. „Ich will es. Aber ich möchte vorher ein paar Dinge klären."

„Okay." Er setzte sich auf den Bettrand.

Es irritierte Beth, dass er so entspannt wirkte. Warum konnte er nicht genauso nervös sein wie sie? Seufzend trat sie an das Fenster und blickte hinaus. Die Aussicht war ebenso überwältigend wie die aus dem Wohnzimmer. Sie zog die Gardinen zu und wanderte im Raum umher. „Ich bin achtunddreißig"

„Ich weiß, wie alt du bist."

Sie blieb stehen und blickte ihn an. „Aber hast du schon mal eine achtunddreißigjährige Frau nackt gesehen? Ich meine nicht diese Luxusfrauen, die den ganzen Tag in Schönheitssalons und Fitnessstudios verbringen, sondern eine ganz normale Frau."

Todd lächelte. „Ich finde dich sehr hübsch. Mir gefällt, wie du aussiehst und wie du dich in meinen Armen anfühlst. Ich will dich sehen und berühren. Ich bin gespannt darauf, deinen Körper zu sehen."

Bedächtig nickte sie. „Also hast du nicht."

„Was?"

„Eine normale achtunddreißigjährige Frau nackt gesehen. Du magst gespannt darauf sein, mich zu sehen, aber ich bin nicht besonders erpicht darauf. Deshalb möchte ich es im Dunkeln tun."

„Einverstanden."

„Ich nehme keine Pille. Deshalb habe ich Kondome gekauft. Da ich nicht wusste, welche du magst, habe ich verschiedene Sorten mitgebracht."

Er konnte sich ein Lächeln nicht verkneifen. Ihre offene, unverblümte Art gefiel ihm am meisten an ihr. „Ich habe selbst welche im Haus und sorge gern für Schutz."

Sie holte tief Luft. „Ich glaube, das ist alles, abgesehen vielleicht von der Tatsache, dass ich seit Darrens Tod mit keinem anderen Mann zusammen war. Und er war mein einziger Liebhaber. Also besteht die Möglichkeit, dass ich alles falsch gemacht habe. Es wäre mir sehr lieb, wenn du es mir behutsam sagen würdest. Einen Lachanfall im falschen Moment könnte ich nicht verkraften."

„Du machst dir zu viele Gedanken." Todd stand auf und trat zu ihr. Bevor sie etwas sagen konnte, zog er sie in seine Arme und küsste sie.

Ihre Reaktion auf seine Berührung war so spontan und heftig wie immer. Tiefes Verlangen ließ eine Woge der Wärme in ihr aufsteigen und ihre Knie weich werden. Ihre Körper waren sich so nahe, dass sie seine Erregung spürte. Es erleichterte Beth, dass er sie trotz ihrer Nervosität, ihrer dummen Reden und ihrer Verlegenheit begehrte.

„Ich begehre dich", murmelte Todd, während er die Lippen von ihrem Hals zum Ausschnitt ihres Kleides gleiten ließ. „Schon von Anfang an." Er öffnete den obersten Knopf ihres Kleides, zog dann die Hände zurück und seufzte. „So gern ich dich auch sehen möchte, halte ich mich an deine Regeln."

„Ich mache das Licht aus." Sie durchquerte den Raum und schaltete das Licht aus. Der Raum lag augenblicklich in völliger Finsternis. „Würdest du bitte etwas sagen, damit ich dich finde?"

„Ich bin hier."

Sie folgte seiner Stimme, bis sie an das Bett stieß, setzte sich und tastete über die Matratze. „Wo bist du?"

„Hier." Seine Stimme erklang von der anderen Seite.

Sie rutschte zur Mitte. Ihre Hand stieß auf etwas Warmes, Glattes und Nacktes. „Du hast dich ausgezogen?"

„Nur mein Hemd. Soll ich es wieder anziehen?"

Ihre Wangen erglühten. „Nein, natürlich nicht. Es hat mich nur überrascht. Ich bin froh, dass du es ausgezogen hast." Klang es so dumm, wie es ihr erschien?

„Leg dich einfach hin, und entspanne dich."

Soll das ein Scherz sein? dachte sie. Wie sollte sie sich entspannen, wenn sie am liebsten schreiend weggelaufen wäre?

Sie spürte, dass Todd sich bewegte, und wollte wissen, was er tat. Doch die Dunkelheit war unergründlich. Sie hob den Kopf und stieß prompt mit der Stirn an seine Wange. „Entschuldigung", murmelte sie. Die ganze Situation war ihr unendlich peinlich. Nein, es konnte nicht klappen.

„Schon gut. Bleib einfach liegen. Ich komme zu dir."

„Okay", wisperte sie kleinlaut.

Er berührte ihre Schulter und ließ die Hand hinauf zu ihrem Gesicht gleiten. Gleich darauf küsste er sie aufreizend. Als er sich halb auf sie legte, schlang sie die Arme um ihn. Es gefiel ihr, ihn an sich zu spüren und seinen nackten, kräftigen Rücken zu streicheln.

Beth atmete tief durch und versuchte, sich ganz auf Todd zu konzentrieren. Ihr gefiel, wie er mit den Fingerspitzen ihr Gesicht streichelte. Sein Kuss war perfekt wie immer. Als er zu den Knöpfen ihres Kleides griff, sagte sie sich beruhigend, dass sie genau das wollte. Es war wundervoll. Genau richtig. Doch sie empfand nichts.

Eine einzelne Träne rann ihr über die Schläfe ins Haar. Sie spürte seine Hände auf ihrem Körper, seine Wärme und sein Gewicht, doch im Innern spürte sie nichts. All das Verlangen, das er zuvor erweckt hatte, war erloschen. Sie fühlte sich leer und kalt.

Er öffnete den letzten Knopf, schob die Hand unter den Stoff ihres Kleides zu ihrer Brust. Sie empfand nichts, nicht einmal, als er die Knospe streichelte. Fest schloss sie die Augen, aber sie konnte die Tränen nicht zurückdrängen.

„Beth“, flüsterte er an ihrem Ohr, und dann küsste er ihre Schläfe. Im nächsten Moment wich er zurück und schaltete eine Lampe neben dem Bett ein.

Sie blinzelte gegen die plötzliche Helligkeit, wandte sich aber nicht ab. Er hatte ohnehin gemerkt, dass sie weinte.

„Du brauchst mehr Zeit“, erklärte er entschieden.

„Nein. Ich will nicht länger warten. Könnten wir es nicht einfach hinter uns bringen?“

„Nein. Du sollst es auch genießen. Es ist kein Pflichtakt, den man so schnell wie möglich hinter sich bringt. Sich zu lieben, ist eine sinnliche und emotionale Erfahrung. Wir müssen beide mitwirken, damit es funktioniert.“

Beth nickte. „Es tut mir leid.“

„Nicht nötig.“

„Ich sollte mir ein Taxi rufen und nach Hause fahren.“

„Das kommt überhaupt nicht infrage.“ Todd stand auf und zog sich sein Hemd an. Dann ging er zum Kleiderschrank und kehrte mit einem großen, dunkelblauen Bademantel zurück. „Zieh dein Kleid aus und den hier an. Darin wirst du dich wohler fühlen.“

„Was wollen wir denn tun?“ Zu ihrer Erleichterung drehte er ihr den Rücken zu, während sie hastig seinen Vorschlag befolgte.

„Wir vergessen die ganze Sache.“ Er wandte sich ihr zu und schüttelte den Kopf. „Sieh mich nicht so an. Ich meinte den Sex, nicht die Beziehung. Wir gehen ins Wohnzimmer und sehen uns einen alten Film an. Ich habe eine großartige Sammlung. Und wenn wir müde sind, kommen wir hierher zurück und schlafen – entgegen meiner vorherigen Aussage. Es stört mich nicht, dass wir uns nicht lieben werden, aber ich will dich spüren und mit dir in den Armen aufwachen. Einverstanden?"

Erneut brannten Tränen in ihren Augen, aber es waren Tränen der Erleichterung und der Dankbarkeit. Anstatt zornig oder verzweifelt auf ihre Unschlüssigkeit zu reagieren, verhielt er sich geduldig und verständnisvoll. Wie sollte sie dem widerstehen, und warum wollte sie es versuchen? Sie stellte sich auf Zehenspitzen und küsste ihn. „Danke."

Grinsend gab er ihr einen Klaps auf den Po. „Schon gut. Genug der Gefühlsduselei. Komm, suchen wir uns einen Film aus."

Eine Viertelstunde später saßen sie auf das Sofa gekuschelt. Beth hatte ihm gestanden, dass ihr der Cognac nicht besonders gut schmeckte, und trank stattdessen ein Glas Weißwein. Sie genoss seine starken Arme um sie und war dankbar, einen so wundervollen Mann wie ihn kennengelernt zu haben.

Sie leerte das Glas und stellte es auf den Tisch. Eine wohlige Wärme erfüllte sie. Da sie kaum etwas gegessen hatte, stieg ihr der Wein sofort zu Kopf. Sie war nicht betrunken, aber sehr entspannt – ebenso wie Todd.

Er schien sich ganz auf den Film zu konzentrieren. Sie betrachtete sein markantes Profil und küsste ihn spontan auf die Wange.

Er schenkte ihr ein flüchtiges Lächeln und richtete die Aufmerksamkeit wieder auf den Bildschirm. „Was tust du da?", fragte er, als sie die Lippen über seinen Hals wandern ließ.

„Nichts. Sieh dir den Film an."

„Du machst es mir schwer, mich zu konzentrieren."

Vielleicht war es der Wein, der ihr Mut verlieh, oder vielleicht war es die Zuneigung in seinen Augen. Jedenfalls setzte sie sich rittlings auf seinen Schoß und küsste seine Lippen. „Sieh dir den Film an", forderte sie ihn neckend auf.

„Ich kann nicht. Du blockierst den Bildschirm."

„Ich kann ja zur Seite gehen."

„Schon gut. So gefällt es mir besser."

Erst als er die Hände auf ihre nackte Taille legte, wurde ihr bewusst, dass sich der Bademantel geöffnet hatte. Aus irgendeinem Grund kümmerte es sie nicht, obwohl mehrere Lampen den Raum erhellten. Sie küsste seine Wangen, seine Nase, seine Stirn und dann seine Lippen, die sich sogleich öffneten. Ihre Küsse imitierten den Liebesakt, und sie zitterte innerlich vor Vorfreude. Was auch immer sie vorher gebremst hatte, es war nicht mehr vorhanden. Diesmal empfand Beth ein heftiges Verlangen.

Er umschmiegte ihre Brüste und streichelte aufreizend die Knospen durch den dünnen Stoff ihres BHs. Sie bog sich seinen Händen entgegen und flüsterte seinen Namen.

Er öffnete ihren BH. „Zieh ihn bitte aus."

Sie zögerte einen Moment lang. Der Bademantel gab ihr ein Gefühl des Schutzes. Also ließ sie ihn an und streifte sich die Träger unter den weiten Ärmeln ab.

Genüsslich betrachtete er ihre nackten Brüste. „Ich wusste, dass du vollkommen bist", flüsterte er und zog sie an sich.

Nach zwei Kindern waren ihre Brüste nicht mehr jugendlich fest, doch als er eine Knospe in den Mund nahm, kümmerte es sie nicht länger. Er begehrte sie, und sie begehrte ihn. Alles andere zählte nicht.

Sie schlang die Arme um seinen Nacken und presste sich an ihn. Ihr Atem beschleunigte sich, als er ihre Hüften umspannte und ihren Unterkörper an seinen presste.

Er schob eine Hand zwischen ihre Körper, traf aber auf ihren Slip. „Steh auf", bat er mit rauer Stimme.

Als sie gehorchte, streifte er ihr hastig den Slip ab und zog sie wieder an sich. Ihr blieb keine Zeit, sich an ihrer Nacktheit zu stören. Er küsste sie inniglich, während er sie aufreizend streichelte. Ihr stockte der Atem, als er mit einer Hand ihre Brust liebkoste und sich die andere immer mehr ihrem empfindsamsten Punkt näherte.

Ihre Scheu verflog schlagartig. Sie streifte sich den Bademantel ab und ließ die Hüften kreisen, während er sie genau in dem Rhythmus streichelte, der ihr gefiel.

Als sie schon am Rande des Höhepunktes war, brach sie den Kuss noch einmal ab und blickte ihm in die Augen. „Ja", flüsterte sie, und er erhöhte das Tempo, bis eine überwältigende Woge des Entzückens sie erfasste. Mit einem Stöhnen klammerte sie sich an ihn.

Im nächsten Moment fand sie sich auf dem Fußboden wieder, ausgestreckt auf dem flauschigen Bademantel. Todd war über ihr und blickte sie fragend an.

„Es war wundervoll", flüsterte sie.

„Gut."

Sie streichelte seinen nackten Oberkörper. „Das war ziemlich wild für eine alte Frau wie mich", scherzte sie. „Ich kann es kaum fassen, dass das alles auf dem Sofa passiert ist." Sie hatte befürchtet, hinterher verlegen zu sein, aber sie war es nicht. Im Gegenteil.

„Und jetzt tun wir es auf dem Fußboden."

Er küsste sie, ließ dann die Lippen hinab zu ihren Brüsten gleiten. Seine Hände waren überall, berührten sie aufreizend, erweckten erneut ihr Verlangen. Einen flüchtigen Moment lang sorgte sie sich wegen ihrer Schwangerschaftsstreifen, doch der Gedanke verflog, als er die Lippen tiefer wandern ließ, über ihren Bauch hinab zu ihren Schenkeln. Ihr ganzer Körper bebte vor Verlangen, als er sie mit der Zunge liebkoste.

„Ich kann nicht", wisperte sie und warf den Kopf von einer Seite zu anderen. Sie hatte gerade einen Höhepunkt erlebt. Es war zu früh. Doch ihr Verlangen wuchs und wuchs. Begierig hob sie ihm die Hüften entgegen und verlor sich völlig im Zauber des Augenblicks.

Erst als er sich zu ihr legte und tröstend ihr Haar streichelte, wurde ihr bewusst, dass sie weinte. „Ich wusste nicht, dass es so sein kann", murmelte sie. „Ich habe noch nie …"

„Du hast noch nie zwei Mal einen Höhepunkt gehabt? Oder hast du es noch nie auf diese Art getan?"

Sie räusperte sich. „Beides."

Er grinste. „Das freut mich."

Sie bettete den Kopf an seine Schulter und legte einen Arm auf seine Brust. „Danke für alles."

„Ich wollte dich nur glücklich machen."

„Das ist dir gelungen."

Lange Zeit hielten sie sich still in den Armen. Dann stützte sie sich auf einen Ellbogen und verlangte: „Zieh dich aus."

Todd lachte. „Jawohl, Madam." Er stand auf, zog sich das Hemd aus, öffnete Gürtel und Reißverschluss. Mit einer geschmeidigen Bewegung streifte er sich Hose und Unterhose ab. Ihr stockte der Atem beim Anblick seines nackten Körpers.

„Wie viele nackte Männer hast du schon gesehen?", wollte er wissen.

„Dich mitgerechnet?"

„Sicher."

„Zwei."

„Gefällt es dir?"

Sie hob eine Hand und berührte ihn. „Es gefällt mir sehr."

Er hockte sich neben sie und blickte sie eindringlich an. „Ich will dich. Ich will mit dir schlafen. Aber wenn du zu nervös bist, gibt es auch andere Wege."

Beth breitete die Arme aus. „Ich will dich in mir spüren. Bitte", forderte sie ihn mit ruhiger Stimme auf.

Er nahm ein Kondom aus seiner Hosentasche, streifte es sich über und kniete sich zwischen ihre Schenkel. Behutsam drang er in sie ein, bis lang begrabene Empfindungen in ihr erwachten.

Sie lagen auf dem Fußboden in seinem Wohnzimmer. Es war ein himmelweiter Unterschied zu der romantischen Umgebung, die sie sich ausgemalt hatte, aber es war vollkommen. Sie blickten einander tief in die Augen, und Beth fühlte sich über die körperliche Ebene hinaus mit ihm verbunden.

Bevor sie weiter darüber nachdenken konnte, spürte sie, wie erneutes Verlangen ihren Körper durchströmte. „Es passiert schon wieder", wisperte sie.

„Gut." Er bewegte sich schneller und heftiger. Immer noch blickten sie sich in die Augen, als sie gemeinsam das höchste Entzücken erlebten.

13. KAPITEL

Verschlafen rekelte Beth sich und öffnete die Augen. Sonnenschein durchflutete ein Schlafzimmer, das ihr fremd war. Es dauerte eine Weile, bis ihr bewusst wurde, wo sie sich befand. Dann stiegen Erinnerungen auf. Erinnerungen an eine unglaubliche Nacht mit einem unglaublichen Mann.

Sie setzte sich auf und zog sich hastig die Decke über die Schultern, als ihr bewusst wurde, dass sie nackt war. Als sie schließlich ins Bett gegangen waren, hatte Todd sie erneut liebkost und sie eine ihr bis dahin unbekannte Leidenschaft entdecken lassen. Schuldgefühle stiegen in ihr auf, weil sie einem anderen Mann gestattet hatte, so intim zu werden. Entschieden verdrängte sie jedoch das schlechte Gewissen.

Sie streckte sich und tastete nach Todds Seite des Bettes. Die Laken waren kalt. Offensichtlich war er schon eine Weile auf. Dann roch sie Kaffee und gebratenen Speck. Das Wasser lief ihr im Mund zusammen. Am vergangenen Abend war sie zu nervös gewesen, um zu essen, und nun hatte sie einen richtigen Bärenhunger.

Gerade wollte sie zu dem Bademantel am Fußende des Bettes greifen, als sich Schritte näherten. Sie blickte auf und sah Todd in der Tür stehen.

Er trug Jeans und sonst nichts. Sein Haar war zerzaust, sein Gesicht dunkel von Bartstoppeln, und er war das wundervollste männliche Wesen, das sie je gesehen hatte. „Guten Morgen“, wünschte er mit leiser, verführerischer Stimme und einem zufriedenen Lächeln. „Wie hast du geschlafen?“

„Beide Stunden sehr gut.“

„Ich bin auch etwas müde, aber es hat sich gelohnt.“

„Oh, ich beklage mich nicht.“

Er trat ein, stellte ein Tablett mitten auf das Bett und setzte sich auf die Kante. Er hatte Kaffee, Rührei, Schinken, Toast und Orangensaft zubereitet.

„Beeindruckend“, sagte sie nur und fragte sich, ob all seine Frauen am Morgen danach so erstklassig behandelt wurden. Sie hoffte, dass er sich für gewöhnlich nicht so viel Mühe machte und dass die vergangene Nacht auch für ihn etwas Besonderes war.

„Hoffentlich schmeckt es dir. Ich koche nicht oft."

„Aha. Demnach bereiten die Frauen normalerweise das Frühstück am Morgen danach zu."

„Normalerweise gibt es kein Frühstück. Im Allgemeinen fahre ich nach Hause, selbst wenn der Morgen schon graut. Ich mag es nicht, in einem fremden Bett aufzuwachen oder eine Fremde in meinem zu haben."

Ihre Wangen erglühten vor Verlegenheit. Ihr Mund war mit einem Schlag wie ausgetrocknet, und ihre Hände begannen zu zittern. „Ich hätte also gehen sollen", flüsterte sie. „Das habe ich nicht erkannt. Als du mich eingeladen hast, über Nacht zu bleiben, dachte ich, dass du es wirklich so meinst. Aber du hast nur Sex gemeint."

„Hör auf." Er nahm ihre Hand, führte sie an seine Lippen und küsste die Fingerspitzen. „Ich habe gesagt, dass ich keine Fremde in meinem Bett mag. Du bist keine Fremde. Ich will dich hier haben. Es freut mich, dass du geblieben bist."

Verwundert musterte sie ihn. Seine Haare waren zerzaust, und er trug keinen teuren Maßanzug. An diesem Morgen war er nicht der reiche, mächtige Immobilienmakler, sondern ein Mann, der eine leidenschaftliche Nacht mit einer Frau verbracht und ihr Herz gestohlen hatte.

Stimmt es wirklich? fragte sie sich erschrocken. Sie dachte zurück an die zärtlichen Liebkosungen, das unglaubliche Liebesspiel, das nie zuvor erlebte Entzücken. Es hatte keinen Sinn, sich einzureden, dass es sich nur um Sex gehandelt hatte. Die Vereinigung zwischen ihnen war nicht nur körperlich gewesen. Sie hatte ihm nicht nur ihren Körper geschenkt, sondern die Essenz ihres Wesens. Sie hatte sich verliebt.

Eiskalte Panik stieg in ihr auf. Sie musste verschwinden. Sofort. Bevor sie etwas Dummes sagte oder tat. Etwas noch Dümmeres, als sich in den falschen Mann zu verlieben. Es war an der Zeit, endlich ihren Verstand wieder einzuschalten.

„Ich weiß, was du denkst", hörte sie Todd sagen. „Ich bin auch ziemlich aufgewühlt." Immer noch hielt er ihre Hand und streichelte die Innenfläche auf sehr sinnliche Weise. „Ich wusste, dass es schön mit dir sein würde, aber es hat meine Erwartungen weit übertroffen.

Du bist eine erstaunliche Frau, Beth." Er lächelte wehmütig. „Als ich heute Morgen aufgewacht bin, hatte ich panische Angst."

Sie horchte auf. Ihre eigenen Fragen und Sorgen verblassten. „Wie meinst du das?"

„Du bist eine reife Frau mit zwei halbwüchsigen Kindern. Es wird nicht nur um uns beide gehen, zumindest nicht in den nächsten Jahren. Die Kinder stehen an erster Stelle. Ich glaube, ich habe mir unter anderem bisher nur junge Frauen gesucht, weil ich bei ihnen immer im Mittelpunkt gestanden habe. Das kannst du mir nicht versprechen."

Er schüttelte den Kopf. „Aber das war nur der Ausgangspunkt meiner Überlegungen. Der Kernpunkt ist, dass ich nicht weiß, was ich dir versprechen kann. Ich habe miterlebt, wie meine Eltern sich unzählige Male haben scheiden lassen. Ich weiß, wie sich das auf Kinder auswirkt, wie es sich auf mich ausgewirkt hat. Ich weiß außerdem, welch starke Bindung du zu Darren hattest. Und ich musste mich fragen, ob ich dazu fähig bin."

Beth erstarrte. „Du hast den Sex bekommen, und jetzt ist es vorbei?", brachte sie erstickt hervor und entzog ihm ihre Hand. Sie konnte kaum atmen, konnte kaum glauben, was er sagte. „Du mieser Kerl!"

„Nein. Beth, bitte nicht. So ist es nicht."

Sie sprang aus dem Bett. „Mach dir nicht die Mühe, mir zu erzählen, wie es ist. Ich will nichts weiter hören."

Er stand auf und stellte sich vor sie. „Du musst. Ich erzähle dir das alles, weil es wichtig ist. Ich hatte Zweifel. Ich war nicht sicher, ob ich der Mann sein kann, den du brauchst. Ich war nicht sicher, ob ich mit zwei Kindern leben will. Ich glaube nicht, dass es leicht sein wird. Deswegen bin ich etwa zehn Minuten lang vor der Vorstellung zurückgeschreckt. Aber dann habe ich das Frühstück gemacht, es hierhergebracht, dich in meinem Bett gesehen und erkannt, dass ich es will. Uns. Zusammen."

Sie hob die Hände und presste sie auf die Ohren, wie töricht es auch aussehen mochte. „Lass mich in Ruhe."

„Nein. Ich liebe dich. Wenn ich nicht der Mann bin, der nötig ist, damit es klappt, dann werde ich mich dazu entwickeln. Ich habe mich bereits geändert. Du hast mich zum Positiven verändert. Ich will nicht, dass es endet. Ich weiß, dass wir viel daran arbeiten müssen. Außerdem kann ich sicherlich kein Ersatz für Darren sein."

Abrupt wurde Beth bewusst, dass sie splitterfasernackt dastand – im hellen Tageslicht. Sie erblickte ihre Kleider auf einem Stuhl neben dem Schrank. Irgendwann an diesem Morgen hatte Todd sie ordentlich für sie zusammengelegt. Hastig griff sie nach ihrer Unterwäsche und schlüpfte hinein.

„Was tust du?", fragte er erstaunt.

„Ich gehe. Es ist spät. Ich muss nach Hause. Es ist nicht ..." Sie hielt inne. Was sollte sie zu einem Mann sagen, der entschieden hatte, dass es zu mühsam war? Auch wenn er momentan für eine Beziehung eintrat, konnte er es sich durchaus wieder anders überlegen.

Sie griff nach ihrem Kleid, doch er kam ihr zuvor und hielt es fest. „Wäre es dir lieber, wenn ich gelogen hätte? Hätte ich meine Zweifel für mich behalten sollen? Müsstest du meinen Sinn für Realität nicht infrage stellen, wenn ich die Situation für perfekt hielte?"

„Wir brauchen dich nicht. Ich brauche dich nicht. Geh zurück zu deinen jungen Mädchen."

„Nein. Denn so schwierig es auch sein mag und so widerborstig du im Augenblick auch bist, liebe ich dich trotzdem. Du hast von Anfang an unsere Beziehung, deine Gefühle und meine Bindungsfähigkeit infrage gestellt. Ich habe dir zugehört und dich nach Kräften beruhigt. Aber was ich auch gesagt habe, es reicht nicht. Tag für Tag rechnest du damit, dass ich wieder aus deinem Leben verschwinde. Und ich soll das einfach so hinnehmen, wie?"

Sie wusste keine Antwort.

„Ich habe die Situation realistisch betrachtet und mich gefragt, ob ich damit fertig werde. Ich bin zu dem Schluss gekommen, dass ich es kann. Aber das reicht dir nicht, oder? Ich hätte mich nicht fragen dürfen, was ich will. Ich sollte dieser perfekte Typ sein, der immer alle Antworten weiß."

„Ich muss gehen." Sie entriss ihm das Kleid, zog es an und schloss die Knöpfe. Ihre Finger zitterten, und in ihren Augen brannten Tränen. Aber sie wollte nicht weinen. Nicht in Gegenwart von Todd. Ihre Kehle war wie zugeschnürt. Irgendetwas war falsch gelaufen, und sie verstand den Grund nicht. Hatte er recht? War sie wirklich so unfair?

„Beth, ich liebe dich, und wenn du unserer Beziehung den Rücken kehrst, wirst du es dein Leben lang bereuen."

„Du weißt nicht mal, was Liebe ist." Sie deutete zu den zerwühlten Laken. „Es ist nicht das da. Es geht darum, dem anderen Zeit zu widmen und in schweren Zeiten füreinander da zu sein. Hast du das jemals getan? Du sagst mir, dass ich es bereuen werde, aber du weißt nicht, was Reue ist. Du weißt nicht, wie es ist, den wichtigsten Menschen im Leben zu verlieren und sich dann entscheiden zu müssen, ob man für immer allein bleibt oder sich mit einer zweiten Wahl zufriedengibt", sprudelte sie unbedacht hervor.

Erst als sie Todds betroffene Miene sah, wurde ihr voller Entsetzen bewusst, was sie da gerade gesagt hatte. „Todd", wisperte sie.

„Du solltest jetzt wirklich gehen."

Sie konnte seinen Schmerz nachempfinden. Er hatte ihre Charakterfehler auf behutsame Weise zum Ausdruck gebracht. Aber anstatt die Wahrheit zu akzeptieren, hatte sie ihn in seinem wunden Punkt getroffen. Sie senkte den Blick zu Boden. „Es tut mir leid. Ich weiß, dass es völlig unangemessen klingt, aber ich weiß nicht, was ich sonst sagen soll. Es tut mir leid", wiederholte sie und verließ den Raum.

Sie holte ihre Tasche aus dem Wohnzimmer und eilte zur Wohnungstür. Dort zögerte sie in der Hoffnung, dass er ihre Entschuldigung akzeptierte und sie bat, das Gespräch fortzusetzen.

„Ich fahre dich nach Hause", bot er jedoch nur an.

„Nicht nötig", entgegnete sie und ging zum Fahrstuhl. Ohne ein weiteres Wort stieg sie ein und drückte den Knopf für das Erdgeschoss. Tränen verschleierten ihr die Sicht. Sie begriff immer noch nicht, was gerade geschehen war und wie es zu diesem furchtbaren Wortwechsel kommen konnte.

Ein Taxi fuhr vor, als sie das Gebäude verließ. Der Fahrer öffnete das Seitenfenster. „Mrs Davis? Ihr Mann hat angerufen und ein Taxi für Sie bestellt."

Sie wischte sich die Tränen von den Wangen. Typisch Todd, dachte sie. Was auch geschah, er kümmerte sich um sie.

Als das Telefon am späten Sonntagabend klingelte, wusste Todd auf Anhieb, dass es Beth war. Beim vierten Klingeln nahm er den Hörer ab. „Hallo?"

„Ich dachte, du würdest womöglich nicht rangehen."

„Beinahe hätte ich es auch nicht getan."

Er hörte Beth leise seufzen und lächelte beinahe trotz seiner düsteren Stimmung. Im Geiste sah er sie auf ihrem Bett sitzen, die Knie angezogen, das Haar zerzaust, das Gesicht ungeschminkt.

„Ich habe mich furchtbar verhalten. Es tut mir leid."

„Du brauchst dich nicht zu entschuldigen. Du hast mir nur die Wahrheit gesagt." Daran dachte er schon den ganzen Tag. Er war wirklich zweite Wahl. Darren würde immer an erster Stelle bei ihr stehen.

„Nein, es war nicht die Wahrheit", flüsterte sie. „Zumindest nicht in der Art, wie ich es gesagt habe und wie du es aufgefasst hast. Ich war verletzt und beschämt von all dem, was du gesagt hast. Du hast recht, Todd. Ich wollte nicht, dass du Zweifel hast. Das sollte mir vorbehalten bleiben. Ich wollte, dass du mich bedingungslos umwirbst und mir Zeit lässt, mich zu entscheiden. Das ist nicht fair. Und mir gefällt nicht, was es über meinen Charakter aussagt. Aus verletzter Eitelkeit habe ich zurückgeschlagen."

Er starrte aus dem Fenster auf die Stadt hinaus. Er hatte kein Licht im Wohnzimmer eingeschaltet und die Gardinen waren offen, sodass er klar bis zum Horizont blicken konnte. Er wollte ihr glauben, dass ihre Vorwürfe nichts weiter als im Zorn gesprochene Worte waren. „Ich bin nicht daran interessiert, zweite Wahl für jemanden zu sein."

„Ich weiß. Du hast mir gesagt, dass du mich liebst, und ich bin nicht darauf eingegangen. Ich habe dich schrecklich behandelt. Ich schäme mich, und ich habe Angst."

„Wovor? Dass ich dich verlassen werde? Weil du beinahe vierzig bist und ich lieber mit einer Zwanzigjährigen zusammen wäre?"

„Das auch, aber das ist nicht das Wesentliche."

Er seufzte. „Was ist denn dann das Wesentliche?"

„Darren. Ich habe Angst, dass ich dich mehr lieben werde als ihn. Das darf ich nicht, Todd. Ich kann ihn nicht derart betrügen. Ich muss ihn am meisten lieben."

Er verstand, was sie ihm sagen wollte. Einerseits freute es ihn maßlos, dass sie glaubte, ihn so sehr lieben zu können. Andererseits verletzte es ihn, dass sie ihn verlassen wollte, um das Andenken an ihren verstorbenen Mann zu wahren.

„Jetzt weiß ich, warum ich bisher keine festen Beziehungen eingegangen bin. Es ist wesentlich einfacher, so etwas nicht durchmachen zu müssen."

„Ich weiß." Ihre Stimme brach. „Es tut mir leid."

„Nicht nötig."

„Doch. Weil ich es dir von Anfang an schwer gemacht habe. Weil ich nicht an dich und deine Gefühle geglaubt und all deine Geduld aufgebraucht habe. Das war wirklich dumm, weil ich sie jetzt mehr denn je brauche."

Leider ist dem nicht so, dachte er grimmig. „Du glaubst also, dass ich nur eine bestimmte Menge an Mühe auf mich zu nehmen bereit bin und dann verschwinde? Ich liebe und brauche dich, Beth. Ich habe es ernst gemeint. Nicht nur in guten Zeiten, sondern in jeder Hinsicht. Aber du musst mich auch lieben und brauchen und daran glauben, dass ich für dich da bin. Du musst mir eine Chance geben, die schweren Zeiten zu überstehen."

„Ich habe Darren wohl noch nicht überwunden."

„Ja, sieht ganz so aus."

„Es tut mir leid." Sie weinte. Ihre erstickte Stimme verriet es ihm. „Ich muss damit ins Reine kommen. Ich möchte mit dir zusammen sein, Todd. Ich liebe dich."

Doch es reichte nicht. Er reichte ihr nicht. „Du hast mir von Anfang an gesagt, dass du nicht bereit für eine Beziehung bist. Ich hätte auf dich hören sollen."

„Ich will dich aber nicht verlieren."

„Das hast du auch nicht."

„Du wirst warten?"

„Ja."

Sie stieß ein ersticktes Lachen aus. „Ich würde dich gern fragen, wie lange, aber ich lasse es. Ich tue so, als würde ich dir glauben."

„Nur so zu tun, reicht nicht. Du musst wirklich daran glauben, dass ich dich liebe und dass du es mir wert bist, auf dich zu warten."

„Glaubst du mir denn, dass ich dich liebe?", entgegnete sie.

„Ich möchte es glauben."

„Oh. Jetzt weiß ich, wie es ist, in deinen Schuhen zu stecken."

„Ich will dir nicht wehtun."

Sie seufzte. „Ich weiß. Du sagst nur die Wahrheit."

Todd räusperte sich. „Ich werde dich für eine Weile in Ruhe lassen und melde mich in ein paar Tagen wieder. In Ordnung?"

„Okay."

Sie legte den Hörer auf. Er tat es ihr gleich, saß dann allein im Dunkeln und fragte sich, wie er ohne sie leben sollte.

„Bin ich verrückt?", fragte Beth.

Cindy nahm einen Schluck Tee und zuckte die Achseln. „Willst du wirklich eine Antwort darauf?"

„Ja. Ich bin so verwirrt. Und so müde." Sie seufzte. Es war Donnerstag. Seit dem vergangenen Sonntag hatte sie nicht mehr mit Todd gesprochen. „Ich habe in den letzten Nächten kaum geschlafen. Ich muss ständig grübeln und kann doch nicht klar denken. Bin ich wirklich so furchtbar, wie er gesagt hat?"

„Du bist nicht furchtbar, du bist menschlich. Das ist ein Unterschied."

„Vielleicht, aber kein sehr großer." Sie holte tief Luft. „Ich möchte ja glauben, dass er mich liebt und bereit ist, die harten Zeiten durchzustehen. Aber er ist ein so wundervoller Mann, und ich bin nur eine normale Frau im mittleren Alter mit zwei Kindern und einem Teilzeitjob. Was in aller Welt will er mit mir?"

Cindy beugte sich vor. „Du machst mich verrückt, Beth. Du bist eine attraktive Frau. Ich könnte wetten, dass Todd dich großartig im Bett findet."

„Als ob er das nicht bei einer viel jüngeren, viel hübscheren Frau haben könnte!"

„Mag sein, aber er will dich. Warum akzeptierst du nicht einfach, dass du großes Glück hattest? Todd kann sich ebenfalls glücklich schätzen. Ich glaube kaum, dass eine andere ihm so viel gibt wie du. Vorausgesetzt, dass du zur Vernunft kommst, bekommt er eine sehr hingebungsvolle Frau. Du gibst in einer Beziehung hundertfünfzig Prozent, und zwar von ganzem Herzen. Soweit ich weiß, hat sich bisher niemand die Zeit oder die Mühe gegeben, ihn zu lieben. Du bist sein Traum."

„Das möchte ich gern glauben, aber es fällt mir schwer."

Cindy griff über den Tisch und nahm die Hand ihrer Freundin. „Ich weiß, was du meinst. Nach meiner Scheidung ist es mir ähnlich gegangen. Mein Ex hat mich mit einer viel jüngeren Frau betrogen. Ich habe mich verlassen und alt gefühlt. Am Anfang hatte ich auch nicht genug Selbstvertrauen, um an Mikes Gefühle zu glauben." Sie lächelte. „Warum fällt es uns Frauen immer so schwer, an das Gute zu glauben?"

„Wenn ich das wüsste, könnte ich etwas dagegen tun."

„Aber es steckt mehr dahinter, nicht wahr? Du bist nicht nur so aufgewühlt aus Angst, dass du Todd langweilen könntest."

Beth nickte. „Es geht um Darren. Ich bin nicht bereit, mich von ihm zu lösen." Sie blinzelte, als ihr Tränen in die Augen traten. „Ich habe Angst, Todd mehr zu lieben als Darren. Und das darf nicht sein."

Nachdenklich musterte Cindy sie. „Es gibt keine Messlatte für die Liebe. Darren ist der Vater deiner Kinder und war ein wichtiger Bestandteil deines Lebens. Er wird immer bei dir sein, und du wirst ihn immer lieben. Niemand, der dich kennt, würde etwas anderes erwarten. Todd wird nicht seinen Platz einnehmen, sondern die restlichen leeren Stellen in deinem Herzen. Du wirst ihn auf andere Weise lieben. In mancher Hinsicht stärker, und in anderer nicht so stark."

Beth lehnte sich auf ihrem Stuhl zurück und seufzte. „Ich war darauf gefasst, sehr lange zu leiden, danach unzählige ungeeignete Typen kennenzulernen und die Hoffnung schon fast aufzugeben, bevor mir ein netter Mann begegnet."

„Also ist es das Timing, das dich stört?"

Beth nickte. „Warum musste ich nicht länger leiden?"

Cindy lächelte. „Manchmal wird man vom Schicksal eben beschenkt. Es geht nicht um Darren oder um den Zeitpunkt. Es geht darum, was du empfindest. Liebst du ihn also?"

Beth dachte an Todds Güte, sein Verständnis, seine Geduld mit ihr und den Kindern. Sie dachte daran, wie sie sich stundenlang miteinander unterhalten konnten, wie ehrlich er zu ihr war, auch wenn er sich dadurch in einem negativen Licht darstellte. Schließlich erwiderte sie: „Ja, ich liebe ihn."

„Dann hast du deine Antwort."

„Es geht um Todd“, eröffnete Beth, sobald Jodi und Matt sich im Wohnzimmer zu der von ihr einberufenen Familienkonferenz eingefunden hatten.

„Er war die ganze Woche nicht hier“, bemerkte Matt besorgt. „Habt ihr euch gestritten?“

„Nicht direkt. Ich habe ihm gesagt, dass ich etwas Zeit zum Nachdenken brauche. Ich bin mehrere Monate mit ihm ausgegangen, und jetzt möchte ich darüber reden, wie ihr zu ihm steht.“

„Er ist nett“, meinte Jodi. „Wir mögen ihn.“

„Ja, er ist cool“, stimmte Matt zu. „Zuerst war ich besorgt, weil er so reich ist und so. Aber ich habe mit ihm geredet, und er hat mir zugehört. Obwohl ich bloß ein Jugendlicher bin. Ich respektiere ihn, Mom.“

„Du hast mit Todd über mich gesprochen?“

„Na klar. Das musste ich doch. Wo Dad nicht mehr da ist, muss ich mich doch um dich kümmern.“

„Danke“, murmelte sie gerührt.

„Wollt ihr heiraten?“, wollte Jodi wissen.

„Ich weiß es nicht. Aber es könnte sein.“ Vorausgesetzt, dass sie nicht zu lange gebraucht hatte, um sich über ihre Gefühle klar zu werden. „Ihr sollt wissen, dass er nicht den Platz eures Vaters einnehmen würde. Niemand kann das. Euer Dad war ein wundervoller Mensch. Was auch immer passiert, ihr dürft nicht vergessen, dass er euch sehr lieb hatte.“

„Dich auch“, warf Matt ein.

Beth nickte. „Wir wären immer noch zusammen, wenn er nicht verunglückt wäre. Unsere Ehe war sehr stark. Nach seinem Tod haben mir die Erinnerungen an unser gemeinsames Leben viel geholfen – und ihr beide. Ich hatte gedacht, lange Zeit allein zu bleiben. Ich war nicht an Männern interessiert. Ich habe meinen Job, und ich habe euch.“ Sie musterte die ernsten Mienen ihrer Kinder, und Stolz stieg ihr auf. „Dann habe ich Todd kennengelernt. Zuerst dachte ich, wir hätten nichts miteinander gemeinsam.“

Jodi schüttelte den Kopf. „Das stimmt nicht. Er ist verrückt nach dir, Mom. Ich mag ihn. Ich hätte lieber Dad zurück, aber ich weiß, dass es nicht geht. Deshalb finde ich, dass du Todd nehmen solltest.“

„Ja, Mom“, stimmte Matt zu. „Er hat als Dad zwar keine Ahnung, aber das macht nichts. Wir bringen es ihm schon bei. Neulich habe ich mit Mike über ihn gesprochen.“

„Wieso das denn?“, hakte Beth erstaunt nach.

„Ach, einfach so. Ich war durcheinander, weil ich Dad vermisse und Todd trotzdem mag. Aber Mike hat gesagt, dass wir viele Leute gleichzeitig lieb haben können. Das bedeutet nicht, dass wir untreu sind, sondern dass wir unser Potenzial als menschliche Wesen ausschöpfen. Die Fähigkeit, Liebe und Mitgefühl zu empfinden, gehört zu den Dingen, die uns Menschen so besonders machen.“

Beth war beeindruckt. „Das hat Mike gesagt?“

„Ja. Wenn du Todd also heiraten willst, ist das okay. Ich möchte nur Dads Nachnamen behalten. Du weißt schon, wegen der Tradition und so.“

Beth hatte geglaubt, keine Tränen mehr übrig zu haben, doch ihre Augen begannen verdächtig zu brennen. Sie setzte sich zwischen ihre Kinder auf das Sofa und umarmte sie beide. „Natürlich behaltet ihr den Namen eures Vaters. Ich würde es nicht anders wollen.“

Matt stützte das Kinn auf ihre Schulter. „Glaubst du, dass Todd mir ein Auto kauft?“

„Nein. Ich würde es nicht zulassen. Außerdem bist du erst vierzehn.“

Er grinste. „Aber ich könnte mich jeden Tag nach der Schule reinsetzen, und all die Jungs würden mich für echt cool halten.“

„Nicht in diesem Leben.“

„Er kauft mir bestimmt eins, wenn ich sechzehn bin.“

Insgeheim gab Beth ihm recht. Bestimmt würde Todd die Kinder furchtbar verwöhnen.

„Wann soll die Hochzeit also sein?“, fragte Jodi.

„Ich weiß es nicht.“ Beth seufzte. Die erste Hürde, die Unterredung mit den Kindern, hatte sie genommen. Doch nun musste sie mit Todd reden. War er bereit, ihr noch eine Chance zu geben?

Kurz nach fünf Uhr betrat Mrs Alberts Todds Büro und verkündete: „Sie haben in einer Viertelstunde einen Termin.“

Verwundert öffnete er den Terminplan in seinem Computer. Er

hatte an diesem Abend nichts vor. Es war Freitag, fast eine Woche nach der unheilvollen Trennung von Beth. Er beabsichtigte, sie anzurufen und sie zu zwingen, mit ihm zu reden oder ihn zumindest anzuhören. Sein ganzes Leben lang hatte er nach der Liebe gesucht, und nun, da er sie gefunden hatte, war er nicht bereit, wieder darauf zu verzichten. Irgendwie musste er sie überzeugen, dass sie zusammengehörten. „Ich habe nichts in meinem Kalender", teilte er Mrs Alberts mit.

Sie lächelte. „Es hat sich in letzter Minute ergeben, Mr Graham. Ich bin sicher, dass Sie hingehen wollen. Ihr Fahrer wird Sie um halb sechs abholen. Mrs Davis erwartet Sie im Westin Hotel."

Sprachlos starrte er seine Sekretärin an. Sie schenkte ihm ein weiteres Lächeln und ging hinaus. Die Verzweiflung, die er seit dem vergangenen Sonntag verspürte, milderte sich ein wenig. Bestimmt lud Beth ihn nicht in ein Hotel ein, um ihm eine schlechte Nachricht zu überbringen. Hoffnung stieg in ihm auf.

Fünfzehn Minuten später verließ er sein Büro. In der Tasche seines Jacketts befand sich eine kleine Schachtel. Vielleicht beschwor er damit eine weitere Enttäuschung herauf, aber das Risiko musste er eingehen.

Im Foyer des Luxushotels nannte er dem Portier seinen Namen und erhielt einen Umschlag ausgehändigt. Darin befanden sich ein Zimmerschlüssel und eine kurze Nachricht.

Mir wurde ein Date mit einem der begehrtesten Junggesellen von Houston versprochen. Aufgrund eines ernsten Falls von Nervosität auf meiner Seite kam dieses Date nie zustande. Daher bitte ich um die Ehre Deiner Anwesenheit für einen Abend, der gleich zu Beginn unserer Bekanntschaft hätte stattfinden sollen.

Ihre Wortwahl ließ Todd lächeln und darauf hoffen, dass es mit ihnen gut gehen konnte. Ungeduldig wartete er auf den Fahrstuhl.

Wenige Minuten später betrat er die Suite. Sanfte Musik und Kerzenschein empfingen ihn. Blumen in mehreren Vasen verströmten einen lieblichen Duft. Die Gardinen waren geöffnet und boten einen wundervollen Ausblick auf die Stadt.

Eine Bewegung im Schatten erregte seine Aufmerksamkeit. Er drehte sich um und erblickte Beth. Sie trug das verführerische Modellkleid von der Wohltätigkeitsveranstaltung, die sie gemeinsam besucht hatten. Sie lächelte einladend, aber ihre zappelnden Finger verrieten ihre Nervosität.

„Danke, dass du gekommen bist", sagte sie. „Ich hoffe, du bist nicht böse, dass ich mir von deiner Sekretärin habe helfen lassen, diese Verabredung zu planen. Es sollte eine Überraschung sein." Sie räusperte sich. „Ich hatte eine tolle Rede vorbereitet, aber ich habe sie vergessen."

„Ich habe meine nicht vergessen. Soll ich anfangen?"

Sie schüttelte den Kopf. „Ich bin an der Reihe, die Karten auf den Tisch zu legen. Du hast es bereits zu Genüge getan." Sie holte tief Luft. „Ich liebe dich, Todd. Ich muss zugeben, dass es mich ein wenig nervös macht. Unter anderem, weil du so perfekt für mich bist. Aber ich werde auch Darren immer lieben. Er wird meine erste große Liebe bleiben. Das kann ich nicht ändern."

„Ich würde es auch nicht anders wollen." Er trat dicht zu ihr. „Ich liebe dich, ich will dich, und ich brauche dich. Trotzdem wird es nicht leicht sein. Wir müssen erst lernen, eine Familie zu sein. Wir werden beide Fehler machen, aber das beängstigt mich nicht. Ich habe nur Angst, dass du mir keine Gelegenheit gibst, dir meine Liebe zu zeigen."

Sanft berührte sie seine Wange. „Danke, dass du mir noch eine Chance gibst. Auch wenn es nicht leicht sein wird, will ich dich nicht verlieren. Du bist ganz anders als Darren, und das ist gut so. Ich glaube an dich, auch wenn ich nicht verstehe, womit ich so viel Glück verdient habe."

Stürmisch zog er sie an sich und küsste sie. Ohne sich voneinander zu lösen, begaben sie sich in das Schlafzimmer und entkleideten sich gegenseitig.

„Es ist hell hier", bemerkte er, während er sich auf das Bett fallen ließ und sie mit sich zog.

„Ja und? Du solltest dich daran gewöhnen, mich nackt zu sehen."

Begierig betrachtete er ihren Körper. „Ich werde mich nie an dir sattsehen", versprach er. „Du erregst mich."

„Das beruht auf Gegenseitigkeit."

„Das will ich auch hoffen."

Plötzlich fiel Todd etwas Wichtiges ein. Er griff nach seinem Jackett. Gleichzeitig wühlte Beth in dem Kleiderhaufen und zog ein Kondom hervor. „Ich habe als Erste eins gefunden“, rief sie triumphierend, während sie es ihm überstreifte.

„Danach habe ich nicht gesucht.“ Er zog die Schmuckschachtel aus der Tasche, öffnete sie und nahm den wundervollen Verlobungsring heraus, den er drei Tage zuvor gekauft hatte. „Heirate mich“, bat er Beth mit weicher, eindringlicher Stimme.

Beth konnte es kaum fassen. Es war eine unglaubliche Situation. Sie waren beide nackt, obwohl es noch hell draußen war, und er machte ihr einen Antrag. Was sollte sie sagen? Ihr fiel nur ein Wort ein: „Ja.“

Er steckte ihr den Ring an den Finger und drang im selben Moment in sie ein.

Sie lachte und weinte gleichzeitig. „Was soll ich den Leuten bloß erzählen, wie wir uns verlobt haben?“

„Wir lassen uns später etwas einfallen.“

„Gute Idee. Eigentlich …“

Todd brachte sie mit einem Kuss zum Schweigen, und sie akzeptierte bereitwillig seinen Körper wie sein Herz.

Später würden sie sich eine Geschichte über ihre Verlobung ausdenken und Hochzeitspläne schmieden. Später würden sie sich überlegen, wo sie leben und welches Auto er Jodi zu ihrem siebzehnten Geburtstag schenken würde. Später würde er fragen, ob sie daran dachte, noch ein Kind zu bekommen, und sie sollte die Idee in Erwägung ziehen.

Doch nun war es genug, verliebt zu sein und sich zu lieben. Als sie das höchste Entzücken fanden, ließen die Strahlen der untergehenden Sonne ihren Diamantring funkeln und tauchten ihre Körper in einen Schein, der so golden war wie ihre gemeinsame Zukunft.

– ENDE –

Sandra Brown
Der Himmel kann warten /
Gefangen in der Wildnis
Band-Nr. 20028
8,99 € (D)
ISBN: 978-3-89941-961-0
400 Seiten

Sandra Brown
Tauziehen der Liebe /
Die Zwillingsfrau
Band-Nr. 20021
8,95 € (D)
ISBN: 978-3-89941-856-9
304 Seiten

Sandra Brown
Die Tür zur Liebe /
Gefangene der Liebe
Band-Nr. 20016
8,95 € (D)
ISBN: 978-3-89941-801-9
320 Seiten

Sandra Brown
Unbestechliche Herzen /
Das verbotene Glück
Band-Nr. 20003
8,95 € (D)
ISBN: 978-3-89941-674-9
400 Seiten